한국소설묘사사전 5

행위 동작 · 직업 · 집회

5

행위 동작 · 직업 · 집회

한국 소설 묘사 사전

»

조병무 편

작품에서 그리고 있는 묘사는 바로 그 작품의 문학성과 예술성에 접근하려는 주제와 더불어 작가정신의 핵심이기도 하다. 이 사전 묘사(描寫; description)란 언어에 의한 사물의 전달, 물체의 독특한 행위를 기술적이고 의도적으로 나타내는 데 있다. 그러므로 작가가 표현하고자 한 가장 구체적이면서 중심적 항목을 분류, 설정한 것이다. 소설은 주인공의 행동이 벌어지는 마당이다. 그러므로 표현의 구체성을 주축으로 이를 분류하여 그 해당 항목의 묘사부분을 찾아보도록 하였다.

'행위 동작'은 소설에서 사건에 해당된다. 그러나 사건은 소설의 전체 부분으로 간주되기 때문에 인물의 행동만을 발췌하여 '행위 동작'으로 분류했다. 인물들이 보여주는 액션을 말한다. '직업' '집회' 묘사는 작품상 각종의 직업을 묘사한 부분과 모임에 해당하는 부분을 중심으로 분류하였다.

이 사전에서 '묘사의 분류'를 시도한 의의는 바로 작가 지망생에게 여러 분야의 소설 속의 표현이 어떠한 방법으로 그려지고 있는가에 대한 문학수업을 목적으로 하고 있다. 작품은 사전식 분류의 특수성으로 일부분만 발췌하게 됨은 편제상으로 어쩔 수 없음을 밝혀둔다.

　이 사전을 엮는 십여 년 동안 독회, 카드작성, 분류, 검토, 워드작업
과 검색을 동덕여대 국문과, 문창과, 한국소설묘사연구회 여러분과 나
의 외손녀 유정원, 정진의 아름다운 손길, 한국문예예술진흥원, 대산
문화재단의 지원과 출판을 맡아준 푸른사상사의 한봉숙 대표와 편집
부 박현임씨에게 감사한다.

2002년 산본 思無邪室에서

편자　조　병　무

차례

사건의 중심적 액션

　소설의 재미는 작가가 스토리를 어떻게 사건화 하느냐에 따라 재미는 가중된다. 그 사건이란 대부분이 행위이며 동작으로 이루어진다. 그래서 소설에 있어서 행위와 동작은 사건의 한 부분이며 중심적 액션이다. 작가가 인물들의 액션을 그릴 때 그 하나의 움직임과 움직이는 모양들을 자상하고 섬세하게 묘사하고 구체적으로 실제적 상황을 느낄 수 있는 상태로 그려내는 것이야말로 일급의 묘사가 된다.

　우리는 소설을 읽을 때 스토리에 치중하고 그 스토리에서 주인공이나 조연이 사건의 어떤 맥락에 서 있는가를 항상 흥미의 대상으로 여겨 왔다. 이야기를 끌어가는 소설문학은 그 작품 자체가 사건의 시작이고 끝이다. 작가가 설정한 주제와 스토리의 이어감에 따라 인물은 행동과 그 행동의 풀어 가는 사건의 전개와 함께 부지런히 움직이고 행동하며 사건을 풀어가고 얽히게 만들어 간다.

　행위 동작의 묘사 항목은 스토리와 무대 장소에 따라 다양해지고 그 설정이 작가에 따라 인물들의 섬세하고 우둔한 부분까지 그려내야 하기 때문에 치밀한 작가적인 계산이 구상되고 만들어져야 한다.

　행위 동작 항목에서는 작가가 소설 작품에서 표현하고 묘사한 행위 동작이 이루어지는 장면만을 대상으로 하였다. 그래서 소설의 전체 흐름이나 맥락을 염두에 둘 필요는 없다. 다만 그 묘사의 장면을 어떻게 그려지고 있느냐를 생각하면 된다.

소설의 행위나 동작 묘사를 인출해 내면서 주로 싸움, 살인, 폭력, 고문, 사건, 시위, 시비, 음모로 인한 가혹 행위 등을 중점으로 다루고 있음을 알 수 있다. 그러한 장면에서 이루어지는 액션이 소설가에 따라 적나라한 행위나 동작이 그려지고 있는 것이 각양각색일 수 있다.

이러한 행위 동작은 사실적이고 구체적이다. 인물의 동적 흐름이 주가 되기 때문에 소설가의 상상력과 그 동작의 세밀한 묘사와 실감 나는 입체적 표현이 독자의 감동과 호응의 대상이 될 수 있다. 몇 가 지의 면면을 살펴보기로 하겠다.

행위 동작에서는 가장 뚜렷하게 많이 나타나는 장면이 싸움의 동작 이다. 싸움의 동작은 얼마만큼 그 동작의 행위가 사실적인가 하는 점 에 있다. 비록 작가가 그려내는 상상의 표현이라 하드라도 그 행위의 정밀성과 구체성, 그리고 감동성에 있다.

> 그들은 다시 물 속에서 난투극을 벌이기 시작했다. 사내의 주먹이 취한의 얼굴을 두들겼다. 취한이 코에서 코피가 터졌다. 취한이 흘러내리는 피를 사내의 얼굴에다 뿌렸다. 그래서 누구의 얼굴에서 피가 흐르는지 모를 정도로 둘의 얼굴 모두가 피칠갑이었다. 힘에 부친 취한이 사내의 사추리를 잡고 늘어진 모양이었다. 사내가 비명을 지르며 물 속으로 나뒹굴었다. 다시 솟구쳐 나온 사내가 취한의 머리칼을 움켜잡고 머리를 물 속으로 잡아 눌렀다. 물 속에 머리를 처박힌 취한이 간신히 머리를 쳐들 때마다 물을 토해 냈다.
>
> — 홍성암 「어떤 귀향」

> "누가 그러디? 그 사람을 대봐라."
> 내가 대들자 김판봉은,
> "이새끼 너 오늘 뜨거운 맛 한번 봐라."
> 하고 대번에 내 뺨을 주먹으로 쳤다. 이어 발길로 걷어찼다. 그것은 나를 혼내 주기위하여 미리 준비한 것이었다. 나는 그의 일방적인 공격을

받고 뒤로 나가떨어졌다.

울분 때문에 눈앞이 캄캄해졌다. 그냥 맞고만 있을 수 없었다. 일어서
자마자 그의 얼굴을 이마로 들이받았다. 그의 허리를 부둥켜안고 뒹굴었
다. 그는 뒤로 넘어지면서 내 머리와 등과 옆구리를 두들겨 팼다. 내 멱살
을 잡아 누르고 가슴을 타고 앉아 얼굴을 짓이겼다. 나는 그의 상대가 될
수 없었다.

— 한승원 「새끼 무당」

대합실 안 저만치에서는 삼십대로 보이는 두 사람의 남자들 싸움이 벌
어지고 있었다. 한 사람은 곤색 오리털 잠바를 입었고 다른 한 사람은 밤
색 세무가죽 잠바를 입고 있었다. 싸움은 언제부터 어떻게 시작되었는지
는 모르지만 세무잠바를 입은 남자가 느닷없이 오리털잠바를 입은 남자
의 관자놀이를 주먹으로 세차게 후려갈겼다. 세무잠바의 주먹에 관자놀이
를 얻어맞은 오리털잠바는 몹시 화가 난 표정을 하고 세무잠바에게 달려
들어 멱살을 잡고 발길질을 해댔다. 세무잠바는 오리털잠바에 지지 않으
려고 그도 역시 상대의 멱살을 잡은 채 마구 주먹을 휘둘러 댔다.

— 하일지 「경마장의 오리나무」

소설 속에서의 두 사람의 싸움은 대체로 육탄전으로 맞붙잡고 몸과
몸으로 싸움을 하는 것이 대체적인 묘사방법이다. 코피가 터진다든지
몸과 몸으로 뒹굴기도 하고, 주먹으로 면전을 때리거나 머리로 상대의
얼굴을 내리 박는다든지 뺨을 후려친다든지 하는 행동이 싸움의 일반
적인 양상이다.

이러한 묘사 장면은 육체적인 부딪침이 많아 그 육체적 행동이 얼
마나 사실적이냐에 따라 독자의 감동은 배가된다. 그래서 대부분의 작
가들은 구체적이고 자상한 부분적인 묘사방법을 찾아낸다. 손놀림이
나 발의 각도, 눈동자의 바라보는 위치설정 등 작가가 생각하고 그려
야 할 부분이 실제적 상황으로 그려낼수록 묘사의 정밀성을 찾을 수
있다.

위의 예문에서도 싸움의 구체적인 묘사방법으로는 홍성암은 '취한

이 사내의 사추리를 잡고 늘어진 모양' '다시 솟구쳐 나온 사내가 취한의 머리칼을 움켜잡고 머리를 물 속으로 잡아 눌렀다.'는 표현을 보여 줌으로 사추리를 공격하는 구체성을 보여 주었고, 한승원은 '그의 얼굴을 이마로 들이받았다. 그의 허리를 부둥켜안고 뒹굴었다. 그는 넘어지면서 내 머리와 등과 옆구리를 두들켜 팼다.'고 상황의 구체적 행동이 세 가지의 동작으로 묘사하고 있다. 하일지는 '남자의 관자놀이를 주먹으로 세차게 후려갈겼다.' '멱살을 잡고 발길질을 해댔다.' '그도 역시 상대의 멱살을 잡은 채 마구 주먹을 휘둘러 댔다.'로 묘사함으로 주먹과 멱살과 발길질, 그리고 관자놀이라는 구체적 공격의 위치와 모습을 묘사하고 있다.

싸움에 있어서의 행위 동작은 어디까지나 사실적인 감동에 있기 때문에 싸움의 당사자끼리 어떻게 얽히고 설키느냐에 대한 구체 묘사는 절대적으로 필요하다. 필요에 따라서는 자상한 위치, 부위의 명칭 등이 더욱 세밀하고 정교하게 그려져야 한다. 액션의 적당한 상황 묘사는 식상한다. 보다 세밀하고 구체적 동작이나 행위가 그려져야 현대 소설의 사실성이 부각되고 재미를 더한다.

현대소설에 접근할수록 소설에서 묘사되는 시위의 양상은 일제에 대한 독립운동에서 4·19혁명기의 시위, 과거 군사 정권 시절에 독재와 민주화의 열망에 대한 사회적 불안의 표현으로 시위나 과격한 집단행동이 작품 속에 많이 보여진다. 이러한 표현은 일방적인 공격이나 진압의 명분과 시민에게 가해지는 구체적 표현으로 그려지고 있는 것도 우리의 현대 소설의 특징이다.

그리고 노동운동에서 보여지는 투쟁이나 시위의 방법이 그려지기도 한다. 이러한 시위나 투쟁의 방법은 행동하는 측과 방어하는 측의 격렬한 행위와 동작은 단순하지 않고 인물과 도구가 사용되고 지형지물이 포함되기 때문에 그 범주가 넓고 광범위해 진다.

계엄군들은 그들을 꼼짝 못하게 몸을 묶은 후 주먹질을 퍼부어 댔다. 안경을 낀 채 얼굴을 얻어맞은 학생들이 피를 흘리며 비명을 질러댔다. 한 학생이 군홧발로 정강이를 얻어맞고 쓰러지자 다시 그를 일으켜 세워 놓고는 안경낀 얼굴에 가죽장갑 낀 주먹을 힘껏 뻗었다. 학생의 안경이 깨어지면서 눈언저리에 유리가 박혀 피가 흘렀다.

— 문순태 「그들의 새벽」

여기저기에서 전단이 뿌려지고 플랜카드가 추켜세워지는가 했더니 가자! 가자! 소리가 일고, 노동삼권 보장하라! 구호가 터지고, 우리 승리하리라! 등등 인간이 제 목구멍으로 낼 수 있는 온갖 악에 받친 듯한 소리가 쏟아져 나왔습니다. 포도에 늘어선 젊은 남녀들이 순식산에 대열을 지어 우격우격 차도로 삐어져 나왔습니다. 그와 동시에 두꺼운 투구와 방패, 몽둥이, 국방색 누비옷(이라기보다는 갑옷), 그리고 무거운 군화를 신은 전경들이 마치 티브이 만화영화에 나오듯 고약한 별에서 평화로운 지구를 공략하기 위해 파견한 우주군단처럼 둔탁하게 대오를 갖추어 돌진하기 시작했다.

— 박태순 「낯선 거리」

군인들을 실은 버스 한 대가 그들 곁을 지나쳤다. 어디서 갑자기 나타난 예닐곱 명되는 여학생들이 '반동분자 처단하자!', '타도 독재!', '타도 미제!', 두 손을 젖혀 만세를 부르고 손뼉을 쳤다. 완장을 찬 사람의 지휘에 따라 두 명씩 조를 이룬 청년들이 가마니에 덮인 시체들을 역시 가마니에 막대를 끼워 만든 들것으로 어디론가 나르고 있었다.

— 이균영 「나뭇잎들은 그리운 불빛을 만든다」

집단이라는 행위의 동작은 그 묘사가 서로의 유기성을 지녀야 하기 때문에 전체가 하나의 통일성을 이루어야 한다. 하나의 목적을 동반하는 다수의 행위는 역동적이다. 문순태의 묘사에서는 당하는 자의 실상을 구체적이며 사실적으로 묘사함으로 당하는 자의 처절함이 구체적으로 드러나고 있다. '안경'이라는 도구에 의한 구타는 당하는 자에 대한 심각한 우려를 동반하기 때문에 더욱 간절하고 절박하며 우려의 대상으로 절실한 감정을 갖게 한다. 그뿐 아니라 '안경'과 '가죽장갑'

에 의한 가격은 더욱 그 치열한 전경을 상상하기 때문에 그러한 행위의 묘사는 사실성과 심리적 공감을 일으켜 그 잔인성이 더욱 짙게 노출되기도 한다.

노동운동에 대한 묘사에서는 그들의 행위가 구체화되는 상황의 묘사가 더욱 두드러진다. 박순태의 예문에서도 운동의 정황을 신문의 보도문과 같은 격식으로 상세하고 정밀하며 세심한 부분의 상황묘사가 중요하다. 「낯선 거리」에서는 플랜카드를 들고 시위하는 그들의 구호, 소리, 대열 등 조직적인 상태에 대한 정밀성을 묘사하고 상대 방어쪽에 대한 묘사에 있어서도 투구, 몽둥이, 국방색 누비옷, 군화 등의 구체적 제시는 그 상황을 이해하는데 강한 인상을 제공하고 있다. 그 뿐 아니라 그들의 동작을 '티브이 만화영화에 나오듯 고약한 별에서 평화로운 지구를 공략하기 위해 파견한 우주군단'처럼 대오를 갖춘 행위 묘사를 비유에 의해 그려주고 있다.

이러한 일면의 사건을 그 상황의 형상만을 그려주고 있는 이균형의 묘사는 구체적이지는 못해도 '군인들을 실은 버스 한 대'를 잡아주고 다음으로 '예닐곱 명 되는 여학생'을 곁에 그리면서 구호를 외치고 '완장'을 찬 지휘자를 내세우고 '가마니에 덮인 시체'를 연결시킨 것은 이 짧은 구성 묘사로 그 엄숙성과 동작의 정밀성은 하나의 구도를 이루어주고 있다.

이러한 시위나 운동의 묘사는 상대적인 각도에 의해 그 구성 자체가 한편의 구도성을 지닌다거나 한 장면 한 장면의 스케치에 강한 인상과 그 운동이나 시위의 정도가 원만하게 부각되어야 한다.

행위 동작의 묘사에 있어서 순차적인 구체 묘사는 인상을 짙게 한다. 하나의 생동감을 불러 일으켜 주는 것으로 그것이 묘사의 방법에 따라서는 점층 형식을 가질 수도 있고 점강 형식을 가질 수도 있다. 그리고 상대적인 동작의 묘사를 기술적으로 그리는 것도 하나의 방법이다. 구체적 심층적인 묘사를 가함으로 설명의 효과를 기대할 수도 있다. 행위나 동작의 묘사는 대상에 대한 인식의 정도나 관찰의 각도, 그리고 관심의 차이도 중요한 묘사의 다양성을 기대할 수 있다. 묘사의 치밀성에 따라 마치 속도감각을 느낄 수도 있고 정밀한 느린 속도의 형상을 느낄 수도 있다.

병관의 라이트 스트레이트가 흑인선수의 턱에서 작렬하고 있었다. 곧 이어 흑인이 병관의 복부로 주먹을 날렸다. 병관이 복부를 감싸며 헉 하고 휘청거렸다. 흑인이 그 사이를 비집고 다시 스트레이트를 병관의 얼굴로 넣었다. 그러나 병관은 어느 새 고개를 옆으로 피하고 흑인의 턱 밑으로 어퍼컷을 올렸다. 이번엔 흑인이 휘청했다.
— 김병총 「이제는 아무 일도 없었다」

사내의 주먹이 오원의 얼굴을 향해 잽싸게 날아갔다. 오원이 슬쩍 피하면서 그의 손목을 도끼자루처럼 움켜잡았다. 그리고는 팔을 비틀어 사내의 등짝에 붙이더니 발로 그의 엉덩이를 힘껏 걷어찼다. 그 건장한 사내가 힘없이 나가 떨어져 부뚜막에다 얼굴을 갈았다. 오원은 거기서 멈추지 않았다. 느닷없이 국이 설설 끓고 있는 가마솥 뚜껑을 열더니 사내의 덜미를 잡아 얼굴을 솥에 처박을 직전으로 몰고 갔다.
— 민병삼 「화도」

상대방이 먼저 주먹을 날렸다. 에라이 씨발눔아 어디 붙어 보자. 길남이는 이빨을 앙다물며 주먹을 피했다. 그리고 박치기로 상대방 가슴을 떠받았다. 몸집 조금 더 큰 것만 믿고 덤비던 상대방이 벌렁 뒤로 나자빠졌다. 길남이는 그 위에 올라타고 주먹을 휘둘렀다. 상대방은 위기를 모면하려고 팔다리를 버둥거리며 안간힘을 썼다. 아이들은 이미 게잡이를 멈추고 싸움 구경에 열중해 있었다. 길남이는 왼손으로 상대방의 목을 눌러대며 오른쪽 주먹으로는 얼굴을 갈겨 대고 있었다. 상대방도 다리를 버둥거리며 주먹질을 해댔지만 길남이는 맞는 것은 아랑곳하지 않고 때리는 것에만 온 힘을 쏟고 있었다.
— 조정래 「태백산맥」

김병총은 병관과 흑인간의 시합상황을 묘사하고 있다. 첫째 병관의 스트레이트가 흑인의 '턱'에 맞고, 둘째 흑인이 병관의 '복부'에 주먹을, 병관은 휘청한다. 처음 주먹은 병관이의 선제 공격이었으나 흑인의 공격에 병관이 휘청하게 되고, 다시 흑인이 스트레이트로 병관의 '얼굴'에 파고들자, 병관은 피하고 오히려 흑인의 '턱'을 공격하여 흑인이 휘청한다. 이러한 상대적인 공격의 형태를 구체적 부위와 방향까지 설명함으로써 두 사람의 공격의 수위와 형태를 정밀하게 묘사한 예라 하겠다.

민병삼은 사내와 오원의 동작에 대한 변환을 잘 그려주고 있다. 사내의 주먹이 오자 오원은 피하면서 사내의 손목을 '도끼자루'처럼 움켜잡고 '팔을 비틀어 사내의 등짝에 붙이더니 발로 그의 엉덩이'를 힘껏 걷어차는 묘사와 그 행위의 하나하나는 물론 도끼자루나 팔을 비틀고 엉덩이를 차는 묘사는 무술의 교과서적인 설명이 곁들여졌으며, 점층적으로 행동이 구체화되면서 점차 격해지는 양상으로 치닫게 된다.

조정래는 길남이와 상대방과의 싸우는 장면의 묘사다. 여기서는 먼저 주먹을 갈긴 상대방을 길남이가 제압하여 상대방을 누르는 장면에 대한 묘사다. 상대방이 먼저 주먹을 휘둘렀으나 길남이가 이를 제압하여 '왼손으로 상대방의 목을 눌러대며 오른쪽 주먹으로는 얼굴을 갈겨 대'는 묘사는 길남이의 일반적인 공격의 자세를 구체적 묘사를 시도하여 점점 길남이의 행위에 접근하는 치밀성을 보이고 있다.

행위나 동작의 묘사에서는 등장인물들이 사건의 핵심에서 어떠한 상황을 전개하면서 그 상황 속에서 그들이 행하는 스토리와 그에 걸맞는 액션을 유지함으로 독자에게 사실적인 상황을 전할 수 있는가 하는 문제를 적절하게 그려주는 것이 작가의 몫이다.

작가가 그려내는 것은 작가가 표현하고자 하는 인물이 실제 생동감을 나타내고 살아있는 인물로 부각하는 것이 바람직하다. 홍길동전에서의 홍길동이나, 임꺽정의 이야기에서 임꺽정의 인물의 부각이나 동끼호오테라는 인물이나 이들 모두가 소설가가 그려낸 인물이다. 그렇다면 이들 인물은 그 스토리에 버금가는 그들의 행위와 동작이 독자의 뇌리에서 떠날 줄을 모르게 한 것은 작가였다.

소설 속의 행위나 동작의 묘사는 살인에 의한 잔인한 행위의 묘사나 폭력적인 장면의 묘사는 물론 고문이나 시비에 이르기까지 그 폭은 넓다.

> 다음에는 주전자의 뜨거운 물에 고춧가루를 타서 콧구멍과 입에 부어 넣기 시작했다. 벤치에 반듯하게 눕히고 한 형사가 두 다리 위에 올라앉고 다른 두 형사가 양편에서 두 팔을 잡아 누른 뒤에 게다가 얼굴 위에 수건을 펴놓고 머리를 뒤로 젖힌 뒤에 콧구멍에 매운 고춧가루 물을 쉬지 않고 부어 넣는 탓으로 숨을 들이실 수는 있으나 내쉴 수가 없어서 몇 번이나 가무러쳤는지 모른다.
>
> — 박계주 「순애보」

고문의 장면 묘사다. 구체적이고 세밀하게 묘사함으로 고문의 현장감이 그대로 나타난다. 이러한 묘사의 표현은 사실성에 입각함으로 그 현장에서 벌어지는 정황을 가급적 정밀하고 구체화시킴으로 그러한 현장에 접근한 사실과 같이 공감의 폭을 넓히는 서술효과를 기대할 수 있다. 고문에 관한 인상을 그대로 느낄 수 있는 박계주의 묘사는 해방공간에서 많이 다루어진 경우이다.

묘사에 있어 행위 동작을 살펴본 것과 같이 대체로 구체적 장면의 묘사에 치중하고 있으며 그럼으로 사실성에 접근하려는 작가의 의도가 구체화되어 있다. 작가는 사건을 그려 가는 여러 가지 기술 방법 가운데서도 인물의 살아있음을 인지시키는 행위와 동작의 기술은 작품의 활력을 불어넣는 것은 물론 작품의 생명력을 보다 넓게 하는 작용을 할 것이다.

본 항목에서 소설의 여러 가지 묘사의 기법 가운데서 특히 인물이 움직이고 행동하는 표현의 부분을 발췌하여 각 작가가 이루어 놓은 인물의 구체적 사건의 움직임을 분류하여 이를 '행위 동작'으로 보려 하는 의도도 큰 사건의 테두리에서 한 부분 속에 인물의 제한적인 표현이라는데 관점을 두었음을 인지하기 바란다.

• 일러두기 •

① 작가는 자모순으로 배열함.
② 작품 배열은 쪽의 순서에 의함.
③ 작품마다 출판사 및 연도를 표시함.
④ 작품 제목은 해당 제목으로 표시함.

*후원 : 대산문화재단
*도움을 주신 분 : 김란주, 김령희, 전효주, 정 윤, 김정은, 정희수,
　　　　　　　　 박현숙, 이해정, 김혜진, 조은희, 하연경, 김단비.

행위 동작 묘사 편

□강난경 「지칭개 꽃바람」

온녀는 잠결에 이상한 비명 소리를 듣고 잠이 깼다. 눈을 떠보니 혼자 헛간에서 자고 있었다. 누가 쿵쿵거리며 도망가는 소리가 났다. 분명히 남자의 발소리였다. 아무래도 삼장수 아저씨가 어머니를 죽이고 도망갔다고 생각이 들었다. 왜냐하면 전에도 이상한 소리에 놀라 눈을 살짝 떠보면 삼장수 아저씨가 어머니를 죽이려다마는 것을 몇 번이나 봤기 때문이다. 사실 그래서 온녀는 그를 더 미워하고 있었다. 그래도 어머니는 그를 좋아하고 기다리니 온녀로서는 알 수 없는 일이었다. 온녀는 겁나고 떨리지만 어머니가 걱정되어 헛간을 나섰다. 아름다운 달빛조차 무섭고 머리칼이 쭈뼛쭈뼛 섰다. 엄마를 부르려 했지만 목소리는 머릿속에서만 돌 뿐 입에까지도 내려오지 못했다. 뻗어지지 않는 팔을 억지로 내밀어 숨을 정지한 채 방문을 열었다. 비린내가 확 나옴과 동시에 달빛이 방안을 싹 비췄다. 방안의 참상을 본 온녀는 그 자리에서 기절을 하고 말았다. 삼장수의 돈을 노린 강도가 삼장수와 온녀의 어머니를 죽인 것인데 얼마나 무지막지하게 도끼를 휘둘렀는지 방의 벽에 온통 피와 살점이 튀어 붙고, 빠진 눈알이 여기저기 뒹굴어 다녔다. 사람들은 경찰이 눈알을 제일 먼저 주워 갔다고도 했고 소문은 헛소문과 더불어 꼬리를 물고 소문을 낳았다.

(백문사, 1995)

□ 계용묵 「금순이와 닭」

금순이는 생각을 하며 모이를 제냥스레 쪼아먹는 닭의 주둥이를 뜻 없이 바라보고 있노라니 한참이나 쉰쌀을 곰배님배 주어 치던 닭은 별안간 캑캑하고 주둥이를 땅에다 쥐어박는다. 하더니 안타까운 듯이 그 작은 주둥이를 땅에다 줄줄 끌며 어쩔 줄을 모르고 뒤로 물러 걸음을 하여 가리 안을 뱅뱅 돈다.

웬 까닭일까? 금순은 생각을 하며 가리를 방싯이 들고 손을 넣어서 닭의 발목을 붙들어 내었다. 그리고 주둥이를 비집어보니 뜻밖에도 주둥이 아래턱과 윗턱 사이에 부러진 바늘 토막이 딱 모로 서서 걸려 있다.

으응! 고팠던 배에 가릴 여지없이 분주히 주워 먹다 그만 바늘까지 곁집어 삼켰구나 하고 금순이는 나무꼬치로 바늘을 걸어서 둥기어 보니 꽤 깊이 박였다. 움직이지도 않는다. 닭은 아파서 깩깩하고 요동을 친다.

어떻게 해야 바늘을 바로 뽑아낼까 금순은 새끼손가락을 닭의 주둥이에 들이밀어 바늘을 걸었다. 아픔을 참지 못하는 듯 닭은 화드득하고 깃부침을 하는 바람에 바늘은 얼결 속에 손 끝에 걸려 나왔으나 품안의 닭은 자기도 모르게 빠져 나와 담 모퉁이로 비칠비칠 달아난다.

(학원출판공사, 1994)

□ 계용묵 「유앵기」

한번은 지나가는 행인의 어깨를 길을 어이 다가 잘못된 체 힘껏 들이받았다. 그러나 받고 보니 그건 안 되었다. 싸움을 건 셈이다. 올커니 글커니 밀치며 젖히며 시비를 서로 따지어야 하게 되는 판.

성눌은 중재를 위하여 나선다. 붙은 싸움을 떼고 사이에 들어섰다. 그러나 들어서고 보니 친구는 날쌔게도 빠져나 구두 소리 높이 거리의 정적을 깨치며 도망을 친다. 그 친구를 놓친 적은 분함을 참지 못하는 듯이 성눌에게로 돌려 붙는다.

“이 새끼! 그래 네가 쌈을 도맡을 작정이냐? 뎀벨 템 뎀베라!”

볼 새도 없이 들어오는 주먹은 턱 하고 번개같이 성눌의 턱 밑을 받아낸다. 그뿐이면 좋았다. 단 한 주먹에 성눌은 쾅 하고 뒤로 나가 둥그라지며 돌같이 단단한 아스팔트 바닥에 머리를 바쫏는다. 그것뿐이면 또 좋았다. 두부에서는 검붉은 피가 계제하게 흘러서 순식간에 머리는 핏속에 파묻힌다. 성눌은 죽었는지 살았는지 혼돈한 채 일어나지를 못한다.

잘못은 어느 편에 있었든지 간, 죽었는지 살았는지 나가둥그러진 그대로 꼼짝못하고 피만 쏟아내는 벗, 이 벗을 위하여 일행은 응당히 복수의 의무를 느껴야 옳을 것이나, 일견 적진의 행색은 거리의 불량배에 틀림없다. 즈봉을 땅에다 찰찰 끌며 샤쓰 바람에 캡을 비스듬히 쓴 사람이 둘, 노타히에 머리를 반반히 재워서 바른 골을 쪽 갈라붙이고 모자도 없이 와이샤쓰 소매를 팔뚝까지 걷어올린 사람이 하나, 싸움에는 아무 기술도 갖지 못한 벗들은 그들에게 손을 대기는커녕 그들의 손이 올까 두렵게 말로라도 한마디 대항해 볼 용기조차 않고 다만 자기네의 신변을 지키기에만 급급해서 쩔쩔매고 있는 동안

“이 쌔끼들아! 다음엘람 술을 먹더라도 점잖게 먹고 다녀라!”

약점을 본 그들은 사람을 핏속에 묻어 놓고도 오히려 뻐젓이 버티고 서서 큰소리를 치면서 서서히 골목 안으로 사라진다.

그제야 일행 중에 한 사람이던 조군은 제 자신 모욕을 느꼈는지, 실로 벗의 치명상이 분했던지, 또는 성눌에게 대한 자기의 체면을 유지하자는 데선지 웃통을 벗고 넥타이를 끄르며 고함을 친다.

"이 자식들아! 네 자식들이 가면 어디로 갈 테냐? 뎀벨 템 뎀베 보 자!"

그러나 사람을 핏속에 묻혀 놓고 그들이 설사 이 소리를 들었댔자 돌아서 대들 이치 만무하다. 반응이 없는데 조군의 기세는 더 높아진다.

"이 자식들아! 내 단주먹에 가루를 만들리라! 어디를 숨어? 이 자식 들……"

그기에도 격동할 용기가 없는 듯이 어리둥절해서 조군의 태도만 묵 묵히 바라보고 섰다가 움찔하고 몸을 뒤채는 것 같은 성눌의 거동이 눈에 뜨이자 죽지는 않았다는 그 동작이 그지없이 반가워서

"성눌이! 성눌이! 정신차려, 응? 성눌이!"

제각기 부르짖으며 김군은 성눌의 팔목을 잡아당긴다. 성눌은 일어 서려고 전신에 힘을 주는 눈치였으나 몸을 가누지 못하고 빗둑 모로 쓰러진다. 피를 너무 많이 쏟은 탓일까, 달빛에 어린 얼굴이 몹시도 창백해 보였다.

조군은 혼자서 덤비나마나, 겁이 시퍼렇게 난 세 사람의 벗은 성눌 을 부축하여 병원을 찾아 내달았다.

(어문각, 1970)

□공석하 「프로메테우스의 간」

……금 25일 새벽 5시부터 38선 전역에 걸쳐 이북 괴뢰집단은 대거 하여 불법남침하고 있습니다. 옹진전역으로부터 개성, 장단, 의정부, 동두천, 춘천, 강릉 등 각기 전역에 괴뢰집단은 거의 동일한 시각에 행동을 개시하여 남침하여 왔고, 동해안에는 괴뢰집단이 선박을 이용 하여 상륙을 기도하여 왔으므로 목하 전국 각지의 국군부대는 이를 격진하여 지금 적절한 작전으로 전개하고 있습니다. 그 중 동두천 방 면 전투에서는 적측이 전차까지 출동시켜 내습하였으나, 대전차포에

격퇴 당하고 말았습니다.

* * *

학교에서 돌아오는 길에 보니까 몇 사람의 피난대열이 보였다. 우리 마을은 외딴 곳이지만 천안으로 빠지는 길과 진천으로 질러가는 길에 있어서 그쪽 방향을 가는 듯했다. 부녀자들은 머리에 무엇을 이고, 남자들은 지게를 지거나 멜빵 위에 짐을 싣고 묵묵히 걷고 있거나, 소 마차에 짐을 싣고 지나가고 있었다. 그때 공중에 적기가 나타났고, 곧이어 미군기가 나타나 공중전을 벌이고 있었다. 총알이 불을 뿜고 있었지만, 어느 것도 떨어지지는 않았다.

* * *

화형식의 불길이 타오르자 북으로 향하던 폭격기 한 편대가(4대) 마을 가까이까지 다가서면서 기관단총으로 쏘아대고 있었다. 우리들은 얼떨결에 엎드려 있었다. 다행히 사상자는 없는 듯했다. 그런데 다시 북으로 향하던 폭격기가 밤하늘에서 싸우는 모습은 장관이었다. 한편이 올라가면서 기관포 인가를 내리쏠고, 또 한편이 선회하면서 기관포로 쏘아대는 곡예를 부리면서 밤하늘을 수놓고 있었다. 모두가 어둠 속에서 넋을 잃고 바라보고 있었다.

* * *

처음 접하는 술이었다. 뭔가의 울분이, 그 동안 막연하게 동경하면서도 원망했던 홍구에 대한 그리움이, 그리고 서울생활을 처음 시작하는 불안이, 또 세상 돌아가는 것에 대한 분노가 계속 술을 마시게 한다. 누군가 쓴 소설에서처럼, 피를 토하며 죽든지, 물에 빠져 죽든지를 할 수 없으면 술을 마실 수밖에 없다는 말이 묘하게 실감나고 있었다. 세상은 개판이고, 그 개판의 주역인 정치가들에 빌붙어 춤추고 노래하는 판·검사들과 공무원들, 글쟁이들, 경찰들을 생각하며 술을 마셨다.

우리가 할 수 있다는 것은 얼마나 즐거운가 어쩌구 하며, 술을 마셨
다.

* * *

선거날 마산(馬山)에서는 투표소에 갔던 시민들이, 민주당원을 내쫓
고 공공연히 공개 투표하는 것에 분개하여 지서와 관공서를 습격했다.
그 과정에서 경찰에 총을 난사하여 7명이 죽고 70여 명이 부상당하는
사건이 일어났다. 죽은 사람들은 대학생과 고등학생들이었다. 김삼운,
김효득, 김영호, 오성원, 김동신, 김영준, 김의규가 총탄에 맞아 죽었
고, 부상당한 사람 가운데 중상을 입은 몇 사람은 언제 죽을지 모른다
고 했다. 죽거나 부상당한 사람 이외도 집에 돌아오지 않는 자식들을
찾아 헤매는 부모들이 있다고 했다. 젊은이들을 죽여 놓고 경찰에서는
발표하지 않는 것도 있을 것이라는 소문이 돌았다. 방송에서는 빨갱이
들이 난동으로 일부 투표소에서 소요가 있었다 고만 했다. 무엇이 진
실이고, 무엇이 거짓인지 알 수 없는 세상이었다.

* * *

연도의 시민들도 같이 따라 하고, 박수를 쳐주었다. 어둠이 깔리고
있었다. 허공에 걸린 반달이 고개를 내밀고 있었다. 대열은 다시 시청
앞을 통과하여 을지로로 향했다. 그만하면 오늘의 행사는 목적을 달성
했다고 판단하고 하교 길에 오른 것이다. 을지로 1가 2가 3가 4가 5가
입구 쪽에서 다시 종로 쪽으로 향했다. 애국가를 힘차게 부르고 있었
다. 청계천 다리(당시 청계천이 복개가 안되었었음)를 건너 종로 5가
로 진입할 즈음, 앞에서 아우성소리가 나기 시작했다. 대열은 흩어지
기 시작했고, 울부짖는 소리가 요란했다. 앞에서 트럭 7대에 분승하여
달려온 정치 깡패들이 앞에서부터 쇠파이프로 내려치고 있었다. 별안
간 뒤로 밀리는 군중들로, 엎어지고, 넘어지고, 쓰러지고 있었다. 수많

은 사람들이 주위가게로, 술집으로, 골목으로 몰리었고, 유리창들은
박살이 났고, 그 유리창 속으로 숨어들기도 하고, 지붕위로 오르기도
했고, 수채에 뛰어들기도 하고, 청계천 다리 아래로 뛰어 내리기도 했
다…… 나도 얼떨결에 골목길 가게의 유리창을 깨고 숨어들었다. 운동
화짝이 벗겨 없어졌고 발바닥에서는 피가 흐르고 있었다. 가게 주인이
급히 상비약을 가져와 옥도정기를 바르고 가제로 둘러싸 주었다.

* * *

　세종로 쪽으로 간 것은 10시경이었다. 동국대학교 학생들이 국회의
사당 앞에 운집되어 있었다. 이어 종로와 세종로는 서울대학생들이 모
여들고, 안국동 쪽에서는 한양대학교 학생들이 광화문 쪽에서 옮겨오
고 있었다. 그리고 이화여자대학교와 숙명여자대학교 학생들이 연희
대학교(지금의 연세)학생들과 함께 서대문 쪽으로 옮겨오고 있었다.
처음에는 대학별로 운집했던 것이 시민과 중 고교학생들과 대학생들
이 범벅이 되어, 하나가 되어 가고 있었다. 초등학교 학생들도 보였고,
일반시민들도 합류하기 시작했다. 하나의 거대한 군중으로 응집되고
있는 것이다. 군중은 수천에서 수만으로, 수만에서 수십만으로 불어나
고 있었다. 군중들이 내뿜는 함성에 북악산까지 흔들리는 듯했다. 광
화문 앞에 쳐 놓은 바리케이트 앞에 군중과 경찰이 대치하고 있었다.
수십 만이 지르는 함성에 질렸는지 완전 무장한 경찰들의 표정은 굳
어 있었다. 그들이 포진한 광화문(당시 광화문 정문건물이 없었음) 뒷
켠으로 중앙청(지금 박물관이었다가 철거함)까지 펼쳐있는 정원에는
개나리꽃이 햇볕을 받아 노랗게 웃고 있었다.

* * *

　누군가가 돌멩이를 경찰 쪽으로 던지자, 다른 사람이 또 던졌다. 한
동안의 공방전이 계속 되었다. 이러한 가운데서 누군가가 애국가를 부

르기 시작했고, 그 소리가 군중들 사이로 퍼져 나갔다. 애국가 소리는 진달래꽃으로 불게 물든 인왕산과 북악산까지 번지는 듯했다. 사람들의 얼굴은 최루탄가스와 물에 범벅이 되어 있었다. 눈을 뜨지 못하고, 기침을 해대는 학생들도 있었지만 자리를 뜨지는 않았다. 울분 같기도 하고 울음 같기도 한 애국가의 소리는 뒤따르는 수만 군중이 따라 불러, 가스로 하얗게 뒤덮인 하늘로 오르는 듯했다. 막 피어오르는 수양버들과 은행나무의 속잎까지도 허옇게 변해 있었다.

경찰들이 경무대 앞 파출소에 세워놓은 철조망 앞에 겹겹이 포진하고 있었다. 바리케이트 앞에서 100여명의 경찰들이 일렬로 총을 겨누고, 뒷줄에는 수많은 특별 경비대원과 검은 옷을 입은 경찰대대와 몇 대의 소방차가 대기하고 있었다.

펑. 퍼엉. 펑 다시 최루탄가스가 하늘을 뒤덮였다. 물에 젖은 몸에 가스가 엉겨 붙자 얼굴이 따끔거리고, 머리가 지글거리고, 눈을 뜰 수가 없었다. 숨쉬기조차 힘들었다. 숨을 들이쉬면, 속에서 창자가 뒤집히는 것 같았다. 그래도 대열은 동요하지 않고, 조금씩 앞으로 나아가며 애국가를 부르고 있었다.

* * *

경찰들이 일제히 공포를 쏘기 시작했다. 동시에 수백 발의 최루탄이 터져 나왔다. 하늘이 별안간 하이얀 가스로 뒤덮였다. '우―' 하는 소리가 나는가 싶더니 대열이 성난 파도와 같이 전진하고 있었다. 요란한 공포탄 소리와 최루탄 가스로 경무대 앞은 아수라장으로 변했지만, 누구도 자리를 벗어나려 하지 않았다. 최루탄과 연막탄이 땅에 떨어져 터지기 전에 재빨리 잡아 경찰 쪽으로 던지는 학생도 있었다. 어느새 양쪽의 인가 지붕 위까지 올라가 돌멩이와 기와 쪽을 던지며 공격하는 학생들도 보였다. 한시간 가까운 긴박한 공방전이었다. 경찰과 헌병들이 조금씩 밀리기 시작하고 있었다.

어느새 대열은 바리케이트를 걷어치우고 효자동 전차 종점까지 들어섰다. 동국대학교 학생들이 주로 선봉을 이루었고, 기영이도 대형 태극기를 들고 그 앞에 서 있었다. 경찰과 헌병들이 세 대의 소방차를 남겨둔 채 서서히 경무대 쪽으로 물러서고 있었다.

* * *

홍구의 얼굴에도 가스와 눈물이 엉겨붙어 있었다. 머리도 희끗희끗하였다. 충혈 된 눈빛만 예리하게 느껴졌다. 누구의 눈빛을 보아도 죽음을 초극한 것같이 보였다. 별안간 소방차의 엔진소리가 요란했다. 소방차들 위마다 학생들 10여 명씩 올라타고 있었다. 소방차의 사이렌 소리가 나기 시작했다. 수백 명의 학생들이 소방차의 뒤를 따르고 있었다. 기영이가 소방차 위에서 태극기를 흔들고 있었다. ‘돌진이다……’ 기영이가 대형 태극기를 높이 흔들며 말하는 순간, 총소리, 수백 발의 총소리가 들렸다. 아우성 소리……, 신음하는 소리……, 소방차 위에서 굴러 떨어지는 모습……, 밀리며 지르는 아우성 소리, 내 옆에 있는 학생이 이마에서 피를 쏟으며 쓰러졌다. 순간 기영이가 소방차 위에서 태극기를 싸안고 떨어지는 것이 보였다. 여기저기 쓰러지며 들리는 신음소리……, 대열이 뒤로 밀리고 있었다.

‘기영이가 총에 맞았다.’ 내가 소리지르며 앞으로 나아가 기영이를 싸안았다. 어느새 홍구도 와 있었다. 가슴에서 피가 끈적하게 흐르고, 목 언저리에서 피가 솟아오르고 있었다. 기영이의 몸이 부르르 떨리고 있었고, 고개를 쳐들려고 안간힘을 쓰다가 머리가 뒤로 젖혀졌다. 그리고 팔과 다리를 늘어뜨린 채 조용했다. 흐르는 피가 따뜻했다. 충혈 된 눈에는 눈물이 가득 고였고 여전히 얼굴은 엷은 분홍빛을 띠고 있었다.

‘……죽었나 봐……’ 내가 홍구에게 말했다. 홍구가 기영이의 웃옷을 벗기고 그의 가슴에서 솟아오르는 피를 자기의 윗옷(교복)을 벗어

닦아주고 있었다. 거기에 넓은 가슴과 벌어진 어깨의 젊은이가 누워 있었다. 얼마나 아름다운 젊음이었던가. 하나님이시여. 인간을 이렇게 아름답게 만들어 놓고는 이렇게 가게 할 수도 있는 겁입니까? 우리들은 기영이와 또 여기저기 널린 젊은 시체들과 부상자들을 싣고 태극기를 잡았다. 그리고 급히 경무대 앞을 떠났다. 다시 뒤에서 총소리가 나고 있었다. 광화문을 통과하고 있을 때, 불타는 서울신문사가 보였다. 반공연맹도 불타고 있었다. 서대문 쪽에서도 검은 연기가 솟구치고 있었다. 이기붕의 집(지금 4.19 도서실)이 불타고 있는 것이었다. 사이렌소리를 내며, 태극기를 흔들고, 시체를 가슴에 싸안고 달리는 소방차였지만, 군중들이 거리를 메웠기 때문에 쉽게 빠지지는 못했다. 차가 안국동을 지나 원서동에 접근했을 때, 동대문 경찰서쪽에서 총소리가 나고 있었다. 응급실은 시체……. 시체들과 신음하는 환자들로 들끓고 있었다. 머리가 부서져 얼굴조차 알아보기 힘든 사람, 가슴에서 피를 흘리는 사람, 팔이 잘라진 학생, 다리가 잘라진 학생, 홍구와 나는 싸안고 있던 기영이를 들것으로 옮기었다. 기영이의 몸이 가볍게 느껴졌다. 가슴과 눈을 헤쳐본 뒤, 간호부에게 지혈제를 뿌리게 한 다음, 흰 가운을 머리부터 다리 끝까지 덮었다.

 ‘기영이가 죽었어.’ 홍구가 나직이 말했다. 밀려드는 시체와 환자들로 병원 전체가 수라장이었다. 이렇게 날은 저물고 있었고, 홍구와 나는 기영이의 시체 곁에서 밤을 세웠다.

(뿌리, 1999)

□공선옥 「내 생의 알리바이」

 어떨 때는 좀 과격하다 싶을 정도로 아들의 멱살을 잡고 사랑해달라고 애원합니다.

 아들은 묵묵부답입니다. 허여사는 그를 때 자신이 어떻게 처신해야 좋을 지 재빠르게 계산합니다. 아들의 멱살을 거머쥐고 눈물을 줄줄 흘리며 사랑 좀 해달라고. 예전 여자한테 주는 사랑의 십 분지 일만이라도 좀 달라고 애원할 때의 한수님이는 대개는 술을 먹었습니다. 술을 먹은 한수님이의 힘은 장사 같습니다. 그 호리호리한 몸매 어디에서 그런 힘이 나오는지 아들의 멱살 잡은 손을 좀 떼어낼라치면 손등에 푸른 힘줄을 있는 대로 세우고 눈에는 불꽃이 일어서 허여사의 만류에도 아랑곳하지 않습니다.

* * *

아이들이 고통스러워하는 모양을 더는 못 견딘 것이 화근이었다. 문희는 제 발 앞에 놓인 베개를 냅다 세환에게 집어던졌다.

"애들에게 그만 하라고 했잖아."

세환이 벌떡 일어났다. 그리고 그 사태는 정말로 순간적으로 일어났다. 세환이 방바닥에 깔아놓은 이불을 문희에게 던졌고 도란이가 우리 엄마 때리지 말라고 문희 몸을 감쌌다. 어느 순간 세환이 도란이 몸을 집어들어 이불 위로 패대기치면서 아이 몸을 짓밟았다. 오밤중의 아수라장이 그렇게 펼쳐졌던 것이었다.

(창작과비평사, 1998)

□ 공선옥 「시절들」

추섭이는 여름에 죽었다. 햇빛이 자글자글 끓던 한여름 낮이었다. 탐진강가의 키 큰 미루나무 위에서 매미들이 소란스럽게 울어 쌌던 한낮, 나는 강가에서 해군 두 명이 한가로이 앉아 있는 것을 보았다. 그들은 추섭이가 물 속으로 자꾸만 빨려 들어가는 것을 모르고 있다는 듯이 빤히 바라보고만 있었다. 나는 이제 곧 추섭이의 몸이 물위로 다시는 떠오르지 않을 거라는 것을 알고 있었다. 그 예감은 적중했다. 강 저쪽 산허리 밭에서 일을 하던 아주머니가 헐레벌떡 강가로 달려왔다.

"매미가 하도 울어 싸서 고개를 이쪽으로 돌리고 미루나무를 쳐다
보고 있응께 어떤 애기가 물 속으로 없어져 불더라고. 물 속으로 아주
녹아 불더라고."

아주머니는 한여름인데도 입술이 새파래서 바들바들 떨었다. 사람
들이 몰려올 때까지도 해군 두 사람은 강둑에 앉아 그들의 정다운 대
화를 나누고 있었다. 사람들은 일제히 두 사람의 해군을 바라보았다.
그들은 어찌할 바를 모르고 서로의 얼굴을 바라보다가 해군은 옷을
벗었다. 그들이 옷을 벗고 물 속으로 뛰어든 지 조금 지나서 추섭이는
죽어서 햇빛 아래로 뉘어졌다.

오추섭이의 죽은 몸은 장독 두 개로 들어갔다. 추섭이의 죽은 몸이
들어간 장독을 지게에 진 추섭이 아버지는 탐진강가에 추섭이의 아장
을 만들었다. 작은 돌무덤이었다.

(문예마당, 1996)

□공선옥 「씨앗불」

그랬다. 처음에 김충량에게서 진단 한 번 받아 보란 소리를 들었을
때는 밑도 끝도 없는 부끄럼증이 온몸에 스멀스멀 번져 올랐었다.

도대체 무엇이 그렇게 부끄러웠을까. 심란하게 살아온 행적이 부끄
러웠단 말인가.

아, 그런데 그것은 부끄러움이 아니었다. 김충량이 가고 난 지금 위
준은 엉엉 울고 싶게 분하고 서럽다.

그렇다. 그것은 분명 분하고 서러운 감정이었다.

어쩌다가 내가 반미치광이로 몰리고 있는가. 왜 내가 미친 자식이
되어야 하는가. 누가 나를 미친놈으로 만들고 있는가. 가슴이 답답하
다.

"씨발 놈들"

누구에게랄 것도 없이 위준은 거의 본능적으로 오래 입에 익은 욕설을 내질러 본다. 그래도 분하고 서러운 감정은 앙금처럼 고여있다.

* * *

소년의 말이 채 끝나기도 전에 광고 쪽에서 불이 붙었다.

총소리는 뒤엉켜 있었다. 날카로운 M16, 둔탁한 카빈과 MI.

이쪽과 저쪽을 총소리만으로도 구별할 수가 있었다.

순식간에 하늘이 대낮처럼 밝아왔다. 기관총탄이 상공에서 요란하게 날았고 탱크가 굉음을 내며 질주해 왔다. 앙상한 무화과나무가 사시나무 떨 듯 바들바들 떨었고 위준은 총을 쏘았다. 눈에는 아무 것도 보이지 않았다. 갑자기 소년이 피를 분수처럼 뿜어내며 쓰러졌고 둔탁한 물체가 위준의 어깨를 찌르는 순간 그는 그대로 고꾸라졌다. 희미한 의식 속에 뒤돌아본 도청건물은 불바다였다.

창틀 밑을 엄폐물 삼아 사격을 가하던 시민군들은 창문 위까지 솟아오른 은행나무 위로 훌쩍 뛰어올라 주르르 미끄러져 내렸다. 그러고는 끝이었다. 그렇게 미끄러져 내린 사람은 사지를 늘어뜨린 채 꼼짝도 하지 않았다.

위준의 어깨 위에 벌건 선혈이 흘러내렸다. 위준은 소년을 안고 필사적으로 기었다. 어디로 간들 적을 피할 수는 없었지만 그대로 있을 수는 없었다.

* * *

처음에는 그의 아버지에 대한 폭언으로 시작되었다고 했다. 그의 야수성은 언제 어디서 폭발할지 모르는 폭약 같은 것이었다. 그의 두 눈은 타는 듯이 이글거렸고 아무 것에도 어느 조건에도 타협할 수 없는 어떤 분노로 그의 온몸은 불덩어리 같았다.

처음엔 유망한 의대 인턴 과정에 있는 큰형을 향해 덤벼들었고 어

머니가 가장 아끼는 성서를 발기발기 찢어버렸으며 그것을 막는 아버
지를 향해 분노의 화살을 쏟아 부었다.

그런 후 그는 입에 게거품을 물고 스스로 동맥을 끊었다. 살아 있어
야 할 어떤 목적도 의미도 그에게는 더 이상 없는 듯이 보였다. 제 속
으로 난 자식에게 욕을 분 아버지는 그러나 차마 감방 살다 나온 지
얼마 되지도 않은 자식에게 또 쇠고랑을 채울 수는 없었다.

감옥 대신 다시 병원으로 실려갔던 것이다. 병원에서 그는 실습 나
온 간호대생을 애인으로 삼는 성과를 올리고 두어 달만에 퇴원을 했
다. 그렇듯 본의는 아닐지라도 두 번씩이나 병원을 드나든 놈이 되어
놔서 아무리 열정적이 됐든 어쨌든 간에 썩 미덥지 않은 것만은 사실
이었다.

(동아, 1995)

□공지영 「더이상 아름다운 방황은 없다」

그 때 어디선가 급하게 벨이 울렸다. 덕현이 숙이고 있던 고개를 얼
핏 든다. 벨소리를 좀 더 분명하게 울리고 있다. 지섭도 고개를 들었
다. 비상벨이었다. 학생들이 쳐들어오고 있으니 어서 나가 데모대를
막아달라고 벨은 길게 여러번 울린다. 덕현은 인경이 열어놓고 나간
문을 쾅하고 닫는다. 그래도 벨소리가 길게길게 이어진다. 끝날 줄 모
르는 아우성처럼…… 위기를 알리는 붉은 신호처럼……

(풀빛, 1994)

□공지영 「우리는 누구이며 어디서 와서 어디로 가는가」

"아니라고 말했습니다. 하지만 그들은 나를 발가벗겨 내 몸 여기저
기에 물을 뿌렸지요. 이미 이유도 모른 채 죽도록 매를 맞은 후였습니
다. 겨드랑이 사타구니 발꿈치 그리고 성기에까지 전선이 연결되었습

니다……. 죽지 않을 만큼의 전기량을 재기 위해서는 전문가가 있어야 하니까 고문기술자가 출장을 왔더군요. ……그리고 전기 고문이 시작되는 것이지요……. 저보고 북한에 납북됐을 때 무슨 지령을 받았는지 대라는 겁니다. ……그리고는 반복되는 문구를 읽어주며 저에게 그걸 인정하라는 거였어요. 그러니까 제가 간첩 활동을 했고, 북한에서 돈을 받았다는 거지요. ……성기에 이어놓은 전선에 전기 충격을 가하면 널빤지에 꽁꽁 묶여 있는 몸이 10센티쯤 위로 솟구쳐 오릅니다……."

(푸른사상, 2002)

□공지영 「착한 여자 1」

현국이 들고 있던 책을 집어던지고 이글거리는 눈동자로 은주에게 달려들기까지 은주는 결코 그러한 식의 쫑알거림을 멈추지는 않을 것이기 때문이다. 처음에는 현국의 자의식과 비아냥이 발단이 되고 그 다음에는 은주의 노골적인 비아냥이 불을 지펴서 그들의 가슴속은 화약이 터지기 시작하는 것이다.

(한겨레, 1997)

□구인환 「촛불 결혼식」

이건 전의를 상실한 패배를 자인하는 상대를 기염을 토하면서 몰아붙이는 투견장의 모습 그대로이다. 어느 때나 마찬가지로 아버지는 비실비실 뒤로 피하고, 새엄마는 의기가 양양하여 성난 사자와 같이 밀어붙이다. 아버지는 애소의 눈빛으로 새엄마의 얼굴을 보면서 두 손 모아 비는 자세로 변하고, 새엄마는 시저나 안토니오를 대하는 클레오파트라와 같이 기세가 당당하다.

(한샘, 1987)

□구혜영 「칸나의 뜰」

그는 마치 나를 무슨 절도범이거나 파렴치한 가택 침입자로라도 오인했는지, 내 멱살이라도 잡을 듯이 달겨드는 데는 참 어처구니없기만 했다.

* * *

기옥이의 눈과 입이 동시에 딱 벌여진다.

입술이 떨리고 있다. 그녀는 그것을 꼭 깨물며 눈망울이 튀어나올 듯한 기세로 나를 쏘아본다. 그녀의 깡마른 몸이 가늘게 떨리는 것이 내 눈에도 느껴지자. 나는 일순 악마 같은 가학적인 어떤 쾌감마저 느끼며 최후의 일격으로 그녀의 덜미를 나꾸어 채려는 듯이 말했다.

* * *

내 목을 죄던 석두만 씨 손이 풀려 나가면서 부자는 한 덩어리가 되어 방바닥에 뒹굴었다. 석두만 씨는 아들을 맘껏 후려 팼다. 기선이의 코와 입에서 피가 흐르고, 머리가 깨질 때까지 석두만 씨는 미친 듯이 아들을 팼던 것이다. 기선이는 반 주검이 되어 병원에 업혀 가지 않을 수 없었다.

(카나리아, 1988)

□구효서 「검은 물 갇힌 강」

어깨 굽은 사마귀 아주머니는 사람들을, 특히 남자들을 무서워해서 빨래를 널다가도 몇 차례씩 새앙쥐처럼 앙금쌀쌀 도망쳐 구멍처럼 어두운 집안으로 숨어 버렸다. 집안에서 나오는 모양도 영락없이 겁 많은 새앙쥐였다. 더듬이 털과 작고 투명한 분홍빛 주둥이를 먼저 내밀고 새록새록 바깥공기를 한참 더듬고 나서야 겨우 몸집을 드러내는 새앙쥐였다.

어느새 나왔나 싶으면 뽀르르 도망쳐 숨고, 숨었나 싶으면 또 어느 새 나와서 빨래를 널었다. 사람의 접근을 알아차리는 그녀의 감각은 날마다 사람한테 잡아 먹힐까봐 전전긍긍하며 사는 동물의 그것에 버 금갈 만한 것이었다. 무언가의 접근을 알아차리는 신경체계만 지나치 게 비대해지고 나머지 기능들은 모조리 퇴화해버린 가엾은 혈거류(穴 居類). 사람이 나타나서 그녀가 숨는 게 아니라, 그녀가 숨었기 때문에 사람이 나타나는 걸로 보였다.

(세계사, 1999)

□구효서 「그녀의 야윈 뺨」

내 말이 끝나자마자 그쪽에서 유리잔이 날아왔다. 고약한 놈이었다. 나는 미처 피하지 못하고 얼굴에 정통으로 얻어맞았다. …(중략)… 뭐 가 어떻게 돼 가는 건지 도무지 알 수 없었다. 싸움이란 건 태어나서 두 번 해보았지만, 그렇게 많은 상대와 붙어보기는 처음이었다.

(세계사, 1999)

□구효서 「아우라지」

우린 버스 정류장을 향해 걷고 있었다. 몇 발짝 앞쪽에서 비틀거리 던 왜소한 노인 하나가 '여 급구'라는 종이 전단이 붙은 시멘트 전봇 대를 끌어안는 듯 싶더니 단단한 보도 블록 위에 무릎을 찧으며 고꾸 라졌다.

노인의 동작은 마치 '병들고 허기지고 지쳐 죽어 가는 노인의 최후' 라고 출제된 상황을 열심히 시연해 보이는 연기지망생의 절박한 연기 같았다. 우리가 맞닥뜨린 상황은 기, 승, 전 따위의 전후관계가 홀연히 사라지고 다만 비참하고 끔찍할 만큼의 쓸쓸하고 적막한 결말만 남아 한동안 지속되던 것이었다.

그 노인이 누구인지, 어디서 왔는지, 왜 죽어가고 있었던 건지 우리
는 알 수 없었다. 그랬기 때문에 노인의 죽음이 우리에겐 비현실처럼
여겨졌다. 하늘에서 뚝 떨어진 외계의 어떤 존재가 자기가 속했던 세
계에서나 이해될 수 있는 사정과 이유로 죽어가고 있는 것뿐이라는
느낌마저 들었다.

노인의 몹시 딱하고 슬픈 모양을 보면서도 우리가 걷던 걸음을 멈
추지 않았던 것도 그 정황의 느닷없음과 비현실성 때문이었을 것이다.
우린 비칠비칠 걸으며 노인을 돌아다보았다. 노인의 몸과 눈빛은 이미
저승에 도달해 있었다. 오직 허공으로 뻗쳐 올린 오른팔과 끝에 달려
있는 불두갈고리 같은 다섯 개의 손가락만이 이승의 미련을 그러잡으
려고 마지막 안간힘을 다하고 있었다. 그러나 그 손가락들마저도 이미
수백 년 된 미라에서나 볼 수 있는 모양이었다. 마른 나무뿌리에 칠해
진 오래된 옻칠 같은.

노인은 죽어가고 있었다. 일시적인 간질발작이거나 우연한 낙상사
고가 아니었다. 노인이 죽어가고 있다는 증거는 어디에도 없었고, 우
리가 그것을 판단할 깜냥도 아니었지만, 적어도 나는 그의 죽음을 무
작정 확신하고 있었다. "왜 저럴까……" 라는 의문과정은 절로 생략된
채 곧장 "저 사람 죽는구나"라는 안타까운 결론으로 치달았다. 그만큼
노인의 형편은 급박했고 절망적이었다.

나는 걷던 걸음을 끝내 멈추지는 않았지만, 저승을 향해 쾅하니 열
려 있던 노인의 눈과 마주치는 순간 조금 전에 먹은 콩나물해장국이
명치에 턱 걸리는 걸 느꼈다.

정선읍내를 가득 흐르던 화창한 아침 봄기운은 허우적거리는 노인
의 팔짓을 모질게 외면했다. 따갑게 내려 쪼이는 봄볕이 무방비한 노
인의 허술한 육신을 벌떼처럼 공격하고 있었다. 죽어 가는 것에 대해,
살아 있는 모든 것들은 살아 있는 것 자체로 비정한 가해무기였다.

(세계사, 1999)

□ 권 유 「관계」

그날 아침에 일어났었다. 그날은 아내의 강요에 못 이겨서 협의이혼하러 가는 날 아침이었다. 52살의 헛헛한 사내의 어깨가 시리다. 늘 술에 찌들려서 그 허허로움을 잊으려고 무던히도 애를 써왔다. 그러나 아침에 학교에 가려고 하니 아내가 잡았다. 오후 2시 30분에 이혼하러 가자고 했다.

아내는 미리 가서 법원에 약속을 다 했다고 했다. 이제는 나도 체념하고 포기하고 싶었다. 그래, 가자. 나는 학교에서 누구를 만나기로 한 약속도 파기하고 이혼법정에 아내에게 이끌려 억지로 끌려갔다. 방학이라도 집에 있기가 숨이 막힐 것처럼 답답해서 주로 학교에서 시간을 보낸다. 우리 부부는 이제는 얼굴을 맞대고 시간을 같이 보내기에는 이미 각자 다들 지루해져 있었다. 택시를 탔다. 지하철에서 이혼하러 가는 중년의 두 남녀 얼굴을 남에게 보이기가 싫었다. 세상에 보이기가 부끄러웠다. 그 스산한 거리를 우리 둘은 택시를 탔다. 이제는 끝이다. 우리 둘의 부부관계는 이제는 끝이다. 이혼법정은 협의이혼을 하기 위하여 2시 30분부터 입정이 시작되었다. 법원 서기의 호명으로 이날 30명의 쌍쌍이 이혼하러 들어왔다.

(『펜과 문학』, 2000, 가을)

□ 권 유 「거짓을 주제로 한 변주곡」

그 둘이 백설집에 들어섰을 때, 홀에는 아무도 없었다. 급히 뛰어나오며 그들에게 좌석을 권하는 주인을 보자, 김선생은 직감적으로 떠오르는 불안을 느꼈다. 주방을 통하여 내실로 뛰어 들어갔다. 뒤에서 주인의 잡는 손길을 뿌리쳤다. 방문을 여는 순간, 여기저기 뒹굴고 있는 소주병과 담배연기 속에서 팬티만 걸치고 소주를 까고 있는 남학생

곁에, 교복차림으로 얌전히 앉아 있는 인희를 볼 수 있었다. 김선생은 순간, 자기 자신에게 당한 배반감을 주체하지 못했다. 아마도 그것은 질투보다도 분노였을 것이다.

"이놈의 자식"

김선생은 인희의 뺨을 올려붙쳤다. 코피가 봉긋하게 솟아 오른 인희의 왼쪽 가슴에 정확히 떨어졌다. 김선생은 순간 피빛이 아름답다고 느꼈다. 인희는 꼼짝도 않고 김선생을 똑바로 쳐다 봤다. 그 눈빛이 새파랗고 맑다는 느낌이었다. 바로 그때, 김선생은 병 깨지는 소리와 함께 그의 옆구리에 뜨거운 화기(火氣)가 무겁게 들이미는 중압감을 느꼈다.

"이 개 좆같은 놈의 새끼, 씹펄……."

(둥지, 1994)

□권유 「지옥에서 보낸 하루」

고속버스로 1시간 30분 걸리는 거리를 택시를 잡아탔다. 고속도로에서 달리는 택시보다 더 빠르게 스치며 지나가는 트럭의 반동으로 택시는 휘청거리는 것 같았다. 아니 택시기사는 눈앞에 보이는 차란 차는 무조건 다 추월을 했다. 그래서 그는 순간순간 불안한 생각을 했다. 급히 달리는 차와 차끼리 부딪치면 택시는 치명적인 사고가 난다. 급히 달리는 차가 가드레일을 조금만 스쳐도 그냥 비껴나가면서 벌렁 나자빠지는 것은 관성의 법칙이다. 그는 번번이 택시가 가드레일을 스치고 공중으로 붕떠서 물방개처럼 네 바퀴를 하늘을 올려보고 버둥거리는 방정맞은 생각을 했었다. 택시가 흔들거릴 때마다 담배 태우는 손끝이 떨렸다. 그러나 운전기사에게 좀더 천천히 가자는 말은 안했다. 만약 택시가 뒤집혀진다면, 지금 같아서는 그의 아내와 그는 같이 죽는 것이 나을 것 같았다. 어차피 그녀가 머지않아 이혼하자고 종주먹을 들이대고 대드는 차례를 기다리기보다는 그때 사고가 나서 같이 죽었었으면 싶은 것은 점잖치 못한 생각일지라도 그녀를 놓치고 평생을 킹 케이트처럼 그녀를 생각하며 회한과 분노와 원망과 사랑으로 점철된 그런 갈등 속에서 남은 일생을 혼자서 살기보다는 차라리 그때 사고가 나는 것이 서로들 좋지 않았겠는가 하는 생각이 떠올랐다. 택시는 서울 톨게이트를 벗어나서 동대문으로 향했다.

(『펜과 문학』, 1997, 가을)

□ 권 유 「파렴치범」

그런데 그 말을 듣는 순간 나는 화장실이란 말이 아니라 변소란 말이 귀에 거슬렸다. 그 여학생은 손에 종이를 꾸깃꾸깃 쥐면서 내 앞에 당당히 서 있었다. 평소에 눈에 띄게 수업 태도가 안좋았으며 학생과에 가끔씩 불려 다니는 여학생이었다. 다른 학생들은 킥킥 웃기도 했다. 순간 나는 혐오감 때문에 그 여학생의 뺨이고 목덜미고 머리통이고 사정없이 때렸다. 내 생각에도 내 속에 어떻게 이런 야성, 아니 이런 무지스런 속성이 있었나 하는 느낌 때문에 나 자신이 싫었다. 나는, 가슴이 터질 것 같았으며, 눈 앞이 캄캄했으며, 숨을 죽이고 나를 바라보는 60명의 학생들이 희미한 실루엣처럼 보였다. 다음 순간,

"선생님 너무 하십니다. 그것은 생리적 작용입니다. 말로 하시지 왜 때리십니까?"

하는 말이 조용한 정적을 깨고 들렸다. 그 순간, 나는 그 소리가 나는 쪽을 바라봤다. 미옥이가 당당하게 서 있었다.

아, 이래서 사람이 미치는 수도 있구나.

"뭐야, 너 이리 나와, 이……"

나는 미옥이의 독기 품은 파란 눈빛이 미웠다. 정말 죽이고 싶었다. 살의를 그 순간 느꼈다. 지금까지 응어리져 온 나의 짓누르는 감정이 정말로 제대로 폭발하고 있었다. 미옥이는 코피를 흘렸다. 그녀는 그 피를 닦을 생각도 않고, 나를 똑바로 노려보면서 매를 한 대도 피하지

않고 다 맞았다. 나는 점점 더 미쳐 갔다. 그리고 그 다음 순간 쏟아지는 비를 다 뚜드려 맞으면서 학교 밖으로 도망치듯 뛰쳐나갔다.

* * *

나는 얼핏 어른거리는 파란 물방울 무늬의 넥타이를 집었다. 그리고 두 번 정확하게 접어서 내 주머니에 집어넣었다. 그 순간의 시간은 모든 세상이 멈춘 것 같은 적막이었다. 바로 그때다.

"도둑이야."

세상이 갑자기 뒤바뀌는 소리다.

바로 거울 밑에 무겁게 드리워진 누런 커튼이 일렁거리며 건장한 체격의 남자가 튀어나와 내 팔을 비틀고 뺨을 두어 대 때렸다. 그 시간이 무척 짧았다. 불과 일, 이 초 사이인 것 같았다. 분명 내가 침착했다면 그 커튼이 흔들리는 순간 도망을 쳤을 것이다. 그런 경우 그것은 직업적인 절도범의 소행으로 단정하고 싶다. 아니 절도범이 하필이면 돈도 안 되는 넥타이 하나 때문에 그 위험한 짓을 할까.

(둥지, 1994)

□김녕희 「실종」

그녀의 외삼촌이라나 누구라나 날감자 같은 남자까지 달고 와서 초라한 내 아파트의 살림살이에 발길질을 하고 화장품 바구니를 집어던졌고, 미친개처럼 눈을 까뒤집고 덤비더니 내 머리채까지 낚아챘다. 어떻게 한마디 설명을 해 볼 사이도 없었다. 상스런 욕을 퍼대며 제멋대로 날뛰는 그들에게 나는, 영문을 모르는 채 대항을 한 것이 그녀의 코에서 피가 터졌고 안경이 박살이 났다. 나는 아파트 주민들이 빙 둘러서 구경하는 무리 속으로 질질 끌려 난생 처음 경찰서에 넘겨졌다.

＊ ＊ ＊

엄마는 날 보자 벌떡 일어났다. 어떻게 숨도 쉴 새 없이 나는 악다구니 받친 엄마의 억센 손아귀에 내 어린 머리채가 붙들렸다. 채 양말도 신지 못한 얼어붙은 내 발등 위로 펄펄 끓는 북어 국이 쏟아졌다.

(신원문화사, 1976)

□ 김녕희 「흐르는 길」

다른 날보다 그 날 물건이 많이 남아 인자는 가게를 한 시간쯤 더 열고 있었다. 총소리를 듣고 인자가 혼비백산해서 넘어진 건 마악 그녀가 가게문을 닫으려고 한 직전이었다.

침입자는 두 명의 10대 흑인이었다. 목숨이 경각에 달린 그 와중에서도 인자는 백을 빼앗기지 않으려는 필사적인 항거를 했다.

그날 따라 인자는 정 선생에게 결혼 예물로 받은 세트로 된 1캐럿짜리 다이아몬드 반지와 5부짜리 귀걸이를 백 속에 넣어 가지고 나왔었다.

가게가 끝난 후 초강이 있는 레이크 사이드에 갈 때 쓴 자기 인생에 당의정이라도 입히듯 치장을 하기 위해서였다.

다행히 목숨을 건진 인자는 왼쪽 팔에 박힌 총알 제거 수술을 받고 세 시간 만에 의식을 되찾을 수 있었다.

(신원문화사, 1976)

□ 김동리 「사반의 십자가」

사반은 칼로 찌를 듯이 한 걸음 앞으로 다가들어 섰다. 바로 그때였다. 앉아 있던 사나이가 오른쪽 소매를 채는 듯하더니 허리띠 같은 것을 집어던졌다. 붉은 허리띠 같은 구렁이는 사반이 칼을 든 오른쪽 팔에 감기었다. 잇달아 사나이는 왼쪽 소매에서 족제비 같은 것을 내던졌는데, 이번에는 여우 새끼 한 마리가 사반의 불을 든 왼쪽 팔에 와 달리었다.

* * *

여자는 실신한 것처럼 사반의 가슴을 헤치고 들었다. 사반의 그 노기를 띤 듯한 검은 수염이 여자의 코밑을 막았다. 여자의 볼 위로는 끈적끈적한 눈물이 흘러내리고 있었다. 사반이 팔을 늦추어 여자의 눈물 젖은 창백한 얼굴을 바라보자, 여자는 갑자기 발작을 일으키듯 소리를 내어 흑흑 거리며 울기 시작했다.

* * *

그는 배를 흘려서 길을 막고 있는 배에 접근해 가다가 적당한 거리에서 단도 하나를 던졌다. 푸르릉 소리를 내며 날아간 단도 괴한 하나를 넘어뜨리자, 그와 동시에 그 배에서는 갑자기 동요가 일어났다. 그 낌새를 타고 야일은 대담히 배를 부딪히며 또 한 자루의 단도를 던지자 또 한 놈이 넘어졌다. 그러나 의연히 물러설 줄 모르고 길을 막았다. 그 사이 저쪽에서도 단도 두 자루가 날아와 그 한 자루는 야일의 왼쪽 허벅지에 꽂혔다. 그 사이에 또 한 척의 배가 어느덧 야일의 배와 부딪히게 되었다. 거기서는 두 명의 괴한이 한번에 이쪽 배로 건너 뛰려다가 한 놈은 야일의 노에 머리를 맞아서 물에 떨어지고 한 놈은 두 손으로 야일의 노를 꽉 잡은 채 놓지 않았다. 바로 그 순간이었다. 야일의 등이 얼음 조각에 닿은 것처럼 섬뜩한 것을 깨달았다. 또 한 개의 단도가 그의 등에 꽂히게 되었던 것이다. 그런 중에서도 그는 자기가 힘을 쓸 수 있다고 믿었다. 그는 자기 노를 힘껏 밀어서 그 한끝을 잡은 뒤로 넘어뜨린 다음 곧 몸을 돌렸다. 그때는 이미 다른 괴한 두 놈이 저 쪽 배에서 뛰어 올라와 그의 허리께와 바른쪽 팔에다 단도를 박은 뒤였다.

* * *

  바로 그날 밤이었다. 실비아가 들어 있는 감방문 밖에서 우르르 꽝 꽝하고 한참 동안 여러 사람의 싸우는 소리가 나더니 마침내 옥문이 부서지듯이 열리며 어떤 시꺼먼 장정 몇 사람이 뛰어들어와 그녀를 들쳐 메고 어디론지 어둠 속으로 달려가는 것이다. 그때, 그녀의 어렴풋한 인상으로 말하면 어느 쪽인지 똑똑히는 모르나 몇 군데서 불길이 오르고 있는 듯도 했다. 많은 사람들이 어우러져 싸우는 듯도 했고, 많은 여인들이 기구와 함께 부서지며 비명을 지르는 듯도 했다. 궁 안이 온통 난장판으로 화한 듯이 느껴졌다.

* * *

  스가랴의 검술은 혈맹단 안에서도 사반 다음으로 능한 사람이었던 것이다. 열예닐곱번 서로 부딪쳤을 때, 카르함스의 정강마루와 팔에서 피가 터지며 손에 들었던 칼이 땅에 떨어져버렸다. 그것이 스가랴의 왼쪽 어깨 아래에 꽂히자 그 틈을 타서 그는 다시 땅에 떨어진 칼을 주우려고 몸을 구부렸다. 그러나 그가 미처 칼을 주워 들기 전에 스가랴의 긴칼이 그의 옆구리를 찔렀다. 그는 쓰러졌다.

* * *

  그러나 그가 미처 그의 직계 군사들이 있는 동문 쪽 싸움터까지 절반도 가기 전에 어디서인지 모르게 날아온 화살이 그의 뒷등에 박혔다. 깜짝 놀라 뒤를 돌아다보려는 판에 또 한 개의 화살이 이번에는 그의 옆구리에 와 박혔다. 미처 화살 하나도 빼어 보지 못한 채 말에서 떨어진 그는 점점 흐려져 가는 의식 속에서 아직 그것이 시라크나스에게서 날아온 것이라고는 깨닫지 못한 채였다.

* * *

그러나 이 여자는 주인에게 무슨 허락을 구하는 것도 아니요, 거기 있는 다른 사람들에게 어떤 양해를 구하는 일도 없이 예수의 뒤를 돌아 그 발 곁에 서자, 이내 무슨 발작이나 일으키듯 눈물을 주르르 쏟기 시작했다. 여자는 어느덧 그 자리에 무릎을 꿇었다. 여자의 두 눈에서는 눈물이 계속 쏟아지고 있었다. 드디어 눈물은 예수의 두 발등을 완전히 적시고 있었다. 여자의 구부러진 어깨와 등은 그 자체가 다른 어떤 생물인 것처럼 쉴 사이 없이 들먹거렸다. 이윽고 여자는 그 칠빛 같이 검고 윤기 나는 머리를 어깨 위로 넘겨서 그것으로 예수의 발을 씻은 뒤, 거기에 입맞추고 다시 옥합을 열어 그 속에 들어 있는 나드 향유를 쏟아 부었다.

(민음사, 1995)

□김동리 「황토기」

득보는 이렇게 말하며 의미 있는 듯한 눈으로 억쇠를 노려본다. 순간 두 사나이의 눈에서는 다같이 불길이 번쩍 한다. 그것은 땅속의 유황이라도 녹일 듯한 무서운 불길이었다.

* * *

그와 동시에 두 사람의 얼굴에는 무어라 형언할 수 없는 어떤 긴장이 서린다. …(중략)… 순간 득보는 주먹으로 억쇠의 왼쪽 눈과 콧잔등을 훔쳤다. 그 자리에 금세 퍼렁덩이가 들려 눈알에는 핏물이 돌기 시작하였다.

(민음사, 1995)

□김동인 「배따라기」

그의 아내는 시아우에게 상을 준 뒤에 물러오다가 그만 그의 발을 조금 밟았다.

“이년!”

그는 힘껏 발을 들어서 아내를 냅다 찼다. 그의 아내는 상 위에 거꾸러졌다가 일어난다.

“이년 사나이 발을 짓밟는 년이 어디 있어!”

“거 좀 밟아서 발이 부러졌쉐니까?”

아내는 낯이 새빨개져서 울음 섞인 소리로 고함친다.

“이년! 말대답이……”

그는 일어서서 아내의 머리채를 휘어잡았다.

“형님! 왜 이러십니까.”

아우가 일어서면서 그를 붙잡았다.

“가만있거라. 이놈의 자식.”

하며 그는 아우를 밀친 뒤에 아내를 되는대로 내리 찧었다.

“죽일 년, 이년! 나가거라!”

“죽에라, 죽에라! 난, 죽어도 이 집에선 못 나가!”

“못 나가?”

“못 나가디 않구 뉘 집이게……”

이때다. 그의 마음에는 그 ‘못 나가겠다’는 아내의 마음이 푹 들이박혔다. 그 이상 때리기가 싫었다. 우두커니 눈만 흘기고 있다가 그는,

“망할 년, 그럼 내가 나갈라.”

하고 그만 문 밖으로 뛰어나와서,

…(중략)…

“네게 상관이 무에가? 듣기 싫다.”

“못난둥이. 아우가 그런 델 댕기는 걸 말리디두 못하구!”

분김에 이렇게 그의 아내는 고함쳤다.

“이년, 무얼?”

그는 벌떡 일어섰다.

“못난둥이!”

그 말이 채 끝나기 전에 그의 아내는 악 소리와 함께 그 자리에 거꾸러졌다.

"이년! 사나이에게 그따윗 말버릇 어디서 배완!"

"에미네 때리는 건 어디서 배왔노! 못난둥이."

그의 아내는 울음소리로 부르짖었다.

(동아, 1995)

□김만옥 「회칼」

마당 귀퉁이에서 농기구를 사이에 두고 머리를 맞대고 있던 부자가 갑자기 추닥닥 쫓고 쫓기고 있다. 희광이 같이 햇볕에 낫날을 번득이며 늙은 아버지가 아들을 쫓아다닌다. 늙은 아버지도 젊은 아들 못지 않게 날렵하다. 뒤란으로 감나무 밑으로 석류나무 밑으로 장독대 옆으로 헛간 모퉁이를 돌아 다시 앞마당으로 나와 신발을 신은 채 대청마루를 건너 허리 굽혀 쪽문을 넘어 다시 뒤란으로 나간다. 잡히면 죽는다 싶은지 아들이 죽기살기로 뛰고 그 아들을 쫓은 늙은 아버지도 죽기살기로 뛴다. 번득이는 낫날이 내가 이미 알고 있는 세상에 짝짝 금을 그어 피가 배어나게 상처를 입힌다. 낫을 든 아비는 헐떡이는 기관차처럼 달리며 말을 토해낸다. 내 이놈을 오늘 기어이 잡아죽이고 말아야지. 얼마나 오랫동안 쫓고 쫓겼을까. 쫓고 쫓김의 시작이 어땠는지 알 수 없었듯이 슬그머니 낫을 놓아 버리는 끝맺음도 이해할 수 없었으나 낫의 추격으로부터 놓여난 아들이 극심한 공포 후에 쏟아지는 눈물을 걷잡지 못하고 부엌문 옆에 붙어 서 있는 내게로 와서 이 병신하며 세차게 따귀를 때리는 이유는 이해할 것 같았다. 상처받은 자존심과 무너진 위신으로 인한 분노 같은 것이라고.

* * *

형님, 호언선언이 뭐요?

그가 정색을 하고 말문을 열었을 때 식탁에 앉은 식구들의 표정이 갑자기 굳어지는 것 같았다. 누나들이며 형님들이 하나같이 시한폭탄의 작동을 감지하고도 속수무책인 사람들처럼 아슬아슬해하며 눈을 내리깔고 숟가락질만 하고 있는 게 역력한데도 그는 아랑곳하지 않고 이야기를 계속했다. 헌법을 지킨다는 모양인데. 우리 같은 시골 무식쟁이들이 얼핏 듣기에는 비장감까지 느껴진단 말이에요. '호'자도 그렇고 '헌' 자도 그렇고. 느낌이 그렇잖아요. 호국이란 말에서 느끼는 것처럼 내 목숨 걸고 지키겠다는 눈물겨운 비장감이 느껴지더라구요. 그러니까 우매한 백성들에게는 그보다 더 그럴듯한 속임수가 없죠. 그 지키겠다는 헌법의 내용이야 어찌 되었건 우리 같은 사람들은 깨부수는 것보다는 지키는 것이 좋은 줄 안단 말이에요. 형님도 물론 호헌 쪽이겠죠? 형님이야 우리처럼 무식해서 그런 건 아니겠지만.

비아냥이 가득한 동생의 눈에 붙잡힌 형님이 대답에 난처해할 겨를이 없었다. 그런 분위기에 익숙하지 않은 나까지도 어쩐지 그의 입에서 나올 다음 말이 '어용'일 것 같은 아슬아슬한 예감이 든 바로 그 순간, 그의 아버지가 들고 있던 숟가락으로 맞은편에 앉아 있는 막내아들의 이마빡을 힘껏 내리치며 소리쳤기 때문이었다. 얼마나 세차게 내리쳤는지 막내아들의 이마빡에서 금새 피가 베어 나오는데도 그의 아버지는 하고자 하던 말을 뱉어내었다. 네까짓 놈이 뭘 안다고 주둥아리질이야? 하라는 일은 안 하고.

(『현대문학』, 1997)

□김문수 「가지 않은 길」

강정길은 자신도 모르는 사이에 엉거주춤 일어난 자세가 되어 그의 뺨을 호되게 쳤다. 손바닥이 얼얼했다. 소란스럽던 술청 안이 갑자기 진공 상태처럼 되어버렸다.

(좋은날, 1999)

□김병총 「어제는 아무일도 없었다」

스피드도 없이 물렁물렁한 주먹을 가지고, 주제에 스위치 복싱을 하고 있었다. 이런 친구가 어떻게 3차전까지 올라오게 됐는가 의아심이 날 정도로 허망한 상대였다. 2회 중반쯤 상대의 스팬스에 허점이 보인다 싶었을 때 라이트를 찔러 넣었다. 주먹의 너클부가 최고의 속도로 과녁을 뚫듯 날아갔다. 상대의 명치에 명중되고 있었다. 침몰하지 않더라도 심상찮은 충격을 줄 것이라는 느낌이 왔다. 녀석은 조용히 가라앉고 있었다.

* * *

2차전에서는 제법 강적이었다. 주먹의 강도는 그렇고 그런 정도였지만 플크라우치로 낮게 몸을 수그린 디펜스가 괜찮은 상대였다. 녀석은 인퍼이티로 귀찮게 달라붙었다.

2회전 종료 공이 울리기 직전 우연히 휘두른 레프트훅이 녀석의 라이트 조(오른 턱)에 명중됐다. 헤드기어가 휙 돌아가고 있었다. 병관이는 놓칠세라 라이트를 명치에 꽂았다. 놈은 앞으로 조용히 허물어지고 있었다. 카운트 세븐에서 천신만고로 일어나려는데 레프리가 얼른 떼말렸다. RSC였다.

* * *

병관이도 그 순간이 절대적인 기회라는 육감이 왔다. 상대에게 미스 블로킹을 유발시킨 뒤 크로스 카운터를 넣었다. 상대가 비틀하며 코너로 도망쳐간 것이다.

갑자기 장내에 소낙비를 퍼붓는 응원소리가 들려왔다. 그들은 이쪽의 호기를 보며 아우성을 쳤다.

너무 서둔 탓이었을까. 잔뜩 어깨 힘을 넣어 내리찍은 것이 헛스윙

이 되고 말았다. 상대는 위빙으로 살짝 피한 뒤 허리를 껴안고 들어왔
다.

* * *

왼쪽에 섰던 사내의 주먹이 바람소리를 내며 병관의 오른편 턱으로
날아들었다. 그러나 병관은 그 주먹을 맞지는 않았다. 말을 하면서도
긴장하고 있던 터라 상대의 공격이 개시되는 순간 더킹으로 피해 버
렸던 것이다.

동시에 몸을 솟구치며 앞에 선 사내의 인중을 라이트 스트레이트로
찍었다. 억 소리를 내며 사내는 뒤로 나뒹굴었다.

남은 세 사내가 동시에 달려들었다.

* * *

사내의 몸이 떨어져 나갔다.

그 순간 번쩍 번갯불이 튀기는 느낌이 들었다. 선미의 왼뺨에서 폭죽
이 터지는 듯한 소리가 나더니 벌겋게 달구어진 쇳물이 닿는 통증이 왔
다.

중태가 느닷없이 뺨을 때린 것이다.

선미는 저만치 침대 위로 나가 떨어졌다.

중태는 방 복판에 우뚝 선 채 소리를 질렀다.

* * *

카은터블로성 라이트 스트레이트를 대충 뻗었을 때였다. 상대의 면
상이 육중하게 걸려들었다는 느낌이었다. 그것은 낚시꾼이 고기가 물
렸을 때 미리 월척임을 감지하듯이 데미지를 크게 입혔다는 느낌과
같은 것이었다.

아니나 다를까. 상대는 벌렁 뒤로 나뒹굴어졌다. 그는 카운트 파이
브에서 간신히 일어섰다.

코너로 밀어붙이려는 순간 종료공이 울려버렸다. …(중략)…

바로 그 8회 중반쯤 라이트 한 방이 상대의 명치에 명중됐다. 헉 하고 엎어진다고 생각되었다. 동시에 레프트 스트레이트를 꽂았다.

상대는 서서히 무너지고 있었다. 귓바퀴로 관중의 아우성이 멍멍하게 들려오고 있었다.

* * *

4회 중반이었다. 어쩌다가 코너로 몰렸을 때 상대는 라이트훅을 왼쪽 가슴 패기에 쑤셔 넣었다. 불콩을 놓는다는 느낌이었다.

얼른 오른쪽으로 빠지려는 순간 상대의 레프트가 오른쪽 턱을 향해 날아들었다. 그것은 오히려 카운터를 허용하는 결과가 되어 얼굴은 심하게 돌아갔다. 그 다음에는 어떻게 돌아갔을까. 무수한 주먹들이 전신을 사정없이 두들기고 있었다. 정신을 차릴 수가 없었다. 얼마만큼 더 얻어맞다가 조용히 침몰하고 말 것인가.

* * *

병관의 라이트 스트레이트가 흑인선수의 턱에서 작렬하고 있었다. 곧이어 흑인이 병관의 복부로 주먹을 날렸다. 병관이 복부를 감싸며 헉하고 휘청거렸다. 흑인이 그 사이를 비집고 다시 스트레이트를 병관의 얼굴로 넣었다. 그러나 병관은 어느 새 고개를 옆으로 피하고 흑인의 턱 밑으로 어퍼것을 올렸다. 이번엔 흑인이 휘청했다.

아우성, 아우성의 도가니였다. 아나운서와 해설자의 목소리도 관중의 환호소리에 갇혀 들리지 않았다.

병관의 라이트훅이 다시 상대의 얼굴을 도려내듯 때렸다. 흑인의 가드가 내려졌다. 공이 울렸다.

주심이 달려와서 떼어 말렸다. 관중의 아우성은 그러나 쉽게 멎지 않았다. 누구에게랄 것 없이 서로 떠들며 아쉬워하고 있었다.

카메라는 박사범이 열심히 땀을 닦아주고 있는 병관의 얼굴에다 초
점을 맞췄다.

(문학생활사, 1997)

□김병총 「칼과 이슬」

상대들이 수두세 혹은 금계독립세로 칼을 높이 치켜들어 조여왔을
때에도 청년 조좌신은 예의 그 요격세 비슷하게 칼끝을 축 늘어뜨린
자세였다. 때문에 상대들은 조좌신의 칼이 어떤 식으로 번득이게 될지
갈피를 잡지 못했다. 그래서 그의 검술은 어떤 마력을 띠고 있는 것처
럼 보였다.

그들이 삽시에 조좌신을 향해 짓쳐 들었을 때 한 자루의 칼은 잠깐
섬광을 긋는 듯 했는데, 어느새 다섯 명의 도적들이 목이 달아난 후였
고 벌써 조좌신의 칼은 납검이 된 뒤였다.

(갑광, 1986)

□김성아 「그 바다는 어디로 갔을까」

갑자기 끼익! 하는 소음과 함께 차가 어딘가로 쏠리면서 내 몸이
창으로 구르며 엎어졌다. 어떻게나 급했는지 수화가 속도계가 100을
지나고 있다는 걸 보지 못하고 완만한 커브 길이라 좌회전으로 돌진
하는데, 맞은 편 구렁에서 난데없이 자동차가 튀어 올라왔다. 급브레
이크를 밟으면서 핸들을 돌리는 순간 찢어지는 파열음과 함께 차가
중앙선을 퉁겨져 나가면서 맞은편 길을 가로지르고 인도 블록 위로
반쯤 튀어나온 상태에서 멈추었다. 눈 깜빡할 사이에 일어난 일이었
다. 맞은편에서 달려오던 하얀색 소나타가 그녀의 차 뒤 트렁크 쪽
에서 한 뼘 정도의 간격을 두고 급정거를 했고, 운전자가 간담이 서
늘해진 듯 차창 밖으로 험악하게 일그러진 얼굴을 내밀면서 욕을 해

왔다.

(문학사상사, 1999)

□ 김성종 「가을의 유서 1」

그런데 자정이 지났을 때 웬 거한이 나타나서는 마산댁의 머리채를 휘어잡고 두드려 패기 시작했다. 거한은 남의 유부녀를 농락했다면서 나까지 때렸다. 힘이 없는 나는 흠씬 두들겨 맞을 수밖에 없었다. 거한은 포장마차를 닥치는 대로 두드려 부쉈다. 정성 들여 꾸려놓은 나의 전 재산이 박살이 나는 것을 보고 나는 가슴이 찢어지는 것 같았다. 그러나 속수무책이었다. 마산댁은 어느새 도망가버리고 보이지도 않았다. 거한은 나의 멱살을 잡아끌면서 경찰서로 가자고 했다. 간통죄로 고소하겠다는 것이었다.

(해난터, 1996)

□ 김성한 「왕건」

"배긴 돌이 왜 굴러 들어온 돌의 편을 드는 거야?"

말깨나 하는 청년이 한 마디 하자 기훤은 그의 덜미를 잡아 냅다 던져 버렸다. 멀찌감치 나가떨어진 사나이는 허리를 풀쳤다고 아우성치고 청년들은 몰려가 일으키고 쓰다듬었다. 기훤은 마당에 뒹구는 몽둥이를 집어들고 다가갔다.

"어서 꺼져. 다시 얼씬했다가는 너희들 다리두 성할 줄 알아? 모조리 분질러 없앤다!"

청년들은 허리를 풀친 사나이를 업고 힐끔힐끔 뒤를 돌아보며 멀어져 갔다. 기훤은 그들이 아주 자취를 감추자 잡았던 몽둥이를 팽개치고 아무 말 없이 가버렸다.

* * *

길게 끄는 소리와 함께 장군기가 흔들리고 적은 활을 쏘면서 조여들었다. 나무, 바위, 돌무지, 도랑들을 의지해서 진을 친 선종의 병사들은 자기들의 사상을 주시하고, 사상들은 선종의 중군을 지켜보면서 귀를 기울였다.

"이 겁쟁이 두더지들을 일거에 쓸어버려라!"

아무리 화살을 퍼부으며 조여들어도 꼼짝하지 않는지라, 백여보의 거리에 이르자 선무당은 고함을 질러댔다. 허세 같기도 하고 아주 얕잡아 보고 덤비는 것 같기도 했다.

적은 활을 내리고 칼과 창을 휘두르며 달려들었다.

종군에서 북소리가 요란하게 둘리고 선종의 병사들은 창을 꼬나들고 내달았다.

* * *

잠시 둘러보면서 말에 오른 선종은 통쾌하기 이를 데 없었다. 단련에 단련을 거듭한 이쪽 병사들은 엉기적거리는 적병들을 잽싸게 치고 찌르며 돌아갔다.

그는 수하에 대기하고 있던 오십 기를 거느리고 선무당의 본진으로 돌진해 들어갔다. 잠시 접전하는 듯하던 친위군은 말머리를 돌려 도망치고 선무당도 말고삐를 틀어 남으로 달리기 시작했다.

(행림, 1999)

□김영래 「숲의 왕」

잠꼬대를 했음이 틀림없다. 목구멍 안쪽에서 누군가 소리를 질렀던 것이다. 아랫배를 죄어 그 압박으로 가슴을 팽창케 하여 터져 나오는 소리. 그러한 의식의 접질림이 외마디 신음으로 뱉기 위해 얼마나 용을 썼는지 그의 몸은 땀으로 흠뻑 젖어 있다.

* * *

늑대가 일어나자 사내가 개머리판으로 다시 그의 턱을 올려쳤다. 하지만 이번에는 동작이 너무 크게 느껴지는가 싶더니 사내는 중심을 잡지 못하고 휘청거렸다. 순간 늑대가 잽싸게 몸을 날려 사내를 덮쳤다. 이후의 정황은 잘 식별이 되지 않았다. 두 사람은 어둠 속에 엉겨붙은 채 이리저리 뒹굴었고, 주먹질과 철벅거리는 물소리가 거친 숨소리 사이사이로 흘러왔다. 그러던 중 다시 한방의 총소리가 울렸다.

* * *

성우가 돌아보니 사내는 운전석에 자리잡고서 차를 뒤로 빼려고 하고 있었다. 하지만 서둔 탓인지 엇물린 기어로 인해 자동차는 굉음만 내지르고 있었다. 성우는 돌맹이든 뭐든 줍기 위해 땅바닥을 더듬었다. 그때 마침 손에 닿는 것이 있었다. 총이었다. 성우는 엽총을 집어들고 자동차 쪽을 향해 뛰기 시작했다. 급후진을 하던 자동차는 도로 옆 절개 면을 치받으며 산비탈을 기어오르다가 바위에 걸리고 말았다. 성우가 다가가자 사내는 그제서야 자동차 문을 닫았다. 성우는 총부리를 잡고 막대기를 끌 듯이 끌고 간 엽총으로 자동차의 앞 유리를 후려치기 시작했다. 유리가 산산조각이 났지만 그는 멈추지 않았다. 경적이 울렸고, 공회전을 하는 엔진과 헛도는 바퀴 소리가 고막을 찢을 듯이 온 산을 울렸다. 하지만 더 큰소리는 그의 몸 속에서 터져 나오고 있었다. 성우는 마치 짐승처럼, 미쳐버린 기계처럼, 혹은 산채로 피와 내장을 들어내고 있는 중인 어떤 괴물처럼 소리를 지르고 있었다. 그때 어찌된 영문인지 자동차가 앞으로 내 닫으며 그의 허리를 쳐서 거적처럼 산비탈 아래로 날려버렸다. 그리고는 왼쪽으로 쓰러져 강한 금속성을 내며 오 미터 정도 미끄러지더니, 그 속도와 힘을 그대로 지닌 채 계곡 아래로 굴러 떨어졌다.

＊ ＊ ＊

6월과 7월에 일어난 두 선의 살인(이 또한 살인으로 추정할 뿐이
다.) 9월 1일에 일어난, 방화로 추정되는 화재, 화재현장에서 발견된
신원 미상의 시체 세 구. 사건이라고 교통사고가 고작인 이 한갓진 읍
내에 석 달 동안 일어난 일련의 사건(사고라고 해야할까 어쨌든……)
들은 범죄(?)가 갖는 상식적인 유형에서 완전히 벗어난다는 것이었다.
때문에 관할 경찰서로부터 수사권을 넘겨받은 특별수사 전담반은 이
사건을 광신도들의 집단 자살 극으로 가닥을 잡아가고 있다고 말했다.

＊ ＊ ＊

나는 소리를 질렀다. 나는 그 빛기둥을 타고 땅으로 꺼지든 하늘로
솟구치든 하여튼 어디로 사라져버릴 것만 같았다. 순식간이었다. 내가
아직도 그 자리에 앉아 있는 것을 깨달았을 때 나는 또 다른 아찔함
에 다시금 소리를 질렀다. 아, 그 눈멂의 빛, 고막을 찢는 빛, 눈알이
뒷골로 빠져나간 듯 했고, 나는 한동안 눈이 먼 채로 동공 뒤의 섬광
을 거듭거듭 핥고 있었다.

(문학동네, 2000)

□김영하 「겨울에 대한 명상」

나는 몸을 부르르 떨었다. 허리를 들어올려 오른팔을 자유롭게 하
였다. 이윽고 오른팔이 격심하게 저려오면서 감각을 회복하기 시작했
다. 다시 왼손의 감각을 회복시켰다. 그리곤 천천히 잠든 그녀의 목을
힘겹게 조르기 시작했다. 감각을 상실했음에 틀림없는 그녀의 팔다리
는 그녀의 뜻대로 움직이지 않았다. 캄캄한 어둠 덕에 그녀의 고통스
런 얼굴 표정은 보이지 않았다. 어둠이다. 죽음이다. 파멸이다. 끝이다.

죽어라, 카르멘이여. 너 요부여.

그녀가 힘겹게 몸을 뒤채 내 쪽으로 돌아누웠다. 그러면서 무르팍으로 내 사타구니를 내질렀다. 그 순간 번쩍 정신이 들었다. 손에 힘을 풀자 그녀가 켁켁거리며 숨을 내뱉었다. 한참을 그러던 그녀가 씹듯이 말했다.

비겁한 자식. 그래 죽여라. 그렇지만 마지막으로 한 가지 얘기해둘게 있어. 네 거울은 깨졌어. 병신 같은 나르시시스트, 수선화로 다시 피어나려무나. 넌 네 마누라가 그래도 널 사랑하는 줄 알고 있겠지? 천만에. 그리고 성현이와의 첫 정사로 성현이가 자기 처녀성을 바친 줄 알고 있겠지. 바치다, 또 신파군. 그래 좋아.

(문학동네, 1997)

□김영하 「총」

총을 다시 점검한 후에 조심스레 베란다로 접근해 바깥의 동정을 살펴본다. 거의 모든 아파트의 불빛이 꺼져 있다. 아마도 경찰이 모두 대피시켰을 것이다. 이 아파트에는 아마도 석태와 네 사람의 가족밖에는 남아 있지 않을 것이다. 주차장에는 경찰자와 군용 트럭들이 빼곡이 들어차 있다. 역시 아무 소리도 들려오지 않는다. 무덤처럼 고요한 이곳이 석태는 불안하다.

그때 갑자기 석태가 몸을 돌린다. 아마도 그는 귀로 들을 수 없는 어떤 것을 감지했을 것이다. 귀가 들리지 않을 때면 열리는 제6의 감각, 그에겐 그런 것이 있었다. 그가 돌아섰을 때, 사십대의 가장이 골프채를 들고 그에게 돌진하고 있었다. 불행한 것은 그에게 잘 손질된 소총이 있었다는 점이다. 그는 훈련받은 그대로, 맞으면서 배웠던 그대로, 소총의 방아쇠를 당겼다. 더 불행한 것은 소총의 조종간이 자동으로 맞춰져 있었다는 점이다. 사십대의 가장은 배와 가슴에 여러발의 총알을 맞고 현관 쪽으로 날아가버렸다. 다다다다. 그 순간 갑자기 그의 귀가 트인다. 왜 하필 그때. 그가 태어나서 두 번째로 사람을 죽이던 순간에 귀가 다시 열렸을까. 그는 알지 못한다.

그는 천천히 거실을 둘러본다. 그가 베란다로 가기 전과는 확연히 달라진 풍경이 그를 맞이한다. 조금 전까지 사람 노릇 어쩌고 하면서 친절하게 그의 자수를 권유하던 남자는 고깃덩어리가 되어 던져져 있다. 비닐 장판 위로는 피가 혼건하게 퍼져간다. 피는 천천히 신발장 쪽으로 흘러간다. 나머지 세 명 중 누구도 시체 옆으로 달려가지 못하고 부들부들 떨 뿐이다. 아들내미가 가장 먼저 울기 시작한다. 비현실적인 장면이다. 이건 비디오야. 삼류 액션물이나 공포물일 거야.

(문학동네, 1997)

□김용우 「마르크스를 위하여」

어두운 수면 위로 마치 빨강색의 불기둥이 솟구치듯 찌가 뿌듯한 속도로 허공을 찌르며 솟아오른다. 오른 손이 낚시대를 움켜쥐고 챕질을 한 것은 바로 그 순간이었다.

그러나 핑! 소리를 내며 낚시대는 하늘로 뻗는다. 줄이 끊어진 것이다. 마치 바닥의 돌에라도 걸린 듯 덜컥하고 멈추었던 것은 아주 짧은 순간이었고 손바닥을 통해 온 몸으로 수만 볼트의 고압전류 같은 짜릿한 느낌과 중량감이 스쳐간 것도 순간이었다.

* * *

그 때였어, 누군가 갑자기 비명을 지르며 퍼득이기 시작했지. 당신도 히쭉 웃으며 소리 나는 쪽을 흘깃 보더라구……. 그 소리는 처음에는 충격에 의한 비명이었어, 그런데 그 친구는 쉬지 않고 소릴 질러댄거야, 계속 될수록 그 소리는 노래 소리로 변해갔고, 그 노래는 허망하고 슬픈 노래가 되더군.

당신이 아침의 살육제를 마치고 돌아오는 길에서도 당신의 커다란 나무상자 안에서 그는 노래를 계속했고, 당신의 집 굴 속 같은 방안에서도 계속해서 노랠 불러대는 것이었어.

* * *

　나는 드디어 잡았다고 마음속으로 쾌재를 외쳤다. 그러나 모든 생명 있는 것들은 절대절명의 위기에 빠졌을 때 사력을 다하는 마지막 저항이 있기 마련이다. 따라서 한 번 거센 반항이 있을 것을 마음속에 대비해야 한다. 서너 번 아가리를 뻐끔거린 것을 보았다. 따라서 녀석은 뱃속에 가득 바람이 들어갔을 것이다. 다만 어느 순간 최후의 저항으로 나를 공격할지 그것이 남아 있을 뿐이다. 중간쯤 끌려 왔을 때였다. 나의 긴장은 아직 풀리지 않은 상태였다. 그러나 마스크는 벌써부터 쾌재를 외친다.

* * *

　그렇게 산 속에 숨어 있다가 꿩들이 밭에 내려앉아 몇 번 먹이를 주워 먹고 경계심이 풀렸다고 생각할 즈음 게르만은 밭을 향해 컹컹 짖어대며 돌진한다. 놀란 꿩들은 산 쪽이 아닌 들판 쪽, 내가 숨어서 총을 겨누고 있는 방향으로 날아오르는 것이다. 순간 방아쇠를 당겨주면 브라우닝이 산탄을 날렸고, 운수가 좋은 때는 한 번 총질에 서너 마리를 떨어뜨리기도 했다.

* * *

　게르만은 공중에서 떨어지는 독사를 쫓아가 다시 앞발로 쳐 올리며 산아래 넓은 공간으로 내달린다. 그렇게 하기를 서너 번하면서 산아래 쪽으로 내려갔고 싸움이 끝났는지 게르만은 혀를 빼 물고 가쁜 숨을 쉬고 있었다. 다가가 보니 독사는 넝마처럼 찢겨 있었다.

* * *

총구를 돌리고 대상을 고르는 순간에도 한 쪽 눈을 잃어버린 대장녀
석을 비명을 지르며 뒹굴고 있다. 녀석은 이미 정위반사 기능이 마비되
었을 것이다. 따라서 그렇게 몸부림치는 일밖에는 할 일이 없을 것이다.

* * *

한 방을 맞고 기절할 곳이라면 아무래도 그곳이 급소일 것이라고
그는 판단했다. 사람으로 치면 인중인 셈이다. 마침 멀리서 비치는 보
안등 불빛을 받아 녀석의 콧잔등은 반짝반짝 빛나고 있다.

느릿느릿한 걸음으로 땅바닥에서 무슨 냄새를 맡으려는 듯 고개를
처박은 척 하면서도 눈은 그가 은신한 숲 속을 노려보고 있다. 일종의
속임수다.

까불지 마라! 네놈의 약은 수에 방심할 내가 아니다.

한 발작 두 발작, 느릿느릿 다가온다. 거의 대장녀석 곁에 당도한다.
이젠 방아쇠를 당길 때라고 생각하며 그가 호흡을 정지한 순간이었다.
고개를 들지도 않은 채 눈을 치켜 뜨면서 그가 있는 숲 속을 정확하
게 노려보는 녀석의 눈은 그를 공포로 얼어붙게 하고도 남았다.

* * *

앞다리를 낮추고 뒷다리께로 몸의 중심이 이동한다고 느낀 순간 방
아쇠를 당겼다. 일촉즉발의 순간이었다. 막 비상하여 그를 공격하려다
가 급소를 한방 얻어맞은 것이다. 덩치에 어울리지 않게 강아지 소리
같은 비명을 한 번 지르고 튀어 올랐다가 풀썩 나가떨어진다.

* * *

검둥이 녀석은 발광을 멈추고 숨을 헐떡이면서 널부러져 있다.

녀석들을 향해 서너 걸음 나가다 말고 그는 멈추어 섰다. 먼저 검둥
이를 향해 총구를 겨눈다. 불빛 속에서 누워 있는 녀석의 머리 아래쪽
으로 흥건하게 피가 흐르고 있다. 눈 하나를 잃어버린 게 분명했다.

그렇다고 아직 죽지는 않았다. 사력을 다해 녀석이 공격한다.

* * *

그 소리는 달랐다. 놈의 두개골 정면에 총구를 들이대고 방아쇠를 당긴 탓이다. 오른팔에 약간의 반동이 느껴질 뿐이다. 재빨리 탄알을 장전하고 누렁이 녀석이 쓰러진 곳으로 검둥이에게 쏘듯 역시 두개골 정면에 대고 한 방 갈긴다. 죽지 않고 기절상태에 있던 녀석은 머리통을 뚫고 들어온 총격에 벌떡 일어났다가 퍽 소리를 내며 다시 쓰러진다.

* * *

비가 오고 있었다. 학교에서 돌아왔을 때 계모의 눈빛이 곱지 않은 것은 물론, 푸른빛을 내는 입술이 더욱 파래지기 시작했다. 지레 겁을 먹고 까치발로 몰래 집을 빠져 나와 집 앞 텃밭에서 토란잎 하나를 꺾어 그것으로 머리를 가리고 뒷강 쪽으로 어슬렁거리며 가고 있었다. 애순이 집 앞에 이르렀을 때, 애순이가 엉엉 울면서 사립문을 나서고 있었고, 회초리를 든 애순이 엄마가 돌아오라며 소리치고 있었다.

(새로운 사람들, 1999)

□김원일 「환멸을 찾아서」

학교에서 마을을 향해 경사 지점이 있었다. 한쪽은 국도로 가다 보면 교통 사고가 빈번한 에스형의 경사 지점이 있었다. 한쪽은 이십 미터가 넘는 깎아지른 절벽으로 그 아래는 바닷물이 철썩댔다. 열흘 전에도 어물 상자 예닐곱개를 포개어 싣고 가던 오토바이를 탄 청년이 맞은 편에서 과속으로 오던 버스를 피하려다 낭떠러지로 떨어져 팔다리가 부러지는 중상을 입은 사고가 있었다. 머리나 몸통을 크게 다치지 않아 목숨은 건졌지만 어물 상자에 싣고 있던 명태는 그대로 바다에 되돌려 주고 만 셈이었다.

(태성, 1990)

□ 김유정 「가을」

이런 복만이를 소장사 이놈이 날더러 찾아 놓으라고 명령을 하는 것이다. 멱살을 숨이 갑갑하도록 바싹 매달려서 끌려가자니 마을 사람들은 몰려 서서 구경을 하고 없는 죄가 있는 듯이 얼굴이 확확 단다. 큰 개울께까지 나왔을 적에는 놈도 좀 열적은지 슬며시 놓고 그냥 걸어간다. 내가 반항을 하던지 해야 저도 독을 올려서 욕설을 하고 겯고틀고 할 텐데 내가 고분히 달려가니까 그럴 필요가 없다. 저의 원대로 주재소까지 가기만 하면 그만이니까.

(학원, 1990)

□ 김유정 「노다지」

바로 이 말에 자식이 욱하고 들어 덤볐다. 무지한 두 손으로 꽁보의 멱살을 잔뜩 움켜쥐고 흔들고 지랄을 한다.…(중략)… 저도 모르게 어느덧 감석을 손에 잡자 놈의 골통을 퍼트렸다. 하니까 이놈이 꼭 황소같이 씩, 하더니 꽁보를 피언한 돌 위에다 집어 때렸다. 그리고 깔고 앉더니 대뜸 벽채를 들어 겯 갈빗대를 혁, 하도록 아주 몹시 조겼다.
…(중략)… 다음에는 왼편 어깨를 된통 맞았다. 정신이 다 아찔하였다. 험하고 깊은 산 속이라 그대로 죽여 버릴 작정이 분명하다. 세 번째에는 또다시 가슴을 겨누고 내려올 제 인제는 꼬박 죽었구나, 하였다. 참으로 지긋지긋하고 아슬아슬한 순간이었다. 그때 천행이랄까, 대문짝처럼 크고 억센 덕필이가 비호같이 날아들었다. 잡은참 그놈의 허리를 뒤로 두 손에 꿰어 들더니 산비탈로 내던져 버렸다.

(문학사상사, 1987)

□ 김유정 「동백꽃」

오늘도 또 우리 수탉이 막 쫓기었다. 내가 점심을 먹고 나무를 하러 갈 양으로 나올 때이었다.

산으로 올라서려니까, 등뒤에서 푸드덕푸드덕 하고 닭의 횃소리가 야단이다. 깜짝 놀라서 고개를 돌려보니 아니나 다르랴, 두 놈이 또 얼리었다.

점순네 수탉(은 대강이가 크고 똑 오소리같이 실팍하게 생긴 놈)이 덩저리 작은 우리 수탉을 함부로 해내는 것이다. 그것도 그냥 해내는 것이 아니라 푸드덕하고 면두를 쪼고 물러섰다가, 좀 사이를 두고 또 푸드덕 하고 모가지를 쪼았다. 이렇게 멋을 부려가며 여지없이 닦아놓는다. 그러면 이 못생긴 것은 쪼일 적마다 주둥이로 땅을 받으며 그 비명이 킥, 킥 할 뿐이다. 물론 미처 아물지도 않은 면두를 또 쪼키어 붉은 선혈은 뚝뚝 떨어진다.

이걸 가만히 내려다보자니 내 대강이가 터져서 피가 흐르는 것같이 두 눈에서 불이 번쩍 난다. 대뜸 지게막대기를 메고 달려들어 점순에 닭을 후려칠까 하다가 생각을 고쳐먹고, 헛매질로 떼어만 놓았다.

이번에도 점순이가 쌈을 붙여놨을 것이다. 바짝바짝 내 기를 올리느라고 그랬음에 틀림없을 것이다.

* * *

눈물을 흘리고 간 담날 저녁나절이었다. 나무를 한 짐 잔뜩 지고 산을 내려오려니까 어디서 닭이 죽는소리를 친다. 이거 뒤 집에서 닭을 잡나, 하고 점순네 울 뒤로 돌아오다가 나는 그만 두 눈이 뚱그래졌다. 점순이가 제 집 봉당에 홀로 걸터앉았는데 아 이게 치마 앞에다 우리 씨암탉을 꼭 붙들어놓고는

"이놈의 닭! 죽어라, 죽어라."

요렇게 암팡스레 매주는 것이 아닌가. 그것도 대가리나 치면 모른 다마는 아주 알도 못 나라고 볼기짝께를 주먹으로 콕콕 쥐어박는 것이다.

나는 눈에 쌍심지가 오르고 사지가 부르르 떨렸으나 사방을 한번 휘둘러보고야 그제서야 점순이 집에 아무도 없음을 알았다. 잡은참 지게막대기를 들어 울타리의 중턱을 후려치며,

"이놈의 계집애! 남의 닭 알 못 나라고 그러니?"

하고 소리를 빽 질렀다.

그러나 점순이는 조금도 놀라는 기색이 없고 그대로 의젓이 앉아서 제 닭 가지고 하듯이 또 죽어라, 하고 패는 것이다. 이걸 보면 내가 산에서 내려올 때를 겨냥해 가지고 미리부터 닭을 잡아 가지고 있다가 네 보란 듯이 내 앞에 줴지르고 있음이 확실하다. 그러나 나는 그렇다고 남의 집에 뛰어 들어가 계집애하고 싸울 수도 없는 노릇이고 형편이 썩 불리함을 알았다. 그래 닭이 맞을 적마다 지게막대기로 울타릴 후려칠 수밖에 별도리가 없다. 왜냐하면 울타리를 치면 칠수록 울섶이 물러앉으며 뼈대만 남기 때문이다. 하나 아무리 생각하여도 나만 밑지는 노릇이다.

"야 이년아! 남의 닭 아주 죽일 터이냐?"

내가 도끼눈을 뜨고 다시 꽥 호령을 하니까 그제서야 울타리께로 쪼루루 오더니 밖에 섰는 나의 머리를 겨누고 닭을 내팽개친다.

"에이 더럽다! 더럽다!"

"더러운 걸 널더러 입때 끼고 있으랬니? 망할 계집애년 같으니."

하고 나도 더럽단 듯이 울타리께를 힝하게 돌아내리며 약이 오를 대로 다 올랐다라고 하는 것은 암탉이 풍기는 서슬에 나의 이마빼기 에다 물찌똥을 찍 갈겼는데 그걸 본다면 알집만 터졌을 뿐 아니라 골병은 단단히 든 듯싶다.

그리고 나의 등 뒤를 향하여 나에게만 들릴 듯 말 듯한 음성으로,

"이 바보녀석아!"

"얘! 너 배냇병신이지?"

그만도 좋으련만,

"얘! 너 느 아버지가 고자라지?"

"뭐? 울 아버지가 그래 고자야?"

할 양으로 열벙거지가 나서 고개를 홱 돌리어 바라봤더니 그때까지 울타리 위로 나와 있어야 할 점순이의 대가리가 어디 갔는지 보이지를 않는다. 그러나 돌아서서 오자면 아까에 한 욕을 울 밖으로 퍼붓는 것이다. 욕을 이토록 먹어가면서도 대거리 한 마디 못하는 걸 생각하니 돌부리에 채여 발톱 밑이 터지는 것도 모를 만큼 분하고 급기야는 두 눈에 눈물까지 불끈 내솟는다.

* * *

나는 점순네 수탉이 노는 밭으로 가서 닭을 내려놓고 가만히 맥을 보았다. 두 닭은 여전히 얼리어 쌈을 하는데 처음에는 아무 보람이 없었다. 멋지게 쪼는 바람에 우리 닭은 또 피를 흘리고 그러면서도 날개 줏지만 푸드덕푸드덕 하고 올라 뛰고 할 뿐으로 제법 한 번 쪼아보지도 못한다. 그러나 한 번은 어쩐 일인지 용을 쓰고 펄쩍 뛰더니 발톱으로 눈을 하비고 내려오며 면두를 쪼았다. 큰 닭도 여기에는 놀랐는지 뒤로 물러난다. 이 기회를 타서 작을 우리 수탉이 또 날쌔게 덤벼들어 다시 면두를 쪼니 그제서는 감때 사나운 그 대강이에서도 피가 흐르지 않을 수 없었다.

옳다 알았다. 고추장만 먹이면 되는구나, 하고 나는 속으로 아주 쟁그러워 죽겠다. 그때에는 뜻밖에 내가 닭쌈을 붙여놓는데 놀라서 울 밖을 내다보고 섰던 점순이도 입맛이 쓴지 눈살을 찌푸렸다. 나는 두 손으로 볼기짝을 두드리며 연방,

"잘한다! 잘한다!"

하고 신이 머리끝까지 뻗치었다.

그러나 얼마 되지 않아서 나는 넋이 풀리어 기둥같이 묵묵히 서 있게 되었다. 왜냐하면 큰 닭이 한 번 쪼인 앙갚음으로 호들갑스레 연거푸 쪼는 서슬에 우리 수탉은 찔끔 못하고 막 곯는다. 이걸 보고서 이번에는 점순이가 깔깔거리고 되도록 이쪽에서 많이 들으라고 웃는 것이다.

나는 보다못해 덤벼들어서 우리 수탉을 붙들어 가지고 도로 집으로 들어왔다. 고추장을 좀 더 먹었더라면 좋았을 걸, 너무 급하게 쌈을 붙인 것이 퍽 후회가 된다. 장독께로 돌아와서 다시 턱 밑에 고추장을 들이댔다. 흥분으로 말미암아 그런지 당최 먹질 않는다. 나는 할 일 없이 닭을 반듯이 눕히고 그 입에다 궐련 물부리를 물리었다. 그리고 고추장을 타서 그 구멍으로 조금씩 들이부었다. 닭은 좀 괴로운지 킥킥하고 재채기를 하는 모양이나 그러나 당장의 괴로움은 매일같이 피를 흘리는 데 댈 게 아니라 생각하였다.

그러나 한 두어 종지 가량 고추장을 먹이고 나서는 나는 고만 풀이 죽었다. 싱싱하던 닭이 왜 그런지 고개를 살며시 뒤틀고는 손아귀에서 뻐드러지는 것이 아닌가. 아버지가 볼까봐서 얼른 홰에다 감추어두었더니 오늘 아침에 겨우 정신이 든 모양 같다.

그랬던 걸 이렇게 오다보니까, 또 쌈을 붙여놓으니 이 망할 계집애가 필연 우리 집에 아무도 없는 틈을 타서 제가 들어와 홰에서 꺼내 가지고 나간 것이 분명하다. 나는 다시 닭을 잡아 가두고 염려는 스러우나 그렇다고 산으로 나무를 하러 가지 않을 수도 없는 형편이었다. 소나무 삭정이를 따며 가만히 생각해보니 암만해도 고년의 목장이를 돌려놓고 싶다. 이 번에 내려가면 망할 년 등줄기를 한 번 되게 후려치겠다 하고 겅둥겅둥 나무를 지고는 부리나케 내려왔다.

(일신, 1998)

□ 김유정 「두꺼비」

얼굴 강충한 늙은이가 표독스럽게 들어온다. 그 옆에 장승같이 섰
는 나에게는 시선도 돌리려 하지 않고 두꺼비 앞에 가 팔싹 앉아서
는 도끼눈을 뜨고 대뜸 들고 들어온 장죽 통으로 그 머리를 후려갈
기니 팡하고 그 소리에 내 등이 다 선뜩하다. 배지가 꿰져 죽을 이
망할 자식, 집안을 이래 망해 놓니, 죽을 테면 죽어라, 어여 죽어 이
자식, 이렇게 독살에 숨이 차도록 두 손으로 자꾸 꼬집어 뜯더니 그
래도 꼼짝 않는 데는 할 수 없는지 결국 이 자식 너 잡아먹고 나 죽
는다 하고 목청이 찢어지게 발악을 치며 뺨을 물어뜯고자 매섭게 덤
벼든다.

(문학사상사, 1987)

□ 김유정 「따라지」

대뜸 지팡이는 날아들어 얼자의 귓배기를 내려 갈긴다. 딱 하고 뼈
닳는 무딘 소리. 얼자는 고개를 푹 꺾고 귀에 두 손을 들여대자 죽은
듯이 꼼짝 못한다.

아끼꼬도 얼자에게 뺨 한 대를 얻어맞고 울고 있었다. 이 좋은 기회
를 타서 얼자의 등뒤로 빨간 얼굴이 달려든다. 이건 권투식으로 집어
실까 하다 그대로 그 어깨 죽지를 뒤로 물고 늘어진다. 아, 아, 이렇게
외마디 소리로 아가리를 딱딱 벌린다. 그리고 뒤통수로 암팡스레 날아
든 것은 영애의 주먹이다.

(문학사상사, 1987)

□ 김유정 「만무방」

응칠이의 죄목은 여기에서도 또렷이 드러난다. 국으로 가만만 있으
면 좋은 걸 이 사품에 뛰어들어 지주의 뺨을 제법 갈긴 것이 응칠이

었다. 처음에야 그럴 작정이 아니었다. 그는 여러 곳물의 마신이만치
어지간히 속이 튄 건달이었다. 지주를 만나 까놓고 썩 좋은 소리로 의
논하였다. 올 농사는 반실이니 도지도 좀 감해 주는 게 어떠냐고. 그
러나 지주는 암말 없이 고개를 모로 흔들었다. 정 이러면 일 년 품은
빼야 할 테니 나는 그 논에다 불을 지르겠수, 하여도 잠자코 웅치 않
는다. 지주로 보면 자기로도 그 벼는 넉넉히 거둬들일 수는 있다. 마
는 한 번 버릇을 잘못 해놓으면 어느 작인까지 행실을 버릴까 염려하
여 겉으로 독촉만 하고 있는 터였다. 실상이야 고까짓 벼쯤 있어도 고
만 없어도 고만, 그 심보를 눈치채고 응칠이는 화를 벌컥 낸 것만은
좋으나 저도 모르게 대뜸 주먹 뺨이 들어갔던 것이다.

(문학사상사, 1987)

□김유정 「봄 봄」

장인님은 이 말을 듣고 껄껄 웃더니(그러나 암만해두 돌 씹은 상이
다) 코를 푸는 척하고 날 은근히 곯리려고 팔꿈치로 옆 갈비께를 퍽
치는 것이다.

더럽다. 나두 종아리의 파리를 쫓는 척하고 허리를 구부리며 그 궁
둥이를 콱 떼밀었다. 장인님은 앞으로 우찔근 하고 싸리문께로 쓰러질
듯하다 몸을 바로 고치더니 눈총을 몹시 쏘았다. 이런 상년의 자식,
하곤 싶으나 남의 앞이라서 차마 못하고 섰는 그 꼴이 보기에 퍽 쟁
그러웠다.

* * *

"관격이 낫어유, 아이구 배야!"

"기껀 밥 처먹구나서 무슨 관격이야, 남의 농사 버려주면 이자식아
징역간다 봐라!"

"가두 좋아유, 아이구 배야!"

참말 난 일 안해서 징역가도 좋다 생각했다. 일후 아들을 낳아도 그 앞에서 바보바보 이렇게 별명을 들을 테니까 오늘은 열쪽에 난대도 결정을 내고 싶었다.

장인님이 일어나라고 해도 내가 안 일어나니까 눈에 독이 올라서 저편으로 힝 하게 가더니 지게막대기를 들고 왔다. 그리고 그걸로 내 허리를 마치 들떠 넘기듯이 쿡 찍어서 넘기고 넘기고 했다. 밥을 잔뜩 먹어 딱딱한 배가 그럴 적마다 뚱겨지면서 밸창이 꼿꼿한 것이 여간 켕기지 않았다. 그래도 안 일어나니까 이번에는 배를 지게 막대기로 우에서 쿡쿡 찌르고 발길로 옆구리를 차고 했다. 장인님은 원체 심성이 궂어서 그러지만 나도 저만 못하지 않게 배를 채었다. 아픈 것을 눈을 꽉 감고 넌 해라 난 재미난 듯이 있었으나 볼기짝을 후려갈길 적에는 나도 모르는 결에 벌떡 일어나서 그 수염을 잡아챘다. 마는 내 골이 난 것이 아니라 정말은 아까부터 벌 뒤 울타리 구멍으로 점순이가 우리들의 꼴을 몰래 엿보고 있었기 때문이다. 가뜩이나 말 한마디 톡톡이 못한다고 바보라는데 매까지 잠자코 맞는걸 보면 짜장 바보로 알게 아닌가. 또 점순이도 미워하는 이까짓 놈의 장인님 나곤 아무 것도 안되니까 막 때려도 좋지만 사정 보아서 수염만 채고 (제 원대로 했으니까 이때, 점순이는 퍽 기뻤겠지) 저기까지 잘 들이도록

"이걸 까셀라부다!"

하고, 소리를 쳤다.

장인님은 더 약이 바짝 올라서 잡은 참 지게 막대기로 내 어깨를 그냥 나려 갈겼다. 정신이 다 아찔하다. 다시 고개를 들었을 때 그때엔 나도 온몸에 약이 올랐다. 이 녀석의 장인님을, 하고 눈에서 불이 퍽 나서 그 아래 밭있는 넝알로 그대로 데밀어 굴려버렸다. 조금 있다가 장인님이 씩씩하고 한번 해볼려고 기어오르는걸 얼른 또 떼밀어 굴려버렸다. 기어오르면 굴리고 굴리면 기어오르고 이러길 한 너덧번을 하며 그럴 적마다

"부려만 먹구 왜 성례 안 하지유?"

나는 이렇게 호령했다. 하지만 장인님이 선뜻 오냐 낼이라두 성례 시켜 주마, 했으면 나도 성가신걸 그만두었을지 모른다. 나야 이러면 때린건 아니니까 나중에 장인 쳤다는 누명도 안 들을 터이고 얼마든지 해도 좋다.

한번은 장인님이 헐떡헐떡 기어서 올라오더니 내 바지가랭이를 요렇게 노리고서 담박 움켜잡고 매달렸다. 악, 소리를 치고 나는 그만 세상이 다 팽그르 도는 것이

"빙장님! 빙장님! 빙장님!"

"이자식! 잡아먹어라 잡아먹어!"

"아! 아! 할아버지! 살려줍쇼, 할아버지!"

하고, 두 팔을 허둥지둥 내절 적에는 이마에 진땀이 쭉 내솟고 인젠 참으로 죽나부다 했다. 그래두 장인님은 놓질 않더니 내가 기어이 땅바닥에 쓰러져서 거진 까무러지게 되니까 놓는다. 더럽다. 더럽다. 이제 장인님인가. 나는 한참을 못 일어나고 쩔쩔 맸다. 그러다 얼굴을 드니(눈에 참 아무 것도 보이지 않았다.) 사지가 부르르 떨리면서 나도 엉금엉금 기어가 장인님의 바지가랭이를 꽉 웅키고 잡아나꿨다.

내가 머리가 터지도록 매를 얻어맞은 것이 이 때문이다. 그러나 여기가 또한 우리 장인님이 유달리 착한 곳이다. 여느 사람이면 사경을 주어서라도 당장 내쫓았지 터진 머리를 볼솜으로 손수 지져주고, 호주머니에 희연 한봉을 넣어주고, 그러고

"올 갈엔 꼭 성례를 시켜주마, 암말 말구, 가서 뒷골의 콩밭이나 얼른 갈아라."

하고, 등을 뚜덕여 줄 사람이 누구냐. 나는 장인님이 너무나 고마워서 어느덧 눈물까지 났다. 점순이를 남기고 이젠 내쫓기려니, 하다 뜻밖의 말을 듣고,

"빙장님! 인제 다시는 안그러겠어유—"

이렇게 맹서를 하며 부랴부랴 지게를 지고 일터로 갔다.

(어문각, 1970)

□김유정 「소나기」

되나 안 되나 좌우간 이렇다 말이 없으니 춘호는 울화가 터져서 죽을 지경이었다. 그는 타곳에서 떠돌아 온 몸이라 자기를 믿고 장리를 주는 사람도 없고 또는 그 알량한 집을 팔려 해도 단 이삼원에 작자도 내닫지 않으므로 앞뒤가 꼭 막혔다. 마는 그래도 아내는 나의 젊고 얼굴 똑똑하겠다. 돈 이 원쯤이야 어떻게 라도 될 수 있겠기에 묻는 것인데 들은 체도 안 하니 괘씸한 듯 싶었다.

"돈 좀 안 해줄 테여?"
하고 소리를 빽 질렀다.

그러나 대꾸는 역시 없었다.

춘호는 노기 충천하여 불현듯 문지방을 떠다밀며 벌떡 일어섰다. 눈에 홉뜨고 벽에 기대인 지게막대를 손에 잡자 아내의 옆으로 바람같이 달려들었다.

"이년아, 기집 좋다는 게 뭐여. 남편의 근심도 덜어주어야지, 끼고 자자는 기집이여?"

지게 막대는 아내의 연한 허리를 모질게 후렸다. 까부라지는 비명에 모지락스레 찌그러진 울타리 틈을 벗어나간다. 잽쳐 내려 갈겼다.

"이년아, 내가 언제부터 너에게 조르는 게여?"

범같이 호통을 치며 남편이 지게막대를 공중으로 다시 올리며 오즈름을 쓸 때 아내는,

"에그머니!"

라고 외마디를 질렀다. 연하여 몸을 뒤치자 거반 엎어질 듯이 싸리문 밖으로 내달렸다. 얼굴에 눈물이 흐른 채 황그리는 걸음으로 문 앞의 언덕을 내리어 개울을 건너고 맞은쪽에 뚫린 콩밭 길로 들어섰다.

"나, 네가 날 피하면 어딜 갈 테여?"

발길을 막는 듯한 의미 있는 호령에 달아나던 아내는 다리가 멈칫하였다. 그는 고개를 돌리어 싸리문 안에 아직도 지게막대를 들고 섰는 남편을 바라보았다. 어른에게 죄진 어린애 같이 입만 쫑긋쫑긋하다가 남편이 뛰어나올까 겁이 나서 겨우 입을 열었다.

"쇠돌 엄마 집에 좀 다녀올 게유."

* * *

쭈볏쭈볏 변명을 하고는 가던 길을 다시 힁하게 내걸었다. 아내라고 요새 이 돈이 급시로 필요함을 모르는 바도 아니었다 마는, 그의 자격으로나 노동으로나 돈 이원이란 감히 딴뜀도 못 해볼 형편이었다. 벌이라야 하잘 것 없는 것 - 아침에 일어나기가 무섭게, 남에게 뒤질까 영산에 올라 산으로 빼는 것이다. 조그만 종다래를 허리에 달고 산중에 드문드문 박혀 있는 도라지, 더덕을 찾아가는 것이었다. 깊은 산속으로, 우중충한 돌 틈바귀로, 잔약한 목으로 맨발에 짚신 짝을 끌며 가파른 산들을 타고 돌려면 젖 먹던 힘까지 녹아 내리는 듯 진땀이 머리로부터 발끝까지 쭉 흘러내린다.

아랫도리를 단 외겹으로 두른 낡은 치맛자락은 다리로 허리로 척척 엉기어 걸음을 방해하였다. 땀에 붙은 종아리는 거친 숲에 긁혀미어 그 쓰라림이 말이 아니다. 게다 무거운 흙내는 숨이 탁탁 막히도록 가슴을 찌른다. 그러나 삶에 발버둥치는 순직한 그의 머리는 아무 불평도 일지 않았다.

가물에 콩 나기로, 어쩌다 도라지순이라도 어지러운 숲 속에 하나둘 뾰족이 뻗어 오른 것을 보면 그는 그래도 기쁨에 넘치는 미소를 띠었다. 때로는 바위도 기어올랐다. 정히 못 기어오를 그런 험한 곳이면 칡덩굴에 매달리기도 하는 것이었다. 땟국에 전 무명 적삼은 벗어서 허리춤에다 죽 찌르고는 호랑이 숲이라 이름난 강원도 산골에 매달려 기를 쓰고 허비적거린다. 골바람은 지날 적마다 알몸을 두른 치마 자락을 공중으로 날린다. 그제마다 검붉은 볼기짝을 사양 없이 내보이는 그를 칡덩굴이 본다면, 배를 움켜쥐어도 다 볼 것이다. 마는 다행히 그윽한 산골이라 그 꼴을 비웃는 놈은 뻐꾸기뿐이었다.

* * *

바로 지난 늦은 봄, 달이 뚫어지게 밝은 어느 밤이었다. 춘호가 보름 게추를 보러 산모퉁이로 나간 것이 이슥하여도 돌아오지 않으므로 집에서 기다리던 아내가 인젠 자고 오려나 생각하고는 막 드러누워 잠이 들려니깐 웬 난데없는 황소 같은 놈이 뛰어들었다. 허둥지둥 춘호 처를 마구 깔다가 놀라서 으악 소리를 치는 바람에 그냥 달아난 일이 있었다. 어수룩한 시골 일이라 별반 풍설도 아니냐고 쓱싹 되었으나 며칠이 지난 뒤에야 그것이 동리의 부자 이주사의 소행임을 비로소 눈치채었다.

(어문각, 1970)

□김유정 「슬픈 이야기」

이놈이 또 무슨 방정이나 이러나, 싶어 성가스리 눈을 부비고 일어나서 벽 틈으로 조사해 보았더니 놈이 방바닥에다 아내를 엎어놓고 그리고 그 허리를 깡충 타고 올라앉아서 이년아 말해, 바른 대로 말해, 이년아 하며 그 팔을 한 짝을 뒤로 꺾어 올리는 그런 기술이었으나 어쩌면 제 다리보다도 더 굵을지 모르는 그 팔목이 호락호락이 꺾일 것도 아니거니와 또 그기에 열을 내가지고 목침으로 뒤통수를 콕콕 쥐어박다가 그것두 힘에 부치어 결국에는 양 옆구리를 두 손으로 꼬집는다.

* * *

암만 때렸 단대도 내 계집을 내가 쳤는데야 네가 하고 덤비면 나는 참으로 할말없다. 허지만 아무리 제 계집이기로 개 잡는 소리를 가끔 치게 해 가지고 옆집 사람까지 불안스럽게 구는 이것은 넉넉히 내가 꾸짖을 수 있다는 말이다. 그것도 일테면 내가 아내를 가졌다 하고 그리고 나도 저와 같이 아내와 툭축거릴 수 있다면 혹 모르겠다. 장가를 들어서도 얼마든지 좋을 수 있을만치 나이가 그토록 지났는데도 어쩌는 수 없이 사글셋 방에서 이렇게 홀로 둥글둥글 지내는 놈을 옆방에다 두고 저이끼리만 내외가 투닥닥투닥닥, 하고 또 끼익, 하고 이러는 것은 썩 잘못된 생각이다. 요즘 같은 쓸쓸한 가을철에는 웬 셈인지 자꾸만 슬퍼지고, 외로워지고, 이래서 밤잠이 제대로 와주지 않는 것이 결코 나의 죄는 아니다. 자정을 넘어서 새로 두 점이나 바라보련만도 그대로 고생 고생하다가 이제야 겨우 눈꺼풀이 어지간히 맞아들어올라 하는 데다 갑작 스리 쿵, 하고 방이 울리는 서슬에 잠을 고만 놓치고 마는 것이다. 이것은 재론할 필요 없이 요 뒷집 위 건넌방과 세 들어 있는 이 내 방과 구분하기 위하여 떡 막아 논, 벽이라기보다는 차라리 울섶으로 보아 좋을 듯 싶은, 그 벽에 필연 육중한 몸이 되는대로 디리받고 나가떨어지는 소리일 것이 분명하다. 이렇게 벽을 들이받고, 떨어지고 하는 것은 일상 맡아놓고 그 아내가 해주므로 이번에도 그랬었음에 별로 틀리지 않을 것이다. 그러기에 들릴가 말가 한 나직한, 그러면서도 잡아먹을 듯이 앙크러뜯는 소리로 그 남편이 중얼거리다 픽, 하는 이것은 발길이 허구리로 들어 온게고, 그래 아내가 어구구, 하니까 그 바람에 옆에서 자던 세 살 짜리 아들이 어아, 하고 놀라 깨는 것이 두루 불안스럽다. 허 이놈 또 했고나, 싶어서 나는 약이 안 오를 수 없으니까 벌떡 일어나서 큰 일을 칠 거라도 같이 제법 눈을 부라리기는 했으나 그렇다고 벽 넘어 저쪽을 향하여 꾸중을 한다던가 하는 것이 점잖은 나의 체면을 상하는 것쯤은 모를리 없을 것이다. 이렇게 되면 잠자기는 영 글른 공사인고로 궐련 하나를 피

어 물었던 것이나 아무리 생각하여도 놈의 소행이 괘씸하여 그냥 배
기기 어려움으로 캐액, 하고 요강 뚜껑을 괜스리 열었다가 깨지지만
않을 만침 아무렇게나 내리닫으며 역정을 내 보단대도 저놈이 이것쯤
으로 끄떡할 놈이 아닌 것은 전에 여러번 겪었으니 소용없다.

(어문각, 1970)

□김유정 「아내」

　동리에서는 남의 속은 모르고 우리를 깍따귀들이라고 별명을 지었
다. 툭하면 서로 대들랴고 노리고만 있으니까 말이지. 하긴 요즘에 하
루라도 조용한 날이 있을까 바서 만나기만 하면 이놈, 저년, 하고 먼
저 대들기로 위주다. 다른 사람들은 밤에 만나면
　"마누라 밥 먹었수?"
　"아니요. 당신오면 가치 먹을랴구"
하고 일어나 반색을 하겠지만 우리는 안 그러기다. 누가 그렇게 괭이
소리로 달라붙느냐. 방에 떡 들어서는 길로 우선 넓적한 년의 궁둥이
를 발길로 퍼 드려질른다.
　"이년아! 일어나서 밥차려"
　"이놈이 웬 이래, 대릴 꺽어놀라"
하고 년이 고개를 겨우 돌리면
　"나무판 돈 뭐했어, 또 술쳐먹었지?"
　이렇게 제법 탕탕 호령하였다. 사실이지 우리는 이래야 정이 보째
쏟아지고 또한 계집을 데리고 사는 멋이 있다. 손자새끼 낯을 해 가지
고 마누라 어쩌구 하고 어리광으로 덤비는 건 보기만 해도 눈 허리가
시질 않겠니, 계집 좋다는 건 욕하고 치고, 다 이러는 멋에 그렇게 치
고 보면 혹 궁한 살림에 쪼들리어 악에 받친 놈의 말일지는 모른다,
마는 누구나 다 일반이겠지 가다가 속이 맥맥하고 부하가 끓어오를

적이 있지 않냐. 농사는 지어도 남는 것이 없고 빛에는 몰리고 게다가 집에 들어서면 자식놈 킹킹거려, 년은 옷이 없으니 떨고 있어 이러한 때 그냥 배길수야 있느냐. 트죽대고 꼬집어 가지고 년의 비녀쪽을 턱 잡고는 한바탕 훌늘겨대는구나. 한참 그 지랄을 하고 나면 등줄기에 땀이 쭉 흐르고 한숨까지 후, 돈다면 웬만치 속이 가라앉을 때였다. 담에는 년을 도로 밀쳐버리고 담배 한 대만 피어 물면 된다.

이 멋에 계집이 고마운 물건이라 하는 것이고 내가 또 년을 못 잊어하는 까닭이 거기 있지 않느냐. 그렇지 않다면야 저를 계집이라고 등을 두들겨주고 그 못난 코를 좋아 보인다고 가끔 주어줄 맛이 뭐야.

(강원일보 출판국, 1994)

□김이태 「궤도를 이탈한 별」

그들이 싸우는 것만큼 답답한 일도 없다. 그들은 영어로 싸웠다. 남편은 가방을 소파 위에 던지고는 위층으로 올라가 인문의 방문을 열고 뭐라고 소리 지르고 있었다. 마치 아버지가 아들에게 하는 식으로 어깨에 힘을 준 당당한 소리로 말이다. 인문의 낮고 끈질긴 소리도 들렸다. 나는 그가 왜 화를 내는지 몰랐다. 인문은 가죽 재킷을 들고 그대로 나가버렸다. 남편이 뒤따라 내려왔다.

(민음사, 1997)

□김인숙 「먼길」

수풀 속의 오솔길로 접어들면서, 한영의 좁아진 미간에는 찬 땀방울이 서리기 시작했다. 이 나라에 와서 얼마쯤 되던 때였던가. 한밤중의 하이웨이를 달리다가 양 한 마리를 치어 죽인 적이 있었다. 수풀 사이에서 불쑥 뛰어나왔던 그놈의 어두운 그림자를 발견했을 때는 이미 브레이크를 잡을 여유도 없을 정도였고, 그래서 차는 몇십 미터나

더 달려가 멈출 수가 있었다. 급브레이크 소리의 비명을 지르며 차가 멈추어 섰다. 그는 아마, 3분이나 5분쯤 그 자리에 그냥 멈춰 서 있었던 것 같다. 그리고 그는 다시 돌아가지 않은 채 내처 차를 몰기 시작했다.

* * *

한림은 흐흐 웃었다. 자기보다 까맣게 어린 나의 사람한테서 개자식, 영혼까지 팔아치웠다는 욕설을 듣고도, 그는 웃고 있었다. 히물거림도, 경멸도, 야유도 없는 웃음소리로…… 문득, 알 수 없는 뭉클한 감정으로 그를 바라보고 있는 한영에게 한림이 고개를 들어 물었다.

* * *

한영의 입에서 버럭 고함 소리가 튀어나왔다. 가볍게 농담을 던졌을 뿐이던 한림의 얼굴이 어색하게 굳어졌다. 그러나 그 순간이었다. 한영의 몸이 한림에게로 던져졌다. 한림의 입에서 억 하는 신음 소리 비슷한 것이 새어나왔고, 그때 한영은 한림의 어깨를 끌어안고 있었다. 한림은 한영을 떼어내려고 했다. 이 새끼가 이거 왜 이래…… 그는, 당혹감으로 민망함으로 어찌할 바를 알지 못했다. 그러나 그의 어깨를 끌어안은 한영의 팔 힘이 너무 완강했으므로 그는 끝내 한림의 등을 마주 끌어안아 버렸다. 아……그리고 그는 다시 한번 얕은 신음 소리를 냈다. 아주 오래된 기억이 그를 사로잡고 있었다. 아주 아주 오래된 기억…… 연탄 내가 물씬 풍기던 방안에서, 그들 형제는 씨름을 하고 있었다. 장난을 치는 형을 이겨보려고, 입술을 악 문, 분한 눈물을 두 눈에 그렁그렁 담고 악착같이 그에게 달겨들던 어린 동생…… 한영…… 그의 모습이 그의 기억에서 오래 맴돈다. 그리고 그는 또다시 당황했다. 정말, 내게도 이런 기억이 있었다니…….

(문학동네, 1995)

□김인숙 「성조기 앞에 다시 서다」

　7시 10분, 제법 넓은 중국집에 사람들이 가득 차는 것 같았다. 한오십…… 그러나 그것은 전체 숫자가 아니었다. 그 애들도 보안을 위해 전체한테 알리지는 않았노라고 했다. 맨 앞에 서 있는 건 한경애로 보였다. 끝까지 위원장이 누구인지 알 수가 없었는데 바로 한경애였던가. 깜찍한 것 같으니…… 그때 중국집 입구로 건장한 사내들이 몰려가는 것이 보였다. 잠시 후 밖에 나가 있던 윤과장이 들어와 고개를 끄덕여 보였다. 그와 같은 시간, 중국집을 향하는 이상문의 시야 속으로 중국집의 2층 유리창이 깨져 나가는 것이 보였다. 비명을 지르는 여자아이들, 맨주먹으로 겨우 항거해 보겠다고 나선 가녀린 여자아이들, 각목과 의자, 머리채를 잡힌 여자아이들, 발길질에 차이고 있는 여자아이들, 그리고 피.

＊ ＊ ＊

　아버지는 상문을 덥석 들어 어깨에 태우자마자 자아 가자, 소리를 지르며 달음박질로 다리를 건넜다. 자, 다왔다. 소리라도 지를 찰나였다. 갑자기 귀를 찢는 듯한 폭음, 아버지가 그 자리에서 고꾸라졌고 상문은 길 한복판으로 나동그라졌다.

　"아부지이!"

　그러나 상문의 목소리는 이어 터져 오르는, 나중에야 틀림없이 알게 된, 그 잔인한 총소리에 파묻혀 들리지 않았다. 다리 위에서 사람들이 마구 쓰러지고 있었다. 다리 아래로 뛰어내리는 사람, 돌아서 도망을 치다가 등에 총을 맞는 사람, 푸른 달빛 아래에서 시뻘건 피가 마구 솟아올랐다.

　"아부지이!"

　상문이 다리께로 달려가는 순간 누군가 상문을 끌어당기며 쓰러졌

다. 총소리는 여전히 우박처럼 쏟아지고 상문이 너무나 겁이 나서 울
지조차 못하며 그 넓은 품안에서 오줌을 지렸다. 죽음같이 긴 시간이
었다. 총소리가 멎었다고 느꼈을 때, 상문은 오장을 뒤틀리게 하는 역
한 비린내에 자신을 뒤덮고 있는 몸을 젖혀 빼려고 몸부림을 쳤다. 그
러나 몸은 움직여지지 않는 대신에 주루룩 흘러내리는 피, 그 피는 자
신의 몸을 덮고 있는 안씨 아저씨의 머리통에서 쏟아져 나와 상문의
얼굴을 적시고 있는 것이었다.

아악, 으아아악!

상문은 그 몸에서 벗어나려고 비명을 지르며 발버둥을 쳤다. 그러
나 몸은 점점 더 엄청난 무게로 상문을 짓눌렀다. 그 시체의 머리통에
서 흘러나오는 피만이 상문의 눈으로 코로 입으로 흘러들고 있었다.
그런데 그때 갑자기 그 무거운 몸이 제껴졌다. 그리고 상문의 머리
위, 달을 가리며 나타난 얼굴, 총을 꼬나들고 있는 그는 파란 눈 노란
머리의 양놈이었다.

(동아, 1995)

□김인숙 「핏줄」

아버지는 재하를 각목으로 두들겨댔었는데 재하는 온 몸에 피멍을
그리면서도 내내 웃고 있었다. 그 신비할 정도의 웃음, 재하는 내내
입꼬리를 치켜올리고 하얀 웃음을 내뱉었고 아버지는 그 하얀 웃음에
신이 들린 듯이 각목을 휘둘러 댔다. 그때 웃음을 웃고 있었던 것은
재하 뿐만은 아니었는지도 모른다. 아버지도 마찬가지였을 것이다. 아
버지가 고통스러운 표정을 짓지 않고 있었다는 것은 또 하나의 웃음
일 수도 있다. 아버지는 재하를 때릴 때면 번번이 맞는 재하 보다 오
히려 더 아픈 표정을 짓곤 했었던 것이다. 그러나 그날 아버지는 달랐
다. 아버지는 그 오랜 시간의 고행동안―그렇다. 재하를 향한 아버지
의 폭력은 분명 아버지에게 있어서 가장 참담한 고행이었다. ―한마디

괴성도 짖어대지 않았다. 아버지는 굳게 입을 다물고서 역시 비명 한 마디 없는 재하의 몸뚱아리를 내리쳤고 각목과 여린 몸뚱아리가 맞부딪치는 둔탁한 소리가 들릴 때마다 약간의 희열까지 느끼는 것 같았다. 또한 아버지의 각목, 그 신들린 매 끝에서는 알 수 없는 기쁨이 맺혀 있기도 했다.

* * *

술에 취하면 취할수록 더더욱 완벽한 함묵 안으로 침잠해 들어가는 아버지는 재하에게 칼 한 자루를 집어던졌다. 어쩌면 그리도 날렵한 칼일까. 살의가 번뜩이는 그 칼끝을 재하의 앞으로 던져놓고 아버지는 각목을 휘두르기 시작한 것이다. 재하의 시미즈 가운 안에서 살은 한 줌씩 튕겨져 오르고 헤어지고 그리고 피가 튀어 올랐다.

그날, 그들의 싸움은 하나의 예술이었다. 그들은 소리 없이 때리고 맞았고, 웃었으며 희열을 느끼고 있었다.

* * *

염치없는 그 개새끼가 어느 날 암컷을 끌고 집안으로 들어와 무성한 털 속에서 성기를 불태웠다. 재하는 그때 방에 있었던가……

개들이 그렇게 붙어 있는 동안 재하는 그 자리에 없었고 아버지는 목공소에 있어야 옳을 시간이었다. 그러나 질긴 무언가가 아버지를 집으로 이끌었는가보다. 아버지는 두 마리의 개를 목격했고……그리고 두 마리는 어우러진 채로 맞아 죽었다.

* * *

명섭이 약간 화가 난 듯 싶었다. 그로서는 마땅한 분노인지도 몰랐다. 그는 상당히 진지한 종이었으니까 말이다. 그러나 내 목젖을 울린 키들거림이 그를 향한 것이 아니라 바로 나 자신을 향한 것이라는 것을 그가 알았다면 그는 그렇게 악의적으로 개새끼란 소리는 하지 못했을 것이었다. 그는 잠시 나를 노려보았고 그리고 남아 있던 술을 입안에 털어 넣었다. 나는 그가 지금 나라는 녀석을 친구라고 대작을 하고 있다는 것을 후회하고 있을 거라고 생각했다. 그래서 그가 입을 벌려 말을 이으려고 들 때는 가장 조심스런 방어자세를 취하지 않을 수 없었다.

(문학, 1983)

□김주영 「아들의 겨울」

어떤 확실한 맥락은 잡을 수는 없었지만, 난 지금 어떤 위기에 놓여 있다는 것을 눈치챘다. 내게 와서 따지고 있는 이 낯선 녀석의 건강한 어깨와 그리고 내 항변에도 불구하고 흐트러지지 않는 표정 따위는 내 앙칼진 한 두 주먹 따위론 쉽게 결판나지 않을 것 같은 일말의 불안이 내 가슴을 휘젓고 지나갔다.

난 녀석을 똑바로 쳐다보았다. 그러자 녀석은 한 발쯤 뒤로 물러나더니 주먹 쥔 두 손을 허공에다 곤두박아 세웠다.

"너 덤빌 테야?"

녀석의 관자놀이가 부르르 떨리고 이마의 핏줄이 불끈 솟았다. 그러나 나는 애써 자리에 앉아 있었다. 나는 이 새로운 상대에게 금방 뛰어듦으로써 범하게 될지도 모를 실수와 창피를 순간적으로나마 가늠질 해 보았다.

(민음사, 1996)

□김주영 「야정 1」

창만은 그때까지 한 손에 들고 있던 백자 항아리를 허공으로 번쩍 쳐들었다. 그리고 맨상투 바람인 최가의 정수리를 겨냥해서 힘껏 내리쳤다. 항아리가 산산조각으로 박살이 나면서 최가의 상반신이 보료 위에 고꾸라졌다. 일순 방안에는 침묵이 흘렀고 문필봉 산자락 어름에선

부엉이 우는소리가 희미했다. 최가가 쓰러지는 순간을 곁에 앉아 또렷하게 바라보고 있던 계집도 그만 기신을 잃고 혼절해버렸다. 이미 오줌으로 적셔진 보료는 최가의 찢어진 관자놀이에서 흘러나온 피로 범벅이 되기 시작했다.

"진작에 작살 내고 말았어야 할 넘을 여태껏 횡설수설한 것 아니오."

창만을 주저만 무성했던 우덕을 싸잡아 나무랐다. 바깥담 위로 쉴새없이 들쑥날쑥이던 머리통들은 최가가 사지를 뻗고 쓰러지는 것과 때를 같이하여 두 번 다시는 볼 수가 없었다.

(문학과지성사, 1996)

□ 김주영 「야정 3」

바로 그때였다. 성률의 곁에 서 있던 장정이 들고 있던 몽둥이를 본때 있게 치켜들었다. 매찜질이 낭자할 것은 그로써 익히 짐작할 만하였다. 그러나 살기를 실은 몽둥이로 허공을 가르며 내리치는 순간, 뒷결박으로 묶여 있는 줄로만 알았던 성률의 손이 불쑥 몽둥이를 가로잡았고 잡은 순간 성률은 벌떡 몸을 일으켰다. 몽둥이를 비틀어 빼앗아 쥔 성률은 장정이 아뿔싸 하는 사이에 몽둥이를 무릎 정강이로 쳐서 두 동강을 내버렸다. 동강난 몽둥이를 내던지며 성률은 뇌까렸다.

"이놈들, 뉘게다 대중없는 사매질이냐? 우리가 장력이 없어 여기까지 끌려온 줄 아느냐? 뜨내기 길손의 처지로 시끄럽게 굴 것이 없다는 생각이 들어 고분고분했을 뿐이다. 어째서 사람을 다루는 제도가 무엄한 매타작부터 먼저인가?"

성률이가 그제야 한 발짝 물러서는 장정을 덮쳤다. 위인의 견대팔을 등뒤에서 뒤틀어 잡은 뒤 엉덩이를 힘껏 걷어차면서 잡았던 견대팔을 놓아버렸다. 까치걸음을 하고 비척비척하던 장정은 네댓 발짝 앞에 있던 수채에다 코를 박고 고꾸라졌다. 그 순간 성률의 시선에 들어

온 것은 정주간 앞에 놓여 있는 중두리 크기 만한 돌확이었다. 달려간 성률은 냉큼 돌확을 집어 치켜들었다. 물에 뜬 겨릅을 집어 올리듯 일 같잖게 돌덩이를 집어 올리는 순간, 비로소 로랑이 아가리에 손 집어 넣은 꼴이 된 것을 알아차린 장정들은 바퀴벌레 흩어지듯 잽싸게 살 구멍을 찾아 흩어졌다.

그때 대여석 간을 날아간 돌확이 울바자 밖 남새밭 한가운데서 쿵 소리를 내며 떨어졌고 농막의 바람벽 얼기가 우수수 떨어졌다. 핏대가 곤두서 있던 성률은 미처 눈치를 채지 못했지만 갑두만은 그때 봉노 안쪽에서 들려오는 목소리를 들었다.

"그분을 봉노로 뫼시오, 자칫 덧들였다가 온 두메 마을이 쑥밭되겠군."

* * *

바로 그 순간이었다 불거진 눈망울로 관변의 앞잡이가 된 갑두를 지켜보던 을술의 손바닥이 철썩하고 갑두의 귀쌈에 떨어졌다.

"이 박살할 놈. 네놈의 주둥이에서 그 말이 이제 나오나 저제 나오나 하고 기다리고 있었다. 네놈이 되사람 수하에서 앞잡이 노릇 한다는 게 이제 와서야 역력하지 않으냐."

따귀를 얻어맞은 우세를 당했으면서도 갑두는 당장 발끈하지 않았다. 다만 불거진 눈망울을 하고 빈정거렸다.

"졸고 있는 여우가 어찌 닭을 잡으리오. 졸지 말고 닭 잡으러 나가라고 올곧은 말로 권유하러 온 내게 이런 손찌검을 하고 있소만 머지 않아 후회할 거요."

을술의 흙 묻은 손바닥이 다시 한번 허공으로 올라가는 순간, 우덕이 벌떡 일어나서 나무라며 만류하였다.

* * *

"도대체 댁들은 뉘시관데 불문곡직 행패시오. 그 곡식이 어떤 곡식인데 수체에다 태질을 시키시오?"

그 사이에 나동그라졌던 구평의 아내가 눈이 시뻘개진 한 장정에게 달려가 멱살을 틀어쥐었다. 그녀가 다시 네 활개를 던지고 쓰러지자, 아이들은 뱀 본 새들처럼 놀라 일제히 울음소리를 내 쏟았다. 그러나 아녀자들일지언정 닭 길러서 족제비 좋은 일 시키게 된 난리를 바라만 보고 있을 수는 없었다. 흙투성이가 되어 나뒹굴어도 악지를 부리며 가로막고 대들었다.

이판 사판을 달려들어 발목을 비틀어 물기도 하였는데, 난데없는 총성이 들렸다. 바라보니 구평의 아내가 허공잡이를 하며 울바자 밖으로 떨어지고 있었다. 수수밥 한 그릇씩을 구렁이 뱀 물어 녹이듯 단숨에 삼키고 나서 이런 창탈에 행패를 부리고 있는 것은 이호산 둔처의 사람들과 해묵은 숙혐을 가진 자들이 아니라면 있을 수 없는 일이다.

네 활개가 울바자에 빨래처럼 걸려 있는 구평이 아내에게로 아낙네들이 달려갔고 그 사이에 집 안으로 들어간 불한당들의 행패는 끝간 데가 없게 되었다. 나무 그릇, 바라기, 보시기, 바리, 주발 뚝배기, 종지, 김치 단지, 초병, 물독, 자배기, 이남박, 푼주, 다래끼, 채반, 소쿠리, 국자, 조리, 함지막, 소래, 버치, 옹배기 같이 아낙네들이 손때 먹여가며 다루었던 세간들이 뜰로 쏟아져 나와 깨지고 부서지고 뒹굴었다.

그때 남새밭에서 불길이 치솟았다. 일부러 무너뜨린 장작더미 위로 내던져진 곡식섬에 불길이 옮겨 붙는 순간, 아낙네들은 혼절하고 말았다. 곡식이 타고 있을 동안 불한당들은 물러나지 않았고, 아이들은 목이 쉬도록 울어댔다. 꿀 바른 비상인줄 모르고 집안으로 불러들여 한 저녁 지어 대접하며 위기를 모면하려 했던 일이 이호산 식구들 두 달 먹을 양식을 잿더미로 만들고 말았다.

(문학지성사, 1996)

□김주영 「야정 4」

갑두가 겸이의 뒷덜미에 수리검을 꽂았던 것은 겸인이 섬거적을 펴고 그 위에다 막 배를 깔고 엎드리려던 찰나였다. 뒷덜미에 칼을 맞은 겸인은 그 순간, 숨이 턱에 걸린 듯 끅하는 소리와 함께 미동도 않고 그대로 엎여 있었다. 그런 두 번째의 수리검이 뒷덜미에 꽂히는 순간, 겸인은 불에 덴 사람처럼 몸을 솟구쳐 안우림으로 세워둔 움막의 서까래를 뒤틀어 잡고 몸을 뒤채었다. 그러나 다시 고꾸라지면서 움막 밖으로 두 손을 뻗었다. 사람 살리라는 외마디 소리가 터져 나오긴 하였으나 먼데 사람이 들을 수 있을 만큼 크지는 않았다. 그러나 그때 어디선가 돌팔매가 날아왔고, 화들짝 뛰기 시작하는 발짝 소리가 당나무 뒤쪽으로부터 어지러웠다.

* * *

"왜? 내 체수가 보잘것없다 해서 하찮게 보는 것인가? 이거, 너무 거드름피우지 말게. 잘난 체하다간 난데없는 칼침 맞네."

그 한마디가 나름대로는 참고 있던 창만의 부아통을 건드린 것이었다. 그 순간 창만의 손바닥이 허공을 가르며 날아가 갑두의 귀쌈을 후려쳤다. 그러나 갑두는 화롯불 가녘으로 쓰러지려는 상반신을 냉큼 수습하면서 괴춤에 감췄던 수리검을 뽑아 들었다. 그리고 거의 순식간에 수리검을 창만의 배꼽 노리께를 견주어 찔러 넣고 말았다. 갑두 스스로도 아차 했으리만큼 순식간에 저질러진 일이었다. 그러나 배꼽노리에 깊숙하게 찔린 칼을 냉큼 뽑아 던질 경향은 없었다. 살의를 가지고 창만을 미행했던 것은 사실이었지만 차마 이런 일은 저질렀다는 것이 자신도 믿어지지 않았다. 창만은 그때 뱃구레를 몽둥이로 얻어맞은 기분이었다. 그때까지도 칼을 맞았다는 사실을 눈치채지 못한 창만의 오른손이 허공으로 올랐으나 무기력하게 떨어졌다. 콧등이 시큰하게 뱃구레의 힘담이 허공으로 **빠져나간** 듯한 아득한 무력감이 배꼽노리 아래로 가라앉는 것을 느끼면서 창만은 또다시 팔을 뻗어 갑두의 괴춤을 가까스로 뒤틀어 잡았다. 괴춤이 잡힌 것에 소스라친 갑두가 창만의 잔허리께를 걷어차면서 벌떡 몸을 일으켰다. 그 순간 들골데 진땀이 흐르는 것을 느꼈다. 그는 뒤를 돌아볼 겨를도 없이 창만이가 매어두었던 말을 풀어 뛰기 시작하였다.

* * *

갑두의 두 손이 목덜미로 올라갔다.

"임자……술에다 뭣을……탄 것이야……?"

"비상을 넣었소."

술에 탄 비상이 그제서야 갑두의 오장을 뒤집고 있다는 것을 깨달았다. 그가 눈자위를 허옇게 뒤집고 가슴을 쥐어뜯는 것을 바라보며 봉선을 놓치지 않았고 두 다리에는 경련이 일고 있었다. 제 손에 할퀸 목덜미에는 칼날로 그린 듯 난 핏자국이 선명했다. 이미 그의 눈은 허공을 떠돌고 있었다. 그때 갑두는 목덜미를 할퀴던 손을 들어 압록강의 물 마루 쪽을 가리키려 하였다. 그러나 혀는 이미 굳어 말문은 막히고 말았다.

(문학과지성사, 1996)

□김주영 「천둥소리」

밤이 꽤 깊었는가 보다. 멀리서 개 짖는 소리가 들려왔다. 그리고 동안이 뜨도록 끊이지 않고 계속되었다. 창자가 송두리째 뒤틀려 돌아가는 듯한 그 소리는 흡사 사람이 울부짖는 소리 같기도 했다. 창자가 끊어지는 고통을 겪는다면 사람은 저렇게 울어대리라. 체통이나 품위 따위는 일찌감치 내동댕이친 비명소리를 마냥 듣고 있기엔 소름끼쳐 그녀는 이불깃을 머리 뒤로 뒤집어써 버렸다. 그러자 이번에는 그 소리가

바로 이불깃 속에서 들려왔다. 이불 속의 솜과 실톱 사이사이에 그 개
짖는 소리가 박혀 있다가 그녀의 귓밥을 혓바닥으로 핥아내는 것 같았
다. 그리고 간헐적으로 두 눈을 금강역사처럼 부릅뜬 점개의 얼굴이 천
장에서 내리쏟아지듯 얼굴 위를 들씌우기도 했었다. 그때서야 그녀는
비명소리가 사람의 목구멍을 비집고 나오는 울부짖음이라는 것을 깨달
았다.

(민음사, 1986)

□김지연 「개구멍받이」

지난 늦봄에 풀뱀 한 마리와 얼룩이 한 마리를 뱀탕집에 가져갔을
때 주인인 들창코 아저씨는 돈을 줄 테니 가겟방 안에 들어가서 기다
리라고 했다. 양자는 아저씨가 몹시 바빠 그러나 보다며 한 시간 여나
기다렸던 것인데, 한참만에 들어온 그는 무작정 양자의 홑바지를 벗겨
내렸던 것이다. 눈은 시뻘겋게 충혈되고 위로 뚫려진 콧구멍이 벌름벌
름 뜨거운 숨을 뿜어내면서 재빨리 벌거숭이가 되는 아저씨를 바라보
고, 양자는 너무 무서워서 커다랗게 울음을 터뜨렸다.

들창코는 당황하여 큰손으로 양자의 입을 틀어막고 '울지 말고 내
말을 들어야 뱀 값을 준다.'고 했으나 양자는 비명까지 내지르고 더욱
소리쳐 울어댔다. 그러자 들창코는 재수 없다는 듯 팽개쳤던 양자의
때 절은 바지를 양자의 얼굴에다 집어던지며 '아쿠 더러워, 어서 입어
임마…….' 하고 소릴 꽥질렀다.

* * *

돌이 아버지는 경악스럽게도 순식간에 들창코 아저씨처럼 덤비다
가, 무서워서 비명을 내지르는 양자의 뺨을 힘껏 후려쳤다. 양자는 눈
에 불이 번쩍하는 아찔함을 느끼면서 숨을 꿀꺽 삼켰다. 주먹을 쳐든
돌이 아버지가 또 소리를 내면 죽여 버린다고 했기 때문이었다. 뼈만

남은 앙상한 몸뚱이의 백골 같은 돌이 아버지는 숨을 씨근덕대면서 점점 강 부자집의 험악한 불독같이 사나워졌다.

"아악……."

양자는 사지가 찢어지고 뼈가 써억 갈라지는 격렬한 통증에 입을 딱 벌리고 얼굴이 새파랗게 질려 들었다.

무서운 아픔이었다. 하늘이 뱅뱅 도는 듯하고 전신에 땀이 솟아났다. 숨통이 컥컥 막혀 드는 충격적인 고통이어서 비명도 울음도 나오지 않았다. 양자는 두 눈을 부릅뜨고 사지를 버둥거리며 입술이 푸들푸들 경련을 일으켰다.

* * *

양자의 중 머리에 느닷없이 발길질이 쏟아지고 양자는 또다시 뒤로 벌렁 나뒹굴어지고 말았다. 베잠방이 하나만 걸치고 무참하게 나자빠진 양자의 몰골은 기이한 동물 같았다. 발길과 주먹질이 눈도 못 뜰 정도로 퍼부어졌다. 양자는 이제 드디어 죽고 마는가 싶었다.

(신원문화사, 1996)

□김지연 「배꽃」

그녀는 부엌 못 미쳐의 안방 앞에서 우뚝 멈추어 서며 숨을 들이쉬었다. 그리곤 다시 찢어지는 비명을 지르며 두 손으로 얼굴을 감쌌다. 한교수도 규희의 방에서 튀어나왔다. 반쯤 열려진 안방 문 사이로 쓰러져 내밀어진 얼굴은 분명히 규애였던 것이다. 백납모양 희게 굳어진 뺨 위로 말끔히 눈이 말끔히 벌려진 애 그녀는 싸늘히 식어 있었다.

(범우사, 1974)

□김지연 「봄·여름·가을·겨울」

방안은 온통 난장판이었다. 활짝 열어 재껴진 방문으로 달빛이 스며드는 속을 어떤 여자가 엄마의 머리칼을 휘어잡고 마구 벽에 부딪쳐 짓이겨대고 있었다. 이상하게도 엄마는 속옷 바람으로 당하고 있었으며 그리고 보니 방안에는 옷을 줏어 입는 또 한 사람의 남자가 있었다.

형자는 울음을 터뜨리며 발딱 일어나서 엄마를 짓이기는 여자에게 달려들었다. 여자는 형자까지 발로 걷어차며 화냥년의 새끼년이 지랄을 한다는 욕설을 퍼부었다. 엄마는 그냥 죽이라는 말만 신음과 더불어 뱉을 뿐 꼼짝없이 계속하여 당하기만 했다. 형자는 정말 엄마가 죽을 것만 같은 공포감에 펄쩍펄쩍 뛰며 여유 있게 옷을 챙겨 입는 남자에게 구원을 청했다.

다름 아닌 무심한 신사는 곧 아버지라는 사람이었고 게거품을 품는 여자가 본처라는 것을 그녀는 재빨리 터득했다. 순간 온몸이 분노로 지글지글 끓어오르는 것을 느꼈다.

(범우사, 1978)

□김지연 「빗나간 궁합」

그녀는 전신을 부르르 떨며 남자 위에 엎드려져 남자의 전신을 꼬집고 비틀었다. 살점을 떼어내듯 허벅지 뱃살을 가슴살을 사력을 다해 꼬집어 비튼다.

(청림각, 1978)

□김지연 「산울음」

가녀는 벌떡 일어서 우창식의 손을 이끌며 뜰로 내닫는다. 잎 떨어진 앙상한 가지 사이로 그녀는 미친 듯 뛰기 시작했다. 우창식은 조금

도 웃지 않는 시뻘건 얼굴로 다람쥐 같이 잽싼 그녀를 잡으려 덩달아
뛰었다. 언젠가처럼 화분이 넘어지고 잔가지가 부러져 나갔다. 짐승처
럼 날뛰는 그들의 행위는 마치 시장통에서 거품을 무는 간질 환자의
발작같이 온 집안을 순식간에 북새통으로 만들었다.

* * *

우창식이 버럭 고함을 질렀다. 집안이 쩌렁 할 정도의 큰소리였다.
그는 허리에 손을 얹고 노파를 뚫어지듯 쏘아보며 얼굴을 붉혔다. 노
파가 입을 쩍 벌리며 우창식을 멀거니 바라본다. 그도 그럴 것이 우창
식이 아직 한 번도 그토록 화를 심하게 낸 적은 없었기 때문이다.

* * *

노파에게 향했던, 서슬이 시퍼런 우창식이 다시 팔짱을 척 끼고 아
랫배를 힘껏 내밀며 안방을 향해 고함을 질렀기 때문이다. 옆으로 벌
어진 몸이며 동그란 눈과 앙바틈이 버티고 선 자세가 호랑이라도 잡
을 듯한 기세였다.

(범우사, 1978)

□김지연 「산영」

작년 이맘때였다. 토담집 주변에 화전을 일구어서 조와 감자, 고구
마, 수수 따위를 심어 연명하던 아버지가 갑자기 숯을 굽기 시작했다.
그것도 절 산에서 베어온 소나무, 참나무들로 며칠간 계속하여 숯을
굽던 아버지는 절 산을 지키는 산감에게 그만 들키고 말았던 것이다.
아버지는 사색이 되어, 벌겋게 달아오른 얼굴로 호통을 치는 산감에게
살려달라고 손을 싹싹 비비면서 애원을 했다. 산감은 토담집을 헐어버
리고 산에서 내쫓겠다고 으르렁거렸다. 산을 쩌렁쩌렁 울리는 산감의
고함에 엄마가 뛰어나오고 숯굴에 불을 지피던 쇠돌은 와왕 울어버렸

다. 엄마는 산감의 점퍼 자락을 붙들고 몸을 비틀며 용서해달라고 사정을 했다. 산감의 허벅지를 붙안고 울기도 했다. 그러자 산감이 어깨를 한번 우쭐하고는 그냥 가버렸다.

다행히 산감은 절에도 알리지 않았던 모양으로 노스님이 다녀가지도 않았으며, 엄마는 여전히 절의 일품을 얻을 수 있었다.

그러나 숯 사건 이후로 아버지를 향한 삼감의 태도는 험악하기 짝이 없었으며 또한 아버지는 주눅이 든 사람처럼 쇠약해지고 땅을 개간하려고도 씨앗을 뿌리려고도 하지 않았다. 허탈한 표정으로 매일 비실비실 숲 속이나 찾아다니던 그는 기어이 파종할 즈음인 지난 봄에 훌쩍 산을 떠나고 만 것이다.

* * *

땅꾼의 털투성이 얼굴이 강순의 포탈치는 얼굴을 덮치는가 하자 그의 완강한 힘이 그녀의 젖은 옷을 와락 찢어버렸다. 강순의 흰 가슴이 드러나고 음모가 돋기 시작하는 하반신이 물 속에서 뒤웅쳤다.

"니, 자꾸 까불모 꽉 죽여버릴 끼다……."

땅꾼은 완전히 발정한 한 마리의 짐승 같았다. 그의 눈은 벌겋게 충혈되어 살기마저 띠고 있었다. 덜덜 떨며 울지도 못하고 버둥 치는 강순의 젖가슴을 마구 핥고 물기도 하며 그녀의 옷을 찢어 실오라기 한 올 감지 않은 나체로 만들어 버렸다.

"아, 아저씨 사, 살려주이소."

강순은 사시나무 떨 듯 떨었다. 얕은 물 속에서 그녀는 무릎을 꿇고 두 손을 싹싹 비볐다. 독사 앞의 개구리처럼 더는 움직이지도 못했다.

(신원문화사, 1996)

□김지연 「산정」

방향도 알 수 없는 바위투성이의 골짜기에서 강순은 급기야 붙잡히

고 말았다. 땅꾼을 죽이고 싶다는 생각에 가득 차서, 이끼 낀 바윗돌
에 미끄러져 나둥그러진 그녀는 채 이러서지도 못하고 땅꾼의 몸뚱이
에 깔리고 말았다. 땅꾼이 강순의 뺨을 서너차례 후려쳤다.

"이 쥐새끼 같은 년이, 아. 내가 널 잡아먹냐? 네년 생각혀서 딸기
훌쳐 왔는데, 이 쌍간나 년아……"

네차례, 다섯차례, 여섯차례, 얼굴에 불이 번쩍번쩍 일었다. 치마가
찢겨지고 속팬티가 뜯겨져 나가고, 그리고 또다시 짝 찢어지는 아래의
격심한 통증을 느낀다. 강순은 코피를 쏟으며, 오매의 성난 짐승의 포
효 같은 비명을 바싹 가까이 들으면서 조금씩 조금씩 의식을 잃어간
다.

* * *

강순은 반사적으로 몸을 숨겼다가 천천히 오매가 오르는 방향으로
뒤쫓기 시작했다. 오매는 천왕봉을 오르는 등산로의 반대켠을 치렁치
렁한 치맛자락을 허리에 걷어붙이고 잽싸게 올랐다. 나물을 찾는 것이
아니라 그녀는 무엇인가 목적물을 향해 열심히 숲을 헤치며 달려가는
것이었다.

(청림각, 1978)

□김지연 「씨톨」

여인이 그토록 사생 결단코 읍소 하며 매달린 것은 바로 지난밤이었
다.

그러나 눈동자와 얼굴이 온통 시뻘겋게 충혈 된 남자가 여인의 뺨
을 후려치면서 '이 쌍년—정 낳고 싶으면 이 집을 썩 나가라. 이혼하
자. 서방은 다르나 네년 새끼임에는 분명한 것이니, 이혼하고 나가서
네년 혼자 네 새끼 낳아서 구워먹든 삶아먹든 하라!'고 독설을 퍼부었
다.

* * *

남자가 나타난 것이었다.

시뻘건 눈동자가 초점도 없이 휘번득이는 남자의 살기 어린 서슬로 미루어 내 생명은 위기촉발의 풍전등화 꼴이었다.

내 극도의 불안감에 더욱 불을 지른 것이 여인의 먹빛 같은 얼굴색이었다.

집을 떠난 지 이틀만에, 도봉산 골짜기의 어느 임자에 머물러 있던 여인이, 장사도 젖혀 놓고 미친 듯 찾아 헤매던 남편의 손아귀에 이틀만에 붙잡히고 만 것이다.

마치 여인이 몹쓸 죄나 짓고 도망쳐 숨어 있었던 것처럼 남자는 공공연히 여인을 죄인 다루듯 멱살을 움켜쥐고 끌어냈다.

남편이 화덕같이 강요하는 뱃속 태아, 즉 나 'Q. 파이브'의 중절 여부를, 그로 인한 남편과의 이혼 여부를 나름대로 신중히 결정하게 위해 잠시 조용한 곳을 찾았던 여인은, 자신의 악의 없는 가출이 남편에게 통하지 않음을 절감했지만, 이미 때는 늦은 것이었다.

* * *

최강욱은 소파에 털썩 주저앉으며 응접탁자를 주먹으로 내리쳤다.

새삼 전신에 열기가 오르고 심장이 뛰고 울화가 솟구쳐 그는 연이어 두 번 세 번 탁자를 내리쳤다. 그리고 홱 몸을 성큼성큼 침실로 들어가 버렸다.

쾅.

침실의 문이 부서져라 닫혀졌다.

방일혜로선 처음 보는, 서슬이 시퍼런 최강욱의 행위였다.

그녀는 문의 손잡이를 붙든 채 빳빳이 굳어져 서 있었다. 그러다가 그를 향한 연민으로 심한 통증을 느끼며 돌아서 다시 거실로 향했다.

사랑하는 그를 믿고 응석부리며 가볍게 행동한 자신이 뉘우쳐졌으나, 그러나 그도 너무 예민해 있다는 생각을 했다.

그녀가 그가 부서져라 쳐 닫고 들어간 방문 앞에서 가만히 멈추어서서 머뭇거렸다. 그러다 그녀는 곧 방문을 밀고 방안으로 들어섰다.

* * *

이를 두고 청천의 뇌성병력이라 말함일까. 나는 캄캄한 하늘에 하얀 불칼이 수십 갈래의 빛살로 쩍쩍 그어지는 것을 선명하게 본 듯 싶었다.

비로소 그가 강철을 깨뜨리는 고함을 내지르며 내 코앞에서 어깨를 치켜 두 주먹을 불끈 쥐고 버텨선 것이었다.

낄낄낄. 나는 입 귀로 실실 웃음을 흘리며 그를 똑바로 마주 쳐다보았다. 수로 찌든 시뻘건 눈동자에 독물을 올리고 온갖 능멸에 가득 찬 조소를 얼굴에 바르며 그를 죽일 듯 노려보았다.

(빛샘, 1995)

□김지연 「연가(戀歌)」

"형식적인 여러 갈래의 선을 끊자는 얘기죠. 우리 그만 둡시다."
"저 - 정말이요? 당신 정말 그렇게 해주겠소?"
"……?"

지혜는 순간 눈앞이 노래지는 아뜩함을 느꼈다. 이러한 면전 모욕은 그녀가 출생 후 처음 당하는 것이었다. 지혜는 진심이냐고 다그쳐 들다 스스로의 경망해함에 주춤해하는 배 일의 창백한 뺨을 힘껏 쳤다.

거센 불길처럼 솟구치는 그에 대한 분노와 증오와 역겨움을 손안에 모은 듯 그는 두 번 세 번 그의 뺨을 쳤다.

"짐승만도 못한 인간. 썩 나가!"

(범우사, 1974)

□ 김지연 「정관절제수술」

"너 덕수놈과 상관했지?"

"……?"

화순은 또 시작이구나 하여 아뜩했을 뿐 덕수가 누군지 얼른 떠오르지도 않았다. 거센 주먹이 얼굴에 왔다. 눈앞에 불이 번쩍 이는 듯 했다.

"날 죽여 - 아예 죽여버려 - "

화순은 그의 옷자락을 붙들고 늘어졌다. 아이들이 한꺼번에 자지러지는 울음소리를 아프게 들으며 정말 죽어버리고 싶다는 생각을 했다. 손아귀에 잡힌 긴 머리채가 한꺼번에 뜯겨지는 듯 아팠다. 허리와 어깨에 발길이 왔다. 그녀는 엉엉 울었다. 미친 듯 소리치며 살쾡처럼 덤비는 그에게 달라 들었다. 엄마 아빠를 부르며 울부짖는 아이들의 비명 속에서 화순은 몇 차례나 방바닥에 나둥그러졌다.

"오냐, 이년 너 죽고 나 죽자."

머리와 어깨와 허리와 배에 마구 난타되는 발길질과 주먹을 피하지도 못한 채 화순은 기절하고 말았다.

(범우사, 1977)

□ 김지원 「사랑의 예감」

지난 17일 롱아일랜드 앞 바다에서 폭발한 TWA 800기 수색 작업을 벌이고 있는 당국은 시신을 인양하는 작업과 비행기 폭발원인을 보여주는 증거를 확보하는 작업 중 어느 쪽에 우선권을 두느냐 하는 문제로 갈등을 겪고 있다. 피해자의 친지들은 24일 최초 잠수부들이 해저에서 피해자들의 시신을 발견했다는 소식과 그렇지 않다는 상반된 소식을 듣고 당국에 거세게 항의했다. 이에 대해 수색 반은 범죄 가능성

이 큰 사고 현장에서 가능한 많은 증거물을 확보하는 작업과 피해자
들의 시신들이 비행기 잔해 사이에 널려 있는 시신을 확인하더라도
인양을 위해서는 거대한 동체를 옮겨야 하기 때문에 작업이 쉽지 않
다고 말했다. 관리인들이나 수색 반은 공석에서는 피해자의 시신 복구
가 최우선이라고 말하고 있다. 그러나 법 집행 관리들은 비공식적인
자리에서는 시간이 지체되면 증거물이 떠내려가는 등 유실되기 때문
에 피해자 시신복구 못지 않게 가능한 한 빨리 증거를 확보하는 점에
도 관심을 두고 있다고 말한다.

(문학사상사, 1997)

□김지원 「차나 한잔」

여자는 눈을 감는다. 핸드백을 연다. 손으로 지갑을 휘저어 찾는다.
뭉클 집히는 것은 케익이다. 여자가 건내는 지갑을 남자가 마구 잡아
챈다. 천이백 원과 동전 몇 개가 있을 뿐이다. 여자가 다시 눈을 꼭
감는다. 나는 이 사람을 보고 싶지 않다. 나는 여기 지금 있고 싶지
않다. 남자가 돈을 꺼내고 빈 지갑을 여자 핸드백 속에 쓰레기 버리듯
던져 넣는다. 내 돈을 가졌거던 칼을 거두고 사라지라. 신비롭게 나타
났듯 신비롭게 꺼지라. 남자는 꺼지지 않는다. 꺼지지 않을 뿐 아니라
난폭하게 여자를 벽에다 밀어붙인다. 여자 눈이 공포로 크게 떠진다.
남자는 칼끝을 여자 목뼈에 정확히 천천히 갖다댄다.

(동아, 1988)

□김채원 「봄날에 찍은 사진」

며느리의 입에서 얕은 비명이 터진다. 구름이 해를 가린 모양, 갑자
기 구름의 그림자가 땅에 처지며 바람 빠진 풍선처럼 풍경이 수축된
다. 그와 함께 며느리의 혈관도 수축된다. 갑자기 피가 곤두박질친다.

사위는 무척 조용하며 어두운 색감으로 바뀌어 있다. 푸르고 화안한 렌즈를 어두운 렌즈로 바꾸어 낀 것 같다. 그 그늘진 풍경 속으로 소년이 달려오고 남자도 달려오며 움직이지 말라고 소리친다. 낚시바늘이 잠시 살갗을 스쳤을 뿐인데 살 속에 가서 박혔다. 빼려고 하니 더욱 살 속을 파고든다. 소년의 아버지인 듯한 남자가 낚시바늘을 요령껏 빼어낸 후 무어라고 사과를 한다. 며느리는 쑥 솟아난 눈물을 한 손으로 닦으며 괜찮다고 말한다. 그들이 보고있을 자신의 모습을 며느리는 그들과 함께 바라보며 다시 괜찮다고 말한다.

(청아, 1995)

□김채원 「초록빛 모자」

그들은 두 명이나 달려들어 나를 함부로 때렸다. 내가 그 사람의 이름을 댈 때까지 무서운 기세로 때렸다. 잠시 멎었던 코피가 다시 흘렀다. 파출소 창으로 흰구름이 흘러들었다. 그들은 시원하게 내 눈 속으로 스며들어왔다.

(청아, 1995)

□김하기 「미귀(未歸)」

비전향 장기수들을 구금하던 특별사동의 독방 뺑끼통에는 변기대신 지름 5cm 크기의 구멍만 하나 뻥 뚫려 있었다. 처음엔 그 작은 파이프 구멍이 뺑끼통인 줄 모르고 변의가 느껴지자 패통을 쳤다.

"왜 불러?"

"저, 화장실에 가야 하는데 문 좀 따주세요."

"뭐? 문 좀 따달라고? 임마, 거기 있잖아."

"예?"

"뒤에 구멍을 뚫어 놓았잖아. 거기다 싸."

"예? 이 작은 구멍에다 어떻게 변을 보랍니까?"

"이 새끼 또라이 아냐? 임마, 다들 거기에 잘만 보는데 니만 지랄이야, 지랄은. 니 똥구멍엔 금테 둘렀냐?"

억지로 앉기는 했지만 작은 파이프 구멍에 적응하기란 무척이나 힘들었다. 소변을 볼 때야 문제가 없었다. 사내들이란 어렸을 때부터 오줌줄기로 개구리와 개미행렬에 정확한 사격을 가해왔지 않았던가. 그러나 큰 걸 볼 때는 조준하기가 용이하지 않았다. 항문의 위치와 각도, 괄약근의 힘을 종합해서 정확하게 발사하지 않으면 낙하물이 빗나가 구멍 언저리에 황금칠갑을 하고 만다. 게다가 나오는 구멍이 다르고 시간이 다른 대소변을 한 구멍에 밀어 넣기란 여간 어려운 일이 아니었다. 처음엔 똥은 똥대로 오줌은 오줌대로 나와 콩칠팔칠 튀어나갔으나 수많은 낙하훈련과 조준사격 끝에 파이프 구멍에 적응할 수 있게 되었다. 방법은 대소변이 나올 때마다 구멍에 맞춰 엉덩이를 앞뒤로 까딱까딱 움직이는 것인데 나중에는 아주 숙달되어 책을 읽으면서도 까딱까딱 눈을 감고도 까딱까딱 뒤처리를 하는 묘기의 수준까지 올랐다.

(푸른사상, 2002)

□김향숙 「어떤 하오」

그때 식품점과 나란히 붙은 야채가게로부터

"어쩐지 내가 그 동안 당신이란 작자는 똑 딴 주머니 찰 위인이라고 혔잖아요. 했더니 어쩌면 그렇코롬 내 말대로 되었간디. 참으로 기가 차고 숨이 막힐 일이제. 아니 무슨 속셈으로다 남정네가 딴 주머닐 차고 돈을 야곰야곰 모았디야. 대체 어따 쓸라고 이런 소행을 혔는지 자복을 혀란 말이요."

야채가게 안주인의 카랑한 목소리가 들려왔다.

"당신이란 작자는 분명히 내 몰래 돈을 모았다가 딴 여자 볼라고 그랬을 거구만."

야채가게 안주인이 삿대질을 하였다.

"배짱 편한 소리하구 자빠졌네. 입에 풀칠하기도 바쁜 세상에 딴 여
잘 보다니. 그란께 여자는 세상 물정 모르는 답답한 족속이란겨. 가장
이란 자리에 앉고 보면 자기도 모르는 새 책임감을 갖게 된다 이 말
이여. 불의의 사고에 대비하여 모갯돈을 만들 필요를 느끼지 않을 수
가 없다 이 말여."

"그 말을 어떻게 믿는대여. 필시 남정네란 것들은 돈이 쪼매 모였다
하면 딴 생각을 하기 마련이라는디."

"주둥아릴 닥치지 못혀. 아침부터 장사 집어치우겠다 나팔 부는겨.
대체 여자가 뭐이 말라비틀어진 개뼉다구라냐?"

야채가게의 말다툼은 끝이 났다.

(창작과비평사, 1986)

□김현영 「냉장고」

나아쁜년, 엄마는 새 옷을 입은 채로 식당으로 가서 식탁 위에 올려
진 다 식은 고구마를 먹어대기 시작했다. 나쁜 년, 켁켁, 켁켁켁, 뭐,
켁, 가, 켁켁, 어, 켁켁켁…… 식은 고구마를 제대로 씹지 않아 목이
메고 가슴이 막히는지 엄마는 가슴을 두들겨가며 고구마를 씹고, 나쁜
년도 씹었다. 그러나 잘 씹으려는 엄마의 마음과는 상관없이 고구마덩
어리와 나쁜 년이 했다는 말은 엄마의 이 사이에서 헛돌다가 목구멍
에서 자꾸만 걸렸다. 결국 그것들은 목구멍만 막은 것이 아니라 엄마
의 숨구멍까지 막고 말았다. 켁켁켁켁켁켁……

* * *

거미가 진행방향을 바꾸길 바라며 그것을 주시하는 그. 그의 바람
따위는 아랑곳하지 않고 그를 향한 걸음을 멈추지 않는 거미. 그러다

가 그와 거미는 서로 눈을 마주치고 만다. 그것은 순식간에 벌어진 일이다. 네가 지금 나를 놀리지! 그는 자기도 모르게 신문을 말아 쥔 손에 힘을 준다. 신문지가 파들파들 떨린다. 저녁에 웬 거미냐. 어머니의 들뜬 목소리가 귓전에서 울린다. 거미는 파들파들 떨고 있는 그를 쳐다보며 가만히 서 있다. 신문지가 자기를 덮치리란 걸 아는 듯한 표정으로. 순간, 그의 두 눈에 파란 광채가 일더니 신문 뭉치가 허공을 가르며 거미를 향해 날아간다. 저녁에 휘익, 거미라니 반가운 손님이, 퍽퍽, 올 모양이야, 먹. 귓전에서 맴돌던 그의 어머니의 목소리도 거미와 함께 바스러진다.

으아악!

식은땀을 흘리며 거미를 내려친 신문 뭉치를 내려놓다가 그는 자기도 모르게 버럭 비명을 지르고 만다. 통깨가 들어 있는 양념통을 엎지르기라도 한 듯 깨알 만한 거미 새끼들이 사방팔방으로 후다닥 흩어지고 만다.

* * *

도대체 무슨 일이래요? 1209호 처녀가 목을 맸대요. 오늘 죽은 것도 아니랴. 여태 아무도 몰랐단 말이야? 혼자 사는 여잔가? 여러분, 좀 조용히 하시구요 수사에 협조 바랍니다. 모르죠. 가끔씩 웬 남자가 드나들었다고는 하던데, 여러분 가운데 사건 신고하신 분 계십니까? 그것 두 거의 삼촌뻘 되는 남자랍디다. 경비가 그러는데 아파트 입구에 서울 번호 단 차가 가끔 주차돼 있더래요.

원한관곈가? 원체 친하게 지내는 이웃도 없었던 모양이야. 정말 삼촌이 가끔 찾아 왔나 보지. 지금 당장 연락 가능한 연고자 아시는 분은요? 도대체 신고는 누가 했대? 앞집 사는 애기 엄마도 잘 모른다는데 뭐. 자살이래? 강도는 아니구? 끔찍한 일이에요. 오늘 밤 잠은 다 잤지 뭐. 범상한 사이는 아닌 것 같다고 우리 그이가 그러던 걸요. 한

동안 시끄럽겠는걸. 그것 참. 남자관계가 복잡하진 않았나? 열길 물 속은 알아도 한 길 사람 속은 모른다고 했어. 모르는 일이죠.

* * *

그날 새벽 너는 보았다. 스스로 자기 몸의 스위치를 내리고 꺼져 있던 그가 다시 푸르르 깨어나 노트북 앞에 앉아 있는 것을. 그의 몸은 컴퓨터에서 새어나오는 푸르고 흰빛에 온통 젖어 있었다. 이상한 나라의 폴이란 만화영화에서 폴과 그의 친구들이 나나를 구출하기 위해 대마왕이 사는 이상한 나라로 가기 위해 만들던 구멍. 노트북에서 새어나오는 빛을 보고 너는 그 구멍을 생각했다. 그가 그와 네가 있는 작은 방이 온 세상이 금방이라도 노트북 안으로 빨려 들어가 버릴 것 같은 이상한 긴장감이 네 손안에 잡혔기 때문이었다. 그의 얼굴은 붉게 달아 있었다. 너는 보았다. 열기를 주체할 수 없었던지 그는 급하게 러닝셔츠를 벗어버렸다. 너는 못 본체 했다. 웃옷을 벗어붙인 그의 두 손이 미친 바람처럼 자판을 훑고 다녔다. 내일 아침 그의 노트북은 한바탕 태풍이 지나간 것처럼 모든 글쇠가 뿌리째 뽑혀 있을 거라고 너는 생각했다. 너는 갑자기 한기를 느꼈다. 이불을 귀밑까지 끌어올렸다. 그러나 그는 마침내 팬티마저 벗어버린다. 그는 지금 글을 쓰고 있는 게 아니라 컴퓨터와 섹스 하는 중이야. 너는 아예 눈을 감는다. 그가 앉아 있는 의자는 모니터에서 나오는 빛으로 인해 환한 것이 아니라 책상 밑 어두운 공간에 속해 있다. 어두워서 벗은 그의 하반신을 너는 볼 수 없다. 그런데도 독사처럼 머리를 쳐든 그의 것이 보이는 것 같아서 너는 눈을 감을 수밖에 없다. 그가 타이프 치는 소리가 점점 가파르게 상승곡선을 그린다. 헉, 헉, 헉,…… 숨을 몰아쉬는 소리도 들리는 것 같다. 귀밑까지 끌어올린 이불을 이번엔 머리끝까지 끌어올린다. 그의 컴퓨터가 되고 싶다. 그가 클릭 하고픈 아이콘들로 가득 찬, 그의 컴퓨터가 되고 싶다.

(문학동네, 2000)

□ 남정현 「발길질」

　그러니까 부친이 일제 말기에 시골 어느 경찰서의 간부 서원으로 근무하던 시절이었다. 당시 내 나이 일곱 살이던가. 나는 곧잘 엄마 심부름으로 아빠 사무실을 찾아가곤 했다. 그런데 하루는 아주 남루한 옷을 걸친 농민 한 사람이 아빠 앞에 무릎을 꿇고 앉아서 부들부들 떨고 있었다. 무슨 일인가 그는 자꾸 아빠한테 두 손을 싹싹 비비며 이제 다시는 안 그러겠으니 한 번만 용서해 달라고 울먹이던 것이다. 아빠는 시종 턱 버티고 선 채 묵묵부답이었다. 노한 안색, 거친 숨결, 그리고 그 무서운 눈초리, 나는 사실 아직껏 그때의 아빠 표정처럼 무섭게 일그러진 한 인간의 면상을 구경한 적이 없는 것이다. 그리하여 나는 잔뜩 겁을 집어먹고 갑자기 아빠의 얼굴이 왜 저렇게 무서워졌는가를 생각하는 참인데 아빠의 입에서
　"썅. 네가 뭐 히노마루노 하달 찢어!"
　하는 고함소리가 튀어나오더니 거의 그와 때를 같이하여 아빠의 발길이 번개처럼 하늘로 치솟던 것이다. 그러자 순식간에 저만큼 나가 떨어지던 농부의 참상. 그의 골통에서는 시뻘건 선혈이 낭자하게 흐르고 있었다. 불상사였다. 하지만 나는 그때 처음 보는 아빠의 그 민첩한 발길질이 어찌나 신통한지 흡사 곡마단의 무슨 묘기를 관람하는 느낌이어서 나는 그만 무서운 것도 잊어버리고 나의 입에서는 부지중 '히얏'하는 탄성이 흘러나왔던 것이다. 희한한 장면이었다.

* * *

　고함 소리와 함께 거의 신기에 가까운 예의 그 민첩한 발길질이 그만 순식간에 나를 걷어차는 것이 아닌가. 워낙 창졸간에 일어난 사태라 나는 감히 몸을 피할 새가 없었다. 부친의 발길이 나의 몸에 와 닿았다고 느끼는 순간 나는 그만 하늘로 붕 뜨는 것 같은 묘한 충격과

함께 몸은 어느새 아래층 층계를 떼굴떼굴 구르고 있었다. 온몸이 다
부서지는 것 같이 알알하게 솟구치는 통증. 하지만 나는 앞으로 부친
을 정복하기 위해서 뭣보다도 이 발길질의 비법부터 풀어야겠다고 생
각하며 온 힘을 다하여 아픔을 꾹 참았다. 그리고 앉은 채 조금씩 몸
을 옮겨 내 방으로 향했다. 누구 한 사람 나를 부축해 주는 사람이 없
었다.

(동광, 1993)

□남정현 「천지현황」

가족이란 이름 밑에 모인 너와 나 사이를 흐르는 감정의 강하가 원
이다지도 탁할 수가 있는가. 하지만 탁한 것이 문제가 아니었다. 예리
하게 돋아난 원한의 가시들이 착작하게 얽히어 가지고는 부단히 서로
의 가슴을 찌르는 것이었다. 오래 벼르던 원수끼리 모여 앉은 판국이
라고나 할까. 좌우간 이 집안에 주소를 둔 부모와 자식과 형제와 부부
는, 그들은 제각기 서로를 향한 무엇인가 사무친 원한을 견디지 못하
여 얼굴이 조금씩 부어 가지고는 항시 일촉즉발의 기세로 긴장된 분
위기를 조성하고 있는 것이다. 그러다가 멋모르고 누구의 입에서건 불
쑥 이년이나 저놈 소리가 한번 튀어나오기만 하는 날이면 그들은 그
것을 신호로 하여 흡사 원수를 때려잡는 성싶은 욕설이며 고함소리와
함께 모두들 우 하고 일어서게 마련인 것이다. 그리고 누가 누구와 맞
서는 지도 모르게 서로가 사뭇 난마와 같이 얽히고 설키어 가지고는
치고 받는 데에 여념이 없어지는 것이다. 큰일이었다. 장난인가. 혹은
정말 싸움인가. 그러나 절대로 장난이 아니라는 사실을 선포하기라도
하듯 곳곳에서 솟구치는 비명을 따라 침구며 기물이 허공을 날고 그
리하여 벽과 천장이 뚫어지면서 와르르 문짝이 떨어지고 흩어진 다음
에야 비로소 그들은 기진 하여 픽픽 자리에 쓰러지는 것이었다. 순간

패자도 승자도 없이 부상병만이 남아 돌아가는 이 실내의 황폐한 면적에는 아픔을 참느라고 몸을 보채는 부모며 자식이며 며느리의 그 가쁜 숨결만이 점점 높아 갈 따름인 것이다. 이 무슨 상식에 벗어나는 인간들의 기이한 풍속이란 말인가. 참으로 심상치 않은 노릇이었다.

* * *

올케를 향한 명희의 준엄한 꾸지람을 계기로 하여 어찌 된 판인지 부친은 물론 누워 있던 모친마저 합세하여 가지고는 그들은 일제히 한패가 되어 며느리와 대적하게 된다는 사실이었다. 한 말로 표현하면 그저 당장에 저년의 주둥아리를 찢어 놓아야만 우리 집안이 되어 갈 거라는 주장들이었다. 그러나 저따위 불쌍년의 종자를 우리 집안에 끌어들이게 된 것은 오로지 네 탓이니 혹은 내 탓이니 하며 투닥거리다가 급기야 부부싸움으로 번지게 되고 그러면 아이고 원통하다 소리와 함께 발을 탕탕 구르며 며느리가 몸부림을 치게 됨으로써, 항시 기물이 날로 문짝이 부서지게 마련인 것이다.

* * *

흉악한 소리를 앞세우고 정 집을 팔 생각이 없을 양이면 같이 죽는 편이 좋겠다면서 부친의 멱살을 잡아 마루로 끌고 나오게 마련이었다. 그러면 오빠의 행동이 좀 지나치다는 진단하에 저 자식 좀 보라면서 명희가 형기에게 붙고 그러면 또 오빠에게 대드는 저런 망측한 년이 어디 있느냐면서 올케가 명희에게 붙으면 모친도 좌정하질 못하고 저 쌍년이 하며 며느리의 잔등 위에 덮치어 가지고는 전연 손댈 수가 없을 정도로 사뭇들 난마와 같이 얽히고설키는 것이었다. 거친 숨결, 그리고 솟구치는 비명, 야단이었다. 순간 어디서 발견했는지 형기가 방망이를 하나 집어 들고 모두들 죽어라 하고 사정없이 휘두를라치면 제각기 뿔뿔이 흩어지는 와중에 명희는 그 얇은 팬티바람으로 민첩하게 몸을 돌리어 내 방으로 피신하게 마련이었다. 방에 들어오자마자 명희는 곧장 펑 쓰러지면서 방바닥에 얼굴을 묻고 흑흑 느껴 울게 마련인 것이다. 아닌 밤중에 이 공짜 비슷하게 굴러 들어온 여인의 육체, 아 이 성숙한, 나는 이 걷잡을 수 없는 경황 중에서도 흑흑 느껴 올 때마다 움직이는 둔부의 그 섹시한 율동에 자극되어 온몸에 맥이 스르르 풀리는 것이었다. 그리고 의식이 흐려지는 것이다. 이 무슨 천벌을 받을 한 인간의 구차스러운 생리란 말인가. 나는 정말 이 시간의 그 짜릿한 쾌감을 저작하기 위하여 성큼 이 방을 내놓을 수 없는지도 모르는 것이다.

(한겨레, 1990)

□문순태 「그들의 새벽」

계엄군들은 그들을 꼼짝 못하게 몸을 묶은 후 주먹질과 발길질을 퍼부어 댔다. 안경을 낀 채 얼굴을 얻어맞은 학생들이 피를 흘리며 비명을 질러댔다. 한 학생이 군홧발로 정강이를 얻어맞고 쓰러지자 다시 그를 일으켜 세워 놓고는 안경 낀 얼굴에 가죽장갑 낀 주먹을 힘껏 뻗었다. 학생의 안경이 깨지면서 눈언저리에 유리가 박혀 피가 흘렀다. 미경이 역시 남학생들과 똑같이 얼굴, 정강이, 허리 할 것 없이 난타를 당했다. 미경은 공포에 질려 온몸을 떨었다. 엉엉 소리내어 울고 싶었지만 너무 두려워 울음조차 나오지 않았다. 1시간쯤 얻어맞고 나서 본관 1층에 끌려가 보니 그곳에는 30여 명의 학생들이 피투성이가 된 채 엎드려 있었다. 그들 대부분은 밤늦게까지 학교에 남아서 공부를 하고 있다가 붙잡혀 왔다. 계엄군 10여명은 밤새도록 이들 학생들을 계속 두들겨 팼다. 군홧발에 정강이를 걷어차인 한 학생을 다리가 부러져 뒹굴고 있었고 또 다른 학생은 너무 얻어맞아 의식을 잃고 시멘트 바닥에 엎드린 채 죽은 듯 미동도 하지 않았다.

박성도가 몸을 돌려세워 첫발을 옮기는 순간이었다. 등뒤에서 "돌격 앞으로"하는 명령 소리가 발악하듯 허공을 물어뜯었다. 박성도는 반사적으로 뒤를 돌아다봤다. 쪽문을 사이에 두고 반원형으로 배열해 있던 공수부대들이 곤봉을 휘두르며 학생들을 향해 무섭게 돌격해 왔다. 학생들은 처음에는 보도블록을 두들겨 깨 투석전으로 맞섰다. 그러나 공수부대들은 돌을 무서워하지 않고 계속 돌진했다. 그들은 닥치는 대로 곤봉을 내리치고 군홧발로 차고 직신직신 짓밟았다. 학생들은 사거리 쪽으로 도망쳤고 공수부대원들은 2명씩 한 조가 되어 끝까지 학생들을 추적하여 붙잡고는 초죽음을 만들었다.

한 무더기의 학생들이 계속 돌을 던지면서 용봉슈퍼마켓 쪽으로 도망쳤다. 그 뒤를 공수부대원들이 추격했다. 박성도는 용봉슈퍼마켓 반대쪽으로 도망쳤다. 한참 뛰고 있는데 등뒤에서 철거덕 하는 소리가 들리기에 얼핏 돌아다보았더니, 그를 뒤따라오던 차양이 넓은 검정 운동모자를 눌러쓴 학생이 길가에 세워둔 자전거에 걸려 넘어져 있지 않은가. 박성도가 그를 일으켜 주려고 걸음을 멈추려고 했을 때 그들을 추격하던 공수부대원 한 병이 구둣발로 넘어진 학생을 짓이겼다. 그와 동시에 두 명이 조를 이룬 다른 한 명의 덩저리 큰 공수부대원이 넘어진 자전거를 머리 위로 들어 올려 군홧발에 얻어맞아 비명을 지르며 몸을 웅크리고 엎드려 있는 학생에게 힘껏 던졌다. 자전거 페달 모서리에 복부를 찔린 학생이 다시 자지러지는 듯한 비명을 질렀다. 박성도는 겁에 질려 죽어라고 도망쳤다. 그는 3층 독서실로 뛰어 올라갔다. 그때 독서실 주인이 셔터를 내리기 시작했으며 고등학생 서너명이 우루루 셔터 밑으로 뛰어 들어왔다. 그들을 추격하던 공수부대원 4명이 곤봉을 치켜들고 충혈 된 눈을 번뜩이며 뒤따라 들어왔다.

"여기는 학생들이 공부하는 독서실이니 들어오지 마십시오."

"잇쌰, 개소리 집어쳐."

독서실 주인의 애원하는 듯한 말소리와 공수부대원의 윽박지르는 목소리가 들려왔다. 그리고 층계를 타고 올라오는 군홧발 소리가 그의 가슴을 쥐어박는 듯했다. 박성도는 다급하게 옥상으로 올라갔다. 그 사이에 공수부대원들이 독서실 안으로 들어 왔는지 공부하고 있던 고등학생들이 곤봉에 얻어맞고 비명을 지르는 소리가 들렸다. 다행히 그들은 옥상까지 올라오지는 않았다. 한참 후에 박성도가 독서실로 내려가 보았더니 고등학교(금호고 3년 박영신) 학생 한 명이 곤봉에 머리를 얻어맞고 피를 흘린 채 의식을 잃고 쓰러져 있었다. 독서실에 있던 몇몇 학생들이 의식을 잃은 금호고생을 병원으로 옮기기 위해 두 팔을 잡고 밖으로 나가고 있었다.

독서실을 나온 박성도는 머리를 다친 고등학생을 친구들이 택시에 태우는 것을 보고 다시 교문 쪽으로 향했다. 그의 손에는 돌멩이가 쥐어져 있었다. 온몸의 피가 돌멩이를 쥐고 있는 손으로 쏠렸다. 공수부대원들은 붙잡은 학생들을 종합운동장으로 끌고 갔다. 두 손을 머리위로 올리고 공수부대원들에게 끌려가는 대학생들은 곤봉으로 얻어맞아 머리에 피가 흐르고 군홧발에 채여 다리를 절뚝거렸다. 그들은 영락없이 전쟁터에서 붙잡힌 포로와 진배없었다. 공수부대원들은 학생들을 적으로 취급했다. 흑백 필름의 영상으로만 보았던 30년 전의 참담했던 비극이 재현되고 있는 것 같았다. 끌려가는 학생들을 보는 순간 박성도는 울컥 눈물이 솟구쳤다.

* * *

후문의 공수대원들은 학생들이 시내 버스에서 내리는 족족 수위실로 끌고 가 손발을 묶은 후 군홧발로 차고 곤봉으로 후려쳤다. 10시쯤이었다. 10번 시내버스가 후문 앞에 멎었고 책가방을 든 학생 차림의 젊은이가 내렸다. 이 순간 담벼락에 붙어 몸을 숨기고 있던 공수대원 2명이 버스에 뛰어오르더니 승객들을 향해 총부리를 들이대며 당장 모두 내리라고 소리쳤다. 버스 안에서 갑작스러운 비명이 터졌다. 승객들 중에는 나이가 지긋한 중년 남자들과 가정주부들이 대부분이었다. 대학생 차림의 젊은이 모습은 눈에 띄지 않았다. 그런데도 공수대원들은 상대를 가리지 않고 닥치는 대로 군홧발로 걷어차고 미친 듯 곤봉을 휘둘러댔다.

"이놈들아. 도대체 니놈들이 어느 나라 군인인데 이렇게 죄 없는 국민들을 짓밟은 게냐?"

뒷좌석에 앉아 있던 오십대 후반으로 보이는 회색 점퍼 차림의 남자가 벌떡 일어서서 큰 소리로 울부짖듯 군인들을 꾸짖었다. 그러자 몸피가 땅땅한 공수대원이 우루루 달려들더니 곤봉으로 점퍼 차림의 남자의 머리를 거세게 내리쳤다. 남자는 비명을 지르며 버스 바닥에 허물어지고 말았다. 공수대원은 바닥에 쓰러진 남자의 등덜미를 잡아 끌고 나갔다. 그들은 버스 승객들을 모두 밖으로 끌어내린 후 줄을 세워 수위실 쪽으로 데려갔다. 버스 정류장과 상점 앞에서 이 광경을 목격한 주위 사람들이 공수대원들을 향해 주먹으로 허공을 치며 목청껏 소리를 질러댔다.

* * *

단층 기와집 처마에 대흥음식점이라는 간판이 붙은 식당 앞에, 체포한 학생들을 실은 군 트럭 한 대가 서 있었다. 학생들은 트럭의 바닥에 기다란 나무토막처럼 가지런히 실려 있었다. 트럭 바로 뒤쪽에서는 공수대원 셋이 시위대 두 명을 붙잡아 팬티 바람으로 옷을 벗겨 마구 내리치고 있었다. 트럭으로부터 광주고 쪽으로 20여 미터쯤 떨어진 큰길에서 무장군인 한 무리가 10여 명쯤 되는 시위대를 추격하는 모습이 보였다. 쫓기던 시위대는 서너 명씩 흩어져 골목과 주택가로 숨어들어 갔다.

곤봉에 얻어맞은 두 명의 남학생들이 길바닥에 쓰러진 채 다시 숨 넘어가는 듯한 비명을 질렀다. 공수대원들이 군홧발로 머리통을 내리찍고 등을 마구 걷어찼다. 두 명의 공수대원은 미친 듯 군홧발로 얼굴과 머리를 으깨고 옆구리를 걷어찼으며 다른 한 명은 곤봉을 휘둘러 무차별적으로 난타했다.

"저렇게 군홧발로 걷어차이면 척수가 상할 텐데……"

박성도가 코맹맹이 소리로 웅얼거렸다.

잠시 후, 두 학생이 의식을 잃고 비명조차 지르지 못하자 공수대원들은 삶아 놓은 삼단처럼 축 늘어진 학생의 등덜미를 잡아 트럭 쪽으로 질질 끌고 갔다. 두 명의 공수대원들은 실신한 학생의 머리와 다리를 잡고 좌우로 몇 차례 가래질하듯 흔든 다음 목도질할 때처럼 어이샤 소리까지 내며 트럭 위로 던졌다. 실신한 학생은 트럭 바닥에 시체처럼 늘어진 채 차곡차곡 실려 있는 다른 시위대 몸 위에 걸레처럼 널부러졌다.

잠시 후 골목과 주택가로 몸을 숨긴 학생들을 추격하던 공수대원들이 다시 피투성이가 된 학생을 여섯 명을 붙잡아 트럭 쪽으로 왔다. 붙잡힌 여섯 명중에는 여학생 차림도 두 명이 끼여 있었다. 공수대원들은 조금 전에 그랬던 것처럼 똑같은 방법으로 보리 타작하듯 곤봉과 군홧발로 한 차례 그들을 짓이긴 다음, 두 명이 다리와 머리를 잡고 짐짝처럼 트럭에 던졌다. 트럭은 공수대원이 오르기를 기다렸다가 부르릉 소리와 함께 자랑스러운 승전의 신호처럼 클랙슨을 빵빵 울리며 기세 좋게 달렸다.

(한길사, 2000)

□ 문순태 「느티나무 타기」

그 때 기호가 구두와 양말을 벗고 먼저 두 손으로 밧줄을 잡았다. 그는 가래침을 울궈 내듯 목울대 소리를 내어 손바닥에 침을 뱉고 두어 번 쓱쓱 문지르고 나더니, 까치발을 하고 두 손을 머리 위로 길게 뻗게 되도록 높이 밧줄을 잡고는 팔에 힘을 모았다. 그와 동시에 두 발바닥으로 밧줄 아랫부분에 힘을 주고 개구리처럼 몸을 움쳤다가 오른팔을 길게 뻗어 밧줄을 옮겨 잡으며 몸을 위로 솟구쳤다. 그 자세가 결코 날렵해 보이지는 않았으나 아직은 솜씨가 그대로 남아있는 듯했다. 기호는 어렵지 않게 밧줄을 타고 첫 번째 가지에 올라가는 데 성공했다.

(실천문학사, 1997)

□ 문순태 「징소리」

횃불싸움을 하러 가는 날 밤, 그가 마을 앞 돈단에 나와서 징을 울리면 방울재 청년들은 대나무나 싸리나무로 미리 만들어두었던 홰에 불을 붙여 들고, 고래고래 소리를 지르며 모여들곤 하였다. 횃불을 밝혀 든 방울재 청년들은 둥근 달이 할미산에 둥실 솟아오를 때 징을 울려대는 칠복이의 뒤를 따라, 황룡강 상류 둑을 나가서, 강을 사이에 두고, 아랫마을 박골 사람들을 실컷 놀려주고 욕설을 퍼붓기 시작했다. 그러다가 농악이 거칠게 울리기 시작하면 청년들은 머리에 수건을 질끈 질끈 동여매고, 손에 횃불을 높이 쳐들고 우루루 징검다리를 건너 몰려가서, 횃불을 휘두르며 닥치는 대로 때리고 옷을 태우는 것이었다. 한창 싸움이 어우러지면 꽹과리는 미친개처럼 짖고 징은 우레 소리처럼 울어대, 옷에 불이 붙은 사람들이 내지르는 혼겁한 고함소리마저 삼켜버리기 마련이었다.

(동아, 1987)

□ 문순태 「피아골」

땅에 내려간 찐은 미친 듯 짖어댔고, 고양이는 수염을 구리철사처
럼 빳빳하게 세우며 앞발을 내밀고 납짝 엎드렸다. 찐이 캥캥 짖어대
며 고양이 앞으로 다가갔다. 그러자 납짝 엎드리고 있던 고양이가 발
을 스프링처럼 튕겨 올리며 찐의 얼굴을 할퀴었다. 찐이 더 미친 듯
짖어대며 뒤로 물러섰다. 찐의 콧잔등 위가 고양이의 쇠갈퀴 같은 발
톱에 찢겨 피가 흘렀다. 고양이는 다시 납작 엎드렸고, 찐이 겁도 없
이 캥캥 짖어대며 달려들었다. 고양이가 다시 찐의 얼굴을 할퀴었고
찐은 캥캥거리며 물러섰다.

"살로메, 서두르지 말고 서서히 공격하라. 단숨에 해치우지 말고 천
천히!"

변사장이 큰 소리로 응원을 하였다.

"찐, 목덜미를 물어라! 짖지만 말고 물어!"

만화도 다급하게 소리쳤다.

고양이는 변사장의 말대로 단숨에 찐을 해치우려고 하지 않았다.
교활하게 엎드려 있다가 찐이 캥캥 짖어대며 달려들 때만 번개처럼
날카로운 발톱으로 찐을 할퀴곤 하였다. 그러나 찐은 워낙 털이 많을
것을 안, 약삭빠른 고양이는 얼굴과 다리만을 할퀴었다. 찐은 얼굴보
다는 다리를 할퀸질 당했을 때 미친 듯 짖어댔다. 찐도 만만치가 않았
다. 날카롭게 짖어대며 고양이에게로 달려들어 고양이를 물려고 하였
다.

고양이와 찐과의 싸움이 반시간쯤 계속되는 사이, 찐의 이마와 코
주둥이 등이 여러 군데 피투성이가 되었다. 그래도 찐은 도망치지 않
고 더욱 사납게 짖어대며 달려들었다. 만화는 피를 흘리고 있는 찐을
더 두고 볼 수가 없어서 여러 차례 싸움을 말리려고 하였다. 그때마다

의붓아비 변사장이 만화의 앞을 막아서며 방해를 하였다.

고양이는 찐의 얼굴에 상처가 심해지자 한 곳에서 공격을 하지 않고, 찐을 가운데 두고 뱅뱅 돌며 다리를 물고 할퀴었다. 다리에 상처를 입은 찐은 제대로 달려들거나 물러서지도 못하였다.

찐은 결국 피를 흘리며 쓰러지고 말았다. 잔인한 고양이 살로메는 쓰러진 찐의 목덜미를 깊숙이 물고 늘어졌다. 찐은 짖지도 못하고 낑낑 신음을 토했다. 만화가 다시 찐을 안으려고 하였으나 변사장이 그녀를 밀쳐 버렸다. 만화는 땅바닥에 엉덩방아를 찧으며 주저앉고 말았다.

(정음사, 1985)

□민병삼 「화도 (하)」

사내의 주먹이 오원의 얼굴을 향해 잽싸게 날아갔다. 오원이 슬쩍 피하면서 그의 손목을 도끼자루처럼 움켜잡았다. 그리고는 팔을 비틀어 사내의 등짝에 붙이더니 발로 그의 엉덩이를 힘껏 걷어찼다. 그 건장한 사내가 힘없이 나가 떨어져 부뚜막에다 얼굴을 갈았다. 오원은 거기서 멈추지 않았다. 느닷없이 국이 설설 끓고 있는 가마솥 뚜껑을 열더니 사내의 덜미를 잡아 얼굴을 솥에 처박을 직전으로 몰고 갔다.

(아세아미디어, 1997)

□박경리 「김약국의 딸들」

가을이 지나가고 겨울이 들이닥쳤다. 서울에 있던 용빈과 홍섭이 경찰에 검거되었다는 소식이 날아왔다. 1929년 10월 25일 광주학생사건이 발단되었다. 그해 11월 3일 광주보고 학생들이 일인들의 광주중학을 습격함으로써 사건을 확대되었다. 전국 학생들은 일본의 식민지

정책에 항거하여 일어선 것이다. 이 통에 홍섭과 용빈도 피검된 것이다.

* * *

사나운 뱃사람들은 걸핏하면 싸움질이다. 싸움하는 현장으로 간 기두의 발길은 떠돌이 김가의 엉덩이부터 걷어찼고 주먹은 곰보의 턱 아래로 날아갔다. 그것으로 그치는 것이 아니었다. 그는 연달아 떠돌이와 곰보를 치고 박았다. 완력이 세기도 하지만 그는 분명히 화풀이에 악이 치받치는 모양이다. 어떤 배설 같은 것이다.

* * *

용숙의 사건은 엽기적인 것이었다. 용숙은 아들 동훈이 늘 아프다 하여 여러 차례 왕진을 청하던 자애병원 의사하고 정을 통해오다가 임신을 했다는 것이다. 시동생이 쫓아냄으로써 그 많은 재산을 잃을 것을 두려워 한 나머지 아이를 낳자마자 죽여서 뒤안에 있는 연못에 빠뜨렸다는 것인데, 의사의 처가 시동생에게 달려가서 결국 사건은 크게 벌어지고, 의사와 용숙은 경찰서에 구속되었다는 것이다. 이 사건은 통영 바닥을 발칵 뒤집어 놓고, 이야기는 이야기의 꼬리를 물고 더욱 해괴 망측한 과장된 음설이 퍼지고 있다는 것이다.

(나남, 1993)

□박경리 「노을진 들녘」

영재는 헛웃음을 웃는다. 완연한 패색이다. 성삼은 실눈을 감고 영재의 웃는 모습을 넌지시 바라보고 있었다. (뱀 같은 녀석!) 영재는 돌아서서 슬그머니 언덕으로 올라간다. 영재는 성삼을 철두철미 경멸했다. 그리고 어디서나 방약무인하게 그를 하인 다루듯 대하였다. 서울에 있을 때도 간혹 다방 같은 곳에서 마주치면 그를 완전히 무시하려들었다. 그러나 영재의 마음은 오히려 억압을 당한다. 자기의 위치를 과시하면 할수록 뒷맛은 쓰디쓴 것이었다. 대등한 처지가 아닌 그에게 횡포 한다는 것은 비열한 짓임을 알고 있었다. 그러나 가면으로 그에게 너그러이 대하기는 싫었다. 그는 성삼이란 인간 자체를 미워했다. 송충이처럼 싫어한다는 비유가 그의 감정에 들어맞는다. 여러 가지 잠재의식 때문인지도 몰랐다. 성삼은 영재보다 한 살 아래였다. 그는 어릴 때부터 완력이 세고 자존심이 강하였다. 그는 주인댁 도련님에게 굴복하기를 싫어했다. 그뿐만 아니라 방학이면 나타나서 마치 왕자처럼 송화리 과수원에 군림하는 영재를 미워하고 시기했다. 그는 기회 있을 때마다 영재에게 완력을 행사하였고, 끔찍스런 장난을 했다.

* * *

영재와 동섭이 창신동에 하숙을 하고 있을 때의 일이다. 오르내리는 길가에 연탄가게가 하나 있었다. 그 연탄가게에는 좀 예쁘장한 소녀가 있었는데 그 소녀에게 동섭은 끌렸던 모양이다. 그것은 연정이라기보다 누이동생에 대한 애정 같은 것이었는지도 모른다. 그러나 그쪽에서는 동섭을 이해하지 못했다. 국민학교 정도의 교육을 받은 그 소녀나 성미가 괄괄하고 서울 토박이인 소녀의 아버지는 동섭을 엉터리 대학생으로 알았다. 소녀를 농락하려는 불량한 청년으로 본 것이다. 그도 그럴 것이 그들은 배달원이나 직공 정도의 청년이 그들의 상대라 믿고 있었기 때문이다. 동섭이 소녀에게 편지를 주었을 때 소녀는 질겁을 하였고 그의 아버지는 노발대발하였다. 이로써 에피소드는 끝이 났다.

* * *

삼월에 접어들면서 세상은 더욱더 소란스럽게 흔들렸다. 삼월 십오일의 선거를 앞두고 자유당과 정부에서는 공공연히 부정선거의 공작을 진행시키고 있었다. 이용할 수 있는 한, 동원 할 수 있는 한, 모든 재력과 인력을 기울여 선거운동에 집중하느라고 그들은 혈안이 되어 있었다. 권력을 잡기 위하여는 체면도 염치도 돌아볼 겨를이 없었다. 깡패는 두말 할 것도 없고 공무원 가족까지 끌어내어 삼인조니 오인조니, 그러한 꼴들은 마치 단말마의 발작과도 같은 것이었다. 입에서 냄새가 나도록 말해 온 부정선거, 귀에 딱지가 앉도록 들어온 부정선거, 욕설에는 불감증이 된 자유당이요, 시민들도 무감동하게, 자기들과는 차원이 다른 세계의 일인 양 외면한 채 묵묵히 걷고 있었다. 신 구파 싸움에 몰린 민주당의 목쉰 듯한 나팔소리에도 실상 국민들은 귀를 기울이지 않는 듯 하였다. 염증과 체념이 있을 뿐이다. 그러나 대구에서 일어난 학생 데모는 잠자는 듯한 국민들의 가슴에 가벼운 동요를 일으키게 했다.

* * *

사월 십 구일, 아침은 밝아왔다. 상오 아홉 시 반부터 서울대학교 학생들은 거리로 터져 나왔다. 그들은 지성을 자랑하는 학도답게 평화적 데모를 선언하고 캠퍼스를 나섰던 것이다. 그러나 동대문 경찰서 근방의 제일 방지 선에 이르렀을 때 유혈사태는 벌어졌다. 피를 본 학생들은 투석으로 응수하며 방지 선을 돌파하고 대오를 재정비하여 다시 전진하였다. 제이 경찰대, 제삼 경찰대를 뚫었다. 그리고 일로 국회의사당 앞으로 내달아 그곳에 집결하였다. 서울대학을 전후하여 성균관대학, 중앙대학, 고려대학, 국민대학, 연세대학, 건국대학, 한양대학, 경기대학, 동국대학 등 대학생들과 동성, 대광, 양정, 휘문 등 고교생 수만명이 거리로, 분수처럼 몰려나왔다. 순한 양떼들은 격노한 사자로 변하여 동서남북으로부터 서울의 중심지에서 합류하였다. 합류한 이들은 파상적으로 국회의사당 앞에서 광화문을 통과하여 경무대로, 법원으로, 내무부로 밀려가고, 밀려왔다. 구호와 애국가, 만세소리, 교가,

군가, 아우성치고 몸부림치고 울부짖고 눈물을 흘렸다. 연도를 메운
수십만 시민. 빌딩의 창문마다 매달린 수천의 시민, 박수치고 만세 부
르고 목이 터져라 성원한다. 하늘과 땅은 한 마음 한 뜻으로 노호하고
뒤흔들렸다. 이와 같은 장관이 일찍이 어느 역사 속에 있었던가. 아!
장하고 슬기로운 젊음의 힘, 민중의 힘, 정의를 위하여 자유를 위하여
해일처럼 독재의 아성을 덮으려는 순간, 장엄한 순간, 순간이다.

(지식산업사, 1979)

□박경리 「토지 Ⅰ」

그것은 어릴 적의 일이었다. 운봉에 살았을 때 본 일을, 사십이 다
된 지금까지 봉순네는 똑똑히 기억하고 있다. 보리가 필 무렵이었던
것 같다. 마을 사람들이 뒷산으로 몰려가기에 봉순네도 따라갔었는데,
구경거리는 염진사 댁 종의 시체였다. 거적을 씌워서 보이지 않았으나
거적은 피에 젖어 있었고 땅바닥에도 선지피가 흥건히 괴어 있었다.
어른들 사이를 비집고 얼굴을 디민 봉순네 눈에 거적 귀퉁이에서 불
거진 송장의 발이 보였다. 짚세기를 신은 큰 발이었다. 푸르뎅뎅하게
썩은 것 같은 발이었다. 피 묻은 거적에 쉬파리가 닝닝거리고 있었다.
무슨 죄를 졌는지 맞아 죽었다고 했다. 푸르뎅뎅하고 큰 그 발을 생각
하면 봉순네는 지금도 입맛이 떨어진다. 바깥 기척에 귀를 기울이면서
봉순네는 그 큰 발의 환상을 지우려고 고개를 흔들어 댄다. 김서방의
목소리가 들려왔다.

* * *

올해 들어 서울서는 정부 전복을 모의하다가 발각된 사건이 두 번
인가 있었다. 하나는 전중추원참서관(前中樞院參書官) 한선희, 친위연대
(親衛聯隊) 대대장 이근용이 중심이 되어 계획했다가 실패했고 다시 칠
월에는 전총순(前總巡) 송진용, 전시독(前侍讀) 홍현철 등이 음모가 폭로

되어 처형되었다. 거년에도 있었던 비슷한 사건이었다. 용이는 그 소문을 어떤 나그네한테서 들었던 것이다.

갑십년 시월, 터무니없이 배짱 좋고 호탕한 김옥균이 박영효와 더불어 믿어서는 안될 일본세력을 등에 업고 개화당이라는 기치 아래 주먹구구식 정변을 일으킨 이후 굵직한 사건만 대충 추려본다면 동학란과 동학란으로 인한 청일전쟁, 옥호루(玉壺樓)에서 일본 잡인들에 의해 민비가 시살된 사건, 친일 내각의 총리대신(總理大臣) 김홍섭과 농상공부대신(農商工部大臣) 정병하가 광화문 앞에서 군중과 순검들 손에 타살되고 탁지부대신(度支部大臣) 어윤중이 난민에게 살해된 것을 들 수 있다. 이 같은 간헐적 변란의 밑바닥은 또한 끊임없는 요소와 불안과 혼돈의 도가니였다. 단발령과 국모살해에 반발하여 도처에서 들고일어난 유림들은 의병을 이끌고 일인들과 지방 관헌을 습격하고 살해함으로써 한사코 저항했으며 민란도 여기 저기, 남은 채 있는 불씨가 언제 바람을 타고 일어날지 모르는 일이며 전봉준 김개남을 위시하여 수많은 지도자를 잃은 동학당 역시 그 조직이 지하에 숨었다고는 하나 신앙과 억압에 대한 반항으로 묶여진 완강함을 경시할 수 없었다.

* * *

갑오년 정월, 고부에서 탐관으로 악명 높았던 군수 조병갑이 수탈하기 위한 목적으로 농민들을 사역하여 멀쩡한 만석보(萬石洑)를 개축해 놓고 사역비는커녕 과중한 수세(水稅)를 영세 농민들에게 부과함으로써 오랜 세월 수탈만 당해온 농민들의 원한과, 탄압에 견디어 온 동학교도들의 분노는, 이때 고부의 동학교 접주(接主)였던 전봉준이라는, 지략에 능하고 담이 찬 지도자에 의해 폭발되었던 것이다. 때마침 이 고장에 머물러 있던 윤보는 새벽의 말목장터로 달려가 죽창에 흰 수건을 동여매고 첫 계명을 기다리는 천 여명의 군중 속으로 뛰어들었다. 고부에서의 거사는 조병갑이 축출됨으로써 일단 농민들의 승리로 끝이 났으나 그러나 정부의 그릇된 사태 판단의 미봉책은 안핵사(按覈使) 이용태에 의해 터지고 말았다. 새로운 탄압과 무모한 횡포는 사태를 역전시켰던 것이다. 다시 일어난 전봉준은 보다 조직적이며 대규모의 인원을 동원하였으며 각처에서 많은 무리가 호응해 왔고 김개남, 김덕명, 손화중을 위시한 거물급 동학접주들도 그들의 병력을 이끌고 전봉준과 합류했다.

* * *

다음날 새벽 행랑을 점거하고 있던 동학당의 무리는 썰물같이 최참판댁을 떠났다. 이곳을 떠난 그들은 최참판댁을 거쳐가듯이 그렇게 조용했던 것은 아니었다. 오히려 격렬하게 파괴하였으며 관아를 습격하여 상하 관원, 토호, 관에 빌붙은 향반들을 살해하고 군물(軍物)을 탈취하는 등 읍내까지 휩쓸고 내려가는 동안 상당한 인명을 살상하였다. 섬진강 강가 송림의 흰모래가 선혈로써 붉게 물들었었다고 했다. 이와 같은 전후 사태로 하여 최참판댁이 동학당과 내통했느니 군자금을 대주었느니, 한때 풍문이 돌기는 했으나 그것은 풍문으로 그치고 말았다.

* * *

의암 유인석은 강원도의 사람으로서 전통적인 유학 사상을 고수한 거유(巨儒)이며 관직을 탐하지 않은 청빈하고 지조 높은 선비다. 1895년 왕비시역에 대한 보복과 단발령에 항거하여 봉기한 의병들의 중의에 따라 의병대장에 추대된 그는 전국 사림(士林)에게 개화(開化) 신법(新法)의 반대와 외세배격의 격문으로 동지들을 규합하는 한편 지방 관헌들을 피로써 숙청하고 왜병에 항쟁했던 것이다. 그 유인석이 그때 선봉장으로서 선전(善戰)하였던 평민 출신의 김백선이 원군을 보내지 않아 패퇴하게 되자 그 분함을 참지 못하고 안승우에게 칼을 뽑아 들

었다하여 마지막 노모(老母)를 한 번 보게 해달라는 간절한 소원조차
물리치고 군율에 의해 김백선을 처형했던 것이다. 김백선의 죽음은 충
주(忠州) 황강(黃江) 전투에서 패배한 원인이 되기도 했었다.

(지식산업사 ,1979)

□박경리 「토지 Ⅱ」

장장 몇 시간을 해가 기울 때까지, 입씨름은 결국 격한 어조에서
가시 상투가 어쩌구 양복이 어쩌구 고함, 삿대질에 이르면 논쟁은 끝
막음에 가까워지는 것을 서로가 다 알고 있는 터이었다. 숨이 가쁘고
입에 침이 마르고 하여 김훈장이 자리끼를 끌어당겨 물을 벌컥벌컥
들이킴으로써 일단 말은 끝나지만 노여움에 찬 서로의 얼굴을 노려
본 채였다.

* * *

엉겨 붙은 강청댁을 걷어차고 용이는 멱살을 잡아 아낙 하나를 끌
어낸다. 비로소 아낙들은 비실비실 하나 둘 물러서서 정신이 드는지
옷매무새를 고치고 풀어진 머리를 틀어 얹고 하며 무안함을 얼버무리
려 하는데 임이네는 땅바닥에 엎어진 채 움직이지 않는다. 옷은 모조
리 뜯겨지고 뜯겨진 옷 사이로 내비친 살에 할퀴인 자국, 핏자국이 지
렁이 같이 그려져 있다. 얼굴에서도 피가 흐르고 있었다. 그 처참한
모습이 섬뜩하였던지 아낙들은 눈을 내리깔았다. 강청댁만은 또 아이
고아이고 하며 통곡한다.

(지식산업사, 1979)

□박경리 「토지 Ⅳ」

송영환은 순간 위축된 듯 기가 꺾였다. 이래서는 안된다는 것을 영
환 자신이 더 잘 알고 있었다. 알면서 억제 못하는 것은 이미 어쩔 수

없게 된 병인지도 모른다. 또 사람들이 많은 속에서 발작률이 높은 병
이기도 했다. 못난 놈, 계집 단속도 못하고, 창피하지 않느냐? 그는 사
방에서 그런 모멸의 눈길을 느낀다. 누구 한 사람 눈과 마주친 일이
없는데. 느낄 뿐만 아니라 영환은 그 눈길에서 도망치려고 갈팡질팡하
기 시작한다. 아무도 그의 눈을 쫓는 사람이 없는데. 몇 개 수 십 개
의 눈동자는 수 백 개가 되고 수 천 개가 되어 못난 몸! 치사한 놈!
하며 마구 웃어대는 소리를 영환은 듣는다. 내가 왜! 왜! 무엇 땜에 모
멸을 받느냐! 저 계집년 때문이다! 오직 저 계집년 때문에 내가 행셀
못하게 됐다! 일찍이 감히 누가 내게, 나를! 그리고 집에 돌아오면 영
환은 어김없이 장씨에게 매질이다. 아내의 부정이나 결백은 이미 문제
가 아닌 것이다.

* * *

세계대전이 발발한 것은 재작년인 1914년 칠월의 일이다. 영국과
공수동맹국인 일본은 호기도래(好機到來), 쾌재를 부르며 교주만의 공격
개시로 세계대전에 참가했던 것이다. 그리하여 독일이 획득했던 중국
에서의 디딤판을 차례차례 공략하여 손아귀에 넣었는데 그것은 물론
영국과의 공수 동맹국으로서 대독선전에 의한 군사 행동이라는 정당
성을 앞세운 노골적인 침략이었던 것이다. 그 저의는 원세개 코앞에다
디민 소위 이십 일조에 이르는 요구 조항에서 여지없이 드러났다. 구
라파에서 열강이 전쟁이라는 급한 불에 정신을 못 차리고 있는 사이
에 교활하기 그지없는 여우는 독일을 몰아내기가 바쁘게 이십 일조
요구 조항에 도장을 받아내어 부당한 권리를 굳히려 한 것인데 이십
일조 요구 조항에는 점령한 교주만청도 산둥반도 등 독일에 속해 있
던 기왕의 권익을 일본의 권익으로 인정하라는 조항은 더 말할 나위
가 없고 남만(南滿)과 몽고에 대한 정치적인 개입 기타 경제적 침략을
골자로 한 요구 조항도 포함되어 있었다. 일본은 그들의 목적을 관철

하는데 있어 무력으로 위협하였고 거금으로 원세개의 측근을 매수하였으며 대총통 자리는 물론 유지하게 할 것이나 황제에의 열망도 뒷받침하겠노라 회유하였던 것이다. 결국 원세개는 도장을 찍었고 황제 자리에까지 올랐으며, 그 너구리 또한 배일(排日)의 회오리바람을 일으키고 부채질하며 자신의 정치적 안정을 꾀하였던 것이나, 1913년 토원군(討袁軍)이 봉기했을 때 손문을 일본으로 패주케 하고 남경을 함락했던 그때와 달리, 원세개는 옥좌에 오른 지 석달 남짓 재차 봉기한 토원군에게 밀리어 제정취소를 선포하는 희극을 연출했던 것이다.

(지식산업사, 1979)

□박계주 「순애보 (상)」

명희는 한동안 내려가고 바윗등에서 설레이다가 그만 젖은 이끼가 낀 바위 앞면을 잘못 디디자 바위 아래로 미끄러 떨어지게 되었다. 깜짝 놀라는 문선이는 순식간에 두 팔을 벌려서 떨어지는 명희를 가슴에 받아 안는다. 떨어지던 명희는 두 팔로 문선의 목을 끌어안고 자기 몸을 던져서 다행히 위기를 면하였다. 그리고 명희는 문선의 어깨너머로 천 길 만 길 되는 단애와 절벽을 내려다보고 오금이 저려오고 눈앞이 아찔해 짐을 느낀다.

* * *

학생 중에서 한 아이가 연필로 자기 옆에 앉은 아이의 머리를 쿡 찌른다. 찔리움을 받은 아이는 성난 시선으로 뒤를 힐끗 돌아보았으나 뒤에 앉은 아이는 머리를 숙이고 열심히 잡기장에 필기하고 있으므로 누가 찔렀는지 알 길이 없어서 머리를 앞으로 돌려버리고 만다. 그리고 다시 칠판에 쓰는 선생의 글을 필기한다. 그때 다시 옆의 아이가 연필 끝으로 자기 옆에 앉은 아이의 머리를 찌른다.

영문도 모르고 매를 맞은 뒤의 아이는 머리를 번쩍 들면서, "이 자식아, 왜 때려?" 마주 주먹으로 앞 아이의 이마를 쥐어박는다. "이 자식아, 그래 네가 내 머리를 찌르지 않았어?" 앞 아이는 성이 잔득 나서 뒤 아이의 뺨을 후려갈긴다.

뒤 아이도지지 않을 양으로 성이 발끈 치미는 대로 달려들어 뺨을 친다.

정말 때린 옆의 아이는 싱글벙글 웃으면서 이 흥미있는 전쟁을 통쾌하게 구경하고 있다.

싸움은 본격적으로 전개되기 시작하여 작던 음성이 점점 커져 가서 주위의 아이들의 시선을 집중시키며 웃음 터쳐 놓기 시작한다.

서로 주먹이 왔다갔다할 때 주위의 아이들은 깔깔대고 웃음판을 이루어 놓아서 교실은 난장판이 되고 말았다.

* * *

나는 할 수 없이 칼을 번쩍들어 그의 목을 옆으로 쳐서 잘라 버렸다. 그리고 정내로 뛰어드는 적병들을 향해 몸을 돌이키며 칼을 높이 들었던 것이다. 왼팔로는 너를 옆구리에 안은 채, 나는 어찌할 바를 모르며 너를 껴안은 채 정자의 기둥을 의지하고 그냥 칼질을 했었다. 또 한 사람, 한 사람, 적병들은 쓰러지고 있었던 것이다.

그러나 이 이상 더 싸울 수 없게 되었을 때, 아니 잡히게 되었을 때 나는 나도 모르게 칼로 네 목을 쳐서 잘라 들었다. 홱 내 얼굴에까지 뿜겨지는 피! 나는 네 머리를 감아 쥔 채 뒷걸음질치다가 날쌔게 난간에 올라서며 몸을 홱 돌이켜 강가의 삐죽삐죽 솟은 바위들 너머로 멀리 강물 속으로 뛰어들었던 것이다. 그리고 어두운 강물 위를 헤엄쳐 나아갔던 것이다.

* * *

그런데 문 앞에 이르자 실내에서 이상한 신음이라기보다 덜덜 떨며 숨가빠 하는 소리가 흘러나오더니 "사, 사람, 사, 살려요!" 하는 비명이 들려나온다. 그것은 인순의 음성이다. 의외의 사태에 놀란 문선이는 다짜고짜 달려가며 문을 열어 젖힌다. 그 찰나 무엇이 날아오며 문선의 얼굴을 갈겨 치는 것이 있었다. 문선이는 두 눈에서 번개가 번쩍이는 것을 의식했을 뿐 "으윽!" 소리를 내며 그 자리에 쓰러지고 만다. 그리하여 두 눈에 무엇이 들이박히는 것을 의식할 사이도 없이 그는 기절하고 말았던 것이다.

* * *

지난 9월 30일 밤 아홉시에 최씨는 일찍부터 친면이 있는 시내 K유치원 보모 김 인순양을 찾아갔다가 때마침 방으로부터 들려나오는 사람 살리라는 여자의 비명을 듣고 그 집에 들어갔으나 때는 이미 늦어 흉한의 예리한 칼은 여자의 복부에 박혀졌었다 한다. 흉한은 불의의 침입자에게 잡힐 것이 두려워, 화병을 들어 달려오는 최씨의 얼굴을 갈겨 쳤다고 하며, 불행히 유리의 파편은 최씨의 두 눈에 박히면서 동공을 깨뜨려 버렸다 한다. 그리고 최씨는 그 자리에서 기절하여 쓰러졌다 한다. 이에 흉한은 칼을 손에 쥐여 놓고 사라졌다 하는데, 경찰은 혈안으로 각방면에 수사의 망을 늘렸으나 칼이 그의 손에 쥐어졌다는 것과 그 외의 여러 가지 증거로 결국 혐의는 최씨에게 돌아가고 말아 그는 드디어 강간미수 살인범으로 법정에 서게 되었던 것이다.

* * *

둘러선 사람들은 모두 이 참혹한 광경을 바라보자 얼굴을 찡그리며 입만 벌린다. 다음엔 손님 두 사람이 끌려 나온다. 삼십을 넘겨 보이는 청년 신사 한 사람과, 이십 사오 세 되어 보이는 여자 한 사람이다. 그들은 죽었는지 살았는지 아직 알 수 없으나 그들 역시 얼굴과 어깨 근방이 피투성이가 돼있다. 여럿은 절명여하를 알기 위해 끄집어 낸 두 사람을 반듯하게 뉘면서 가슴에 손을 대본다.

(삼중당, 1983)

□박계주 「순애보 (하)」

의자를 들고 달려드는 철진이는 굶주렸던 사자가 피를 본 것처럼 정신 없다 "아이그머니!" 얻어맞기도 전에 비명을 지르는 옥련이는 벌거벗은 채 몸을 일으키며, 그러나 잡히는 대로 저고리로 배 아래를 가리며 방구석으로 궁둥이를 들여민다. 형석이는 형석대로 옷을 찾느라고 덤비다가 "저, 저, 조, 조금만, 철, 철, 철진, 참, 참아……." 하며 달려드는 철진에게 두 팔을 내밀고 덜덜 떤다.

* * *

이리하여 농작물을 잃은 사람, 밭을 잃은 사람, 집을 나간 사람, 아들을 잃은 늙은이, 남편을 잃은 젊은 아낙네, 부모를 잃은 고아들, 시체를 찾아놓고 통곡하는 사람, 시체를 아직 찾지 못해서 울며 돌아다니는 사람, 팔이 부러진 사람, 다리 부러진 사람, 밤에 잠자다가 집이 무너지는 통에 이마가 터지고 머리가 깨뜨려졌으나 돈이 없고 약이 없어서 그저 신음하고만 있는 사람, 이 밤에도 갈 곳이 없어서 산에 올라가 바위 밑에서 덜덜 떨며 밤을 밝히는 사람. 죽은 엄마 아비를 찾으며 흐느껴 우는 아이, 이르는 곳마다 헐벗음과 굶주림에 우는 사람들…… 실로 아비규환의 생지옥을 이루어 놓고 있다.

* * *

과연 남자 한 사람이 탁류에 떠내려오는 지붕 위에 서서 두 팔을 높이 들고, "사람 살리소! 사람 살려 주소!"하며 비명을 발한다. 그 비명은 언덕에 둘러선 군중들의 등에 소름을 끼쳐준다. 아낙네들은 발을 동동 구르며 어쩔 줄을 모른다. 철진이나 구호반원들도 이러한 광경을 목도하기는 수재지에 와서 오늘이 처음이다. 그들은 두근거리는 가슴을 진정시키지 못하면서 손에 식은땀을 움켜쥔다.

* * *

물에 뛰어 들어가는 사람보고 처음에는 아무도 그가 철진이라는 것을 몰랐다. 다른 구호반원들도 모두 깜짝 놀라면서 물에서 헤엄치는 철진에게로 시선을 향한다. 그러나 첨벙 소리를 내고 뛰어 들어간 철진이는 얼마가지 못해서 급히 내려 미는 탁류에 그만 삼키어 물 속에 쏙 빠질 때, 언덕에 둘러선 모든 사람들은 안색을 잃고 등에 식은땀을 흘린다. 그러자 물 속에 빠졌던 철진이는 물위에 솟아오른다.

* * *

구호반원 두세 사람이 제각기 연신 던지는 밧줄을 철진이는 요행 받아 쥐고 다시 떠내려가는 사람을 구하려고 따라 내려간다. 구호반원들은 밧줄 한 끝을 잡고 따라 내려가며 발을 동동 구르듯 고함을 친다. 그러나 철진이는 들었는지 말았는지 필사의 힘을 다해서 떠내려가는 지붕 위의 사람을 구하려고 헤엄을 치며 따라 내려간다. 군중들도 언덕을 달려 내려간다. 그 중의 어떤 사람은 긴 밧줄 한 끝을 떠내려가는 지붕 위의 사람에게 던지나 워낙 언덕에서 거리가 멀기 때문에 절반도 못 가서 물에 떨어지고 만다.

* * *

지성이면 감천이라고, 철진이는 끝끝내 떠내려가는 지붕에 이르러 겨우 올라갔다. 군중들은 다시 감격에 넘치는 고함을 와아와아 지른다. 철진이는 지붕에 올라가자 즉시 지붕 위의 사람더러, 자기의 허리띠를 꼭 붙잡게 하고 다시 물에 뛰어 내린다. 군중들은 함성을 지르며 전력을 다하여 밧줄을 잡아당긴다. 철진이와 철진의 허리띠를 잡은 사람은 물에 밀려 내려가면서 점점 언덕에 가까이 이른다. 밧줄을 잡아당기는 군중의 함성! 그것은 긴장과 흥분의 감격과 비장한 환희의 함성의 '심포니'였다. 이윽고, 철진이와 철진의 허리띠를 잡은 사람은 높은 언덕 밑에 이르렀다.

＊ ＊ ＊

복도에 나서서 걸음을 옮길 때에는 좌우 감방 문의 구멍들이 살며시 열리며 수인들의 눈알이 반짝거린다. 37호실의 문이 열리는 소리가 들리자 주변의 각 감방의 수인들은 소년 사형수가 끌려나가는 것이라 짐작하며, 평소에 간수들이 들여다보는 문구멍의 뚜껑을 밀고 지금 모두들 새까만 눈알들을 분주히 구을리는 판이다. 그리고 그들 수인은 자기들 문 앞으로 수갑을 찬 소년 사형수가 끌려 지나가는 것을 발견하자 창백한 얼굴들은 금시에 석고상처럼 굳어지며 동공은 분노에, 혹은 연민의 정에 싸이는가 하면, 절망과 애수에 잠겨 버리기도 한다.

＊ ＊ ＊

다음에는 주전자의 뜨거운 물에 고춧가루를 타서 콧구멍과 입에 부어넣기 시작했다. 벤치에 반듯하게 눕히고 한 형사가 두 다리 위에 올라앉고 다른 두 형사가 양편에서 두 팔을 잡아 누른 뒤에 게다가 얼굴 위에 수건을 펴놓고 머리를 뒤로 젖힌 뒤에 콧구멍에 매운 고춧가루 물을 쉬지 않고 부어 넣는 탓으로 숨을 들이실 수는 있으나 내쉴 수가 없어서 몇 번이나 가무러쳤는지 모른다. 숨을 들이쉴 때마다 물이 허파 속으로 흘러 들어가 가슴속은 온통 물 천지인 것만 같았고 뱃속도 물이 꽉 들어차서 공처럼 부풀어올랐다. 뜨겁고 맵고 터질 지경으로 불어서 머리를 내어 저으며 수없이 재채기를 하다가는 그렇게 머리를 내저을 힘조차 지쳐서 맥을 놓고 축 늘어져 정신 잃기가 한두 번이 아니었다. 그때마다 그들 일본경찰은 소생하는 주사침을 놓아가며 다시 살려선 고문을 계속하곤 했다.

* * *

고통을 참지 못하여 머리를 내저으면서도 박치의는 속으로 부르짖는다. 그것으로도 자백시킬 수 없었던 일본 경찰은 소위 비행기를 태운다는 고문을 시작했다. 두 팔을 앞으로 들게 하는 것이 아니라 뒤로 들게 하여 두 손목을 한데 비끄러맨 뒤에 공중에 달린 대들보에 잔뜩 비끄러매고는 발 밑에 괬던 궤짝을 빼내면 사람은 허공에 둥둥 달리게 되는 것이다. 그리고 체중으로 인하여 어깨의 뼈들이 우직우직 소리를 내며 팔은 점점 뒤로 젖혀져 수직으로 펴지게 되고, 몸은 자꾸만 늘어나서 뛰듯 앞뒤로 왔다갔다하게 된다. 그런 뒤에는 벌거벗긴 종아리와 궁둥이에 물을 끼얹고 대나무 회초리로 후려갈기기 시작한다. 그러면 당장 두 종아리와 궁둥이에 무수한 굴뱀이 돋고, 나중엔 터져서 여기저기 피가 흐르기 시작한다.

* * *

어린 박치의는 고문을 당해낼 수는 없었다. 살이 터지고 피가 흐르는 것도 그러하려니와 어깨뼈가 뒤로 젖혀지며 뚝뚝 소리를 낼 때와, 그 때마다 뼈가 부러지는 것 같고 뼈 마디마디가 늘어나며 쏘고 저려오는 것을―아니, 두 팔을 뽑아내고, 몸을 온통 잡아늘이는 것 같은 고통 때문에 몇 번 혀를 빼물고 의식을 잃었는지 모른다. 의식을 잃으면 의사를 시켜 주사를 놓아서 소생시켜서는 심문하기 시작한다. 다시 비행기 태우는 고문이 시작될 때는 박치의는 첫 번보다 곱절의 고통을 느껴야만 했다. 쑤시고 결려나는 뼈 마디마디가 뭉떵뭉떵 떨어져 나가는 것 같았다. 몸을 밀어서 앞뒤로 왔다갔다하게 하며 그네를 뛰게 할 때는 더욱 그러하였고, 종아리에 물을 끼얹고 대나무 회초리로 갈겨 칠 때는 눈앞이 아찔아찔해지곤 했다.

* * *

예서부터는 전혀 내리막길이다. 경사진 산비탈을 차는 내리 달리다가 영명사를 향하는 급커브에서 차체를 빽 돌린다. 그 때다. 아래편으로부터 속력을 내며 올라오던 차 한 대가 그만 멜폰 일행이 탄 자동차와 급커브에서 충돌하게 되었다. 경악과 비평이 거의 동시에 올라오던 자동차의 운전수는 내려오는 멜폰 일행의 자동차를 피하려고 급히 돌리자, 그만 자동차는 깎아 세운 돌난간에 정면 충돌되면서 언덕 아래로 굴러 떨어지게 되었다.

* * *

어느 날 인순이는 혼자 보트를 타고 노를 저어 가다가 보트 앞으로 헤엄치며 지나가는 한 여학생을 피하려고 보트의 머리를 갑자기 돌린 것이 어떤 남자가 탄 보트에 충돌되어 그 바람에 두 보트가 함께 전복되자 그 두 보트에 탔던 두 사람은 물 속에 빠지게 되었다.

(삼중당, 1983)

□박덕규 「날아라 거북이」

그날의 사고는 그 자랑할 만한 유아원까지 아이를 등교시키기 위해 나가던 집앞 첫 번째 우회전 길에서 일어났다. 햇볕이 잔잔하게 내리쬐는 가을날 늦은 아침이었다. 안 걸리는 시동을 억지로 걸자면 사실 웬만큼 짜증스럽기도 했다. 한 겨울엔 장장 10분 이상씩 액셀레이터를 밟았다 늦추었다 해야했고 날이 풀리고도 거의 그에 준할 정도였다. 언젠가 텔레비전 교통안전방송에서 시동 걸고 3분 안에 무조건 출발시키는 것이 상책이라는 설명이 있은 그대로 시행했지만 주행도중에 꺼지는 시동만큼은 어쩔 도리가 없었다. "밟아 밟아!" 나는 그 날 유아원 가는 큰 길 쪽에서 좌석 버스를 타고 갈 예정으로 아이와 함께 뒷자석에 앉아 있었다.

'큰 거 한 건'을 위해 그것도 굴지의 자동차 회사 30년 사사 집팔자

의 후보로 올라 오후에 최종 면접을 당하기 위해 새 넥타이까지 꺼내
척 맨 내 꼴이라니! 단지를 빠져나가려고 우리 차가 우회전 깜박이를
켠 것을 보았는데 아파트 단지 내 수영장 회원 수송 버스가 막 그 앞
길을 지나가려고 하고 있었다. 마땅히 우리 앞쪽에서 우선 멈춤을 해
야 하는데 아내는 계속 차를 내밀고 있었다. "밟아라, 밟아!" 내가 브
레이크를 밟으라고 소리를 쳤는데도 이상하게도 차는 멈춤이 없이 나
아가 중앙선 저 쪽으로 피하기까지 하는 버스 옆구리를 받고서야 멈
춰 섰다. 이것이 교통사고구나.

(민음사, 1996)

□박범신 「여름의 잔해」

　수진 언니는 본능적으로 여자를 가로막으며 날카롭게 오빠를 쏘아
보았다. 눈길이 마주쳤다. 번득이는 오빠의 눈과 거의 숙명처럼 두려
움이 깃든 언니의 눈이 허공에서 엉겨 붙었다.
　"여자는 내 방에 둬!"
　마침내 오빠는 선언한 듯 말했다. 여자의 등을 받친 언니의 손끝이
파르르 떨리더니 서서히 고개를 모로 저었다. 굳게 다진 결의와 적의
가 언니의 두 눈에서 타올랐다. 잠시 그들은 여자를 사이에 두고 그렇
게 바르르 떨리는 가슴을 사리며 대치해 있었다.

* * *

　피가 좀 멎는 듯 하자 여자는 무릎을 끌어당기는 몸짓으로 허우적거렸
다. 흙탕물을 뒤집어 쓴 산발한 머리를 마룻바닥에 짓누르고 말라붙은
가슴을 끌어안으며 뒤틀리는 여자의 모습은 한 줌의 더러운 넝마였다.

* * *

　그 대 찢어진 캔버스가 진흙바닥으로 자빠짐과 동시에 오빠의 목발

이 언니의 어깨를 거칠게 후려쳤다. 우우우…… 짐승 같은 소리를 내
며 언니가 오빠의 성한 다리를 물어뜯었다. 그리고 마침내 미친 듯이
울부짖으며 두 사람이 함께 진흙 속으로 나뒹굴었다. 태양이 피투성이
가 되어 물어뜯는 그들 위에서 이글이글 불타고 있었다. 승부도 없고
시작과 끝도 없으며, 어느 누구도 제지하거나 정돈할 수 없는 운명 같
은 미친 파도……

(청한, 1988)

□박범신 「토끼와 잠수함」

제복의 눈알이 세모꼴로 좁아지며 번뜩 빛난다. 잠시 더벅머리와
제복은 싸느랗게 냉기가 도는 시선을 붙들고 팽팽하게 마주 보이고
있었다. 버스 속은 완전히 숨을 죽였다. 문득 나는 또 한 번 심한 갈
증을 느꼈다. 땀에 젖은 손끝이 파르르 떨리고 있었다.

(청한, 1988)

□박상륭 「죽음의 한 연구」

왠지 내가, 타의에 의해서 그의 문하생이라도 되어진 듯한 불쾌감
은, 그런 뒤에 일어났다. 그리고 보니 그는 글쎄, 산 채 걸어가지를 않
고, 임종을 내게 보여 준 것이었다. 그의 죽음에, 나도 어쩐지 얼마쯤
은 가담되어져 있는 듯하다는 생각이 드는 것은, 그는 글쎄 그의 길을
뒤로 뒤로 풀어내어 내게 보여 주지를 않고, 그 길들을 한 꾸리에 감
아, 한 점으로 내 앞에 던져 줘 보인 것이다. 이것은 대단히 일진이
나쁜 날인 것이다. 그는 어째서, 근 백 년 가까이 보류해 왔던 죽음을
하필이면 내 앞에서 치러 보여준 것인가? 이 의문은 날 분노케 했다.
그래서 삿갓 그늘 아래 반쯤 숨은, 그 늙은 대가리를 한 번 되게 걷어
찼더니, 그의 얼굴이 해딱 한 번 보여졌는데, 눈을 감고 있었으나 입

엔 흙을 한 입 물고 있었다. 그건 어쩐지 내가 죽은 얼굴이었다. 그래서 투덜거리며 가래침을 뱉어 던지고 있자니, 그가 물고 있는 흙은 왠지 밖에서가 아니라, 그의 오장육부에서 토해져 나온 것 같이 여겨졌고, 그것은 허물어진 절간 한 채의 오소록인 듯이만 여겨졌다. 젠장맞을 늙은네는, 흙벽 절간 한 채를 오장육부에 처넣어 놓고 밖으로 다니며, 그것을 찾으려 했던 모양이었다. 어쨌든, 내가 늙어 어느 녘에 죽었구나.

* * *

아닌게 아니라 그는, 조금 또 달리다, 아까 그 모양으로 다시 돌아서서, 으르렁거리는 투로 나를 노려보며, 돌멩이를 쳐들어 올리는 것이었다. 살기를 쏴내는 외눈과, 빠지고 서넛만 아래위로 남은 누런 앞니빨이 나를 또 질리게 했다. 그러나 이번엔 우물거리지 않고, 한 마리 살쾡이로서 나는, 저 늙은 장닭 위에 덮쳐 씌우며 달려들었다. 비겁한 그의 등으로부터 다가들지 않고 정당하게 그리고 도전에 의해서 나는 이제 그의 정면으로 달려들 수 있게 된 것이다. 이 실랑이로 해서, 어느 쪽이 상처를 받고 심지어 죽는다고 하더라도, 이것은 공명한 싸움이며, 또한 위험과 위협에 맞서, 정당히 대처한 자기 방위의 결과로서 나타난 것일 것이다. 어쨌든 그가 들었단 돌은, 내 왼쪽 이마를 스치고, 가벼운 상처를 입힌 것 뿐으로, 그의 손에서 떠나가 버렸고, 그래서 그나 나나, 빈손으로 맞닥뜨려졌다. 빈손으로서의 이 실랑이도 물론, 내가 이길 것이라는 일방적인 자기 확신만을 빼놓는다면 쉽게 끝날 것 같지 않았다. 이 늙다리 도사 또한, 사내로 그 나이 되도록 뼈를 휘어 온 것이다. 그는 그 한 개의 눈으로 살과 피를 흘려내며, 물고, 차고, 할퀴고, 치고, 쑤시며, 내게 육박했고, 처음엔 나는, 늙은 무술꾼들 소견법 위에서 명상하며 그것에 대처하려 했으나, 실제 응용이 따르지 않았던 지식이란 아무 덕이 못 되었고, 나를 오히려 초조하고 피로하게만 했다.

(문학과지성사, 1997)

□박상우「적도기단」

다시 한 번 훑으라는 명령이 떨어지자 그들은 얼핏 견딜 수 없는 수치심으로 인해 몸서리를 치는 것 같았고, 그 다음 순간부터는 극에 달한 분노로 갑작스럽게 안구가 팽창되는 것 같았다. 그러나 그런 순간적인 변화가 아주 빠르게 그들을 스쳐간 다음부터 그들의 표정은 지극히 냉랭해지기 시작했다. 그리하여 그들의 표정에는 이제 더 이상 불안, 초조, 긴장과 두려움 따위에서 비롯되는 참담한 기색이 어른거리지 않았다. 그저 별다른 필연성도 없어 보이는 명령에 기계적으로 응하겠다는 의도적인 방심만 역으로 강조되고 있을 뿐이었다. 그런 무표정한 대응이 곧 그들이 나타낼 수 있는 가장 큰 저항의 일종이라는 걸 분명히 보여 주려는 듯, 그들은 자신들의 손아귀에 움켜쥐어진 그것을 확실하게 다시 훑어나가기 시작했다.

(중앙일보사, 1996)

□박상우「캘리포니아 드리밍」

그때 시선을 뒤흔드는 일종의 변화가 일어났다. 멀쩡하게 걸어가던 서정도가 느닷없이 다리를 절며 뒤뚱뒤뚱 불편한 걸음을 옮겨 놓기 시작한 때문이었다. 하지만 변화는 그것으로 끝난 게 아니었다. 한동안 다리를 절며 걸음을 옮겨 놓던 서정도가 느닷없이 상체를 앞으로 꺾으며 무릎을 꿇어버린 때문이었다. 그때부터 그는 두 손으로 땅을 짚고 네발짐승처럼 기어가기 시작했다.

(세계사, 1996)

□박순녀「남자만이 하는 이야기」

집 밖에는 마침 큰 빌딩이 있었다. 그리고 그 빌딩의 담벽을 따라 돌자 꽤 넓은 공지가 나왔다. 정규는 말없이 걷는 재남에게 점점 겁이 났든지 뒤처지면서 우물 주물 했다. 재남이는 그러한 정규를 한방 갈겼다. 정규는 물론 마주 때리지 못하고 또 맞고 또 맞았다. 퍽 쓰러지면 또 세워서 때리고 쓰러지면 또 세우고, 결국 정규는 한 방도 마주 때려보지 못했다. 마침내 재남이는 때리는 것을 그만 두고,

"야, 이 쓰레기 같은 새끼야!"

하고 말했다.

(동아, 1992)

□박양호「슬픈 새들의 사회」

한 시간 전까지만 해도 학생들이 노래를 부르고, 구호를 외치고, 돌멩이 몇 개를 분풀이 삼아 집어던지면 공수부대 원들이 우르르 나와서 쫓고, 그러면 부챗살처럼 펴진 상가 골목으로 몸을 숨기고, 하면 공수부대 원들이 다시 교문 앞에 원위치 하는 형국이어서 학생들이 골목 안에까지 따라 들어와서 학생들을 잡으면서 구타를 하기 시작했다. 진압 봉으로 얻어맞은 학생들은 금방 비명을 질렀고, 공수부대원들은 그 학생들을 교문 안쪽으로 끌고 가려고 했다. 순식간에 상황이 그렇게 변해버린 것이었다. 골목 안에까지 도망친 학생들이 공수부대원들에게 진압봉으로 머리며, 어깨뼈를 얻어맞아 피를 흘리면서 질질 끌려가자 골목 안으로까지 도망쳤던 학생들이 격렬하게 돌을 던지기 시작했다. 그러자 공수부대원들은 이리 뛰고 저리 뛰면서 진압봉을 휘둘러 댔고, 골목 여기 저기서 아수라장이 벌어졌다.

* * *

모든 동물은 절대로 동족을 죽이지 않는다. 개가 싸움을 할 때 보라. 우선은 싸움을 하기 전에 이빨을 보이면서 으르렁댄다거나 자신의 체구를 자랑한다거나 난폭한 성질의 일단을 보임으로써 심리적으로 상대방이 굴복하게 한다. 그런 다음에도 상대가 피하지 않으면 싸움을 한다. 그러나 상대방이 꼬리를 내리거나 몸을 웅크리거나 하는 몸짓으로 졌다는 신호를 할 때에는 그 상대방에게 도망칠 여유를 주기 위해서 오줌을 눈다. 오줌을 누는 것은 자신의 영역표시이기도 한 것이다. 사슴도 마찬가지이다. 그 날카로운 뿔로 상대방의 배를 찌르면 내장이 모두 튀어나와서 상대방은 절명하게 된다. 그러니까 상대방이 다치지 않게끔 뿔과 뿔을 교묘히 마주 대어서 몸싸움을 한다. 엘크 사슴이 그런 경우다. 먼저 자웅을 겨루기 전에 오랫동안 자신의 뿔과 체구가 눈짓과 전기를 알고는 대부분은 스스로 싸움을 포기해 버린다. 마지막에 남는 것은 대장급 한 두 마리이다.

* * *

건물 밖으로 그들을 끌고 나오자 사방에서 비명소리가 들렸다. 그런 끔찍한 광경을 본 시민들이 지르는 비명이었다. 돌, 우유병, 화분, 노인네의 지팡이, 신고 있던 여자들의 구두… 시민들은 손에 닥치는 대로 그렇게 물건들을 공수들을 향해 던졌다. 그러나 그들은 끝까지 그들을 끌고 가 3, 40명 공수부대의 뒤에 대기하고 있던 트럭에 짐짝 던지듯이 들어 올려졌다. 사람을, 사람을, 대한민국 사람을.

* * *

그런 저런 생각을 하면서 한가한 마음으로 걷고 있다가 나는 갑자기 터지는 최루탄 소리에 바짝 긴장을 했다. 그리고 얼른 이 동네를 빠져나가야 하겠다는 생각으로 걸음을 재촉했다. 그러나 잠깐 하는 사이에 우, 하고 내달으면서 도망치는 데모대와 그 뒤를 쫓는 일단의 사복들 사이에 끼게 되었다. 데모대들은 마치 물가의 송사리들이 바위 밑이나 나무그늘로 숨듯이 사방에 있는 건물들로 스며들었다. 길가에 멍하니 서 있다가는 무슨 봉변을 당할지 몰라서 나는 얼른 (카페)라는 글자가 쓰여진 이층 건물 안으로 뛰어 들어갔다.

* * *

데모 주동자를 쫓다가 어느 건물 화장실까지 쫓아 들어간 적이 있었어요. 그 전날 우리 부대원 중의 하나가 학생들한테 잡혀서 되게 맞은 적이 있어서 약들이 올라 가지구 설치던 날이었습니다. 아까 말씀드린 그 집단 의식 때문이지요. 아 그런데 이 친구가 화장실 안으로 속 들어가서 따라가 보니까 화장실이라고 쓰여진 문안에 남녀 화장실이 분리되어 있는 게 아니겠습니까 그래서 남자 화장실부터 벌컥벌컥 열어 젖혔습니다. 그랬더니 없어요. 남녀 화장실이 각각 두 개 뿐인데…… 그러니 어쩌겠습니까 이제 남은 것은 여자 화장실 두 칸뿐인데 틀림없이 그 두 칸 중의 하나가 들어가 있을 텐데 문을 열 수가 없더군요. 그래서 한참을 기다리니까 나오데요. 아, 그런데 미니스커트를 입은 여자예요. 아주 날씬하게 빠진 여자요, 참 어안이 벙벙하더군요. 순간적으로 생각을 해 봤습니다. 변장인가 아니면 사람이 또 하나 들었나, 그래서 문을 열었더니 아무도 없어요. 옳거니 변장이로구나. 그래 다가가서 손목을 잡았죠. 아 글쎄 그랬더니 어머 왜 이러세요. 그러잖아요?

* * *

아아, 그것은 정말 부끄러운 일이었다. 어떻게 그런 추태를 부릴 수가 있었을까. 순식간에 나는 이성을 잃고 최민철이의 몸 위로 덮쳐들었다. 이러지 마세요. 그래, 난 쓰레기다, 죽여라. 교수님, 이성을 찾으세요. 그렇게 술이 엎질러지고 방 안을 순식간에 씨름판으로 만들면서

엎치락 뒤치락 하다가 나는 갑자기 흑, 하고 숨을 멈추었다. 바닷가
에서 모래로 잘 만들어 놓은 얼굴을 장난꾸러기 아이가 뭉게 놓은 듯
한 일그러진 사람의 얼굴. 문둥이…… 문둥이 딸이 거기 나타났던 것
이다.

(동아, 1991)

□박영준 「목화씨 뿌릴 때」

우락부락한 눈, 팔팔해 보이는 몸씨에다 손에 닥치는 것은 무엇이
나 깨뜨려 버리고야 말 듯이 덤비는 정섭이는 박장의를 죽여 버릴 듯
했다. 손이 가 달 때마다 푹푹 쓰러지고 쓰러질 때마다 응응하며 신음
하는 박장의를 본 어린애들은 구석에 뭉키어 옷장에 얼굴을 대고 무
서워 울기만 한다.

(신세대사, 1946)

□박완서 「어떤 나들이」

그러나 나는 내가 그에게서 느낀 이런 엄청난 간극을 조금도 어쩌
지 못한 채 곧 식을 올리고 초야를 맞았다. 초야에는 그래도 여느 신
부처럼, 마치 절묘한 피아니시모의 선율을 떠는 여리디 여린 들꽃처럼
몰래 깊이 떨며 신랑을 기다렸다. 별안간 신랑의 강한 체취를 느꼈다.
어릴 적, 중풍으로 들어앉아 계시던 할아버지의 사랑방 냄새와 너무도
닮은 신랑의 체취ㅡ. 그리고는 곧 난폭하고도 짧은 입맞춤, 꼭 할아버
지의 장죽을 장난 삼아 물어봤을 때의 그 섬뜩하고도 담뱃진 냄새가
독한 쇠붙이의 감촉같은 입맞춤ㅡ. 그리곤 서둘러서 신랑은 나를 덮쳐
버렸다. 내 애처로운 떫은 조금치의 보살핌이나 위무도 못 받은 채 초
야의 신랑의 의무에 거칠게 짓겼다. 의무가 끝난 후 신랑은 오래오래
담배를 빨고 돌아눕더니 이내 코를 골았다.

* * *

　그런데 아까부터 누가 대문을 조심스럽게 두들기고 있지 않은가. 어머니가 누구냐고 몇 번 묻는 것 싶다. 그래도 소리가 나고 아주 낮은 대화가 들린다. 분명 상대는 남자다. 그것도 사십대의 남자. 남의 이목을 꺼리듯 대화는 여전히 수군수군 낮다. 드디어 올 것이 오고만 것이다. 이제 끝장이다. 파멸이다. 오오 이렇게 파멸이 쉬 올 줄이야. 숨죽은 대화는 아직도 계속된다. 어머니는 자수 권고에 실패한 눈치다. 이렇게 오래 쓰는 걸 보니. 가엾은 어머니! 어쩌면 그 남자는 어머니에게 도리어 월북을 권하고 아니 협박하고 있는지도 모른다. 혹시 강제로 납치하려는 거나 아닌지. 그렇게끔 내버려 둘 수는 없지. 나는 벌떡 일어난다. '그 남자'와 죽든 살든 결판을 내고 말 테다. 나에게 그 남자는 이미 조금도 오빠일 필요가 없다. 그냥 '그 남자'다.

* * *

　사람이 죽으면 아이고아이고 곡을 한다. 눈물이 마르면 침을 몰래몰래 발라가며, 기운이 빠지면 박카스를 꼴깍꼴깍 마셔가며 아이고아이고 곡을 하고, 조상객을 치르고, 노름꾼을 치르고, 거지를 치르고, 복잡하고 복잡한 밑도 끝도 없는 여러 가지 절차를 치르고 복잡한 절차 때문에 웃어른과 아랫사람과 말다툼도 치르고, 차례에 제사에 또 제사를 치른다. 그래서 살아남은 사람은 기운이 빠질 대로 빠지고 진저리가 나고, 빈털터리가 되고 지긋지긋해지면서 죽은 사람에게서까지 정나미가 떨어진다. 비로소 산 사람은 죽은 사람으로부터 자유로워진 것이다.

* * *

　차는 무슨 일인지 자주자주 급정거를 하고, 그럴 때마다 어머니의 머리가 위태롭게 흔들리고 나는 속이 덜 좋아 신트림을 했다. 시척지근하고 고약한 것을 입 속에서 되새김질하며 나는 내가 먹은 여러 가지 나물들은 하나하나 다시 생각해내고 그것들 중 하나라도 다시는 또 먹을 것 같지 않은 싫증을 느꼈다. 그리고 오늘 겪은 일, 재수 불공, 요란한 벽화를 배경으로 비단 방석을 깔고 지폐를 한 삼태기나 안고 있었던 불상, 여신도들의 광적이고도 주술적인 몸짓의 절, 초야 만수향의 엄청난 낭비와 탁한 공기, 보살 님들의 수다, 시주한 사람들의 이름이 시주한 액수에 비례한 크기로 초석마다 기둥마다 새겨진 산신상과 칠성각, 종교적인 것과 무당적인 것과의 조잡하기 짝이 없는 뒤죽박죽, 이 모든 것이 또 하나의 역겨운 신트림이 되어 와락와락 치밀었다. 그것은 박수무당 집에서의 혐오감보다 더하면 더했지 조금도 덜한 게 아니었다. 박수무당 집엔 적어도 뒤죽박죽은 없었지 않나.

* * *

계단을 절반쯤이나 올랐을까 한 즈음 노한 고함 소리와 함께 나는 뒷덜미를 세차게 잡힌다. 순경은 내 뒷덜미를 잡은 채로 나를 가볍게 빙그르르 돌려 앞세우더니 계단을 내려온다. 나는 티셔츠와 위에 걸친 신사복이 함께 목 뒤에서 어찌나 무지막지하게 움켜잡혔는지 순경에게 밀려 계단을 하나하나 내리디딜·때마다 곧 눈알이 튀어나오고 혓바닥이라도 쭉 내빼 늘어뜨릴 듯이 고통스럽다. 아마 교수당해 질식사하기 직전의 고통이 이러려니 싶다. 게다가 계단 밑에서 나의 이런 꼴을 보고 웃는 사람들 꼴이라니, 영락없이 악당의 교수형을 구경하며 좋아라고 길길대는 서부 개척시대의 개척만큼이나 천진하고 잔인해 뵈지 않는가.

(문학동네, 1999)

□박용구「동양척식주식회사」

어담은 너무나 어이가 없어 눈이 둥글해졌다. 송병준은 자기가 지금 임금을 모시고 멀리에 와 있는지 제 집 사랑채인지도 분간을 못하는 수작이었다.

"내가 계집이 필요하다는 데 자네가 뭔데 가로막고 나서나?"

"대감, 다음다음 칸에는 폐하께서 계십니다. 이 어이된 무례입니까? 외간 남자가 궁인에게 술을 따르게 하려는 것이 도시 말도 아니려니와 지척에 폐하가 계십니다."

"건방지구나"

송병준은 얼굴이 일그러지면서 버럭 악을 쓰고는 어담의 어깨를 툭 쳤다. 어담은 금시에 얼굴이 파랗게 질려서

"무례하오!"

"뭐야? 이놈의 자식, 좀 내려오너라."

"어?"

"건방지단 말이다. 내려와, 이놈아"

송병준은 함부로 욕하며 플랫포옴으로 내려섰다. 어담은 정당한 나무람에 대한 어처구니없는 모욕을 참을 수 없어서

"어떻게 하시겠소, 대감?"

"널 죽이겠다."

송병준은 허리에 찼던 칼을 쑥 뽑아들었으나 어담은 놀라지 않고 따라 내려서

"어전이오!"

"이놈아"

송병준은 칼을 들어 내리치는 시늉을 하였으니 어담도 어쩌는 도리가 없어 역시 칼을 뽑아 맞섰다. 평양역 플랫폼에서는 때 아니게 결투가 벌어질 판이었다.

"저런!"

"고얀 일이로다!"

차창으로 내다보던 사람들이 일시에 달려들어 두 사람을 떼어놓았

다.

"대감 이게 무슨 짓이오?"

"내 저놈을 죽여야만 하겠소."

"칼을 멈추시오."

송병준의 팔을 잡고 칼을 빼앗았으며 다른 한 패는 어담을 멀리 밀고 갔다.

"자네가 참아야 하네……"

삽시간에 수라장이 되었다. 모두들 왁자지껄하였으며, 순종을 이 보고를 듣고서 땅이 꺼지게 한숨만 몰아쉬었고, 이또오는 코웃음을 치기만 하였다.

(문지사 , 1981)

□박용숙 「목수 아바이」

어디선가 싸움하는 소리가 들렸다. 처음엔 이웃에서 싸우는 것이려니 하고 무심히 생각했는데, 점점 귀담아 듣노라니까 그것은 영락없이 집의 노인들의 싸움이었다. 그 싸움은 분명히 뒷마당에서였다. 나는 곧 뒷마당으로 나갔다. 창고 앞이었다. 아버지는 서 있었고 어머니는 쭈그리고 앉아 울고 있었다. 그리고 그들 앞에는 커다란 연장궤 하나가 놓여 있었는데 그것은 창고 안에 있던 것이다. 아마 내가 그들 앞에 나타나기 전까지만 해도 두 노인들은 서로가 달라붙어 한바탕 치기판을 벌였던 것이 사실이다. 물론 치기판이라 해 봐야, 어머니는 할퀴고 꼬집고 무는 것이요, 아버지는 견디다 못해 흉기 같은 것을 들고 위협하든가 아니면 꼬집고 할퀴지 못하게 어머니를 붙잡아 두는 것이다. 대개 싸움은 그렇게 끝나는 것이지만 때로는 쌍방간에 약간의 상처를 낼 때도 있다. 그들의 싸움은 늘 발작에 가깝다. 아직 나는 분명하게도 그 싸움의 원인을 알지 못하지만 싸울 때 간간이 서로 주고 받는 말로는 성(性)에 있는 것 같았다.

(일지사, 1976)

□박일문 「아직 사랑할 시간은 남았다 1」

거리 거리마다 투석과 최루탄의 끝없는 공방전. 피로 물든 옷, 뱃가죽을 대고 질질 끌려가는 사람과 사람들. 핏자국 선연한 아스팔트, 아스팔트에서 벌거벗은 채 좌로 굴러 우로 굴러, 얼차례 받는 사람들…… 눈을 뜨고 볼 수 없는 지경이었다. 금남로, 충장로 상공에서는 군용 헬기가 저공 비행하며 해산하라, 해산하라, 선무 방송을 했다. 그런 대치와 접전으로 광주의 나날들이 지나갔다.

* * *

도청까지 구보로 뛰어가 무기를 지급 받는 어린 고등학생들, 젊은 사람들. 정렬, 차려 열중 쉬어. 뒤로 번호 하나, 둘, 셋, 넷, 다섯, 여섯, 일곱……만. 어둠 속의 낮은 목소리, 목소리. 불안과 공포, 의기와 의분의 뒤범벅.

* * *

책상, 의자, 캐비닛, 깃발, 대자보, 현수막, 책, 각종 시위용품 등이 박살이 났다. 녹두장군 판화는 찢어져 있었고, 김남주시는 불태워져 있었다. 민추측에선 사진을 찍고, 대자보를 붙이고, 기자 회견을 하고, 검찰청에 고소장을 접수시키고, 체육과측에 공개 사과를 요구했다. 기자 회견은 신문에 나지 않았고, 검찰청은 팔짱만 끼고 앉았고, 체육과측에선 좆만한 새끼들, 옘병떨고 앉았네, 하며 콧방귀도 뀌지 않았다.

* * *

진수는 버틸 수 있을 때까진 버티고 싶었다. 수돗물이 그치는가 싶더니 이번에는 겨잣물이 입과 코 속으로 들어왔다. 진수는 머리가 찢어지는 듯 아팠다. 두 눈알이 튀어나오는 듯했다. 진수가 발버둥을 치자, 칠성판이 흔들거렸다. 칠성판이 흔들거리자, 몸무게 백 킬로그램 정도 되는 스탤론이 진수의 몸에 올라가 그의 가슴을 짓눌렀다.

(민음사, 1995)

□박정애 「에덴의 서쪽」

귀자는 신문을 끊는 것은 물론 여자를 매질한 뒤 감금했다. 일주일 동안 먹을 것만 넣어 주고 방 밖 출입을 못하게 하던 귀자는 막상 여자가 배때기 갈라놓은 자반같이 누르스레 널브러져 있는 것을 보고는 눈물을 두레박으로 쏟으며 앰뷸런스를 불렀다. 병원에서 깨어나면서부터 여자는 말을 잃었다. 여전히 귀자에게 복종은 했지만 입만을 열지 않았다.

* * *

아이는 눈물이 그렁그렁해서는 제자리에 앉아 하던 일을 계속했다. 한 십 분이나 지났을까. 아이는 또 일어나 참을 수 없다고 호소하는 것 같았다. 귀자가 눈짓을 했고, 홍재가 일어나 구두못을 박는 쇠망치로 아이의 장단지를 두들겨 팼다. 아이는 고꾸라져 앉을 수밖에 없었고, 떨리는 손으로 일감을 접었다. 아이들의 얼굴은 공포로 회칠을 한 듯 허옇게 질렸다.

* * *

어느 날 화장실에 가는 것을 제지당한 성식이 일감을 집어던지며 몹시 거칠게 반항했다. 마침 전기난로를 끼고 후끈후끈한 등으로 앉아 있던 홍재는 난로 앞에서 몇 시간 동안 달궈진 쇠꼬챙이를 들고 성식의 뒷목덜미를 지졌다. 살 타는 냄새. 비록 일, 이초의 짧은 시간이었

지만 귀자조차도 입을 벌리고 다물지를 못했을 만큼 충격적인 사건이
었다.

* * *

여느 날과 같은 새벽이었다. 나는 전날 저녁 꼭 같이 자고 싶다는
귀자의 부탁을 거절하기가 힘들고 귀자가 내미는, 찐득하게 물이 나지
않고 타박타박 맛있어 보이는 밤고구마에 침이 가득 괴기도하여 덥석
고구마를 받아들고 귀자의 방으로 갔었다. 그러나 귀자가 밤새 사타구
니를 쓰다듬는 통에 깊은 잠에 빠져들지를 못하고 있었다. 처녀의 손
은 매끄럽고 따뜻했지만 왠지 기분이 이상했다. 그렇다고 손을 뿌리치
고 뛰어나갈 만큼 이상한 건 아니어서 나는 그냥 얕은 잠 속에 들어
있었다. 그런 새벽이 별안간 귀에 익은 남자 목소리에 의해 사기그릇
처럼 와장창 깨졌다. 새벽을 깨고 침입한 남자는 나의 아버지였다. 아
버지는 창호지를 바른 문으로 주먹으로 부수고 안으로 손을 넣어 문
고리를 풀었다. 그리고는 대뜸 신발도 벗지 않고 방 안으로 들어가 어
머니의 궁둥이를 걷어찼다.

* * *

어머니가 아버지의 목에 부엌칼을 들이댄 건 그때였다. 푸르스름한
새벽녘의 여명을 등진 어머니의 눈에선 푸른 사리가 감돌았고, 번쩍이
는 칼날에는 얇게 찔린 연둣빛 애호박이 나달거리고 있었다.

* * *

어머니의 목소리는 무섭도록 단호했다. 그것이 그냥 놓아 보는 엄
포라고는 아무도 생각 할 수 없을 만치. 심약한 면이 있던 아버지는
하얗게 질려 무릎걸음으로 방문까지 걸어갔다. 어머니의 부엌칼을 아
버지의 목덜미를 따라갔다. 아버지가 신발을 꿰어 신으며 너무 떠는
바람에 부엌칼이 목살을 약간 그었다. 목에서 핏방울이 떨어지자 아버

지는 최소한의 위엄도 팽개치고 걸음아 날 살려라, 줄행랑을 쳤다.

* * *

나는 후배의 손을 잡고 뛰기 시작했다. 아무리 내가 선천적인 겁쟁이라지만, 처음으로 가투에 참가한 어리보기를 두고 나 혼자 줄행랑을 칠 수는 없었다. 그런데 달려가는 내 발 밑에서 무언가가 터졌다. 나는 하얀 가루를 뒤집어쓰면서 후배의 손을 놓고 쓰러졌다. 머리카락을 덮은 하얀 가루 사이에서 나는 내 턱에 받히는 누군가의 머리통을 잠깐 보았다. 내 몸에 있던 가루들이 비듬처럼 그의 머리에 우수수 떨어졌다. 세상이 거꾸로 빙그르르 돈다고 생각하며 나는 눈을 감았지만, 정신을 잃지는 않았다. 그는 나를 들쳐업고 여인숙 간판이 달랑거리는 골목길 속으로 들어갔다. 나를 업은 그 역시 얼마나 힘들었던지 무릎을 꺾고 네 발로 기기 시작했다. 거기다 담벼락 밑 검은 물이 괸 웅덩이를 잘못 짚는 바람에 그는 나를 업은 채로 썩은 생선 냄새와 지린내, 산폐된 기름 냄새 따위가 뒤섞여 말할 수 없이 고약한 냄새의 오물을 덮어쓰기도 했다. 나는 여전히 온몸의 기력을 잃은 채 그의 등허리 밑으로 사지를 늘어뜨리고 있었다. 검은 물이 뚝뚝 떨어지는 머리카락 사이로 잠기지 않은 쪽문 하나를 발견한 그는 무조건하고 안으로 기어 들어가서 문고리를 걸었다. 쫓고 쫓기는 발자국 소리가 비로소 멀어졌다.

* * *

나는 우습기도 하고 울고 싶기도 한 감정을 가누지 못하고 이상한 신음소리를 내려는 찰나, 머리를 방바닥에 부딪는 둔탁한 소리가 내 시선을 돌이켰다. 윤열 오빠가 총 맞고 쓰러진 서부영화의 술꾼 엑스트라처럼 사지를 내뻗은 채 쓰러져 있었다. 아까부터 누우라고 아무리 권해도 말을 듣지 않더니 기어이 제 몸을 감당 못하고 넘어진 모양이

었다. 나는 얼른 달려가서 오빠의 몸에 이불을 덮어주고 젖은 머리에
베개를 받쳤다.

(문학사상사, 2000)

□박종화 「금삼의 피」

연산은 활을 가득히 잡아당기어 달리는 수사슴을 쏘았다. 화살은
푸르르 소리를 치면서 사슴의 등에 꽂혀졌다. 피가 설대같이 뻗쳤다.
사슴은 슬픈 소리를 부르짖으며 눈을 뒤집어쓰고 화살이 꽂혀진 채
괴로운 듯이 소스라쳐 뛴다. 연산의 둘째 번 쏘는 화살이 다시, 뛰는
사슴의 앞정강이를 맞혔다. 사슴은 외마디 소리를 지르고 푹 고꾸라
졌다.

* * *

한 시경이 지났다. 도적들은 계집의 군호를 기다리다 못하여, 호각
을 불었다. 송당이 앉아 있는 방 위의 천장 한 복판이 덜거덕 열리며
기다란 동아줄이 서리서리 내려온다. 미인의 얼굴은 새파래졌다. 동아
줄로 송당을 얽으라는 것이다. 일은 급했다. 송당은 살려달라는 미인
을 내버리고 자기 혼자 피하기가 인정에 어려웠다. 미인을 불러 등에
업은 뒤에 발길로 벽을 찼다. 벽이 우르르 무너지며 송당은 벽 밖의
사람이 되었다. 미인을 업은 채 겹겹이 가로막힌 담을 넘었다. 송당이
산을 내려와 안전한 땅에 미인을 내려놓고 길게 한숨을 내쉴 때에는
군복 자락이 다 찢어졌다.

* * *

연산이 친히 쌍창을 밀치어 책이 쌓인 마당을 굽어보시고, 승전빗
김자원은 관솔에 불을 댕기어 이리저리 산더미같은 문집에다 불을 붙
이고 돌아다닌다. 상궁과 나인들이 돈대 위에 죽 늘어서서 구경들을

하고 있다. 관솔들이 붙기 쉬운 전주 백지 속책장부터 댕겨 붙었다.
불꽃이 여기저기서 활활 일어났다. 노란 책의가 새까매지며 도루루 말
렸다 확 하고 시뻘건 불길이 널름널름 산 같은 책더미를 휩싸고 돌았
다. 파란 연기가 하늘을 치밀어 올라간다. 대궐안 마당은 불바다다. 산
더미 같은 불꽃이 바람을 따라 실룩거린다.

* * *

포성을 군호로 하여 손에 땀을 쥐고 이때냐 이때냐? 하고 기다리고
있던 모든 장사들은 군마를 거느리고 말을 달려 훈련원으로 모여들었
다. 운수군효성 심순경, 변수 최한홍, 윤형로, 조계상 외에 장사만이
구십여 명이요, 군사가 오륙천 명이다. 가을 바람에 기름진 말울음 소
리는 깊은 밤의 적막을 깨뜨리고, 어른거리는 휘황한 등불은 서리찬
거리를 조용히 비쳤다. 훈련원 일대는 삽시간에 삼엄한 전쟁터이다.

(동아, 1995)

□박태순 「낯선 거리」

총소리는 절대적인 정적, 그것과 마찬가지로 계속이 되어서, 그 소
리가 없으면 도리어 이상해질 것 같은 모호한 상태가 되어 버렸다. 막
연한 죽음의 상태와도 같이 그 총소리는 총 소리라기보다도 하나의
무게로서 엄청난 부피로써 이 세상을 변경시켜 놓고 있었다. 그 총소
리는 인간의 육신이 인내 할 수 있는 한계를 온통 부숴 버리는 것 같
았다. 삶과 죽음은 한데 엉겨 붙어, 흐느적거리는 즙액처럼 그 총소리
속에 용해되어 버릴 것 같았다.

* * *

관람석은 갖가지 음향으로 꽉 차 있었다. 아래층 이층이고 가릴 것
없이 기괴한, 삭막한 음향이 뒤엉켜 붙었다. 그것은 이 세상이 파괴되

는 음향이었다. 음향은 일찍이 사람들이 몰려들어 구경을 하던 극장 안을 온통 삼켜버리고 말았다. 그리하여 사람들의 집회 장소였던 이곳 의 질서의 음행을 깨뜨려 버리는 것이었다.

* * *

마악 누군가가 쇠창살 같은 것으로 스크린을 찢고 있었다. 스크린 은 마치 하얀 치마 저고리를 입은 여자처럼 보였다. 하얀빛을 뿌리면 서 너울대다가 그 가운데로부터 쫙 갈라지기 시작했다. 그 음향은 주 변의 소음에 함몰되지 않는 독특한 음색을 가지고 있었다. 그것은 살 갗을 면도칼로 쫙 그었을 때 나리라 생각되는 그러한 음향을 가지고 있었다. 마치 신체의 일부분이 상처를 받은 것만 같았다.

* * *

사람들은 동물이나 내는 기괴한 탄성을 지르고 있었다. 그들은 눈 앞에 닥친 무질서에 환장해 버려서, 마치 사회와 인습과 생활 규범을 몽땅 망각한 것 같았다. 그들은 기괴한 소리를 뱉으며 물건들을 부수 고 있는 것이었다. …(중략)… 그것은 너무도 힘이 들어서, 계속하여 두들겨 부수지 않는다면 도리어 내가 죽어 버리지나 않을까 생각되었 다. 죽을힘을 다하여 죽음 그 자체와 싸워야 한다고 느끼거나 하는 것 처럼 열렬하게 때려부수고 있는 것이었다.

* * *

하순으로 접어들면서 시간은 더욱 느리게 흘러가고, 하루하루 날짜 지나가는 것이 끈덕끈덕 하였다. 시간은 검열을 받고 있었다. 좀 더 구체적으로 말해 나는 하루하루 어떻게 보냈는지 알고 싶어하는 관계 당국의 말단직원과 친한 친구처럼 지내고 있었다. 1919년 3월 1일에 일어났던 민족적 사건을 우리는 3·1운동이라고 부르고 있지만, 그 3·1 절이 가까워 갈수록 시간의 파도가 험악해졌다.

＊ ＊ ＊

여기저기에서 전단이 뿌려지고 플래카드가 추켜세워지는가 했더니 가자! 가자! 소리가 일고, 노동삼권 보장하라! 구호가 터지고, 우리 승리하리라! 등등 인간이 제 목구멍으로 낼 수 있는 온갖 악에 받친 듯한 소리가 쏟아져 나왔습니다. 포도에 늘어선 젊은 남녀들이 순식간에 대열을 지어 우격우격 차도로 삐어져 나왔습니다. 그와 동시에 두꺼운 투구에 방패, 몽둥이, 국방색 누비옷(이라기보다는 갑옷 같지만), 그리고 무거운 군화를 신은 전경들이 마치 티브이 만화영화에 나오듯 고약한 별에서 평화로운 지구를 공략하기 위해 파견한 우주군단처럼 둔탁하게 대오를 갖추어 돌진하기 시작했습니다. 이어서 조립용 장난감 같은 괴상한 장갑차들로부터 팡! 팡! 하얀 김을 무럭무럭 쏟아내며 불꽃을 튀기는 다연발탄인가 지랄탄인가가 터져 나왔습니다 그와 동시에 온 행길 천지가 재채기, 토악질에 눈물 바다로 변했습니다.

(나남, 1989)

□박태순 「단씨의 형제들」

아마 내가 가장 곤경을 겪었던 때가 세일즈맨 노릇을 집어치워 버렸을 때일 거야. 정말이지 주머니에 땡전 한푼 없었다. 배는 고프고 다른 도시로 이동은 해야겠는데 당장 눈앞에 보이는 건 아무 것도 없더군. 그래 무임승차를 하기로 결심했어. 그때 화물열차를 처음 타봤을 거야. 크고 작은 수하물들 속에 파묻혀 기차가 움직이는 대로 흘러 갔어. 그러다가 대전 근처에 왔을 때 발각이 되어 버렸지. 린치가 시작되는데 정말 아득했어. 다섯 명의 인간들은 나를 꽁꽁 묶어 놓았어. 놈들은 내게서 얻을 수 있는 즐거움을 될 수 있는 대로 천천히 뺏으려고 하는 거야. 처음에는 제법 예절까지 지켜가며 구타를 시작했는데 그것이 점점 열도를 띠어 가더군. 급기야 나 자신이 불쌍한 짐승, 차라리 죽어 없어지는 게 나을 것 같은 짐승이 되기를 강요했어. 이런 경우에 빠졌을 때 사람이 사람임을 증명할 수 있는 것은 오직 수치감이라는 것뿐이거든. 어떻게 하면 수치감을 보다 빨리, 그리고 깊이 터득해 내는가 하는 문제가 되겠지. 사실 따져 놓고 보면 나는 수치감에 덜 익숙해 있었어. 수치감에 덜 익숙해 있었다는 말은 내가 그만큼 엉터리 인간이었다는 뜻이 될 거야. 기차가 대구에 당도했을 때쯤 되어서 이자들은 비로소 나를 해방시켜 주더군.

(삼중당, 1975)

□박태순「무너진 극장」

우리는 병원으로부터 벗어났다. 정원에는 수목이 자라고 있었고, 부상자들에게 헌혈을 하려는 사람들이 웅성거리고 있었다. 우리는 서울 문리대 쪽으로 걸어가기 시작하였다. 거기에서 우리는 많은 떼거리의 사람을 볼 수 있었다. 운집한 군중들 틈새로, 도열해 서 있는 사람들이 보였다. 그들은 플래카드를 들고 있었다. 거기에는 '대학교수단'이라고 쓰여 있었다. 교수들은 허리를 구부정하게 굽힌 채 이윽고 움직이기 시작했다. 운집했던 군중들이 박수를 쳤다. 무어라고 떠드는 흥분된 소리도 들려 왔다. 교수들의 굳게 긴장된 표정에는 나이 많은 사람들이 가질 수 있는 태연한 흥분이 엿보였다. 이윽고 교수단 데모대는 군중을 거느리고 경찰들의 호위를 받으며 사라져 갔다……

＊ ＊ ＊

극장 안에는 경찰들이 잠복해 있는 모양이었다. 사람들은 그러나 아랑곳하지 않았다. 임화수는 나오라, 임화수는 나오라. 사람들은 울부짖고 있었다. 사람들은 하나의 상징, 일종의 스케이프고트인 임화수라는 추상적인 존재에 대하여 그들의 분노를 떠맡겨 버린 것이었다. 나가자, 나가자, 사람들은 이어서 외치고 있었다. 사람들은 삼삼칠 박자의 가락으로 손뼉을 치면서 앞으로 앞으로 내달았다. 타캉 하는 소리가 그때 울려 퍼졌다. 이어서 타캉, 타캉, 타캉, 둔탁한 소리는 계속 울려 퍼졌다. 아아…… 짧은 신음 소리를 내며 어른거리는 어둠 속에서 누군가 쓰러졌다. 몇 명의 사람들이 그곳으로 다가가서 쓰러진 사람을 일으켜 세우려고 했다. 총에 맞은 사람은 아픔이 확실하게 느껴지자 비명을 지르며 울기 시작했다. 사람들은 고함을 지르고 있었다. 돌멩이들이 앞으로 뻗쳐 나갔다. 쨍그랑 하는 소리가 들렸다. 총소리가 뜸해졌다. 사람들의 기세가 드높아졌다. 그러자 총소리는 다시 들리기 시작하였다. 총소리는 절대적인 정적, 그것과 마찬가지로 계속이 되어서, 그 소리가 없으면 도리어 이상해질 것 같은 모호한 상태가 되어버렸다. 막연한 죽음의 상태와도 같이 그 총소리는 총소리라기보다도 하나의 무게로서, 엄청난 부피로서 이 세상을 변경시켜 놓고 있었다. 그 총소리는 인간의 육신이 인내할 수 있는 한계를 온통 부숴 버리는 것 같았다.

삶과 죽음은 한데 엉겨 붙어, 흐느적거리는 즙액처럼 그 총소리 속에 용해되어 버릴 것 같았다. 그런 상태는 몹시도 오랜 시간 동안 계속된 것 같았다. 어느새 사람들은 와르르 극장 안으로 쏟아져 들어가고 있는 판이었다. 사람들은 들고 있던 몽둥이와 쇠꼬챙이 같은 것으로 극장 입구의 유리문을 부수기 시작했다. 쨍그랑쨍그랑 소리를 내며 유리문은 산산조각이 났다. 영화포스터가 찢겼다. 현수막이 쓰러졌다. 사람들은 임화수를 잡아라, 소리를 지르며 내닫고 있는 것이었다.

* * *

그때 나 또한 무대 있는 곳으로 올라갔다. 이미 막이며 스크린은 산산조각으로 찢겨 있었으며, 무대의 마룻바닥도 엉망으로 망가져 있었다. 나는 무대에서 객석을 향하여 서 있었다. 수많은 관객을 매혹시키던 아름다운 배우가 의기양양하게 가슴을 펴고 자신의 연기를 자랑하던 모습을 도저히 상상할 수는 없었다. 그때 내 눈에 비쳐진 광경을 너무도 비현실적인 냄새를 풍기고 있었다. 어둠과 밝음의 경계는 뚜렷이 이루어지고 있지 않았다. 그러나 어둠보다는 밝은 쪽이 더욱 광기를 내포하고 있었다. 아래층이고 이층이고 할 것 없이 사람들은 아무런 의미도 없는 마치 원시인들과도 같이 깩깩 고함을 지르며 제멋대로 날뛰고 있었다. 여기저기 불길이 번지기 시작하는 곳에 마치 이 세계에 종말이 다가왔다는 것처럼 이상한 냄새를 피우며 연기가 퍼져 가고 있었다. 우당탕 우당탕 소리가 겹쳐 올라, 무자비한 전투가 벌어지고 있는 것처럼 보이는가 하면, 무조건 만세를 부르며 절규하는 자들도 있었다. 나는 마룻바닥에 주저앉아서, 점점 매캐한 냄새를 풍기는 연기를 맡고 있었다.

* * *

알고 보니 그들은 이 동네에 사는 사람들이었다. 불을 지르면 삽시간에 퍼져서 이 동네는 잿더미가 되어 버릴 판이었다. 그래서 그들은 필사적인 노력으로 데모대의 흥분을 어떤 차원에서 막아보려고 달려온 것이었다. 하지만 데모대들은 그들의 고함 소리에 귀를 기울이지 않았다.

"이 개새끼들아"

하고 그들은 일제히 외쳤다.

"불을 지르지 마라."

그들 중에서 뚱뚱한 중년 부인이 미친 듯이 비명을 지르기 시작했다. 여자의 높은, 째지는 듯한 음성은 살벌하게 극장 안을 울려 놓고 있었다. 그러다 그 여자는 그만 기절해 버리고 말았다. 데모대들은 계속해서 불을 지르고 있는 중이었으며, 파괴행동은 또한 그대로 계속되고 있었다.

(나남, 1989)

□박태순 「벌거숭이산의 하룻밤」

그래 서울와서 어느 날 밤늦게 버스를 탔는데 통금이 가까울 때여서 버스 자리가 텅텅 비어 있었어. 옆자리에 웬 여자가 앉아 있는데 첫눈에 보아도 이 여자가 변이 나도 보통 변이 난 여자가 아니드만. 자살할 길밖에는 남아 있지를 않은 여자인 게 분명해 보이는 것이, 그 경황이 말이 아니야. 나중에 알구 봤더니 이 여자 실지로 자살할라구 했다는 건데, 결국 나 때문에 그 뜻을 못 이루고 만 셈이 되었지. 이년 죽고 싶은 게 너뿐인 줄 아니? 나쁜년 같으니라구, 소리를 치고 여관으로 끌고 가서 박아버렸는데 다음날 그만 차버리려구 생각하면서 보니까 그러면 틀림없이 자살할 거란 말야. 그래서 안되겠다 싶어 자살할 생각을 포기할 때까지는 곁에 놔두자 했는데 결국 그러다가 온통 바가지를 뒤집어쓰게 돼버렸어. 자살하려는 것 못하게 만들어 놨으니 책임을 지라, 이 자식아, 하는 데에 도리가 없지 않겠어? 그래 오냐 그럼 같이 살아보자, 그렇잖아두 나두 이 세상에서 은퇴할라구 하던 참이었는데 너한테루 은퇴하자, 싶어서 살림을 차린거야. 바로 자네 고모가 되네마는…… 헤헤, 이거 내가 쑤얼쑤얼 너무 많이 지껄였군.

(민음사, 1976)

□박태순 「정든 땅 언덕 위」

나종애가 모든 것을 참고 있음은 사실이었다. 큰돈을 잃은 변노인은 갑자기 악당이 되었고, 그래서 193호 과부댁을 볼일 다 본 뒤에 절구통 메치듯이 내쫓아 버렸다. 193호 과부댁은 막상 모든 것이 감감해지자 나합돈 영감에게 화풀이를 했던 것이다.

"이놈의 영감태기야. 느그 자식놈이 하나밖에 없는 내 고명딸을 꼬여 갔어. 우리 서방님 돈을 훔쳐 간 것도 느그 아들놈 짓이야. 내 딸 내놓고 내 서방님 돈 내놔, 이 영감망태기야."

193호 과부댁은 변노인을 서방님이라고 칭하면서 이렇게 나합돈 영감을 윽박질렀던 것이다. 그러면 나합돈 영감은 변노인과 사이가 틀어져 버려서 변노인으로부터 술잔도 얻어먹지 못하게 된 제 설움까지 합하여 나종애를 못살게 구는 것이었다. 그리고 얼씨구나 하고 구여사도 의붓딸을 야단쳐 내는 것이었다. 나종애는 만만히 이런 수모를 받아 낼 수밖에 없는 것인데, 더욱이 나종열이조차 없는 집안에서 돈벌구멍은 전연 감감했다.

(나남, 1989)

□박태순 「환상에 대하여」

일군의 대학생들과 고등학생들은 줄다리기라도 하는 것처럼 전차를 앞세워 밀고 나갔다. 스크럼을 짠 무리들이 파도처럼 넘실거렸다. 이제 앞으로 막히는 것이 아무 것도 없게 되었다. 최루탄 냄새로 눈을 뜨기 곤란했지만 이제 거리는 망망한 바다가 되었다. 망망한 바다와 같다고 그가 생각한 순간, 하늘이 무너져 내려앉았다. 데모대들은 인내하기에 너무 잔인한 소리를 이겨내기 위해 고함을 질렀다. 고함은 타캉소리와 싸우는 육성의 천둥소리를 만들었다. 데모대는 그러한 육성의 천둥소리에 힘을 얻었다. 타캉소리가 잠시 멎었다. 그것이 공포였다는 것을 채 느끼기도 전에 데모대들은 '전우의 시체를 넘고 넘어' 따위의 군가를 부르며 전진했다. 그러자 아비규환 세계가 일어났다. 하늘이 깨지고 땅이 흔들렸다. 타캉소리는 타캉소리도 아니었다. 종말의 날이 다가왔다. 사방으로부터 총알의 빗줄기가 쏟아졌다. 그리고 그때 조맹지는 평길이가 새우처럼 등을 오므렸다가 거리 한복판에 나뒹그러지는 모습을 얼핏 볼 수 있었다. 조맹지는 손수건을 꺼내어 평길이의 빵구난 가슴을 막으려고 했다. 지프차에서 운전수가 고개를 내밀었다. 사람들이 벌벌 기다시피 차로 몰려들었다.

　"총에 맞았어. 이봐요, 빨리 병원으로 데리구 가소."

　하고 조맹지는 말했다. 조맹지가 미처 타기도 전에 지프차는 빵구 난 평길이만을 실은 채 가버렸다.

(민음사 , 1986)

□방현석 「당신의 왼편」

　"근조 비상계엄령"이라고 쓰인 검은 만장을 앞세운 상여가 정문을 향해 천천히 움직였고, 그 뒤로 상복차림을 한 시위 지도부가 따라갔다. 그 주변에는 손수건으로 코와 입을 가린 학생들이 둘러싸고 있었다. 진입로에는 일순 팽팽한 긴장감이 감돌았다. 경찰에게 팔을 뻗으면 닿을 거리에서 상여는 멈춰 섰고 시위 지도부는 핸드 마이크로 무엇인가를 경찰측에 요구했다. 그들이 무엇을 요구하는지는 알아들을 수 없었지만 페퍼포그차에 부착된 고성능 스피커에서 울려나오는 경찰의 선무방송은 건우가 있는 연습실까지 찌렁찌렁 울리는 출력을 자랑했다.

＊ ＊ ＊

　뒤늦게 허겁지겁 달려온 조교와 기간병들이 강당의 출입문을 막았지만 중과부적이었다. 물밀 듯이 밀려나간 학생들은 연병장 한쪽에 중대와 소대별로 M1소총과 철모를 정렬해두고 연병장 가운데로 집결했다. 문무대에서 배정받은 중대와 소대가 단체행동을 방지하려는 계산으로 대학과 학과를 마구 뒤섞어 놓은 문무대의 중대와 소대는 편재 자체가 실종되어 버렸다. 장교와 조교들이 뛰어다니며 통제를 시도했지만 어디에도 자기네 중대와 소대는 없었다.

＊ ＊ ＊

위장 숲을 바른 검은 얼굴과 학생들을 향해 겨누어 든 소총 끝에서 햇빛을 받아 반짝이는 대검이 섬뜩한 대비를 이루었다. 철컥, 검은 선그라스를 낀 지휘관의 명령에 따라 멈춰선 특전사 요원들이 일제히 노리쇠를 당겼다 놓는 것과 동시에 학생들은 우르르 내무반을 향해 도망치기 시작했다. 잠시 후 운동장에 남은 것은 과대표들과 일반 학생 몇뿐이었다. 서로를 쳐다보는 과대표들의 눈길에는 도망치고 싶은 간절함이 흐르고 있었다. 과대표들의 시선은 초조하게 앞에 앉은 서영기와 현현욱에게로 모아졌다. 현현욱은 과대표들의 간절한 눈길을 매정하게 외면하며 단호하게 선언했다.

* * *

제 2의 '밀라이' 사건으로 불리는 이 대학살 사건의 피해자 전원의 이름을 알아내긴 힘들었으나 '위리야무' 지역에서 학살된 사람의 수만도 4백명이 넘는다.

72년 12월 16일 오후, 이날은 '위리야무' 지역이 쑥밭이 된 날이다. 갑자기 포르투갈 공군 전투기 편대가 날아오더니 이 마을에 대해 폭탄 세례를 퍼붓기 시작했다. 영문을 모르고 있던 사람들은 집안으로 헛간으로 뛰어들어가 몸을 숨겼다. 폭격기 편대가 지나가 숨어 있던 마을 사람들이 막 밖으로 나오려는데 이번에는 헬리콥터가 날아와 동네 들판에 내려앉더니 그 속에서 총칼을 든 포르투갈 군인들이 쏟아져 나오는 게 아닌가?

마을 사람들이 다시 집안으로 숨어 들어갔으나 헛일이었다 군인들은 살기 등등한 표정으로 마을 전체를 뒤지기 시작하더니 닥치는 대로 마을 사람들을 학살하기 시작했다. 모두가 순식간의 일이었다.

어떤 군인들은 수십 명의 사람들을 뒷산으로 끌고 가더니, 남자와 여자 두 그룹으로 갈라서 앉혀 놓았다. 군인들은 남자 건 여자 건 기분 내키는 대로 한사람을 지적하여 일어서라고 명령했다. 지적을 당한 사람이 부들부들 떨면서 일어서자마자 군인들의 총구가 불을 뿜었다.

갓난아기를 품에 안은 부인들은 지적을 당하면 대부분 아이를 품에 안은 채 일어섰다. 그러나 결과는 마찬가지였다. 수많은 갓난아기들은 엄마의 품안에 안긴 채 총 한방에 같이 죽어갔던 것이다. 군인들은 마치 사격 연습장에 온 기분으로 일을 해치웠다. 이런 식으로 죽은 사람 중 이름이 확인된 사람만도 마피다 여인 등 86명이 되었다.

베이나라는 여자도 지목되자 그녀의 9개월 된 아들을 품에 안은 채 일어섰다. 군인의 총 한방에 베이나 여인은 피를 토하고 쓰러졌다. 그러나 생후 9개월 된 그 여자의 아들은 요행으로 총알에 맞지 않았다 살아났다. 어린 아들은 죽은 엄마의 시체 옆에서 겁에 질려 엉엉 울기 시작했다. 그러자 포르투갈 군인 하나가 어린애한테 뛰어가더니 소리를 질렀다.

"아가리 닥쳐! 이 새끼야!"

그러더니 그 군인은 억센 군화발로 어린 아기의 머리통을 으깨 버렸다. 어린애의 비명소리는 오래가지 않았다. 피묻은 군화를 보이면서 그 군인이 의기양양하게 다시 자기 자리로 돌아오자 동료 군인들은 박수를 치면서 '잘했다, 잘했어. 자네는 용감한 사나일세'라면서 환호성을 질렀다. 곧이어 끔찍한 축구 경기가 시작되었다 죽은 사람의 머리통을 군화발로 차는 축구경기였다. 동료 군인들은 모두 이 "용감한 군인"의 축구 경기에 합세했다.

* * *

학생들의 일부는 겁을 집어먹고 먹던 식판을 놓아둔 채 슬금슬금 꽁무니를 뺐고 일부는 한 손에 가방을 든 채 스크럼에 끼어 들었다. 손에 가방을 든 학생들은 모르고 온 학생들이고 빈손인 학생들은 미리 알고 온 학생이었다. 쌍쌍파티에 동반할 여학생의 손을 잡고 식당을 빠져나가는 어떤 학생은, 재수 없게 뭐야 이거, 하고 내뱉었다. 도망갈 학생들은 다 꽁무니를 빼고 싸울 학생들만 남았는데 3백 명이 넘었다. 80년 이후 최고의 인원이었다. 스크럼을 짜보기도 처음이었다.

* * *

기동대가 출동하고 페퍼포그 차가 정문을 밀고 들어와서야 사복들은 심민영의 체포에 나섰다. 체포와 구속이 예정되어 있는 심민영은 최전방에서 시위대를 지휘하다 최루탄을 쏘며 본관 앞까지 밀고 들어온 경찰에 끌려갔지만 싸움은 그것으로 끝나지 않았다. 시위대가 식당 앞까지 다시 밀려 올라왔을 때 학생 식당 옆 꼭대기에서 도건우가 현수막을 늘어뜨렸다.

* * *

대질 심문을 위해 조사실에 앉아 있는 심민영 앞에 불려온 도건우의 얼굴은 이미 형체를 알아볼 수 없을 만큼 터지고 부어 있었다. 얼굴의 반쪽은 두 배로 부풀어 있었고 왼쪽 눈은 실핏줄이 터져서 완전히 시뻘겋게 충혈 되어 있었다.

(해냄, 2000)

□ 배수아 「랩소디 인 블루」

그는 얼굴이 새빨갛게 되어서 내 손목을 더욱 강하게 비틀고 나는 그가 날 강물 위로 밀고 있다는 생각이 들었다. 푸르르고 뜨거운 한여름의 햇빛을 잔뜩 받은 진한 강물이 눈 앞에서 가까이 흘러가는 것이 보이고 물 위로 내가 비틀거리며 쓰러지는 것이 느껴졌다. 나는 어느 순간엔가 강물위로 빠졌다. 갑자기 깊고 깊은 침묵의 순간이 있었다.

* * *

나는 머리에 강한 충격을 느끼고 내가 물 속에 있는 바위에 머리를 부딪혔다는 것을 알았다. 어디에선가 사촌이 높이 소리지르고 있었다. 그것은 새가 커다란 날개를 펴고 날아가면서 내는 소리와도 같았어. 강물이 흘러가는 소리가 이렇게 커다랗게 들려오다니. 마치 한없이 많은 여름 파리들이 잉잉거리는 것 같아. 강물 속에서 내 몸은 천천히 가라앉았다. 작은 바위들과 가라앉아 있었던 부드러운 흙들이 물방울들 사이로 어지럽게 피어올랐다가 가만히 사라져 갔다.

* * *

처음에는 윤이와 싸우고 싶지 않았던 경운이가 밀리고 있었다. 경운이는 말하자면 이런 모든 것이 한 판의 쇼프로그램과 같다고 생각했다. 몇 번 치고 받는 흉내를 내고 어느 한 쪽이 코피라도 흘려주면 충분히 즐길 수 있는 것이고 그 다음에는 진 바지를 털고 일어나 화해를 하면 된다고 생각했던 것이다. 하지만 싸움이 처음인 윤이는 달랐다. 윤이는 정말로 싸우고 있었고 경운이의 턱을 강하게 때려서 경운이는 뒤로 넘어졌다. 뒷머리가 콘크리트 바닥에 부딪히는 소리를 경운이가 들을 수 있었다고 한다. 그 다음에 윤이는 경운이의 얼굴을 때려서 코피가 나게 하였다. 경운이는 화가 났다. 아이들이 흥분하여 소리를 지르기 시작하였다. 어쩌면 곧 패싸움이 일어날 수 있는 분위기였다.

"경운아, 일어나. 넌 세잖아."

"야, 김 윤, 너 저 깡패에게 본때를 보여줘."

경운이는 얼른 튀어 일어나 발로 윤이의 얼굴을 걷어찼다. 코피가 흘러 경운이의 흰 셔츠는 붉게 얼룩이 졌다. 윤이는 쓰러지면서 경운이의 팔을 물었다. 그리고 다시 일어나 경운이의 얼굴을 세게 때렸다. 아이들이 비명인지 환호성인지 모를 소리들을 질러대었다.

신이는 그 싸움에 대해서 나에게 말해 주었다.

"처음에는 지는 줄로 알았던 경운이가 결국에는 윤이를 때려눕히고 말았어. 정말로 순식간에 일어난 일이라, 아이들도 모두 어리벙벙했고 당했던 윤이조차도 믿어지지 않았다고 했으니까. 경운인 정말로 프로야. 윤이가 도장을 몇 년을 다녔다고 해도 그 속에 자라 온 경운이와는 상대가 없어. 경운인 처음엔 정말 싸움을 하려는 생각이 없었으니까. 하지만 윤이는 절대로 포기하지 않고 늘어진 거야. 윤이가 포기했으면 아주 간단하게 끝날 수 있는 싸움이었거든. 하지만 윤이의 그런 태도 때문에 경운인 과격해져야 했고, 결국 윤이는 바닥에 길게 누워서 항복을 해야만 했으니까. 많은 아이들이 있는 앞에서 말이야. 윤이는 이 사실을 참을 수 없어 하였어. 신유리와 같이 복도를 걸어가다가도 경운이를 보면 얼굴을 돌려버리곤 했어. 프라이드가 강하고 언제나 어두운 구석이 없어 자신 있어하던 윤이에게는 아주 큰 사건이었을 거야. 경운이는 그렇게 생각하지 않겠지만."

(고려원, 1995)

□ 배수아 「심야통신」

나는 커다랗게 울음을 터뜨림으로써 당황함과 불쾌감을 표시했다. 내 아버지라는 남자가 투박한 손으로 내 따귀를 힘껏 갈겨버릴 때까지 나는 울고 있었다. 그건 울음이라기보다 비명에 가까웠다. 너무나 센 힘으로 얻어맞아 나는 하마터면 숨이 넘어가서 그 자리에서 죽을 뻔했었다. 그러나 운이 좋아서 살아남았다. 눈동자가 조금 돌아갔을 뿐이다. 그래서 나는 나중에 자라서 묘하게 매력적인 약간 사팔눈의 여자가 되었다. 그리고 남보다 귀가 조금 들리지 않을 뿐이다.

* * *

어느 날 갑자기 나는 병원으로 실려갔다. 여자가 이번에는 정말로 크게 울었다. 나는 내가 아무 것도 아프지 않다고 결사적으로 외치려고 했지만 사람들은 전혀 들으려고 하지 않고 난폭하게 다뤘다. 흰 옷을 입은 남자 간호사들이 내 팔과 다리를 침대에 묶었다. 가죽 끈으로 단단하게 동여매어졌기 때문에 나는 팔에 힘줄이 생길 정도로 당겼지만 꼼짝도 하지 않았다. 나는 눈앞에 별이 튀는 것 같았다. 나는 아무 것도 하지 않았고 아무 곳도 아픈 데가 없었다. 나는 있는 힘껏 혀를 깨물었다.

"미쳤다고 이애 엄마가 그러더니 정말인가 봐."

남자 간호사가 비명을 질러댔다.

"바보, 패를 막아야지. 혀가 잘려나갔어."

다른 남자들이 이렇게 말했다. 나는 기절했다.

(해냄, 1998)

□ 배수아 「은둔하는 북(北)의 사람」

곽은 차가운 바람이 코트 깃을 스미어 불어오는 거리 한 가운데에 서 있었다. 지금은 1997년 11월의 세 번째 수요일 밤. 어디로 가나. 곽은 전철역으로 향하는 어둡고 텅 빈 거리를 내려가기 시작했다. 곽은 전화를 하지 않았고 아무도 곽에게 전화하지 않았다. 하지만 지금은 11월의 세 번째 수요일 밤. 춥고 굶주리는 겨울이 시작되는 곳. 벽을 치면서 통곡하고 통곡해도 아무 곳에도 없다. 아주 약간의 음식과 약과 영양보충이. 곽이 걸어가고 있는 길의 저 반대편에서 북의 사람 김무사가 다가오고 있었다. 희미한 가로등 불빛이 초라한 존재들을 터무니없이 과장해 긴 그림자를 만들어 주고 있었다. 아무도 없는 거리에 복음을 전파하는 선지자가 경전을 손에 들고 서 있었다. 그는 추워 보였다. 곽은 주머니에 시린 두 손을 넣고 스카프로 얼굴을 감싸고 한 번도 가보지 못한 북쪽 나라의 여자처럼 걸었다. 김무사가 곽을 천천히 스쳐 지나갈 때, 그 고통의 곽을 문득 생각에 잠기게 했다.

"그는 먼, 북쪽나라에서 온 벌목공이었어."

(문학사상사, 1999)

□ 배수아 「철수」

어머니와 외침이 사라진 후 부엌의 찬장문이 열리고 술을 따르는
소리가 들렸다. 어머니는 벌컥벌컥 마신다. 고요한 몇 분이 지난 후
여동생 미아의 방에서 울음소리가 들렸다. 어린 여동생이 울고 있었
다.

(작가정신, 1998)

□ 백우암 「삼강오륜(芟綱誤倫)」

싸움은 극에 이르렀다. 맞붙어 그러쥐고는 소리소리를 내 질렀다.
구경꾼들 속에서 그냥 한 덩어리가 되었다.
“이 날 도둑년아!”
하는 녀석의 어머니나,
“내가 도둑질했어, 왜 공자야? 자청해서 주는데도 안 받아? 홍, 더
럽고 치사하게 자식 팔아 재물 사는 주제에 큰 소리야.”
하는 식모의 입에서는 똑 같이 피가 흘러 내렸고 머리는 새집이 되
었다. 나는 어떻게라도 해야겠다고 생각했다. 아니, 이제야말로 사실
을 밝혀야 한다고 생각을 다그쳤다.
그 때 존이 다가왔다. 나는 그의 시선이 무엇을 알아차릴 사이를 두
지 않고 앞을 막아섰다. …(중략)…
그런데 이런 죽일 놈, 하는 소리에 이어 주먹과 발길질이 나를 공항
의 대합실 바닥에 넘어뜨린 후 무수히 난무하는 것이었다. 눈앞에는
사위를 분간할 수 없는 불빛이 번쩍이고 터져 나오는 웃음소리는 고
막을 울리고 있었다.

(동아, 1992)

□서기원 「박명기」

  형이 죽은 원인은 놈들의 권총 때문이라고 나는 생각했다. 내가 찌른 총검으론 살을 다쳤을 정도겠지. 놈들이 총을 쏜 사실이 바로 그걸 반증했지 않느냐……

(삼중당, 1979)

□서기원 「오늘과 내일」

  병렬은 한균의 옆구리를 걷어찼다. 한균은 벽으로 몸을 기대면서 권총을 뽑으려고 했다. 병렬은 호주머니 속으로 옮겨 넣었던 권총을 빼어들고 주저없이 방아쇠를 당겼다.

(삼중당, 1979)

□서기원 「이 성숙한 밤의 포옹」

  김상사의 M1총에 가슴팍을 뚫린 중머리의 적병의 군복에서도 같은 냄새가 났었다. 김상사는 주먹밥을 먹다가 말고 밥풀이 붙은 손으로 총을 잡고는 적의 포로를 단방에 쏘아 죽였다. 그는 총구를 적병의 가슴에 바싹 붙인 채 방아쇠를 잡아당겼다. 둔탁한 폭발음과 함께 적병의 몸뚱이는 뒤로 튕겨졌다. 그 몸이 땅위에 떨어지기도 전에 상처에 치솟은 핏덩어리는 김상사의 허리를 적시었다. 총을 잡은 손에도 피가 묻었다. 그는 총을 부하에게 던져 주고는 그 손을 군복 바지에 두어 번 문지른 다음, 배낭 위에 던졌던 주먹밥을 움켜쥐어 입 속에 틀어넣었다. 주먹밥은 하얀빛이었고 그것을 쥔 그의 손가락은 벌건 빛이었다.

* * *

  상희의 폐가 악화되어 나를 불렀고, 나는 그 편지를 받자, 지체없이 탈영을 단행했을 따름이었다. 나의 애인이 방금 죽어가고 있다고 선임 하사에게 애걸했으면 아마도 휴가를 줬을 것이었다. 그러나 나에겐 상 희에게로 달려가는 출발만이 중요했지 다시 돌아올 보증과 의무 따위 는 거추장스러운 사치에 지나지 못했을 것이다.

(삼중당, 1979)

□서기원 「혁명」

조병갑은 토색질과 겁탈도 트집에 궁하게 되자 구보의 보세를 꾸며 대더니, 마침내, 먼저 제 돈을 써서 구보보다 몇 갑절이나 큰 신보를 쌓아놓고는, 물이 거꾸로 흐를 리가 없는 보 너머 농민들에게까지 한 마지기 두 섬에서 엿섬까지의 수세를 빼앗었던 것이다. 백성의 고혈을 한 방울도 남김없이 빨아들이기 위해 제 밑천부터 들인 다음, 두고두 고 톡톡히 재미를 보려고 했던 참이어서 어른들 입으로 전해 내려오 는 구관들의 악정이나, 시세 다른 고을의 끔찍한 풍문에서조차 도무지 보고 듣지 못한 노릇이었다.

* * *

전봉준은 무표정하게 떨리는 목소리를 듣고 있었다. 눈은 정군위의 어깨 언저리를 보고 있었으나, 초점을 잃고 깊은 안개 속을 헤치고 있 는 것도 같았다. 곁을 지켜 서 있던 갑호는 전봉준의 이마에 굵은 힘 줄이 돋는 것을 놓치지 않았다. 그것은 속으로부터 치밀어 오르는 분 노를 억지로 참고 견디는 모습이었다. 전라감사가 전봉준의 이름 석자 를 알고 있는지, 혹은 막연하게 민란의 괴수를 달래기 위해 밀령을 띠 어 보낸 것인지는 헤아릴 길이 없어도, 감영 군교의 전언이 전봉준으 로 하여금 격렬하고 복잡한 심정에 사로잡게 한 것은 짐작이 가는 일 이었다.

* * *

　성출도 주먹을 틀어쥐고 앞으로 다가섰다. 몇 차례 주먹질이 오가
다가 한데 얽혀 땅위를 뒹굴었다. 구경꾼이 모여들어 담장을 이루었
는데 심심한 판에 여간 재미스럽지가 않다는 눈초리들이다. 서출도
코흘릴 적부터 생일로 뼈가 굳은 농꾼이라 만만치가 않다. 진흙 속에
코를 박고 다리를 버둥거리다가 거꾸로 올라 타고는 멱살을 짓누르
기도 한다.

* * *

　동학군도 함성과 함께 내닫기 시작했다. 한정없이 쏟아져 나온 동
학군은 순식간에 들녘을 하얗게 뒤덮었다. 관군을 포위할 태세로 양켠
날개를 죄어들었다. 관군은 너무나 압도적인 전세에 짓눌려 겨우 한두
번의 총격전 끝에 전렬이 어지럽게 흩어졌다. 그나마 선봉의 일대가
뒷걸음질을 치게 되자 뒤따르던 병사들부터 꽁무니를 빼기 시작했다.
대관들의 목메인 호령도 땅을 울리는 함성 속에서 갸날픈 비명에 지
나지 못했다. 패세를 만회하기엔 이미 때가 늦었다. 두겹 세겹 인파가
뿔뿔이 도주하는 관군을 몰아 냇물을 건너 월평리의 본진 쪽으로 쇄
도했다. 대관 이학승은 포군이 버리고 달아난 야포를 지키려고 싸우다
가 병사 다섯과 함께 몰살당했다. 동학군은 이 싸움에서 처음 기병을
동원하여 영광 쪽으로 패주하는 적을 근 이십리나 추격했다. 미처 숨
지 못한 낙오병들이 기병의 창에 맞아 길가에 쓰러졌다.

(삼중당, 1979)

□서영은 「뿔 그리고 방패」

　정치부 기자가 광고국 직원의 멱살을 왈칵 움켜잡았다. 지금까지
멍하니 두 사람의 입씨름을 지켜보고 있던 주위에서 두 사람을 떼어

놓았다. 광고국 직원이 문 밖으로 질질 끌려나가며 고함을 질렀다.

(둥지, 1997)

□ 서영은 「술래야 술래야」

한 번은 혜미가 있는 데서 같은 식으로 얘기를 꺼낸 일이 있었다. 용호는 식탁 너머로 아내의 눈치를 흘금흘금 보는 한편, 식탁 밑으로 미옥의 발등을 사정없이 내리 밟아 입을 틀어막으려 했으나, 미옥은 막무가내였다. 그런데 막상 그 얘기를 잠자코 듣고 있던 혜미는, 기분 나빠하기는커녕 오히려 그 수줍음도 애교도 아닌 웃음을 배시시 지으며 미옥이더러 한 번 집으로 데려오라고 하면서, 그래서 저녁을 같이 먹자는 것이었다. 그 웃음은 목화솜처럼 순백해서 거의 광채에 가까웠다.

(동아, 1995)

□ 서영은 「유리의 방」

그때였다. 어디선가 아악, 하는 희미한 비명 소리가 들리는 듯싶어 나는 얼른 주위를 둘러보았으나 그 소리가 어디서 들려 온 것인지 분간할 수 없었다. 그런 다음 순간, 우리가 서 있는 것으로부터 좌측으로 이십 미터쯤 떨어진 것에서 퍽 하는 소리가 났다. 사람 하나가 떨어져 널브러져 있는 것이 보였다. 역시 뭔지 모르고 있었다는 느낌이 맞아들었다! 나는 흥분하여 외쳤다.

"사람이 죽었다."

사방에서 몰려드는 사람들 뒤를 쫓아 우리도 그쪽으로 달려갔다. 작업복에 티셔츠를 입고 스포츠형 머리의 이십 칠팔 세 가량 되는 청년이었다. 머리가 깨어졌는지 뒤통수에서 피가 샘솟듯이 펑펑 쏟아져 나와 보도를 적셨다. 나는 그의 노려보듯 눈을 똑바로 뜨고 입을 반쯤 벌린, 죽은 얼굴 위에 번지르르하게 흐르고 있는 땀을 본 순간, 죽음이 주는 충격보다 더 큰 무엇을 느꼈다. 누군가 말했다.

"유리를 닦다가 떨어졌어요. 저것 보세요."

사람들은 모두 그가 가리키는 손가락 끝을 따라 빌딩 꼭대기를 쳐다보았다. 까마득히 높은 것에 빈 밧줄 하나가 아무런 일도 없었다는 듯이 걸쳐져 있었다.

"사고로구먼."

"쯧쯧, 좀 조심하지 않고 어쩌다가 실족을 했어."

"새파란 나이에 아깝군."

여기저기서 너도나도 한 마디씩 지껄였다. 얼마 후 앰뷸런스가 와서 시체를 실어 갈 때 나는 허연 시트 밖으로 축 늘어진 유난히 큰 손을 보았다. 차가 떠나자 군중들은 비로소 흩어졌다. 빌딩에서 나온 청소부들이 보도에 흘린 핏자국을 호스로 씻어대며 투덜거렸다.

(둥지, 1997)

□ 서정인 「붕어」

한번은 동네의 늙은 부인이 길을 건너는데, 이쪽 이 차선은 차가 뜸해서 중앙 분리선까지 무사히 갔다가, 저쪽에서 신호가 터졌는지 봇물 터지 듯 차들이 몰려드는 바람에 길 복판에 갇혀서 오도가도 못하게 되었을 때, 중앙선쪽 차선을 달리던 봉고차가 친절을 베푼답시고 멈춰서서 어서 건너가라고 운전자가 손 신호를 보내는 지라 노인은 고맙고 미안해서 얼른 지나가려고 양옆을 살필 겨를도 없이 노인걸음으로 뛰었더니, 그 다음 차선으로 기세 좋게 달려오던 택시가 찢어지는 소리를 내고 급정거를 하면서 노인의 엉덩이를 차 앞 모서리로 받았다. 부인은 길바닥에 나가떨어지고, 비누, 빗, 수건, 화장품 같은 목욕용품들이 풍비박산이 되었다. 기절초풍을 한 운전수가 차에서 뛰어나와 노인을 안아 일으켰는데, 이게 또 어찌된 일이냐, 노인이 털털 털고 일어서서 혼자 인도 위로 올라섰다. 노인은 다친 데가 없었다. 택시 운전사가 고집을 해서 노인을 차에 싣고 병원에 가서 사진을 찍어봤지만 역시 아무 탈이 없었다. 그 노인은 목욕을 조금 늦게 했을 뿐이었다. 봉고차 운전자는 운전사가 찾을 때는 줄행랑을 논 다음이었다.

(세계사, 1994)

□성석제 「내 인생의 마지막 4.5초」

자동차 한 대가 떨어지고 있다. 막 떨어지기 시작했다. 자동차는 떨어지기 직전 다리 난간과 격렬하게 에너지를 주고받아 앞 부분이 몹시 비틀려 있다. 한쪽이 쭈그러진 우산처럼 들린 본네트에서는 헐떡거리듯 연기가 나고 있다. 그래도 엔진은 돈다. 배기량 육천 씨씨, 사륜구동 지프의 엔진에서 생성된 에너지는 여전히 바퀴를 힘차게 돌린다. 다만 바퀴는, 평상시에 도로와 마찰하여 그 힘으로 자동차를 달리게 했던 것과는 달리, 공기와 마찰하고 있을 뿐으로 이젠 자동차를 달리게 할 수 없다. 공중에 떠 있는 자동차는 가위뛰기를 보여주는 넓이뛰기 선수처럼 보인다.

* * *

레미콘 트럭 운전사, 제비처럼 보이는 상주, 두 사람은 한동안 서로를 노려보았다. 이윽고 레미콘 트럭을 모는 청년이 팔뚝을 걷어 앞으로 내밀었다. 상주는 칼을 뽑아들었다. 레미콘 트럭을 모는 청년은 입을 꾹 다물고 팔뚝에 힘을 주었다. 적갈색의 굵은 팔뚝에 실뱀같은 푸른 핏줄이 꿈틀거렸다. 그는 식칼 제조 전문회사에서 만든 칼, 무수한 인간의 피 맛을 본 그 칼로 벗의 팔뚝을 그었다.

* * *

힘을 준 팔뚝에 칼끝이 먹어 들어가자 마치 단층이 벌어지듯, 상처가 벌어지기 시작했다. 칼끝은 차츰 팔꿈치 쪽으로 뻗어갔다. 두 사람은 서로의 눈을 들여다보면서 웃으려고 안간힘을 썼다. 웃으려고.

* * *

상대는 몇 번 청카바의 무릎 아래위로 헛 발길질을 하다가 청카바의 정권 한 방에 안면을 맞고 나가 떨어졌다. 한 방에 나가떨어지는 편이 여러 대 맞는 것보다는 나았을 테니까. 상대는 즉시 꿇어앉았다. 항복했다.

"형님 잘못했습니다. 용서해 주십시오"

하고 빌었다. 청카바는 지역의 오랜 전통에 따라 상대의 머리를 두어 번 쥐어박고 남두배는 되는 주먹으로 힘껏 뺨을 갈긴 다음, "꺼져"라고 말했다.

* * *

밴드는 네 명이었고 마사오의 팔은 둘, 다리도 둘이었다. 밴드들은 사지를 하나씩 붙잡았다. 그게 그들의 전문 분야였다. 마사오는 무슨 일이 벌어질지 몰랐다. 그는 아무 말도 하지 않았다. 바닥에 눕혀진 채 버둥거리는 마사오의 오른팔, 왕년의 철권이 달린, 피스톤 펀치를 자랑했던, 기관차를 뒤로 물리는 괴력을 지녔던, 전설과 신화 속의 위대한 오른팔을 등산용 도끼의 등으로 부수었다. 부러뜨린 게 아니다. 잘게 부수었다.

(강, 1996)

□ 성석제 「새가 되었네」

그는 베란다 화분대를 꺾어 몽둥이를 만들었다. 준비동작으로 몽둥이를 소리나게 휘둘렀다. 그가 달려들자 쥐는 꼭 맞아죽지 않을 만큼의 거리만큼 도망가서 뒤를 핼끔거렸다. 이십 여분을 철벅거리며 쫓고 쫓기는 동안 그도 쥐도 지칠 대로 지쳤다.

(강, 1996)

□ 성석제 「스승들」

거기까지 말하고 나서 나는 정말로 아침에 먹은 것을 토해 버렸다. 거기에 김이 섞여 있지 않았음은 물론이다. 그러나 그걸 확인하려고 하는 사람은 없었다. 난데없이 뒤통수에 오물세례를 받은 여자아이가 반 기절을 했고 나는 그 아이와 함께 양호실로 업혀갔다. 양호실에 누워 있는데 희한하게도 책가방이 따라와 있는 게 눈에 띄었다. 여자아이는 완전히 기절하는 것보다는 씻는 게 급선무였는지 금방 반 기절 상태에서 깨어나 수돗가로 달려갔다.

(강, 1996)

□ 성석제 「아빠, 아빠, 오, 불쌍한 우리아빠」

화분이 쓰러지고 빨래가 땅바닥에 떨어졌다. 개집이 뒤집어지고 개밥그릇이 하늘로 날았다. 마침 엄마가 개를 끌고 시장에 가셨기 망정이지 그 자리에 계셨으면 기절을 하셨을 것이다. 개와 더불어 마침내 수 십 년간 구보로 단련해 온 아빠가, 미성숙한 폐가 담배에 찌들어 얼마 뛰지도 않아 학학 거리는 형의 소매를 잡았다. 형은 그 소매를 뿌리치다가 펌프아래의 개수대에 발이 걸렸고 그 서슬에 공중으로 도약했다. 도약 후 착지할 장소에 하필 담벼락이 있었다. 나는 순간적으로 형이 만화영화의 주인공처럼 그 담벼락에 부딪혀 자신의 몸 만한 자국을 남기고 천천히 미끄러져 내릴 거라고 생각했다. 그런데 형이 담벼락에 부딪히자 어이없게도 담이 무너져 내렸다.

* * *

아빠는 당당한 걸음걸이로 마루로 걸어 나갔다. 마루에 나와 있던 엄마에게서 빗자루와 쓰레받기를 잡아채고 형에게서는 걸레를 받아든 다음 마루에 쓰러진 나를 향해 다가왔다. 아빠는 몸을 구부려 내 몸을 뒤집었다. 그 순간, 내 입에서 남은 구토물이 울컥 솟아 나왔고 입가에서 바닥까지 굵은 라면가락이 천천히 흘러나왔다고 한다. 천천히, 아주 천천히. 멈칫하던 아빠의 입에서 화살처럼, 대포알처럼 구토 물이 쏟아져 나온 건 그로부터 오초 후였다. 몸에 아빠의 구토물을 뒤집어쓰자 내 입에서도 용암처럼 구토물이 솟아 아빠의 안면을 정확히 가격했다.

(민음사, 1997)

□성석제 「이른 봄」

나는 말로 해서는 안될 아이를 만났다는 걸 알았다. 그래서 억지로 아이를 돌려 세웠다. 아이는 아이대로 고집스럽게 버텼다. 무언의 승강이가 벌어졌다. 쪼고 할퀴고 떠밀었다. 아무 데나 가버려. 내 신성한 식탁을 더럽히지마. 아이는 몇 걸음 밀려났다가 돌아오고 밀려나면 또 돌아왔다. 가서 죽으라니까, 이 등신 나는 다시 아이를 밀쳤다. 아이가 나자빠지면서 엎치락뒤치락하다가 갑자기 그 아이의 팔팔한 꽁지가 내 축 늘어진 볏을 스쳤다.

(강, 1996)

□성석제 「조동과 약전」

똥깐은 그제야 사태를 짐작하고 전속력으로 기차를 향해 달려갔다. 달려가는 도중 평소에는 눈을 감고도 건너다닐 수 있던 수챗물 도랑에 발이 빠졌고 새로 역에 근무하게 된 신참이 똥깐이를 몰라보고 개찰구로 달려나가는 똥깐을 잡으려다가 그 냄새나는 발에 턱을 얻어맞고 한방에 뻗어버리는 사소한 일이 있기도 했다. 서두른다고 서둘렀지

만 똥깐이 기차에 당도했을 때 이미 문은 닫히고 기차가 움직이기 시
작했다.

(민음사, 1997)

□성석제 「첫사랑」

변소 뒤로 데리고 갔다. 말라죽은 나무와 부서진 책상과 칠판이 쌓
여 있고 구린내가 나는 후미진 곳에서 나는 깡패에게 맞았다. 맞느라
고 점심시간이 끝날 줄도 몰랐다. 나는 난생처음 남의 주먹에 코피가
터졌다. 그것 때문에 수업에 들어갈 수가 없어 난생처음 수업을 빼먹
게 되었다. 가엾어라, 가엾게도 나는 울지 않았다. 그 대신에 내 인생
의 목표를 바꾸었다. 깡패한테 맞아도, 맞아서 코피가 터져도, 수업에
들어가지 못해도 자살을 하지 않는 것. 그때 네가 다가왔다. 너는 느
릿느릿 바지 단추를 채우면서 내 앞에 섰다.
 "얼씨구, 여기 땡땡이 치는 놈이 또 있네."
 너는 침을 찌익 뱉으면서 규율부처럼 말했다.
 "너 누구하고 싸웠어?"
 나는 싸운 적이 없다. 맞았을 뿐이다. 나는 일어섰다. 고개를 돌렸
다. 네가 무엇이든, 내가 무엇이든 아무 상관이 없다고 생각했다. 가버
리려고 했다. 그러나 고양이과 동물처럼 빠르고 가볍게 다가온 너는
내 어깨를 눌렀다. 바로 그때 나는 내 장래희망을 바꾸었다. 살아서
이 지옥을 빠져나가기. 너는 빙글빙글 웃으면서 나를 흙먼지와 톱밥
속에 주저앉혔다. 나는 너를 노려보았을 뿐이다. 장래 희망을 바꾸었
기 때문에.

* * *

 "내 구두!"
 누나가 사준 구두. 다 떨어졌지만 단 하나뿐인 내 구두. 너는 나를

담 바깥으로 떠다밀었다. 나는 담 밖으로 떨어져서도 구두, 구두를 외쳤다. 네가 담 안쪽으로 떨어지는 걸보고 절름거리며 도망쳤다. 너는 엉덩이를 유리에 찢겼다. 망치에 정강이뼈를 맞았다. 그렇지만 내 구두처럼 담 안으로 떨어진 건 아니다. 네가 뛰어내렸다. 너는 주인에게 허리를 잡혔고 뺨을 맞았고 주인의 의기양양한 욕설을 들어가며 구두를 찾았고 찾고 나서는 주인을 떠밀어 나동그라지게 했고 구두를 들고 우리 집 대문 앞으로 나를 찾아왔다. 네가 말했다.

"미안하다."

생각해보면 나는 지금까지 너에게 한 번도 미안하다는 말을 한 적이 없다. 미안하다는 말은 모두 네 차지였다. 나는 구두 한 짝을 건네받았고 고맙다는 말도 하지 않았다. 나는 단 한마디 말만했다.

"너는?"

너는 말없이 무릎까지 바지를 걷어 내게 보여주었다. 발목에서 무릎까지 시퍼렇게 멍이 든, 털이 무성한 네 다리를. 나는 돌아섰다. 그리고,

"미안하다."

그 말이 네 입에서 나왔다.

(강, 1996)

□ 성석제 「황금의 나날」

아이들은 미사가 끝나기도 전에 성당 마당에 긴 줄을 만들고 그 줄에 누가 끼여들면 즉시 커다란 싸움판을 만들었네. 어른들도 마찬가지였네. 사내들은 하나라도 더 차지하려고 서로를 떠다밀었고 여인들은 치마 속에 하나라도 더 움켜 넣으려고 아귀다툼을 벌였네. 대축일에는 하루 종일 성당 앞마당에는 조그만 먼지 구름이 덮여 떠나지를 않았지. 모두가 싸웠네. 모두가 훔쳤네. 모두가 이겼네.

* * *

아이들 몇이 덤벼들었네. 덤벼들 필요도 없었네. 그 아이는 다른 한 아이도 감당하지 못했네. 그러나 같잖게 조그만 주먹만은 계속 휘두르고 있었네. 늘 깨끗한 아이의 옷은 흙투성이가 되었네. 늘 희디흰 아이의 얼굴은 코피로 물들었네. 나는 아이가 밑에 깔려 버둥거리면서도 새처럼 우짖는 말을 웃으면서 듣고 있었네.

(강, 1996)

□손숙희 「사랑의 아픔」

어머니가 하얗게 눈을 흘기는 시누이를 보고 가만있을 리 없었다. 방문 손잡이를 비틀고 있는 시누이의 머리채를 어머니가 휘익 낚아챈 것이다. 시누이의 비명 소리를 듣고 시어머니가 신발을 채 벗지도 못하고 어머니 옷을 잡아끌었다. 시어머니의 완강한 완력에 어머니는 시누이의 머리채를 손에서 놓아버리는 것과 동시에 뒤로 나동그라지고 말았다.

* * *

악을 바락바락 지르는 시누이의 말이 끝나자 마자 단단한 쇠뭉치 같은 여자의 주먹이 내 얼굴을 향해 날아왔다. 멍한 통증이 오면서 나는 그만 시누이를 잡고 늘어지던 손의 힘을 잃고 그만 뒤로 나동그라지고 말았다.

(새로운 사람들, 1999)

□손장순 「불타는 빙벽」

긴장이 약간 풀린 다리는 때로 휘청거리고, 빨리 모여서 등정의 피곤을 풀고 싶다. 이 순간이다. 꽝! 하는 굉음이 대포소리처럼 귀청을 때리더니 오른쪽의 깎아지른 듯한 눈산비탈이 무너져 내린 것은, 채 정신을 차릴 사이도 없이 왼쪽의 산비탈도 무너져 내린다. 눈사태구나 하고 위험을 예감한 순간 나는 정신을 잃고 말았다. 얼마만인가. 나에게서 서서히 의식이 되살아 온 것은. 그러나 나의 위에는 육중한 눈더미가 쌓여있고, 그 속에서 눈을 파헤치고 나오려는 천신만고는 나의 등 뒤에 있는 30킬로미터의 륙색의 무게 때문에 번번이 무용한 몸짓이 되고 만다. 나는 살아야 한다는 본능적인 일념으로 몸을 재빨리 옆으로 돌려서 고개로 눈을 쑤셔 파 눈 밖으로 나오는데 성공하였다. 그것은 차라리 투쟁이라고 하는 게 옳을지도 모른다.

* * *

얼마만큼 잤을까. 나는 목이 마르면서 잠이 깨었다. 머리맡에 있는 물병을 더듬는 순간 우르르 꽝 하는 굉음이 천지를 뒤흔든다. 나는 본능적으로 '눈사태다'하는 빠른 의식과 함께 동료들을 깨우기 위해 소리를 질렀다. 천막이 공중으로 솟구쳤다. 고도계를 보니 육천 사백 미터. 육백 미터나 밀려 내려왔다. 동료를 찾으려는 순간 다시 우르르 꽝하는 소리가 마치 천둥치듯 들려온다. 이번엔 눈더미가 천막을 완전히 삼켜 버리면서 무서운 힘으로 설산의 비탈로 밀어붙였다. 그 순간 나는 완전히 의식을 잃고 말았다. 순식간에 눈사태가 연달아 두 번이나 일어난 것이다.

(서음, 1977)

□손장순 「어떤회귀」

김철균은 동료 교사들이 우르르 몰려들어 말리건만 미친개처럼 흥분하여 날뛴다. 나는 처음에는 당황하고, 다음 순간에는 창피스럽다가 마지막 순간에는 이미 가릴 것 없이 다 드러난 이상 될 대로 되라는 심정이 된다. 허나 김철균은 욕까지 하면서 흥분이 점점 고조되어 간다. 그는 한 말을 몇 번씩이나 되풀이하는 소아병적 집념을 가지고 닥치는 대로 입을 놀리면서 자신의 감정을 원색으로 계속 표출한다. 일종의 유아성 광포증 환자처럼.

(문화공간, 1997)

□ 손창섭 「공휴일」

별안간 뒷문에서 왁자지껄 떠드는 소리가 나더니 어린애를 업은 젊은 여자와 그의 어머니인 듯한 노파와 그의 오빠인 듯한 청년이 살기가 등등해서 달려 들어오는 길로 다짜고짜 신랑 쪽을 향해 성난 범처럼 뛰어들려 했다는 것이다. 아기를 업은 젊은 여자는 신랑의 처였다는 것이다. 결혼식장은 삽시간에 난장판이 되었다. 이놈 이 개같은 놈 하고 바락바락 소리를 지르며 덤벼드는 세 사람을, 신랑편의 우인들이 매달려 제지시키느라고 법석되는 통에 어느 새 신랑은 옆문으로 달아나 보이지 않게 되었고, 아미는 후행을 섰던 저의 동무들에게 부축당하며, 한편 구석 벽에 얼굴을 묻고 울더라는 것이었다.

(민음사, 1952)

□ 손창섭 「생활적」

동주의 감은 눈에는 포로 수용소 내에서 적색 포로에게 맞아 죽은 동지의 얼굴이 환히 떠오르는 것이었다. 따라서 올가미에 목이 걸린 개처럼 버둥거리며 인민 재판장으로 끌려나가던 자기의 환상을 본다. 동시에 벼락같이 떨어지는 몽둥이에 어깨가 절반이나 으스러져 나가는 것 같던 기억. 세 번째 몽둥이가 골통을 내리치자 '윽' 하고 쓰러지던 순간까지는 뚜렷하다.

＊ ＊ ＊

옆방에서 순이의 신음소리가 뚝 그쳤다. 죽은 듯이 누워 있던 동주

는 눈을 떴다. 그리고 판장 너머로 귀를 세웠다. 그는 천천히 하나,
둘, 셋 하고 입속으로 세기 시작하는 것이었다. 백을 세도록 옆방에서
아무 기척도 없으면 동주는 순이가 절명했다고 생각하기로 한 것이다.
그러나 대개는 동주가 백까지 세기 전에 순이는 다시 신음소리를 계
속하거나 깡통에다 오줌 누는 소리를 내는 것이었다. 어떤 때는 구십
이 넘어 세도록 옆방이 고즈넉하기도 했다. 그런 때는 흰자위 많은 동
주의 눈이 오래간만에 약간 광채를 띄는 것 같기도 했다. 어제 일이었
다. 백을 세도록 옆방에서 아무 소리도 나지 않았다. 동주의 숨이 가
빠졌다. 그는 제법 벌떡 일어났다. 틀림없이 그는 순이가 죽었다고 생
각한 것이다. 숨이 졌을 순이의 얼굴을 여러 모양으로 상상하며 동주
는 옆방으로 들어가 보았다. 금년 치고 최고로 더운 날인데도 문이 닫
힌 채로 있었다. 판자문을 반쯤 열고 머리를 기웃한 동주의 눈에 해괴
한 광경이 홱 비친 것이다. 수건 하나 가리지 아니한 알몸으로 순이는
누운 채 허리를 굽혀 자기의 사타구니를 열심히 들여다보고 있는 것
이었다. 자연 동주의 시선도 순이의 사타구니로 끌렸다. 그 어느 한
부분에 쌀알보다 작은 생명체가 여러 마리 꼬무락거리고 있는 것이
눈에 띄었다. 동주는 그게 이가 아닌가 생각했다. 순이도 그때야 깜짝
놀라 동주를 흘겨보며 담요로 몸을 가렸다. 곧 자기 방으로 돌아 온
동주는 그제야 그 조그만 생물들이 이가 아니라 구더기인 것을 깨달
았던 것이다. 순이는 이제 오래지 않아 죽을 거라고 동주는 생각했다.
오히려 자기가 먼저 죽을지도 모른다고 생각해 보는 것이다.

(민음사, 1954)

□손창섭 「유실몽」

　여유를 두지 않고 상근의 주먹이 피스톤처럼 움직였다. 누이의 어
깨와 등에서는 둔탁한 소리가 났다. 누이는 한층 더 몸을 오그리는 것
이었다. 하 견디기가 벅차면 누이도 그예 사정을 했다.

"아이구, 정말 간 떨어지갔어요. 좀 쉐었다가 때리라요. 얼른요. 좀 쉐가면서 때리라구요."

마치 아이들의 콧노래 비슷이 들리었다. 조금도 절박한 맛이 없다. 물론 상근은 들은 체도 않는다.

"이년 사나일 뭘루 아니!"

구호처럼 같은 소릴 반복하며, 매질하는 주먹을 멈추지 않았다. 그러노라면 누이는 마침내 항복하고야 마는 것이다.

"정 죽갔이요. 여보, 돈내갔이요. 아 돈을 낸다니까……."

그제서야 상근은 매질을 그쳤다. 그 한마디는 그만큼 효과적이었다. 누이는 비로소 고개를 들고 가슴을 폈다. 두 손으로 헝클어진 머리를 쓸어 올렸다. 어깨와 등을 만져보았다.

"오늘밤부터 따루 자요! 지분거렸단 봐라."

눈을 흘기며 하는 소리다. 그래도 얼굴에는 분노나 비애의 내색이라곤 없었다. 애교를 띤 미소가 얄밉도록 물살처럼 번지었다.

(계몽사, 1986)

□송기숙 「오월의 미소」

쨍그렁. 유리창이 깨지며 주먹만한 쇳덩이가 저쪽 비어있는 책상 위에 텅 떨어졌다. 짙은 초록색에 검은 글씨가 박힌 쇳덩이 였다. 책상 밑으로 떼굴 굴렀다 펑, 책상에 떨어진 낯선 쇳덩이로 눈이 따라다니던 나는 그때야 후닥닥 튀었다. 반대편 창가로 도망쳤다. 독서실은 난장판이었다.

"조져라!"

거친 발자국 소리와 고함 소리가 골목으로 몰려들었다. 아래층에서 와장창 유리창이 박살났다. 현관문 통유리가 깨진 것 같았다. 최루 가루를 피해 밖으로 몰려나갔던 독서실 학생들이 시위대로 보이는 젊은 이들에 섞여 다시 뛰어들었다. 뒤따라 은백색 철모를 쓴 얼룩무늬 공수대원 두 사람이 들이닥쳤다. 등에 엠십육 소총을 엇질러 멘 공수대원들은 곤봉으로 무작정 후려갈겼다. 시위대는 거의 안쪽 문으로 여유가 있었다. 학생 하나가 내 옆 창틀로 올라 안마당으로 몸을 날렸다. 향나무 가지를 붙잡고 화단으로 뛰어내렸다. 나도 향나무 가지를 어름하며 창틀로 올라앉았다. 날카로운 여학생 비명소리에 뒤를 돌아봤다. 머리를 맞은 여학생은 그대로 앉은 채 의자 등받이에 고개를 젖히고 있었다. 그런 모양으로 금방 잠이라도 든 것 같았다. 머리에서 피가 흘러 하얀 블라우스 깃을 적셨다. 학생들은 책상 밑으로 고개를 처박기도 하고 창문으로 뛰어내리기도 했다.

* * *

군홧발로 아랫배를 질렀다. 아주머니는 배를 싸안고 앞으로 고꾸라졌다. 공수대원들이 창틀에 여유있게 앉아 있는 아를 봤다. 눈이 번쩍했다. 쓰러진 의자를 딛고 훌쩍 육박해왔다. 나는 허공으로 몸을 날렸다. 껑충하게 서 있는 향나무 가지를 붙잡았다. 나뭇가지의 탄력을 이용해서 잔디밭으로 사뿐 몸을 내려놨다. '저 개새끼 죽여!' 공수대원이 소리를 지르며 그도 향나무로 몸을 날렸다. 나는 대문으로 도망쳤다. 있는 힘을 다해서 큰길로 달렸다.

* * *

그때 신사복을 말끔하게 입은 삼십대 젊은이 한 사람이 천연덕스럽게 이쪽으로 오고 있었다. 대학생들을 쫓아갔던 공수대원들이 신사복한테 이리 오라고 손짓을 했다. 삼십대 중반쯤으로 보이는 신사복은 내가 어쨌다는 거냐는 자세로 그 자리에 서 있었다. 공수대원이 뚜벅뚜벅 다가갔다. 한 손으로 신사복 멱살을 틀어잡는가 하는 순간 다른 손 곤봉이 신사복 정수리를 갈겼다. 신사복은 중심을 잃은 채 잠시 서 있더니 앞으로 퍽 고꾸라졌다. 밑둥 잘린 나무가 잠시 서 있다가 쿵 넘어지는 꼴이었다. 땅에 엎어진 신사복의 양쪽 손끝이 파르르 떨었다. 다시 파르르 떨다가 잦아졌다. 신사복은, 나야 투망질에 개구리거니, 했다가 당한 것이다. 공수대원은 신사복 몸뚱이를 뒤집어 앞섶을 잡아당겼다. 몸뚱이가 보릿자루처럼 구르며 윗도리가 벗겨졌다. 넥타이를 잡아채고 와이셔츠를 잡아당기자 몸뚱이가 또 한 번 뒤집혔다. 러닝셔츠와 맨살이 드러났다. 허리끈을 끄르며 양쪽 바짓가랑이를 잡아당겼다. 팬티가 드러났다. 넥타이로 양쪽 손목을 싸잡아 묶었다. 저쪽에서 공수대원 한사람이 이쪽으로 왔다. 양쪽에서 발목을 하나씩 잡아끌고 갔다. 등짝이 아스팔트 바닥에 쓸려가며 러닝셔츠가 머리 쪽으로 말려 올라갔다. 사냥터에서 짐승을 잡아 그 자리에서 가죽을 벗겨 끌고 가는 꼴이었다. 뒤에는 피묻은 와이셔츠와 양복 위아랫도리가 짐승의 가죽처럼 널려 있었다.

* * *

　중년 사내가 얼빠진 소리를 했다. 그때 저쪽에서 군용 트럭이 한 대 나타났다. 땅바닥에 머리를 처박은 젊은이들을 일으켜 세웠다. 공수대원들이 양쪽에서 후려갈기며 트럭으로 몰아붙였다. 사뭇 거세게 후려갈기자 다람쥐들처럼 날래게 트럭으로 올라붙었다. 트럭 위의 공수대원들은 그들을 안으로 끌어 들여 곤봉으로 갈기고 군홧발로 내리 찍었다. 공수대원들은 이번에는 땅바닥에 너부러져 있는 젊은이들을 던져 올렸다. 무거운 걸 공중으로 던질 때 그러듯, 양쪽에서 두 손과 두 발을 붙잡고, 하나, 둘, 셋 하는 동작으로 몸둥이를 굴렀다가 트럭 위로 훌쩍 던졌다. 공중으로 흥청 떠오른 몸뚱이가 트럭 안으로 떨어졌다. 신사복 사내도 그렇게 던졌다. 손목을 묶고 남은 파란 넥타이 꼬리가 공중에 나풀거리며 트럭 안으로 사라졌다. 나는 공수대원들 얼굴을 찬찬히 봤다. 얼굴에서는 무슨 감정이 느껴지지 않았다. 도살장에서 일하는 사람들이 실적만 생각하며 가죽을 벗기고 각을 내고 날렵하게 움직이는 그런 꼴들이었다.

* * *

그때 4가 쪽에서 택시 한 대가 운동장처럼 비어 있는 도로를 달려 오고 있었다. 몽둥이를 꼬나든 중사가 성큼 가로막았다. 급정거를 했다. 각목을 든 장교가 다가갔다. 안에 탄 사람들을 끌어내렸다. 하얀 와이셔츠에 말끔한 감색 양복을 입은 젊은이와 색동저고리에 연분홍 치마를 입은 색시가 내렸다. 여기는 공항으로 나가는 길목이었다. 몽둥이와 각목이 순식간에 후닥닥 신랑과 신부를 난도질했다. 경황 중에도 신부를 막아서던 신랑이 갑자기 두 손으로 얼굴을 싸안고 고꾸라졌다.

"아이고, 내 눈, 눈 빠졌네. 내 눈, 내 눈."

신랑은 눈을 싸안고 방바닥에 떼굴떼굴 굴렀다. 마치 불 속에서 짐승이 비명을 지르며 뒹구는 꼴이었다. 손가락 사이로 피가 벌겋게 흘렀다.

* * *

색동저고리 옷고름이 뜯겨 가슴이 나온 신부는 길길이 뛰며 골목 사람들을 향해 소리를 질렀다. 사람들은 그냥 보고만 있었다. 나도 온몸이 굳어 있었다.

"얼른 꺼져, 이 쌍년아!"

대위가 신부를 걷어찼다. 신부는 뒹굴고 있는 신랑을 부축해서 차로 떼밀었다. 신랑은 한 손으로 눈을 싸안은 채 차문에 윗몸을 걸쳤다. 신부가 안으로 밀어 올렸다. 치마가 발에 밟혀 반쯤 벗겨졌다. 그때 우리 곁에서 젊은이가 한 사람 뛰어나갔다. 열 예닐곱 살 되어 보이는 젊은이가 신랑 다리를 떠메 올렸다. 서성거리고 있던 상사가 다가갔다.

* * *

가운을 차 위로 던지려는 사내 등짝에 대위의 각목이 불을 냈다. 중사와 상사도 두들겨 팼다. 수없이 떨어지는 몽둥이에 사내가 땅바닥에 잡혀 나오기 시작했다. 머리가 깨지고 옷이 벗겨진 젊은이들이 끌려나왔다. 곤봉으로 갈기며 트럭으로 몰아치자 젊은이들은 정신없이 짐칸으로 뛰어올랐다. 맥을 논 사람들은 양쪽에서 팔다리를 잡고 하나 둘 셋, 하는 동작으로 던져 올려졌다. 첫 번째 몸뚱이가 짐칸에 떨어지는 순간, 나는 아이고 했다. 유용찬이었다. 몸뚱이가 짐칸에 떨어지자 공수대원 군화가 높이 올라가 유용찬의 가슴을 내리 찍었다. 가슴이 불뚝 위로 솟았다가 내려앉으며 맥을 놨다. 또 몸뚱이 하나가 공중으로 흥청 떠올라 몸뚱이들 위에 떨어졌다. 그때 부르릉 차가 움직였다. 여자가 사내들 몸뚱이 위로 쓰러졌다. 여자는 경황 중에도 두 손으로 다급하게 가운을 여몄다.

* * *

나는 공수대원 얼굴을 향해 돌멩이를 던졌다. 공수대원 가슴에 정통으로 맞았다. 나는 덤빌 테면 덤비라는 몸짓을 하며 주먹을 올렸다. 나는 달리기에는 자신이 있었다. 공수대원은 이를 악물고 쫓아왔다. 나는 공수대원을 달고 트럭 있는 데로 도망쳤다. 네거리 건너편에서 아까 그리 쫓아갔던 공수대원들이 이쪽으로 오고 있었다. 아차 했다.

* * *

나도 창틀로 올라앉았다. 차고의 입구 앞 건물 후문에서는 공수대원들이 그리 쏟아져 나오는 군중들을 갈기고 있었다. 섣불리 뛰어내렸다가는 그들한테 작살이 날 판이었다. 그러나 사람들은 계속 뛰어내렸다. 나도 쇠파이프부터 저만치 던졌다. 지붕위로 몸을 날렸다. 지붕이 푹 가라앉았다가 흥청 떠올랐다. 천을 받치고 있는 철주를 붙잡고 골을 기어 넘었다. 사람들이 계속 뛰어 내리고 그때마다 몸뚱이가 퉁겨

올랐다. 그 탄력을 이겨내며 지붕을 기었다. 어찌된 일인지 후문에 공수대원들이 보이지 않았다. 나는 이때다 하고 뛰어내렸다. 그때였다. 공수대원이 한 사람 뛰쳐나오며 미처 일어나지 못한 내 가슴에 칼을 겨누었다. 나는 허공에 두 손을 벌리고 허투루 칼을 막았다. 칼날이 내 가슴에 꽂힌다 하는 순간이었다. 턱, 누가 지붕에서 뛰어내리며 공수대원 목을 싸안고 나뒹굴었다. 공수대원 손에서 총이 퉁겼다. 나는 벌떡 일어나 총을 잡았다. 그대로 공수대원 가슴을 향해 푹 찔렀다. 순간 공수대원이 총열을 붙잡았다. 칼끝이 갈비뼈에 툭 받쳤다. 다시 찌르려고 힘껏 총을 잡아당겼다. 총열을 틀어잡은 공수대원은 윗몸이 따라오며 버텼다. 그 공수대원 눈이 강렬하게 나를 쏘아봤다. 나는 잠시 주춤했다가 그대로 푹 질렀다. 그는 총열을 붙잡은 채 몸을 홱 틀었다. 칼끝이 시멘트 바닥을 찍었다. ‘새꺄.’ 뒷문에서 다른 공수대원이 악을 쓰며 쫓아왔다. 나는 총을 놓고 도망쳤다. 몰려나오는 군중들에 싸여 도망쳤다. 공수대원은 혼자라 더 쫓지 못했다.

* * *

타다당탕탕. 공수대원들이 버스에 총을 쐈다. 맨 앞에 나가던 버스 운전사 고개가 옆으로 꺾였다. 그 차는 가로수를 들이받으며 멈추고, 다른 차들은 더 거세게 경적을 울리며 육박해 들어갔다. 그때 여태 꼼짝 않고 있던 공수단 장갑차가 갑자기 뒤로 급발진을 했다. 장갑차 뒤에 피해 있던 공수대원들이 후닥닥 퉁겼다. 뒤얽혀 도망치던 공수대원 한사람이 나동그라졌다. 순간 장갑차가 공수대원 몸뚱이를 덮쳤다. 캐러필러에 하반신이 깔린 공수대원 상체가 벌떡 일어났다. 그는 자기 다리 위로 굴러가는 캐러필러에 얼굴을 박았다. 시뻘건 피를 토하며 허물어졌다. 공수대원들 사이에는 일대 혼란이 일어났다. 시민들도 겁에 질려 지레 도망치는 사람들이 있었다.

* * *

숲 속에서 뭣이 언뜻 스쳤다. 길목이 아니고 산자락이었다. 나는 숨을 죽이며 바로 그 앞에다 겨냥했다.

"저놈들이 우리를 먼저 발견하고 우리를 포위하려고 저리 돌아오지 않으께라?"

─ 빵

"오매?"

김만호가 가볍게 비명을 질렀다. 블라우스 하얀 등에 생머리가 풍성하게 나풀거리며 언덕 아래로 고꾸라졌다.

* * *

세모눈은 대번에 사내 턱밑에다 엠십육 총구를 들이댔다. 총부리로 턱을 치켜올렸다. 턱밑 오목한 데 총구가 박혀 사내가 고개를 돌리면 그대로 따라갔다. 사내는 얼굴이 공중으로 쳐 들린 채 눈만 세모눈을 보고 있었다. 엠십육의 성능으로 보아 방아쇠를 당겨버리면 머리통이 몽당 날아갈 판이었다. 나는 상무관 시체에서 엠십육의 위력을 보았으므로 지레 몸서리를 쳤다.

(창작과비평사, 2000)

□송기숙 「은내골 기행」

김성만이가 가재 수염을 향해 몸을 날렸다. 김성만이 몸뚱이가 지팡이째 가재수염을 덮쳐버렸다. 아슬아슬한 순간이었다. 지팡이에 맞았더라면 개 허리가 작살이 났을 판이다. …(중략)… 곁에 있던 운전사가 대번에 김성만이 멱살을 틀어잡았다. 순간 가재수염이 김성만의 뺨을 후려갈겼다. 진돗개들이 왕왕 사납게 짖어댔다. 악이 받친 김성만이가 주먹으로 운전사 배를 지르며 뒤로 밀어붙였다. 두 사람은 땅바닥에 뒹굴었다. 몸뚱이가 두 번 세 번 뒤집혔다. 동네 사람들이 달려들어 뜯어말렸다. 동네 사람들한테 어깨를 붙잡힌 두 사람은 고래고래 악만 쓰고 있었다.

(창작과비평사, 1996)

□송상옥 「광화문과 햄버거와 파피꽃」

그도 이제 월급쟁이 노릇을 그만 두었으니, 심기 일전해서 저 사람들처럼 부지런을 떨어야 한다고 생각했다. 누구 한 사람 도와줄리 없고, 내 식구 내가 챙기려면 열심히 뛰어야지.

그러한 그의 생각을 비웃기나 하듯, 갑자기 집 전체가 심하게 요동을 친 건 그때였다. 소파와 함께 그의 몸이 덜덜덜덜 가눌 수 없을 정도로 떨렸다. 그리고 사방에서 떨어지고 넘어지고 깨어지는 듯한 소리가 났다. 꽤 길게 느껴진 흔들림이 멈추는 거와 동시에 아내가 아들 딸 두 아이들의 이름을 부르며 방안에서 뛰쳐나왔다.

지진이었다. 늘 예고돼 우려해오던 '빅 원'이 온 것인가. 지금까지 때때로 흔들리던 거와는 비교가 되지 않는 것이었다. 몸에 걸친 그대로 모두 밖으로 나갔다. 이웃의 미국사람들이 이미 집밖에 나와 서성거리고 있었다. 그때 후욱, 하는 소리가 들린 듯하더니, 큰길 쪽에서 불길이 솟아올랐다. 그것이 금방 이쪽 집들에 옮겨 붙을 것 같은 절박감이 그를 휩쌌다. 모두 집 안으로 다시 들어가 당장 필요한 물건들을 가지고 나오도록 했다.

＊ ＊ ＊

집안으로 들어가 찬찬히 살펴보았다. 모든 게 뒤죽박죽이 돼 있었다. 거실 벽에 붙어 있던 소파는 말할 것도 없고, 한쪽에 놓아두었던 그 무거운 피아노가 거실 한가운데로까지 밀려나 있었다. 한국에서 갖고 왔던 붓글씨와 그림 액자들이 떨어져 있고(유리는 깨지지 않았다), 부엌에는 천장의 그릇들이 바닥에 다 떨어져 박살이 난 채였다. 그리고 책방으로 사용하고 있었던 문간방을 서가들이 엎어져 바닥이 온통

책으로 덮어버렸다. 아이들 방과 안방 침대들은 한쪽으로 밀려나고 옷
장이 넘어져 있었다. 그는 지진의 위력에 새삼 놀라지 않을 수 없었
다. 전기는 나간 그대로였고, 가스와 물도 이미 끊어져 있었다. 전화도
되지 않았다. 말로만 들어오던 지진이 하필 그의 집 가까운데서 나고,
미국에 와서 이런 일까지 겪고 살다니 참으로 어이없는 노릇이었다.
집 안팎의 구조물을 돌아본 그는 거실 안쪽의 벽 몇 군데와, 집 밖 시
멘트 여러 군데에 금이 간 것 말고는 당장 큰 피해를 발견할 수가 없
었다. 창고로 쓰는 차고 안도 한쪽 벽에서 시멘트 조각이 떨어지고,
선반에 있던 페인트 통 몇 개가 바닥에 나동그라져 있을 뿐 큰 이상
은 없었다. 그래도 튼튼한 모양이었다.

(창작과비평사, 1996)

□송상옥 「들소사냥」

그중 한 사건이 제 눈을 끌었습니다. 마켓을 하던 젊은이었지요. 총
을 들고 들어 온 미국놈 강도한테 마누라와 다섯 살 난 딸을 잃었습니
다. 강도가 들어오는 것을 보고 놀라서 딸을 안고 비명을 지르자 강도
놈은 얼떨결에 총을 세 발이나 쏘아댄 것입니다. 급히 병원에 옮겨졌으
나 몇 시간 뒤에 둘 다 죽고 말았습니다. 저녁녘이었다고 하는데, 물건
챙기느라 창고에 들어가 있던 젊은이가 총소리를 듣고 뛰쳐나왔을 때
는 모든 것이 끝난 뒤였습니다. 강도는 낯이 익은 주변의 부랑자였습니
다. 마켓에 보관돼 있던 권총을 들고 달아나는 강도놈을 뒤쫓던 젊은이
는 일단 중간에서 되돌아왔습니다. 구급차를 부르는 일이 급했던 것이
지요. 며칠 뒤 젊은이는 그놈을 찾아내어 끝내 쏘아 죽인 것입니다.

(세계사, 1996)

□송 영 「선생과 황태자」

내가 그 새끼 땜에 씨팔 2년 반을 지금 여기서 썩는 거요. 씨팔 새

끼가 새파란 소위 새끼가 상관이라구 나 더러워서. 그러니까 크리스마
스날 저녁 때였죠. 다낭의 클럽에서 지금 5호선에 있는 박 중사허구
꽁까이 하나씩 옆에 끼고 거나하게 마시는 참인데 그 새끼가 들어왔
죠. 그 새끼 벌써 어디서 진탕 처마시고 오는 참이었다구. 이 새끼가
들어오더니 술도 안 마시고 다짜고짜 까이를 내놓으라구 하지 않소?
주인이 여자는 지금 없다. 여자는 지금 모두 손님에게 가 있다 하니
까, 이 새끼가 다짜고짜 우리에게 와서는 박 중사의 까이 어깨를 잡아
다니는 거요. 하 씨팔 새끼. 쫄병 새끼들이 함부로 누구 앞에서 기분
내느냐고 호통치면서 말요. 그래 박 중사가 한 대 친거요. 그런데 그
게 설맞았다 이거요. 박 중사 새낀 성질만 급했지 주먹은 약하거든.
이새끼가 설맞아 노니까 길길이 날뛰지 뭐요. 씨팔 쫄병 뭐라고 연방
씨부렁거리면서. 술이 확 깨버렸죠. 내가 뭐 그때 경거망동한 줄 아
슈? 난 그래도 참으면서 박 중사가 붙으려는 걸 말렸다 이거요. 그런
데 싸움 말리는 참인데 어퍼커트가 훅 날아왔죠. 눈에서 불이 번쩍하
는데 정신있을 게 뭐요? 참아서 남주나 하지만 그때 참는 새낀 쌍말
로 개 뭣에서 나온 새끼지, 에이 씨팔 나도 모르겠다 하고 한 방 보냈
죠. 그걸 맞고 안 쓰러지고 배겨요? 그 새끼가, 그 새끼가 픽 나가 쓰
러지는데 이건 뭐요? 보니까 권총을 빼들었지 않아요? 이새낀 누운
채 몇 번 버르적거리더니 팡팡 하고 공포 몇 방을 쏜 거요. 그러니까
그 소리 듣고 엠피가 와서 챈 거죠. 그 씨팔 권총만 쏘지 않았대도 끄
떡없는 건데.

(삼성, 1991)

□송원희 「목마른 땅」

　종호 엄마는 포주의 방에 뛰어가서 아이들의 돈을 얼마 정도 돌려
주라고 애원했다. 그런데 되려 험악한 욕설 세례를 받은 종호 엄마는

격분하여 마침 경대 앞에 놓여있는 돈다발을 빼앗아들고 나와 어린 양색시들에게 나누어주었다는 것이다. 뒤따라 나온 포주 부부가 종호 엄마를 붙잡고 마구 구타하자, 그녀는 포주 아주머니의 팔뚝을 물었다는 것이다.

* * *

그때였다. 탕하는 소리가 울렸다. 그 소리는 중대장이 방금 나온 대대장실에서 난 소리였다. 그는 인솔하던 대대를 팽개치고 대대장실로 뛰어들어갔다. 조금 전 자기에게 명령한 박승환이 목에 피를 흘리며 쓰러져 있었다.

* * *

대대장의 자결에 격분한 조선군은 뒤쫓아오는 일본군을 향해 사정없이 사격을 가했다. 일본군이 가지하라 대위가 말로 시위대를 진압시키겠다고 단독으로 조선군 시위대에 뛰어들어갔다가 마구 쏘아대는 시위대의 총에 맞고 쓰러진 이후 문제는 더욱 커져갔다.

* * *

간밤에 마적떼가 쳐들어와 여러 집의 곡식을 다 털어 가고 창수 아비를 납치해 갔다는 것이었다. 그들은 가면서 쌀 한 가마니를 가지고 와 창수 아비를 찾아가라고 했다고 한다. 말하자면 그 집에 쌀이 없어 대신 사람을 납치해 간 것이다. 여러 집에서 쌀을 털리고 닭과 돼지를 잃었지만 잡혀간 사람은 창수 아비뿐이었다. 창수네도 그 정도로 빈농이었다.

(청림, 1987)

□송원희 「안중근 1」

그때였다. 사방에서 돌이 비오듯 날아왔다. 그 중의 돌 하나가 말 위에 일본군의 얼굴에 맞았다. 돌을 맞은 일본군은 '앗' 하면서 말에서 떨어졌다. 그러나 군중들이 함성을 울리면서 모여들어 낙상한 일본군을 발길로 찼다.

(문학과 의식사, 1995)

□송하춘 「그해 겨울을 우리는 이렇게 보냈다」

좌현, 견시 보고!

11.7마일 우현 전방, 상선 한 척!

텅 빈 바다. 하늘 끝닿은 자리. 25×120 스탠드 망원렌즈 안으로 낯선 물체 하나가 잡혀든 것은 다시 지루한 항해가 시작된 지 닷새만이었다. 보고를 마친 최태열 상병은 일단 통쾌하였다.

쌍! 닷새만에 겨우 지나가는 배 한 척을 보겠군!

너무도 통쾌한 나머지 그는 스탠드의 견고한 쇠기둥을 걷어차 버리고 싶을 정도였다.

개새끼! 우현이라니? 어차피 12마일 전방인데, 네 것 내 것이 어딨어? 그냥 12마일 전방이라고만 말하면 안 돼?

그때까지만 해도 우현 심승섭은 아직 자신의 망원렌즈 앞에 붙어있는 상태였다. 처음에 그것은 아주 작고도 검은 점 하나로 시작되었는데, 그것이 느릿느릿 대형 컨테이너 상선으로 커 보일 때까지 보고를 망설인 것이다.

우현이면 그냥 우현 쪽에서 보고하게 놔두든지, 아니면 우현이라고를 말든지 했어야지. 승섭은 투덜거리며 7×50짜리 핸드 망원경을 목에 걸었다.

검은 기름을 쏟아 부은 듯, 망원렌즈 안으로 좁혀오는 바다가 바로 눈앞에서 지글지글 끓고 있었다.

방금 보고를 받고도, 함교 안의 포술장은 바다 앞에 덤덤하였다. 지나가는 상선이 아니라 썩은 갈매기의 주검 하나라도 만일 그것이 보고되지 않았더라면 아마 그건 문제를 삼았을 것이다. 그러나 일단 보고가 된 이상, 지나가는 상선 하나쯤 아무 문제될 것도 없었다.

우현, 위치 확인하라!

그는 그냥 알고 있다는 정도로만 가볍게 우현 쪽을 다독거렸다.

위도 17°25′ 66″

경도 172°53′ 03″

갈매기가 보이지 않은 지는 이미 오래였다.

수심 5천 또는 6천 킬로미터 이상.

어차피 고래나 상어떼가 살 수 있는 물은 아니었다. 그러니, 참치나 숭어 같은 어족들이 살지 못할 건 당연하다. 이런 바다에서는 등이 휘어지거나 납작한 원시어들이 겨우 바다 밑을 기어다니는 정도일 것이다. 산도 너무 높으면 숲을 이루지 못하듯 물도 워낙 깊으니까 고기들이 모여들지를 않는다. 고래가 살든지 말든지 해야 포경선도 오든지 말든지 하지, 바다에 고기가 없으니 고기잡이배가 찾아올 리 없고, 고기잡이배가 안 오니 갈매기 또한 날아들 리 만무하다. 사람이나 물고기나 갈매기나, 바다는 어차피 함께 어울려 살도록 되어 있는 모양이다.

채곡채곡 많이도 실었군!

등 뒤에 조타수 방 하사가 와 있었다.

함교 안에 있어야 할 그가 밖으로 나온 것도 아마 지나가는 상선이 보고싶어서였을 것이다. 그는 망원경도 없이 육안으로 꿈틀거리는 바다를 꿰뚫어보고 있었다.

괌으로 가는 겁니까?

심승섭은 힐끗 방 하사 쪽을 돌아보았다.

어디, 괌뿐이겠니? 군데군데 들르다 보면 아마 동지나까지는 갈걸.

동지나까지라면, 여러 날 걸리겠죠?

말도 마라……. 하긴 요즘음은 마누라들까지 함께 싣고 다니니까 좀 나아지긴 했겠지만…… 와아! 닷새만에 겨우 지나가는 배 한 척이라니! 지독한 바다야.

입 벌린 하마처럼, 조 하사한테서는 서슬 퍼런 비린내가 풍겼다. 파닥거리는 날 것을 만나면 그는 당장이라도 집어삼킬 것 같다.

지금, 저 안에 여자가 타고 있단 말입니까?

(푸른사상, 2002)

□ 신경숙 「기차는 7시에 떠나네」

어디를 다녀오는 것인지. 한 번은 미리 나가 차 안에서 미란이가 나오길 기다렸다가 미란일 뒤따라가 봤다. 미란은 집 앞 비탈길을 쓱쓱 미끄러져 경비실을 지나 도로변으로 나아갔다. 집 앞 새벽길은 텅 비어 있었다. 문 닫힌 카센터 앞에 아직 덜 정비가 된 자동차들이 몇 대 서 있었다. 미란은 카센터 앞으로 이어진 차도로 들어섰다. 그리고는 마치 비상하려는 듯한 포즈를 취하더니 속력을 내기 시작했다. 아스팔트 위에 드리워진 가로수의 그림자 사이를 미란은 쓱쓱 빠져나갔다. 마치 춤을 추는 것 같았다. 미란은 불 꺼진 주유소 옆을 지나 외환은행 앞을 지나 자하문 터널로 미끄러졌다. 터널의 양쪽으로는 일제히 붉은 등이 켜져 있었고 스케이트보드의 공명음이 터널 안을 가득 채웠다. 나는 미란의 뒷모습에 헤드라이트를 비춘 채 속도를 줄였다. 거기서 미란은 내가 저를 뒤따르고 있다는 것을 안 것 같았다. 유연하게 턴을 해서 내 자동차를 뒤돌아보았으니까. 하지만 미란은 아랑곳하지 않고 터널을 빠져나갔다. 문 닫힌 상점들, 산비탈에 서 있는 불빛 없는 아파트. 바람에 수수수거리는 가로변의 은행나무들. 새벽거리는 비어 있었으나 이따금 영업용 택시가 질주하곤 했으므로 미란을 뒤따르

(문학과지성사, 1999)

□신경숙 「딸기밭」

정적 불빛이 반복적으로 이어지는 어느 순간. 차가 갑자기 확 회전을 하며 급정거를 했다. 동시에 따라오던 흰색 소나타가 우리가 타고 있던 검은 소나타를 들이받았다. 쾅 — 뒤꼭지에 와 닿는 충격과 동시에, 친구가 이름을 부르는 동시에, 나는 정신을 잃었다. 내가 정신을 잃었던 시간은 불과 삼사 분이라 했다. 갑작스레 나타난, 공사 중이니 돌아가라는 표지 앞의 끊긴 길 위에서 친구 남편은 급정거를 했고 바로 뒤따라오던 차가 뒷범퍼를 들이받은 거였다. 앰뷸런스에 실려 그 교회의 병원으로 옮겨지기 전에 보니 들이받은 차의 앞부분과 우리 차의 트렁크가 완전히 박살이 나 있었다.

* * *

칠흑같이 어두웠다. 물살에 휩쓸리는 사람은 나 혼자가 아니었다. 나뭇가지를 잡고 버티는 사람, 바위 위에서 미끄러지는 사람, 벌써 저만큼 떠내려간 어린애들. 어두운 골짝으로 퍼붓는 비 사이로 천둥 번개가 내리쳤다. 순간순간 밝아지는 번갯빛 사이로 서로의 목덜미를 부여잡고 떠내려가는 사람이 보였고 나무가 뿌리 채 뽑히는 소리도 들렸다. 얼이 빠진 채로 물보라에 뒤섞이며 나는 부딪치고 찢기고 패었다. 계곡의 폭은 대체로 깊고 좁았지만 때로 100미터 폭으로 넓어지기도 했다. 헬리콥터를 타고 내려다보면 짙푸른 산 속에 누워 꿈틀거리는 뱀의 형상이었다. 그 계곡길을 40킬로나 물보라에 휩싸여 여기까지 떠내려온 모양이다. 아름다웠던 계곡의 바위는 곧 흉기로 변했다. 바위에 부딪힐 때마다 살점이 툭툭 떨어져 나갔다. 나는 뿌리 뽑힌 나무들에 얻어맞고 폭포의 거센 물살에 내팽겨쳐졌다.

* * *

내가 떠나기 전에 T의 카페에 강도가 들었다. 손님으로 가장한 강도였다. 구석에 앉아 홀은 신경도 안 쓰고 책만 읽고 있던 청년이 카페에 손님이 끊긴 늦은 밤 T의 목에 칼을 들이댔다. T는 내가 돈이나 많이 가지고 있었으면 말도 안하겠다고 했다. 이십 만원도 안 되는 돈 때문에 번뜩이는 칼 앞에 서 있는데, 이건 아니다, 싶더라구. 이후 T가 미련없이 가게를 정리해버리는 통에 우리들의 아지트도 사라졌다.

* * *

이번엔 J가 꽃게를 집어 L에게 던진다. L의 검은 원피스에 붉은 꽃게가 달라붙었다. 그게 시작이었다. A도 T도 꽃게를 집어 아무 데나 던져버렸다. 버터에 구워진 연어가 벽에 맞고 나딩굴었고, 기선생이 들고 온 김장김치가 A의 뺨에 들러붙었다. 복숭아가 날아다니고 잡채가 흩어지고 꽃게가 담겨있던 바구니가 뒤집어졌다. 무서워, 엄마. 승이가 J의 품으로 파고들었다. 나물 접시가 식탁에서 미끄러졌다. T가 붉은 낙지볶음 접시를 높이 들었다가 바닥에 팽개쳐버린다. 파란 호박이 둥둥 떠 있던 꽃게 삶은 물에 끓인 된장찌개 속에 복숭아 하나가 처박힌다. J가 깨진 유리접시 조각을 짚다가 비명을 지른다. 누군가 아예 식탁보를 아래로 쭉 잡아당겨 버리자 수저며 밥공기며 국그릇이 와장창 깨지는 소리를 내며 바닥으로 떨어져 내렸다.

* * *

제부와 헤어지던 날, 그와 나는 성이 나서 모래펄에 집게를 쳐든 게들처럼 싸웠다. 꽃병이 깨졌고 찻잔이 벽에 던져졌으며 신발장이 뒤집어졌다. 마당의 모과나무를 보게 되지 않았다면 나는 계속 제부를 향해 뭔가를 내던졌을 것이다. 제부 또한 마찬가지였을 것이다. 아파트로 돌아온 후로도 제부와 나는 거의 삼사 개월을 밤 수화기를 붙들고

서로에게 상처를 내었다. 그렇게라도 하지 않으면 우린 미쳐버렸을지
도 모른다. 우린 서로에게 온갖 포악을 떨었다. 나는 제부가 동생 모
르게 여자를 만나고 있었던 게 틀림없었다고 소리쳤고, 나 모르게 동
생에게 얼마나 차갑게 굴었나를 따졌다. 제부는 내가 던진 말을 고스
란히 내게 되갚았다. 처형은 언니이면서도 언제나 내 아내의 짐이었어
요. 처형이 언제 내 아내 마음을 편하게 해줘본 적 있어요? 처형의 냉
소에 내 아낸 늘 진저리를 냈었다구요.

(문학과지성사, 2000)

□신상성 「거북이는 토끼와 경주하지 않는다」

나는 왼쪽 오른쪽으로 급회전하면서 집요하게 달려드는 녀석을 왼
손으로만 요리했다. 부상당한 꿩이나 만난 듯 미국 선수는 한 마리 매
가되어 붕대를 물어뜯었다. 노골적인 그의 비열한 짓에 대해 관중들은
야유를 퍼부었다. 그는 길길이 날뛰었다. 한방 맞을 적마다 오른손이
어깻죽지에서부터 떨어져나가는 고통이었다. 나도 모르게 양쪽 입술
끝에 거품이 끓어 나왔다. 그것은 내가 끓여낸 것이 아니고 몸 속의
어느 부위에선가 저절로 솟아 나온 것 같다.

나는 3번째 종이 울리자마자 녀석의 혹을 정확하게 한방 갈겼다. 수
비로만 일관하며 결정적인 스트레이트를 날릴 수 없는 나임을 알고,
오른손의 붕대에만 매달려 있는 녀석을 바짝 파고들어, 왼 손목을 밑
에서 위로 올려 부쳤다. 가운데 손가락 손등뼈가 녀석의 딱딱한 명치
뼈에 들어맞았다고 느끼는 순간 그는 게거품을 물고 뻗었다. 그는 너
무 성급했다. 나보다 더 허옇게 끓는 게거품을 물고 들어 누웠을 때,
관중들은 일제히 일어나 환호했다. 일본에서보다 더 열광하는 것 같았
다.

* * *

야간 신입부원인 '넙치'가 상대방을 알아보고 쥐고 있던 아령으로 때리는 시늉을 했다. 그 순간 다른 녀석이 쿵후인가 하는 쇠줄로 넙치를 갈겼다. 등허리를 맞은 녀석의 앞으로 고꾸라졌다. 어느 순간에 날치의 역기가 공중을 날았다. 두어 명이 얼굴을 감싸쥐고 뒤로 넘어졌다. 죽여라 살려라, 하면서 도장 안이 삽시간에 핏물이 튀겼다. 대형 거울이 깨져 나갔다. 나는 호루라기를 불었다. 경찰인 줄 알고 움질했던 장내가 링 위에 올라선 나를 쳐다보았다.

* * *

그 큰 덩치가 무릎을 꿇었다. 그 때 픽하면서 쓰러졌다. 두 손바닥에 뱉어낸 허연 돌맹이 같은 게 핏물 속에 두어 개 보였다. 모여 섰던 백 대머리 패거리들이 우닥닥 튀었다. 이 짜아석! 아랫이빨도 뽑아 줘. 주먹이 다시 날았다. 그러나 두 번째 주먹은 한쪽 눈을 향했다. 녀석은 떼굴떼굴 굴렀다. 눈알이 빠졌다고 돼지 새끼같이 꽥꽥 고함질렀다. 이 삼겹살을 그냐앙, 불알을 뽑아 놀라! 조용히 못해! 넙치가 허벅지를 툭툭 찼다. 녀석은 벌떡 일어나 싹싹 빌면서 살려달라고 굽실거렸다. 다시 누군가의 역기가 공중으로 오르는 것을 보면서 나는 그만 둬! 짧게 소리쳤다. 또 한 번 이 근처에 나타났다간 너희들 사무실을 요만큼만 해 놓을 테니까, 알았어?! 삼겹살은 뒤도 안 돌아보고 도망쳤다.

* * *

보름달 달빛에 다섯 개의 시퍼런 칼날이 판나의 머리 위로 내려지는 순간 내가 그의 몸둥아리 위로 덮쳤다. 위기 일발이다. 동시에 내 머리 뒤에서부터 발목가지 다섯 개의 칼날이 튀었다. 시뻘건 핏물과 함께 절단되었어야 할 내 몸은 그대로이고 긴 칼들만 두 동강이가 났다. 어엇! 신음소리를 낸 것은 왕캉이 아니라 그 옆에서 여우같은 미소를 짓던 사제장이었다. 북소리 요란하게 치던 맨 앞줄의 악대들이 먼저 눈이 휘둥그레졌다. 다시 한 번 왕캉은 침착하게 호령했다. 기관 단총 소대가 더 가까이로 다가섰다.

(명동비지네스, 1997)

□ 신상웅 「심야의 정담」

그들이 9436부대 수색중대 본부에 도착한 것은 밤 아홉 시가 넘어 서였다. 차가 울컥 멎어서기 바쁘게 강중사가 회중전등을 번득이며 수선을 피웠지만 그들은 꼼짝달짝도 않고 앉아 있었다. 어떻게 된 노릇이 오금을 펼 수가 없었던 것이다. 강중사가 운전석 뒤창구로 전등을 들이대고 소리질렀다. 그 불빛은 아까와 달리 부연 우윳빛이었다. 어느새 회중전등을 딤 라이트로 갈아 끼운 모양이었다. 어디선가 두세 사람이 뛰어오고 있는 듯 요란스럽게 눈 밟는 소리가 들리고 중사가 그예 운전석을 뛰어내리고 있었다. 세 사람은 중사가 차 뒤에 나타나기 전에 오리걸음으로 트럭 바닥을 기어 나왔다. 그러자 뛰어오는 사병들을 향해 강중사가 소리쳤다.

"이 새끼들 끝까지 속 썩이는데."

"누구 말입니까?"

"신병놈들 말이야. 자고 있는 모양이야."

그러나 사병들은 더 뭐라고 대꾸를 않고 곧장 차 뒤로 달려들었다. 뒷문의 쇠고리를 뽑아 젖히자 원숭이 형국으로 차 끝에 웅크리고 있는 세 이등병의 모습이 드러났다. 그들은 잠시 마을 잊은 채 세 전입자를 물끄러미 올려다보고만 있었다. 중사가 회중전등을 들이댈 때까지 그들은 그러고만 있었다. 올려다 보이는 이등병들이 무슨 괴물같이 느껴졌던 지도 몰랐다. 플래시 불빛이 세 사람을 쓱 핥아 나가는 순간 하나가 뒤로 벌렁 나자빠졌다. 일어서려고 오금을 펴던 준학이었다.

"저 새끼들 잠에 취해서 저것 봐."

“아닙니다. 오금을 펼 수 없습니다.”

민욱은 분노에 찬 어조로 중사의 모략을 가로막으면서 한편으로 준학이의 다리를 정신없이 주물렀다. 그러고 나서 셋은 더블백을 안고 앉은 채로 차를 뛰어내렸다. 으스러지는 것 같은 무릎을 싸안고 그들이 땅바닥을 기는 동안 사병들은 차에 실린 1종 보급품을 부리고 있었다.

* * *

“어떤 새끼야, 어제 주둥일 놀린 새끼가?”

하고 박상사가 표정을 바꾸었을 때도 사병들은 그의 말을 그렇게까지 심각하게 받아들이지는 않았다. 그러나 민욱이 앞으로 불려 나가서부터 사태는 걷잡을 수 없이 험악한 국면으로 치달았다. 민욱이 미처 그의 앞에 부동자세를 취하고 서기도 전에 튀기 시작한 상사의 주먹과 발길은 몸의 어느 부분이라 가림이 없이 마치 모래주머니 차듯이 하였다. 불과 몇 초 동안 뒷걸음치면서 휘청거리던 민욱은 급기야 어디를 맞았는지 헉 소리를 내면서 고꾸라졌다. 그가 앞으로 꼬꾸라지자 상사는 더욱 기세가 등등해져서 발길로 그의 이마를 냅다 걷어차고 있었다. 민욱은 마치 썩은 나무등걸처럼 모로 나둥그러졌다. 그는 이미 저항력을 잃은 지 오래여서 사지만 파르르 떨고 있었는데도 상사의 질풍같은 공격은 여전히 그치지 않았다. 그러나 그는 민욱의 어깻죽지를 짓찍으려는 발로 준학의 엉덩이를 내려 밟고 말았다. 어느새 준학과 경이 민욱을 덮치고 엎어졌기 때문이었다. 상사는 준학의 엉덩이를 밟고 선 채로 한참이나 거친 숨을 씨근덕거리고 있었다.

* * *

침대목이 민욱의 배를 푹 찌르고 달려들었다. 그는 헉 하는 소리와 함께 배를 안고 주저앉았다. 인사계는 쭈글뜨리고 앉은 민욱의 등을 군화 뒤축으로 찍어 넘어뜨리면서 준학에게로 성큼 달려들었다.

"너, 이 인사계를 어떻게 보나. 귀대했으면 상판대기라도 들이밀어 봐야 되는 거 아냐."

"그땐 안 계십디다."

"핑계대지 마. 이 살인마야. 여기 나와 엎드려."

인사계는 준학이 땅바닥을 짚고 엎드리자마자 단단한 각목으로 그의 둔부를 내리쳤다. 준학이 큰 소리로 '하나!' 하고 고함을 질렀다. 인사계가 그것을 요구했기 때문이었다. 그는 자기의 몽둥이질 숫자를 끝까지 큰 소리로 외치도록 명령했었다. 준학은 스물을 소리칠 때까지도 무서운 인내로써 미친 듯이 날뛰는 인사계의 몽둥이를 받아냈다. 그러나 인사계의 살기 돋친 침대목은 거의 살인적이었다. 서른을 세지 못하고 준학은 배를 깔고 꼬꾸라졌다. 그러나 인사계는 계속 휘두르고 있었다. 민욱은 그때 명백한 결의를 세웠다. 인사계가 만약 마흔을 넘기기만 하면 그를 죽여 버리리라고. 그는 가시 돋힌 어조로 준학 대신 숫자를 외쳤다. 서른 여섯 대에서 드디어 침대목이 부러졌다. 민욱은 부러진 침대목을 들고 숨을 몰아쉬는 인사계의 팔을 확 나꿔챘다. 마치 허깨비처럼 인사계는 엎어질 듯이 몸을 기우뚱하면서 그의 앞가슴에 털썩 안겼다.

* * *

취조관의 얼굴에 회심의 징그러운 미소가 번져갔다. 그러나 민욱은 대답할 여유가 없었다. 호흡을 막으며 옆구리가 떡떡 결려왔기 때문이었다. 그는 숨을 조절하려 이를 악물고 몸부림을 쳤다. 그러자 연이어 취조관의 발길이 민욱의 배와 등, 허리를 거푸 내리치기 시작했다.

"엄살떨지 말랬잖아, 이 새끼야. 그러면 그러는 만큼 손해라는 것쯤 이젠 알 만할 때가 됐는데 아직도 정신을 못 차려 이 새낀."

취조관은 아직도 정신을 못 차리고 시멘트 바닥을 뒹구는 민욱을 줄곧 따라붙으며 발길을 휘둘렀다. 민욱은 정강이뼈가 여지없이 으스러지는 것이라고 생각하면서도 그 무섭게 쪼아대는 아픔을 어떻게 할 도리가 없었다. 명치뼈 밑에서 떨꺽 숨이 막혀 손이 정강이를 주무를 겨를도 없었다. 그는 으음 하고 어금니를 악물었다. 가느다란 신음 소리가 날 때마다 뜨거운 콧김이 실오라기 빠져나가듯이 솔솔 흘러나갔다.

"이제 좀 제정신이 들었겠지? 일어나 앉아."

민욱이 몸을 일으켜 다시 의자에 엉덩이를 걸치기까지에는 그러고도 오 분 이상이 걸렸다. 그러나 위태로운 자세로 자리를 잡는 듯 하자 그는 다시 나무등걸 넘어지듯 모로 나자빠졌다.

* * *

눈 깜짝할 사이였다. 엉거주춤 몰켜 서는 듯하던 청년들이 일순에 확 흩어지면서 첨벙 무논바닥으로 내려 뛰기도 하고 도랑을 건너뛰어 줄행랑을 치기도 했다. 그러나 그들은 미처 10미터 바깥도 벗어나지 못한 채 발이 묶이고 말았다. 어디선가 "모조리 쏴 죽여, 계엄하야" 하는 고함과 함께 마치 기습을 감행하는 전장처럼 요란한 총성이 밤하늘을 찢어발겨 놓았던 것이다.

민욱은 다른 대여섯 명과 함께 물이 철썩 바짓가랑이 속으로 튀어오르는 도랑을 가로질러 둑 밑으로 굴러 떨어졌다. 옆에서 몸을 부딪치며 같이 뛰던 청년이 별안간 썩은 나무등걸처럼 푹 고꾸라지는 것을 확인하는 순간에 일어난 거의 반사적인 행동이었다. 몸은 쓰레기장 위에 털석 떨어지고, 그제서야 아찔하는 생각이 뇌리를 스쳐갔다. 그는 곧장 몸을 일으켜 둑 위로 손을 뻗쳤다. 그러자 뻗은 손이 사정없이 떨리기 시작했다. 손만이 아니었다. 온몸이 주체할 수 없을 정도로 와들와들 떨렸다. 그러나 그러고 있을 때가 아니었다. 민욱은 아랫배에 힘을 주며 어금니를 악물었다. 그리곤 두 팔을 벌려 둑을 끌어안았

다. 싸늘한 흙덩이에 뺨이 닿는 순간 갑자기 눈에 물기가 서렸다. 그
는 헉 흐느끼면서 둑 위로 기어오르기 위해 연신 흙을 긁어내렸다. 그
가 둑 위로 올라왔을 때 이미 청년은 죽어 있었다. 일으켜 앉히려 어
깨 밑으로 손을 들이밀자 목덜미에서 끈적한 선혈이 배어 났다. 섬뜩
소름이 온몸을 훑어 나갔다. 민욱은 청년을 도로 땅바닥에 눕히고 벌
떡 일어섰다. 민간인으로 돌아온 뒤 휘감는 분노에 죄어들며 허공에다
대고 벽력같이 소리쳤다.

　"이 잔악무도한 살인마들아!"

　그러나 그 고함소리가 미처 끝나기도 전에 민욱은 허리가 휘청 꺾
이면서 뒤로 벌렁 나가 떨어졌다. 누군가 비호같이 날아들어 그의 허
리를 걷어차고 있었던 것이다.

(동아, 1995)

□안수길 「북간도」

　그 순간이었다. 탁─수돌이의 팽이채가 정수의 얼굴을 휘감아 쳤다.
아찔해지는 정수, 얼굴을 손으로 감싸쥐었다. 씩씩거리면서 노려만 보
고있는 수돌이! 수돌이의 팽이채가 다시 정수의 몸에 휘둘러졌다. 정
수가 휙 팽이채를 나꿔채 뒤로 던지고 수돌이에게 달려들었다. 둘은
맞붙었다. 둘은 뒹굴었다. 수돌이 힘이 세다. 정수를 깔고 앉았다.

* * *

　가라앉으려던 분통이 다시 터졌다. 목소리 큰 여인의 두 손이 전족
여인의 머리에 올라갔다. 큰 손아귀에 머리칼이 다부지게 움켜쥐어졌
다. 잡아챘다. 전족의 여인이 위태위태한 다리를 헛디디면서 자신은
머리를 끄들린 채 두 손으로 상대편의 머리를 더듬어 마침내 꽉 그러
잡고 말았다. 머리를 끌고 끌리고, 군것질 여인도 만만치 않았으나, 전
족의 여인도 하반신이 휘춘휘춘하는 것 같으면서, 그 대신 손과 윗몸

에 집중된 다부진 힘을 얕잡아 볼 수 없었다.

* * *

이번 방화사건은 그쪽에서 보면 연극이 아닌 진짜 범행인데다가 감히 일장기가 펄럭거리는 신성한 대 일본제국 총영사관을 모욕했다는 점에서 일경의 부아를 돋우어준 것이 사실이었다. 그 불지른 범인과 연루자를 색출 체포한다는 한계를 넘어 복수심도 작용하고 있었다.

* * *

한 사람이 이 영감의 상투를 걸머잡고 당기면서 흔들어 댔다. 저희들끼리 뭐라고 수군댔다. 한 사람이 상투를 칼로 잘랐다. 자른 상투를 가지고 다섯은 또 수군거렸다. 머리를 갸우뚱하는 사람. 그러나 마침내 이 영감을 일으켜 끌고 사립문 밖으로 나갔다. 가족들이 뒤를 쫓았다. 그러나 아문(관청)에 가는 거다, 곧 돌려보낸다고 윽박질러 집으로 들여보냈다. 뜬눈으로 기다렸다. 오지 않았다. 그랬는데 오늘 아침에 소 먹이러 가던 아이들이 산에서 목이 없는 시체를 발견했다. 옷으로 이경천 영감임을 알 수 있었다. 시체 옆엔 피에 물들인 작두가 있었다.

(동아, 1995)

□안장환 「목마와 달빛」

그날 오후였다. 아이들과 한창 동심의 세계에서 헤매고 있던 박순도 씨는 깜짝 놀라서 몸을 일으켰다. 저쪽 건너편에서 며느리가 어떤 여인과 이야기를 하며 길을 건너오고 있기 때문이었다. 박순도씨는 당황했다. 어떻게 해야 이 위급한 사태를 막을지 얼른 생각이 떠오르지 않았다. 참으로 난처한 일이었다. 길을 거의 다 건너온 며느리의 시선이 이쪽으로 와서 꽂혔다.

(신원문화사, 1996)

□안장환 「산그늘」

바로 그때였다. 방안에서 그녀의 비명소리가 들려왔다. 선우는 그만 가슴이 철렁 내려앉으며 자리에서 벌떡 일어나 앉았다. 방문이 열리고 사나이가 뛰어나왔다.

"아니, 무슨 일이야?"

선우는 사나이를 쳐다보며 소리쳤다. 갑자기 뜨거운 분노가 끌어오르는 것이었다.

* * *

그런데 갑자기 들려오는 여자의 날카로운 비명소리에 선우와 사나이는 눈이 휘둥그래져서 주위를 둘러보았다. 바로 그때였다. 저쪽 바위서렁 밑에 있는 화장실에서 그녀가 뛰어나오고 있었다. 화장실이라고 해야, 그것은 바위 밑에다 나무를 엮어서 사람만 보이지 않게 만들어놓은 것이었다.

(신원문화사, 1996)

□안장환 「안개깊은 밤」

그런데 아주 순간적인 일이었다. 멀찍이서 서영이를 따라가고 있는 재하씨의 눈앞에는 갑자기 긴박한 일이 벌어지고 있었던 것이다. 저만큼 앞에 승용차가 세워져 있는 장소에서였다. 그 승용차 안에서 어떤 검은 사나이가 뛰어나오더니, 서영이에게 뭐라고 말을 걸었다.

"아니, 저놈이 누구지?"

재하씨는 흠칫 놀라며 걸음을 멈추었다. 순간, 사나이가 서영이를 잡아끌더니 승용차 안에다 밀어 넣었다.

"아니, 서영아. 서영아!"

　너무도 순간적으로 벌어진 일이어서 재하씨는 어찌할 바를 모르고
소리치며 그쪽으로 달려갔다. 그러나 승용차의 뒤꽁무니까지 뛰어갔
을 때는 이미 시간이 늦었던 것이다. 승용차는 쏜살같이 달아나고 있
었다. 서영이가 어떤 괴한에게 납치당해 가는 것이 분명했다.

(신원문화사, 1996)

□안장환 「타인들」

　미류나무에 기대서서 그 사이로 호수를 바라보고 있던 영은은 돌아
섰다. 바로 그때였다. 텐트가 열리더니 안에서 사나이가 기어 나왔다.
놀란 것은 사나이나 영은이도 마찬가지였다. 그러나 사나이는 더욱 놀
랐을 것이다. 그는 눈을 크게 뜨고 영은을 바라보았다. 멀리 언덕 위
에 산장밖에는 없는 외딴 곳에 미지의 여자가 나타났으니 놀라지 않
을 수가 있겠는가. 의아해하는 눈으로 영은을 바라보고 있는 사나이는
코펠을 들고 있었다. 삼십대로 보이는 사나이였는데, 얼굴이 유난히
희고 단정하지 않게 수염이 얼굴을 덮고 있었다.

(신원문화사, 1996)

□염상섭 「삼대」

　두 계집의 힘으로 술 취한 장정을 막아 낼 장비가 없었다. 담배 재
떨이가 병화의 뺨 옆으로 날며 맞은편 벽에 우지끈 딱 하고 익살이
되는 것을 군호로 하고 세 사람은 맞달라 붙었다. 어느덧 한 놈은 벌
써 나둥그러졌다. 상훈이도 일어서려니까 나둥그러진 자가 일어나서
상훈이에게 달려든다. 이번에는 병화와 맞붙은 자와 상훈이가 나둥그
러졌다. 이것을 보자 병화는 두째번 넘어진 자를 서너 번 발길로 쥐어
박고는 상훈이에게 응원을 갔다. 멱살을 낚아 가지고 일깃거리는 테이
블과 교의에 허리를 걸치어 메다치니 우지끈하고 부서지는 위에 넙치

가 되어 쓰러진다.

(진문, 1948)

□오상원 「피리어드」

이마에서 진땀이 비오듯 흘러내렸다. 포복, 또 포복, 눈앞에 깔린 어둠처럼 한없이 어두운 의식을 타고 포복은 계속되고 있었다. 고개를 들면 죽는다는 생각도 이미 없었다. 배를 땅에다 찰싹 붙이고 악착같이 기어야 한다는 잔인한 행위만이 그에게 남은 전부였다. 바로 눈앞에서 작렬하는 수류탄의 폭음도 쓰러지는 전우의 비명도 나중에는 모두가 다 의미를 잃고 있었다. 한없이 이처럼 포복을 해 가고 있는 자신마저도 나중에는 의미가 없었다.

(계몽사, 1986)

□오성찬 「종소리 울려 퍼져라」

나는 마시던 커피를 마저 마시면서 잠바를 내려 입고 밖으로 나와 허둥지둥 차에 올라타서 시동을 걸었다. 이미 주행거리가 몇 만 킬로가 되고, 낡을 대로 낡은 내 승용차는 시동이 한번에 걸리는 법이 없었다. 키를 다시 꽂고 돌리고, 더 깊숙이 꽂고 돌려서야 드디어 부르릉 시동이 걸렸다. 경찰서로 가는 차 속에서 나는 내가 왜 한 여자의 자살 따위에 이렇게 흥분해 있는 것일까, 어쩌자고 내가 이 사건을 좇기 시작한 것일까 나 스스로에게 반문했다.

* * *

나는 다시 한번 잠바 안주머니에 손을 넣어 비상금을 확인했다. 그러면서 내가 지금 가고 있는 장소가 카페 '빈 터'라는 것을 감지하고 있었다. 내 체내의 통제소는 지시한 바 없었건만 내 다리, 나의 발길은 제멋대로 나를 그리로 안내해 가리라는 걸 나는 벌써부터 눈치채

고 있었다. 그것은 어쩌면 운명처럼 예견된 것이었다. 그 육감적인 몸
매의 수수한 마담, 상체를 숙일 때면 속에 들여다보이던 뽀얗고 풍만
한 젖가슴이 눈에 아롱거렸다. 그녀를 떠올리니까 은근히 가슴이 설레
이고 다리가 다 헛놓였다. 그런데 나는 그동안 그 장소를 그리도 까맣
게 잊고 있었던 것이다. 두 번째 전화부스로 들어갔을 때 전화는 대번
에 쉽게 걸렸다.

* * *

　내 대답을 듣기가 바쁘게 그가 연거푸 다음 질문을 먹여왔다. 나는
그만 어안이 벙벙해서 그의 시니컬한 표정만 내려다보고 있었다. 사내
의 단수 높은 질문에 나는 이미 질리고 있었고, 무슨 술수로 나를 걸
고넘어질지 겁을 내고 있었다. 그가 이런 나의 손을 잡고 이끌어 자기
의 등뒤에다 세웠다. 그리고 자기가 받아 앉은 책상의 서랍을 소리 없
이 잡아당겨 열었다. 아, 순간 나는 눈을 지리 감았다. 거기 흩어진 갓
뺀 여러 장의 사진, 나는 과거에도 이런 일을 당한 적이 있는데, 그것
들의 색깔이 도살장 바닥처럼 시뻘겠다. 그러나 나의 의지는 다음 순
간 눈을 부릅뜨고 이 사진들을 주시해야 한다고 생각했다. 이것들에
무슨 사건의 실마리가 있다고 여겨졌기 때문이다. 그 중 한 장의 사진
이 날카로운 메스로 반듯하게 배 부위까지 열려 있었다. 그 열린 배
부위에서 짐승을 잡을 때와 마찬가지로 큰창자, 작은창자들이 마구 밖
으로 쏟아져 나와 있었다. 그러니까 도살장 같은 그 핏빛은 바로 이것
들이 내뿜어 놓은 것이었다. 나는 허리를 구부려 배 부위가 열린 그
사진을 걷어냈다. 다음 컷은 여자의 얼굴 부위였다. 타다 남은 머리는
흩어지고 얼굴도 불에 태워져서 눈과 코 부위를 알아볼 수가 없었다.
어려서 집 앞 텃밭 감나무 아래서 돼지 잡는 것을 본 적이 있었는데
그 짐승을 그을릴 때 눈을 질끈 감고 있는 모습과 거의 방불했다. 마
저 그 사진도 걷어냈다. 그 다음 컷은 죽은 여자의 손만을 클로우즈업

시켜 찍은 사진인데 손가락 첫 마디들이 날카로운 면도칼 같은 것으로 도려내어져 있었다. 그걸 보는 순간 나는 온몸에 닭살이 돋는 것을 느꼈다. 기자 생활 20년에 볼 것 못 볼 것 숱하게 보아온 나로서도 이런 경우는 처음이었다. 짙은 안개처럼 자욱히 몰려오는 비감과 절망감, 그것은 이런 일이 오랜만에 찾은 고향에서 일어났다는 실망도 겹쳐서 더 상처가 깊었다.

* * *

사건의 시초는 아마 1986년 9월이었을 것이다. 경기도 화성군 태안읍 하나 목양지, 거기에 당시 71세나 났던 할머니 하나가 살해된 채 발견된다. 그런데 그 나이까지 산 할머니가 죽임을 당한 이유는 나중에 밝혀진 내용이긴 하지만 단순히 여자였기 때문이었다. 왜? 그 후 줄줄이 죽임을 당한 69세의 할머니까지 그녀들은 한결같이 여자라는 이유 때문에 죽지 않으면 안되었다. 옷이 완전히 벗겨진 채 입에는 양말 같은 헝겊조각으로 재갈이 물려지고 목과 배꼽, 양쪽 허벅지 등에는 스무 군데, 아니 그 이상도 칼에 맞은 자국을 드러낸 채 한 지역에서, 일정한 기간에 비슷한 운명으로 죽어간 젊은 처녀, 중년의 여자, 심지어 할머니들… 그러면 이런 여자들을 죽인 상대는 누구였을까. 그 대답은 쉽지도 않지만 단 어렵지 않은 한 가지만은 남자라는 추측에 이르게 된다.

* * *

죽은 신랑을 이장하는 날 새벽에도 심술궂은 시어미 심통머리 같다는 섬의 바람은 각각 불고 있었다. 우리는 겨울 잠바차림에 마후라까지 두르고 서둘러서 그의 묘소가 있다는 '각시바위' 근처로 차를 몰았다. 어제 저녁 이상 시인의 말 같은 사건이야 일어날 리가 없는 데도 차를 몰고 가면서 나의 가슴은 이상하게 설레었다. 약도까지 그려 받으며 장소를 미리 알아두기는 했으나 산 쪽으로 다가갈수록 확신은 안 서고, 게다가 언제 이상 시인의 광장공포증 발작이 일어날지 그것마저 불안했다.

야산지대에 이르러 지난해 피었다가 씨앗들이 날아가 버린 억새꽃 무더기가 바람에 휘살짓고 있었다. 그런 묵은 것들 사이로 검푸른 빛을 띠어 가는 삼나무, 소나무들도 몸 전체로 바람을 맞받고 있었다. 그런 나무들 사이로 언뜻언뜻 보이는 빈 밭들에 두터운 돌담으로 둘리운 오래 묵은 무덤들이 여기저기 보였다. 산 사람도 많지만 죽은 사람도 많긴 많구나. 천당도 지옥도 모두 만원이라는 우스갯소리는 어쩌면 맞는 말인지도 모른다는 생각이 들었다. 그러면서 야산길을 한참 달리자 '각시바위' 기슭 질펀한 띠밭에 흰옷 입은 한 무더기 사람들이 보였다. 아, 저긴 모양이구나. 나는 주머니 속 약도와 사람들이 둘러선 장소를 잽싸게 대조해봤다. 신랑과 신부측 두 가족들은 우선 장래도 위하고, 손쉬운 방법으로 야산 잡초지 안에 있는 신랑의 무덤을 공동 묘지의 신부 묘 있는 데로 옮겨 합장을 하고 그 후에 사혼 예식을 올린다는 계획이었다.

* * *

새벽 출근길이었는데, 나는 식당들이 잇달아 늘어선 동네 못 미쳐 좁은 골목에서 급히 뛰어나와 내 앞을 가로질러 잽싸게 달아나는 한 사내와 만났다. 사내는 급했던지 바짓가랑이가 몇 단 걷혀 있는 데다 신발도 벗은 채 맨발이었다. 사내는 혼자가 아니었다. 바로 같은 골목 에서 뒤따라 쫓아 나온 주방 제복의 다른 사내가 바짝 붙쫓고 있었다. 그런데 나는 그들을 보는 순간 등골에 오싹 고슴도치처럼 바늘들이 일어섬을 느꼈다. 뒤따라 쫓고있는 사내의 손에 마침 솟아오르는 햇빛을 반사하여 날카롭게 섬광을 발하는 칼이 들려 있었기 때문이었다. 무슨 잘못에 무슨 원한이 저리도 첨예한 것일까. 뒤따르는 사내의 손

에 도망가는 사내가 붙잡히기만 하면 영락없이 대번에 날카로운 칼이
덜미를 찔렀을 것이다.

* * *

차가 달리는 가까이 들판에서 장끼가 까투리를 부르는 소리가 들려
왔다. 그에 화답하는 음습한 까투리의 응답도 들려왔다.
　―뻐꾹, 뻐억꾹.
　뻐꾸기 소리도 들려왔다. 남의 둥지를 빌어 알을 까면서 "넌 내꺼
다. 넌 내꺼다." 폭력을 행사하는 저 놈. 저놈도 알고 보니까 대단한
폭력배로구나. 나는 세상이 온통 폭력으로 가득 차 있는 듯한 느낌을
떨쳐버릴 수 없었다.
　속도 계기는 성급하게 왔다갔다 움직이고 있었으나 시속 60킬로의
길 위에서 대체로 80이상을 유지하고 있었다. 군데군데 단속 경찰관들
이 서 있는 게 보였으나 대개 얼굴이 익은 사람들이어서 총을 쏘려다
가는 웃으며 그만두곤 했다. 그러나 나는 무릉시에 가까워지면서 여기
로부터 멀어지고 싶다는 의식과 이유 모를 조바심에 솟구치는걸 떨쳐
버릴 수가 없었다. 또한 막상 거기 도착해서 얻을 게 있으리라는 어떤
확신도 얻지 못하고 있었다.

* * *

나는 어정쩡한 표정의 그를 방 가운데 세워놓은 채 밖을 나왔다. 내
가 방사선과의 문을 나설 때 미스 정이라는 그 아가씨가 방으로 들어
서는 것과 부딪쳤다. 그러나 우리는 둘 다 아무도 인사를 하지 않았
다. 나는 다시 병원 마당의 녹나무 아래로 나와 멈추어 서서 파닥거리
는 나무 이파리들 사이로 언뜻언뜻 드러나는 청하늘을 우러러봤다. 언
뜻 스치는 회환, 그리고 뭔가 미진한 것이 있는 듯 했다. 나는 그렇게
한참을 우두커니 서 있다가 문득 병원과는 별채의 원장실이 있는 건

물로 다가가고 있었다. 그리고 나는 그곳의 몹시 당황해 있는 듯한 젊은 원장으로부터 1,710호의 환자가 고강환이며 그가 불의의 자상을 입고 이 병원에 가장 고층, 맨 구석지에 위치한 1,710호실에 있는 곳까지 올라가 봤다. 1층 엘리베이터의 입구에서부터 어깨가 떡 벌어진 젊은이 인파에 섞여 눈동자를 번득이며 있는 게 감지되더니 7층 방의 어귀에도 비슷한 사내들이 서성거리고 있었다. 그들은 보호색을 입은 파충류처럼 스스로를 숨기고 있으면서도 여차하면 몸싸움이라도 벌일 자세를 갖추고 있었다. 나는 고개 돌려 살피지 않아도 그런 상황을 민감하게 감지할 수 있었다.

* * *

나는 고개를 끄덕여주면서도 수긍이 안 가는 데가 있었다. 그럴 수 없는데 그랬다? 그렇다면 그거야말로 그 물밑에 있는 큰 문제가 도사려 있을 수도 있었다. 그것이 무엇일까. 거대한 어떤 압력. 그 보이지 않는 압력이 그녀를 죽음으로 떠밀고 갔던 것이 아닐까. 마음속에 다짐이 서자 나는 더 이상 있지 못하고 얼른 일어났다. 그리고 나오는 길로 주차장으로 가서 차에 시동을 걸고 청하내 하류의 청하폭포가 있는 해변을 향하여 차를 몰았다.

내가 해변으로 직하하는 청하폭포에 다다라서 가파른 벼랑의 계단을 내려가면서 보니까 폭포가 시원스럽게 펄럭이고 있었다. 그리고 그 아래에 사람들이 옹기종기 둘러서 있었는데 나는 거기에 죽은 처녀의 시신이 뉘여 있는 것이라고 대번에 알아보았다. 그리고 내가 그곳으로 다가가면서 보니까 아니나다를까 둘러선 사람들의 가랑이 사이로 하얀 천에 덮인 스름한 물체가 눈에 띄었다. 내가 더 가까이 다가가니까 제복을 입고 모자를 쓴 젊은 경찰관이 나를 알아보고 거수경례를 붙였다.

(답게, 1999)

* * *

통통통통. 엔진 소리가 나서 돌아다보니까 어느새 발동선 한 척이 바다 가운데서 우리를 향하여 가까워지고 있었다. 저렇게 높은 뱃전이 어떻게 시신을 옮겨 싣지? 하는데 이번에는 위잉, 하는 모터소리를 내며 고무보트가 한 척 두 사람의 스쿠버 다이버차림의 젊은이들을 태우고 잽싸게 다가왔다. 옳지, 다 저 만큼씩 수단을 부리는 구나. 나는 잔뜩 호기심이 동해서 이 바닷가에서 일어나는 일을 지켜보고 있었다.

예상대로 발동선은 한참 바다 가운데서 엔진을 죽이고, 모터보트는 바위와 발동선 사이에 다린 역할로 배치가 되었다. 어느 정도 채비를 갖추자 자갈밭의 사람들이 부산해지기 시작했으며 "어이 모다 들어서 우끈 들고!" 이력난 중년의 소리에 맞춰 어느 해 담가는 들려서 발동선 있는 데로 다가가고 있었다.

그리고 시신을 배로 옮겨 실을 때 배가 한 차례 기우뚱 기울기는 했으나 이내 바로 서고, 통통통통, 다시 엔진이 급하게 돌아가는 소리가 들리더니 가련한 시체를 실은 발동선은 시원스럽게 바다 가운데로 나아가고 있었다.

* * *

이날도 나는 일상의 예대로 아침나절에 경찰서 마당으로 들어서다 재수 좋게도 딸기코 정 형사와 부딪쳤다. 아니, 어쩌면 이 고름누에같이 굼뜨나 의뭉한 사내는 내가 나타날 때를 기다리고 있었던 것인지도 모른다. 그가 어디서부터인가 나에게로 마주 걸어오며 얼핏 시선을 부딪치고 나서 지나가는 말처럼 내게 그 소식을 흘려줬던 것이다.

"계룡폭포엘 가보세요. 기어코 일 하나가 터지고 말았다구요."

그는 혼잣말처럼 뇌이며 지나쳐갔으나 돌아보니까 마침 그도 나를 돌아보며 힐쭉 웃고 있었다. 사건이 터져도 되게 크게 터진 모양이구

나. 나는 서둘러 되돌아 나와서 차 있는 데로 가 차를 잡아타고 엑셀
레이터를 밟을 수 있는껏 밟으며 계룡내가 있는 쪽으로 달리기 시작
했다.

* * *

새로 공사 중이던 구름다리는 기존 일주도로의 다리 쪽에서 3백 미
터쯤 아래쪽, 2단 폭포 위에 있었다. 나는 지나다니며 유심히 눈 여겨
봐뒀으므로 그 현장을 찾는데 아무 어려움도 없었다. 아니, 이런 표현
은 아무래도 적절치가 않다. 일주도로의 다리에 채 못 미침에 나는 멀
찍이 계곡 아래쪽에 벌어져 있는 상황에 아연해 버렸다. 이제까지 오
면서 사건이 크게 벌어져 있기를 기대했던 나의 바램은 허사였다. 나
는 핸들을 잡은 채 계속 눈을 뗄 수도 입을 다물 수도 없었다. 저럴
수도 있는 것인가, 그야말로 계곡 바닥을 아수라장이었다. 아스라이
깊은 계곡 아래에 심술궂은 아이가 수수깡을 가지고 하루종일 만들었
던 장난감을 마구 부숴 내던져버린 것처럼 공사장의 잔해들은 널려
있었다. 바닥에는 거대한 기둥 탑과 철주가 그야말로 엿가락처럼 휘어
지고, 다리 난간도 수수깡 장난감을 흩어 내버린 것처럼 부서진 채 흩
어져 있었다.

(답게, 1999)

□오영수 「갯마을」

두 노인은 말이 없었다. 그 새 구름은 해를 덮었다. 바람도 딱 그쳤
다. 너울이 점점 커왔다. 큰 너울이 올 적마다 물컥 갯냄새가 코를 찔
렀다. 두 노인은 말없이 일어나 말없이 헤어졌다. 그들의 경험에는 틀
림이 없었다. 올 것은 기어코 오고야 말았다. 무서운 밤이었다. 깜깜한
칠야. 비를 몰아치는 바람과 바다의 아우성, 보이는 것은 하늘로 부풀
어오른 파도뿐이었다. 그것은 마치 바다의 참고 참았던 분노가 한꺼번

에 터져 흰 이빨로 뭍을 마구 물어뜯는 것과도 같았다. 파도는 이미 모래톱을 넘어 돌각담을 삼키고 몇몇 집을 휩쓸었다. 마을 사람들은 뒤 언덕배기 당집으로 모여들었다. 이러는 동안에 날이 샜다. 날이 새자부터 바람이 멎어가고 파도도 낮아갔다. 샌 날에 보는 마을은 그야말로 난장판이었다.

이날 밤 한 사람의 희생이 있었다. 윤 노인이었다. 그의 며느리 말에 의하면 돌각담이 무너지고 파도가 축담 밑까지 들이밀자 윤 노인은 며느리와 손자를 앞세우고 담 밖까지 나오다가 무슨 일로선지 며느리는 먼저 가라고 하고 윤 노인은 다시 들어갔다고 한다. 그리고는 아무 것도 모른다는 것이다.

바다는 언제 그런 일이 있었던가 하듯 잔물결이 안으로 굽은 모래톱을 찰삭대고, 볕은 한결 뜨거웠고, 하늘은 남빛으로 더욱 짙었다.

그러나 고등어 배는 돌아오지 않았다. 마을은 더 큰 어두운 수심에 잠겼다. 이틀 뒤에 후리막 주인이 신문을 한 장 가지고 와서, 출어한 많은 어선들이 행방불명이 됐다는 기사를 읽어 주었다. 마을은 다시 수라장이 됐다. 집집마다 울음소리가 그치지 않았다. 이틀이 지났다. 울음에도 지쳤다. 울어서 해결될 문제가 아니었다.

(집현전, 1953)

□오정희 「불놀이」

사내아이와 계집아이 둘이 어느 결에 닭을 에워싸고 있었다. 뜰아랫방, 무덥게 닫힌 문 안쪽에서 무언가 억눌린 고함이 들려왔으나 아이들은 고개도 돌리지 않았다. 사내아이가 재빨리 닭의 발목을 묶은 끈을 풀고 풀린 닭은 화들짝 일어나 몇 발자국 비틀대더니 장독대로 뛰어올랐다. 사내아이와 닭 사이에 다급한 술래잡기가 시작되었다. 다시 잡아 묶어 놓아야 한다는 생각에 영조는 닭을 따라 뛰었다. 계집아이들은 손뼉을 치며 깔깔거렸다. 겁먹은 닭은 수돗가로 대문께로 꼬꼬

대며 달아나고 벌거벗은 아이는 식식대며 돌을 집어들었다. 아이에게
쫓겨 장독 위로 올라 간 닭은 재빨리 푸성귀 밭으로 뛰어내리고 말릴
짬도 없이 날아간 돌은 배가 불룩한 그 중 큰항아리에 맞아 쩌그럭
둔탁한 소리와 함께 간장이 콸콸 쏟아지기 시작했다. 깔깔대던 계집아
이들은 벌린 입 그대로 놀람과 겁에 질려 잠잠해졌고 대신 안에서 볼
펜과 종이를 들고 나오던 사모님의 입에서 비명이 찢어졌다.

* * *

어느 여름, 여섯 살 때였던가. 할아버지를 따라 산에 갔던 적이 있
었다. 벌겋게 흙이 뒤집혀진 무덤 자리에서 할아버지는 말했다. 이건
썩은 땅이다. 옛이야기가 많은 그 고장 산에서는 대낮에도 무덤이 파
헤쳐졌다. 대개 일본인들과 그들이 데리고 온 인부들에 의해서였다.
무덤이라고 볼 수 없는 평범한 들판에서도 그들은 반나절도 못 되어
그릇이며 항아리, 칼 따위가 나왔다. 그때부터 자신은 무덤 속에는 지
상에서 찾을 수 없는 많은 것들이 있으리라는 환상에 빠지게 된 것일
까. 도굴당한 무덤은 다시 흙을 덮어 본디대로 해놓는다 해도 쥐의 서
식처일 뿐이었다. 발디딜 때마다 움푹움푹 발이 빠지는 허방이었다.
할아버지가 말한 죽은 흙, 썩은 땅의 뜻을 알게 된 것은 아주 훗날 그
가 옛 무덤에 실제로 삽질을 시작했을 때였다. 단단한 땅에 꽂을 대를
박으면 땅은 살맞은 짐승처럼 퍼들퍼들 일어나고, 좀체 보이지도 열리
지도 않는 입구를 찾아 조바심과 안타까움으로 빙빙 돌며 더듬을 때,
어두운 연도를 지나 만나는 음부의 잠, 이윽고 깨어나는 천 년의 꿈.
닫혀진 무덤은 순결한 처녀였다.

(동아, 1987)

□오정희 「불의 강」

우기(雨期)면 영락없이 물에 잠겨 키 높은 포플러의 꼭대기만 수초

처럼 비죽이 솟아 너울대던 강 건너의 섬은 여름내 계속되던 다이너
마이트의 폭파음으로 분출과 퇴적의 흔적을 무너뜨렸다. 그리고 까부
수어진 바위와 모래땅 위로 사역병을 가득 실은 군용 트럭이 뽀얗게
흙바람을 일으키며 쉴새없이 지나갔고 불도저가 땅을 뒤집어 벌판을
만들었다. 군사상의 필요에 의해 비행장을 닦는 다는 것이다. 부락은
없어지고 강의 이쪽과 섬을 잇는 도선장은 폐쇄되었다.

* * *

먼 곳에서부터 울리는 사이렌 소리가 어지럽게 들려왔다. 창문이
버얼겋게 달아오르고 있었다. 벨 울리는 소리가 계단에 설치된 화재경
보기 울리는 소리로 들린 것은 창의 붉은 빛 때문이었을 것이다.

그는 불에 탄 재 냄새를 풍기며 현관 앞에 서있었다. 나는 계단 등
의 흐린 불빛 아래 서 있는 그를 끌어들이고 급히 문을 잠갔다. 그리
고 창문을 열고 밖을 내다보았다. 바로 눈 아래에서 발전소가 타고 있
었다. 불꽃놀이처럼 불티가 날고 강은 온통 붉은 빛이었다. 건물은 불
길에 짜여 모습을 드러내지 않고 굴뚝만이 의연히 솟아 있었다.

* * *

요즘 들어 시력이 부쩍 약해졌는지 걸핏하면 눈물이 나고 앞을 볼
수가 없다. 못쓰게 되는 건 눈뿐이 아니다. 며칠 전에는 어금니 두개
가 한꺼번에 으스러져버렸다. 피도 나지 않은 채 이빨 부스러기가 흡
사 모래를 한 입 문 듯 입 안 가득 지금거렸다. 통증도 없었다. 아픔
을 느낄 수 있는 신경은 이미 죽어버린 모양이었다. 어금니 솟았던 자
리가 횅하게 비어 혀를 밀어 넣으면 남아 있는 이빨 뿌리만 가시처럼
걸렸다. 밤새도록 새김질하듯 혀를 내둘러 목안의 침을 다 말리면 애
를 태우다가 이튿날 아침, 들어서는 가정부에게 대뜸 입을 벌려보았
다. 잇몸에 남아있는 뿌리를 뜯어내 달랄 참이었다.

그녀는 별반 주저하는 기색이 없이 엄지와 검지를 입안에 밀어 넣었다. 물기가 닿지 않은 손에서는 값싼 크림 냄새가 났다. 분홍빛의 건강한 손가락이 부드럽게 잇몸을 어루만졌다. 순간 나는 온몸이 스멀거리는 듯한 근지러움에 몸을 뒤틀었다. 그 근지러움은 이상하게도 이미 오래 전에 마비된 몸의 왼쪽 부분에도 전해져 그것들은 일어나려고, 소생하려고 꿈틀거렸다.

* * *

며칠 전에도 나는 깜깜한 밤중, 옥상에서 눈을 떴다. 해가 질 무렵까지 앉아 있었는데 어느 순간 두통이 오고 그리고 노을 빛이 푸르스름하게 변하던 것이 기억할 수 있는 전부였다. 깨어나 보니 나는 옥상 바닥에 모로 누워있었다. 눈 위로 별이 총총히 쏟아지고 있었고, 웅덩이에선 개구리가 울고 있었다. 이마에 통증을 느낀 것은 방안에 들어와 거울에 비춰보고 시퍼렇게 피멍이 든 자국을 발견하고 나서였다. 의자에 쓰러지면서 옥상 난간에 몹시 부딪쳤던 모양이었다. 나는 때때로 부엌에서 변소에서 때로는 옥상을 올라가는 층계에서 깨어났다.

(문학과지성사, 1999)

□오정희 「새」

그 뒤로 우리는 외삼촌의 집으로 옮겨갔다. 외숙모는 잠을 자지 못해 병이 났다. 우리가 외숙모의 잠을 쫓았다. 외숙모는 아침마다 토끼처럼 새빨개진 눈을 하고 미치겠어, 미치겠어, 큰소리로 중얼거렸다. 우일이가 이불에 오줌을 쌌을 때도, 내가 달력에서 예쁜 여자 배우들의 얼굴을 모조리 오려내었을 때도 내가 외숙모는 하루종일 미쳤었다. 냄비도 프라이팬도 밥상 위의 그릇들도, 마룻장과 방문짝들도 미치겠어, 미치겠어, 큰소리로 꽝꽝거렸고 막 말을 배우기 시작하는 외숙모의 조그만 딸도 덩달아 미치겠어, 미치겠어, 혀 짧은소리로 앵무새처럼 제 엄마의 말을 흉내내었다.

외숙모가 매일 미치기 때문에 우리는 외삼촌의 집을 떠나 큰집으로 살러 왔다.

* * *

애, 이 사람, 남자냐 여자냐? 솔직히 말해봐라. 애들 눈은 정직하다구.

남자잖아요?

나는 무슨 말인지 몰라서 되물었다. 문씨 아저씨의 눈살이 꼿꼿이 섰다. 말없이 이씨 아저씨를 노려보았다.

봐라, 수염 없는 남자도 있니?

이씨 아저씨가 문씨 아저씨의 잠바 앞섶에 손을 대고 벗기려는 시늉을 했다. 문씨 아저씨는 성이 난 듯 그 손을 사납게 뿌리치며 나가버렸다.

정말 상종 못할 무례한 인간이야.

아줌마도 성난 표정으로 따라갔다.

남자는 남자라도 앉아서 오줌 누는 남자야.

뒤에 대고 이씨 아저씨가 커다랗게 말했다. 술을 받아서 몰래 상 밑의 그릇에 붓던 정씨 아저씨도 어느 결에 슬며시 나가 돌아오지 않았다.

오는 사람 막지 않고 가는 사람 잡지 않는 게 내 인생 철학이야.

* * *

무언가 깨지는 소리에 잠이 깼다. 그릇과 술병들이 너저분하게 널린 상이 윗목으로 치워져 있고 이씨 아저씨는 보이지 않았다. 아버지가 그 여자의 머리채를 휘어 감고 얼굴을 때리며 앙다문 잇새로 나지막이 내뱉고 있었다.

네 근본을 알아본 거야. 사내들 앞에서 아직도 꼬리를 쳐대?

그 여자의 입술이 터져 피가 흐르고 뺨에 시퍼렇게 손자국이 났다. 꿈인가? 나는 몸을 동그랗게 한껏 오그리고 눈을 꼭 감았다.

* * *

나는 우일이에게 우우 손을 벌리고 달려들었다. 달아나던 우일이가 돌아서서 고무장갑 한쪽을 벗겨 빼앗았다. 한 짝씩 나눠지고 서로 후려쳤다. 벽을 치고 서랍장을 쳤다. 우리는 아무 소리도 내지 않았다. 어떠한 경우에도 소리내지 않기. 소리내지 않고 웃기, 소리내지 않고 울기. 소리내지 않는 것이 우리를 지키는 한 방편이 된다는 것을 알고 있었다. 전화벨이 울렸다. 우리는 불현듯 깜짝 놀라 잠잠해졌다. 한참 후에 전화를 받았다. 아버지의 목소리가 전화기 가득 차게 왕왕 울렸다.

* * *

아침, 잠에서 깨었을 때도 아버지는 여전히 벽에 기대앉은 채 담배를 피우고 있었다. 아버지의 눈에는 벌겋게 핏발이 서 있었다. 시종 아무런 말이 없었다. 나는 꿈을 꾸었을 뿐이라는 것을 알면서도 무서워서 견딜 수 없다던 그 여자의 말이 떠올라 가슴이 후드득 뛰었다. 아버지는 그 여자를 죽일 거야. 우일이가 겁에 질린 표정으로 내게 소곤거렸다.

(문학과지성사, 1996)

□오정희 「옛 우물」

엊그제였던가, 점심 산책에 나선 그가 주택가 골목을 벗어나 큰길에 이르렀을 때 그는 주위를 집요하게 맴돌며 따라오는 빛무늬를 보았다. 어깨와 다리, 가슴팍에 함부로 와 닿는 빛을 털어 내며 눈살을 찌푸렸으나 하얗게 번뜩이는 그것이 길과 사람들 사이로 정령처럼 춤

추면서 뛰어다니다가 다시금 그에게로 되돌아와 얼굴에 오래 머무르
자 그는 문득 얼굴이 졸아드는 공포를 느꼈다. 센 빛살에 눈을 뜨지
못하며 그는 소리쳤다. 누구냐, 거울 장난을 하는 게. 그때 쨍쨍한 목
소리가 날아왔다. 안녕하세요. 할아버지. 아이가 미장원 층계에 앉아
있었다. 아이의 손에는 날카롭게 모가 선 거울 조각이 들려 있었다.
다치면 어쩔려고 그러니. 그러나 아이는 말했다. 유리 가게에서 동그
랗게 잘라달라고 하면 된 대요. 내일 유치원에서 만화경을 만들 거예
요. 만화경은 뭐든지 다 보인다는 요술 상자래요. 그러면서 아이는 길
을 건너 달려갔다.

(이레, 1992)

□오정희 「완구점 여인」

곧 나는 휠체어의 바퀴를 움켜쥔 채 계단을 굴러 떨어지는 동생을
보았다. 그리고 여러 곳에서 울리는 날카로운 비명을 들었다. 시멘트
바닥에 던져진 동생의 머리는 피투성이였고 얼굴은 송장처럼 부풀어
올랐다.

(동아, 1995)

□오정희 「유년의 뜰」

읍내 술집에서는 밤마다 싸움판이 벌어졌다.
너 죽고 나 죽자아.
저고리 앞섶을 풀어헤친 작부가 식칼을 들고 나와 사내를 쫓다가
제풀에 혼절해서 게 거품을 물고 길 복판에 넘어지는 모양이나 미장
원과 여인숙 골목을 뱅뱅 돌며 달아나는 사내를 보고 우리들은 손뼉
을 치며 웃었다.

(동아, 1995)

□오정희 「저녁의 게임」

그들이 들판을 거의 다 지날 무렵 중간쯤에서 조그만 동요가 생겼다. 한 소년이 벗겨진 신발이라도 고쳐 신는 시늉으로 엎드린 것이다. 소년의 뒤로 갑자기 행렬이 주춤하고 곧 뒤에서 따라가던 점퍼 차림의 사내가 다가갔다. 나는 무엇인가 반짝이는 것을 그 소년이 집어 올려 소매 속에 재빨리 집어넣었다고 생각했다. 아니면 신발 속에 감추었을지도. 소년은 사내가 다가가자 허리를 펴고 손바닥을 털었다. 그들은 더 무어라고 이야기를 하고 있었으나 이곳에서는 마치 수화(手話)를 하고 있는 듯 보였다.

(동아, 1995)

□오정희 「직녀(織女)」

우리가 결혼하던 첫해 여름밤 당신이 느닷없이 화를 내며 성냥통을 집어던졌을 때 나는 단순히 바람에 담뱃불을 붙일 수 없기 때문인 줄만 알았다. 담배를 입에 물고도 성냥개비를 여남은 개는 족히 없앴으니까. 널려진 성냥개비와 당신과를 번갈아 바라보다가 뒤늦게 선풍기 코드를 잡아 빼며, 뭘 꺼버리면 되지 않아요? 라고 내가 조그맣게 말하자 당신은 입에 물었던 담배를 뽑아서 던져버렸다. 나는 아무런 말도 할 수 없었고 당신의 얼굴도 바라볼 수도 없었다. 다만 흩어진 성냥개비들을 긁어모으는 내 손이 알아보게끔 떨리고 있었다. 한참 후에 당신이 말했다. 당신은 선풍기의 윙윙거리는 무생물적인 소리, 그리고 그 끈끈한 온기가 견딜 수 없이 싫다는 것이었다. 그 여름은 유난히 더웠는데도 그날 이후 나는 선풍기를 다락 깊숙이 숨겨두고 당신은 한여름 내내 합죽선을 흔들어 댔고 나는 가야금을 뜯었다.

(동아, 1995)

□원재길 「그 여자를 찾아가는 여행 (상)」

그때 이런 피라미 정도는 자기 손에 맡겨달라는 듯이 냉혈인간이
불곰에게 잠시 물러서 있으라는 손짓을 하고는 한 발짝 앞으로 튀어
나왔다. 손에는 각목을 들고있었다. 나는 똘마니보다는 마마보이이자
불곰의 낯빛이 궁금했다. 각목을 길게 내뻗은 똘마니의 어깨 뒤쪽에서
불곰이 팔짱을 끼고 서서 볼만한 구경거리를 만나 흥미진진하다는 표
정을 짓고 있었다. 입가에는 여전히 기분 나쁜 미소가 흘렀다. 나는
불곰의 눈길을 놓치지 않고 응시했다. 어깻죽지에 둔중한 충격이 가해
진 다음 순간 머릿속으로 뜨거운 기운이 솟구쳐서 정신이 혼몽할 지
경이 되었다. 어깨가 몸체에서 떨어져나갈 듯이 아팠다. 야구공에 뒷
목을 얻어맞았을 때의 욱하던 기분이 고스란히 되살아났다. 반사적으
로 운동장에서 냅다 축구공을 차올리던 솜씨로 오른발을 들어 녀석의
불알께를 걷어찼다. 뒤이어 두 손으로 각목을 붙잡아 옆으로 비틀었
다. 똘마니는 신음소리를 내며 불이 붙은 불알을 붙잡고 무너지듯이
제자리에 주저앉았다. 맥없이 놓친 각목이 내 손에 쥐어져 있었다. 깜
짝 놀란 얼굴로 마마보이가 옆의 담장에 세워두었던 각목을 집어들었
다. 그대로 앞으로 달려나가면서 똘마니한테 빼앗은 각목으로 마마보
이의 이마를 내리쳤다. 마마보이가 억하고 비명을 내지르며 비틀거리
더니 다리가 풀려 뒤로 나가떨어졌다.

(문학동네, 1994)

□원재길 「그 여자를 찾아가는 여행 (하)」

시간이 자정에 가까워서 그만 일어나야겠다고 생각할 즈음에 우려
했던 일이 터졌다. 갑자기 누군가 방문을 사납게 잡아 당겨서 열었다.
그 바람에 방문에 기대고 앉아 있던 한 친구가 거실 쪽으로 벌러덩
드러누웠다. 문손잡이를 붙잡은 채로 서서 재빨리 다리를 벌려 그 친

구를 피한 사람은 그 집안의 안주인이었다. 곤히 잠자는 줄 알았는데 잠자기는커녕 아침에 막 세수하고 난 다음처럼 정신이 멀쩡해 보였다. 어이없다는 표정을 지으며 그녀가 남편을 빤히 쳐다보았다. 어떻게 이런 일이 있을 수 있어? 나 원 참 기가 막혀서.

마치 그렇게 말하는 듯한 표정이었다. 순간 모두가 그녀의 남편을 돌아보았는데, 그의 표정이 재미있었다. 안절부절못하는 낯으로 자기 아내의 시선을 피해서 우리를 바라보며 숨가쁘게 윙크를 해 보였다. 다급한 메시지를 보내고 있었다. 어떻게 좀 해봐 우리 집사람한테 뭐라고 해명 좀 해봐. 친구의 아내가 문손잡이를 놓고 뒤로 물러서며 한 마디했다.

"당신, 나 좀 봐요."

그제서야 친구가 위엄을 찾으려고 애쓰며 우리에게 손가락으로 V자를 그려 보인 뒤에 아내를 따라나갔다. 마루에서 아내가 남편을 일방적으로 나무라는 소리가 들렸다.

(문학동네, 1994)

□ 원재길 「모닥불을 밟아라」

연습경기에 들어가기에 앞서 상대들은 벽에 붙은 격문을 보고 움찔거리며 한 가지 묻고 넘어갔다.

어떤 날 형은 물리학과 학생을 데리고 와서 작용과 반작용의 법칙과 관성의 법칙을 몸소 입증해 보였다. 또 어떤 날은 천문기상학과 학생을 데리고 와서 마음만 먹으면 인간도 얼마든지 별을 만들어 낼 수 있다는 것을 보여 주었다. 스파링 도중에 형은 계속 기합을 넣으면서 인정사정 없이 상대를 때리는 일에 열중했고, 상대는 '제발 그만, 제발 그만'하고 사정하면서 정해진 시간까지 두들겨 맞는 일만 했다.

* * *

이회전에 들어서자 여자 입장에서 상황은 갈수록 나빠졌다. 여자는 필사적으로 형을 끌어안으려 했고 형은 잽싸게 여자를 뿌리치며 주먹을 날렸다. 어쨌든 보통 여자는 아니었다. 그렇게 얻어맞으면서도 그만 하자는 얘기가 없었다. 내가 달려들어 말리는데도 형은 미친 듯이 주먹을 날리려고 했다. 결국 여자는 등을 돌리고 링 바깥으로 달아나고 말았다. 어찌나 가슴을 많이 맞았던지 링에 오르기 전보다 젖이 두 배는 커진 느낌이었다. 그래서 슈퍼에서 장보고 돌아가는 여자처럼, 두 손으로 잔뜩 무거워진 젖을 끌어안고 끙하고 앓는 소리를 내며 간신히 발걸음을 옮겨 지하실을 떠났다.

(문학동네, 1997)

□유금호 「내사랑 풍장」

끊어질 듯 계속되던 환자의 호흡이 한순간으로 멎자, 둘러앉았던 가족들은 안도의 숨을 길게 내쉬며 잠시 서로의 얼굴을 맞바라본다.

사자의 아내가 맨 처음 한 걸음을 물러앉자, 가족들이 뒤따라 무릎걸음으로 사자에게서 두어 걸음씩 물러나 앉는다. 뒤이어 가족 사이에 끼어 있던 나이든 이웃 남자들이 준비해 두었던 순록 가죽 한 장을 한자 곁에 넓게 펼쳐놓는다.

시신은 곧바로 옷이 벗겨지고, 알몸만 순록 가죽으로 싸여 자루처럼 묶인다.

* * *

폭죽처럼 최루탄이 한꺼번에 터져 나가면서 매운 연기가 광장을 뒤덮는다. 그 연기 속을 비명과 함성이 뒤섞인다…… 머리에 피를 흘리며 학생 몇이 아스팔트 위에 나뒹군다…… 경찰봉으로 어깨를 얻어맞은 근로자로 보이는 붉은 머리띠의 젊은 여자 하나가 비명을 지르면서 쓰러진다…… 무전기를 들고 바삐 뛰어가던 전경 하나가 화염병에 맞으

면서 땅 위를 뒹군다. 옷에 불이 붙어 땅바닥을 구르고 있는 전경의 몸
뚱이 위로 학생들의 발길이 격랑으로 덮쳐버린다…… 그때 경찰차 한
대가 화염에 싸이고 함성이 커지면서 돌멩이들이 최루탄 연기 속을 어
지럽게 난다. 길가에 쓰러져 구토를 하던 젊은이 하나가 멱살을 잡혀
닭장차에 실려지고 있다. 그 닭장차 곁에 열 개, 스무 개 화염병이 터진
다. 다시 피이융…… 피이융…… 다다닥…… 다다닥…… 또 한바탕 최
루탄이 난사되면서 비명소리들이 뒤섞이고…… 벌건 깃발들이 한쪽으
로 쏠리며 한 떼의 데모대들이 골목으로 뛰어든다…… 그 뒤를 전경들
이 밀물이 되어 뒤쫓아간다. 얻어맞는 학생, 눈물과 콧물이 범벅이 되어
하수구에 처박히는 청년, 몇 명의 학생들은 골목 끝까지 쫓겨갔다가 두
명이 남의 집 담을 넘어 몸을 피하는 사이, 나머지 두 명이 붙들린다.

* * *

　뱀이 허물을 벗듯 잡힌 웃옷 속에서 청년의 몸이 미꾸라지처럼 빠
져나가 사람들을 헤치고 뛰기 시작한다. 불타고 있는 경찰차 곁을 돌
아 청년은 골목을 향해 뛴다…… 어둠이 깔려 가는 골목으로 뛰어든
청년은 골목 두 개를 더 꺾어, 마침 현관문이 열린 건물 안으로 몸을
감춘다. 머리가 헝클어진 젊은 여자 하나가 같은 시간 역시 그 건물
현관을 허겁스럽게 밀고 들어선다. 조금 시간을 두고 전경 셋이 후닥
닥 현관문을 밀치고 들어서자 두 남녀는 반사적으로 거기 문이 열려
있는 방안으로 동시에 뛰어든다.

(개미, 1999)

□유금호 「사자의 박수」

　사내는 너무도 쉽게 동조해 버렸다. 해서 나는 차라리 얼떨떨한 기
분이었다. 마치 정지칼에 덜컥 입을 열어 버리는 허술한 자물쇠처럼,
그의 너무나도 쉬운 동행 수락은 외려 허망한 느낌을 주었다. 어쩌면

내가 그의 죽음을 유인한 것이 아니라, 그가 던져 놓은 죽음의 덫에
내가 걸려든 것인지도 모른다는 생각에 차라리 섬뜩한 오한을 만났다.
그러나 나는 곧 그의 그 거짓말 같은 용단에 깊이 감격한 듯 그의 손
을 힘있게 잡았다.

　마침내 우리는 죽음의 동반자가 되자는 데 합의했다. 그것은 사실
어렵고도 중요한 '의견의 일치'였다.

(개미, 1999)

□유재용 「두 남자」

　백순동과 김칠석은 같은 공장에서 일을 했다고 했다. 그러나 사고
를 당한 것은 자취방에서였다. 네 사람이 함께 쓰는 자취방은 비좁았
고 겨울에는 몹시 추웠다. 지난 겨울 몹시 추운 어느 날 밤 그들은 추
위를 이기려고 소주를 마셨다. 그래도 추위가 가시지 않자 그들은 방
공기를 뎁히려고 한 시간 동안만 석유난로를 피운다는 것이 끄지 못
한 채 잠이 들어버렸다.

　잠결에 몸이 심하게 흔들려 칠석이 눈을 떠보니 방안이 온통 시뻘
건 불구덩이였다. '칠석이, 빨리 뛰어 나가!' 백순동의 목소리였다. 칠
석은 몸을 일으키려했지만 지난 밤 퍼마신 술 때문에 몸이 말을 잘
듣지 않았다. 백순동이 칠석이를 들쳐업고 겨우 방을 빠져 나왔다. 하
지만 두 사람은 심한 화상을 입고 말았다. 같은 방을 쓰던 네 사람 모
두 화상을 입었지만 백순동과 칠석의 화상이 심했고, 그 중에서도 백
순동이 특히 심했다. 결국 백순동은 살지 못하고 죽었다.

(작은책, 1990)

□유재용 「접붙이기」

　눈빛 속에 길을 따라 걷던 피난민들은 그 총소리들과 함께 별안간

아우성을 치며 이리 몰리고 저리 몰리고 법석을 떨었다. 총탄은 피난민을 향해 날아왔다. 마침내 피난민 대열은 총탄에 맞아 앞에서도 옆에서도 뒤에서도 쓰러지는 아비규환 속에서 갈피를 잡지 못하고 허둥대며 흩어졌다.

(작은책, 1990)

□유재용 「생존방식」

조기환씨, 고영훈씨, 한홍석씨, 박현진씨가 각기 흩어져 숲 속으로 도망치는 것이 보였다. 호루라기소리가 요란하게 숲 속을 굴러갔다.

"멈춰랏! 쏜닷!"

총성이 울렸다. 조기환씨들은 못 들은 듯 도주를 계속했다. 나무둥치 뒤로 사라졌다가 드러나고 또 사라졌다가 드러나고 하면서 그들은 뿔뿔이 흩어져 숲 속 깊숙이로 스며들듯 사라져갔다. 병들어 쇠진한 사람들이라고는 믿기 어려울 만큼 활기찬 도주였다. 총성이 다시 울리고 개 네 마리가 도주한 사람들의 뒤를 쏜살같이 쫓아갔다. 감시병들이 개들을 따라 뛰어갔다. 잠잠하던 숲 속에서 최초의 개 짖는 소리가 들린 것은 불과 일 분쯤 뒤였다. 개 한 마리가 누군가의 진로를 차단한 모양이었다.

(한겨레, 1990)

□유현종 「달은 지다」

손에 쥐어져 있던 흉기가 멀리 날아가 버리며 그가 무너지듯 주저앉았다. 도원은 이미 그의 한쪽 어깨를 밟을 때 발가락에 힘을 넣어 비틀었기 때문에 그의 쇄골이 부러졌을 것으로 판단했다. 쇄골이 부러지면 다시 일어날 수 없을 정도의 치명상을 입게 된다.

* * *

청룡이 몸을 빼어 도망치려 했다. 차용희가 바람처럼 달려들더니
청룡의 허리 뒤를 잡았다. 그런 다음 업어치기를 했다. 밑에 나뒹굴자
차용희는 주먹과 발길로 구타를 시작했다.

(샘터, 1996)

□유현종 「대조영」

연개소문이 죽은지 지금으로 꼭 3년째이다. 그러나 지금껏 그의 장
례를 치르지 못하고 있었다. 운명 직전에 연개소문은 자기의 죽음을
알리지 말고 3년이 지난 후에 장례를 치르라는 유언을 남겼기 때문이
었다. 그러니까 그는 지금도 죽지 않고 병석에 살아있는 것으로 되어
있었다. 사수에서 혼이 난 당군은 연개소문이 살아있는 한 고구려 정
복은 어렵다고 생각했고 그가 죽기를 기다린 것이다. 3년이 지나도록
당은 두 번 다시 침략군을 보내오지 않고 있었다.

* * *

줄을 서 있던 당병들이 떼로 몰려들어 미모사를 덮였다. 대조영도
더 이상. 참을 수 없다는 듯이 몸을 날리며 주먹과 발을 날렸다. 그의
태껸 솜씨는 요동에서도 널리 알려져 있었다. 외발로 걷어차고 정권으
로 내지르며 허공을 붕붕 날아다녔다.
순식간에 칠팔 명이 나가떨어졌다. 그러나 잠시 후에 보니 어디서
온 군사들인지 이십여 명이 쏟아져 들어와 두 사람을 몸으로 덮쳤다.
밑에 깔린 두 사람은 빠져 나올 수가 없었다.

(태성, 1990)

□유현종 「유리성의 포로」

자옥이 비명을 지르는 사이 장우의 몸뚱이가 붕 떠올랐다. 바리톤
은 장우의 한 쪽 팔을 움켜쥐고 등을 들이대며 장우의 몸을 들어올린

것이다. 딱 벌어진 어깨가 말해 주는 듯 그는 유도를 했는지 보기 좋
게 업어치우기로 떠오른 장우의 몸뚱이를 내던졌다.

와르르 술잔이 구르며 목로가 넘어갔다. 장우가 쓰러지자 세 명의
청년이 다가들어 목을 밟고 얼굴을 찬다.

* * *

저희들끼리 기분 나쁜 일이라도 있었는지 뭐라고 떠들며 오더니 자
옥을 차에 태우려고 실랑이를 벌이는 나유문을 보자 다짜고짜 멱살을
잡으며 주먹부터 휘두른 것이었다. 모욕적인 욕설까지 퍼부었다. 유문
은 몇 대 맞자 화가 나서 덤비려 했지만 상대는 셋이었다.

꼼짝없이 두 손 탁 놓고 맞은 셈이었다. 그쯤 되니 그냥 가버릴 수
도 없어서 자옥은 비명만 지르며 서 있었다. 사람들이 달려오고 무슨
일이냐고 물었지만 왜 싸움이 벌어졌는지 그 이유를 설명할 수가 없
었다.

(신원문화사, 1987)

□윤대녕 「사막의 거리, 바다의 거리」

T자로 뻗어있는 복도는 기묘한 정적에 감싸여 있었다. 나는 은행의
비밀금고가 있는 곳에 혼자 들어와 있는 것만 같았다. 거기서 비상구
란 그대의 아파트뿐이었다. 나는 발소리를 죽이며 그대의 아파트 문
앞까지 다가갔다. 그러고 나서도 한동안 어설픈 자세로 버티고 서 있
다가 나는 인내하는 기분으로 짧게 초인종을 눌렀다. 서른 두 살에 낯
모르는 여자의 아파트에 찾아가 문을 두드려야 하는 심정을 그대는
알 까닭이 없었다.

누구세요! 라는 소리도 없이 문이 열렸을 때 그대는 바지 주머니에
양손을 꼭 끼워놓고 서서 나를 바라보고 있었다. 박채희, 그때 그대는
아득한 저편 언덕에 며칠째 움직이지 않고 서 있는 얼굴을 하고 있었

다. 아니 그냥 내 눈에 그대가 그런 모습으로 비쳤는가도 모르겠다. 마치 대항이라도 하듯이 버티고 서서 멀뚱하게 나를 바라보고 있는 그대의 가슴팍에 시선을 꽂고 잠시 나는 안에서 흘러나오는 마리라포레의 목소리를 듣고 있었다. 그대는 화장기가 없는 차디찬 얼굴에 헐렁한 쑥색 티셔츠를 입고 있었다. 굳이 숨기려 하는 마음도 없어 보이는 눈가의 잔주름과 어깨까지 내려온 머리에 몇 올 흰 머리카락이 섞여 있는 게 보였다. 그 흰 머리카락을 보면서 느꼈던 알 수 없는 막막함.

* * *

동화관제 훈련이라도 하듯 불빛들이 일제히 꺼져가고 있는 피카소 거리 한복판에서 그대는 마개가 열린 술통처럼 마셨던 술을 울컥울컥 토해냈다. 그리고 어느 순간엔가, 그대와 나에겐 미처 예기치 못했던 일이 벌어져 있었다.

거의 한치 앞도 분간하기 힘든 어둠 저쪽에서 자동차라고 생각되는 것이 불빛을 희번덕이며 이쪽을 향해 질주해 왔던 것이다. 얼른 정신이 들어 재빨리 거리를 벗어나고자 했을 땐 빽! 하는 소리와 함께 이미 차의 범퍼가 그대의 무릎을 들이받은 다음이었다. 그리고 나서 나는 참으로 기이한 광경을 목격하고 있었다. 나는 이명소리를 들은 것은 아닐까 하는 생각을 하고 있었으니 말이다. 그것은 차가 그대를 들이받음과 동시에 멈춰 섰음을 뜻하는 장면이었다.

그대는 무표정한 얼굴로 고개를 흔들어대며 괜찮다고 말했다. 술김이 아니었더라면 그야말로 목발신세가 됐으리라. 하얗게 질려 뛰쳐나왔던 운전자는 얼결에 차안으로 도로 기어 들어가더니 어둠 속으로 바삐 사라져버렸다.

(열림원, 1997)

□ 윤정모 「딴나라 여인」

사막아, 난 중학교 2학년 때 아주 자연스럽지 못한 일을 당했더란
다. 막 초경을 치르긴 했지만 만화영화나 즐겨 보는 어린애였는데 말
이야…… 그날도 학교에서 돌아오자마자 사과를 먹으며 비디오로 '미
키마우스'를 보고 있었지. 그것은 내 영어공부를 위해 엄마가 원판으
로 사다둔 것이고. 사과를 반쯤 베먹고 있을 때 별안간 내 손에서 사
과가 떨어져 나갔고 커다란 손이 다가와 수건으로 내 입을 틀어막는
거야. 그리고 밧줄로 전신을 묶기 시작하더군. 그는 강도였는데 어처
구니없게도 나는 이웃집 아저씨가 찾아와 나와 놀아주려고 장난질을
시작하는 줄 알았지. 그래서 나를 묶어놓고 안방으로 들어가 장롱을
뒤질 때도 나는 계속 화면만 보고 있었어. 미키마우스가 온 방을 뛰어
다니며 난동을 부리고 있을 때 마침내 강도가 자루 하나를 들고 나오
더니 나를 빤히 쳐다보더군. 그때 차임 벨이 울리면서 엄마다, 하는
소리가 들려왔지. 평소 땐 벨만 누르고 곧장 열쇠를 따고 들어왔는데
이상하게도 그날은 그렇게 불러놓고도 강도가 나갈 때까지 열쇠를 사
용하지 않았어. 강도가 수건 하나를 챙겨 들고 나가 문을 열어준 뒤
엄마가 들어서자마자 뒤에서 입을 틀어막더군. 나는 그저 빤히 엄마를
쳐다보고만 있었지. 움직일 수 있는 것은 눈밖에 없었으니까. 강도가
나를 힐끔 바라보더니 곧 내 곁으로 다가와 내 이마를 툭 밀었어. 나
는 맥없이 뒤로 나동그라졌고 강도는 내 다리의 밧줄을 풀어내고는
팬티를 벗겼고…… 그리고는……

* * *

그 다음 주, 그러니까 2주 전 토요일 한 시가 넘어서였다. 그는 산
책을 마치고 사우나탕 간판이 걸린 건물 쪽으로 다가가 보았다. 사우
나로 들어가는 후미진 복도 안에서 우람한 사내가 여자를 벽에 세워
놓고 그 짓을 하고 있었다. 여자가 다급하게 소리치는 것이 성폭행을

당하는 게 분명했다. 그는 급하게 달려가 사내의 머리통을 갈겼다. 사내가 나가떨어지는 것 같았는데 어느새 큼직한 주먹이 자신을 향해오고 있었다. 그는 자기 턱이 지금 떨어져 나가고 있는 중이라고 느꼈는데 다음 순간 고꾸라지고 있었다. 죽었구나 싶었는데 정신이 말짱했고 그래서 소리치기 시작했다.

"여기 강간범이 있다!"

사내가 멱살을 들어올려 그를 벽에 세우고 물었다.

"심심해서 묻겠는데 말이야. 내가 정말 강간범 같아?"

코에서 피가 흘러나왔다. 그러나 멱살을 치받고 있어 피는 입으로 들어가지도 못하고 턱으로 흘러내렸다.

"말, 말을 좀……"

사내가 멱살을 늦추어주자마자 그는 점잖게 나무랐다.

"젊은이, 당신 그렇게 살면 안돼!"

"그럼 어떻게 살아야 하지?"

"먼저 사랑하는 법부터 배워야지. 그리고 여성이 원할 때……"

"나도 지금 사랑을 해주고 있단 말이다!"

사내는 자신의 사랑 법을 방해한 대가라면서 그를 수없이 갈겼고 그가 쓰러지자 구둣발로 가슴까지 꽉꽉 밟아댔다.

* * *

누군가가 그녀 손을 잡아채는 순간 아이가 아빠, 하고 달려가고 그녀의 얼굴도 환하게 밝아지는 순간 철컥 하고 수갑이 손목을 감는다. 수갑을 채운 남자는 말없이 그녀 등을 밀고 그때 훈이의 목소리가 그녀의 뒷등을 곧추세운다.

"고모! 가지 마, 고모!"

돌아보니 제 아비 품에 안긴 아이가 이쪽으로 오려고 발버둥을 치고 동생은 그런 아들을 붙잡느라 애를 쓰고 있다.

훈아, 괜찮아, 고몬……

경찰의 승용차가 서울로 향한다. 어둠이 고속 도로에 눅눅히 녹아 내리고 그 허공에서 훈이의 다급한 목소리가 들려온다. 고모, 가지 마……

그녀는 화들짝 놀라 사방을 두리번거린다. 경관이 그녀에게 주의를 준다.

"조용히 가는 게 서로에게 좋아요."

그녀는 내가 뭘 잘못했느냐고 물으려다 그만 고개를 돌리고 차창 밖을 내다본다.

* * *

그것은 사실이 아니었소. 아무리 개, 돼지만 못한 괴뢰군이라 해도 그들도 사람인데 어떻게 그 허벅지 살을 구워 먹었겠소. 하긴 뭐 그랬다는 사람도 있다는 소린 들었지만…….

대신 사람은 많이 죽였소. 신문에는 그 사실이 다 나오지 않았지만 공병대라는 것이 지뢰를 묻고 그 지뢰에 탱크가 자빠지면 얼른 달려가 그 속에 든 사람들을 죽이고 뭐 그런 것 아니오, 사람 많이 죽일수록 훈장도 받을 수 있으니까……

그놈의 훈장, 전쟁터에서 손으로 그어주는 종이 쪼가리가 왜 그렇게 탐이 났던지…… 공부나 하다 온 학도병들은 수류탄만 봐도 진땀을 빠직빠직 흘리거나 겁에 질렸지만 다루는 법만 알면 그것처럼 든든한 것도 없소이다.

아무튼지 간에 괴뢰군이 탱크를 몰고 올 것 같은 지점에 지뢰를 묻어 놓고 그 언덕 위에 매복하고 기다리노라면 탱크는 어김없이 그 길로 왔고 쾅, 하고 지뢰 터지는 소리가 들리면 나는 미리부터 장군이 휘갈겨주는 종이, 즉석 훈장부터 연상했소이다. 그러니까 지뢰에 자빠진 탱크로 가서 뚜껑을 열면 안에 있던 괴뢰군들이 한 놈 두 놈 고개

를 쳐들고 나오는데 그들이 어디 사람으로 보였겠소. 단도로 목을 푹
푹 찔렀지요. 그게 포로로 끌고 다니는 것보다 훨씬 간편하기도 하고.

* * *

그날 명진은 나직이 말했다. 자기는 여섯 살 때 아버지가 총살당하
는 것을 직접 목격했노라고. 국군들이 와서 아버지를 마을 정자나무에
묶었고 마을 사람들도 모두 나와 그 주위를 둘러섰으며 장교가 눈을
가리기 전 무슨 종이쪽지를 꺼내 아버지한테 읽어주었는데 그 소리가
하도 커서 귀에 못처럼 밝혀들었다. 그러나 자신이 기억하는 내용은
아버지는 빨갱이고 아버지 때문에 국군들이 많이 죽었다는 것뿐이며
다음 순간 아버지는 눈이 가려졌고 뒤이어 총소리가 났다. 마을 사람
들은 숨을 죽인 채 꼼짝도 하지 않았고 그도 숨을 죽였으며 아버지
심장에서 피가 퀄퀄 흘러내리고 있어도 달려가지 못했다, 무서워서,
너무 무서워서……

(열림원, 1999)

□윤흥길 「낫」

갈색의 세례를 받아 그니의 몸은 물론 넋마저 퇴색해버린 듯 이미
초주검 꼴이 되어 있었다. 그니는 온몸을 바들바들 떨어대고 있었다.
그니의 가슴은 새처럼 할딱할딱 오르내리고 있었다. 입바람을 훅 날
리기만 해도 뒤로 발랑 나자빠질 것같이 그니는 빳빳이 긴장된 모습
이었다.

(문학동네, 1995)

□윤흥길 「묵시의 바다」

이윽고 그는 배선생이 서 있는 조회대 쪽을 허옇게 흘겨보면서 주
황색 불꽃을 날름 날름 뽑아 올리는 횃불의 중심이 살에 가 닿도록

천천히 들어올렸다. 마침내 불꽃이 띠를 두른 것같이 팔의 일부를 한 꺼풀 감싸면서 위로 뾰족이 솟는 순간 거센 경련이 한 차례 그의 온몸을 휩쓸면서 지나갔다. 그는 눈자위를 하얗게 뒤집어 까고 어금니를 악물고 턱과 횃불을 든 손과 불에 타고 있는 팔을 덜덜덜 떨어가면서 운동장에 모인 사람들을 한 바퀴 둘러보았다. 경련은 곧 진정되었으나 그 대신 그는 이번엔 팥죽 같은 땀을 흘리고 있었다. 기름방울이 뚝뚝 돋는 것 같은 땀 범벅이 얼굴을 들어 이를 갈면서 웃어 보이는 그의 표정은 도무지 사람이라고 할 것이 못되었다. 사탄이나 야차라도 그만큼 험상일 수는 없을 것이었다.

* * *

군대에 있을 때였다. 하루는 우발적인 사고로 격납고에 대화재가 발생하였다. 멀리서도 얼굴이 화끈거릴 정도로 맹렬히 치솟는 진홍의 화염에 기가 질려 아무도 현장에 접근할 엄두를 못 내고 우왕좌왕하는 한이었다. 이때 대령 계급장을 단 단장이 나타났다. 그는 먼저 연기와 불꽃을 번갈아 뿜어 올리는 연쇄 폭발에 정면으로 맞서면서 폭발음과 경쟁하듯 치솟는 불 속에 갇힌 자들의 비명을 들었다. 다음, 격납고 주변을 가득 메운 무질서와 혼란의 극치를 낱낱이 점검하는 눈으로 둘러보았다. 참모들은 물론이며 호스를 든 소방병 들조차도 오금이 굳어 열중쉬엇을 하고 있는 판인데 불을 끄는 것이 본업이 아닌 사병들은 더 말할 나위 없는 일이었다. 입을 꾹 다문 채 잠시 말이 없던 단장은 별안간 모자를 벗더니 왼쪽 겨드랑이에다 처억 하니 끼었다. 그리고 곧이어 기계처럼 걷는 사관생도 걸음으로 거대한 불의 혀가 날름거리는 격납고 문을 향해 뚜벅뚜벅 고독한 행진을 시작했다. 감히 상상도 못할 일이 사람들 눈앞에서 천연덕스럽게 벌어지고 있었다. 화재현장에 바투 다가서면서도 그는 서두르거나 망설이는 기색 추호도 없이 보폭과 보속을 일정하게 유지해 나갔다. 기계와도 같이 뚜벅뚜벅 걷는 외로운 행진이 마침내 불길 속으로 빨려 들고나서야 비로소 사람들은 방금 무슨 일이 일어났는지 깨달았다. 누가 시킨 것도 아닌데 사람들은 너나없이 와아 하고 고함을 지르면서 여전히 불길이 솟구치는 격납고를 향해 일제히 돌입해 들어갔다.

* * *

경화는 저마다 양손에 자갈을 거머쥔 아낙네들을 보았다. 그네들은 바락바락 소래기를 질러가며 비틀걸음으로 대들기도 하고 또 더러는 사람과 개들을 향해 어설프디 어설프게 돌팔매를 쏘기도 했다. 개들이 길길이 뛰면서 금방이라도 물어뜯을 듯한 기세로 사납게 으르렁거렸다. 그럴 때마다 사람이 손뼉을 쳐 개들을 뒤로 물리치고는 그 자신도 한 발짝씩 물러서곤 했다.

* * *

얼굴이고 몸통이고 가릴 것 없이 사내가 마구 떡메 같은 타격을 가할 적마다 삼열네는 땅바닥을 데굴데굴 굴러다니며 죽는시늉을 하는 것이었다. 아무도 잘코사니라고, 개 패듯이 더 두들기라고 부추기지는 않았다. 하지만 두껍게 원진을 치고 둘러선 수많은 남녀 가운데 어느 누구하나 말리는 사람도 없었다. 석유 냄새와 열기가 홧홧 치미는 횃불들 사이에 유령처럼 음산한 모습으로 서서 한 마디 말도 없이 그저 잠자코 구경만 하고 있을 따름이었다.

* * *

그러나 그보다 한 걸음 앞질러 김진봉을 목표로 돌진하는 그림자가 있었다. 한 줄기 눈부신 불빛이 죽죽 내리긋는 빗살 속에 갇힌 김진봉을 포획하자 괭잇자루 하나가 갑자기 불빛 속으로 뛰어들었다. 그 순간 옆에 있던 개가 껑충 도약하여 괭이를 추켜든 팔을 물어뜯고, 곧이어 옆에서 누군가가 휘두르는 낫날이 한차례 번뜩이는가 싶더니 그 개는 구슬픈 비명과 함께 땅바닥에 쓰러졌다. 다른 또 한 마리의 개가 무시무시한 소리로 짖어대기 시작했다. 김진봉이 주춤주춤 뒤로 물러서기 시작했다.

* * *

우박처럼 돌멩이가 날아들었다. 팔매질하는 사람은 모습조차도 안 보였다. 어둠이 돌멩이를 던지고 있었다. 물가로 날아드는 도깨비의 팔매질처럼 어둠이 어지럽게 투석을 해 오고 있었다.

(문학사상사, 1978)

□윤흥길 「어른들을 위한 동화」

마침내 노예의 눈에 불이 확 켜졌다. 그렇다고 느껴지는 순간 몸을 솟구쳐 머리로 신사의 배를 들이받았다. 그러나 신사 쪽이 더 빨랐다. 중년의 나이에 어울리지 않게 굉장히 민첩한 동작이었다. 머리가 와서 닿기 전에 벌써 옆으로 빙글 돌아서며 어느 여가에 딴죽을 걸었는지 상대를 땅바닥 진창 위로 서너 바퀴나 재주를 넘기는 것이었다.

"자아, 일어나서 다시 덤벼봐!"

일어나서 다시 덤볐다. 이번에는 무릎을 세워 내지르는 일격에 정통으로 면상을 받혀 쿵하고 짐짝처럼 떨어졌다. 도저히 상대가 안되었다. 신사 쪽에서 두어 수쯤 접어주고 다시 붙어도 결과는 뻔할 것이었다. 비틀비틀 일어나 앉으면 침을 뱉는 노예의 입에서 시뻘건 타액이 섞여 옥수수알 같은 이빨이 한 웅큼이나 되게 쏟아졌다. 증오와 분노로 흰자위 승한 눈을 번뜩이며 노예는 마구잡이로 날뛰기 시작했다.

(솔, 1996)

□윤흥길 「양」

그러자 우리들 눈앞에서 기묘한 일이 벌어지기 시작했다. 벌떼처럼
모여든 아이들의 아우성에 오금이 굳어 닭장 구석에서 움쭉도 못하던
강아지가 갑자기 낑낑거리는 것이었다. 주둥이를 땅에 박고 냄새를 맡
다가 점점 다가서는 그를 보더니 마침내 강아지는 미쳐 날뛰기 시작
했다. 그는 쇠줄을 느슨히 쥔 다음 짐승을 닭장 안으로 던져 놓았다.
주인의 손을 떠난 그것은 단 한차례의 눈부신 도약으로 훌쩍 닭장 철
망 앞에 섰다. 쇠줄을 팽팽히 당기면서 낮게 으르렁거린 다음 앞발로
땅을 파헤쳐 보얗게 흙먼지를 일으켰다. 앙증스런 몸집에 비해 얼굴의
줄무늬를 뒤틀며 이리저리 내닫는 폼이 상상 이상으로 사납고 재빨랐
다. 닭장 안을 노리는 두 개의 눈망울에서 내뿜는 살기로 대낮의 일광
이 오히려 무색할 지경이었다. 위협에 질려 중심을 못 잡고 갈팡질팡
하던 불쌍한 강아지는 저보다 덩치가 작은 적이 재차 도약해서 철망
에 달라붙는 순간 덩달아 한 차례 저도 폴짝 뛰더니 처참한 부르짖음
을 마지막으로 땅바닥에 고꾸라져 그대로 가무러치고 말았다. 여름날
백주의 야만 행위는 뙤약볕이 쏟아지는 승찬이네 마당 한 모퉁이에서
순식간에 끝나버렸다.

(솔, 1996)

□은희경 「명백히 부도덕한 사랑」

젊은 남자주인이 우리 자리로 와서 닫을 시간이 거의 다 됐다고 말
할 때쯤 두 남녀가 까페 안으로 들어왔다. 여자는 이십대로 보였고 남
자는 그 두 배는 되어 보이는 차림새였다. 젊은 남자주인은 그들이 의
자에 엉덩이를 붙이자마자 다가가서 영업이 끝났다고 말했다. 남녀는
일어나고 싶지 않은 모양이었다. 여자 쪽이 더욱 헤어지기 싫어하는
얼굴이었는데 그녀는 주인을 향해, 아저씨 우리 딱 한 병만 먹고 갈게

요, 라고 애원하듯 말했다. 주인은 버럭 화를 냈다. 이 언니가 말귀를 못 알아들어? 끝났다잖아! 라고 반말을 던졌다. 노골적으로 여자를 깔보고 있었다. 주인의 말에 벌떡 일어난 것은 나였다. 내 목소리는 무척 날카로웠다. 이봐요, 아저씨! 내 쪽을 향해 고개를 돌리려던 주인 남자는 그러나 다음 순간 악, 소리를 내며 바닥으로 쓰러졌다. 칸막이 안에서 병이 날아온 것이다. 병에 이어서 까페 여자가 뛰쳐나왔고 병 깨지는 소리와 고함 소리가 따라 나왔다. 카운터 옆자리에 앉아 있던 손님 둘이 칸막이 안으로 뛰어들어갔다. 그 둘은 따로 따로 왔다가 서로의 손가락에서 ROTC 반지를 발견하고 기수를 따져본 다음 갑자기 친해져 합석을 하게 된 건장한 남자들이었다. 하지만 싸움은 말려지지 않았다. 싸움은 더 커졌다. 칸막이 안에서 누군가의 몸이 튀어나와 우리 자리 위로 쓰러지듯 넘어졌다. 우리 일행도 휩쓸리게 되었다. 손님들, 주인남자, 우리 일행들 할 것 없이 적을 따져보지도 않고 마구 주먹을 휘둘렀다. 까페 안은 연극무대처럼 어두웠다.

모두들 이리저리 떠밀리며 깨어진 병조각과 끈적한 맥주 사이로 너부러졌고 의자에 머리를 부딪혔다. 경황 중에도 강선배는 나를 문 쪽으로 힘껏 밀쳤다. 그 바람에 내 안경이 바닥으로 떨어졌다. 나는 밖으로 나가지 않았다. 바닥에서 뒹구는 내 안경을 구두로 짓이겼다. 아버지 발에 밟혔던 내 과자처럼 와작, 소리가 나는 듯했다.

자기의 것이든 남의 것이든 다들 옷에 피가 묻었다. 단추 따위는 초반에 떨어져나갔고 옷소매가 뜯어지기도 했다. 윗 사거리에 있는 병원 응급실에서 취중이라 마취도 못하고 이마를 열한 바늘 꿰멘 사람도 있었다. 그날 소리 없이 까페를 빠져나가 몸을 피한 것은 늙수그레한 남자와 그의 팔꿈치에 뺨을 꼭 붙이고 있던 젊은애인 뿐이었다.

(문학과비평사, 1999)

□ 은희경 「새의 선물」

점례는 싸움도 아주 잘해 설령 머리끄덩이가 한줌씩 뽑히는 한이
있어도 먼저 물러서는 법이 없었다. 한번은 내가 학교에서 돌아오다
보니 점례가 숨바꼭질 술래였던지 전봇대 쪽을 보고 서 있고 다른 아
이는 점례 뒤쪽에서 뭐라고 욕을 해대는데 씩씩거리는 폼으로 보아
아마 싸우는 모양이었다. 아무래도 점례 쪽이 우세했는지라 상대 계집
애는 있는 대로 약이 올라 점례의 등을 한 대 친다는 것이 애꿎게 등
뒤에 업은 동생만 맞고 있었다. 맞는 건 동생이었으므로 점례는 동생
이 우는 영문을 알 턱이 없었다. 그래서 아랑곳 않고 계속 욕을 해댔
기 때문에 동생은 또 주먹을 맞아야 했고 울음을 그칠 수가 없었다.
점례가 드디어 싸움에서 이겨 술래에서 벗어났고 점례와 싸우던 아이
가 대신 술래가 되었다. 점례는 짚단 속으로 숨기 위해 급하게 뛰어갔
으며 등뒤의 동생은 점례가 뛸 때마다 마치 널 뛰기를 할 때처럼 점
례의 머리와 엇박자로 머리통이 솟았다 내려갔다 하다가 드디어 짚단
뒤에 점례보다 한 박자 늦게 머리통을 내려놓은 이후 그대로 쥐죽은
듯이 엎디어 있었다.

* * *

홍기웅이 주먹을 내뻗은 것은 순식간의 일이었다. 허석은 그대로
마당으로 팽개쳐졌고 이모가 악, 하고 비명을 질렀으며 한 발 뒤쳐져
대문에서 달려온 할머니가 소리를 지르며 홍기웅을 막아섰다. 그러나
재빨리 몸을 일으킨 허석은 할머니 등뒤에서 벗어나 옆쪽으로 달려가
서 홍기웅에게 달려들었다. 그의 주먹이 홍기웅의 얼굴에 가까이 가기
도 전에 허석은 다시 한번 나동그라져야 했다.

처음부터 그는 홍기웅의 상대가 되지 못했다. 홍기웅은 허석이 비
틀거리며 일어나기를 기다렸다가 번개같은 주먹을 내뻗곤 했다. 할머
니가 홍기웅의 가죽잠바를 붙잡고 늘어졌지만 그는 할머니를 적당히

피하면서 대여섯 차례나 허석을 쓰러뜨렸다. 마치 김기수 선수가 조그만 남녀 어린이 둘과 권투시합을 하는 것 같았다.

홍기웅의 주먹이 휘둘러지고 그 주먹이 가는 방향에 따라 할머니의 치맛자락이 이리저리 흐르기 시작했다. 그런데도 이모는 두 손으로 얼굴을 감싸쥐고 떨면서 서있기만 했다. 홍기웅을 말릴 수 있는 것은 자기뿐인데도 비운의 여주인공 이상의 역할을 생각해내지 못하고 허석이 맞는 것을 쳐다만 보고 있는 이모에게 나는 갑자기 화가 치밀었다.

허석의 얼굴에서 피를 본 순간 나는 나도 모르게 두 손으로 힘껏 이모를 홍기웅 쪽으로 밀쳐버렸다. 너무 세게 밀쳤던 것일까. 이모는 홍기웅의 다리 아래로 쓰러졌으며 그러자 갑자기 잊었던 대사를 기억해낸 배우처럼 소리 높이 울면서 홍기웅의 바짓가랑이를 붙잡았다. 이모가 그렇게 무릎을 꿇지 않았다면 아니 내가 이 폭력사태를 불러일으킨 장본인인 이모를 현장에 투입시키지 않았다면 홍기웅과 허석과 할머니, 그 셋의 그림자 인형극 같은 싸움은 조금 더 계속 되었을 것이다.

이윽고 홍기웅이 주먹을 내리자 할머니가 허석을 부축해서 마루에 앉혔다.

홍기웅은 울고 있는 이모를 내려다보았다. 숨을 거칠게 몰아쉴 뿐 그는 아무 말도 하지 않았다. 이모는 홍기웅의 다리를 붙잡았던 손은 떼었지만 땅바닥에 주저앉은 채 계속해서 소리 높이 울고 있었다.

(문학동네, 1995)

□은희경 「짐작과는 다른 일들」

어느 일요일 그는 그녀와 밥상에 마주 앉았다. 그녀가 가시를 발라서 밥 위에 조기를 얹어주었다. 그녀의 굵어진 손마디로 힐끗 눈이 갔다. 밥상을 물리고 한가로이 담배를 피워 문 그는 딱히 할 일이 없었다. 그녀의 인생에 대해 잠깐 생각해보았다. 그리고 아이가 잠들기를 기다려서 그녀의 뒤로 다가가 어깨를 안았다. 그녀는 놀라는 척했다. 싫어, 이런 대낮에, 설거지도 안 끝났단 말야. 그러면서도 얼굴이 발그레해졌다. 하지만 월요일 밤늦게 문을 따주며 그녀의 얼굴은 다시 미얄할미의 탈바가지로 돌아갔다.

싸울 때마다 그녀는 이혼을 들먹였다. 하도 들어서 말하는 사람이나 듣는 사람이나 그 뜻을 실감 못하게 된지 오래였다. 단지 '나는 너를 흥분시키고 싶다'는 신호로는 유효했다. "이렇게 살 거면 이혼해!" "내 말이 그 말이야!" 하고 소리친 다음, 그들은 의견일치를 본 사람들답지 않게 쿠션이나 재떨이 따위를 던졌다.

* * *

차도로 뛰어드는 그의 그림자는 취한 사람답지 않게 빨랐다고 한다. 그녀에 대한 포한이 그를 과격하게 만들었을 것이다. 그녀에게서 멀리 떠나는 것이 그녀를 가장 괴롭히는 일임을 그는 잘 알고 있었다. 떠나기에 너무 바빴던 그는 달려오는 택시를 향해 마주 달려갔다.

휘청이던 그의 몸은 중앙선 가까이 에서 허공으로 떠올랐다. 그리고 내려오기가 무섭게 건너편에서 달려오던 차에게 한 번 더 토스를 받았다. 부서진 그의 몸을 마지막으로 택시가 급정거를 하며 깔고 지나갔다.

(문학동네, 1996)

□이경자 「혼자 눈뜨는 아침」

태경이 말했다. 태경의 등은 굽어서 자기에게 퍼부어질 온갖 질책을 받아내려는 것 같았다. 순간 전씨는 자기가 딸의 따귀를 날아가도록 세게 때렸다고 생각했다. 하지만 실제로 일어난 것은 그가 뒤로 넘어지며 벽에 부딪친 것이었다. 벽이 없었다면 그는 방바닥에 쓰러졌을 것이다. 태경이 어머니의 머리를 받쳐들었다. 전씨는 잘 들리지도 않는 목소리로, 싫다, 싫어, 싫어……를 되풀이했다.

(푸른숲, 1994)

□ 이광수 「무정」

한번은 궷속에 넣었던 은가락지 한 쌍이 잃어졌습니다. 저는 또 내가 경을 치나 보다 하고 부엌에 앉았노라니, 아니나 다를까, 맏오라버니댁이 성이 나서 뛰어들어오며 부지깽이로 되는대로 찌르고 때리고 하면서 저더러 그것을 내어놓으랍니다. 저도 그때에는 하도 분이 나서 좀 대답을 하였더니 '이년, 이 도적놈의 계집년, 네가 아니 훔치면 누가 훔쳤겠니'하고 때립니다. 제 부친께서 도적으로 잡혀갔다고 걸핏하면 도적놈의 계집년이라 하는데, 그 말이 제일 가슴이 쓰립데다.

* * *

그제는 아이놈들이 죽 둘러서고 그 중에 제일 큰 놈이 와서 제 목에다 손을 걸고 구린내를 피우면서 별의별 말을 다 묻습니다. 대답하면 묻고 대답하면 또 묻고, 다른 아이놈들은 웃기도 하고 꼬집기도 하고 쿡쿡 찌르기도 하고 아무리 빌어도 놓아주지를 아니합니다. 한참이나 부대끼다가 하릴없이 으아 하고 소리내어 울었습니다. 마침 그때에 저리로서 큰기침 소리가 나더니 서당 훈장 같은 이가 정자갓을 젖혀쓰고 기다란 담뱃대를 춤을 추이면서 오다가, '이놈들, 왜 그러느냐' 하고 호령을 하니까 아이놈들이 사방으로 달아납데다.

* * *

악한이 영채를 땅에 누일 때, 영채는 웬일인지 모르거니와 갑자기 대단한 무서움이 생겨 발길로 그의 가슴을 힘껏 차고 으아하고 소리를 내어 울었다. 악한은 푹 꼬꾸라졌다. 영채가 아무리 약하고 어리더라도 죽을 악을 쓰고 악한의 가슴을 찼으니 불의에 가슴을 차인 악한은 그만 숨이 막힘이라. 영채는 악한이 거꾸러지는 것을 보고 벌떡 일어나서 도로 일어나려는 악한의 얼굴에 흙과 모래를 쥐어 뿌리고 정신없이 발 가는 대로 달아났다.

* * *

여자는 두 손으로 낯을 가리우고 흑흑 느낀다. 손과 발은 동여매었다. 그러고 치마와 바지는 찢겼다. 머리채는 풀려 등에 깔렸고, 아랫입술에서는 빨간 피가 흐른다. 방 한편 구석에는 맥주병과 얼음 그릇이 넘느른하고 어떤 것은 깨어졌다.

* * *

그러나 그 거무테테한 사람의 구린내 나는 입이 형식의 입에 닿았다. 형식은 머리로 그 사람의 면상을 깨어져라 하도록 들입다 받고 그 사람이 번쩍 고개를 잦기는 틈을 타서 손에 들었던 목침으로 그 사람의 가슴을 때렸다. 그 사람은 얼른 목침을 피하고 일어나면서 형식의 머리채를 잡아 흔들며 형식의 머리를 벽에 부딪친다. 형식은 이를 갈며 울었다. 이때에 저편 구석에 말없이 앉았던 키 큰 사람이 벌떡 일어나 달려오더니 형식의 머리채를 잡은 사람의 상투를 잡아당기며 주먹으로 가슴을 서너 번 때리더니 방바닥에 그 사람을 엎으려 놓고 "이놈! 이 짐승놈?" 하고 발길로 찬다.

* * *

벌거벗은 때묻은 아이들이 머리를 긁적긁적 긁으며 두 사람을 보고 섰다. 치마 아니 입고 웃통을 벗은 부인이 연기 나는 부엌으로 눈물을 흘리면서 뛰어나오더니 연기가 펄펄 오르는 부지깽이로 머리를 긁고 섰던 사내아이의 머리를 때린다. 맞은 아이는 '으아'하고 울면서 길바닥에 흙을 집어 그 부인의 면상에 뿌린다.

(동아, 1995)

□ 이광수 「재생」

순영은 문고리를 잡아채며 소리소리 질렀다. 그러고는 돌아서는 길로 보석 위에 놓인 여자의 구두를 휙 집어던졌다. 그 구두는 한 짝은 수챗구멍으로 굴러가고 한 짝은 연못 얼음 위에서 한참 떼굴떼굴 구르다가 모로 누워버렸다.

(우리문학사, 1996)

□ 이광수 「흙」

"이건 웬 놈이야."

하고 갑진은 그 작자를 때릴 듯이 주먹을 겨누었다. 그러나 분이 난 …… 갑진이가 그 여자를 꾀어내는 줄만 안 그 작자는 다짜고짜로 갑진의 따귀를 때렸다. 그러는 동안에 옷소매를 찢긴 여자는 숭의 곁으로 와서 숭의 등에 낯짝을 비비며 울었다. 숭은,

"여보!"

하고 그 작자의 멱살을 잡아 휙 끌어내었다. 그 작자는 숭의 주먹에 끌려 비틀거리며 갑진에게서 물러났다.

* * *

기수는 청년의 코에서 피가 흐르는 것도 상관없이 연해 서너 번 청년의 이 뺨 저 뺨을 후려갈겼다. 청년은 처음에는 참으려 하는 듯하였다. 그는 기수가 때리는 대로 말없이 맞았다. 그러나 기수의 구둣발길이 청년의 옆구리에 올라오려 할 때에 청년의 몸이 한 번 번쩍 들리며 청년의 손은 기수의 목덜미를 눌러 버렸다. 청년의 코에서 흐르는 피는 농업 기수의 양복저고리에 뚝뚝 떨어졌다.

* * *

정선은 거의 반사적으로 손을 들어 갑진의 뺨을 갈겼다. 그 소리가
찰칵 하고 매우 컸다. 갑진은 전기에 반발되는 물체 모양으로 입을 벌
리고 뒤로 물러앉았다. 베드롭 자락이 젖혀지며 털 많은 시커먼 다리
가 나타난다.

(학원, 1993)

□이국자 「콜롬비아 아리랑」

한국 전쟁이 중부 전선에서 중공군과 치열한 전투(경기도 연천군
북방 지역)가 끝나고 병역 휴식을 위해 콜롬비아 대대가 이동할 때였
다. 소련기 폭격으로 집들과 사람들이 폭격을 맞아 죽어 있는 모습이
너무 처참했다. 후안 상사는 차마 눈뜨고 볼 수 없는 광경에 눈을 돌
렸다. 전쟁이 이렇게 무서운 줄 모르고 용병으로 지원해서 한국전에
참전했지만, 그는 전쟁의 비참함에 매일 밤 두려웠다.

그들이 이동하는 산길에도 시체가 피투성이가 되어 늘어져 있었다.
한국의 3월은 몹시 추웠다. 그는 벌벌 떨며 자신이 지금 어디로 걸어
가는지도 모르게 대열 속에서 움직이고 있었다. 그의 귀에 어린아이
울음소리가 들렸다. 가까이 가보니, 피투성이가 된 채 죽어 있는 엄마
곁에서 어린 사내아이가 울고 있었다. 후안 상사는 그냥 지나치려다
발걸음이 떨어지지 않았다.

* * *

고막이 찢어질 듯 진동하는 소리에 놀란 엄마가 자신을 껴안고 있
었다. 어린 홍석도 엄마 품안에서 눈을 꼭 감고 있었다.

얼마 후, 조용해서 엄마 품에서 빠져 나오니, 엄마는 피투성이가 되
어 쓰러졌다. 어린 아들을 품속에 넣어 보호하고 자신은 폭격을 맞고
쓰러진 엄마의 모습, 그 피투성이 엄마 곁에서 울던 자신의 모습을,
그는 밤마다 꿈을 꾸었다. 심지어 엄마, 엄마, 엄마 부르며 흐느껴 울

다가 잠을 깬 적이 한두 번이 아니었다.

* * *

　민중들의 요란한 박수와 목이 터져라 박수를 치며 홍석을 부르고 있다.

　"후안, 후안 우리들의 대장."

　"후안, 후안 우리들의 희망."

　유세장은 온통 흥분과 열정으로 가득 채웠다.

　소니야를 위시한 당원들도 대중들의 환호소리에 정신을 차릴 수 없을 정도로 열에 들떠 있었다.

　어디선가 폭음소리가 들렸다. 소니야는 군중들 속에서 폭음소리를 듣는 동시에 단상쪽을 보았다. 단상은 연기에 쌓여 있었다. 소니야는 정신없이 사람들을 헤치며 단상으로 뛰어갔다. 사람들은 비명을 지르며 후안 대장을 불렀다.

　단상은 사제폭탄에 주저앉고, 홍석은 피투성이가 되어 쓰러져 있었다. 쓰러져 있는 홍석의 주위엔 홍석의 경호를 맡은 대원들도 쓰러져 있었다. 사람들은 비명을 지르며, 혹은 소리치며 우는 사람들로 몇 겹으로 둘러쳐져 있었다. 유세장은 그야말로 아수라장이었다. 사람들을 헤치며 쓰러져 있는 홍석을 본 소니야는 그대로 기절했다.

(『시대문학』, 1999)

　□이규희 「속솔이뜸의 댕이」

　귀만 아버지랑 귀만이가 땅바닥에 쓰러져 있었다. 뭐라고 기염을 토하면서 버둥거리는 줄바위 장정 한 사람을 여럿이들 저쪽으로 떠메어 가고 있었다. 귀만 아버지는 흙 묻은 옷을 털 겨를도 없이 허둥지둥 일어나서 한쪽 뺨을 쓰다듬었다. 그 뒤를 따라 일어서려다가 도로 주저앉아 버리는 귀만을 사람들이 달려들어 일으켜 주었다. 귀만은 손

바닥을 꼭 움켜잡고 이를 악물고 있었다. 손가락 사이로 새빨간 피가
흘러 나왔다.

* * *

인수 어머니가 댕이를 잡아끌며, 소리소리 쳤다. 댕이도 팔을 사정
없이 내두르며, 덤벼들었다. 한데 뒤엉클어져 엎치락 뒷치락 하다가,
그녀들은 휘뚱고라져 웅덩이 속으로 굴러 들어갔다.

* * *

꿀꿀이는 눈망울을 디굴거리며, 슬금슬금 피하기만 했다. 그럴수록
인수는 안간힘을 스며 더 악착같이 달라붙었다. 그러나 꿀꿀이는 인수
가 머리로 받으면 손으로 막고, 옷깃에 달라붙어 매달리면 손가락을
펴서 떼칠 뿐, 인수와 맞싸우질 않았다. 승강이를 하는 두 사람이 까
딱 잘못 했다간 웅덩이에 빠질 것 같았다. 꿀꿀이도 그걸 느꼈는지 웅
덩이를 한번 쳐다보았다. 인수는 앞도 보지 않고 고개를 짓숙인 채,
꿀꿀이한테로 무작정 머리를 들이받아 쳤다. 안되겠는지 꿀꿀이가 인
수의 손을 한꺼번에 틀어쥐었다가, 탁 놓고는 불이나케 도망을 쳤다.
꿀꿀이는 그 참 마을 쪽으로 달아나 버렸다.

* * *

맨 꼭대기 노적가리 모양 생겼다는 지붕같이 둥그런 바위를 끌어안
고 그녀는 매달렸다. 눈이 멀기 전에 하느님이 먼저 알고 벼락을 치려
나 보다고 그녀는 생각했다. 우박 같은 빗방울을 이마에 맞았는가 하
는 순간, 눈앞에 번갯불이 번쩍 튀며, 그녀는 하늘이 무너지는 것 같
은 요란한 소리와 함께 바위에서 떨어졌다.

(법원사, 1985)

□이규희 「천단」

　복도는 밝은 전등이 곳곳을 환하게 비추고 있어서 작은 흠집까지도 자세하게 보였다. 옥진은 비틀거리며 복도를 빠져 나와 밖으로 나가는 문을 찾으려고 기웃거렸다. 그러나 복도에 서 있는 인민군들이 다시 나타나 뒷덜미를 나꿔챌 것만 같아 마음이 조급해져 입구를 찾기가 너무나 힘이 들었다. 옥진은 쫓기는 사람처럼 서두르다가 가까스로 출입문을 찾아 밖으로　튀어나오는 듯이 빠져 나왔다.

　그녀가 막 경찰서 문을 나섰을 때쯤, 드르륵 드르륵 요란한 기관총 소리가 들려왔다. 옥진은 황급히 그 자리를 뜨기 위해 바쁜 걸음으로 길을 찾아 걷기 시작했다. 며칠 만에 햇볕을 보니 현기증 때문에 눈을 똑바로 뜰 수가 없었다. 빨갱이들한테 끌려갈 때 다친 두 다리와 죽창에 찔린 어깨의 상처는 똑바로 서 있기조차 힘들게 만들었다. 옥진은 될 수 있으면 인민군들이 포진하고 있는 경찰서와 멀리 떨어지기 위해 안간힘을 다 해 길을 걸었다. 그러나 상처로 인해 두 다리에 힘이 빠져 버린 데다가 인민군들이 다시 우루루 쫓아 나와 다시 자신을 붙잡아 갈 것만 같은 초조감 때문에 걸음을 똑바로 걸을 수가 없었다. 옥진은 우선 자신의 몸을 숨길 겸 해서 경찰서 뒷산으로 올라갔다. 한참을 올라가던 옥진은 산중턱에 다다라 길게 한숨을 내쉬며 소나무 그늘에 몸을 기대고 앉아 아기에게 젖을 물렸다.

(대흥, 1989)

□이균영 「나뭇잎들은 그리운 불빛을 만든다」

　머리 뒤통수와 옆구리에서 흘러내린 피가 개천 자갈 위에 엉겨 있었다. 박용태는 사람들의 표정을 유심히 살폈으나 당장은 아무 것도 눈치 챌 수 없었다. 당황, 두려움뿐이었다. 동막다리를 지나 천장동마을 입구를 지나게 되었을 때 그들은 잡화상 앞에 서 있는 군인과 그 옆 나무 걸상에 앉아 있는 한 사내를 발견했다. 군인은 철모와 장총, 대검을 착용하고 있었고 사내는 팔에 흰 완장을 두르고 있었는데 거기에는 두 줄의 붉은 페인트 줄이 그어져 있었다.

* * *

한 떼의 청년들이 줄을 지어 뛰다시피 서둘러 역 쪽으로 가고 있었다. 대부분의 가게는 문이 닫혀 있었지만 아무 일도 없다는 듯 문을 열고 한가로이 앉아 손님을 기다리는 상점들도 있었다. 젊은 사람들은 바쁘게 걸어다녔고 가끔 노인들이 대문밖에 어린 손자들을 데리고 나와 지나가는 사람들을 보고 있었다. H시 고금 중학교 학생들이 두 줄을 지어 지나갔다. 맨 앞의 상급생인 듯한 학생이 팔에 완장을 두르고 그 옆 키 큰 학생이 대나무 깃대를 들었는데 무명베에 '반동분자 처단하자!'라고 쓰인 깃발이 끝에 매달려 있었다. 박용태가 지나치는 완장 찬 사내 하나를 붙들었다.

* * *

군인들을 실은 버스 한 대가 그들 곁을 지나쳤다. 어디서 갑자기 나타난 예닐곱 명되는 여학생들이 '반동분자 처단하자!', '타도 독재!', '타도 미제!' 두 손을 젖혀 만세를 부르고 손뼉을 쳤다. 완장을 찬 사람의 지휘에 따라 두 명씩 조를 이룬 청년들이 가마니에 덮인 시체들을 역시 가마니에 막대를 끼워 만든 들것으로 어디론가 나르고 있었다. 17구의 시체였다. 윙윙거리며 멀리서 들리던 확성기 소리가 가까워지고 있었다. 2톤짜리 군용 무개차 뒤에 서로 다른 길이의 밧줄 세 개가 늘어져 있었고 세 사람이 각각 거기에 묶여 끌려 다니고 있었다.

* * *

군인이 두 발자국 뒷걸음질을 쳤다. 나이 든 여자의 것으로 믿을 수 없는 어린 여자 아이 같은 고음의 절규였다. 사람의 것이 아닌 것

같았다. 군인이 다시 한번 시도하다 누구의 신호를 받은 듯 물러나
버렸다. 7-8미터 앞에 세 군인이 거총했다. 여자가 고개를 들었다.
박용태는 보았다. 살아 있으나 이미 죽은 사람의 얼굴을, 뜨고 있지
만 아무 것도 보고 있지 않은 눈, 분을 덧칠해 놓은 듯 하얀 얼굴은
박처럼, 탈바가지처럼 아무 것도 보고 있지 않은 눈, 분을 덧칠해 놓
은 듯 하얀 얼굴은 박처럼, 탈바가지처럼 보였다. '철컥!' 총의 자물
쇠 푸는 소리가 들렸다. 세 군인이 각각 세 발씩 쏘았다. 묶여 있던
남자들은 여전히 움직이지 않았기 때문에 시체에 대고 쏘는 것 같았
지만 여자가 앉은 채 쓰러지자 그녀를 덮은 하늘색 나일론 치마는
곧 피로 젖었다.

* * *

　그 졸참나무와 나란히 선 나무에 이미 두 남자가 밧줄에 묶여 있
었다. 박용태가 전부터 관찰하던 이들이었다. 두 사람 모두 묶인 채
고개를 꺾고 움직이지 않고 있었다. 이미 죽은 사람 같았지만 피를
흘린 흔적이 없었다. 마침 한 사내는 산토끼색 주름 잡힌 바지를 입
고 있었는데 아랫도리의 바지 색깔이 이상했다. 죽었다면 복부의 피
가 흘러내린 것이고 그렇지 않다면 혼절하며 오줌을 싼 것이 분명했
다. 여자는 두 남자를 보더니 미끄러지듯, 나무에 걸쳐진 옷이 흘러
내리듯 땅으로 찰싹 가라앉아 땅 밑으로 스며들 듯 주저 않았다. 밧
줄을 든 다른 군인 하나가 다가가 그녀를 일으켜 세우려고 했다.

* * *

　그가 이야기 중에 잔을 비우고 그것을 그의 맞은 자리 두 사람 건
너 앉아 있는 그에게 돌렸을 때 그 일이 일어났다. 다른 때 같으면
엉거주춤 일어설 듯한 자세로 잔을 받음으로써 그에게 나이 값을 쳐
주곤 하던 그가 앉은자리에서 꼼짝 않고 길게 한 손을 뻗어 잔을 내

밀었다. 그의 도전적인 행동 때문에 주위가 갑자기 조용해졌다.

(민음사, 1997)

□이균영 「멀리 있는 빛」

어느 날 명혜와 김대수가 막 잠자리에 들던 시각이었다. 밖에서 두런거리는 소리가 들리자 김대수가 후다닥 일어나더니 잽싸게 뒷문으로 빠져나갔다. 뒷문이 닫히는 것과 예고도 없이 방문이 벌컥 열린 것은 거의 동시였다. 두 침입자는 손에 몽둥이를 들고 있었다.

"그놈이 없다, 그놈이"

김대수가 없는 것을 확인하자 그 중의 한 명이 아이를 안고 방구석의 벽에 몸을 묻은 채 떨고 있는 그녀의 어깨를 나꿔챘다.

"네 서방놈 어디 갔어?"

그들은 본처의 친정오빠와 동생이었다. 명혜는 아무 말도 못했다. 그는 명혜를 벽에다 밀어 붙였다. 아이가 자지러지게 울었다.

(정음사, 1986)

□이기영 「신개지」

앙! 하더니 그는 별안간 분을 삭이지 못해서 제 입술을 깨물어 뜯는다. 입술에서는 붉은 피가 철철 흐르고 그것은 미구에 퉁퉁 부어오른다. 그리고 머리를 풀어 산발한 채 이를 아드득 아드득 갈고 앉았는 처참한 광경은 참으로 귀신같이 무서워 보이었다.

* * *

그는 경후를 뉘어놓고 그 길로 집으로 올라오는 길인데 산직말 앞을 접어들며 강 위쪽으로 멀리 바라보이는 물 속에서 무엇이 철버덕거리는 소리가 괴상하게 들렸다. 그것은 물결소리도 아니오 그렇다고

물고기의 자맥질 소리도 아닌 것 같은 생각은 자연 총총히 걸음을 바
삐 걸어 올라가 보게 하였다. 그때 빠진 사람은 벌써 기운이 빠지고
물을 켜서 허위적거릴 여지도 없는 모양이었다. 윤수는 그것을 발견하
자 미처 옷을 벗을 새도 없이 신발만 벗고 강속으로 뛰어들었다. 과연
빠진 것은 사람이다. 흰 치마자락이 널풀어진 것을 휘어잡고 다시 그
는 목을 끌어안아서 손쉽게 끌어낼 수 있었다. 그는 시체를 꺼내 놓고
일변 판판한 자리에 가만히 뉘었다.

* * *

하감역은 일어서기는 하였으나 어디로 나가야 할는지 정신을 못 차
리고 쩔쩔매기만 한다. 그는 마치 미친 사람의 동작과 같이 당황해 보
였다. 그는 뜻밖에 너무나 놀라운 사실에 부딪히기 때문에 극도의 분
노가 머리를 착란케 하였다. 별안간 쇠방망이로 뒤통수를 얻어맞은 것
처럼 정신이 아찔했다.

(풀빛, 1989)

□ 이동희 「허물」

양사장은 몇 번이나 얼굴이 푸르락 붉으락 하다가 더 참지 못하겠
다는 듯이 그의 멱살을 덥썩 잡고 눈에다 불을 켜대었다. 그는 조금도
개의치 않았으나 어느덧 시간이 진(盡)한 것을 깨닫고 누그러졌다.
　"이 물개새끼야! 이 똥개새끼야. 이 개새끼들아!……"
　그가 완전히 맥을 풀어버리자 양사장도 멱살 잡았던 손을 풀고 멍
청히 그를 바라보았다. 그는 한동안 양사장을 마주 보다가 시선을 떨
어뜨려 버렸다.
　사나이는 심한 한전을 느끼면 몸을 뒤튼다. 여전히 질금거리는 비
로 질퍽한 땅바닥에 그의 등어리는 흙더벙이가 되고 전신의 뼈 깊숙
이 냉기가 서려있고…… 그는 뻣뻣하게 된 육신을 한동안 꼼지락거리

다가 상반신을 일으킨다. 정신이 좀 드는 듯하다. 자신의 현실이 명백해지는 듯하다. 하지만 한전과 뻣뻣함과 피로와 그리고 아픈 현실이 치밀어 올라 아무런 기운을 차리지 못한다.

(풀길, 1994)

□ 이무영 「농민」

이렇게 소처럼 덤벼들던 돌이는 주춤했다. 귀밑까지 찍 찢어진 입새로 허연 이를 북 갈며 눈을 까뒤집어 쓰고 덤비는 장쇠의 상판때기하며 귀가 다 멍멍하도록 고래고래 지르는 소리가 그대로 성난 호랑이였다. 그래서 돌이는 장쇠가 묶여 있다는 것도 깜박 있고 서먹해서 한 걸음 뒤로 물러났던 것이다.

* * *

"자, 때려라! 돌이놈아! 네놈이 날 이렇게 패고 네 손목쟁이가 성할 줄 아느냐!"

장쇠는 이렇게 악을 쓰더니 와드득 어금니 가는 소리와 함께 돌이의 얼굴에다 피를 확 뿜어 대었다.

"어서 때려라! 이놈아, 보갚음으로 언제든지 네 몸은 대가리부터 몽주리 내가 오독오독 깨물어 먹고야 말 테다! 이렇게! 이렇게!"

와드득대는 어금니 가는 소리에 그대로 소름이 쪽 끼친다. 눈에서는 그대로 시퍼런 불똥이 듣는다.

"돌이 이놈아! 네놈이 우리 부잘 때려, 이놈아!"

장쇠 아버지 치수도 이를 북북 갈아 젖힌다. 이 앞뒤에서 날아드는 원한과 이 가는 소리는 투미한 돌이일망정 그를 하이얀 공포 속에 몰아넣기에 충분한 것이었다. 만일 그때 김승지의,

"그놈들 주둥머릴 찢어 놔라!"

하는 소리만 들리지 않았더라도 돌이는 장쇠네 부자 앞에 엎드리어

서얼서얼 빌었을지도 몰랐었다.

(동아, 1995)

□이무영 「어떤부부」

아내는 팔을 걷어붙이고 웨 치는 것이냐고 덤볐다.

"이걸 그냥!"

남편으로서의 권위를 보이려고 덤벼들자 아내는 그 미륵같은 몸체를 부쩍 소꾸면서 덤벼드는 남편을 힘껏 내 밀쳤다. 아내는 이미 일어나서 몸의 중심을 잡은 후였고 그는 막 몸을 일으킬 사품이라고는 하지마는 그가 맞은편 벽에다 머리를 드러박고 나가 둥그라진 것을 반드시 그의 위치가 불리했는 것만도 아니다. 꽝 소리와 함께 나가 둥그라지는 남편을 쳐다보는 일도 없이 건넌방을 슬그머니 건너가 버린다. 그는 으악 소리를 치며 달려갔으나 뺨 한대 변변히 못 치고 세 네 번이나 나둥그라진다. 하도 나대니까 나중에는 뒤로 와서 두 팔과 허리를 한데 깍지를 껴서 버쩍 조이고는 마치 어린애를 안고 앉었듯이 두 다리로 버둥대는 다리를 조여대어 땀만 쭉쭉 흘리고 꼼작 못했었다. 한 십분이나 그러노라니 뒷 머리를 벽에 호되게 드러박기도 했거니와 전신의 피가 머리로 기여 나와서 눈앞이 팽 돌면서 폭 꺼꾸러지고 말았다.

(계용묵 『문장사전』, 1953)

□이문구 「장한몽」

황은 꿇려 앉혔던 구형사의 덜미를 잡아 일으켜 세우더니 몇 걸음 뒤로 물러서다가 잽싸게 달려들며 이마로 구형사의 턱을 받아넘겼다. 황이 쓰러뜨린 구형사의 면상을 구둣발로 몇 차례 제겨놓고 들어가자 비로소 각본대로 돌이 날아들기 시작했다. 자갈도 날아들고 장돌도 날아들었다.

* * *

바윗덩이가 날아가고 왕소나무가 뿌리 채 뽑힐 엄청난 소리가 들린 것 같았다. 폭탄이 터졌던 것이다. 어느새 읍내 전체는 새까만 연기로 뒤 덮여 있었고, 한 쪽 동네에선 시커먼 불기둥이 구름을 태울 듯 하늘로 치솟고 있었다.

* * *

마가가 뛰어들어 상필의 팔꿈치를 뿌리쳤다. 그럴 사이 상필은 마가의 턱을 주먹으로 쳐돌렸다. 턱을 맞고도 마가는 상필의 뱃구레를 발로 힘껏 내질렀고, 상필은 뱃구레를 되게 질린 대신 마가의 왼쪽 눈자위와 오른쪽 관자놀이를 연거푸 두 대를 갈겼다. 마는 어쩔 줄 모르다가 상필의 하복부를 한번 더 걷어찼으나, 상필은 마의 한쪽 가슴과 반대쪽 목덜미를 터지게 쳐돌렸다. 그 사이 발길질만 하던 마가 겨우 주먹을 쓰기로 하고 상필의 광대뼈를 대강 겨냥해 힘껏 찍었으나 크게 헛쳤고, 그 바람에 자기 자신의 체중에 못이겨 내어 휘청하고 말았다. 마가 휘청하는 사이 상필의 두 주먹은 연달아 세 번이나 마의 두 뺨에 박혔으며, 곁들여 세 번을 잇대어 내지른 발길 가운데 마지막 발길이 마의 옆구리를 휘어놓았다가 마가 얼결에 손발을 더듬거릴 순간이었다.

(양우당, 1993)

□이문열 「나자레를 아십니까」

그것이 바로 그 가련한 누나의 최후였던 것입니다…… 겨우 우리 팔뚝만한 가지에, 그것도 두 다리는 접힌 채 땅에 닿아 있는데도 목을 맨 그녀의 사지는 이미 축 늘어져 있었습니다. 오래잖아 원장 아버지

가 달려오고, 이어 큰형들에 의해 시신이 힘들여 내려졌습니다. 가슴
과 배의 옷자락이 형편없이 해지고 손톱에서는 피가 흐르는 그녀의
시신에는 아직도 약간의 온기가 남아 있었습니다. 바들로메실에서 그
나무까지 하반신이 마비된 몸으로 기어가는 데 너무도 많은 시간이
걸려 정작 목을 맨 지는 얼마 되지 않은 모양이었습니다. 그러나 눈물
에 젖은 그녀의 영혼은 서둘러 저주받고 오욕된 육신을 떠난 듯 인공
호흡도 급히 달려온 의사도 아무 소용이 없었습니다. 다만 몇 번인가
그녀의 시신을 이리저리 살피던 그 중년의 의사는 경향없이 서있는
원장 아버지에게 '임신이었던 것 같소. 차라리 필요한 건 경찰이오.'라
고 퉁명스럽게 말하고는 돌아가 버렸습니다.

(한겨레, 1988)

□이문열 「들소」

　　잠시 후 그가 가수와도 흡사한 마비상태에서 깨났을 때 일은 거의
끝나가고 있었다. 벌써 대여섯 개의 창을 받은 들소는 겉으로는 사납
게 부르짖으며 날뛰고 있어도 거의 방향감각을 잃은 상태였다. 미숙한
사냥꾼들도 자신을 되찾아 빼어든 도끼로 그런 들소를 함부로 찍어대
고 있었다.

　　그런데 그후 오래오래 기억된 놀라운 일이 거기서 일어났다. 그때
껏 그 바위 위에 시키지도 않은 그 사냥의 지휘를 맡고 있던 '뱀눈'이
갑자기 뛰어내리더니 곧장 들소에게 달려가 그 날카롭고 긴 뿔을 잡
았다. 소는 거칠게 떠받는 자세로 고개를 들었다. 일순 힘에 눌려 꺾
어지듯 힘없이 아래로 처졌다. 그걸 보며 한 손을 뺀 '뱀눈'은 돌도끼
로 소의 정수리를 힘차게 내리쳤다. 소는 움찔하더니 부르르 사지를
떨며 무너지듯 주저앉았다.

(나남, 1995)

□이문열 「미로의 날들」

  제재기 옆에 쌓인 각목 더미를 힘대로 걷어차며 내지르는 소리였습
니다. 그러나 너무나 창졸간에 일어난 일인 데다 한창 세차게 돌아가
던 제재기라 금세 멎지를 앉자 손에 잡히는 대로 굵은 피 쪽으로 돌
아가는 톱날을 후려쳤습니다. 그 서슬에 막 원목을 집어넣으려던 하라
우시 김씨가 멈칫 하던 동작을 멈추고, 이어 부근의 사람들도 일손을
멈춘 채 모여들었습니다.

* * *

  날품 인부들이 김씨를 정문까지 끌고 가 동댕이치듯 놓아주자 사장
이 등뒤에다 그렇게 이죽거렸습니다. 그리고 막 사무실 문을 열고 들
어서려는 나에게 소리쳤습니다.

(둥지, 1993)

□이문열 「새하곡」

  이 중위는 자기도 모르게 욕설과 함께 김 일병을 걷어찼다. 그러나
놀라 그를 올려보는 김 일병의 얼굴을 보고 그는 아차했다. 녀석의 안
경알 밑으로 번질거리며 흐르고 있는 것은 분명 두 줄기의 눈물이었
다. 함께 근무하던 배상병의 변호가 아니더라도 녀석이 자고 있지 않
았던 것은 명백했다. 하지만 화가 나는 실수였다.

* * *

  밤 여덟 시경에야 모든 작업을 마친 이 중위는 숙영지로 돌아왔다.
겨울밤으로는 상당히 깊어 사방은 공했다. 불빛이 통제된 진지는 한층
완강한 침묵으로 어둠과 추위 속에 웅크리고 있었다. 이 중위가 바지
가랑이와 군화에 묻은 눈을 털고 10인용의 가설병 막사에 들어가니
썰렁한 저녁 식사가 기다리고 있었다. 부식은 우내장국이었던 모양으

로 표면에는 기름이 두껍게 굳어 있었고 절인 무에도 살얼음이 끼어 있었다. 그제서야 이 중위는 추위에 언 가설병들의 얼굴을 바라보며 도중 민가에라도 들러 저녁을 먹이고 오지 않은 것을 후회했다. 돈보다는 이동 통제반과 적의 게릴라가 두려워 그는 가설병을 재촉해 귀환해 버렸던 것이다. 약간 미안해진 이 중위가 멀거니 식기를 바라보고 있을 때 갑자기 누군가가 김이 무럭무럭 나는 반합 두 개를 들고 들어왔다. 서무계 권 일병이었다.

(한겨레, 1988)

□이문열 「아가」

그렇게 되묻는 우리 중에는 그때껏 고향을 지키고 있던 셋도 들어 있었다. 떠나 있던 우리 중에 하나가 그들을 보며 냅다 소리를 질렀다.

"이 숙맥들아, 너어가 모르면 누가 아노? 아이, 그래, 한 구덩이에 묻히(묻혀) 살면서 당편이가 어예 됐는지도 모른단 말가?"

그 영문 모를 결기가 옮았던지 떠나 있던 모두가 그를 거들어 남아 있던 셋을 개 몰 듯 몰아세웠다. 그런데 알 수 없는 것은 남아 있던 셋의 반응이었다. 처음에는 떠나 있던 우리의 추궁을 영문 모르겠다는 투로 받던 그들이 시간이 갈수록 정말로 죄지은 사람처럼 수그러들어 우물거리기 시작했다. 그러다가 그중 하나가 무슨 대단한 공이라도 세우고 있다는 표정으로 말했다.

"아, 맞다! 맞아! 인제 기억났다. 당편이는 죽었다."

그리고는 떠나 있던 우리와 한패가 되어 남아 있던 둘은 몰아댔다.

* * *

그때였다. 모두가 다 들을 만큼 크고 뚜렷하게 딱, 하는 소리가 났다. 그게 꼭 굵은 밤으로 마른 바가지를 때리는 소리 같았다고 한다.

그리고 그 소리와 함께 건동이가 아쿠, 하며 머리를 싸쥐고 주저앉았
다. 그 바람에 그가 지고 있던 물지게에 걸려 있던 함석 물동이가 요
란스런 소리와 함께 대문께를 뒹굴었다.

* * *

특별히 입이 싸거나 심보가 뒤틀린 새댁네는 아니었지만 일이 그렇
게 되고 보니 그냥 넘어갈 수 없었다. 그로부터 오래잖아 면장댁 셋째
딸이 임신했다는 난데없는 소문이 고향 거리에 파다하게 퍼졌다. 이제
겨우 나이 스물인 미혼의 처녀가 임신했다는 사실은 사형선고나 마찬
가지였다.

딸이 신세를 망치게 되자 거세기로 이름난 면장댁이 가만히 보고
있지 않았다. 그녀는 먼저 딸을 다그쳐 실토를 받아냈다. 딸을 임신시
킨 것은 얼굴이 해말쑥한 중학교 국어 선생이었는데, 고약하게도 이미
결혼한 몸이었다.

면장댁은 딸을 가까운 도시로 보내 낙태 수술부터 받게 하고 한편
으로는 중학교 국어 선생을 가만히 불러냈다. 그리고 온갖 협박과 회
유로 다시는 딸을 만나지 않을 뿐만 아니라 그런 일 자체를 없었던
것으로 하겠다는 다짐을 받아냈다.

* * *

치밀하게 딸의 추문을 마무리 짓고 아무 것도 모르는 공의에게서
딸이 임신하지 않았다는 진단서까지 뗀 면장댁은 되도록 많은 증인을
모은 뒤 녹동객으로 쳐들어갔다. 그리고 여럿 앞에서 공의의 진단서를
펼쳐 보여 딸의 결백을 공인 받은 다음 변변히 저항조차 못하는 당편
이에게 올라타 손가락으로 입을 틀어 버렸다.

* * *

당편이가 고향으로 되돌아온 것은 떠난 지 삼 년이 조금 지났을 때

였다. 그날 장터거리 초입에서 잡화상을 열고 있던 최씨는 멀리서 아이들을 줄줄이 뒤딸린 채 장터 거리 쪽으로 오고 있는 어떤 미친 여자를 발견했다. 그 무렵 들어서는 이미 보기 힘들어진 광경이라 목을 빼고 자세히 바라보던 그는 이내 놀라 소리쳤다.

* * *

풍문과 추측으로 재구성한 것이지만 당편이가 그 악명 높은 장애자 수용시설을 탈출해 고향으로 돌아오기까지의 과정도 눈물겨움을 넘어 처참한 데마저 있다. 그녀가 어떻게 그런 수용시설의 삼엄한 울타리를 벗어날 수 있었는지에 대해서는 알려진 바가 없다. 어떤 이는 그 무렵에 있었던 집단탈출에 묻어서 나왔다고 하고, 또 어떤 이는 뱃속에 든 아이를 보거나 제삿날을 알아내는 것과 같이 우리가 알 수 없는 어떤 비상한 방법을 써서 빠져 나왔을 것이라고 한다.

하지만 용케 수용 시설은 벗어나도 당편이의 지능과 기억력으로는 곧바로 고향으로 돌아올 수가 없었다. 행정산의 지명만 정확히 알고 있으면 물으며 걸어와도 닷새면 될 길을 돌아오는 데 그녀는 꼬박 일년이나 걸렸다. 온전치 못한 몸에 아무 것도 지닌 것 없이 온갖 낯선 땅과 사람들 사이를 헤매고 떠돌아야 했던 그녀가 겪었을 결핍과 모멸은 듣지 않아도 짐작이 간다. 끝내 언덕 위 문중 마을 사람들을 용서할 수 없게 한 그녀의 분노와 원한은 그 고통스런 일년 동안에 더욱 굳게 다져진 것임에 틀림이 없다.

(민음사, 2000)

□이문열 「어둠의 그늘」

그러자 언제부터 그쪽을 험하게 노려보고 있던 감방장이 벌떡 일어났다. 그는 아직 잠에서 깨어나지 않은 동료들을 함부로 밟고 타넘으며 기주씨 쪽으로 오더니 낮에 내게 그랬듯 사정없이 가슴팍을 걷어찼다. 그리고 기주씨가 끄응 하며 쓰러지자 발뒤꿈치로 그의 등을 다시 찍었다.

"정신차려, 이 새끼야."

그 격심한 타격은 앞뒤 없는 광란상태에 분명히 효과가 있었다. 쓰러졌다 일어난 기주씨는 잠시 표정없는 얼굴로 멍하니 감방장을 올려보더니, 이윽고 정신이 돌아온 듯 갑자기 흑하며 엎드려 흐느끼기 시작했다.

"옆 사람도 생각해야지. 나이 대접을 받으려면 나이 값을 해."

감방장이 찬바람 도는 얼굴로 냉랭이 쏘아 부쳤다. 잠시 후 기주씨의 흐느낌 소리가 잦아지자 이내 실내는 조용해졌다. 선잠에서 깨어난 축들은 다시 투덜거리며 잠을 청했고, 무슨 일인가 싶어 달려왔던 당직 교도관도 별 간섭없이 돌아갔다. 여러 가지로 보아 처음 있는 일은 아닌 모양이었다. 나는 기주씨란 사람이 몹시 흥미로왔으나, 그의 자리가 떨어져 있고 또 내 곁의 사람들은 곧 잠들어버려 내막을 알아볼 길이 없었다.

＊ ＊ ＊

어딘가 굼뜨고 미련스러워 뵈는 그가 앞을 생각도 없이 감방 한가운데 엉거주춤 서 있는 걸보고 감방장이 또 예의 그 발길질을 한 것이 발단이었다. 별로 급소를 챈 것 같지 않았는데도 그는 커다란 비명과 함께 나뒹굴었다. 감방 안에서는 드문 일이었다. 성이 난 감방장은 그런 그의 옆구리며 등허리를 사정없이 짓밟았다. 엄살인 경우 대개 그 정도면 일어나 몸을 도사리기 마련이었다. 그러나 그는 일어나지 않았다. 오히려 사지를 힘없이 늘어뜨리며 눈을 까뒤집고 거품을 물었다.

그제서야 주위의 사람들이 놀라 일어서고 김광하씨가 달려왔다. 감방장도 약간 당황한 듯 발길질을 멈추었다. 그러자 정신을 차린 권기

진씨는 그야말로 시골사람 행짜부리는 식으로 감방장에게 퍼댔다. 내가 언제 까무러쳤냐는 듯 거칠고 높은 목소리였다.

* * *

그때 돌연 숨죽인 흐느낌과 신음소리가 우리들의 대화를 중단시켰다. 소리나는 쪽을 보니 감방장이 새로 들어온 두 명의 경범을 한창 모질게 들볶는 중이었다. 방금 신음을 낸 것은 손가락 사이에 대젓가락을 가로 끼운 채 손등을 밟히고 있는 덩치 큰 청년이었다. 그 곁에는 또 한사람의 순하게 생긴 청년이 똑같은 상태로 눈물만 철철 흘리고 있었다.

"개새끼들. 술 처먹고 술집 부술 때는 기분 좋았지? 이제 맛좀 봐라."

감방장은 표독스레 말하면서 두 사람의 손등 위에 한발씩 올려놓고 서 있었다. 그는 마치 그 두 명의 경범이 자기 집이라도 부순 듯 가혹하게 다루었다. 둘은 고통을 못 이겨 큰 덩치를 꿈틀거리며 연방 신음을 토했다.

* * *

그래도 감방장은 이미 기울어버린 대세를 인정하려 들지 않았다. 그는 계속 고함을 치며 교도관을 불렀다. 아마도 지난 몇 개월 그가 건네 준 교제비의 효과를 믿는 것 같았다. 그러나 달려온 교도관이 말을 건 것은 김광하씨에게였다. 감방안의 광경으로 일의 내막을 대강 짐작한 것 같았다.

"왜 야단들이야?"

"교도관님, 이 친구 아무래도 안되겠습니다. 감방을 좀 바꿔 주십시오. 너무 행패가 심해 도저히 견딜 수가 없습니다. 우리 모두의 의견입니다."

"왜, 무슨 짓을 했는데?"

"사람을 때리고 돈을 뺏습니다."

"아주 나쁜 새끼로군. 이런데 와서도 아직 정신을 못 차려? 이리 나와."

결론은 의외로 간단했다. 그제서야 모든 것이 글렀다는 걸 느낀 감방장은 갑자기 태도를 바꾸어 애걸하기 시작했다. 먼저 교도관을 보고,

"형님, 잘못했습니다. 한번만 봐주십쇼. 앞으로는 정말 잘해 나가겠습니다. 형님한테 섭섭히 하지 않겠습니다……"

하다가는 김광하씨를 보고,

"김형, 너그럽게 봐주시오. 지난 정리를 봐서라도……"

그러나 이미 결정된 일이었다. 끝내 되돌릴 수 없는 상태라는 걸 깨닫자 다시 악을 쓰고 발버둥질을 시작했지만 그에게 돌아간 것은 교도관의 욕설과 따귀뿐이었다. 그는 5호 감방으로 옮겨갔다.

* * *

진작부터 '술, 술'하며 외쳐대던 그 고함소리가 갑자기 뚝 그치면서 유리병 깨지는 소리가 요란하게 복도를 건너왔다. 뒤이어 놀란 외침과 교도관이 달려가는 다급한 구두 발자국소리가 들리더니 걷어 부친 왼팔이 피투성이가 된 그 운전사가 끌려 나왔다. 감방 안의 술을 혼자 다 마신 듯 정신없이 취한 얼굴이었는데 피를 철철 흘리면서도 여전히 술을 찾고 있었다 아마도 술을 조르다 안되자 자해를 한 모양이었다.

당직 교도관들은 처음에는 달래려고 애썼다. 그러나 막무가내로 술만 찾았다.

"좋아, 그럼 술을 주지."

마침내 성깔 있는 김교도관이 그렇게 내뱉으며 자기 자리로 돌아갔

다. 그리고 책상 서랍을 열더니 무언가를 한줌 쥐고 나왔다. 미리 준
비돼 있던 것 같은 곤소금이었다.

갑자기 비명인지 고함인지 구별 못할 처절하고도 소름끼치는 소리
가 구치소 안을 메웠다. 김교도관이 집어간 소금을 그 피흘리는 팔에
비벼버린 것이었다. 운전사 출신의 그 피의자는 그대로 팔을 싸쥐고
폭삭 주저앉더니 이내 시멘트 바닥을 뒹굴었다. 비명도 한 순간이었
다.

그는 곧 흐느낌과 같은 괴상한 신음과 함께 몸을 부들부들 떨었다.
그의 바짓가랑이를 적시며 오줌이 흘러내렸다.

"어때? 아직도 술 생각이 나나?"

김교도관이 무슨 악귀처럼 웃으며 그런 그를 내려다보며 차갑게 말
했다. 격심한 고통으로 제정신이 아닌 그가 문득 눈길을 모았다. 핏빛
눈동자에 언뜻 형언할 수 없는 증오와 원한이 서렸다.

(나남, 1995)

□이문열 「운수 좋은 날」

그렇다면 안겨 있는 게 아닐지 모른다. ―이번에는 갑작스런 공포
로 얼어붙으며 그는 퍼뜩 그런 생각을 했다. 그리고 안긴 자세가 어딘
가 어색한 그녀를 다시 한번 살피려는데 그 청년이 갑자기 그녀를 밀
어젖히고 그를 향했다. 그때껏 그 청년의 앞을 가리고 있던 그녀가 흘
러내리듯 풀썩 마룻바닥에 쓰러지자, 피묻은 칼을 든 그 청년의 손이
드러났다.

본능적으로 위기를 느낀 그는 어떻게든 몸을 빼 그 청년을 피해보
려고 했다. 그리고 되도록 틈을 얻어 몇 마디라도 미스 양과의 관계를
해명해 보려했다. 하지만 그 어떤 시도도 쓸모 없었다. 그 청년이 펀
뜻 다가오는가 싶더니, 무언가 둔중한 것으로 거세게 얻어맞은 것 같
기도 하고 날카로운 바늘에 찔린 것 같기도 한 묘한 통증이 그의 옆

구리에 일며 몸이 휘청 기울었다.

(문학과지성사, 1987)

□이문열 「타오르는 추억」

  그녀는 다짜고짜로 두 손의 집게손가락을 내 입에 집어넣더니 서로 반대 방향이 되게 힘껏 잡아당겼다. 놀란 가운데 입가가 뜨끔하며 곧 입안에서 비릿한 피 냄새가 났다. 입가가 터진 것이었다. 그러나 노파는 거기서 멈추지 않았다. 질린 나머지 울음조차 크게 울지 못하는 나를 남겨두고 우르르 달려가 마당구석에 놓인 삼촌의 지게에서 시퍼런 낫을 빼들더니 다시 돌아와 나를 올라탔다.

* * *

  나는 한동안 거의 제정신이 아닌 채 악을 썼다. 그녀는 퍼렇게 질린 얼굴로 한동안 나를 보다가 본능적인 공포에 쫓긴 듯 비틀비틀 작은 솔숲 그늘로 달아나 버렸다. 나는 그녀의 옷가지들이 한 무더기의 헝겊조각으로 변한 뒤에야 그곳을 떠나 사촌형의 집으로 향했다. —당신들의 추측이 어떤 것이든 그녀가 무어라고 진술했든 이상이 그 사건의 전부다.

(한겨레, 1988)

□이문열 「필론의 돼지」

  갑자기 곁에 있는 검은 각반 하나가 주먹을 날렸다. 깡마른 제대병은 한번 휘청했지만 쓰러지지는 않았다. 맞은 얼굴을 감싸쥐었다 풀자 코피가 터진 듯 피가 흘렸다. 그는 침착하게 손수건을 꺼내 피를 닦았다. 그러는 그의 눈은 이상하게 번쩍거렸다. 목소리도 더 카랑카랑했다.

* * *

성마른 검은 각반 하나가 위협적으로 유리칼을 휘둘렀다. 벌거벗은
제대병의 팔어름에 한줄기 피가 솟았다. 그러나 벌거벗은 제대병은 여
전히 산악처럼 버티고 선 채 자기 배를 가리키며 이죽거렸다.

(한겨레, 1988)

□이범선 「몸 전체로」

아버지는 두 주먹으로 아들의 가슴을 꽉 떠다밀었다. 둘이는 서로
의 시선이 마주치는 데를 중심으로 하고 빙그르르 돌아 위치가 바뀌
었다. 이번에는, 심판관이기나 한 것처럼 긴장한 얼굴로 빈 사발을 움
켜쥐고 서 있는 주인 아주머니 앞에 아들이 등을 이쪽으로 하고 돌아
섰고, 아버지가 저쪽에서 이리로 마주섰다. 아버지는 두 팔을 W자로
올리고 가슴을 벌려 아들에게 내맡겼다. 아버지의 흰 셔츠 가슴에는
아들의 주먹에서 묻은 핏자국이 주먹만치 크게 퍽퍽퍽 세 개나 벌겋
게 인 찍혀 있었다.

(책세상, 1989)

□이병주 「마술사」

시간이 갈수록 노성과 매성이 높아만 갔다. '죽어 버려라! 개자식'
하는 소리와 함께 우르르한 곳으로 모이는 듯한 소리가 나고, 뭣을 걷
어차는 소리, 발길이 빗나가 벽을 차는 소리까지 들렸다. 뺨을 치는
소리 같은 것도 들렸다. 아무래도 한 사람을 상태로 여러 사람이 덤벼
들고 있는 것 같은 공격하는 소리만 들리고 이에 대항하는 소리가 전
연 들리지 않았다. 가만히 듣고 있으니 노성과 매성이 일정한 기복으
로서 반복된다는 것을 알았다. 한동안 왁자지껄하다간 잠깐 조용해지
고 그러다간 다시 왁자지껄하는 것이다.

(삼성, 1972)

□ 이병주 「소설 알렉산드리아」

　격렬한 템포의 스페인 무용이 끝났다. 언제나처럼 홀을 진동시키는 환성과 박수와 더불어 앙코르를 청하는 소리가 터져 나왔다. 플로어의 라이트가 일순간 꺼졌다. 앙코르를 받기 위해서 사라가 의상을 갈아입는 시간이다. 나는 밴드 전면에 나와 그 어두운 일 점을 응시했다. 울렁거리는 가슴을 진정하려고 숨을 죽였다.

　플로어의 불이 켜지자 블루 암바의 라이트를 받고 연녹색 길다란 의상으로 몸의 반면을 가리고 반면은 나체를 드러낸 사라 안첼이 돌연 땅속에서 솟아오른 것처럼 서 있는 것이었다.

*　*　*

　그날은 화창한 날이었습니다. 예배당의 첨탑이 눈부시게 반짝이고 있었으니까요. 우리 집은 게르니카의 한복판에 있었어요. 아버지는 잡화상을 하고 계셨지요. 동무들과 거리에서 놀고 있었는데 돌연 괴상한 괴음이 들리잖아요? 뭔가, 하고 두리번거렸죠. 그랬더니 수십 대의 비행기가 나타났지요. 우리 어린애들은 "야, 비행기가 온다. 비행기가 온다"라고 손뼉을 치며 하늘을 쳐다보고 있었지요. 그때만 해도 비행기란 신기한 것이었어요. 그랬는데 천지를 진동시키는 듯한 소리가 터지며, 아니 그런 소리가 터진다고 생각했을까 말까 하는 순간, 저는 정신을 잃어버렸어요.

*　*　*

　그리고는 자리를 사라 곁으로 가까이 하더니 엔드렛드는 야회복 위에 드러낸 사라의 어깨에다 자기의 입을 갖다대려고 했다. 그 찰나, 사라는 보기 좋게 왼손바닥으로 엔드렛드의 오른편 뺨을 쳤다.

*　*　*

다시 한 번 엔드렛드의 고함이 터지자 갑자기 테이블이 뒤집혀지더니 커다란 엔드렛드의 덩치가 나가떨어지고, 탁상의 그릇이 왈그락 부서지는 소리와 여급의 비명이 들렸는가 했을 때, 권총 소리가 몇 방 -. 퀸즈 룸은 삽시간에 수라장이 되었다가 삽시간에 고요를 되찾았다. 그동안 1분, 아무래도 2분은 넘지 않았을 것이다. 그러나 영원한 시간처럼 느껴지기도 한 기묘한 시간이었다. 정신을 차리고 보니 엔드렛드는 바른편 어깨 쪽에서 피를 흘리면서 천장을 보고 쓰러져 있었고, 한스는 창백한 얼굴을 하고 우뚝 서 있었고, 사라는 이제 막 불을 뿜은 권총을 쥔 채, 넘어져 있는 엔드렛드가 깨어나기만 하면 또 쏠 것이라는 듯이 노려보고 있었다.

* * *

엔드렛드는 그 사라의 어깨에다 대려고 했습니다. 사라는 엔드렛드의 뺨을 치고 '게슈타포의 앞잡이'라고 욕설을 퍼부었습니다. 이때 한스가 "엔드렛드!"하고 고함을 질렀습니다. 엔드렛드는 한스와 사라에게 폭행을 할 기세를 보였습니다. 체격으로 보아 한스는 엔드렛드의 적이 아니었습니다. 그때 사라는 엉겁결에 권총을 꺼냈습니다. 그땐 벌써 엔드렛드의 권총을 꺼냈습니다. 그런데 누가 먼저 권총을 꺼냈는지는 분명하지 않습니다. 요는 엔드렛드의 권총과 사라의 권총이 서로 대치된 몇 순간이 있었던 것만은 사실입니다. 엔드렛드는 나를 쏘면 한스도 죽는다는 위협을 했다고 합니다. 이런 순간 한스는 재빠른 동작으로 앞에 있는 탁자를 엔드렛드 쪽으로 뒤집은 것입니다. 이 불의의 습격 바람에 엔드렛드는 뒤로 나가 떨어져 후두부에 심한 타박상을 입었습니다. 검시 결과 충분히 치명상이 될 수 있는 뇌진탕 증세를 나타내고 있었습니다. 그때 엔드렛드의 마지막 경련이 사라에겐 권총을 쏠 것 같은 동작으로 보였던 것입니다. 그래 사라는 엔드렛드의 어깨를 향해 두 발의 탄환을 쏜 것입니다.

(범우사, 1997)

□이 상 「날개」

아내는 한달 동안 아달린을 아스피린이라고 속이고 내게 먹였다. 그것은 아내 방에서 아달린 갑이 발견된 것으로 미루어 증거가 너무나 확실하다.

무슨 목적으로 아내는 나를 밤이나 낮이나 재웠어야 됐나?

나를 밤이나 낮이나 재워 놓고 그리고 아내는 내가 자는 동안 무슨 짓을 했나?

나를 조금씩 조금씩 죽이려던 것일까?

(삼중당, 1979)

□이순원 「강릉가는 옛길」

그날 한경주의 전화가 걸려 온 건 전날 저녁부터 밤을 새워 일을 하고 난 다음 아침 늦게야 겨우 눈을 붙였다. 이제 막 들기 시작한 잠 속에 벨소리를 들으며 나는 왠지 저 전화를 받고 나면 잠도 깨고 기분도 더러워지고 말 거라는 생각을 했다. 그러나 그것이 한 경주의 전화일 거라고 까지 생각했던 것은 아니었다. 누구의 전화든 그랬다. 때로는 그럴 때 걸려 오는 형제의 전화에 대해서도 나는 별일이 아니면 오전 중엔 가능한 한 전화를 걸지 말라는 식으로 짜증을 내곤 했다.

* * *

잠시 후 선생님은 교무실로 가 내가 쓴 동시를 찾아들고 다른 선생님들과 아이들이 각 특활반의 입상작들을 구경하고 있는 현관 쪽 골마루로 나왔다.

“이 선생님. 어떻게 이 시가 등외일 수 있는 거예요?”

“어느 거 말이오?”

금방 말대가리의 얼굴이 벌개졌다.

"우리 반 이수호 동시 말이예요."

"아, 그거야 등외일 만하니 등원 거지. 문제되는 거 있소?" …(중략)…

"당신이 그렇게 잘났어? 그렇게 잘난 사람이 벽지 학교엔 왜 와?"

"뭐야? 당신 지금 뭐라고 그랬어?"

말대가리, 네가 졌다. 비겁하기도 하고 나는 마음속으로 그렇게 판정을 내린 다음 책 보따리를 두고 온 교실 쪽으로 걸음을 돌렸다. 그때 등뒤에서 버럭, 교장선생님의 고함소리가 들렸다.

(중앙, 1996)

□ 이순원 「어떤 봄날의 헌화가」

오늘 스포츠 단에서 이 천하무적이 그 아이에게 다가가 입을 맞추었다는 것이었다. 그 아이도 우리 아이가 입을 맞추어서 싫은 게 아니라 다른 친구들이 보는 앞에서 그렸기 때문에 자기가 많이 부끄러웠다는 말을 하더라는 것이었다.

* * *

위층 여자, 아니 이제는 아래층이군요. 그 집은 전세가 아니라 자기 집인데 지난여름에 그곳으로 이사를 왔어요. 즈 엄마를 닮아 아이도 유난히 극성스럽고요. 그래서 어느 날 올라가 이야기를 했지요. 서로 좀 조용하게 살자고요. 그랬더니 이 여자가 대뜸 하는 말이 그것도 이해 못하면 당신이 우리 위층에 살면 되지 않느냐는 겁니다. 그리고 다음날부터 일부러 더 소란을 떠는 것 같더군요. 여름이라 문을 열어 두고 있으면 자기 집 베란다에서 우리 집 베란다를 향해 좍좍 물을 뿌려대질 않나. 아이들도 일부러 더 뛰라고 시키는 것 같기도 하고, 그러다 14층이 전세를 내놓았다는 소리를 들었어요. 저는 그 집을 다른 사람이 계약하기 전에 얼른 12층을 전세 내놓았던 겁니다.

* * *

그러면서 과장님은 그 반지에 얽힌 사연을 이야기해 씁니다. 아니 사연이라 할 것도 없는 집안 이야기를요. 과장님 둘째 아들이 초등학교 2학년인데 며칠 전 소풍을 갔답니다. 그래서 그날 용돈을 2천원 주었는데, 소풍을 다녀와선 그 아들이 무언가 좀 심한 잘못을 저질렀는가 봐요. 그래서 과장님 부인께서 아이를 많이 혼내고, 그렇게 혼난 아이는 저녁에 밥도 안 먹은 채 그냥 잠들고…… 그러니 엄마 아빠는 그게 또 마음이 아파서 잠든 아이 방에 갔는데, 아이가 꼭 쥐고 있는 주먹 안에 반지 두 개가 있더랍니다. 소풍 간 다고 준 용돈으로 산 반지가 말입니다.

(하늘연못, 1997)

□이순원 「얼굴」

18일 아침에 제가 계엄령 확대 선포라 해서 (화면에, 김용일, 당시 세탁소 주인) 전대 정문 쪽에 사람이 웅성웅성해서 일을 멈추고 나가 봤더니 공수단들이 12명씩 조를 짜 가지고 곤봉과 대검을 가지고 서 있더라고요. 학생들이 정문에 들어간다, 군인들은 못 들어간다 하니까 아무래도 충돌이 되겠죠. 제가 보기에는 학생들이 약세드라구요. 학생들이 약해서 대항하지 못하고 도망가니까 가서 잡고, 곤봉으로 때리고, 피가 쭉쭉 흐르고, 피가 난사되고, 끄집어 가고 그러드라구요.

(동아, 1995)

□이승우 「검은 나무」

집에 불이 나던 날, 누이는 방에 있었다. 타닥타닥 소리를 내며, 하늘로 검은 연기를 피워 올리며 불은 초가집을 다 태웠다. 어머니는 울었다. 어머니는 그의 입을 틀어막으며 밤새도록 울었다. 그때 그는 무슨 일이 일어나고 있는지 분명히 몰랐다. 울어야 하는지, 울지 말아야 하는지도 몰랐다. 어머니가 울면서 그의 입을 틀어막는 것이 울라는 뜻인지 울지 말라는 뜻인지 알지 못했다. 그래서 그는 울지도 못하고 울상만 지었다. 그날의 기억은 어수선했다. 어떤 부분은 지붕을 태우며 날름거리던 불길처럼 선명하고 어떤 부분은 하늘로 치솟던 매캐한 연기처럼 흐릿했다. 어떤 부분은 시간과 공간이 서로 뒤섞이고 뭉개져서 비현실적인 추상화처럼 되었다. 그 기억의 안쪽에 아무에게도 공개되지 않은 깊고 캄캄한 동굴 하나가 숨겨져 있는 것 같았다. 사진과 함께 발견된 한 통의 편지는 꿈인지 현실인지, 아니면 상상한 것인지 분간이 되지 않던 그 동굴의 존재에 흐릿한 빛을 비췄다.

* * *

그의 집은 불길에 휩싸였고, 의붓아버지는 벌거벗은 채 방에서 뛰쳐나왔고, 어머니는 작대기를 들고 벌거벗은 아버지를 동구 밖까지 쫓았다. 그때 겨우 열 살이었던 그는 그의 집 지붕 위로 타오르는 붉은 불의 혀와 솟구치는 검은 연기를 넋을 잃고 바라보기만 했다. 마을 사람들이 달려온 것은 초가가 거의 다 타고 불길이 잦아들기 시작할 무렵이었다. 불을 끈다는 것은 생각할 수도 없다는 듯 그들은 구경만 했다. 외딴 집이어서 다른 집으로 번질 염려가 없는 것이 천만다행이라는 말은 했지만 다른 염려는 하지 않았다. 그 생각을 한 사람은 동구 밖까지 작대기를 들고 뛰어갔던 어머니였다. 그러나 그 생각은 너무 늦게 떠올랐고, 그녀는 집에서 너무 멀리 떨어져 있었다. 그녀가 돌아왔을 때, 초가는 형체를 무너뜨리고 주저앉은 뒤였다.

(푸른사상, 2002)

□ 이윤기 「뱃놀이」

크고 육중한 물체가 물위로 떨어지는 소리와 함께 여자의 비명이 들리지 않았다면 신부는 장년의 신랑 앞에서 그 향기를 더 오래 피울 수 있었을 것이고 그는 그 향기를 더 오래 맡을 수 있었을 것이다.

그는 소리가 난 쪽으로 고개를 돌렸다.

문제의 보트는 남녀가 입맞춤을 나누던 바로 그 보트였다. 50여 미터 떨어진 곳에서 여자는 보트에 앉은 채 수면을 오르내리며 허우적거리고 있었다. 노 한 짝이 남자 옆에서, 남자가 일으키는 물결에 실린 채 함께 오르내리고 있었다. 입맞추는 데 정신이 팔린 남자가 노를 놓치자 물로 뛰어들었거나, 거리가 가까워 노를 집으려고 몸을 구부리다가 보트의 균형이 무너지는 바람에 물에 빠졌을 가능성이 있었다.

그래서 그는 신부를 보고 소리내어 웃었고 신부도 그의 웃음을 따뜻하게 마중해서 웃었다.

잘코사시다…… 부부는 이런 말을 참으면서 웃었을 터였다.

여자는 하나 남은 노를 뽑아들고 남자 쪽으로 저어가려고 했다. 그러나 물과 보트에 무지한 탓에 보트는 남자에게서 점점 멀어지고 있었다. 그가 보고 있는 중에도 보트는 계속해서 물위로 느린 속도로나마 미끄러지고 있었으니 시간이 흐르면 더 멀어질 터였다. 그 정도의 사소한 사고는 자주 있는 만큼 남자나 여자가 개헤엄만 칠 수 있다면 연지 한복판의 고즈넉함을 깨뜨릴 정도는 아닐 터였다.

그러나 물위에서 허우적거리면서 남자가 내뱉은 한마디에 연지는 순식간에 폭풍우 몰아치는 대양이 되었다.

“도와……줘요!”

스물 네댓 되어 보이는 여자의 나이에 걸맞아 보이는 청년이었다. 숨이 턱 끝에 차 있는 것으로 보아 그냥 해보는 소리가 아니었다.

거기에 더 붙여 여자가 내지른 비단 폭 찢는 듯한 소리에 폭풍우 몰아치는 대양은 일순 저승의 문이 되었다.

"저이는 헤엄을 못 쳐요!"

여자 말은 사실일 가능성이 매우 컸다. 청년이 시시각각 물위로 고개를 내밀기는 하나 물위에서 허우적거리는 동안이 시간이 흐를수록 짧아지고 있었다.

"장난이 아니었구나……"

그는 신부에게 눈인사를 건네고 신발과 겉옷을 차례로 그러나 아주 빠른 동작으로 벗어 부쳤다. 사색이 된 신부는 조심하세요. 이 한마디도 하지 못했다.

그는 보트 바닥을 박차고 솟구쳤다가 물 속으로 뛰어들었다.

그러고는 청년을 향해 전속력으로 헤엄쳐갔다. 물위에서 50미터로 목측한 물길은 그가 아무리 수영에 능하다고 해도 간단하게 좁혀지는 거리가 아니었다. 그는 물 속에다 머리를 처넣은 채, 오직 청년이 허우적거리던 방향만 가늠해서 물을 갈라 나갔다.

그가 현장에 이르렀을 때 청년의 몸은 이미 늘어진 채 물 밑으로 가라앉고 있었다. 그는 두어 길 깊이에서 오른팔로, 뒤에서는 힘을 다해 구조자의 목에 매달린다지만 청년에게는 이미 그럴 힘이 남아있지 않았다.

(민음사, 1999)

□이윤기 「햇빛과 달빛」

훈련소의 야외 훈련장이 있던 전라북도 익산 땅은 흙이 붉어서 고구마 농사가 잘 된다고 했다. 우리가 훈련을 받고 있을 즈음은, 농부들이 고구마는 캐고 덩굴은 걷어 밭둑에다 널어 말리던 즈음이었다. 훈련장 바로 옆 밭둑에 널린 고구마 덩굴에는 군데군데 엄지손가락 크기의 발간 고구마가 매달려 있었다. 훈련소 사정은 다른 부대에 견주면 썩 좋은 편이라는 말이 돌기는 했다. 그러나 훈련소가 배급하는 주 부식은 한창 나이 젊은이들 식량의 절반 정도밖에 되지 못했다. 따라서 대부분의 훈련병 하나가 고구마 덩굴 있는 곳으로 달려가, 덩굴에 달려 있는 엄지손가락 굵기의 고구마를 따먹다가 훈련조교 눈에 띄는, 어찌 보면 흔히 있을 수 있는 일이 벌어졌다. 조교는 그 훈련병을 불러 세워 놓고 때리기부터 했다.

훈련병의 턱으로 주먹이 여러 차례 날아들었다. 훈련병은 주먹이 몇 차례 날아드는 데도 입안에 넣고 씹던 고구마를 뱉지 않았다. 뱉기는커녕 조교의 주먹이 날아들지 않는 동안은 입을 어물거리기까지 했다. 조교로부터 뱉으라는 명령을 받은 연후에야 훈련병은 얻어맞으면서도 씹고 있던 것을 뱉었는데, 그것은 씹고 있던 고구마가 아니라 숫제 핏덩어리였다.

그 훈련병은, 시골에서 고구마 농사를 짓던 생각이 나서, 덩굴에 매달린 채로 말라가던 끝물 고구마의 달콤하던 맛을 잊지 못해 엄지손가락 만한 고구마를 몇 개 따서 씹어 보았을 수도 있다. 그러나 그렇게는 되지 않았다. 아무도 어떤 설명도 하지 않았는데도 불구하고 그 훈련병은 배를 곯다 못해 남의 밭둑에서 엄지손가락 만한 끝물 고구마를 따먹은, 거지근성을 버리지 못한 훈련병이 되었다. 상황은 그것으로 끝났다.

훈련이 끝나고 군장을 꾸려 귀대 준비를 하고 있을 때였다. 훈련장한 귀퉁이가 시끄러웠다. 나는 군장을 꾸리다 말고 그쪽으로 달려갔다. 웅진이가 예의 그 훈련병의 턱으로 주먹을 날리고 있었다. 그 훈련병은 웅진이의 주먹을 피하지 못했다. 훈련병은 웅진이를 끌어안으려 했지만 웅진이 붙여주지 않았다. 말릴 사이도 없었다. 서너 대 얻어맞고 주저앉은 훈련병이 입안에 든 것을 뱉는데, 가만히 보니 씹고 있던 끝물 고구마였다. 잘게 부서진 끝물 고구마는 피에 젖어 있었다.

* * *

평소에 웅진이를 괘씸하게 여기던 한선씨가 화부터 내지 않았더라면 웅진이의 논점이 지닌 허구를 간단하게 지적해줄 수 있었을 것이다. 웅진이의 주장에 따르면, 백부 눈에는 새벽닭이 울음소리에 조상의 혼령이 쫓겨가는 것이 보이는 모양이니, 말하자면 어떻게 하든지 새벽닭만 안 울면 될 테니, 그렇다면, 밤 열 시쯤에 일찌감치 제사를 모시면 되지 않느냐는 것이다.

그러나 웅진이의 주장은 내가 들어도 맞지 않다. 그 까닭은 조부의 기일은 초나흘인데, 참으로 간단한 것인데도 한선씨는 조카의 건방진 소리에 화가 난 나머지 이 간단한 것도 헤아리지 못했을 것이다. 웅진이의 손위가 중긋중긋하게 한 방에 앉아서도 이것도 헤아린 사람이 없었다는 것은, 이들이 웅진이의 오만방자한 태도만을 고깝게 여겨 그 하는 말의 내용을 귀담아듣지 않은 증거라고 할 수 있다. 웅진이의 손위들은 입씨름의 과정보다는 오히려 결과에만 관심을 두고 있었기가 쉽다.

어린것이 물러서지 않고 시대를 들먹거리면서 바득바득 다가서자 한선씨는 화를 버럭 내면서 어른의 권리를 앞세워 그 당치도 않은 입씨름을 아퀴지으려 했다.

"아비가 입을 다물고 있고, 숙부가 입을 다물고 있다. 거기에다 종형들이 옆에 있는데 어린 네놈이 나설 자리냐? 일찍 자고 학교 갈 궁리나 하지 왜 이렇게 잔소리가 많으냐."

"아버지와 숙부님과 형님들이 나서지도 않으니까 저라도 이렇게 나서는 겁니다. 그리고 이 궁리도 학교에 제대로 가고 공부 제대로 하려고 낸 궁리입니다."

"이놈이 점입가경이로구나…… 고씨 집안에 이런 천둥 벌거숭이라니……"

"벌거숭이라고 하셨습니까? 벌거숭이가 드리는 말씀이라서 아예 듣지도 않으실 참이 있군요?"

“닥치라는데, 이놈이!”

천둥 벌거숭이는 벌거숭이가 아니다. 웅진이가 이 말뜻을 제대로 모른 것이다. 한선씨는, 겁없이 철없이 함부로 나대는 조카를 그렇게 제대로 부른 것이지만 웅진이는 그것을, 선대 재산을 거머쥐고 갖은 인색을 다 떨면서도 어렵게 사는 아우네 돕기는 커녕 벌거숭이라고 업신여기는 것으로 그릇 받아들였다. 그래서 환난 끝에 일어서면서 해서는 안 될 말을 한마디했다.

“…… 고씨 안 하면 되겠네요, 그럼……”

“안해? 오냐, 하지 말아라. 어차피 그리 되기도 애시당초에 틀린 네 놈이라는 거, 내 다 안다.”

한선씨가 탁 소리가 나게 술잔을 내려놓으면서 조카의 막말을 역시 막말로 되받으니 가운데 끼인 사람들은 송구해서 몸둘바를 몰랐다.

“웅진이의 버르장머리도 버르장머립니다만, 형님 그 말씀도 어진간 하십니다.”

그때까지 형과 아들의 입씨름에 몸들 바를 모르고 있던 현선씨가 거푸 술잔만 기울이고 있다가 기어들어 가는 소리로 한마디 거들었다. 한선씨는 잠깐 망설이다가 놓았던 술잔을 다시 들면서 지나가는 말로 아우의 말마중을 했다.

“무엇이 지나쳐? 바칠 수 있는 것 중에서 제일 큰 것을 바치는 것 이 지극정성이다. 도대체 뭘 가르쳤어? 아비가 이렇게 못났으니 저것 이 천둥 벌거숭이로 날뛸 수밖에…… 그나저나 그만 마셔, 날 새면 운 전대 잡을 사람에게 횟술이 당해……”

“제가 복주를 횟술로 마실 사람 같습니까?”

열일곱 살배기 입에서 고씨 노릇을 하느니 마느니 하는 말 나왔으 니 아무리 제사 끝이라고 하더라도 여느 집 같으면 술잔하나는 좋이 날아갔음직하다.

＊ ＊ ＊

웅진이는 백부 한선씨, 숙부 인선씨와 함께 영주의 병원으로 달려
가서야 아버지의 사인을 알게 되었다고 한다. 새벽길을 달려 대구로
들어오던 웅진이 아버지의 트럭이 영주 근방에서, 중앙선 넘어 달려오
는 다른 트럭과 정면 충돌했다고 했고 그 결과 웅진이의 아버지는 병
원으로 옮겨진 뒤에 세상을 떠났고, 다른 트럭 운전사는 현장에서 즉
사했다고 한다.

그런데 아버지의 시신을 수습해서 대구로 돌아온 뒤에 듣게된 경찰
조사 결과는 백부를 크게 놀라게 할 만한 것이었다. 경찰관은 웅진이의
집에 차려진 상청에서 이런 말을 했다. 이 때는 나도 웅진이 곁에 있었
다.

"상청에 어울리지 않게 면구스러운 말씀입니다. 직업이 직업이니까
어차피 말씀은 드리고 가겠습니다. 사고 당일이 그 트럭 운전사의 어
머니 제삿날이었답니다. 그 트럭 운전사는 본가(本家)에서 형제들과 함
께 새벽 기제사(忌祭祀) 모시고는 선비(先妣)를 그리면서 그랬을 테지만
형제들끼리 어울려 술을 적지 않게 마셨던 모양입니다. 그러고는 영주
로 돌아가다가 이런 변을 일으킨 것입니다. 관혼상제례, 중하다는 거
야 모르는 바 아니지만, 다루는 물건이 쟁기나서레도 아닌 바에, 술
마시고 하는 운전…… 이거 앞으로 큰 걱정입니다.

상제인 조카와 , 아우와 아들들 앞에서 이 말을 들은 고한선씨 표정
이나 심정이 어떠했을지 짐작하기는 어렵지 않다.

(문학동네, 1996)

□이인직 「귀의 성」

건너편 남관왕모에서 천둥 같은 호령소리가 나더니 별안간에 꼭뒤
가 세 뼘씩이나 되는 사람이 춘천집 마당으로 그득 들어서서 일변으

로 침모를 잡아내라 더니 솔개가 병아리 차고 가듯 집어다가 관왕묘 마당 한가운데 엎질러놓고, 대궐 같은 높은 집에서 웬 장수 하나이 내려다보며 호령이 서리 같다.

* * *

칼끝은 춘천 집의 목에 꽂히고 칼자루는 구레나룻 난 놈의 손에 있는데, 그놈이 그 칼을 도로 빼어 들더니 잠들어 자는 어린아이를 내려놓고 머리 위에서부터 내리치니, 살도 연하고 뼈도 연한 세 살 먹은 어린아이라. 결 좋은 장작 쪼개지듯이 머리 위에서부터 허리까지 칼이 내려갔더라. 구레나룻 난 남자가 춘천집이 설찔렸을까 염려하여 숨 떨어진 춘천집을 두세 번 거푸 찌르더니 두 송장을 끌어다가 사태 난 깊은 골에 집어 떨어뜨리는데, 춘천집 모자의 송장이 사태밭에서 내려 굴러 들어가매, 적적한 산 가운데 은 같은 달빛뿐인데. 그 밤 그 달빛은 인간에 제일 처량한 빛이더라.

* * *

강동지가 호령을 정승같이 하면서 달려들더니 점순이 쪽진 머리를 움켜쥐고 넓적한 반석 위로 끌고 가더니 번쩍 들어 메치는데, 푸른 이끼가 길길이 앉은 바위 위에 홍보를 펴놓은 듯이 핏빛뿐이더라.

(청목사, 1994)

□이인직 「치악산」

김씨부인의 영이 뚝 떨어지면서 고두쇠가 왈칵 달려들어 검홍의 머리채를 잡아 동댕이를 치더니, 다시 달려들어서 주먹으로 쥐어지르고 발길로 안기는데, 검홍이가 입으로 피를 뿜고 마당에 동그라졌다.

* * *

방에 있던 남순이도 기급질색을 하여 보살의 옆으로 찰거머리 들어
붙듯 붙어 앉아서 발발 떠는지라. 보살이 벌떡 일어서더니 안방 뒷문
밖 툇마루로 썩 나서서 왼발로 툇마루를 탕탕 구르며 두 손뼉을 쩔꺽
쩔꺽 마주치면서 귀청이 떨어지게 소리를 질러가며 진언을 외우는데,
모르는 사람은 저 보살이 어느 틈에 진언을 저리 많이 배웠는가 할
터이나. 아는 사람이 듣게 되면 횡설수설한다고 뺨도 칠 만 하더라.

* * *

검홍이를 턱을 까부는 것 같이 쉴새없이 부르며 철석 간장이 슬슬
녹게 애걸복걸하나, 모두 못 들은 체를 하고, 배 선달이 벌떡 일어서
더니 두루마기 자락을 좌우로 갈라 제쳐 매고 두리두리한 눈을 딱 걷
어붙이고 쇠수랑 같은 손바닥을 벌려 옥단의 뺨을 선달 그믐날 흰떡
치듯 쩔꺽 붙인다.

(범우사, 1992)

□이인직 「혈의 누」

모란봉 아래서 딸과 외손녀를 데리고 피난을 겪다가 딸이 도둑을
피하여 가느라고 높은 언덕에서 떨어져 죽는 것을 보고, 최씨가 도둑
놈을 원망하여 도둑놈을 때려죽이려고 지팡이를 들고 도둑을 때리니
도둑놈이 달려들어 최씨를 마구 때리거늘, 최씨가 넘어져서 일어나려
고 애를 쓰는데 도둑놈이 최씨를 깔고 앉아서 멱살을 쥐고 칼을 빼니
최씨가 숨을 쉴 수가 없어 일어나려고 애를 쓰니 최씨가 분명 가위를
눌린 것이다.

* * *

빠르던 기차가 천천히 가다가 딱 멈추면서 반동되어 뒤로 물러나니
섰던 옥련이가 넘어지며 손으로 선생의 다리를 잡으니, 선생의 신경

맥을 짚은지라. 그때 선생은 창밖만 바라보고 앉았다가 입을 딱 벌리
면서 깜짝 놀라 옥련이가 무심중에 일본말로 실례라 하니, 그 선생은
일본말을 모르는 고로 알아듣지는 못하나 외양으로 가엾이 하는 줄로
알고 그 대답은 없이 좋은 빛으로 딴말을 한다.

(청목사, 1994)

□이인화 「시인의 별」

통역할 겨를도 없이 이아치가 밥상을 박차고 일어섰다. 그러자 앞
마당으로 칼등이 휜 만도를 찬 이아치의 부하들이 달려왔다.
"이놈 당장 죽여버려!"
부하들은 달려들어 옷자락과 머리채를 잡고 안현을 끌어내렸다. 화
가 나면 입에 거품을 물고 거의 숨도 못 쉴 만큼 흥분하는 것이 주군
의 성미였다. 명령이 내려진 이상 정말로 목을 쳐야 했다. 부하들은
안현을 질질 끌고 집밖으로 나가려 했다.

* * *

두 사람은 뒤뜰의 싸리나무 울타리를 뜯어내고 집을 빠져 나왔다.
가장 가까운 나루터에서 두 사람은 앞뒤 생각할 겨를도 없이 작은 쪽
배에 몸을 실었다. 그러나 이들의 탈출은 금방 발견되었고 이아치의
부하들은 여러 척에 나눠 타고 안현의 뒤를 좇았다. 멀리 육지의 흰
물결이 보이는 곳에서 두 부부는 몽골인들에게 사로잡혔다. 몽골인들
은 안현을 철퇴로 갈겨 바다에 쳐 던지고 그의 아내를 빼앗아 대청도
로 돌아갔다.

* * *

그는 자신의 볼품없는 거처로 돌아가지 않았다. 그 대신 황야에 쫓
기듯 아수친의 거처로 걸어갔다. 그날 밤 아수친의 천막에서 정확히

어떤 말다툼이 있었는지는 상상하기 어렵다. 먼동이 틀 무렵 아수친의
비명소리를 듣고 달려간 경비병들은 피묻은 칼을 쥐고 있는 안현을
현장에서 체포했다.

(문학사상사, 2000)

□ 이제하 「용」

　형사가 잔을 받은 것은 그런 일이 있고 나서이다. 하 끈질긴 권유에
귀찮기도 했을 것이다. 잔을 비운 내가 맞은편으로 술을 돌린 것도 당
연하다. 두 잔을 마시자 형사는 다시 거절했고 운동모의 사내도 그제
야 단념했는지 더 이상 지분대지를 않았다. 그들이 몸을 일으켜 화장
실로 간 것은 그 직후의 일이었고 곧 소동이 터졌던 것인데, 설마 그
런 일이 꼬투리가 될 줄은 몰랐었다. 문을 박차고 뛰어들면서 형사는
기관실 쪽으로 돌진했고, 승객들이 더러 자리에서 벌떡 일어났다. 공
범으로 착각했던 것일까, 차가 멎자 짜부는 태도가 돌변해서 으르릉대
며 이빨을 드러냈던 것이다.

(문학과지성사, 1985)

□ 이제하 「풍경의 내부」

　여자애는 욕하고 할퀴고 사내애 쪽에서는 처음엔 주로 폼만 잡다가 끝
내 발길질로도 안되겠던지 태권의 격파자세까지 동원했다. 상대 여자애
가 너무 당차고 키가 컸기 때문이다. 어디를 호되게 걷어 채였는지 여자
애가 드디어 비죽비죽 울음을 터뜨렸다. 사내애가 그네를 너무 오래 독
점하고 버틴 것이 싸움의 발단이었던 모양으로, 그러나 한바탕 그런 소
동이 일고 나서도 그네는 이번에는 여자애의 엉덩이 밑에 깔린 채, 요지
부동이었다. 그것을 둘러싸고 두 편으로 갈려서 이제는 입싸움으로 제
가끔 편들고 떠들어대는 아이들은 여남은 명이 더 되어 보였다.

* * *

고개를 들고 꽤는 한참이나 달려오는 발자국 소리를 지켜보는 듯하던 여자가, 삽시간에 얼굴을 일그러뜨리며 뜀박질을 시작했다. 턱없는 예감이 적중했을 때의 그 기묘한 실망과 울렁거림이 내 몸 속을 달렸다. 여자도 필사적이었다. 동네 초입의 얼기설기 엮어놓은 제재소 목책에다 따라잡은 여자를 밀어붙이고 그 머리끄덩이를 움켜잡았을 때, 여자가 힘껏 소리쳤다.

* * *

아재 우리 정식으로 인사하고 뽀뽀도 해야지? 그런 소리를 지껄이는가 싶더니, 갑자기 덤벼들어 그녀는 이쪽 어깨를 싸쥐고 짓눌렀다. 엉겁결에 무릎을 놓아 주저앉을 수밖에 없었는데, 맞은편에서 손발을 같이 바닥에 놓은 그녀가 이쪽을 향하여 엉거주춤 엎드렸다. 그리고는 너구리의 시늉으로 내 쪽으로 기어왔다. 그녀가 다시 덤벼들었다. 어리둥절한 사이에 입 속으로 잽싸게 그녀의 혀가 들어왔다 나간 것을 깨닫고 도리 없이 베개를 집어들었을 것이다. 그것을 집어던지자 구석에 개켜져 있던 이불자락을 펼쳐들고 그녀는 내게 덤벼들었다. 난장판의 싸움이 벌어졌다. 머리를 바닥에 짓찧고 베개를 다시 던지고 책들을 뒤엎고 소리치면서 상대방 위에 올라타려고 기를 쓰는 소동이 계속됐다. 등뒤로 덮쳐들어 한사코 이쪽 어깨 위로 기어오르려는 그녀를 메다꽂고 꼼짝 못하도록 찍어눌렀으나, 버르적거리는 그녀의 이마에도 내 목줄기에서도 땀이 타 내리고 있었다. 개구쟁이들 새에서나 가끔씩 발작적으로 벌어지는 그런 소동은, 필경은 주먹다짐과 요란한 울음소리로 끝난다. 흩어져 깔린 이부자리 위에 이쪽을 부둥켜안은 자세 그대로 쓰러져서, 킬킬대며 그녀는 가쁜 숨을 몰아 쉬고 있었다.

(작가정신, 2000)

□이철호 「이제마」

사뭇 위협적인 태도였다. 하지만 그것으로 물러설 이제마가 아니었다. 가뜩이나 울분이 끓어오르던 차에 오히려 잘됐다는 생각도 들었다. 그러나 이제마는 달래듯 조용하게 한번 더 말을 했다.

"좋게 말할 때, 썩 물러서시오."

"이 자식이—."

"당신 같은 인간을 다스리자고 배운 무술이 아니오만, 어쩔 수가 없구려."

"뭐얏— 이 자식을 그냥."

그러면서 사내가 호신용 지팡이로 보이는 그것을 휘둘며 달려들었다. 순간 이제마는 살짝 비켜서며, 사내의 옆구리에 주먹을 가볍게 먹이고, 번개처럼 빠른 발길로 사내의 정강이를 세차게 걷어찼다.

"어이쿠—."

숨이 끊기는 외마디 소리가 백운산에 낮게 깔리면서 사내가 픽 하고 고꾸라졌다.

"덩치 큰 짜식이 겁이 많기는—, 당장 그 자리에 엎드리지 못할까."

이제마가 나자빠진 사내를 굽어보며 꾸짖듯 말했다. 사내가 엉거주춤 일어나 이제마 앞에 엎드려 머리를 조아렸다. 그리고 부들부들 떨리는 목소리로 말했다.

(명문당, 1997)

□이청준 「겨울광장」

그때 손님들 사이에 서성대고 있던 완행 댁은 자기에게로 다가오는 그 젊은이를 보자 얼굴빛이 일시에 백지 장처럼 하얗게 질리며 반사적으로 몸을 숨겨 달아날 태세를 취했다. 하지만 젊은이는 여유를 주지 않고 잽싸게 완행댁의 등덜미를 훅 틀어쥐고는 다짜고짜 세워둔

차 속에다 그녀를 질질 끌어다 밀어 넣어 버렸다.

(한겨레, 1980)

□이청준「그 가을의 내력」

석구의 응원 소리와 자신들의 위협음 속에서 두 마리의 개는 엎치락뒤치락 실력을 가려내기 어려울 만큼 치열한 싸움을 말리고 있었다.

논바닥이 엉망이 되어가고 있었다. 베어놓은 볏 줌은 말할 것도 없고 개들이 뒹굴어 들어간 데서는 아직도 낫이 가지 않은 것까지 볏줄기들이 엉망으로 흐트러지고 쓰러져나갔다. 싸움은 좀처럼 끝나지를 않았다. 실력의 우열도 잘 드러나지 않고 있었다. 누렁이를 타 누르고 있을 때 보면 베스 놈의 허리힘이 조금은 나은 듯 싶기도 했지만 그것은 잠깐뿐이었고, 바로 그 다음 순간에는 또 누렁놈이 다시 베스의 배를 타고 올라와 녀석의 목덜미를 물어 뜯어대곤 했다.

하지만 싸움은 결국 무한정 계속될 수는 없는 것이었다. 드디어 어느 쪽인지 비명을 올리는 소리가 났다. 소리가 나자 속구와 금옥은 똑같이 긴장을 하여 순간적으로 서로 얼굴을 마주 건너다보았다. 놈들이 이내 둘로 떨어져 나갔다. 한 놈이 재빨리 몸을 빼어 달아나기 시작했기 때문이었다. 그리고 다른 한 놈도 역시 이젠 기운이 다한 듯 꼬리를 가랑이 사이에 찰싹 사려 붙이고 날 살려라 달아나고 있는 놈을 한두 발짝쯤 쫓아가는 시늉만 하다 말고 금방 그 자리에 우뚝 멈춰서 버렸기 때문이었다. 싸움은 끝났다. 그러자 그때였다. 목이 메져라 누렁이에게 기세를 돋워주고 있던 금옥이 이번에는 또 다른 식으로 갑자기 발작을 시작했다. 꼬리를 사리고 달아난 놈이 바로 금옥이네 누렁이 쪽이었던 것이다.

아닌게 아니라 누렁이는 이제 나이를 너무 먹어서 기력이 좀 달리기 시작한 것이었을까. 그렇지 않으면 직접 싸움을 거들지는 않았지만 한창 원기가 왕성한 베스 놈 곁에 메릭 년이 있어주어서 놈의 투지를

북돋워준 것이었을까. 어쨌든 이번 싸움에서 먼저 비명을 올리고 뺑소
니를 치기 시작한 것은 금옥이네 누렁이 쪽이 분명했다.

(문학과지성사, 1977)

□이청준 「낮은 목소리로」

아버지는 정말 화가 나신 것처럼 얼굴이 벌겋게 상기되고 있었다.
하지만 방송공사 사내는 조금도 동요의 빛이 안 보였다. 그는 아버
지에게 떠들고 싶은 말이 있으면 얼마든지 실컷 떠들게 해 주겠다는
듯 한가한 표정을 하고 있었다. 아버지가 아무리 언성을 높이고 있어
도 그의 얼굴에선 마치 무슨 재미있는 구경거리라도 바라보고 있는
듯 그 비죽비죽 장난스런 웃음기가 사라지질 않고 있었다. 아버지의
말이 끝나고 나서도 사내는 한동안 할 일을 잊어버린 사람처럼 맥없
는 얼굴을 하고 있었다.

(청아, 1991)

□이청준 「병신과 머저리」

관모는 그제야 안심한 듯 내게 향했던 총을 내리고 나에게로 걸어
왔다. 어깨라도 짚어 줄 것 같은 태도였다. 그 순간이었다. 나의 총은
다급한 금속성을 퉁기고 몸은 납작 땅바닥 위로 엎드렸다. 관모의 몸
도 따라 땅 위로 낮아지고 거의 동시에 두 발의 총소리가 또 한번 골
짜기의 정적을 깼다. 그 모든 것은 거의 한순간에 일어난 일이었다.
총소리가 사라지자 골짜기에는 다시 무거운 고요가 차 올랐다. 나
는 머리를 조금 들고 관모 쪽을 응시했다. 흰 눈 위에 관모는 검게 늘
어진 채 미동도 없었다. 나는 엎드린 채 몸을 움직여 보았다. 이상한
데가 없었다. 당황한 관모의 총알은 조준이 되지 않았을 것이었다.
다시 관모쪽을 살폈다. 가슴께서부터 눈 위로 검은 반점이 스멀스

멀 번져 나오고 있었다. 나는 거기에서 눈을 떼지 않은 채 상체부터 조금씩 몸을 일으켰다. 그리고는 총을 비껴 쥐고 조심조심 관모 쪽으로 다가갔다. 가슴께서 쏟아진 피가 빠른 속도로 눈을 물들이고 있었다. 금세 나의 발을 핥고 들 기세였다. 나무들은 높고 산골은 소름끼치는 고요가 짓누르고 있었다. 이상스런 외로움이 뼛속으로 배어들었다. 그때 갑자기 관모가 몸을 꿈틀했다. 그리고는 계속해서 조금씩 꿈틀거렸다. 그것은 모래성에서 모래가 조금씩 흘러내리는 것처럼 작고 신경에 닿아 오는 것이었다. 나는 겁이 나기 시작했다. 어느새 핏자국은 눈을 타고 나의 발등을 덮었다. 나는 한참 동안 두려운 눈으로 관모의 움직임을 지켜보고 있었다. 입으로 짠것이 흘러들었다. 손으로 이마를 짚었다. 생채기에서 볼로 미끈한 것이 흐르고 있었다.

관모의 움직임은 더 커 가는 것 같았다. 금방 팔을 짚고 일어나 앉을 것 같은 생각이 들었다. 짠것이 계속해서 입으로 흘러 들어왔다. 나는 천천히 총대를 받쳐들고 관모를 겨누었다.

탕!

총소리는 산골의 고요를 멀리까지 쫓아 버리려는 듯 골짜기를 샅샅이 훑고 나서 등성이 너머로 사라졌다. 그 소리의 여운을 타고 그리움 같은 것이 가슴으로 젖어들었다. 문득 수면에 어리는 그림자처럼 희미한 얼굴이 떠올랐다. 그것은 웃고 있는 것 같았다. 그리고 좀더 확실해지기만 하면 나는 그 얼굴을 알아볼 수도 있을 것 같았다. 오래 전부터 나와 익숙했던, 어쩌면 어머니의 뱃속에도 있기 이전부터 이미 알고 있었던 것 같은 그리운 얼굴이었다. 그러나 생각이 나지 않았다. 안타까웠다. 생각이 나기 전에 그 수면 위의 그림자처럼 희미하던 얼굴은 점점 사라져 갔다. 나는 눈을 감았다. 그리고 계속해서 방아쇠를 당겼다. 총소리가 다시 산골을 메웠다. 짠것이 입으로 자꾸만 흘러 들어왔다.

탄환이 다하고 총소리가 멎었다.

피투성이의 얼굴이 웃고 있었다. 그것은 나의 얼굴이었다.

(동아, 1995)

□이청준 「인문주의 자무 소작씨의 종생기」

갑자기 숨결이 끊길 듯한 긴장과 흥분 속에 자신도 알 수 없는 소리를 내지르며 낚싯대를 힘껏 머리 위로 채올렸다. 그 순간 소작은 파란 여름 하늘을 가르며 머리 위를 높이 지나가는 눈부신 은빛 물체를 보았고, 뒤이어 그것이 떨어진 자리를 쫓아 싱싱한 은빛 몸무늬와 빗살꼴 지느러미를 힘차게 퍼덕여대는 한마리 아름다운 물고기를 만나게 되었다.

(열림원, 1998)

□이호철 「서울은 만원이다」

영감님도 한 손에는 마나님의 머리채를 감아 쥔 채 상반신을 모로 휘둥거리며 기상현의 두 팔에 끌어안기는 바람에 마나님은 빙그르르 한 바퀴 둥그러졌다.

체대가 작은 마나님은 오뚜기마냥 얼른 일어나 앉아, 물 묻은 엉덩이와 허리를 재빠르게 한 손으로 싹싹 문지르며 (그 모습은 후에 생각해도 이따금 웃음이 나왔다.) 숨을 조금 돌리고는, 하필이면 옆의 빨랫방망이로 시멘트 바닥을 뚜드리며 '아이고, 아이고' 통곡을 하기 시작하는 것이었다. 그대로 마나님은 집을 나가 버렸다.

(문학사상사, 1994)

□이혜경 「그 집 앞」

울컥, 채 삭지 못한 음식물들이 시큼한 냄새를 풍기며 쏟아진다. 남편은 내 등을 두드린다. 꾸르륵 소리와 더불어, 위에서 덜 삭은 채로

있던 음식물들이 점액질의 위액에 의해 점착된 콜로이드로 밀려나온
다. 부패한 우유, 분리되어 맑은 액체 표면을 덮은 뭉글뭉글한 우유덩
어리의 질감이 느껴지고, 그게 삭은 우유 같다는 생각을 하는 순간 토
악질은 맹렬히 기세를 돋운다.

* * *

한내댁은 노여움을 지그시 누르며, 모녀간에 오가는 대화에 서름한
눈초리인 사돈의 머리를 빗질했다. 짚북데기 같은 머리칼에 빗이 걸려
잘 나가지 않았다. 사돈의 머리채가 세게 흔들리더니, 억센 손아귀가
한내댁의 팔목을 세게 죄어왔다.

* * *

사거리에서 건널목을 지나 건너편 보도에 올라섰을 땐, 내가 선 쪽
의 차도는 아직 신호가 바뀌지 않아 텅 비어 있었다. 8차선 너른 차도
의 한편이 텅 비어 있고 다른 편엔 브레이크 등을 빨갛게 켠 차량들
이 줄지어 서 있다가 막 바뀐 신호를 받고 달려나가려는 참이었다. 끼
이익, 소리가 하늘로 솟구쳤다. 나는 그 자리에 붙박였다. 건너편 차선
아스팔트에서 불꽃이 튀고, 어둑한 가운데 급히 멈춰서는 승용차 차창
위로 커다랗고 검은 물체가 툭 부딪치더니 떨어져 내렸다. 맞은편 상
가에서 사람이 화급히 뛰쳐나오는 걸 보기까지, 나는 그게 검은 비닐
봉투인 줄 알았다. 사람이 그렇게 가볍게 퉁겨나갈 수 있다는 게 믿어
지지 않았던 것이다. 즉사였다.

(민음사, 1998)

□이혜경 「길 위의 집」

다짜고짜 길중씨의 손에 휘어 잡힌 기타가 댓돌에 부딪쳤다. 댕, 그
리고 퍽! 어떤 소리가 먼저 났던가. 댓돌 위에 있던 신발은 그 기세에

저만큼 나뒹굴었고, 여자의 우아한 허리를 떠올리게 하던 공명통은 상아의 이빨처럼 삐죽삐죽, 결을 드러내는 합판으로 전락해 버렸다. 끊어진 채 간당거리는 기타줄.

기타가 나뒹굴자, 길중씨는 방으로 뛰어 들었다. 검고 반짝이는 소릿골 속에 묻혀있던 노래들이 산산이 부서졌다. 인기가 늘 틀어달라고 해서 듣던 레코드 〈마음은 집시〉도, 〈초원〉도, 재킷에서 반쯤 퉁겨 나온 채 마당 구석에 던져지고.

닫힌 방문 안에서 문틈으로, 마당에 던져진 레코드가 재킷을 보며 은용이 덜덜떨 때, 마지막으로 검정 자개를 입힌 전축이 마당으로 던져졌다.

* * *

의례적인 인사를 건네는, 공장에서 잔뼈가 굵은 김씨의 알은 체에서 윤기는, (저 팔자 좋은 놈)이라는 속마음을 읽고야 만다. 자격지심. 스스로에 대한 모멸감은 그리도 뿌리 깊어, 무심한 얼굴에도 제가 만들어낸 제 마음을 덧바른다. 그리고 윤기는 그 마음을 받아친다. 그래, 나는 애비 잘 만나 팔자 좋은 애에 지나지 않는다. 제가 피워 올린 독기로 번들거리는 눈, 자신을 향한 독기는 남을 치려는 독기보다 훨씬 강해서, 사람들은 윤기의 눈을 맞받아 치지 못했다.

(민음사, 1995)

□이호철 「소시민」

부엌 속은 촉수 낮은 불빛이 어스무레한데, 곽씨가 식모의 얼굴을 쥐어박고 있었다. 다시 식모의 머리카락을 휘어잡고 어두운 바깥으로 내끌며, '요년, 요년, 요 살쾡이 같은 년!' 숨죽인 목소리로 악을 썼다, 식모도 처음에만 외마디 비명을 질렀을 뿐 주먹이 들어오는 데 따라 이리 비틀 저리 비틀거리더니 그냥 끌려갔다.

* * *

어금니 깨무는 소리가 들렸다. 곽씨가 깨무는 소리인지 식모가 깨무는 소리인지 어두워서 분간을 할 수가 없었다. 아마도 둘이 다 같이 깨물었을 것이다. 한편은 아파서, 한편은 손아귀에 기운을 주느라고. 곽씨는 두 팔을 들고 뒷담에 손들을 대며 허우적대다가 다시 식모의 머리칼을 감아쥐려고 하였으나 감아쥐기는커녕 도로 놓으면 '아이구후' 소리를 질렀다. 동시에 식모도 더욱 힘을 주며 그의 가슴 패기에 머리를 처박았다.

* * *

그러나 저러나 먼 곳에서 차츰차츰 가까이 다가오는 데모대는 꽤나 살벌해 보이고 흉흉하고 금시 무슨 피바다가 이루어질 것처럼 보였으나, 정작 바로 코앞을 지나는 데모대는 하찮은 오합지졸로밖에 보이지 않았다. 모두가 싱겁게 웃는 얼굴들이었고, 입으로 고함은 지르지만, 정작 자기들이 지금 무슨 짓을 하는지 모르는 것 같고, 그냥 산만한 무의지의 군중으로 밖에 보이지 않았다. 그들은 그저 뭐가 뭔지도 모르고 덮어놓고 두 팔을 내휘두르고 고함을 지르는 것 같았다.

* * *

주인 마누라는 원래가 체대가 헌칠하게 큰 몸집인데다가 노파 쪽이 원체 체소한 몸집이어서 어두무레한 속의 주인 마누라는 여느 때 보다 훨씬 더 커 보였다. 주인 마누라가 쫓아가서 노파의 치마꼬리를 잡았다. 아무 말 없이 질질 끌고 들어왔다. 노파도 숨을 헐떡거리며 끌려 들어왔다.

* * *

비로소 노파의 카랑카랑한 목소리가 터져 나왔다. 주인은 멧돼지와 흡사하였다. 온몸으로 부딪치고 발길질은 하고 다시 두 손으로 후려치던 주인은 드디어 동회 서기의 멱살을 움켜잡고 끌어냈다. 동회서기는 코피가 터졌으나 끌려나가지 않으려고 아등바등 구석배기로 몸을 사릴 뿐이었다.

(동아, 1995)

□ 이효석 「장미 병들다」

　싸움이라는 것을 허다하게 보아왔으나 그렇게도 짧고 어처구니없고 -그러면서도 싸움의 진리를 여실하게 드러낸 것은 드물었다. 받고 차고 찢고 고함치고 욕하고 발악하다가 나중에는 피차에 지쳐서 쓰러져 버리는-그런 싸움이 아니라 맞고 넘어지고 항복하고-그뿐이었다. 처음도 뒤도 없이 깨끗하고 선명하여서 마치 긴 이야기의 앞뒤를 잘라 버린 필름의 몇 토막과도 같이 신선한 인상을 주는 것이었다. 그 신선한 인상이 마치 영화관을 나와 그 길은 지나던 현보와 남죽 두 사람의 발을 문득 머무르게 하였는지도 모른다. 그러나 두 사람이 사람들 속에 한몫 끼여 섰을 때에는 싸움은 벌써 끝물이었다.

　영화관, 음식점, 카페, 매약점 등이 어수선하게 즐비하여 있는 뒷거리 저녁때, 바로 주렴을 드리운 식당 문 앞이었다. 그 식당의 쿡으로 보이는 흰옷에 흰 주발모자를 얹은 두 사람의 싸움이었으나 한사람은 육중한 장골이요, 한 사람은 까무잡잡한 약질이어서, 하기는 그 체질에 벌써 승패가 달렸던지도 모른다. 대체 무엇이 싸움의 원인이며 원한의 근거였는지는 모르나 하루아침에 문득 생긴 분김이 아니요, 오래 두고두고 엉겼던 불만의 화풀이임은 두 삶의 태도로써 족히 추측할 수 있었다. 말로 겨루다 못해 마지막 수단으로 주먹다짐에 맡기게 된 것임은 부락스런 두 사람의 주먹살에 나타났었으니 약질의 살기를 띤 암팡진 공격에 한 번 주춤하였던 장골은 곱절의 힘을 주먹에 다져쥐고 그의 면상을 오돌지게 윽박았다.

소리를 치며 뒤로 쓰러지는 바람에 문 앞에 세웠던 나무분이 넘어지며 분이 깨뜨려지고 노가지 나무가 솟아났다. 면상을 손으로 가리어 쥐고 비슬비슬 일어서서 달려들려 할 때 장골의 두 번째 주먹에 다시 무르게도 넘어지고 말았다. 땅 위에 문질러져서 얼굴은 두어 군데 검붉게 피가 배고 두 줄의 코피가 실오리 같은 가느다란 줄을 그으면서 흘렀다. 단번에 혼몽하게 지쳐서 쭉 늘어졌음에도 불구하고 약질은 간신히 몸을 세우고 다시 한번 개신개신 일어서서 장골에게 몸을 던지다가 장골이 날쌔게 몸을 피하는 바람에 걸어보지도 못한 채 또 나가쓰러지고 말았다. 한참이나 죽은 듯이 고요한 속에서 코만 흑흑 울리더니 마른땅에는 금시에 피가 흘러 넓게 퍼지기 시작하였다.

(동아, 1995)

□임옥인 「기적」

언젠가 아이들이 하도 놀리고, 영희는 아무리 쫓아도 물러가지 않고 하니까 남호는 그만 돌을 집어서 던졌다. 물론 놀리는 아이들에게 저는 영희를 좋아하지 않는다는 증거를 보이려는 것이었고 영희에게는 귀찮게 굴지 말라는 가벼운 위협을 위한 것이었지만 공교롭게 그 돌이 영희의 무릎을 바로 맞추었다. 영희는 그 자리에 주저앉아서 으앙~! 하고 울음을 터뜨렸다. 돌에 얻어맞아서 아프기도 했지만 돌까지 던져서 쫓으려던 남호의 심보가 서러워서였다. 당황한 것은 남호였다. 영희가 주저앉아 우는 것을 보았을 땐 이미 아이들의 놀림도 멋쩍음도 문제가 아니었다.

"어디냐? 어딜 맞았어?"

영희에게로 달려가서 허둥대다가 영희가 무릎을 쥐고 있는 것을 보자 돌이 맞은 데는 바로 거기인 것을 알고,

"어디 봐아. 피나니?"

하면서 영희의 손을 억지로 헤쳤다. 돌을 맞은 영희의 무릎에는 빨갛

게 피가 맺혀 있었다.

"아프냐?"

하고 연거푸 물어보면서 남호는 제 침을 손가락에 묻혀서 그곳에 발라 주었다. 무슨 신기한 약이라도 되는 것처럼 —

그후로부터는 아이들이 놀려도 남호는 영희를 쫓지 않았다.

(금성, 1981)

□임옥인 「일상의 체험」

차를 탈 때마다 혼잡 속에 꼭 사람을 치이거나, 차와 차가 충돌할 것만 같아서 차마 눈을 뜨고 앞을 바로 바라볼 수 없는 게 내 버릇이다. 되도록이면 차안에선 눈을 감을 때가 많다.

차가 어디쯤을 달리고 있을 것이라는 짐작을 하면서 그냥 눈을 감고 종점인 서울역 언저리를 속으로 더듬고 있던 찰나였다.

(우니끈, 와르르!)

그것은 마치 뇌성벽력과도 같다. 다급한 포격과도 같은 소리. 이어 내가 탄 차체는 무섭게 요동했다. 전신에 소나기 쏟아지듯 퍼부어진다. 아찔한 순간,

(나도 길에서 죽는구나.)

얼마 전에 부산에서 교통사고로 돌아간 시인 청마의 일이 번개같이 머리에 떠오른다.

(나도 이렇게 가는구나.)

그러나 그런 의식은 거의 반사적으로 떠올랐을 뿐, 다음 순간 나는 전혀 무의식 속에 빠져버린 것이다. 삶도 죽음도, 현재도 미래도 아픔도 괴롬도 전혀 나와는 무관한 것이었다.

그저 머엉한 상태!

이것이 아마 실신상태라고 하는 것이겠지. 나는 몹쓸 충격으로 일으킨 마비상태 때문에 그 자리에서 움직일 수가 없었다. 눈에 걸치고

있던 색안경이 얼음 무더기 같은 유리 무더기 위에 떨어져 있는 걸 희미하게 본 게 아니라 느낀 것 같았다.

사람들이 웅성거리며 차에서 내렸다. 아무도 내게 팔을 빌리는 사람도, 내리라고 말해주는 이도 없었다.

나는 텅텅 빈 차 속에 혼자 버려져 있었다. 꿈을 꾸는 거라고 생각했다. 그냥 앉아 있었다. 고개를 약간 왼편으로 돌렸을 때, 나는 비로소 모든 사태를 짐작할 수가 있었다. 저쪽에서 뱀처럼 달려오던 전차가 커어브를 돌다가 탈선해서 내가 탄 합승을 들이받은 것이다. 그야말로 바위가 계란을 부순 꼴이 아닌가? 해도 나는 이렇게 여기 있지 않은가?

(내가 살아 있는 걸까. 아니면 벌써 죽어서도 이렇게 느끼는 걸까. 아니, 아니, 아니야. 죽음이란 이러하게 느낄 수도 숨 쉴 수도 없는 게 아니었던가?)

웃을 것이다. 멀쩡한 소릴 한다고.

(삼성, 1972)

□임철우 「개도둑」

나는 몸을 돌이켰다. 그리고 오던 길을 빠른 걸음으로 되밟아 갔다. 골목을 접어들었다. 가로등이 꺼진 채 골목은 지척을 분간키 어려웠다. 빗물이 괴어 있는 데를 디딜 때마다 철버덕 소리가 났다. 아무도 없는 골목으로 비는 줄기차게 쏟아지고 있었다. 끈끈한 손으로 나꿔채듯 허벅지가 옷에 척척 감겨왔다. 야옥 대문이 어슴푸레 시야에 드러났다.

(동아, 1995)

□임철우 「그들의 새벽」

　잠시 멈췄던 발소리는 다시 쇠사슬마냥 연결되기 시작했다. 돌아가신 시부모의 사진이 걸려진 왼쪽 벽에서부터 장롱이 있는 윗목으로, 그러다가 다시 아래쪽으로 내려온 발소리는 곁에 누운 다섯 살짜리 아들의 배를 북북 밟으며 건너오더니 이윽고 그녀의 목과 머리를 지나치려다가 문득 정지했다. 지금 강도인지 살인범인지 모를 그 발소리의 주인은 그녀의 가슴팍 어느쯤에서 두 다리를 벌린 채 당당하게 버티고서 있는 참이었다. 그녀는 나무토막처럼 빳빳이 굳어 누운 채로 천장에서 울려오는 발소리의 방향을 끈질기게 눈으로 쫓고 있었다. 발소리가 멎은 그 순간 그녀의 모든 세포는 또 한차례 바짝 결빙했다. 까슬한 소름이 꽃가루 번지듯 돋아났다. 전신의 땀구멍마다 털이 부우우 허리를 곧추 세워 일어나기 시작하고 그녀의 모든 촉각은 소리가 정지한 천장의 한 점에 레이더망처럼 집결하고 있었다. 그것은 물고기 형상을 한 검은 유선형 무늬의 머리 부분이었다. 그녀는 거기에서 가늘고 날카로운 금속성의 선이 불쑥 뛰쳐나오는 듯한 환각을 일으켰다. 바늘같이 예리한 침. 분명히 압정의 끝이었다. 밑창에 압정이 달린 구두를 신고 다니는 괴한. 그녀는 비명을 지르려 했다. 그러나 목소리는 이내 깊이 잠겨버렸다.

＊　＊　＊

　뚜걱거리며 이층 마루와 방을 왔다갔다하는 발소리와 크악크악 가래 울거내는 소리. 그리고 오줌을 눈 후 변기를 씻어 내려가는 화장실의 물소리뿐이었다. 참 또 있다. 언젠가 그 정체 불명의 사내가 남기고 갔을 게 분명한 반쯤 피우다 만 담배꽁초. 다음날 아침 이층 방에서 그녀는 그 꽁초 둘을 발견해 내자 살아 꿈틀거리는 지네의 꼬리를 쥐듯 벌벌거리며 그것들을 손수건에 싸들고 부리나케 파출소로 달려왔었다. 무슨 대단한 단서라도 되는 듯 긴장한 표정으로 펴놓았을 때

순경은 어이가 없는 듯 비시시 웃던 거였다.

* * *

대문을 열어 주다가 그녀는 진한 술 냄새를 맡았다. 확실히 남편은 술기가 얼근이 올라 있었다. 포도주 한잔에도 벌겋게 달아오르는 체질이라 아예 술은 입에도 대지 않으려는 남편이었다. 결혼 후 팔 년이 되도록 입에서 술내를 풍기며 들어오는 일은 열 손가락으로 꼽을 정도인 그가 이때처럼 다리가 후줄근히 풀리고, 마치 관록 있는 주정꾼마냥 대문을 주먹으로 쾅쾅 두들기며 문 열어 문, 하고 고래고래 소리를 지르는 일은 분명 놀라운 사건이라 할 수 있었다. 생활지도 주임교사답게 늘 단정히 차려 입고, 옷에 뚫린 단춧구멍 하나라도 그럴 만한 이유 없이는 절대 비워 둔 적이 없던 꼼꼼한 사람이 바바리 앞을 확 풀어헤치고 넥타이를 반 뼘이나 늘어뜨린 꼴로 휘적휘적 앞서서 마당을 질러갔다.

(동아, 1995)

□임철우 「등대 아래서 휘파람」

나일론 바가지를 내 손에 쥐어 주면서 어머니는 목젖이 다 보이도록 입을 벌리고 빽 고함을 내질렀다. 그날 아침, 우리집 마당엔 굉장한 구경거리가 생겼다. 키를 둘러쓴 나를 향해 어른들은 너도나도 한마디씩 던지며 배를 움켜쥐고 낄낄거렸다. 차라리 죽고 싶었다. 키를 뒤집어 쓴 채 나는 대문 밖으로 쫓겨났다.

* * *

아버지가 험악한 눈으로 어머니를 쏘아보더니, 잠자코 고개를 돌려 버렸다. 우리는 조마조마했다. 어머니의 입에서 그런 말이 흘러나오다니. 믿어지지가 않아 나는 어머니의 굳은 표정을 연신 훔쳐보았다. 예전의 어머니가 아니었다. 아버지의 난폭한 발길질에도 신음 소리 한번 없이 일방적으로 당하고만 있던 어머니. 하염없이 눈물만 쏟아낼 뿐인 그런 유순하기만 하던 어머니가 아니었다. 은매의 입에 잠자코 밥알을 떠 넣고 있는 어머니의 모습이 웬지 내겐 낯설게만 느껴졌다. 그건 어떤 독기 같은 거였다. 얼음처럼 차갑고 매몰찬 독기. 모두들 말없이 젓가락질만 했다. 보리밥 한 그릇은 다 비웠지만, 나는 아무 맛도 느끼지 못했다.

* * *

어째선지 나는 선생님이 밉지는 않았다. 나를 고자질한 부반장 녀석조차 밉다는 느낌은 없었다. 다만 무서웠다. 슬리퍼를 휘두르던 그녀의 모습이 무섭고, 불빛처럼 파랗게 빛나던 그 순간의 두 눈이 무섭고, 숨소리도 없이 지켜보던 아이들의 눈초리가 무섭고, 교실이 무섭고, 몇 분 동안의 그 악몽같던 순간이, 기억이 나는 너무나 무섭고 슬펐다.

그러나 무엇보다도 나는 선생님과 아이들 앞에 다시 서야 한다는 사실이, 그 교실 안에 다시 들어가야 한다는 사실이 너무나 두려웠던 것이다. 아무 일도 없었다는 듯이, 그렇게 태연한 모습으로 결코 그들 앞에 다시 설 수는 없을 것 같았다. 무엇인가 소중하고 아름다운 물건을 잃어버린 듯한 절망감. 작고 투명한 유리 그릇 하나가 내 가슴속에서 쨍 소리를 내며 산산조각으로 깨어져 버리고 말았다. 그 유리 그릇은 다시는 예전의 모습으로 돌아 올 수 없을 것이다. 영원히. 바로 그 절망과 상실감이 나는 무엇보다도 슬프고 서러웠다.

(한양, 1993)

□임철우 「아버지의 땅」

코를 쿵쿵거리면서도 작업을 계속해 가는데 갑자기 오일병이 억,

하고 다급한 비명을 질렀다. 이제 막 삽 끝에 떠올라온 흙덩이를 들여
다보다 말고 삽자루를 팽개친 채 그는 구덩이 밖으로 벌벌 기어나가
고 있었다. 그 바람에 뭉툭한 흙덩이가 내 발치에 떨어졌다. 사람의
해골이었다. 눈알이 있던 자리엔 하얗게 뚫린 두 개의 구멍이 흙덩이
속에 박힌 채 나를 쏘아보고 있었다. 동료들이 달려오고 잠시 후엔 소
대장과 인사계까지 구경이라도 만난 듯 끼어 들었다.

＊ ＊ ＊

결국 우리는 관도 없이 묻혀 있던 그 뼛조각들을 조심스레 파내기
시작했다. 유골은 비교적 온전하게 제 모습을 갖춘 채 묻혀있었다. 고
작 무릎 깊이만큼의 흙 속에 묻혀 있었다고는 믿어지지 않을 정도로
가지런했다. 하지만 주위로부터는 여전히 시큼한 냄새가 줄곧 피어올
라 왔다. 맨 먼저 머리뼈를 끄집어냈고, 이어서 갈비뼈가 엉성하게 붙
은 몸통 부분을 끄집어내었을 때 지켜보던 우리들은 문득 아, 하고 낮
은 탄성을 질렀다.

(동아, 1994)

□장용학 「역성서설」

그 괴물의 몸이 반쯤으로 줄어든다. 다음 순간 거인을 향하여 펄떡
뛰며 덮쳐들었다. 한 걸음 물러서면서 그 엄습을 받아 내는 거인의 반
격!

서로 어울려서 엎치락 뒤치락 용호상박(龍虎相搏). 땅이 뒤흔들고 주
위의 바람과 불길도 그들의 노기를 멈추고 그 격투를 구경하는 듯했
다.

괴물은 덮어 들어서 싸버리려 하고 거인은 주먹으로 쳐서 거꾸러뜨
리려고 했다.

(『사상계』, 1958)

□장용학 「요한시집」

다음 순간 난 외마디 소리를 지르면서, 노파의 그 손으로 달려들었다. 노파는 어디에 그런 힘이 있었던지 그 손을 놓으려고 하지 않는다. 쥐를 움켜쥔 노파의 손과 싸우면서도 나는 그의 공모자가 그 등허리에 노기를 세워 가지고 내 뒤에서 나를 노리고 있는 것을 느껴야 했다.

발광한 이리떼처럼 '인민군'은 일요일을 잘 지키는 '미제'의 진지로 돌입하였다. 여기 저기에 흩어져있는 레이션 상자 속에는 먹다 남은 칠면조의 찌꺼기가 들어있는 것도 있었다. 정치 보위국 장교는 그것을 '일요일의 선물'이라고 하였다. 그들은 뭐든지 어떤 한가지를 모든 것에 결부시켜 종내는 그것을 말살시켜버리는 것이었다.

(어문각, 1975)

□장용학 「원형의 전설」

이 자유와 평등의 싸움은 뒤집어서 말하면 민족과 계급의 싸움이라고 할 수 있습니다. 그런데 알고 보면 자유 진영에도 계급이 있었고, 한편 평등 진열에도 민족이 있었습니다. 그렇다면 그들이 서로 높이 쳐든 깃발은 푸른 바탕에 붉은 점이 군데군데 박힌 것과, 반대로 붉은 바탕에 푸른 점이 군데군데 박힌 것이어야 정직한 기라 할 것인데 그렇지 않고 말쑥하게 푸른 기와 말쑥하게 붉은 기였습니다. 그들이 거짓말의 기를 들고 싸운 것입니다. 정직한 기를 들면 싸움이 되지 않으니까요.

'민족이냐! 계급이냐!' '자유냐, 평등이냐!'하고 다투는 것은 마치 '원형이 더 크다. 아니다, 사각형이 더 크다.'하고 싸우는 것과 무슨 다름이 있겠습니까. 이 이야기를 '원형의 전설'이라고 이름한 것은 쑥쓰러운 시절에 있었던 이야기라는 것이고 무슨 딴 뜻이 있는 것이 아닙니다.

* * *

그때까지도 팔에 붉은 완장을 두르고 있었던 이도무는 아들을 때려 눕히고 싶어하는 것이었지만 그럴 사이가 없어서 갈팡질팡하다가, 마누라가 가리키는 대로 뒷마당으로 뛰어내려 가지고 담에 매달렸습니다. 그러나 총소리가 빨랐습니다. 이도무의 퉁퉁한 몸은 쭈르르 담벽을 흘러내리면서 땅에 꾸겨졌습니다.

* * *

낙동강 전선에 끌려 올 때까지 이장은 수 없는 시체를 보았습니다. 혹은 피에 젖고 혹은 불에 타고 혹은 썩어서 거짓말처럼 뒹굴어져 있었고, 그 거짓말 위에는 파리들이 감실감실 서로 붐비면서 살아 있는 희열(喜悅)을 입증하고 있는 것이었습니다. 나고 죽으면 저런 거짓말이 되어서 감실감실한 희열에 덮히겠구나 생각하니 살아 있다는 것부터가 거짓말인 것 같았습니다.

* * *

그런 일이 있은 다음날 밤이었습니다. 잠결에 무엇이 부딪치는 것 같은 소리에 눈을 떴는데, 문풍지가 바람에 떨고 있을 뿐이었습니다. 다시 눈을 붙이려고 하는데 어디서 문짝이 떨어져라도 나가는 것 같은 소리가 났는가 했더니, 눈앞에서 방문이 휙 열리는 것이었습니다. 검은 그림자가 툭 뛰어들더니 문부터 닫아 버리고 발치에 가서 무너지듯 주저앉는 것입니다.

* * *

아가씨의 비명 소리에 빗속을 뒷마당으로 뛰어든 식모는 아가씨의 방문이 탕하고 닫히면서 머리부터 우비를 뒤집어쓴 사내가 그 안으로 사라지는 것을 목격했고, 들창까지 닫히는 소리를 또한 들어야 했습니다. 의자가 어디에 부딪치는 소리, 경대가 넘어지는 소리, 몸과 몸이 다투는 숨결…… 그러나 끝내 그 방에서 비명 소리는 터져 나오지 않는 것이었습니다.

* * *

사람들이 그 방문을 열어 젖히고 봤을 때 거기는 피바다였습니다. 기미는 창호지를 뚫고 들어간 그다지 굵지도 않은 가지에 가슴을 찔렸던 것이고, 그 치마폭 속에는 탯줄도 끊어지지 않은 갓난애가 이 세상의 탄생을 울부짖고 있었던 것입니다.

* * *

그 의사를 힐끔 쳐다봤으면서도 그는 손을 놓을까 하지 않고 더욱 힘을 주는 것이었습니다. 의사가 달려들어 얼굴을 갈겼는데도 그것을 막을 겨를을 찾지 않는 것이었습니다. 엉덩방아를 찧었던 몸을 일으켜 다시 어린것에게 달려들었습니다. 기어코 죽여 놓고야 말겠다는 것입니다.

* * *

벌써 주먹이 날아들었습니다. 그러나 그 주먹은 행방불명이 되고 몸뚱이만이 저기에 가 나가떨어졌습니다. 어디를 어떻게 당했는지, 일어나려고 한두 번 굼틀거리다가 그대로 뻗어버리는 것입니다. 덤벼들려던 두 졸개는 이 광경을 보고 그만 기가 죽어서 이러지도 저러지도 못하고 그저 씩씩거리고만 있었습니다.

(동아, 1995)

□ 전광용 「꺼삐딴 리」

그는 창문으로 기웃이 한길가를 내려다보았다. 우글거리는 군중들
은 아직도 소음 속으로 밀려가고 있다.

굳게 닫혀 있는 은행 철문에 붙은 벽보가 한길을 건너 하얀 윤곽만
이 두드러져 보인다.

아니 그곳에 씌어 있는 구절.

親日派, 民族反逆者를 打倒하자.

옆에 붉은 동그라미를 두 겹으로 친 글자가 그대로 눈앞에 선명하
게 보이는 것만 같다.

어제 저물녘에 그것을 처음 보았을 때의 전율이 되살아왔다.

순간 이인국 박사는 방 쪽으로 머리를 휙 돌렸다.

'나야 원 괜찮겠지…….'

혼자 뇌까리면서 그는 다시 부채를 들었다.

그러나 벽보를 들여다보고 있을 때 자기와 눈이 마주치는 순간, 일
그러지는 얼굴에 경멸인지 통쾌인지 모를 웃음을 비죽거리면서 아래
위로 훑어보던 그 춘석이 녀석이의 모습이 자꾸만 머릿속으로 엄습하
여 어두운 밤에 거미줄을 뒤집어 쓴 것처럼 꺼림텁텁하기만 했다.

그깟놈 하고 머리에서 씻어 버리려도 거머리처럼 자꾸만 감아 붙는
것만 같았다.

(동아, 1995)

□ 전광용 「사수」

설명 한마디에 '엠' 소리를 거의 하나씩 섞는 그의 버릇은 종내 떨
어지질 않았다. 나는 곰의 설명을 듣는 둥 마는 둥, 공책에가 '엠'소리
날 때마다 연필로 점을 하나씩 찍어 갔다. 일흔 아홉, 여든, 여든 하
나…… 하학종이 거의 울릴 것만 같다. 나는 늘 하던 버릇대로 백이

되기만을 기다리는 조바심으로 표를 하고 있었고, 나와 한 책상에 앉아 있는 B는 거기에만 정신이 쏠려서 한눈을 팔고 있었다. 아마도 곰의 시선은 우리 둘 책상만을 노리고 있었을 것이다. 아흔 아홉…… 하학종이 울렸다. 아쉬움을 삼키면서 머리를 들었다. 그때다. '엠!, 백!' 하고 내가 혼자 뇌까리는 순간 B가 웃음을 터뜨렸다.

"왜 웃어?"

고함 소리에 정신이 바짝 차려졌다. 우리 앞으로 다가오는 곰을 보면서 닥쳐올 벌을 각오했다. 내 공책에서 눈을 뗀 곰은 둘 다 일으켜 세웠다.

"서로 뺨을 때려!"

몇 번 외쳐야 아무 반응도 없다. 이 험악한 공기 속에도 나는 흘낏 유리창 밑줄에 앉아 있는 경희쪽으로 눈길을 훔쳤다. 경희는 제가 당하는 것처럼 불안한 표정으로 이쪽을 지키고 있다. 다른 애들의 눈초리도 그러했겠지만 그때의 내 눈에는 경희의 표정밖에 보이지 않았다.

(동아, 1995)

□전경린 「내 생에 꼭 하루뿐일 특별한 날」

아기라니…… 아기라는 말 때문에 나는 쇼크를 받은 것 같았다. 여직원이 나의 코앞까지 바짝 다가서서 말하고 있는데도 벙긋벙긋 열렸다가 닫히는 입만 보일 뿐 아무 말도 들리지가 않았다. 입이 열리고 닫힐 때마다 여직원의 눈이 번쩍번쩍 빛났다. 어느 순간 나는 여직원을 힘껏 밀쳤다. 여직원의 등이 찬장 모서리에 세게 부딪친 것 같았다. 그리고 그 순간이었다. 여직원은 찬장 위에 놓인 붉은 봉투를 집어들고 나의 머리를 후려쳤다. 그리고 같은 자리에 다시 한번 과격이 이어졌다. 나는 그대로 바닥에 쓰러졌다. 머릿속에 암회색 구름 먼지가 자욱하게 일어났다. 마치 화살이 머리를 뚫고 들어와 표적에 박혀 진동하는 것 같았다.

* * *

　그 일은 오년 전에 일어났다. 부희가 간부와 함께 시아버지를 낫으로 찍어 죽인 사건이었다. 부희는 그날 대낮에 집 안방에서 정부와 정사를 나누다가, 낫을 바꾸러 들어온 시아버지에게 발각되었다. 시아버지는 낫을 들고 안방에 뛰어들어 간부와 부희에게 마구 휘둘렀고 부희는 간부와 함께 낫을 빼앗아 시아버지를 찍어 죽였다.

(문학동네, 1999)

□전상국 「맥(脈)」

　손 묶인 건 풀지! 누군가 그렇게 말했고, 그는 휑하니 입을 벌린 구덩이를 보았다. 사람들은 그를 산채로 밀어 넣을 모양이었다. 그는 풀린 두 손을 들어 입에 물린 재갈을 벗기려고 했다. 그러나 완강한 팔목들이 그의 양어깨를 감싸고 있어 그것은 불가능했다.
　빨리 처넣어! 손에 돌을 든 사람들이 재촉하는 소리가 들렸다. 그는 필사의 힘을 다해 발버둥쳤다. 구덩이로 떨어지는 시간이 조금은 지연되고 있었다. 바로 그런 순간이었다.

(민음사, 1980)

□전상국 「물걸리패사」

　마을을 지나가는 인민군 하나를 처치해 버린 일이다. 바람이 무섭게 불었다. 마을 뒷산의 송림이 웅웅 적막하게 울었다. 멀리 보이는 산등성이가 황사에 가려 흐릿하게 윤곽을 드러내 보이고 있었다. 세찬 바람이 초가지붕의 이엉을 벗겨낼 듯 불어댔다. 산과 마을이 온통 흔들리고 있는 것 같았다. 그러나 마을의 공기는 죽은 듯 갈앉은 느낌이었다. 사람 하나 얼씬하지 않았다.
　처음 대여섯 명의 인민군이 마을을 지나가면서 바람 속에 죽은 듯

갈앉은 마을의 공기를 느꼈음인지 총을 쏴댔다. 세찬 바람 속에 총소리
는 그닥 크게 울리지 않았다. 인민군들의 찢어진 옷이 바람에 너불거렸
다. 그들은 바람을 안은 채 걸음을 빨리하며 가루개 쪽으로 사라져 갔
다.

　그리고 조금 지나 단 한 명의 인민군이 절뚝거리면서 마을 입구 서
낭당 앞에 나타났다. 어른들이 노린 것이 바로 이런 순간이었다. 서낭
당 뒤 바위에 몸을 숨겼던 어른들이 뛰어나왔다. 여럿이 한 덩어리가
되었다. 그리고 그들은 일어서서 세찬 바람에 날리듯 서낭당 뒷골짜기
로 자취를 감췄다.

＊ ＊ ＊

　껑껑 개가 짖었다. 분명 도끄가 짖는 소리였다. 논둑 밑에 몸을 숨
기고 있는 우리들은 벌벌 떨기 시작했다. 왜 우리들은 이때까지 성구
의 도끄를 생각하지 못했는지. 뭔가 불길한 느낌이었다. 숨도 크게 쉴
수가 없었다.

　동막골에 햇빛이 자취를 감춘 것은 이미 오래였다. 서서히 어둠이
내릴 기세였다. 썰렁한 해 저물 무렵의 가을바람이 골짜기를 휘돌았
다. 우리들은 모두 그 자리에 주저앉고 말았다. 그것은 벼락치는 소리
였다. 문짝 떨어져 나가는 소리와 그것이 도무지 사람의 입에서 나온
소리라고 할 수 없는 그 비명―그리고 누군가 봉당에 나가떨어지는
소리가 들렸다. 그것은 거의 한 순간에 벌어진 일이었다.

　우리들 눈 앞을 한 사내가 꼬꾸라질 듯 뛰쳐나와 골짜기 아래켠으
로 내닫고 있었다. 꺼르르―다급하게 짖어대는 개소리.

　우물 옆에 몸을 감추고 있던 어른들이 꼬꾸라질 듯 골짜기를 뛰쳐
내려가는 그림자를 쫓아 내려갔다. 우리들도 주저앉았던 몸을 일으켜
허겁지겁 어른들 뒤를 따라 뛰기 시작했다.

＊ ＊ ＊

군인 하나가 그 곁으로 다가갔다. 그 발악하는 여자의 군복을 찢었다. 여자가 그 군인 얼굴에 침을 뱉으면서 악을 썼다. 얼굴의 침도 닦지 않은 채, 군인은 세차게 여자의 옷을 찢어 내렸다. 여자의 하체가 드러났다. 벗겨진 무릎 밑에 피가 엉겨 있었다. 옷을 찢어낸 군인이 소총 개머리판으로 여자의 하체를 내리쳤다. 우리들은 고개를 돌렸다. 그것은, 그 인민군 여자가 내뱉는 소리는 사람이 아니었다.

* * *

그러나 재식이만은 결코 우리집에 나타나지 않았다. 나타나기는커녕 나만 보면 으르릉거렸다. 나는 항상 그의 밥이었다. 재석이한테 맞을 때마다 나는 맞아서 아픈 몇 배쯤 언구럭을 떨며 울어댔다. 내가 언구럭을 떨면 떨수록 사람들은 재식이를 욕했다. 그 애비에 그 자식이구나. 재식이 아버지가 불량스런 짓을 많이 하고 다녔기 때문에 사람들은 재식이 아버지를 좋아하지 않았다. 그래서 이웃 사람들은 항상 내 편이 돼 주었다. 사람들이 모여들면 나는 아예 땅에 뒹굴면서 울었다. 배를 그러쥐고 금방 숨이 넘어갈 것처럼 울었다. 재식이 계모까지 나와 내 옷에 묻은 흙을 털어 주며 나를 달랬다.

* * *

열한살 내 또래의 아이들은 재식이 계집애 동생을 골목에 가둬놓고 못살게 굴었다. 동우야, 니가 해라. 나보다 나이 많은 애들이 부추겼다. 나는 거침없이 그 계집애의 저고리 옷고름을 잡아매었다. 속내의를 입지 않은 그 계집애의 보송보송한 젖가슴이 드러나자 아이들은 키들키들 웃어댔다. 계집애는 가슴을 감싸안고 땅바닥에 주저앉아 울었다. 숱 많은 계집애의 머리칼에 서캐가 하얗게 슬어 있었고 아이들은 나뭇가지로 그 머리를 들쑤셔 놓았다. 재식이 계모가 뒤뚱거리며 나와 계집애의 머리채를 휘감아 쥐고 질질 끌고 들어갔다. 우리들은 계집애가 매맞으며 내지르는 그 비명소리를 들으면서 골목을 떠났다.
그 계집애가 남산 중턱 소나무에 목매달아 죽었을 때 사람들은 정말
혀를 내둘렀다. 고작 열세 살 나이로 목매달아 죽은 사람을 아직 본
적이 없다가 모두 놀랐다. 남산에는 공동묘지가 있었다. 사람들은 팔
다리를 추욱 늘어뜨리고 혀를 앙다문 채 목매달아 죽은 그 아이를 그
공동묘지에 묻어 주었다. 나는 다시 꿈에 재식이를 보았고 심한 가위
에 눌려 땀을 흘리는 일이 많았다.

* * *

그때 나는 분명 무슨 소린가 들었다. 짤막하면서도 쥐어짜는 듯한
신음소리였다. 느닷없이 진심으로 소름이 쫙 끼쳐들었다. 아버지가 방
문을 열고 나가는 대신 어느새 내 곁에 돌아와 있었다. 아버지의 숨결
이 예사롭지 않았다. 내 머리를 들어 무릎에 눕히는 아버지의 손이 몹
시 떨리고 있었다.

"아버지." 내가 속삭이듯 불렀다. 오줌이 마렵다는 말을 하고 싶었
던 것이다. 그러나 내가 입을 떼기 전에 아버지의 손이 내 입을 막았
다. 아버지의 손이 우악스럽게 느껴졌다. 나는 얼굴을 돌려 아버지의
손을 떨쳐 버리려 했다. "임새끼야, 가만 있어!" 아버지가 내 귀에 대
고 말했다. 그 목소리에서 나는 무엇인가가 절박한 걸 전해 받았다.
머리끝이 쭈볏 뻗치는 무서움이었다. 재식이의 여동생이 목매달아 죽
은 그 축 늘어뜨린 사지와 길게 빼문 혀가 보였던 것이다.

(문학, 1978)

□전상국 「아베의 가족」

그러다가 일을 당했다. 내가 일하고 있는 야채가게의 주인아씨의
귀띔으로 우리 아파트까지 달려갔을 때 그 깜둥이들은 정희를 농간하
고 있었다. 나는 피가 거꾸로 흘렀다. 출입문을 막아섰다. 세 놈이 능

글능글 웃으며 다가왔다. 나는 품에서 야채 다듬는 칼을 뽑아들었다. 그리고 그 칼로 왼쪽 팔목에 상처를 냈다. 한국에서 재두, 형표, 석필이와 함게 남긴 담뱃줄 자국이 있는 근처를 짼 것이다. 팔뚝에서 피가 흘러 현관 바닥에 흥건히 고였다. 능글능글 웃던 깜둥이 애들 눈이 금세 겁에 질렸다. 깜둥이들은 미개하고 천한 만큼 겁이 많고 비열했다.

"컴온, 컴온!"

나는 칼을 들지 않은 왼쪽 손으로 그들을 손짓했다. 아무 것도 보이지 않았다. 손끝으로 불같은 증오가 뻗쳐 온 몸이 떨렸다.

* * *

그 여름 물난리 때 나는 아베를 처치할 계획이었다. 하루 내내 계속된 폭우에 제방 둑이 허물어지고 있었다. 둑 밑의 사람들이 높은 지대로 대피를 하느라 수라장을 이루었다. 우리 집도 막 짐을 싸 가지고 근처 국민학교로 옮겼다. 아베만 남겨두고 갔다. 어머니를 속였던 것이다. 마지막 짐을 싸 가지고 간 내가 어머니한테 말했다. 아베가 없어졌어요. 물론 어머니와 아버지가 허둥지둥 그리로 달려갔고 얼마 후에 그네들은 당황한 얼굴로 돌아왔다. 아베가 없구나, 모두 나가서 다시 찾아보자. 아버지가 말했다. 비는 더욱 줄기차게 내리고 있었다. 제방이 뚫렸대요. 사람들이 아우성쳤다. 나는 혼자 웃었다. 미리 떠나버린 남의 집 빈 구석방에 아베를 가둬두고 왔던 것이다. 어머니는 밤새도록 밖에서 비를 맞으며 아베를 기다렸다. 나는 교실 마룻바닥에 누워 눈을 지레 감았다. 잠이 오지 않았다. 결국 더 참지 못하고 밖으로 뛰어나가 어머니한테 내가 한 짓을 말해버렸다. 그리로 달려가는 어머니를 아버지가 붙들고 늘어졌다. 다음날 날이 개었다. 우리 식구들은 새벽같이 우리들이 살던 동네로 달려갔다. 우리 동네의 토담집들은 흔적도 없이 물에 쓸려가 버렸다. 어머니가 그 개울 바닥이 된 집터 위를 허둥허둥 뛰어다녔다. 아베의 흔적은 아무 데도 없었다. 그러나 그

날 오후 우리들은 언덕 위에 있는 파출소에서 아베를 찾았다. 아…
아…베… 그는 어머니 품에 안겨 킁킁거렸다. 아베의 나이 스물 한 살
때였다. 천덕꾸러기가 명은 길대요. 이웃 사람들이 혀를 차면서 말했
다.

* * *

뒤꼍 장독대를 보살피고 있는데 안쪽에서 뭔가 심상찮은 기척이 났
다. 난생 처음 보는 외국병정들이 대여섯 명 마당 한 가운데 서 있었
다. 시어머님이 그들에게 잡혀 시커먼 손아귀에 입을 막힌 채 대청으
로 끌어 올려지고 있었다. 어느 순간 시어머니의 눈길이 내 눈길과 부
딪쳤다. 애원과 절망과 공포와…… 그런 모든 것을 한꺼번에 내쏘는
눈빛이었다.

나는 그 자리에 얼어붙은 채 온몸에 힘이 싸악 빠져 내리는 느낌이
었다.

시커먼 짐승 셋이 다가오는 것을 멀거니 바라보며 그 자리에 주저
앉았다.

만방으로 끌려가면서 나는 내가 할 수 있는 온갖 힘을 뻗쳐 발버둥
쳤다. 나는 무심결에 내 배를 그러쥐며 애원하는 손짓도 해보았다. 있
는 힘을 다해 소리도 질러 보았다.

넓적한 손아귀가 내 입을 막았다. 나는 그 짐승들의 냄새를 맡았다.
그것은 노린내였다.

짐승들이 흰 이빨을 보였다. 그들은 낄낄낄 웃음소리를 내고 있었
다.

* * *

나는 그날 무려 4시간 동안이나 교무실 앞 복도에 꿇어앉아 있었다.
선생들이 지나다니며 내 머리통을 쥐어박았다. 이놈 정말 문제아군.

저 새끼 작년에 담임했었는데 정말 골치 아팠다구. 부모가 뭐하는 사람인데? 몰라, 낯짝두 한번 못 봤으니까.

학교 한번 오라구 그렇게 연락을 해두 끄떡두 안하는 거야. 교무실 사환 계집애가 드나들며 헬금헬금 웃었다. 차가운 시멘트 바닥의 그 습기가 뱃속까지 번져 올랐다. 또 한번 끝종이 울었다. 교실에 들어갔던 선생들이 몰려나오며 또다시 머리통을 쥐어박기 시작했다.

이 새끼, 똑바로 앉지 못해! 교련 선생님이 내 꿇어앉은 무릎을 구둣발로 짓이겼다. 나는 4시간 30분 만에 교무실로 불려 들어갔다. 얼어붙은 다리가 저려 일어나다가 그냥 주저앉았다. 담임은 난롯가에 앉아 적금통장을 뒤적이고 있었다. 반성했나? 담임이 물었다. 선생님. 제가 뭘 잘못했는지 말씀해 주십시오. 담임의 얼굴이 험악해졌다. 이 새끼야, 너 정말 몰라서 묻냐? 네, 저는 제가 잘못한 걸 모르고 있습니다. 이 새끼 봐라, 이거 너 정말 기어오르기냐? 선생님, 전 등록금을 연기해 달라고 말씀드린 일밖에 없습니다. 이 새끼야, 느 에미 에비가 와서 연기하라구 내가 몇 번씩 말했냐? 우리 부모님들은 학교에 오실 수 없습니다. 교무실의 다른 선생들이 내 주위로 몰려들었다. 야 이 새끼야, 차렷! 너 임마, 복장 상태가 그게 뭐냐? 이 새끼 이거 지난번 교외에서 만났는데 사복을 입고 다니잖아! 교련 선생님이 구둣발로 쪼인트를 먹였다. 시멘트 바닥에 얼어붙은 정강이에 무거운 아픔이 왔다. 야, 이새끼야, 너 학교 다니기 싫지? 네, 학교 다니기 싫습니다. 자퇴할래? 네, 자퇴하겠습니다.

* * *

형표가 말했다. 우리들은 담배 한 개비씩을 나누어 물었다. 똑같은 시간에 담배에 불을 붙였다. 그리고 힘껏 다섯 모금씩 빨아들인 다음 서로의 얼굴을 쳐다봤다. 처음 먹은 술에 얼굴이 붉게 물들어 있었다. 우리는 다시 두 번 힘껏 담배를 빨아들이면서 둘 씩 짝을 지어 앉았

다. 나는 재두의 왼손을 잡았다. 재두 역시 내 왼손을 잡았다. 우리는
동시에 담뱃불을 시계줄을 걸치는 그 팔목 위에 댔다. 우리는 신음했
다. 그러나 이를 악물고 입을 모아 하나…두울…세엣…네엣…다섯…
여…스물까지 세었다. 살 타는 냄새가 났다. 담뱃불에 지져진 그 시커
먼 데서 노란 액체가 줄줄 흘러나왔다. 우리는 그 상처 위에다가 먹다
남은 소주를 부었다.

　네 사람 입에서 각기 무서운 비명이 나왔다. 그리고 서로의 얼굴 위
에 솟은 땀방울을 쳐다보며 웃었다.

(문학사상사, 2000)

□전상국 「우상의 눈물」

　학교 강당 뒷편 으슥한 곳에 끌려가 머리에 털 나고 처음인 그런
무서운 린치를 당했다. 끽소리 한번 못한 채 고스란히 당해야만 했다.
설사 소리를 내질렀다고 하더라도 누구 한 사람 쫓아와 그 공포로부
터 나를 건져 올리지 못했을 것이다. 토요일 늦은 오후였고 도서실에
서 강당까지 끌려가는 동안 나는 교정에 단 한 사람도 얼씬거리는 걸
보지 못했다. 더욱이 강당은 본관에서 운동장을 가로질러 아주 까마아
득 멀리 떨어져 있었다. 재수파들은 모두 일곱 명이었다. 그들은 무언
극을 하듯 말을 아꼈다. 그러나 민첩하고 분명하게 움직였다. 기표가
웃옷을 벗어 던진 다음 바른손에 거머쥐고 있던 사이다병을 담벽에
깼다. 깨어져 나간 사이다병의 날카로운 유리조각을 그의 걷어올린 팔
뚝에 사악사악 그어갔다. 금간 살갗에서 검붉은 피가 꽃망울처럼 터져
올라갔다. 기표가 그 팔뚝을 내 눈앞에 들이댔다. 핥아! 기표 아닌 다
른 애가 말했다. 내가 고개를 옆으로 비키자 곁에 둘러선 서너 명의
구두끝이 정강이에 조인트를 먹였다. 진득한 액체가 혀끝에 닿자 구역
질이 났다. 오장이 뒤집히듯 역한 것이 치밀었다. 나는 비로소 온몸을
와들와들 떨기 시작했다. 나 자신도 헤아릴 길 없는 거센 공포로 해서

나는 그 자리에 무릎을 꿇고 앉아 두 손을 비벼댔다. 그들이 나를 일으켜 세웠다. 내 바지에서 혁대가 풀려 나간 다음 벗겨져 맨살이 드러난 허벅지에 칼끝이 박히는 것 같은 아픔이 왔다. 나는 그들에게 양쪽 겨드랑이를 잡힌 채 몸부림쳤다. 도저히 견딜 수 없는 고통이었다. 칼끝은 상당히 오랜 시간 허벅지에 박혀 있는 것 같았다. 나는 내 살 타는 냄새를 맡았다. 칼침이 아니라 그들은 담뱃불로 내 허벅지 다섯 군데나 지짐질을 했던 것이다. 소릴질러 봐, 죽여버릴 거니, 한 놈이 귓가에 속삭였다. 나는 드디어 허물어져 내리듯 의식을 잃어갔다. 그런 몽롱한 의식 속에서 기표가 씨부려댄 한 마디 말소릴 놓치지 않았다.

…메시껍게 놀지 마!

어처구니없게도 그들이 내게 린치를 가한 이유란 단지 그것이었다. 이학년 재수파들이 나를 첫 표적으로 삼은 것은 내가 그들 눈에 메스껍게 보였기 때문이다.

(민음사, 1980)

□전상국 「침묵의 눈」

"의자 하나 내와!" 형이 시키는 대로 나는 책상 의자를 마루로 내왔다.

"거기다 저 새낄 묶어!" 백치는 의자에 앉혀진 다음 전깃줄로 묶이기 시작했다. 움직일 수 있는 것은 그의 머리뿐이었다. 형은 백치의 머리를 뒤로 젖힌 다음 그 화상으로 해서 번들거리는 얼굴에다 수건을 얹었다. 그리고 그 수건 위에다가 주전자에 가득 찬 뜨거운 물을 조금씩 조금씩 부어 내리기 시작했다. 백치가 고개를 흔들자 형은 한 손으로 백치의 이마를 누르면서 쉬지 않고 물을 부었다. 나는 숨이 헉헉 막히는 것만 같았다. 백치의 머리가 더욱 심하게 움직이자 형은 백치의 턱을 받쳐들었다. 물이 계속 부어져 내리자 끄끄 짐승 같은 소리가 덮인 수건 밑에서 새어 나왔다. 너 이 새끼야 바른 대로 말해! 형이 백치의 귀에 대고 소리쳤다. 그러나 백치는 의자에 묶인 채 꿈틀거리 뿐 더 이상 아무런 소리도 내지 않았다. 나는 숨이 막혀 쓰러질 지경이었다. 그러나 결코 도망치지 않고 지켜보았다. 주전자의 뜨거운 물은 수건을 적시면서 백치의 코와 입의 숨길을 막았다. 그리고 목을 타고 흘러내려 마룻바닥에 질펀하게 흘렀다. 주전자의 물이 다 비었을 때 백치는 고개를 더 이상 움직이지 않았다. 그제서야 형은 내게 백치의 묶은 몸을 풀게 했다. 나는 기절해 버린 백치를 풀어 마루에 누인 다음 그 옆에 밥그릇을 놓아두었다.

* * *

형이 또 다른 일을 시작한 것은 백치가 식곤증으로 해서 마악 곯아 떨어졌을 때였다. 형은 전선 플러그를 마루벽 콘센트에 꽂고 그 전선 끝에 철사가 나오게 만든 다음 그 전선 끝을 백치의 목덜미에 댔다. 백치의 몸이 퉁기듯 일어나 있었다. 그러나 곧 다시 쓰러져 잠들려 했다. 형이 또 같은 방법으로 충격을 가했다. 백치는 다시 몸을 뒤틀며 일어나 앉아 번들거렸다.

"너 간첩이지?"

이렇게 물으면서 형은 철사가 두 줄 노오랗게 빠져 나온 코드를 백치의 코밑에 들이댔다. 백치의 눈이 스르르 감겼다. 형이 낮게 소리내어 ㅎㅎ 웃었다. 백치의 몸뚱이는 맨땅 위의 생선처럼 버들쩡 튀어 올랐다. "너, 느 집에 불 질렀지?" 또 한 번 백치의 몸이 퉁기듯 움직였다. "너, 사람 죽였지?" 백치가 또 튀어 올랐다. "너 간첩이지?" 형의 눈이 이글이글 타오르고 있었다. 눈을 허옇게 치뜨기 시작한 백치의 찌그러진 얼굴에 공포의 빛이 일렁이기 시작했다. 그러나 그것은 전기 충격이 가해지는 순간의 놀람 때문이었을 뿐이다. 충격이 멈추는 것과 동시에 그의 눈에는 공포의 빛이 사라졌다. 놈은 훌륭했다. 벌벌 기어 달아나지 않았다. 엉엉 울지도, 손을 모아 빌지도 않았다. 나는 놈이

백치라는 사실을 까맣게 잊고 있었다. 무서웠다. "죽여! 죽여!" 나는
와들와들 떨면서 겁먹은 소릴 질러댔다. 그러나 형은 전기 코드를 내
던지며 벌렁 드러누웠다. 그리고 말했다.

"이 새낀 아주 하등 동물이야!"

(민음사, 1980)

□정비석 「삼대」

영화관에 들어가자 영화가 곧 끝나고 뉴스 영화가 이어 상영되었다.
무려 수천의 기마병대가 맹렬한 기세로 광야를 정벌하면서 돌연 스크
린의 한복판으로 질풍같이 나타났다. 평화롭던 벌판엔 별안간에 회오
리바람이 휘몰아치는 듯 정복의 의욕에 물릴 줄을 모르는 기마와 병
사는 멀리 산 위의 적을 목표로 우레같이 휩쓸며 매진한다.

말은-대가리를 뒤로 번쩍 제치며, 삼킬 듯이 아가리를 헤벌리며 앞
가슴을 잔뜩 내솟고 네 굽을 볼새없이 놀리면서 공중을 나르는 듯, 땅
에서는 난데없는 흙 연기만이 태풍같이 어지럽게 뭉게인다.

기마가 앞으로 앞으로 내닫는 족족 벌판의 물이 더부러지고 숲이 흩
어지고 풀 속에 깃들였던 짐승들이 난데없는 날벼락에 미친 듯이 이리
저리 날뛰고―하나 말 위의 용사들은 그것만으로도 유부족이어서 채찍
으로 말 궁둥이를 연방 호되게 갈기며 혁을 날래게 챈다. 그리하여 광
막하던 황무지가 눈결에 정복되자 맞은편에 우뚝 마주 서는 것은 험악
한 산악이었다. 저 '산위의 반항'을 기마병대들은 어떻게 처리하려나 하
고 형세가 주먹을 불끈 부르쥐어 보고 있는 동안에 달리는 대오의 중복
판의 한 사람이 기다랗게 번득이는 칼을 높이 뽑아 들며 뭐라고 호령을
하자(사일런트 영화였으므로 호령을 듣는 재주는 없었다.) 가뜩이나 질
풍같이 용감하던 기마병들은 더한층 자세를 도사리며 채찍을 휘두르니
말들은 앞발을 번쩍 들며 놀랍게도 험악한 산을 향하여 덤벼 오른다.
말 발꿈치에 채여 돌이 윙윙 날아가고, 바위가 급전직하로 굴러 떨어지

고 그래도 기마병대는 아랑곳하지 않고 상봉으로 산을 휩쓸며 올라간다. 나폴레옹의 알프스 정벌인들 저렇기야 험악했을까. 형세는 정복의 아름다움에 정신을 송두리째 뽑히며 보고 있는 동안에 기마병대는 수월히도 산의 반항을 전복하고 상상봉에 처올랐다. 산 넘은 편에 매복했던 적군이 창황하여 어쩔 줄을 몰라 반항을 하나 기마병대는 힘 안 들이고 적군을 소탕해 버리고 상상봉에 일장기를 꽂는 데서 영화는 끝난다.

＊ ＊ ＊

맨 처음엔 만리장성인가 싶은 철벽같은 그야말로 난공불락의 성벽이 나타나고 그 다음으로 차츰 고색이 창연한 고루 거각이 나타나고, 시가지가 나타나고, 성벽을 의지삼아 진을 친 적의 군사들이 나타나고―가장 평화스럽게 보이는 도시의 창공에는 돌연 으르렁거리는 폭음과 함께 행렬도 정연한 열두 대의 황취 폭격기가 제비처럼 나타나더니 갑자기 폭 아래로 꺼져 내려오면서 폭탄들을 던진다. 열두 대의 비행기에서 빗발같이 떨어지는 폭탄은 쏜살같은 속력으로 커다란 빌딩에 붓좁기와 함께 쾅! 소리를 내며 지붕이 와슬렁와슬렁 허물어지고 연기가 삽시에 시가에 가득 차고 그러자 한편에서는 화염이 맹렬한 기세로 하늘을 찌를 듯이 타오른다. 평화롭던 도시, 문화를 자랑하던 도시는 참으로 놀랄 만한 속도로 파멸의 세례를 받는다. 그것은 인간의 힘이 아니라 거대한 운명의 힘만 같았다. 그리고 비행기의 폭격과 시간을 같이하여 세상없이도 무너지지 않을 듯 싶던 철벽같은 성벽이 몇 방의 대포알의 세례를 받고 콰드덩 쾅! 요란한 소리를 내며 성은 무너지고 돌은 조각조각으로 부서지고―번개같은 찰나에 천지가 무너져 세상은 암흑의 수라장으로 변하려는가, 스크린은 눈알을 뽑을 듯이 분주히 어지러워지면서 오직 파괴의 운동을 찬란하게 계속할 뿐이었다.

(『인문평론』, 1940, 2월호)

□정비석 「소설 홍길동」

　포교들은 산산분리로 흩어져서 죽을 힘을 다하여 도망질을 쳤다. 어떤 자는 숲 속으로 들어가고, 또 어떤 자는 산밑으로 줄달음질 치고, 또 어떤 자는 헐레벌떡거리며 산 위로 기어올랐다. 그러나 어디로 도망을 치거나 모두 소용이 없었다. 정체불명의 괴한들은 쏜살같이 쫓아와서, 어떤 괴한은 포교의 목덜미를 움켜잡으며,

　"이놈아! 서라면 섰을 것이지, 네가 도망을 가면 얼마나 간단 말이냐!"
하고 책망을 하기도 하고, 또 어떤 괴한은 포교의 엉덩이를 주먹으로 후려갈기며,

　"이 망할 자식이 어딜 간다고 이러는 거야!"
하고 욕지거리를 하기도 하였다.

* * *

　얌전은 활에 화살을 메겨 들었다. 화살 메긴 활을 번쩍 들어 활짝

당기며, 한 눈을 가만히 감고 목표물에 겨냥을 재었다. 그리하여 한참 동안이나 나뭇잎을 견주어 보다가, 문득 고요히 화살을 날렸다. 시위를 떠난 화살은 나뭇잎을 향하여 종잇장처럼 가볍게 날아갔다. 그리고 그 화살은 나뭇잎을 나풀하니 건드리고는 그대로 저편으로 날아가 버렸다.

(고려원, 1995)

□정비석 「제신제」

　이런 사나운 욕지거리와 함께 등불 빨간 창호지에 미친 두옥신 같

은 그림자가 어른거리었다. 잴싹! 탁! 하고 맹렬한 폭음도 들려 왔다.
김서방이 아내 순실을 치는 것이 분명하였다. 그러나 순실은 아무 찍
소리조차 없었다.

(백수사, 1971)

□정연희 「바위눈물」

깊은 밤. 그는 하얀 벽을 향하여 돌진하듯 달려들었다. 파묵으로 벽
을 뚫고 말 듯 붓을 날렸다. 평소에 그렇게도 마음 졸이던 먹의 농담
같은 것에 매이지 않았다. 바위. 바위. 그리고 석이버섯은 그 바위 위
에서 한 사내의 모습이 되어 살아났다. 노여움. 누구를 향한 것인지
알 수 없었다. 자기자신에 대한 노여움이기도 했다. 아무리 잡으려 해
도 잡히지 않는 자기 자신에 대한 노여움. 손에 닿지 않는 노여움. 그
것은 어느 대상에 관해서가 아니라 자신에 대한 절망이었다. 그는 시
간을 타고 넘었다. 그리고 또 그렸다. 그 방의 흰벽을 가득 채웠다. 그
러나 아무리 그려 넣어도 손에 닿을 듯하면서 닿지 않았다. 그림을 그
리면 그릴수록 잡힐 듯하면서 잡히지 않았다. 그림은 흰 벽에 남았어
도, 그것은 존재하고 하는 그 자신과 일치하지 않았다. 붓놀림에 열광
하면 열광할수록 그것은 타서 없어지는, 흔적 없는 연기였다. 이미 그
에게는 여인도 없었다. 여인을 자기만의 시선 속에 가두어두고 있을
그 사내도 없었다. 지금까지 존재해왔다고 믿었던 자기 자신에 대한
그림자조차 찾아내지 못한 공포가 있을 뿐이다.

* * *

그러나 그가 방으로 들어선 순간, 갑자기 눈앞에서 무엇인가 무너
져 내렸다. 흰벽이 그를 덮쳐왔다. 분명히 창호지를 바른 하얀 벽이었
다. 아무 것도 없었다. 그림의 흔적도 보이지 않았다. 그날, 밤새껏 파
묵으로 붓을 휘갈겼던 그림이 간 곳 없었다. 처음으로 그렸던 매화와

시 한 수는 그대로 있었지만 바위를 그렸던 그림은 간 곳 없었다. 노여움도 열망도 지워지고 없었다. 아니 그런 것은 처음부터 존재하지 않았는지 모른다. 그림을 그렸던 그날 밤은 당초부터 없었던 것인지도 모른다. 아니면 지금 이 순간이 실재하지 않는 것일 수도 있다. 어지러웠다.

* * *

그는 그날 밤, 다시 그 흰 벽을 향하여 달려들었다. 눈물로 버섯을 키우는 바위는 이제 그 보이지 않는 사내가 아니라 자기 자신이었다. 5년이 아니라 50년이라도, 이승에서 눈물로 키울 대상만 있다면……5년이 아니라 50년이라도 흘릴 눈물만 있으면…… 다시 흰 벽에 붓을 대는 순간, 붓놀림은 실체의 발아처럼 일어났다. 기이한 것은, 그 방에 머무는 동안 먼 거리에서 달뜨게 만들었던 육향 같은 것은 없었다. 그는 다음날 여인이 돌아오기 전에 그곳을 떠났다. 천리향 향기가 가슴 깊은 자리에 심겨져 있었다.

* * *

예감은 적중했다. 방문을 열고 들어서던 순간, 흰벽은 화살이 되어 그의 가슴 한복판으로 날아와 꽂혔다. 하얀 벽. 그것이 실체였다. 그 위에 그림이 있었다는 것은 허상이 아니라 공상이었다. 밤새껏 그린 그림은 가뭇없었다. 헛것, 헛것에 씌워 하얀 벽과 씨름을 했었던 것이다.

* * *

자정이 지나서야 그는 붓을 들었다. 흰 벽이 두렵지 않았다. 먹을 찍어 흰 벽 위에 붓을 대는 순간 단단하게 움추리고 있던 벽이 옷 한 겹을 벗는 소리를 들었다. 아니 자기 자신을 캄캄하게 가두고 있던 두꺼운 옷 한 겹이 벗겨지는 소리가 들렸다. 파묵도 단속법도 따로 없었

다. 묵은 껍데기를 벗기면서 새 살이 돋는 것을 보듯, 그렇게 그의 붓
은 넘놀았다. 너울너울한 연잎 위에 연꽃처럼 피어 앉아있는 여인하
나. 치마 귀를 다소곳이 여미고 찻상에서 차를 올리는 쪽머리 여인.
연못에서 뛰어오르던 개구리 한 마리. 여인을 홀린 듯이 바라보느라고
공중에 떠있고. 하얀 벽은 그렇게 옷을 벗었다. 그러나 거기서 우러나
는 향기는 맑고 청청했다.

(지혜네, 1999)

□정연희 「순결」

　전쟁은 그렇게 실감으로 다가왔다. 그날 아침, 1950년 6월 28일. 폭
우 뒤끝의 그 찬란한 아침은, 생존 자체가 어떤 잔인함인지를 어렴풋
하게 눈뜨게 만들어 준 첫날이었다. 군복 빛깔은 달랐지만 인민군과
국군은 얼굴이 같고 같은 말을 쓰며 같은 또래의 젊은이들이었다. 인
민군은 북악산 뒤쪽 삼청동 방향에서 피흘리는 국군을 개 끌 듯이 끌
고 내려 왔다. 중앙청 담장가에는 피에 젖은 채 버려져 있는 군인들이
즐비했다. 안국동 거리에는 붉은 깃발을 흔들며 만세를 외쳐 부르는
사람들이 떼로 몰려 다녔다. 그리고 피흘리며 쓰러진 풀빛 군복의 그
들은 이미 사람이 아닌 듯 관심 밖으로 버려져 있었다.

* * *

　언니의 배신이 몰고 온 충격은 너무도 컸다. 그리고 새로운 인물이
너무도 멋진 남자라서 놀랐다. 충격과 놀라움은 내게서 얼을 빼어 갈
정도였다. '언니 정말 이래도 되는 거야? 정말 이럴 수가 있어?' 나는
김동하 소령을 생각하며 언니를 향하여 속으로 수 없이 부르짖었다.
그러나 새로 등장한 최명훈 중령과 마주 칠 때마다 그 부르짖음은 점
점 힘이 빠졌다. 그는 산처럼 우람했다. 우람했으나 푸근했다. 조종사
재킷을 입고 공군 장교의 정모를 쓴 그의 모습은 정말 멋이 있었다.

새로운 인물을 홀린 듯이 훔쳐보면서 나는 나 자신의 가사스러움에
몸을 떨지 않을 수 없었다. 어머니 앞에 언니와 그가 꿇어앉았을 때,
나는 방문 밖에 서서 벌벌 떨며 그들의 대화를 엿들었다.

(문화마당, 1999)

□정연희 「우리가 사람일세」

그런데 다시 뜻밖의 사태가 벌어졌다. 고무신짝을 받아드는가 했는
데, 노인은 그 신짝으로 정씨의 뺨을 힘껏 후려쳤다. 불시에 눈에서
불이 번쩍 났다. 정씨는 반사적으로 주먹이 불끈 쥐어졌다. 멱살 한
번 잡고 발을 한 벌 걸면 고무신짝의 주인 같은 노인은 열 사람이라
도 한꺼번에 쓰러뜨릴 힘이 남아 있었다.

* * *

그는 자기보다는 약간 키가 큰 덕산영감의 얼굴을 한 번 흘깃 바라
보았다. 그리고 숨도 크게 쉬는 일없이 주먹을 가볍게 한 번 날렸다.
검불처럼 나가떨어진 덕산에게서는 깊은 신음이 흘러나왔다. 사람들
이 달려들었을 때, 덕산영감의 입에서는 선지 덩어리 같은 것이 밀려
나왔다.

(지혜네, 1999)

□정영문 「하품」

그는 나를 노려보았다. 나는 나의 분노를 좀더 엄격한 것으로 만들
기 위해 허공 속의 임의의 한 지점을 노려보았다. 하지만 그 임의의
지점은 가까워졌다 멀어지기를 반복했고, 나는 시선의 초점을 맞출 수
가 없었다.

갑자기 그가 재빨리 자리에서 일어나 내 앞에 서서, 친근함의 표시
로 내 어깨 위에 손을 올려놓으려 했지만, 나는 반사적으로 몸을 피했

고, 그로 인해 그의 손은 허공에 떨어졌다.

(작가정신, 1999)

□정을병 「피임사회」

깡패 같은 놈이 다시 소리를 쳤다. 주식은 고개들 들었다. 그러자 그놈의 동료로 보이는 놈들 셋이 바짝 그를 둘러싸는 것이었다. 주식은 영락없이 얻어맞았다. 몇 대를 실컷 두들겨 맞고는 아무 저항도 없이 땅바닥에 주저앉았다. 그리고는 의식을 잃었다.

* * *

주식은 화가 났다. 좁은 여관방 안에서 한 바탕의 닭싸움이 계속되었다. 힘이 없는 쪽이 여자고 여자는 먼저 굴복했다. 그니는 또 쇠사슬에 묶인 것이었다. 적막한 패전이 온 것이다.

* * *

아무리 생각할래야 주관적인 생각을 제대로 할 수가 없었다. 총소리와 함께 아버지는 밖으로 뛰쳐나왔고 그의 회사직원들이 나와서 어머니의 장례를 거들어 주었다. 창식은 상복을 입고 집을 지키고 있었다. 아무도 찾아오는 사람이 없었다. 양가의 불가피한 친척들만이 조심스러운 모습으로 잠깐씩 다녀갔다. 흉가―창식은 피식 웃었다. 모든게 장난 같아서 전연 실감이 나지 않았다. 저녁에야 김주식이가 상가집으로 달려왔다. 고인 앞에서 슬픈 표정으로 향을 피우고 절을 했다.

(삼성, 1974)

□조경란 「가족의 기원」

독촉 전화들은 끊이지 않고 울려댔다. 전화벨이 울릴 적마다 엄마는 자리에 풀썩 주저앉고는 하였다. 식탁 의자나, 거실 바닥 심지어는 욕실 바닥에서조차 줄을 놓아버린 헝겊인형처럼 풀썩풀썩 주저앉았다. 그럴 때마다 엄마 눈은 허공 어디쯤에서 심하게 버둥거리고 있었다. 마냥 피하기만 하면 어떡해요, 그런다고 뭐가 해결되는 것도 아니면서. 숟가락을 거실 바닥으로 집어던지면서 엄마에게 악을 썼다.

* * *

모란꽃 무늬가 뭉텅뭉텅 들어간 비닐장판 위에서 엄마는 몇 시간째 진통에 시달리고 있다. 나는 두 살 된 정후를 꼭 껴안고 도망이라도 칠 듯 출입구 쪽에 서 있다. 이를 악문 엄마의 신음소리와 악취 때문에 나는 몸을 떨어대며 없는 아버지를 자꾸만 불러대고 있다. 석유난로 위에 얹어놓은 양은 세숫대야에선 김이 오르며 물이 끓어오른다. 시멘트 바닥으로 땀이 뚝뚝 떨어진다. 소리도 없이 양수가 터진다. 엄마는 비명 소리 한번 내지르지 않는다. 엉거주춤 앉아서 다리 사이로 고개를 들이민다. 갓난아이가 꾹 빠져 나온다. 가위 가져와라. 그날 엄마는 그 단 한마디만을 했을 뿐이었다. 정후를 안은 채 나는 피흘리고 있는 엄마에게 쇠가위를 건네준다. 아기는 울지 않는다. 모든 것이 정밀한 침묵 속에서 벌어지고 있다. 탯줄을 자르고 나서 엄마는 시퍼런 아기 엉덩이를 짝, 소리가 나게 때린다. 그제서야 아기가 울음을 토해내기 시작했다. 엄마가 흐느끼기 시작했었나……? 그리고 나서 내가 기억하는 것은 시멘트바닥에 떨어진 검붉은 핏물들뿐이다. 장판을 타고 흘러내린 엄마의 핏물들은 오랫동안 흔적이 남아 있었다. 정수는 그렇게 태어났다.

* * *

신문을 집어들고 일면 기사를 훑어보았다. 어둠에 기사는 잘 보이지 않았다. 흰옷을 입은 수만의 사람들이 엎으려 한가운데 머리에 터번을 둘러쓴 꼬마아이와 카메라를 정면으로 바라보고 서 있는 사진만

흐릿하게 보일 뿐이었다. 신문을 들고 이백팔호 쪽으로 돌아섰다. 나는 숨을 멈추며 고개를 들었다. 흰 양말에 흰옷을 입고 머리를 풀어헤쳐진 앞집 여자가 제집 현관문에 기대서서 나를 노려보고 있었다. 엉겁결에 신문 든 손을 내려뜨리고 말았다. 앞집 실내는 컴컴했다. 여자는 쏟아지는 잠을 뿌리치며 어두운 현관 앞에 숨죽이고 서서 나를 노리고 있던 게 틀림없었다. 한 손으로 제 집 현관문 손잡이를 잡은 채 여자가 내 쪽으로 한 발짝 다가왔다. 나는 뒤로 한 걸음 물러섰다. 잽싸게 신문을 집어들고 이백팔호 안으로 들어가 버릴 수도 있었다. 한 걸음 물러선 채 꼼짝도 하지 않았다. 내 이럴 줄 알았다니까, 이 도둑년아! 여자가 이를 갈며 내뱉었다. 나는 대꾸하지 않았다. 여자의 말이 아주 틀리지는 않았기 때문이었다. 나는 도둑년이었다.

복도는 괴괴했다. 노인이 땅을 두드려대는 소리도 들려오지 않았다. 문득 미친 노인이 그리워졌다. 지금은 누구도 나를 방어해줄 만한 사람이 없었다. 입을 꼭 다문 채 여자에게 신문을 내밀었다. 여자가 신문을 나꿔챘다. 신문 한 귀퉁이가 찢어져 나가는 소리가 복도를 뒤흔들어놓고 있었다. 그림자가 흔들리는가 싶더니 여자가 신문 잡아챈 손으로 내 얼굴을 후려쳤다. 귀뺨이 얼얼해졌다. 나는 피하지 않았다. 여자가 한번 더 후려친다고 해도 피하지 않았을 것이다. 여자가 속엣 것을 게워내듯, 침을 뱉었다. 침은 내 옷 앞섶으로 떨어졌다. 턱에 매달린 침을 손등으로 훔치며 여자가 돌아섰다. 앞집 문이 닫혔다. 현관문 밑으로 거실 불이 희미하게 새어 나왔다. 혹시 여자가 잠든 제 남편을 깨우는 것이 아닐까. 그제서야 나는 두려워지기 시작했다. 망치나 식칼 같은 흉기로 제 아내를 개 패듯 후려치는 남자, 일주일 내내 술에 취해 비틀거리며 귀가하는 그 남자. 얼른 문을 닫고 이백팔호 안으로 들어오고 말았다. 현관문 잠금 장치 두 개를 모두 걸었다. 여자와 여자의 난폭한 남자가 들어오지 못하도록. 문 앞에 서서 그들을 기다렸다. 복도 쪽으로 귀를 세우고 있었지만 별다른 기척이 느껴지지 않았다. 긴 한 숨을 토해 내었다. 간밤 일어난 일이다.

* * *

　사진은 반으로 쭉 찢었다. 여자의 얼굴과 허리가 반으로 갈라졌다. 반쪼가리가 된 여자의 얼굴을 포개 가로로 두 번 더 찢었다. 찢어진 사진 속에서 여자의 울부짖는 소리와 악다구리치는 소리가 새어 나왔다. 형체도 없이 조각조각 나버린 여자를 뿌리치듯 집어던지며 나는 귀를 틀어막았다. 찢어져 버린 여자의 눈과 귀와 심장과 손바닥들이 식탁 의자와 거실 바닥, 그리고 내 손바닥 안에 남아 있던 사진 조각은 여자의 새까만 오른쪽 눈알이었다.

* * *

　노인에게는 집도 있었고 아내도 있었다. 노인에게 없는 것은 자식들뿐이었다. 노인의 백이 호에 죽은 지 이미 육 개월이나 지나 부패된 사체가 안방에 눕혀져 있었다. 노인은 오 년 전에 이 연립주택으로 이사왔다. 누군가는 그때 노인의 아들과 딸들을 보았다고도 증언했지만 아직 사실여부는 밝혀지지 않았다. 그러나 연립주택에 거주하는 누구도 노인의 부인이 죽었다는 사실만은 알아차리지 못했다. 노인은 죽은 부인에게 옷을 갈아 입히고 몸을 씻기고 그 옆에서 혼자 밥을 먹고 잠을 잤다. 육 개월이나 되는 긴 시간동안. 노인의 부인은 썩어 들어갔고 눈 속까지 구더기떼들이 꼬여들었다. 노인은 서서히 미쳐갔을 것이다. 노인은 옥상에서 떨어지면서 늘 앉아 있곤 하던 의자 등받이와 엉덩이받침 사이에 목이 끼어 죽었다. 의자가 넘어지면서 노인의 머리가 현관 앞 시멘트 바닥으로 부딪혔다. 의자에 목이 끼지 않았더라도 노인은 죽었을 것이다. 팔다리가 가늘고 숨결마저 고르지 못했던 노인은. 마치 비상하는 새처럼 팔다리를 벌리고 옥상에서 뛰어내렸다. 마치 노인이 옥상에서 떨어지는 장면을

코앞에 목격한 것처럼 노인의 마지막 모습을 어렵지 않게 떠올릴 수
있었다.

(민음사, 1999)

□조세희 「난장이가 쏘아 올린 작은 공」

사람들이 꼽추네 집을 무너뜨렸다. 쇠망치를 든 사나이들이 한 쪽
벽을 부수고 뒤로 물러서자 북쪽 지붕이 거짓말처럼 내려앉았다. 그들
은 더 이상 꼽추네 집에 손을 대지 않았고, 미루나무 옆 털여귀풀 위
에 앉아 있던 꼽추는 일어서면서 하늘만 쳐다보았다. 그의 부인은 네
아이와 함께 종자로 남겨 두었던 옥수수를 마당가에서 땄다. 쇠망치를
든 사나이들은 다음 집으로 건너가기 전에 꼽추네 식구를 말없이 바
라보았다. 아무도 덤벼들지 않았고, 아무도 울지 않았다. 이것이 그들
에게 무서움을 주었다.

* * *

아주 짧은 순간 앉은뱅이는 정신을 잃었었다. 사나이의 구둣발이
그의 가슴을 차 버렸던 것이다. 앉은뱅이는 거듭 들어오는 사나이의
구둣발을 정신없이 잡고 늘어졌다. 앉은뱅이는 너무 약했다. 사나이는
앉은뱅이의 얼굴을 큰 주먹으로 몇 번 쥐어박더니 번쩍 들어 풀숲으
로 내던졌다. 그는 거꾸로 처박히듯 내던져진 앉은뱅이가 길 위로 기
어 나오려고 곰지락거리는 것을 확인하고 돌아섰다. 방해물이 기어 나
오기 전에 빨리 지나가야 했다. 그는 승용차 안으로 들어가기 위해 몸
을 굽혔다. 순간, 검은 그림자가 그의 명치끝을 힘껏 차 왔다. 사나이
의 큰 몸이 힘없이 나가 떨어졌다. 콩밭에 숨어 있던 꼽추가 차 안으
로 들어가 있다 죽을 힘을 다해 사나이를 차버렸던 것이다.

* * *

사나이는 말을 하고 싶었다. 그러나 그는 말을 할 수가 없었다. 꼽추가 그의 입에 큰 반창고를 붙인 뒤였다. 몸도 움직일 수가 없었다. 그의 몸은 전깃줄로 꽁꽁 묶여 있었다. 사나이는 꼽추가 앉은뱅이를 차 앞으로 끌고 가는 것을 보았다. 불빛에 드러난 앉은뱅이의 얼굴은 피투성이였다. 꼽추가 그의 얼굴을 씻어주었다. 앉은뱅이는 울고 있었다.

* * *

사나이가 무쇠 펌프 머리를 거꾸로 잡아들면서 무서운 얼굴로 소리치고 있었다. 상상도 못했던 일이다. 밖에 난쟁이가 와 서 있었고, 사나이는 그 난쟁이를 향해 곧 뛰어나갈 기세였다. 난쟁이는 무거운 부대를 고쳐 메면서 주춤거리듯 물러서더니 이내 빠른 걸음으로 사라져갔다. 신애는 사나이를 옆으로 밀면서 밖으로 나갔다. 사나이가 부러진 앞니를 드러내며 뭐라고 말해왔다. 신애는 그의 말을 알아들을 수 없었다. 난쟁이는 큰길을 따라 걸어가고 있었다. 그녀는 뒤도 돌아보지 않고 뛰었다. 가게 앞까지 따라나온 사나이가 뭐라고 소리치고 있었다. 그녀는 뛰는 가슴을 눌러가며 난쟁이를 쫓아갔다. 사나이의 목소리는 이제 들리지 않았고, 난쟁이는 왼쪽 골목에서 나온 경운기를 피해 길가에 섰다. 농기구 공장에서 만들어진 경운기는 엉뚱한 곳에 와 연탄을 실어 나르고 있었다.

* * *

앞니가 부러진 사나이, 팔에 벌거벗은 여자의 문신을 새겨 넣은 그 펌프집 사나이가, 그는 거짓말처럼 한 발로 대문을 걷어차고 들어왔다. 그리고 깜짝 놀라며 고개를 돌리는 난쟁이의 얼굴을 찰싹 갈겼다. 난쟁이의 얼굴은 뒤로 홱 돌아갔다. 바로 돌리자 이번에는 반대쪽을 갈겼다. 난쟁이는 코피를 흘리며 주저앉았다. 무서운 일이었다.

* * *

　사나이는 신애의 팔을 잡아끌었다. 신애는 어이없이 옆으로 끌려나가며 쓰러졌다. 사나이는 난쟁이를 한 손으로 잡아 올렸다. 이번에는 주먹으로 가슴을 쿵쿵 쥐어박더니 두 손으로 번쩍 들어 던졌다. 난쟁이는 바싹 마른 나무등걸처럼 마당 가운데로 나가떨어졌다. 죽은 것 같았다. 그런데 죽지 않고 꿈틀거렸다. 사나이는 한 마리의 벌레를 다루듯 난쟁이를 다루었다. 그는 난쟁이의 배 위에 발을 얹었다. 그리고, 너 왜 이동네에 와서 자꾸 기웃거리니, 안 나오는 물을 너는 어떻게 하겠다는 거야, 꼭 우물을 팔 집만 찾아다니면서 초칠을 하는 이유가 뭐야, 아직 몸이 성해서 그렇지, 그렇지, 그렇지……하면서 난쟁이의 배를 짓밟았다. 난쟁이의 얼굴은 피범벅이 되었다. 숨 몇 번 쉴 사이에 일어난 일이었다. 신애는 사나이가 난쟁이를 죽인다고 생각했다. 사나이는 이제 난쟁이의 옆구리를 걷어찼고, 난쟁이는 두 번 몸을 굴리더니 자벌레처럼 움츠러들었다.

* * *

　쇠망치를 든 사람들이 집을 쳐부수기 시작했다. 한꺼번에 달라붙어 집을 쳐부수었다. 어머니는 돌아앉아 무너지는 소리만 들었다. 북쪽 벽을 치자 지붕이 내려앉았다. 지붕이 내려앉을 때 먼지가 올랐다. 뒤로 물러섰던 사람들이 나머지 벽에 달라붙었다. 아주 쉽게 끝났다. 그들은 쇠망치를 놓고 땀을 씻었다.

* * *

　지섭의 주먹이 사나이의 안면에 정통으로 들어갔다. 사나이는 두 손으로 얼굴을 감싸며 상체를 수그렸다. 두 손 사이로 피가 흘러내렸다. 수그린 사나이를 지섭이 또 쳤다. 사나이는 앞으로 푹 쓰러졌다. 우리가 말릴 사이도 없었다. 쇠망치를 든 사람들과 마찬가지였다. 그들은 뒤늦게 몰려와 지섭에게 달려들었다. 여러 사람이 한꺼번에 치고, 받고, 밟았다. 형과 내가 나설 차례였다. 그런데 아버지가 우리의 팔을 잡아끌었다.

"놔둬라."

아버지가 말했다.

"아는 사람이 말하게 해라."

형과 나는 아버지에게 팔을 잡힌 채 보았다. 일은 간단히 끝났다. 사나이가 일어나고 지섭은 땅에 죽은 듯 쓰러져 있었다. 사람들이 지섭을 일으켜 세웠다. 어머니가 갑자기 몸을 떨면서 울었다. 지섭의 얼굴은 피에 젖었다. 피는 머리에서 얼굴로 흘러내렸다.

(문학과지성사, 1978)

□조세희 「내 그물로 오는 가시고기」

그랬구나, 오, 하느님, 이라고 어머니의 입술이 말했다. 난쟁이의 큰아들이 교도관에게 이끌려 들어오고, 검사가 들어오고, 이어 판사가 들어와 그 재판의 마지막 부분은 아주 빨리 진행되었는데, 검사의 공소사실을 모두 인정한 판사가 구형대로 사형을 선고했을 때 검사의 구형을 먼저 보고도 설마 설마 믿지 않고 기다려 온 방청석의 공원들은 짧은 놀람의 소리를 질러 그 소리에 저희들을 묻었다. 몹시 부드러웠던 그들의 혀는 딱딱하게 굳어졌다. 그들은 정신을 차려 새삼스럽게 죄의 크기와 형벌의 크기를 생각했을 것이다. 난쟁이의 큰아들은 들었던 고개를 떨어뜨렸고, 그의 두 동생은 벌떡 일어섰다가 창자를 끊으며 주저앉는 그들의 어머니를 안았다. 난쟁이의 큰아들을 살려낼 마음으로 우리를 몰아쳤던 변호인은 천장만 보았다. 공판이 진행되는 동안 그는 판단력이 부족한 공원들에게 많은 혼란과 착각을 주었다. 마음이 좋아 보이는 검사는 온화한 표정으로 앉아 있었다.

(문화공간, 1991)

□ 조정래 「유형의 땅」

만석은 휙 날아드는 주먹을 피했다. 아무리 못 먹고 살긴 했지만 열 살이 못 되어 나뭇짐을 지기 시작했고, 열 살이 넘으면서부터는 지게질을 한 몸이었다. …(중략)… 만석은 작은 녀석의 멱살을 잡아 일으켜 사정없이 후려갈겼다.

(해냄, 1999)

□ 조정래 「태백산맥」

여자가 얼굴에 뒤집어쓴 물을 손바닥으로 거칠게 훔치며 외쳤다. 그리고 순식간에 샘골댁을 향해 달려들었다. 위기를 느끼고 몸을 일으키던 샘골댁의 머리채가 그 여자의 손아귀에 잡혔다. 여자는 머리채를 낚아챘고, 샘골댁의 몸이 휘청하면서 다리가 비틀거렸다. …(중략)… 왕주댁의 말에 따라 샘골댁이 먼저 머리채 움켜잡은 손을 풀었고, 뒤따라 강진댁이란 여자도 손을 풀었다. 두 여자의 손에는 뽑힌 머리카락들이 한 움큼씩이었다.

＊ ＊ ＊

상대방이 먼저 주먹을 날렸다. 에라이 씨발놈아 어디 붙어 보자. 길남이는 이빨을 앙다물며 주먹을 피했다. 그리고 박치기로 상대방 가슴을 떠받았다. 몸집 조금 더 큰 것만 믿고 덤비던 상대방이 벌렁 뒤로 나자빠졌다. 길남이는 그 위에 올라타고 주먹을 휘둘렀다. 상대방은 위기를 모면하려고 팔다리를 버둥거리며 안간힘을 썼다. 아이들은 이미 게잡이를 멈추고 싸움 구경에 열중해 있었다. 길남이는 왼손으로 상대방의 목을 눌러대며 오른쪽 주먹으로는 얼굴을 갈겨 대고 있었다. 상대방도 다리를 버둥거리며 주먹질을 해댔지만 길남이는 맞는 것은 아랑곳하지 않고 때리는 것에만 온 힘을 쏟고 있었다. 목이 졸리며 얼굴을 집중 공격 당한 상대방의 저항은 오래가지 못했다.

(한길사, 1986)

□조해일 「매일 죽는 사람」

발짝 소리는 기이하게도 커다란 울림으로 점점 다가오고 있었다. 불길하고 기이한 울림을 가진 그 발짝 소리는 점점 더 가까이 다가와 이제는 그의 뇌수를 걷어 차 버릴 수도 있는 지점까지 바싹 다가섰다. 뇌수는, 피해야 한다! 피해야 한다! 하고 절망적으로 소리치고 있었으나 움직여 주는 기관은 하나도 없었다.

그리하여 마침내 그의 육신은 이상한 종류의 무정부상태로 완전히 빠져 들어가고 말았다. 뇌수만이 외로이 살아 남아서 계속 절망적인 목소리로, 피해야 한다! 피해야 한다! 하고 소리치고 있을 뿐이었다. 그러자 발짝 소리는 만족한 듯한 울림으로 서서히 멀어져 갔다. 아득한 곳에서, 감독이 '컷'하고 외치는 듯한 소리를 그의 뇌수는 들었으나 그는 몸을 움직일 수가 없었다. 주위에서 시체들이 줄레줄레 일어나며 움직이는 소리도 그는 들었다고 생각했으나 몸을 움직일 수 없기는 마찬가지였다.

그리고 그는 아득히 깊은 물 속으로 저항할 힘도 없이 자꾸만 빠져 가고 있는 느낌 속에 있었다. 깊은 수중에서 눈을 뜨고 있을 때와 같이 희뿌연 빛이 눈가죽 안에 있었으나 점차 그 빛마저 흐려져 가기 시작했다. 그리고 마침내 아득히 멀어져서 아무 것도 보이지 않게 되었다. 그리고 그는 더 아무런 소리를 들을 수 없게 되었다.

(동아, 1995)

□ 조해일 「맨드롱 따또」

그는 다분히 억양이 있는 걸음걸이로 이 거구의 전입병을 향해 다가갔다. 우리는 전율과도 같은 긴장이 우리 사이에 흐르는 것을 느꼈다. 최병장이 이윽고 군복을 걸친 거구의 크로마뇽 사람 앞에 버티고 섰다. 그것은 마치 코끼리와 같은 거수 앞에 버티고 선 원숭이의 자세를 연상케 하리만큼 어이없어 보이는 모습이기도 했으나 그 당당함에는 코끼리를 위압하고도 남으리만큼 빈틈이라곤 없어 우리의 긴장은 기쁨을 데린 낙관으로 바뀌고 그것은 다시 눈 앞에 벌어질 사태에 대한 기대로 변하였다. 마침내 최병장의 입에서 쇠붙이를 두들기는 것 같은 다부진 목소리가 터져 나왔다.

"야! 이 새끼야! 덩치는 제무시만한 새끼가 고따위 목소리밖엔 못 내겠어? 엉?"

거의 동시였다. 최병장의 단단하고 파괴적인 두 주먹이 이 커다란 전입병의 배 언저리에서 작렬하기 시작한 것은. 보통이면 이럴 경우, 누구나 배를 움켜쥐고 앞으로 고개를 숙이거나 해서 다시 얼굴을 강타당할 기회를 스스로 마련하지 않고는 배겨내지 못하게 마련이었다. 그러나 이 크로마뇽 사람은 부끄러움을 타듯 얼굴을 붉힐 뿐, 끄떡도 하지 않았다. 만일, 그때 우리가 그의 얼굴만을 보고 있었던들, 그리하여 그의 두 다리가 사시나무 떨 듯 후들후들 떨리고 있는 것을 보지 못했던들, 우리는 아마 최병장을 돕는 일을 보류하지는 않았을 것이다. 한꺼번에 우르르 달려들어 어떻게든 요절을 내고야 말았을 것이다. 그러나 그는 다리를 떨고 있었다. 하지만 아무튼 최병장은 격파로 단련한 스스로의 주먹이 이렇게 간단히 위력을 잃자 독이 오른 모양이었다. 두 눈에 순간적으로 푸른 불빛 같은 것이 휙 돌더니 신병 하나를 시켜 5파운드짜리 공병 곡괭이 자루 하나를 가져오게 했다. 거구의 전입병은 얼굴이 핼쑥해졌다. 두 다리는 보다 더 와들와들 떨리고 있었다. 마침내 최병장의 입에서 독기 서린 목소리가 떨어졌다.

(동아, 1995)

□ 조해일 「심리학자들」

　여인은 홈스펀의 사내 쪽을 향해 몸을 던졌다. 홈스펀의 사내는 앉은 채로 널따란 손바닥으로 펼쳐 여인의 얼굴을 밀어 버렸다. 여인은 마치 뒤쪽에서 머리채라도 잡아 낚일 듯 고개를 뒤로 젖히며 물러 나와 다시 통로 이쪽 좌석의 등받이 모서리에 허리를 부딪히고 쓰러졌다. 그러나 여인은 이를 악물고 다시 일어섰다. 그녀의 몸놀림은 이미 사람의 그것이 아니었다. 여인은 다시 물에 빠진 여자처럼 두 팔을 허우적거리며 홈스펀의 사내 쪽으로 달려들었다. 홈스펀의 사내는 이번엔 자리에서 일어섰다. 그리고 허우적거리며 달려드는 여인의 두 팔을 잡아 비틀어 그녀의 등뒤로 모아 한 손에 쥐고 나머지 한 손으로는 그녀의 뺨을 후려치기 시작했다.

　여인의 얼굴에서 코피가 흐르기 시작했다. 그러나 홈스펀의 사내는 손을 멈추지 않았다. 여인의 얼굴이 목 빠진 인형의 그것처럼 힘없이 좌우로 흔들거리는 동안 사방으로 코피가 튀었다.

　색안경과 코르덴 모자가 자리에서 일어서서 통로 쪽으로 나왔다. 색안경이 그녀의 머리채를 잡아 뒤로 휙 낚아챘다. 그녀는 다시 희생으로 쓰일 한 마리 짐승이 되어 힘없이 통로바닥에 쓰러졌다. 코르덴 모자가 쓰러진 여인의 옆구리를 쿡쿡 구둣발로 질러 댔다. 여인은 이제 거의 실신 한 듯 움직임이 없었다.

(동아, 1995)

□ 조해일 「아메리카」

　그리고 클럽의 양쪽 벽면에 장치된 스피커 상자에서는 귀청을 따갑게 하는 사이키델리 음악이 쏟아져 나왔다. 다섯 시에 일과가 끝나는 미군들이 각양의 복장으로 쏟아져 나와 여자들과 어울려서 그 음악에 맞춰 춤을 추었다. 실내를 밝게 하기 위해서라기보다는 어둡게 하기 위해서 장치된 듯싶은 색전등들이 홀 안을 불그레 상기된 환등상자처럼 보이게 했고, 춤추는 사람들의 머리 위에서는 지구의만한 거울공이 서서히 회전을 거듭하는 동안 반사된 무수한 빛의 조각들이 춤추는 사람들의 어깨 위에서 얼굴에서, 홀 바닥과 클럽의 네 벽에서 열대어처럼 헤엄쳤다. 그리고 춤추는 사람들은 그 무수한 빛조각들의 흐름 속에서 한덩어리가 되어 움직이는 것이었다. 미군들도, 그리고 여자들도, 그리고 춤춘다는 일의 즐거움, 단순히 팔다리와 어깨와 엉덩이를 움직일 뿐 아니라 음악에 맞춰서 움직인다는 즐거움, 단순히 음악에 맞출 뿐만 아니라 최소한의 규칙 속에 허용된 최대한의 일탈을 구사한다는 즐거움 속에서 그들은 온몸으로 탐닉하는 듯 했다. 그 춤의 원산지에서 왔다고 할 수 있는 미군들에 비해서 여자들의 춤 솜씨에는 조금도 손색이 없었으며 또 신장의 차이가 큰 미군들과 짝을 이루면서도 그녀들은 조금도 작아 보인다거나 부자연스러워 보이지 않았다. 아니 오히려 그녀들이 여자라는 까닭만큼 그녀들의 춤은 보다 세련돼 보이고 보다 우아한 것이었다. 아, 그리고 무엇보다 그녀들은 모두 아름다워 보였다. 허벅지까지 드러낸 건강하고 미끈해 보이는 다리들이 우선 내 메말랐던 눈을 게걸스럽게 했고, 색전등들의 조사 아래 발그레 요염해진 화장한 얼굴들이 내 부끄러운 눈을 황홀하게 하였다. 이렇듯 짙게 화장하고 이렇듯 자유로이 팔다리를 드러낸 여자들은 더욱 보지 못하였었다.

* * *

그렇게 마악 개울로 통하는 그 샛골목에서 빠져 나와 동네의 큰 골목으로 나서고 나서 얼마 안돼서 였다. 개울 쪽에서 별안간 왁자지껄

하는 소리가 들려왔다. 장씨와 나는 걸음을 멈췄다. 개울 쪽에서 들려
오는 소음은 어딘가 사람의 마음을 섬뜩하게 하는 불길한 울림을 동
반한 것이었다. 우리는 다음 순간 조금 전 우리가 빠져 나온 바로 그
골목 안에서 나는, 다투는 듯한 발짝 소리와 함께 아주 가까이 들리는
여자의 외마디 소리를 들었다. 장씨와 나는 거의 동시에 소리나는 쪽
으로 몸을 돌이켰는데 순간 나는 전신에 소름이 쭉 끼치는 것을 느꼈
다. 아까의 그 검둥이가 흰 이를 드러내며 벌거벗은 한 여자의 머리채
를 나꿔쥔 채 한 손으로는 기다란 면도칼을 내저어 우리를 위협하며
마악 골목을 나서고 있었다. 여자의 온몸은 공포의 표정을 역력히 드
러낸 채 잔뜩 활처럼 뒤로 휘어져 있었고 두 손은 제 머리채를 틀어
쥔 검둥이의 손을 필사적으로 할퀴어대고 있었으나 머리채가 당겨지
는 아픔과 아무리 할퀴어 대도 조금도 늦춰 주지 않고 잡아채는 검둥
이의 광포한 힘에 무력하게 질질 끌려나오고 있었다.

　장씨와 나는 거의 동시에 화다닥, 녀석이 내두르는 칼날을 피해 양
쪽으로 갈라서서 길을 틔워 주었다. 검둥이는 다시 한 번 우리를 향해
흰 이를 드러내 보이며 광포하게 칼날을 휘둘러 허공을 두어 번 베어
보이고 나서 내처 여자를 잡아채었다. 우리가 잠시 어찌할 바를 모르
는 사이 여자는 이제 몸만 잔뜩 뒤로 휜 채 거의 종종걸음을 치다시
피 어둠 속으로 끌려가고 있었다. 그리고 잠시 후 우리 앞에는 거짓말
처럼 아무도 없었다. 후다닥 정신을 차려 몇 발짝 쫓아가 봤을 땐 어
느 골목으로 사라졌는지 동네는 이미 씻은 듯 조용하기만 했다. 장씨
가 어색하게 어깨를 들썩했다 놓으며 말했다.

(동아, 1995)

□조해일 「전문가」

　외침과 동시에 키다리의 주먹이 번개같이 휘둘러지는 모습을 보였
다. 아이들은 눈을 감고 싶었다. 그러나 눈을 감을 겨를도 없이 아이

들은 놀라운 사실에 직면하였다. 어찌 된 일인지 주먹을 휘두른 키다리가 배를 움켜쥐며 앞으로 고꾸라지고 있었다. 순간적으로 멈칫했던 나머지 사내들이 천연스럽게 버티고 있는 얼빠진 어른이 보여 준 눈부신 몸놀림을 두고두고 잊을 수 없다.

주먹을 뻗쳐 들어오는 덧니의 턱주가리를 걷어차면서 다시 한 손으로는 발길을 날려 들어오는 고수머리의 다리를 걸어 던지고 덧니의 턱주가리를 찼던 발로는 어느새 사팔이의 앙가슴을 내질러 버린 그 눈 깜작할 사이의 동작을 아이들이 하마터면 잘 보지도 못할 뻔했던 것이다.

거의 동시라고 할 수 있는 순간에 턱주가리를 감싸고 엉덩방아를 짓찧으며 또는 앙가슴을 부둥켜안고 나가떨어지고 고꾸라진 개아비네 사내들은 잠시 쓰러진 자리에서 일어나지도 못하고 꿈틀댔다. 쇠말뚝에 묶인 개들이 요란하게 짖어대기 시작했다. 아이들은 눈을 크게 떴다. 그리고 비로소 가슴이 두근거려 옴을 느끼기 시작했다. 그 때 마당 저쪽의 툇마루 위에 개아비 최씨의 모습이 나타났다. 그는 우선 눈앞에 벌어진 일이 믿기지 않는다는 표정을 짓고 나서 성큼 마당으로 내려섰다.

* * *

맨 앞장을 선 사내가 그때까지도 허리를 구부린 개울음 소리를 흉내내기 여념없는 안씨의 가슴을 불문곡직하고 걷어찼다. 불의의 일을 당한 안씨는 헉 하고 숨 삼키는 소리를 내며 벌렁 나가자빠졌다. 사내들의 발길이 사정없이 안씨의 가슴과 허리와 얼굴로 집중되었다. 안씨의 얼굴은 순식간에 피투성이가 되었다. 근처의 동네 사람들이 이 일을 목격하였으나 아무도 감히 말리려 들지 못했다. 사내들의 기세는 말도 붙여보지 못할 만큼 험상궂었던 것이다. 안씨는 새우처럼 몸을 구부려 얼굴을 감싸안고 뒹굴면서 사내들의 발길질을 피해 보려는 노력을 가련하게 계속했으나 사내들의 발길질은 갈수록 광포해졌으며 마침내 안씨로 하여금 스스로 온몸을 그들의 발 밑에 무방비하게 내

맡기도록 뭇매를 가하고 나서야 겨우 멈추어졌다.

안씨는 이제 그야말로 방자하게 땅바닥에 드러누워 버렸다. 아주 기절해 버린 것이었다. 머리와 얼굴에서 흘러내린 피가 얼굴에 묻은 연탄가루 흙먼지들과 범벅이 되어 그의 야윈 얼굴을 몹시 두터워 보이게 하고 있었다.

* * *

그러나 무엇보다도 아이들은 그것으로 그가 개를 잡을 때 보여 주는 솜씨에 늘 취하곤 했다. 그는 개들의 숨통을 끊어 놓는 일만 스스로 맡고 있었는데 절대로 개들을 부자연스러운 상태에 둔 채 공격하는 일이라곤 없었다. 언제나 말뚝에서 풀어주어 아무런 부자유 없이 그를 향해 공격하게 한 뒤에 그 단도를 썼다.

그것도 개의 공격이 가장 날카로워졌을 때, 즉 여러 번의 시도 끝에 드디어 최후의 분노를 모아 개가 사력을 다해 껑충 뛰어 오르며 그의 목줄기를 향해 적의의 이빨을 드러낼 때 꼭 한 번 썼다.

그 때의 그의 솜씨는 실로 기계처럼 정확 무비했고 마술사의 그것처럼 눈부셨다.

개들은 그리고 그 단 한번의 공격에 모든 적의와 생명을 한꺼번에 잃고 무너져 내리게 마련이었다. 아이들은 이제 그를 '얼빠진 어른'이라고 부르는 대신 존경과 우정의 표현으로서 그를 '단도 아저씨'라고 부르기 시작했다.

(동아, 1995)

□주요섭 「개밥」

밥궁이로 얻어맞은 개는 저도 지지 않겠다는 듯이 달려들어 어멈의 팔을 덥석 물었다. 어멈은 통분과 본능적 자위심과 복수심으로 온몸이 떨리었다. 그의 앞에는 세상도 없고, 아무 것도 없고, 다못 개 한 마리

가 있을 따름이었다. 어멈은 달려들어 개 허리를 두 다리 새에 끼고
언 땅 위로 뒹굴었다. 그리고 그 억센 어금니로 개 몸뚱이를 되는대로
물어뜯었다. 어멈의 물린 팔에서 피가 흐르고 개 몸뚱이에서도 이곳저
곳 어멈에게 물린 곳에서 피가 흘렀다. 피투성이가 된 두 동물은 미친
듯이 서로 애쓰며 뜰 위에 뒹굴었다.

(동아, 1995)

□ 채만식 「인형의 집을 나와서」

남의사가 막 신을 벗고 올라서려고 하는데 아까 와이샤쓰를 가지고
왔던 아이를 따라 웬 중년신사 하나가 주인을 데리고 중문 안으로 달
려들었다.

"누구냐? 이 사람이냐?"
하고 그 중년신사는 심부름하는 아이더러 남의사를 가리키며 물었
다.

와이샤쓰의 단추를 달아달라고 보낸 군수다.

"아니어요. 저기 저이가 그랬어요."
하고 그 아이는 구가를 가리킨다. 구가는 벌써 툇마루로 나서서

"왜 그래?"
하고 딱 어른다.

"댁이 명색이 무어요?"

"무엇이 어째?"

"이런 같잖은 녀석은!"

"아니, 이거 보세요."
하고 형세가 재미롭잖은 것을 본 주인이 나서서 말리려 든다.

"영감 영감…… 구상 구상 이러실 것이 아니라 조용조용히 이야기
를 하세요. 네, 구상."

혜경이는 노라에게서 아까 생긴 사단 이야기를 듣고 역시 불쾌하게

생각하였으나 수선한때에 또 말썽거리가 생길까봐 구가를 자꾸만 방
안으로 끌어들였다.

"글쎄 저런 발칙한 놈이 어데 있어!"

하고 구가는 혜경이를 뿌리쳤다.

"군수 명함이니 어쨌단 말이야? 그따우 개 등어리에다 걸치는 것을
누구더러 단추를 달어 보내란 말이야?"

"이놈아, 노류장화는 인개가절이야. 이 계집이……"

"머 어째?"

하고 구가는 나는 듯이 뛰어내리자마자 딱 소리와 함께 군수는 얼굴
을 우디고 주저앉는다.

손가락 사이로는 시뻘건 피가 좌르르 흘러내린다.

주인은 얼굴이 핼쓱하여 가지고 구가를 안고 빙빙 돈다.

혜경이와 노라와 남의사도 내려와서 구가를 말리나 그는 범 뛰듯이
훌훌 뛴다.

"이놈의 자식! 머? 노류장화? 또 한번 해봐라?"

군수는 아무 소리 없이 얼굴을 우딘 채 주저앉아 있다.

"글쎄 구상, 어쩌자구 이러시우! 영감, 어서 저 밖으로 나가셔서 찬
물로 좀 씻으세요. 어서……구상, 이러지 말고 들어가시오. 방으로,
자."

"아니 저놈의 자식을 잡아놓고 항복을 받고래야 말 테야!……"

하고 구가는 여전히 후덕거린다. 중문 밖에는 사람이 다뿍 모여 섰다.

군수는 사무실에서 들어온 사람에게 부축을 받아 밖으로 나가며

"전화 전화…… 경찰서 몇 번이야 경찰서."

하고 투덜거렸다. 그러더니, 정말 자기 손수 종로서에 대고 전화를 거
는 눈치다.

(창작사, 1987)

□천승세 「낙월도」

　장성댁이 막 싸립을 나서는데 우물께가 하늘이 찢기게 수선스럽다. 삼태기로 맞받이 해를 가리우고는 살펴보니 누군가가 끌리고 밀치고 하고 또 한 아낙은 사추리가 찢어지게 발길질을 해댄다.

　장성댁은 행여나 싶어 부리나케 우물께로 치닫는다. 장성댁이 둘러선 아낙들을 비집고 서자 그제까지 아무소리 못하고 연신 동동 발만 굴러 대던 아낙들이 울상이 돼서 수선이다. 어느 아낙들은 벌써 온 얼굴에 꾀죄죄한 땟눈물로 떴다.

　청자도 것은 강년이의 머리채를 훼훼 틀어잡고는 사추리를 떡 벌려 힘을 쓰다간 한줌이나 되는 머리칼을 움켜쥐고 뒤로 발랑 나자빠진다.

　강년이는 '이고 이고!' 하는 비명만 질러 댈 뿐 양팔로는 땅을 짚고 무릎발로 엉거주춤 기어 대며 마냥 종도야지처럼 끌려만 다녔다.

　아낙들 귓속말도 여러 갈래였다.

　강년이 어미는 강년이가 비명을 질러 댈 때마다 펄쩍펄쩍 뜀질을 해대며 강년이 뒤꽁무니만 쫓는다.

(예술문화사, 1993)

□최명희 「혼불 5」

　아직 부인이라기에는 애띠고 어린 여인의 말이지만 감히 누구도 말을 붙일 수가 없는 위엄이 전신에 어렸다. 그래서 교구꾼 두 사람이 가까이 그 아낙의 곁으로 걸어가기도 전에 아낙은 저절로 주저앉고 말았다. 그런 아낙을 가마 앞까지 데리고 왔을 때 부인은, 아낙의 머리채를 잡아 낚아 그 얼굴을 쳐들게 하였다. 아낙의 낯빛이 노랗게 질리는 것이 역력하게 보였다.

　반면에 청상의 안색은 새파랗게 바래는 것이었다.

　"네가, 감히, 누구를."

청암부인은 옆 사람에게조차도 들리지 않을 만큼, 숨을 뱉어내듯이 말했다. 그러더니 동댕이치듯 머리채를 놓아 버렸다.

* * *

자시(子時)가 기운다.

바람 끝이 삭도(削刀)같은 섣달의 에이는 어둠이, 잿빛으로 내려앉는 겨울 저녁의 잔광을 베어 내며, 메마른 산과 산 능선 아래 움츠린 골짜기로 후벼들고, 헐벗은 살이 버슬버슬 얼어 터지는 등성이와 소스라쳐 검은 뼈대를 드러낸 바위 벼랑 허리를 예리한 날로 후려쳐 날카롭게 가를 때, 비명도 없이 저무는 노적봉은 먹줄로 금이 간 몸뎅이를 오직 묵묵히 반공에 내맡기고 있었다.

어둠의 피는 검은가.

휘이잉

칼날의 서슬이 회색으로 질린 허공에서 바람소리를 일으키며 노적봉 가슴패기에 거꾸로 꽂히자, 그 칼 꽂힌 자리에서는 먹주머니 터진 듯 시커먼 어둠이 토혈처럼 번져 났다.

바람이 어둠이고, 어둠이 난도(亂刀)였다.

어지러이 칼 맞은 자리마다 언 산의 생살이 무참히 벌어지고, 어둠은 그 틈바구니 속으로 소금같이 저며들었다.

* * *

그러다가 어느 틈에 해가 바뀌면서 노곤한 봄이 이루고, 초하(初夏)의 여울이 한여름 폭염으로 고꾸라질 때, 강모는 느닷없이 감사(監査)에 걸리고 만 것이다.

"공금유용(公金流用)."

"공금횡령(公金橫領)."

거기에는 변명이 끼여들 틈이 없었다.

나중에서야 알게 된 일이었지만, 야마시따가 어느 술자리에서 큰

소리로 농담하던 끝에 발설한 말이 빌미가 되었다는 것이다.

강모는 일이 발등에 떨어진 다음에도 무엇 때문에 혼이 났는지 얼른 실감이 나지 않아 의아할 정도였다.

그는 구속되었다.

그리고 파면되었다.

(한길사, 1996)

□ 최서해 「기아와 살육」

소리를 지르면서 그는 벌떡 일어났다. 그의 손에는 식칼이 쥐어졌다. 그는 으악 — 소리를 치면서 칼을 들어서 내리찍었다. 아내, 학실이, 어머니 할 것 없이 내리찍었다. 칼에 찍힌 체 생명은 부르르 떨며, 방안에는 피 비린내가 탁 터졌다.

(혜원, 1998)

□ 최서해 「박돌의 죽음」

남자인지 여자인지, 어둠 속에 잘 분간할 수 없는 히슥한 그림자가 동계사무소 앞 좁은 골목으로 허둥허둥 뛰어나온다.

고요한 새벽 이슬에 추근한 땅을 울리면서 나오는 발자취는 퍽 산란하다. 쿵쿵하는 음향은 여러 집 울타리를 넘고 지붕을 건너서 어둠 속으로 규칙 없이 퍼져나갔다.

어느 집 개가 몹시 짖는다. 또 다른 집 개도 컹컹 짖는다. 캥캥한 발바리 소리도 난다.

뛰어나오는 그림자는 정직상점 뒷골목으로 휙 돌아서 내려간다. 쿵쿵쿵……

선 집 내려와서 어둠 속에 잿빛같이 보이는 커단 대문 앞에 딱 섰다. 헐떡이는 숨소리는 고요한 공기를 미미히 울린다. 그 그림자는 대문에 탁 실린다. 빗장과 대문이 맞찍혀서 삐걱 하고는 열리지 않는다.

* * *

박돌이는 이를 갈고 두 손으로 배를 웅크려 잡으면서 몸을 비비틀기도 하고 벌떡 일어 앉았다가는 다시 눕고, 누웠다가는 엎드리고 하며 몸 거접 할 곳을 모른다.

"에구, 내 죽겠소! 왝, 왝."

시큼하고 넌들넌들한 검푸른 액을 코와 입으로 토한다. 토할 때마다 그는 소름을 치고 가슴을 뜯는다. 뱃속에서는 꾸르르꿀 꾸르르꿀하는 물소리가 쉬일 새 없다. 물소리가 몹시 나다가 좀 멎는다 할 때면 쏴-뿌드득 뿌드득 쏴-하고 설사를 한다. 마대 조각으로 되는대로 기워서 입은 누덕 바지는 벌써 똥물에 죽이 되었다.

(혜원, 1998)

□최수철 「고래뱃속에서」

수많은 시민들이 바라보는 가운데 검은색 승용차에 타고 있었던 듯한 몇몇 사람들이 우산도 쓰지 않고서 정복 경관들과 밀고 당기는 실랑이를 벌이고 있었으며 그들 양측은 서로 비슷한 말들을 반복적으로 소리 높여 외치고 있었다. 그들의 입을 벗어나서 단편적으로나마 그에게까지 들려온 말들을 종합해 보니 한쪽에서는, 교통 법규대로 가는 차를 막는 법이 어딨냐, 라고 말하고 있었고 상대측에서는, 어디로 가는 것인지 분명히 알고 있으니 길을 비켜줄 수 없다, 어서 자택으로 돌아가라, 라고 응수하고 있는 중이었다. 그들은 그 어느 쪽도 전혀 지치는 기색이 없이 같은 말들을 반복했고, 뒤쪽의 차량들에서는 간간이 경적 소리가 요란하게 울려 퍼졌다. 그리고 맨 앞에 서 있는 검은색 승용차 옆에는 정장을 한 남자가 바짝 붙어 서서 때때로 열려진 창문을 통해 머리를 차 안으로 들이밀고 차에 타고 있는 어떤 사람에게 사태의 추이를 보고하고 있었다. 멀리에서 보기에도 복잡하게 얽힌 상황을 풀어나갈 실마리는 여간해서 쉽사리 찾아질 것 같지가 않았다. 아무런 타협도 이루어지지 않은 채로 시간은 계속 흘러갔고 사람들은 더욱 몰려들어 어느덧 그가 서 있는 곳 주변까지 구경꾼들이 들어차 게 되었으며 차량의 행렬은 점점 더 길어지고 있었다. 비는 이미 완전 히 그쳐 있었고 사람들은 모두 우산을 접어서 손에 들고 있었다. 그리 고 이제는 그들이 실랑이를 벌이는 그 요란한 소리가 사람들이 내는 소음으로 인해 그에게는 단 한 마디도 들려오지 않고 있었다. 하지만 입을 크게 움직이며 때로 손을 들어 주위를 가리키는 그들의 몸짓은 더욱 극적으로 과장되고 있었다.

* * *

사태는 나름대로 더욱 악화되어 어느새 일촉즉발의 위기감마저 느 끼게 하고 있었다. 격한 언쟁을 벌이고 있던 사람들은 수시로 손과 어 깨와 머리까지 동원한 몸싸움을 서슴지 않고 있었고 이를 지켜보던 행인들은 차츰 흥분이 고조되는 듯 잠재적인 어떤 흐름에 몸을 맡기 고서 술렁거리고 있었다. 그러자 그때까지 그저 조용히 사태의 진전을 지켜보고만 있던 전경들이 갑자기 대열을 새로이 정비하는 등 수선스 런 움직임을 보였다.

* * *

그때 그는 어디선가 갑자기 날카롭고 새된 목소리가 튀어 오르는 것을 듣고는 상체를 비스듬하게 일으켜서 그 목소리의 발원지 쪽을 바라보았다. 소대장실로 통하는 문 앞에는 두 병사가 마주보고 서 있 었는데, 계급이 더 높아 보이는 키가 훨씬 작은 사내가, 부동 자세로 서 있는 비쩍 마르고 목이 긴 사내를 향해 마구 침을 튀기고 있었다. 그러더니 어느 순간 작은 쪽의 사내가, 이걸 그냥 포고수입대로 목구 멍을……하는 말과 함께 군화발로 키 큰 사내의 무릎 아래를 걷어차는 동시에 손바닥으로 뺨을 철썩 갈겼다. 살과 살이 부딪치는 섬뜩한 소리는 어두침침하고 음습한 실내의 구석 구석을 파고들었고, 일순 막사 안의 모든 움직임과 소리가 정지했다. 키 큰 사내의 오른쪽 뺨에는 어느새 손자국이 벌겋게 생겨나고 있었다. 그제서야 자신의 행동이 만들어 놓은 어색한 침묵을 의식한 작은 사내는 다음 말을 찾을 시간을 벌기 위해서인지 아니면 자기를 지켜보는 사람들을 압도하기 위해서인지 위협적인 시선으로 주변을 둘러보았다. 그러자 잠시 말과 행동을 멈추었던 병사들은 아무 일도 없었다는 듯이 하던 일을 계속하기 시작하였다.

* * *

미친 사내는 엉덩이를 들고 상체를 펴고서, 왼손으로는 여자의 뒷머리를 잡아채고 오른손으로는 여자의 목덜미를 스치며 앞으로 뻗어서 그녀의 블라우스 안쪽 깊숙이까지 밀어 넣었다. 그 행동은 의외로 너무도 재빠르고 날렵한 것이어서 그 모두는 단번에 이루어진 것이었다. 블라우스 안으로 파고든 손은 브래지어 안쪽으로 미끄러져 들어가서 그녀의 왼쪽 젖가슴을 움켜쥔 것임에 틀림없었다. 뒤로 젖혀진 여자의 눈이 위에서 내려다보고 있는 그의 덤덤한 얼굴을 잠깐 올려다보았다.

* * *

운전수가 운전석을 벗어나서 뒤쪽으로 달려오고 있었고, 그보다 먼저 가까이에 서 있던 한 이십대 초반의 청년이 몸을 날려서 그의 어깨를 잡아 젖히고는 미친 사내에게 달려들었다. 그는 뒤로 밀리면서 자신을 밀치는 그 청년을 저지해야 하는 것이 아닐까 하는 생각을 하였지만, 이미 사태는 걷잡을 수 없이 파국을 향해 나아가고 있었다. 청년은 여자에게서 미친 사내를 떼어놓으려 했지만 그가 완강히 거부를 하자 다짜고짜 주먹을 들어 그의 얼굴을 후려갈겼다. 충격이 컸던지 그는 상체를 뒤로 젖히면서 엉덩이를 주저 앉혔다. 그제서야 빨판처럼 여자의 젖가슴에 들러붙어 있던 그의 시커먼 손이 블라우스 밖으로 뽑혀 나왔다. 그러나 그의 왼손은 여전히 여자의 머리카락을 놓지 않고 있었다. 그가 자리에 주저앉자 여자는 머리가 더욱 뒤로 젖혀져서 계속 날카로운 비명을 내지르고 있었다. 그러자 청년은 재차 그의 얼굴에 주먹을 쥐어박았다. 그의 입술과 코가 터지면서 피가 줄줄 흘러나왔고, 그제서야 그는 두 손을 축 늘어뜨리면서 고개를 떨구었다. 그의 손에서 해방된 여자는 두 손에 얼굴을 파묻고는 오열을 터트렸고, 옆에 서 있던 중년의 여자가 그녀의 머리를 감싸안았다.

* * *

그들의 주변에는 사람들이 모여들어서 삽시간에 둥근 원을 이루고는 낮은 목소리로 수근거리고 있었다. 경련을 일으키는 미친 사내의 눈에서는 흰 기운이 더욱 심하게 드러나고 있었지만 그로서는 속수무책이었다. 그렇다고 상태를 자세히 알아보지도 않고 섣불리 그를 움직이게 할 수도 없었다. 뼈가 부러진 것인지 살갗이 터져서 피가 흐르고 있는 그의 발목은 순식간에 부어오르고 있었다.

* * *

사내는 여전히 턱을 약간 늘어뜨리고, 머리를 좌우로 불규칙하게 흔들며, 눈살을 일그러뜨리고서 주위를 돌아보다가 그의 모습을 발견하고는 깜짝 놀라서 아까 길에서처럼 적대적인 표정으로 그를 노려보았다. 특징적인 것은, 그 사내는 고개를 돌리려 할 때마다 원하는 방향으로 몸 전체를 돌린다는 점이었다. 그런 탓에 애초에 어딘가 불안하고 위험스러워 보이는 그의 거동은 한결 공격적인 분위기를 풍기고 있었다.

* * *

한 젊은 사내는 푹 늘어뜨린 고개를 좌우로 불규칙하게 흔들며 걸어오다가 그의 앞에 이르러 깜짝 놀란 듯이 머리를 번쩍 쳐들더니 눈살을 일그러뜨리고서 그를 노려보며 좀더 걷다가 맞은편에서 걸어오던 중년의 사내와 부딪쳤다. 젊은 사내는 다소 공격적인 태도를 보이는 상대방에게 미안하다는 말을 얼버무리는 듯하더니, 다시 한번 고개를 돌려 마지막으로 그를 날카롭게 노려보고 나서 사람들 사이로 사라졌다.

* * *

공격자는 방어자에게 틈을 주지 않고 그의 몸 위에 올라타서 목을 조르기 시작한다. 방어자는 놀라서 어쩔 줄을 몰라 하며 무조건 손을 뻗어 위에 있는 사내의 머리카락을 움켜쥔다. 그의 손에 공격자의 머리카락이 만져진다……그는 있는 힘을 다하여 상대방의 어깨를 잡아당겨서 옆으로 넘어뜨린다. 그리고는 두 사람은 손을 뻗어 서로의 목을 조른 채 데굴데굴 구른다. 결국 밑에 깔리게 된 공격자는 사태가 자신에게 불리하게 흘러가고 있음을 깨닫는다. 그는 힘만으로는 안되겠다고 생각한다. 그러나 아무리 한쪽 손을 휘저어도 잡히는 것이 없다. 그때 그는 상대방의 점퍼 옆주머니에 어떤 단단한 물건이 들어 있음을 느낀다. 그는 더듬거리는 손길로 그것을 꺼내들어 움켜쥐고서 숨을 한 번 크게 들이마셨다가 내쉬고는, 위에서 내리누르고 있는 사내의 옆구리를 힘껏 찌른다.

* * *

그때 어디선가 누군가의 외마디 비명이 들려왔다. 몸을 돌려 길 건너편을 바라보니 그곳에는 한 늙수그레한 사내가 길바닥에 넘어져 몸을 버트적거리고 있었고, 그 바로 옆에 머리가 반쯤 벗겨진 중년의 사

내가 선 채로 몸을 굽혀 무표정한 얼굴로 그를 내려다보고 있었다. 하
지만 그들도 역시 약속이라도 한 듯이 얼굴에 아무런 표정도 떠올리
지 않고 있었다. 그들은 파리채로 무심하게 때려잡은 벌레가 죽어 가
는 모습을 지켜보고 있는 것에 다름 아니었다. 이윽고, 바닥에 쓰러져
서 신음하던 사내의 몸은 경련을 완전히 멈추었고, 그제서야 중년의
사내는 그 자리를 떴으며 다른 사람들도 고개를 되돌리거나 걸음을
떼 놓았다. 다시금, 앉아 있던 사람들은 미동도 않고서 목을 움츠린
채 눈동자만을 굴리고 있었고, 걷고 있던 사람들은 분주히 주변을 두
리번거리며 천천히 발걸음을 옮기고 있었다.

(문학사상사, 1989)

□최수철 「내 정신의 그믐」

　얼마 후에 앞차가 교차로의 붉은 신호등에 걸려 도로 가운데에 정
차하게 되자, 내 차의 운전사는 차선을 바꾸어 그 차의 왼쪽으로 다가
가더니 창문을 내리고는 다짜고짜, 개인택시 운전사라는 게 그렇게 밖
에 못하겠어, 초보 운전자보다도 못하게끔, 똑바로 해서 남 줘, 운운하
며 욕설을 퍼붓기 시작했다.

＊ ＊ ＊

　제리가 도망을 치다가 톰에게 포크를 떨어뜨린다. 톰은 포크에 찔
린 척하면서 가슴을 싸안으며 쓰러진다. 계속 달아나던 제리는 멈춰
서서 조심스럽게 눈치를 살피며 톰의 곁으로 돌아온다. 그리고는 톰의
눈을 까뒤집고 그의 맥박을 더듬어본다. 이윽고 톰이 죽었다고 판단을
내린 제리는 눈물을 흘린다. 그때 톰이 슬며시 몸을 일으키면서 제리
를 잽싸게 손바닥 안에 나꿔챈다. 그제서야 속았다는 사실을 깨달은
제리는 소리를 질러대며 톰의 손을 벗어나기 위해 기를 쓴다.

(문학과지성사, 1995)

□ 최인석 「노래에 관하여」

　부대장이 사열대에서 내려갔다. 그와 동시에 병사들은 곤봉으로 눈앞에 있는 민간인들의 등줄기를 후려쳤다. 앉아! 일어서! 앉아! 일어서! 민간인들이 명령에 따라 앉고 일어서는데도 곤봉과 군화발은 계속해서 그들을 난타했다. 동작 봐라, 이 새끼들. 앞으로 취침. 뒤로 취침. 대가리 박아. 원위치. 대가리 박아. 원위치. 이 새끼들이 총 맞아 죽고 싶어 이러나, 칼 맞아 죽고 싶어 이러나. 서. 박아. 서. 박아. 병사 한 사람이 몸을 훌쩍 날려 영우에게 두발차기를 했다. 영우는 끽 소리와 함께 쓰러졌다. 병사는 그를 지근지근 밟아댔다. 일어서. 그가 일어섰다. 다시 두발차기. 영우는 쓰러졌다. 일어서. 그가 일어서자 병사는 다시 몸을 날렸고, 그는 다시 쓰러졌다. 총개머리판이 영우의 얼굴을 내리찍었다. 그는 얼굴을 내리찍은 것이 총검이 아니라는 것을 다행으로 생각하며 그 자리에 쓰러졌다. 일어서. 영우는 벌떡 일어섰다. 주먹이 명치 끝에 내리꽂혔다. 영우는 다시 쓰러졌다. 일어서. 영우는 벌떡 일어섰다. 입 안에 피가 가득 차 있었다. 뱉고 싶었다. 그러나, 그럴 수는 없었다. 그는 피를 꿀꺽 삼켰다. 곤봉이 그의 어깨를 내리쳤다. 영우는 다시 쓰러졌다. 일어서. 영우는 일어섰다. 곤봉이 그의 오금을 후려쳤다. 그는 다시 쓰러졌다. 일어서. 그는 다시 일어섰다. 군화가 그의 정강이뼈를 내질렀다. 그는 쓰러졌다. 일어서. 그는 다시 일어섰다. 병사들은 곤봉과 소총과 군화발과 주먹을 발악하듯 휘두르며 내질렀고, 민간인들은 속절없이 쓰러지고 또 쓰러지고, 짓밟히고 또 짓밟혔다.

　새하얀 헤드라이트 불빛 속에서 그들은 때리고 맞으며, 피를 흘리고 나동그라지며, 개머리판을 흔들고 곤봉을 휘두르며, 참으로 이상한 군무(群舞)를 추고 있었고, 검은 하늘은 높다랗게 물러서서 그것을 내려다보고 있었으며, 그 너머 어둠 속에서는 모습을 감춘 짐승들이 드르륵, 드르륵, 울부짖고 있었다.

(문예진흥원, 1996)

□최인호 「사랑의 기쁨 (상)」

채희가 방으로 돌아오자 엄마는 침대에 우두커니 앉아 있었다. 어느덧 날이 새는지 반쯤 젖힌 커튼 너머로의 한밤이 희부연히 밝아오고 있었다.

"죽은 사람은 엄마, 아빠뿐이 아니야. 진짜로 죽은 사람은 나야. 엄마와 아빠가 서로를 죽이건 말건 그건 상관없는 일이야. 왜냐하면 두 사람은 한때 부부였으니까. 서로 남편으로 아내로 선택하였으니까. 선택한 이상 그것은 서로의 책임이니까. 하지만 나는 아니야. 난 내가 원해서 태어난 것은 아니야."

"채희야"

한바탕의 욕지기로 눈물까지 배어 나온 채희의 얼굴을 물끄러미 바라보면서 엄마는 하소연하듯 입을 열었다. 엄마는 말을 짧게 더듬고 있었다.

"난 너와 싸우고 싶지 않다. 여기까지 와서 우린 저, 정말 너무나 행복하게 지내지 않았니. 한 침대에서 서로의 손을 잡고 누워서. 채희야, 난 벌써 오래 전에 잊었단다. 네 아버지의 얼굴도, 모습도, 심지어 네 아버지의 이름도 잊어버렸었다. 내 말은 저, 정말이다. 만약 네 아버지가 살아서 거리를 지나다가 우연히 만나게 된다 하더라도 나는 몰라봤을 거야. 다만 한 가지 분명한 사실은 있어. 이제 와서 왜 헤어졌는지 30년 전 일을 기억해 내지 못한다 하더라도 내가 왜 네, 네 아버지와 헤어졌었는가는 정확히 알고 있다. 그 이유는 말이다, 채희야."

그때 엄마의 입에서 흘러나온 대답이 채희가 엄마의 입을 통해 들었던 아버지에 관한 단 한마디의 말이었다.

"그것은 내가 네 아버지를 사, 사랑하고 있지 않았기 때문이었다. 나, 난 네 아버지, 이름이 뭐였더라. 아, 그렇지. 김현우 그 사람을 사랑하지 않았었어."

-김현우.

엄마의 입에서 생애에 걸쳐 단 한번 처음이자 마지막으로 터져 나온 아빠의 이름 김현우.

* * *

난 네 아버지인 김현우를 사랑하지 않았었다. 이유는 단지 그것 뿐이다라는 엄마의 간단함, 그러나 분명한 대답은 채희의 마음에 불을 질렀다. 엄마에게 있어 남편인 김현우는 전혀 사랑하지 않았던 사람이었을 지는 모르지만 채희에게 있어 아빠는 다정하고 영원히 잊을 수 없는 사람이었기 때문이었다. 때문에 아빠를 전혀 사랑하지 않았다는 엄마의 대답은 채희에게 있어 모욕이었으며 참을 수 없는 모독이었다.

"사랑하지 않았다면 어째서 사랑하지 않은 사람과 함께 결혼을 하고 또 함께 잠을 자서 나를 낳을 수 있어."

채희는 엄마를 향해 덤벼들었다.

"도대체 언제까지야. 언제까지 엄마는 아빠를 증오할 거야. 난 몰라. 아빠가 엄마에게 뭘 잘못했는지 몰라. 하지만 아빠가 엄마에게 죽을죄를 졌다 해도 30년이 지났어. 이젠 서로 서로를 잊고 용서해 줄 수 있을 때가 되었다고 생각해."

채희는 알 수 없는 분노와 알 수 없는 슬픔이 뒤범벅되어 솟구쳐 올라 욕실로 달려가 토하기 시작하였다. 목젖이 아플 정도로 토하고 나서 방으로 돌아오자 묵묵히 침대 위에 앉아있던 엄마가 조용히 채희에게 말하였다.

* * *

“어째서”

엄마에 대한 분노로 몸을 떨면서 채희는 울부짖었다.

“어째서 엄마는 아빠를 용서할 수 없었던 거야. 물론 엄마의 표현처럼 어쩌다 실수한 것이 아니라 지속적으로 1년 가까이 바로 엄마의 눈앞에서 성폭행 해온 아빠야말로 살인자야. 하지만 엄마의 말처럼 사랑이란 상대편의 마음에서 상대방의 마음으로 상대방이 원하는 일을 이룩해 주는 일이라면, 그것이 엄마가 생각하는 사랑의 정의라면 엄마는 어째서 아빠의 입장에 서서 아빠의 마음으로 아빠가 원하는 일을 이룩해 주지 못했던 거야. 엄마는 비겁한 사람이었어. 엄마는 용서 대신 복수를 택했던 거야. 엄마의 표현처럼 아빠가 살인의 죄를 저질렀다면 엄마 역시 가정을 파괴함으로써 두 사람의 비극과는 전혀 상관없는 내 가슴에 씻을 수 없는 상처를 입힌 살인자야.”

채희가 으르렁거려도 엄마는 더 이상 싸움에 말려들기 싫다는 듯 입을 다물고 묵비권을 행사하고 있었다.

그럴 때면 엄마의 얼굴은 일본의 전통 가면처럼 표정이 없었다. 그러한 무표정이 채희는 싫었다. 그래서 채희는 엄마의 그 무표정을 향해 또다시 울부짖으며 달려들었다.

“엄마는 암에 걸렸어. 오른쪽 유방을 떼어 냈다고 해서 모든 게 끝난 것은 아냐. 엄마의 몸 속에는 암세포가 자라고 있어. 얼마 안 있어 엄마는 죽을지도 몰라. 그런 몸이면서, 떼어 낸 젖가슴을 감추기 위해 브래지어 속에 스펀지를 넣고, 빠진 머리털을 감추기 위해 머플러를 뒤집어쓰고 다니고 있으면서 도대체 언제까지냐구. 언제까지 아빠를 미워하느냐구.”

“난, 난 네 아버지를 미워한 적이 없다.”

엄마는 더듬거리면서 말했다.

“미워하는 감정은 사랑하는 사람한테나 있는 법이다. 난 네 아버지 김현우를 잊은 지 오래야. 그 사람은 내게 오래 전에 잊혀진 사람이다.”

더듬거리는 엄마의 얼굴을 향해 채희는 비수를 던지며 이를 악물었
다.

“엄마는 곧 죽을 거야. 아빠처럼 죽게 될 거야.”

저주와 같은 채희의 폭언에도 엄마는 아무런 표정을 보이지 않았다.
엄마는 오랫동안 혼자 살면서 자신의 감정을 바깥으로 드러내 보이지
않는 탈과 같은 무표정의 가면을 얼굴 위에 따로 준비해 두고 있었다.
엄마는 고통스러우면 그 가면을 얼굴 위에 뒤집어쓰곤 하였다. 슬프고
우울하면 그 가면을 뒤집어쓰고 탈속에 숨어 버리곤 했었다.

“나도 알고 있다.”

엄마는 담담하게 대답했다.

“내가 곧 죽게 될 거라는 것을.”

엄마와의 싸움은 비행기 출발 시간까지 계속되었다. 주로 채희가
엄마에게 덤벼들고 토하고 다시 소리지르고 또 토하는 일방적인 것이
었지만 싸움은 두 사람을 극도의 우울증으로 내 몰았다. 이곳까지 와
서, 엄마를 위해 생전 처음으로 바다를 건너 제주도에까지 와서도 두
사람은 싸운다. 서로 서로가 원수처럼. 마치 엄마와 채희에게 있어 다
정했던 순간은 다만 변덕일 뿐이며 서로를 미워하고 증오하며 싸우는
순간만이 진짜의 얼굴인 진면(眞面)처럼

(여백, 1997)

□최인호 「무서운 복수」

우리는 눈을 가늘게 뜨고 무언과 광물기가 둥둥 떠서 흐르는 듯한
햇빛과 매운 기 속에서 수많은 학생들이 경찰대와 대치하고 있는 후
미까지 갔다.

학생들이 손에 돌을 들고 경찰관을 향해 던지고 있었다. 그러면 경
찰들은 투석 망어용 방패로 그것을 막았다.

어샤 어샤.

전진 선발대가 다시 스크럼을 짜고 그들을 향해 돌격하였다.

그러자 그들은 페퍼 포그를 틀어 온 시야를 운무로 가리기 시작했다. 몇몇 학생들이 질식하듯 쓰러졌다.

한 친구가 눈물을 질질 흘리면서 눈을 비비며 소리를 지르면서 돌을 던지고 있었다.

나는 굴다리 입구와 철로 길 위 요새에서 마치 메뚜기 얼굴 같은 방독면을 쓰고 우리들을 내려다보는 경찰대들을 바라보았다.

그들은 얼핏본 어린이용 만화 영화에서 본 황금박쥐와 흡사한 몰골이었다.

방독면을 쓴 얼굴은 제 자식을 잡아먹는 육식 동물의 눈빛처럼 빛나고 있었다.

도무지 학생 데모대는 그들의 방어선을 뚫지 못하고 있었다.

(민음사, 1993)

□최인훈 「광장」

몸을 돌리면서 한 팔을 아래로 뻗친 다음 주먹으로 기둥을 두어 번 툭툭 치고, 주먹을 편다. 이내 뭉툭한 유리병 모가지가 와 닿는다. 술병을 받아 올려 딱지를 본다. 일제 양주다. 병은 삼분지 일쯤 비고도 아직 듬직한 무게가 남았다. 병마게를 뽑고 한 모금 빤다. 향긋하고 찌르르한 흐름이 혓바닥위로 흘러든다. 연거푸 두어 모금 마신 다음, 도로 팔을 뻗쳐 임자한테 돌려준다.

* * *

명준은 아쿠 외마디 소리를 지르면서 뒤로 나자빠지다가, 의자에 걸려 모로 뒹군다. 끈적끈적한 코밑에 손을 댄다. 마구 코피가 흐른다. 한 손으로 땅을 짚고 한 손을 코에 댄 꼴이 흡사 개 같다 싶어, 엉뚱하게 웃음이 흘러 나왔다.

* * *

찻간에서 일어난 일이었다. 한 사람이 승무원석에 앉아 있고, 그 앞
에 또 다른 사람은 마루에 꿇어앉아 있다. 올라앉은 사나이는, 검은
안경을 끼고 있다. 자리가 떨어져서 무슨 말인진 알 수 없었지만, 검
은 안경은 무엇인가 한마디하고는 꿇어앉은 자의 뺨을 후려갈긴다. 또
뭐라 하고는 발길을 들어 걷어차고, 무릎으로 턱을 올려치는 것이었
다. 처음에 그 쪽으로 쏠렸던 차 속의 눈길은 곧 제자리로 돌아들 가
는 것이었다.

* * *

말이 끝나기 전에, 명준의 주먹이 김의 아랫배를 힘껏 쥐어박았다.
빈정거리면서. 그런 벼락을 꿈에도 짐작하지 못했던 김은, 어쿠 하면
서 허리를 꺾는다. 숙이는 얼굴을 후려갈긴다. 그는, 어처구니없을 만
큼, 이번에는 뒤로 쓰러질 듯 두어 걸음 비칠대다가, 겨우 몸을 추스
린다. 입술이 터져서 이빨에 피가 번진다.

"이 자식 봐. 아, 이게……"

김은 더 말하지 않고 대뜸, 발길로 무찔러 온다. 명준은 간신히 비
키면서, 헛나가는 저쪽을 힘껏 갈겼다. 이번에도 얼굴을 맞혔다. 김은
이제 아주 독이 올라 있다. 처음 모양 얕잡는 투를 버리고, 허리를 낮
추어 두 주먹을 가누면서 다가왔다. 옆에서 구경하는 사람들은, 그들
에게 넉넉한 자리를 만들어 주기나 하려는 것처럼, 바싹 벽에 붙어 선
다. 두 번째 들어오는 김의 발길을 피하면서, 또 한번 내지른 팔목을
그만 저쪽에 잡히고 말았다. 그 몸뚱이가 마룻바닥을 굴렀다. 명준은
김의 목을 잡고 있다. 확 젖히면 목줄기가 빠질 것처럼 손톱이 박히게
단단히 거머쥔 목을, 내처 죄어 갔다. 캑캑거리면서 김은 명준의 손을

뿌리치느라고 허우적거린다.

* * *

순간 그의 주먹이 태식의 얼굴을 갈겼다. 수갑이 채인 손으로 얼굴을 가리며 쓰러지는 태식을, 발길로 걷어찼다. 태식의 얼굴은 금시 피투성이가 됐다. 그 핏빛은, 몇 해 전 바로 이 건물에서, 형사의 주먹에 맞아서 흘렸던, 제 피를 떠올렸다. 그 때 형사가 하던 것처럼 태식의 멱살을 잡아 일으켜, 또 한번 얼굴을 갈겼다. 제 몸에 그 형사가 옮아 앉은 것 같은 환각이 있었다. 사람이 사람의 몸을 짓이기는 버릇은 이처럼 몸에서 몸으로 옮아가는 것이구나. 몸의 길. 그는 발을 들어, 마루에 엎드린 태식의 아랫배를 차질렀다. 꼭 제 몸이 허수아비 놀 듯, 자기와 몸 사이에 짜증스런 걸둠이 있었다. 그 틈새를 없애려고, 쉬지 않고 팔과 다리를 돌렸다. 태식은 더 움직이지 않고 마루에 배를 깔고 누워 있었다. 쭈그리고 앉아서 죄수의 코에 손을 대보았다. 다음에 가슴을 짚어 보았다. 죽진 않았어. 허리를 펴고 일어서면서 아랫주머니를 찾아 손수건을 꺼냈다. 손에 묻었던 피를 빨아들인 수건은 금방 질척거렸다. 아직도 깨끗한 가장자리를 써서 손톱까지 말끔히 닦은 다음, 그것을 방 귀퉁이를 향해 집어던졌다. 그리고 나서 문간에 선 감시병을 불렀다.

(문학과지성사, 1976)

□최일남「노새 두 마리」

노새가 밭에서 잠깐 힘을 빼는가 싶더니 마차가 아래쪽으로 와르르 흘러내렸다. 뒤미처 노새가 고꾸라지고 연탄더미가 대그르르 무너졌다. 아버지는 밀려 내려가는 마차를 따라 몇 발짝 뒷걸음질을 치다가 홀랑 물구나무서는 꼴로 나자빠졌다. 나는 얼른 한옆으로 비켜섰기 때문에 아무 일도 없었다. 그러나 정작 일은 그 다음에 벌어지고 말았다. 허우적거리며 마차에 질질 끌려가던 노새가 마차가 내박질러진 자리에서 벌떡 일어나더니 뒤도 안 돌아보고 냅다 뛰기 시작한 것이다. 정확히 말하면 벌떡 일어섰다가 순간적으로 아버지와 내가 있는 쪽을 힐끔 쳐다보고는 이내 뛰어 버린 것이다. 마차가 넘어지면서 무엇이 부러져 몸이 자유롭게 된 모양이었다.

* * *

골목에서 뛰쳐나온 노새는 큰길로 나오자 잠시 망설이다가 곧 길 복판으로 뛰어들어갔다. 그러자 달려가고 달려오던 차들이 브레이크를 밟느라고 찍-찍- 소리를 냈으나 노새는 그걸 본체만체하고 달렸다. 어디서 뛰어나왔는지 교통순경이 호루라기를 불며 달려오다가 노새가 가까이 오자 혼비백산해서 도망갔다. 인도를 걸어가던 사람들이 일제히 발을 멈추고 노새의 가는 곳을 쳐다보곤 저마다 놀라고, 또는 재미있다는 표정을 지었다.

* * *

사람이 그러거나 말거나 노새는 뛰고 또 뛰었다. 연탄 짐을 메지 않은 몸은 훨훨 날 것 같았다. 가파른 길도 없었고 채찍질도 없었고 앞길을 막는 사람도 없었다. 신호등에 파란 불이 켜진 때도 있었으나, 막무가내로 그냥 뛰기만 했다. 노새는 이윽고 횡단보도에 이르렀다. 마침 파란 불이 켜져서 우우 하고 길을 건너던 사람들이, 앗, 엇, 외마디소리를 지르며 풍비박산이 되었다. 보퉁이를 이고 가던 아주머니가 오메 소리를 지르며 퍽 그 자리에 넘어지자 머리 위에 있던 보퉁이가 데그르르 굴렀다. 다정히 손잡고 가던 모녀가 어머멋 소리를 지르며 제자리에 우뚝 섰다. 재잘거리며 가든 두 아가씨가 엄마! 소리를 지르며 한꺼번에 엉켜 넘어졌다. 자전거에 맥주 상자를 싣고 기우뚱기우뚱 건너가던 인부가 앞 사람이 갑자기 뒷걸음질치는 바람에 자전거의 핸

들을 놓쳐 중심을 잃은 술 상자가 우르르 넘어졌다. 밍크 목도리에 몸
을 휘감고 가던 아주머니가 난 몰라! 하고 소리를 지르며 홱 돌아서다
가 자기도 모르게 옆에 있는 낯모르는 아저씨 품에 안겼다. 땟국이 잘
잘 흐르는 잠바 청년 하나가 이때 워! 워! 하면서 앞을 가로막았으나
노새가 앞다리를 번쩍 한번 들자 어이쿠 소리를 지르면서 인도 쪽으
로 도망갔다.

＊ ＊ ＊

　분홍색 하이힐짝이 나뒹굴고, 곱게 싼 상품 상자들이 이리저리 흩
어졌다. 신사가 한옆으로 급히 비키다가 콘크리트 전봇대에 이마를 찧
고, 군인이 앞사람의 뒤꿈치에 밟혀 기우뚱하다가 뒤에 오는 할아버지
를 안고 넘어졌다. 배지를 단 여학생이 황망히 길 옆 제과점으로 도망
치다가 안에서 나오던 청년과 마주쳐 나무토막 쓰러지듯 넘어지고, 아
이스크림을 핥고 가던 꼬마들이 얼싸안고 넘어졌다.

　번화가 옆은 큰 시장이었다. 노새가 이번에는 그 시장 속으로 뚫고
들어갔다. 머리에 수건을 동이고 좌판 앞에 앉아 있던 아낙네들이 아
이구 이걸 어쩌지, 하면서 벌떡 일어서는 것을 신호로 시장 안에 벌집
쑤신 듯한 소동이 사방으로 번져갔다. 콩나물통이 엎어지고, 시금치가
흩어지고, 도리지가 짓이겨지고, 사과알이 데굴데굴 굴렀다. 미꾸라지
통이 엎어지고 시루떡이 흩어지고 테토론 옷감이 나풀거리고 제주 밀
감이 사방으로 굴렀다. 갈치가 뛰고 동태가 날고, 낙지가 미끈둥미끈
둥 길바닥을 메웠다.

(나남, 1993)

□최일남 「시작은 아름답다」

　들어가자마자 팬츠만 남기고 발가벗긴 채 팔다리를 묶고 그 사이에
막대기를 끼워 두 책상 사이에 걸었다. 얼굴에 수건을 씌우고 물주전

자로 물을 부었다. 「주먹 좀 덜 쓰게 해달라」며 야전침대목을 휘둘렀
다. 대일굴욕외교 반대데모 및 비준 무효화 데모의 조직체계를 제대로
대지 않는데다, 지금까지 피신해 온 곳을 정확히 불지 않는다고 가한
두 번째 고문은 더 지독했다.

'너는 인제 죽는 줄 알라'며 끌고 간 지하실은 이른바 '진공방'이었
다. 의자에 앉혀놓고 손발을 묶은 다음, 고개를 뒤로 젖히고 물을 먹
이는 방법은 약과였다. 떠밀려 들어간 방에서 조금 있자니 얼굴과 가
슴이 확장되는 듯한 착각을 느낀 것도 잠깐이요, 곧이어 몸뚱이가 허
공에 둥둥 뜨는 것 같았다. 소리를 지르려 해도 목소리가 잠겨 나오지
않고 가슴은 터지는 듯했다. 방안의 공기를 빼내는 장치가 따로 있는
모양이었다.

(해냄, 1988)

□최정희 「천맥」

나이는 비슷함직하나 먼저 녀석은 유들유들하고 뒤의 녀석은 병골
이 배긴 듯 약질이어서 죽여 버린다고 벼르고 일어섰으나 도저히 먼
저 녀석에게 이겨 낼 가망이 없었다. 남은 아이들의 대부분은 재미가
나서 웃어 대고 몇 녀석은 멍청하니 앉아 있었다.

(어문각, 1973)

□하근찬 「공예가 심씨의 집」

심만술은 칼을 받아 우선 상에 놓았다. 그리고 먼저 자기 앞의 숟가
락과 젓가락을 한데 모아 쥐었고, 박광윤 앞에 숟가락과 젓가락도 거
두어 한데 합쳤다. 놋쇠로 된 제법 굵고 긴 수저들이었다. 그러니까
정확히 숟가락 두 개와 젓가락 네 개, 모두 여섯 개의 놋쇠 가락이었
다. 그것을 거꾸로 가지런히 해서 왼손으로 불끈 쥐었다. 그리고 오른

손으로 칼을 쥐었다.

　박광윤은 난데없이 이 사람이 남의 앞에 놓은 수저까지 전부 모아 쥐고 뭘 어쩌려는 것인지 약간 당돌하다 싶으면서도 호기심어린 눈으로 지켜보았다. 심만술은 어금니를 지그시 무는 듯하더니, 칼로 왼손에 쥔 그 놋쇠의 뭉텅이를 탁 내리쳤다. 싹똑! 하고 여섯 개의 놋쇠 도막이 방바닥에 떨어졌다. 그다지 힘을 주어 내리친 것 같지 않은데, 여섯 가락의 놋쇠가 깨끗하게 잘려진 것이다.

　박광윤은 다시 휘둥그래졌다.

　다시 심만술은 칼을 내리쳤다. 싹똑! 또 내리쳤다. 싹똑! 싹똑! 싹똑!…… 마치 무를 베듯이 쌈빡쌈빡 부드럽게 놋쇠를 잘라나갔고, 방바닥에 놋쇠 도막이 수없이 굴렀다.

　박광윤은 입이 벌어지고 말았다.

　"어떠신가?"

　칼질을 멈추고, 키가 절반도 더 줄어들어 난쟁이처럼 되어버린 숟가락과 젓가락 토막을 상위에 놓으며 심만술은 싱긋 웃었다.

(일신서적, 1986)

□ 하근찬 「수난이대」

　그는 이 외나무다리를 퍽 조심한다. 언젠가 한 번 읍에서 술이 꽤 되어 가지고 흥청거리며 돌아오다가 물에 굴러 떨어진 일이 있었던 것이다. 지나치는 사람이 없었기에 망정이지, 누가 보았더라면 큰 웃음거리가 될 뻔했었다. 발목 하나를 약간 접쳤을 뿐 크게 다친 데는 없었다. 이른 가을철이었기 때문에 옷을 벗어 둑에 늘어놓고 말릴 수는 있었으나, 여간 창피스러운 것이 아니었다. 팔뚝 하나가 몽땅 잘려져 나간 흉측한 몸뚱어리를 하늘 앞에 드러내놓고 있어야 했기 때문이었다. 지나치는 사람이 있을라치면 하는 수 없이 물 속으로 뛰어들어가서 얼굴만 내놓고 앉아 있었다. 물이 선뜻해서 아래턱이 덜덜거렸으나, 오그라 붙는 사타구니께를 한 손으로 꽉 움켜쥐고 버티는 수밖에 없었다.

* * *

여느 날과 다름없이 굴 속에서 바위를 허물어내고 있었다. 바위 틈서리에 구멍을 뚫어서 다이너마이트장치를 하는 판이었다. 장치가 다 되면 모두 바깥으로 나가고, 한 사람만 남아서 불을 댕기는 것이다. 그리고 그것이 터지기 전에 얼른 밖으로 뛰어나와야 한다. 만도가 불을 댕길 차례였다. 모두들 바깥으로 나가버린 다음 그는 성냥을 꺼냈다. 그런데 웬 영문인지 기분이 꺼림칙했다. 모기에게 물린 자리가 자꾸 쑥쑥 쑤시는 것이었다. 긁적긁적 긁어댔으나 도무지 시원한 맛이 없었다. 그는 이맛살을 찌푸리면서 성냥을 득! 그었다. 그래 그런지 몰라도 불은 이내 픽 하고 꺼져버렸다. 성냥 알맹이 네개째에사 겨우 심지에 불이 댕겨졌다. 심지에 불이 붙는 것을 보자, 그는 얼른 몸을 굴밖으로 날렸다. 바깥으로 막 나서려는 때였다. 산이 무너지는 듯한 소리와 함께 사나운 바람이 귓전을 후려갈기는 것이었다. 만도는 정신이 아찔했다. 공습이었던 것이다. 산등성이를 넘어 달려온 비행기가 머리 위로 아슬아슬하게 지나가는 것이었다. 미처 정신을 차리기도 전에 또 한 대가 뒤따라 날아드는 것이 아닌가. 만도는 그만 넋을 잃고 굴 안으로 도로 달려들어갔다. 달려들어가서 길바닥에 아무렇게나 팍 엎드리고 말았다. 그 순간이었다. 쾅! 굴 안이 미어지는 듯하면서 다이너마이트가 터졌다. 만도의 두 눈에서 불이 번쩍했다.

(일신서적, 1957)

□하성란 「곰팡이꽃」

쓰레기 종량제가 시작된 것은 1995년 1월 1일이었다. 남자는 전날 마신 술 때문에 일요일 하루를 누워 있어야만 했다. 초인종이 울렸다.

남자를 찾아올 사람은 아무도 없었다. 잠시 사이를 두고 다시 초인종
이 울렸다. 감시경으로 밖을 내다보았다. 오래 된 아파트의 감시경 유
리는 뿌옇고 할 수 없이 현관문을 열어 주어야만 했다. 이 아파트의
부녀회라고 밝힌 여자들이 현관 앞에 몰려와 있었다. 한눈에도 열 명
이 넘는 숫자였다. 비좁은 현관 앞에 서 있지 못한 여자들은 계단 아
래에까지 서있었다. 얼굴에 검버섯이 핀 나이 든 여자가 옆의 젊은 여
자를 어깨로 떼밀었다. 지금 수지침을 배우고 계신가요? 다짜고짜 젊
은 여자가 남자에게 물었다. 그제서야 한 번도 열어 보지 않고 장롱
위에 얹어 둔 상자가 떠올랐다. …(중략)… 그렇다면 남의 집 우편물
을 훔쳐 본 겁니까? 남자는 슬그머니 울화통이 일었다. 드디어 범인을
잡았네. 여자들이 일제히 환호성을 질렀다. 것 봐여. 성과가 있잖아요.
못 보던 얼굴인데. 여자들이 자기들끼리 소곤거리기 시작했다. 젊은
여자를 밀치고 검버섯 여자가 나섰다. 방귀 뀐 놈이 되레 성낸다더니
만, 여기 이런 사람이 또 있네. 손에 손을 거쳐 올라온 묵직한 봉투를
검버섯이 받아 남자의 발 밑에 던졌다. 봉투가 뻥 소리를 내며 터진
다. 장터 쇼핑 배달 가능이라고 쓰인 붉은 글씨들이 띄엄띄엄 드러나
있다. 한눈에도 남자가 이틀 전 쓰레기통에 버린 쓰레기가 틀림없다.
댁을 찾아내느라 우리가 얼마나 고생을 했는 줄 알아요? 이 쓰레기들
을 이 잡듯 샅샅이 뒤졌다구요. 지성이면 감천이지. 결국 우리의 눈에
이 봉투가 발견된 거지요. 검버섯이 우편 봉투를 남자의 코앞에 대고
흔들어 댄다. 수지침 협회라고 한자로 쓰인 봉투다. 봉투에는 남자의
이름과 주소가 깨끗한 타자 활자로 찍혀 있다.

* * *

벽을 건너오는 새된 여자의 목소리에 남자는 눈을 떴다. 새벽 두시
가 조금 넘은 시각이다. 유리가 깨지면서 와르르 무너져 내리고 발소
리가 이곳 저곳에서 분주하게 움직인다. 여자가 연신 소리치고 있지만

내용은 알아들을 수 없다. 507호와 면한 남자의 방 벽에는 장롱과 오디오 따위들이 놓여 있다. 남자는 침대에서 일어나 장롱으로 다가가 귀를 기울인다. 507호의 현관문이 열리면서 사정없이 벽에 부딪힌다. 밖으로 밀려나온 누군가가 엉덩방아를 찧는다. 뒤이어 현관 밖으로 던져진 냄비 뚜껑이 저 혼자 요란한 소리를 내며 떨다 멈춘다. 다시는 내 앞에 얼씬거리지 마. 여자의 격앙된 목소리와 함께 문이 닫히고 이중으로 잠금쇠가 돌아간다. 남자는 발소리를 죽여 현관으로 다가가 감시경 너머를 들여다본다. 불이 꺼진 바깥은 동굴처럼 음침하다. 이제 곧 조간 신문을 배달하는 아이가 들이닥칠 시간이다. 문이 닫히고도 삼십 분이나 지나서야 계단을 내려가는 발걸음 소리가 들린다. 구두의 뒤를 꺾어 신고 있는 모양이다. 나막신 소리가 난다. 남자는 발소리가 계단을 다 내려가 아파트 광장으로 나설 때까지 기다린다.

* * *

벨을 누른 사람은 문에 등을 대고 기대 서 있는 모양이다. 문을 밀쳤지만 문 뒤에서 완력이 느껴진다. 문은 꼼짝하지 않는다. 사내는 남자의 문에 기대서 두 다리를 지렛대처럼 버티고 서 있다. 몇 번이나 밀친 후에야 미동을 느낀 사내가 뭉그적거리면서 비켜선다. 사내는 몸을 가누지 못할 정도로 만취되어 있다. 한 손에는 커다란 꽃다발을 들고 있다. 양복 바지춤에서 빠져 나온 와이셔츠 단이 식탁보처럼 사내의 두터운 다리를 가리면서 치렁거린다. 안니다. 곰처럼 거대한 사내의 몸이 남자의 어깨를 덮치듯 쓰러진다. 사내의 체중을 이겨내기 위해 남자는 두 다리에 힘을 주고 버팅긴다. 어림짐작으로도 100킬로그램에 가까운 몸무게다. 남자는 거대한 곰에게 잡힌 원숭이처럼 허우적거린다. 사내가 남자를 내려다보며 다시 한번 중얼거린다. 안니다. 사내의 입에서 나온 역한 입 냄새가 남자의 얼굴 위로 고스란히 쏟아진다. 사내는 계속 남자의 몸을 짓누르면서 알아들을 수 없는 말을 주절

거린다. 곰곰이 되새겨 보니 '미안하다'는 말인 것 같다. 가까스로 눈
꺼풀을 뜬 사내가 사시처럼 따로 돌아가는 눈으로 남자를 물끄러미
내려다본다. 남자는 러닝셔츠 바람이다. 사내의 눈이 번쩍 뜨인다. 어?
당신 누구야? 왜 이 집에 있는 거지? 막무가내로 현관 안으로 들어서
는 사내를 떠다민다. 이거 왜 이러십니까. 한밤중에. 집을 잘못 찾아오
셨습니다. 힘으로는 도무지 사내를 상대할 수 없다. 무슨 소리야? 난
눈감고도 찾을 수 있다구. 너 어디 있어? 숨어 있지 말구 이리 나와.
큰소리를 치던 사내가 별안간 한 발자국 물러서며 걷잡을 수 없이 구
토를 하기 시작한다. 현관에 벗어놓은 남자의 구두 위로 바닥에서 튄
토사물이 엉겨붙는다.

* * *

　20리터 봉투 한 개의 쓰레기는 헤쳐 놓으면 욕조의 반이 찬다. 배춧
잎과 감자 껍질이 미끄덩거리면서 고무장갑에서 달아난다. 냄새가 제
일 지독한 것은 단백질류다. 생선 내장과 머리, 먹다 버린 닭 조각들
이 썩는 냄새는 새록새록 더욱 심해진다. 닭뼈가 붙은 고무장갑이 딸
려 나온다. 오른쪽 고무장갑이다. 핑크색이고 팔목에 마미손이라고 눌
린 글씨가 보인다. 남자는 수첩을 뒤적여서 며칠 전 쓰레기 봉투에서
발견한 왼손 고무장갑이 적힌 페이지를 찾아 뒤적인다. 5월 3일. 제일
제당 비트(750g), 쿨 담배, 코카콜라, 농심 새우탕면, 마미손 고무장갑
(핑크, 왼손)…… 상표와 색깔까지 똑같다. 이렇게 되면 의심할 여지가
없다. 한집으로 묶는다.

(창작과비평사, 1999)

　□하성란 「당신의 백미러」

　진열대에는 가나다순으로 정리된 CD들이 빽빽하게 꽂혀 있다. 여자
가 진열대를 등지며 천천히 돈다. 핸드백을 들지 않은 여자의 한 손이

아주 재빠르게 진열대 위를 훑는다. 여자의 손에 어느새 CD한 장이 들려 있다. 여자의 두 손이 X자 모양으로 교차한다. 맞물린 여자의 두 손목이 서로 떨어진다. 여자의 손은 열 개, 스무 개로 보이다가 돌고 있는 선풍기의 날개처럼 보이지 않기도 한다. 여자의 두 손은 바이올린 선율에 맞춰 느려지고 빨라진다. 남자는 숨을 죽이고 여자를 내려다본다. 주먹을 쥔 여자의 손가락이 꽃잎이 열리듯 새끼손가락부터 천천히 열린다. 여자의 손에 방금 전까지 들려 있던 CD가 어디론가 사라지고 형광등 아래 활짝 핀 손바닥은 텅 비어 있다. 여자의 하얀 손바닥만 반짝인다.

(문학사상사, 1999)

□하성란 「루빈의 술잔」

청년이 핸들을 꺾으면서 브레이크를 밟는다. 지프가 여자의 차 범퍼를 들이박으면서 옆 차선으로 튕기친다. 여자의 차가 순식간에 회전한다. 유리창 밖의 가로등과 먼 산의 풍경들이 한데 합쳐지고 엿가락처럼 늘어진다. 중앙 분리대에 부딪히면서 차가 천천히 선다. 지프는 차 바로 앞에 비스듬히 서 있다.

(문학동네, 1997)

□하일지 「경마장 가는 길」

그러자 J는 아이들이 호랑이 흉내를 낼 때처럼 두 손으로 손가락을 오그려 들고, 두 눈을 크게 뜨고, 얼굴을 심하게 일그러뜨려 이빨을 드러낸 채 대단히 씩씩거리며 R에게 덮치면서 소리쳤다.

* * *

J의 경악 소리가 그의 등 뒤에서 들려왔다. 차가 세워져 있는 데까지 와서야 그는 걸음을 멈추고 돌아섰다. 저만치 어둠 속에서 J는

징징 울면서 길바닥에 허리를 구부려 헛되이 돈 조각들을 찾으려 하고 있었다. 잠시 후 그녀는 돈 조각 찾기를 포기하고 미친 듯이 씩씩거리며 자신의 차가 있는 데로 와 차문을 열고 들어갔다. 그리고는 R쪽 문을 열어주지도 않고 시동을 걸었다. R은 차 앞을 가로막아 서며 차문을 열라고 했다. J는 잠시 동안 문을 열어 주지 않을 듯 버티다가 이내 포기하고 문을 열어 주었다. R이 차안에 올라앉았을 때 J는 운전대를 붙들고 소리소리 지르며 미친 듯이 통곡을 했다. 그녀는 광적으로 핸들을 두 주먹으로 두드리는가 하면 두 발로 바닥을 쾅쾅 굴러대기도 하고, 또 머리가 천장에 부딪히도록 온몸을 들썩들썩하기도 했다. 그녀의 그 광포한 행동은 약 오 분 가량 지속되었다.

(민음사, 1990)

□하일지 「경마장에서 생긴 일」

─치 멱살을 잡고 행패를 부린 건 내가 아니고 바로 저분이란 말입니다!

나는 가만히 있는데 저분이 달려들어 내 멱살을 잡고 막 행패를 부렸어요!

젊은 운전사의 이 뜻밖의 말에 K는 갑자기 멍청해진 표정이 되어버렸다.

K의 맞은편에 앉아 있던 그 키가 크고 덩치가 좋은 사내가 갑자기 벌떡 일어나더니 저만치 시멘트 바닥에 무릎을 꿇고 앉아 있는 젊은 운전사에게로 우르르 달려갔다. 그러자 시멘트 바닥에 꿇어앉아 있던 운전사는 뒤로 벌렁 나가떨어졌다. 뒤로 벌렁 나가떨어진 운전사는 잠시 일어나지 못하고 버둥거리고 있었다. 키가 크고 덩치가 좋은 사나이는 다시 그 뒤로 나가떨어진 젊은 운전사의 옆구리를 걷어차며 소리쳤다.

−이 개새끼, 어디서 거짓말을 하고 있어! 이 선생님이 설마하니 까닭도 없이 네놈의 멱살을 잡으셨겠어? 거기에는 그만한 이유가 있었겠지.

(민음사, 1993)

□ 하일지 「경마장을 위하여」

한참 동안 청년들의 무리 속으로 들어가 아무나 발길질을 해대던 중사는 이윽고 앞으로 가 대단히 짧고 빠른 목소리로 이렇게 명령했다. 청년들은 그 중사의 명령에 따라 정신없이 앉았다 일어섰다를 되풀이했다. 그러다가 더러는 중사의 명령이 '앉아!'로 끝났는데도 불구하고 거의 습관적으로 벌떡 일어나는 청년들도 있었다. 중사는 그들을 앞으로 나오라고 하여 세차게 따귀를 갈겼다. 따귀를 맞은 청년들은 볼때기를 두 손으로 감싸쥔 채 옆으로 고꾸라졌다. 중사는 그 꼬꾸라진 청년을 사정없이 군화발로 걷어찼다. 한참동안 두들겨 맞은 그들은 다시 대열 속으로 들어와 앉을 수 있었다. 그들이 자리에 앉았을 때 중사는 다시 '앉아, 일어서, 앉아, 일어서!'를 되풀이했고 동작이 느리다는 이유로 다시 대열 속으로 들어와 아무나 마구 걷어찼다. 이렇게 몇 차례를 되풀이했을 때 청년들의 동작은 눈에 띌 만큼 민첩하고 일사불란해졌다. 이제 중사의 명령이 '앉아!'에서 끝나면 아무도 일어서는 사람이 없었다.

＊ ＊ ＊

그의 발길질을 피하기 위하여 청년들은 이쪽 저쪽으로 우르르우르르 몰려가곤 했다. 중사는 이쪽 저쪽으로 밀려가고 있는 청년들 중에 걸리는 사람 아무나 닥치는 대로 마구 따귀를 갈겼고 어디랄 것도 없이 군화발로 걷어찼다. 이 와중에서도 조상호는 K를 놓치지 않으려고 K의 옷자락을 잡고 있었다.

* * *

그들이 그 깡마른 중사의 명령에 따라 앉았다 일어섰다 앉았다 일어섰다를 반복하고 있는 동안 덩치가 큰 그 중사는 그가 미리 선별한 절반 가량의 청년들을 인솔하여 병사 안으로 들어갔다. 청년들은 병사 안으로 들어갈 때 현관에서 신발을 벗어들고 들어가 복도에 있는 신발장에 올려놓아야 했는데 그 과정에서도 중사들은 청년들의 엉덩이와 무릎팍을 사정없이 쳐댔다. 중사의 그 무자비한 발길질을 피하기 위하여 이쪽저쪽으로 우르르우르르 몰려다니던 청년들은 그들 자신도 모르는 사이에 어느 내무반 안으로 몰아 넣어졌다. 청년들은 모두 내무반 안으로 몰아 넣어졌을 때 복도에 설치되어 있는 신발장에는 흙투성이가 된 운동화들이 가득 들어차 있었다.

* * *

그때였다. 통로 저편 마루의 앞줄에 있던 청년 하나가 다른 사람들과는 달리 입을 딱 벌린 채 고개를 쳐들고 얼굴이 천장을 향하도록 하고 있었다. 그는 코피가 터진 것이었다. 그는 언제부터 코피를 흘리고 있었는지는 모르지만 그의 입 언저리와 턱에는 온통 뻘겋게 피가 묻어 있었다. 그는 꽤 오래 전부터 코피를 흘리고 있었지만 코피가 터진 사실을 차마 말할 수가 없어서 코피를 흘리면서 이리저리 밀려다녔던 것이다.

* * *

홀의 여기 저기에는 군인들이 서 있었는데 그들은 벌거숭이의 청년들을 향하여 이렇게 소리치고 있었다. 한 무리의 벌거숭이 청년들이 앉았다 일어섰다 앉았다 일어섰다를 하고 있었다. 그런가 하면 홀의 다른 한쪽에서는 군인 한 사람이 운집해있는 벌거숭이 청년들을 향하여 마구 몽둥이를 휘둘러댔다. 그 군인이 휘둘러대는 몽둥이를 피하기

위하여 한 무리의 벌거벗은 청년들은 이쪽저쪽으로 무리를 지어 몰려
다니고 있었다.

* * *

한참동안 시끄러운 소리가 들리더니 한 무리의 몹시 겁에 질린 청
년들이 저마다 손에는 카메라 케이스처럼 보이는, 그러나 카메라 케이
스보다는 약간 길쭉한 손가방을 하나씩 든 채 우르르 복도 안으로 밀
려들어오고 있었다. 그리고 그 뒤이어 몽둥이를 들고 온 중사가 들어
오더니 신발장에 신발을 올려놓느라고 몰려 있는 청년들에게 마구 몽
둥이를 휘둘러대고 있었다. 청년들은 그 몽둥이를 피하기 위하여 잠시
동안 복도 이쪽저쪽을 몰려다니다가 이윽고 복도 저 편의 내무반 안
으로 밀려들어갔다. 이쪽에서 불침번을 서고 있던 청년들이나 변소보
초를 서고 있던 청년들은 모두 히죽히죽 웃으며 그 신참 청년들을 지
켜보고 있었다.

* * *

청년들이 모두 두발을 탁자 끝에다 건 채 주먹을 쥔 손을 마루바닥
에 대고 거꾸로 '엎드려 뻗쳐'의 자세를 했을 때 중사가 소리쳤다. 그
러나 물론 향도들이 무엇이 못마땅해서 중사는 그들이 들어오자마자
그렇게 기합을 주는지 알 수 없는 일이다. 그것은 아마도 매일 밤 되
풀이되는 일인 것 같았다. 그러나 다행히도 중사는 그가 손에 들고 있
는 몽둥이로 거꾸로 엎드려뻗쳐 자세를 하고 있는 청년들의 엉덩이를
내리치지는 않았다. 그럼에도 불구하고 청년들은 그리 오래 버티지 못
했다. 불과 이삼 분이 못되어 청년들은 고통스러워하는 소리를 내며
하나 둘 허물어졌다. K도 다른 사람들처럼 허물어 졌다. 잠시 후 중사
는 모두 일어나라고 했다. 청년들은 얼굴이 뻘겋게 되어 모두 일어났
다. 중사는 무엇인가 잠시 잔소리를 하고 난 뒤 오늘 밤 암호를 말해

주었다. 이제 청년들은 각자 내무반으로 돌아갔다.

(민음사, 1991)

□하일지 「경마장의 오리나무」

나를 일으켜 세운 그는 이제 나의 멱살을 단단히 틀어잡고는 내 몸을 벽면에다 대고 세차게 콱콱 들이박기 시작했다. 그가 벽면에다 대고 들이박을 때마다 나의 등판은 차가운 지하도 벽면에 세차게 부딪쳤다. 나는 그에게 무어라고 변명도 할 수 없었을 뿐만 아니라 숨도 제대로 쉴 수 없었다. 그가 나의 몸을 벽에다 대고 들이박을 때마다 나의 목구멍에서는 '욱, 욱' 하는 소리가 새어나올 뿐이었다. 그러나 나의 목구멍에서 나오는 그 '욱, 욱' 하는 소리는 지하도 속의 그 무수한 소음들 때문에 아무도 들을 수 없었을 것이다. 나의 몸을 지하도 벽면에다 들이박아대는 그 외국인은 나에 대하여 무슨 원한에 사무쳐 있기라도 한 듯 어금니를 악물고 있었다. 그의 일그러뜨리고 있는 표정은 대단히 고집스러워 보였다.

* * *

일단 골목길로 잡아든 나는 좁은 길을 막 뛰기 시작했다. 그리고 오른쪽으로 난 다른 골목으로 꺾어들었다. 오른쪽 골목으로 꺾어들면서도 나는 빠르게 고개를 돌려 뒤를 돌아보았다. 다행히 내 뒤를 쫓아오는 사람은 없는 것 같기는 했다. 그러나 나는 안심할 수 없었다. 나는 급히 뛰어 다시 왼쪽으로 난 골목으로 꺾어 들었다.

그 후로도 나는 몇 차례에 걸쳐 좁은 골목길을 이쪽저쪽으로 숨어들었다. 약 십 분 동안 어디랄 것도 없이 골목길을 따라 뛰었을 때 나의 앞에는 이제 좀 넓은 길이 나타났다. 나는 그 넓은 길로 나섰다. 나는 그 사이에 좁은 골목들을 방향감각도 잊은 채 이리저리 마구 뛰어다녔기 때문에 숨을 헐떡거리고 있었다. 넓은 길로 나선 나는 오른

쪽으로 꺾었다.

그런데 내가 막 오른쪽으로 돌아섰을 때 나의 앞 저만치에는 구멍가게와 전봇대, 길가에 세워져 있는 두 대의 승용차 그리고 여관의 입간판이 눈에 들어왔다. 그것은 내가 방금 나왔던 그 여관 입구였다. 그러니까 나는 아까 좁은 골목길로 잡아든 뒤 한참 동안 정신없이 이쪽저쪽으로 달아나다가 결국에는 처음의 자리로 되돌아온 것이었다.

* * *

나의 시체가 누워 있는 방에는 아내의 친정 부모와 형제들도 와 있었다. 그들은 모두 근심에 찬 얼굴로 아내를 위로하고 있었다. 그러나 아내는 겉으로는 몹시 슬픔에 찬 표정을 지어 보이기도 했지만 기실은 가죽잠바의 남자와 농탕을 부리는데 열중하고 있었다. 가죽잠바의 남자는 아내의 치마 밑으로 그 통통한 손을 밀어 넣고 있었다. 아내는 가죽잠바의 손이 자신의 치마 밑으로 들어오고 있는데도 불구하고 그것을 전혀 의식하지 못하기라도 하는 듯 약간 가랑이를 벌리고 앉은 채 시시덕거리고 있었다.

* * *

자다가 얼핏 선잠을 깨었을 때 창문 밖 골목길 쪽에서부터 한 중년 아낙네의 목소리가 한 젊은 남자를 상대로 싸움하는 소리가 들려왔다. 싸움의 계기는 젊은 남자가 술에 취해 중년 아낙네에게 어떤 무례한 언동을 한 것 같았다. 왜냐하면 중년 아낙네의 목소리는 수차례에 걸쳐 '야이, 쌍놈의 새끼야, 술을 처먹었으면 처먹었지……' 또는 '너는 니 애미도 없냐? 없어?' 하고 악을 쓰며 소리쳤기 때문이다. 나는 다시 잠들었다.

* * *

내가 여객선 터미널 벤치에 앉아 있을 때 대합실 안 저만치에서는 삼십대로 보이는 두 사람의 남자들 사이에 싸움이 벌어지고 있었다. 한 사람은 곤색 오리털 잠바를 입었고 다른 한 사람은 밤색 세무잠바를 입고 있었다.

싸움은 언제부터 어떻게 시작되었는지는 모르지만 세무잠바를 입은 남자가 느닷없이 오리털 잠바를 입은 남자의 관자놀이를 주먹으로 세차게 후려갈겼다. 세무잠바의 주먹에 관자놀이를 얻어맞은 오리털 잠바는 몹시 화가 난 표정을 하고 세무잠바에게 달려들어 멱살을 움켜잡고 발길질을 해댔다. 세무잠바는 오리털 잠바에 지지 않으려고 그도 역시 상대의 멱살을 잡은 채 마구 주먹을 휘둘러 댔다. 두 사람의 그 거친 격투에 주변 사람들은 감히 말릴 엄두도 못 내고 있었다. 잠시 후 터미널 관리로 보이는 사람들이 달려와 엉겨 붙어 있는 두 남자를 떼어내려고 하고 있었다. 그러나 두 남자는 좀처럼 떨어지지 않았다. 잠시 후, 어디에서 나타났는지 순경이 왔다. 순경이 나타났지만 두 사람은 여전히 떨어질 줄 몰랐다.

(민음사, 1992)

□하일지 「새」

그런데 그때였다. A의 귓전에서 갑자기 푸드득 하는 새의 날갯짓 소리가 들려오는 게 아닌가? A는 번쩍 정신이 들어 고개를 들어보았다. 그런데 이게 어찌된 일인가? 지하 전동차 안에 난데없는 검은 새 한 마리가 날아 들어와 푸득푸득 날갯짓을 하며 이리저리 날아다니는 게 아닌가? 게다가 그 새는 오늘 아침에 집에서 나와 지하철역까지 가는 동안 A의 뒤를 따라오며 성가시게 굴었던 바로 그 새였다.

* * *

그런데 그때 갑자기 A는 정신이 아득해지는 것을 느꼈다. 그도 그럴 것이, 갑자기 울려 퍼지는 울음소리에 놀란 커다란 새 한 마리가 퍼득퍼득 다급한 날갯짓을 해대며 영안실 안을 어지럽게 날아다니기 시작했던 것이다. A는 불안한 눈길로 새를 쫓으며 혼자 중얼거렸다. 그러나 유족들의 울음소리에 압도당한 문상객들은 영안실 안에 새가 날아들었다는 것은 의식하지도 못하는 것 같았다.

* * *

그런데 그때였다. 고막이 찢어질 것같이 시끄럽고 음산하게 울어대는 새소리에 놀라 A는 고개를 들어보았다. 그런데 이게 어찌된 일인가? 커다란 검은 새 한 마리가 엘리베이터 안에서 미친 듯이 퍼득거리며 날고 있는 게 아닌가? 꽉! 꽈악! 꽉! 새는 이런 소리를 내지르며 그 커다란 날개를 마구 퍼득거리고 있었다. 그러나 새가 날기에는 엘리베이터 안이 너무 좁아서 새는 네 벽면과 천장에 마구 몸을 부딪치고 있었다. 그때서야 A는 비로소 밀폐된 공간에 새와 함께 갇히고 말았다는 것을 깨달았다. 그리고 다음 순간, 광란하던 새는 마침내 A의 이마를 부딪쳤다.

* * *

그런데 그때였다. 남산 쪽에서부터 흰 옷을 입은 한 무리의 남자들이 몰려 내려오고 있었다. 언뜻 보면 그들은 무슨 데모대같이 보였다. 그러나 자세히 보니 데모대 같지는 않았다. 그들은 구호도 외치지 않았고, 피켓이나 플래카드 같은 것도 들고 있지 않았던 것이다. 그런데도 그들이 무슨 시위대처럼 보였던 것은 그들의 특이한 옷차림 때문이었다. 그들이 입고 있는 흰 옷은 서양 수도사들의 그것처럼 생겼는데, 품이 크고 길이가 길었다. 그리고 목덜미에는 커다란 고깔모자가 붙어 있었는데, 그들은 하나같이 그 모자를 올려 쓰고 있어서 얼굴을 잘 볼 수가 없었다. 옷차림으로 보아서는 무슨 종교집단 사람들 같았다. 그런데 한 가지 이상한 것은 그 독특한 행렬이 지나가는데도 불구하고 행인들 중에는 누구 한 사람 그들에게 관심을 보이는 사람이 없다는 점이었다.

* * *

그런데 바로 그 다음 순간이었다. 고막이 찢어질 것같이 시끄럽고 음산한 새소리가 울려 퍼지기 시작했다. A는 겁에 질린 눈으로 고개를 들어보았다. 그런데 이게 어찌된 일인가? 커다란 검은 새 한 마리가 미친 듯이 날개를 퍼득거리며 좁은 엘리베이터 안을 날아다니는 게 아닌가? 자신도 모르는 사이에 A는 소리치며 소년 쪽을 돌아보았다. 그러나 소년의 귀에는 그 시끄럽고 음산한 새의 울음소리도, 퍼득이는 날갯짓 소리도 들리지가 않는지 꼼짝하지 않고 서서 올라가고 있는 엘리베이터의 미동을 음미하고 있을 따름이었다. 게다가 그 사나운 새는 어린 소년의 머리 위를 당장이라도 덮칠 듯한 태도였다. 보다 못한 A는 새가 해치지 못하게 하기 위하여 소년을 감싸안았다. 암탉이 병아리를 감싸듯이.

* * *

A는 심한 자책감으로 스스로를 괴롭히고 있었다. 그런데 그때였다. A는 문득 자신의 몸에서 예사롭지 않은 변화가 일어나고 있다는 것을 느꼈다. 팔이 저리고, 다리가 오그라드는 것만 같았다. 그런가 하면 몸뚱아리는 허공으로 솟아오르는 것만 같았다. 그래서 그는 자신의 몸을 굽어보았는데, 그 순간 그는 너무나 놀란 나머지 경악에 찬 비명을 지르지 않을 수 없었다. 그도 그럴 것이, 가로등 불빛이 쏟아지고 있는 벤치에 혼자 앉아 있는 그는 어느 틈엔가 한 마리의 커다란 검은 새로 변해 있었던 것이다. 두 다리는 형편없이 가늘고 짧은 새 다리가 되어버렸고, 그 초라한 다리 끝에는 볼품없이 앙상한 발가락들만 사방으로 길게 뻗어 있었다. 그런가 하면 두 팔과 어깨의 등은 까마귀처럼

검은 깃털로 뒤덮혀 있었다. 너무나 놀란 A는 소리쳤다. 그런데 이렇게 소리치던 A는 더욱 놀라지 않을 수 없었다. 왜냐하면 그의 입에서 나오는 소리는 사람의 말 소리가 아니라 '꽉! 꽈악! 꽉!'사는 자신이 들어도 소름이 끼칠 만큼 기괴하고 음산한 새의 울음소리였던 것이다.

(민음사, 1999)

□하재봉「블루스 하우스」

미리는 창문 장금 장치 버튼을 누른다. 그러자 솔개는 조금 열려진 창문으로 손을 집어넣어 단추를 뽑고 문을 잡아 당겼다. 드디어 문이 열리고 미리의 몸이 병아리처럼 솔개의 발톱에 낚아 채여서 밖으로 끌려나갔다. 나는 너무나 갑자기, 전혀 생각지도 못한 일을 당했기 때문에 무슨 일인지 잘 알 수가 없었다. 아무 생각도 할 수 없이 멍하니 그것을 바라보고 운전석에 앉아 있었다.

(세계사, 1993)

□하재봉「영화」

그런데 나는 드디어 그 끔찍한, 그 두려운, 그 몸서리치는, 총에 맞고 말았다.

지금까지 운 좋게 나를 피해 가는 줄만 알고 있었던 총알이 이번에는 탄두에 유도탄이 달려 있었는지 이리저리 포물선을 그리며 내 몸을 쫓아왔다. 이제 겨우 한 방이었지만, 그것이 6연발 권총의 첫 번째 총알인지, 아니면 32연발 혹은 샘페킨파 감독의 '와일드 번치'에서 수백 명의 멕시코 병사들을 거꾸러뜨리던 다탄두 기관총에서 나온 것인지, 그것도 아니면 내 몸이 수천 개의 파편으로 해체 될 때까지 무한대로 쏠 수 있는 레이저 총에서 발사된 것인지, 알 수 없었다.

나는 지금부터 0.5초 전, 그 총소리가 나는 순간 본능적으로 두께

50센티미터의 철제 금고 뒤로 몸을 날렸다. 하지만 오른쪽 팔이 후끈거렸다. 그리고 그곳으로부터 참을 수 없는 통증이 밀려왔다. 이빨이 부러지도록 힘을 주고 다물었지만 불에 덴 것처럼 화끈거리고, 그리고 못에 찔린 것처럼 욱신거리며 쑤시는 것이었다.

붉은 피가 흘러나왔다. 휴고 보스 양복 소매가 축축이 젖기 시작했다.

(이레, 1999)

□하재봉 「쿨재즈 2」

순간, 다다의 발이 허공으로 치솟는다. 머리에 반다나를 한 청년의 고개가 뒤로 제껴지면서 자갈밭 위로 쓰러진다. 쓰러진 청년은 다시 몸을 일으켰을 때, 손에는 손바닥보다 큰 돌이 들려 있다.

"조심해요!"

현경미의 찢어진 목소리가 강물과 산에 부딪쳐 잘게 부서진다. 다다의 주먹이 다시 청년의 얼굴을 후려친다. 그는 비틀거리며 넘어진 청년의 등을 구둣발로 짓누른다.

* * *

피가 솟구친다. 붉은 피가 그녀의 몸 밖으로 콸콸콸 빠져나간다. 그녀는 머릿속이 조금씩 하얗게 멀어져간다. 그녀는 칼을 떨어뜨린다. 그리고 천천히 방바닥에 드러눕는다.

그녀의 두 눈은 부릅떠 있다. 무엇인가 억울하다는 생각이 든다. 이렇게까지 하지 않아도 되는데, 무엇이 억울한지는 잘 모르겠지만, 수챗구멍에 걸린 머리카락 뭉치처럼 무엇인가 목구멍에 걸려 답답해진다. 그러나 이젠 더 답답함을 느낄 필요도 없다. 그녀의 커다란 눈은 다시는 감겨지지 않는다. 피는 그녀의 팔을 빠져 나와 손목을 물들이고 방바닥을 흥건하게 적신다. 그녀의 머리카락이 피에 젖으면서 엉긴다. 그녀의 등이 피에 젖는다. 그녀의 눈은 부릅뜬 채 한 번도 올라가 보지 못한 먼 구름 위의 나라를 바라보고 있다. 스톱.

햇빛이 사라졌다. 별도 뜨지 않는 캄캄한 밤, 가로등과 크리스마스 트리의 꼬마전구가 눈을 깜박이고 있다.

(해남, 1995)

□하재봉 「황금 동굴」

나는 조금씩 두려워졌다. 팔에 소름이 돋고 숨이 거칠어졌다. 진도 2의 미진이 땅을 흔들 때처럼, 몸이 미세하게 좌우로 흔들거렸다. 하얀 끈. 허공 속에 매달려 흔들리는 돌고래의 검은 지느러미. 혹은 피, 손목에 그어진 날카로운 상처, 푸르스름하게 빛나는 칼, 피, 피, 피, 바닥에 흥건하게 고여있는 피, 눈을 부릅뜨고 쓰러진 돌고래.

(이레, 1999)

□한말숙 「아름다운 영가」

"문 열어라, 문 열어! 안 열면 죽일끼다마."

하고 그녀는 소리치면서 미친 듯이 주먹으로 문을 두드렸다.

정임은 미친 듯이 문을 두드렸으나, 방안에 있는 명자는 냉정하게 움직였다. 그녀는 발재봉틀로 문을 막았다. 열쇠로 문을 열더라도 재봉틀 때문에 쉽게 열리지 않을 것이고—창으로 도망하기 전에 들어오면 재봉틀 뚜껑으로 정임을 치리라고 생각했다. 어느 사이엔가 명자는 정임에게 살의마저 품고 있었다. 비록 노인이나, 정임의 체격이 크고 정정해서 키가 작고 여윈 명자는 체력으로 눌릴 것 같은 두려움도 있었다.

* * *

명자가 버스 정거장을 향해서 정임의 집 뒷담을 돌아가는데 집안에서 하늘을 찌를 것 같은 정임의 비명소리가 났다.

'억척스런 노인네, 문은 열었으나 내가 없으니까, 그 성깔에 까무라 쳤겠지!'

하고 생각하며 명자는 걸음을 재촉했다. 그녀는 생각할수록 정임이 지겨워 고개를 설레설레 젓고 있었다.

그러나 정임의 비명소리는 성깔의 소리가 아니라, 그녀의 생명의 최후 소리였다.

* * *

정임이 안방 문을 홱 여니깐 산뜻한 자줏빛 보료 위에 최광수가 둘이 다리를 뻗고 앉아서 응접대 위의 군밤을 우두둑 씹으며 그녀를 바라보고 있다. 정임은 내가 죽으려고 환장을 했나? 와 이리 헛것을 보노? 하고 속으로 뇌이며,

"누고?(누구냐)"

하고 선 채 소리쳤다. 왼 편에 앉은 최광수가 젊은이로 변하며,

"최광수 손자다!"

한다. 그 음성이 죽은 최광수와 똑같다. 정임은 섬찟해 지며 얼른 몸을 돌려서 현관 쪽으로 뛰었다. 거실을 뛰어나가며,

"사람 살려!"

하고 소리쳤다. 최광수의 손자인 정섭과 정구도 재빨리 뛰어나갔다. 정섭은 손에 든 칼로 그녀의 등의 한가운데를 푹 찔렀다. 현관 밖으로 한 발자국 내디디던 정임은

"악!"

하고 소리를 치며 쓰러졌다. 그녀의 외마디 소리는 담을 넘어 하늘을 찌르며 한길까지 날았다.

* * *

　범인은 23세와 21세의 형제간. 범행 직후 체포. 원한에 의한 살인.
피살된 손 정임은 조부의 소실로 있다가, 조부가 운명하는 순간 전 재
산의 서류를 훔쳐서 매각 처분했다. 범인의 홀로 남은 조모와, 부모
형제들은 살던 집에서 집달리에 의해 갑자기 쫓겨났고, 몇 군데군데에
서 들어오던 월세도 막히고ー그 당시 억대가 넘는 부동산은 어느 사
이엔가 남의 명의로 넘어갔다. 범인 형제는 일 개월 전 서류를 훔치고
처분한 사람이 손 정임인 줄 알아내고 살해했다. 범인들은 조부와 아
버지의 원수를 갚아서 죽어도 한은 없다 한다.

(인문당, 1981)

□한말숙「초콜릿 친구」

　적치 이주일 무렵부터는 젊은 남성들을 의용군으로 징발해 가는 사
람잡이가 시작되었다. 차차 그 대상의 연령을 확대해서 15세부터 50세
까지가 아니라 그런 나이로만 보이면 무조건 잡아갔다. 남성들은 굴뚝
에 숨고, 지하실에 혹은 천장에 숨었다. 그러다 들키면 그 자리에서
사살되고 혹은 어디로 끌려가는지 없어졌다. 영희의 어머니와 한 친구
는 사위 대신 잡혀가는 만삭의 외동딸을 뒤따라가며 목메어 울다가
쉰 목이 그후 10년 후에 죽을 때까지도 쉬어 있었다. 혹시 그 딸이 살
아서 돌아왔거나, 죽었을 경우 그 시체라도 찾았었다면, 임종 때 평소
맑던 그 목청으로 천당에 갔었을 것이다.

　적들은 한 우물 한 구덩이에 수백 명씩 양민을 생매장했고 거처를
알리지 않기 때문에 생사도 모르고 시신을 찾지 못하는 고통과 공포
는 죽음보다 더 컸다. 의용군으로 잡혀간 사람들을 모아놓은 삼엄한
경비의 공공시설의 큰 마당이며, 학교의 운동장마다 담 밖에서 울며
소리쳐 혈육을 부르는 모습은 바로 아비규환의 지옥도였다.

(풀빛, 1999)

그들을 병원으로 보내고 2층으로 올라간 K는 깜짝 놀랐다. 캐비닛의 두 문이 활짝 열려져 있고 그 속에 있던 책이 마구 흩어져 있다. 돈이 있는 줄 알았던가? K가 방에 들어서자 발바닥에 끈적하고 무엇이 묻었다. 질겁을 했다. 막 피를 보아서 그는 더욱 놀랐던 것이다. 그러나 물이었다. 푸르스름한 물이다. 꽃병에서 흐른 것만은 확실하다. 꽃이 시들어서 버리고 물은 미처 버리지 못했던 것이다. 철제의 꽃병이어선지 녹물도 섞여 더욱 푸르틱틱한 물이다. 꽃병은 책상 위에 놓여 있다. 원래는 탁자 위에 있었던 것 같은데 아무래도 이상했다. 탁자 근방에 물이 엎질러진 것을 보니 탁자 위에 있었던 확률이 높다. 그렇다면 꽃병의 위치가 바뀐 것이다. 누가, 왜, 언제 옮겼을까? 식모가 방을 치울 때 옮겼다면 물은 닦아 두었을 텐데…… K는 생각이 거기까지 미치자 반침 안에 있는 마른 걸레로 얼른 물을 닦아 버렸다. 왜 그렇게도 재빨리 움직였는지 그 자신도 알 수 없는 일이었다.

* * *

모든 것은 듣지 않아도 짐작이 갔다. 형이 캐비닛을 열고 뒤지는 것을 병삼이 뒤에서 꽃병으로 치고 뻗자 층계에서 밀어 뜨린 것. 이것은 최악의 경우다. 아니면 옥신각신하는 사이 분별할 줄 모르는 형이 꽃병을 아우에게 내던졌다. 그것이 그냥 마룻바닥에 떨어지자 병삼은 그것을 책상 위에 올려놓았다. ―꽃병은 K가 아끼는 물건이었으니까, 병삼이 그럴 만도 하다. 올려놓고 형을 밀어내었다. 방문은 바로 계단과 잇닿아 있다. 계단이 나무고, 병삼의 형은 나일론 양말에 더구나 취해 있었으니 미끄러짐이 오히려 당연하다. 그렇다면 이것은 정당방위다. 그러나 주인의 캐비닛을 털 만한 위인이, 아우에게 힘을 사양했을 것 같지도 않다. 물건을 던지고 마구 치고 하는데 가만히 있을 사람은 누군가? 병삼도 쳤다. 그런데 주먹으로 일을 삼는 사람이 그렇게 쉽게 밀리고 떨어졌을까?

(풀빛, 1999)

□한무숙 「감정이 있는 심연」

전아가 떠날 생각으로 있는 것은 당연한 일이었다. 그러나 뒤에 남게 되는 마음에는 그것이 어떤 배신 같이만 느껴지는 것이다. 아니 배신이 아니고 농락이라는 쪽이 옳을지 모른다. 제 본심이 드디어 나타난 것에 불과한 것이다. 도대체 오릿골 큰 기와집 아가씨한테 일찍 어버이를 잃고 그 집 마름을 맡아보는 당숙손에서 겨우 자라난 거지나 진배없는 놈팡이가 당할 일인가? 어금니가 옥물려 진다. 눈에 힘을 주어 쏘아보았다. 약간 창백한 고상한 옆얼굴-무엇인가가 가슴 한구석에서 피를 토했다. 농락한 것이라고 좋다. 그대로만 속여다오-눈 속이 조금씩 어두워져갔다. 그 어두워져 가는 눈 앞에 지난날이 얼룩거렸다.

(문학과현실사, 1993)

□한무숙 「만남」

열 살 난 막내는 아름답고 쾌활한 소년이었다. 적극적인 성격으로 면학도 게을리 하지 않아 어버이의 사랑도 한결 도타웠다. 그 아이가 어이없는 일로 죽은 것이다. 그때도 가을철이었다. 아직 장난기가 덜 가신 소년은 물들기 시작한 감을 따서 먹었다. 감은 떫었으나 그는 씹어 넘겼다. 떫은 감은 잘 넘어가지 않고 목에 걸렸다. 목이 막힌 아이는 어쩔 줄을 몰랐다. 소동이 벌어지고 아이 못지 않게 어쩔 줄을 몰라 했던 어른들이 당황 속에서 베풀었던 응급 처치가 아이를 죽였다. 때마침 남자는 집에 없었고 아낙들만 있던 터이라 얄팍한 짐작으로 아이에게 참기름을 먹였다. 이 경우 소금을 먹여 떫은 감물을 삭혀야

했을 것인데 참기름은 그것을 응고시켜 아이는 질식사하고 말았던 것
이다.

(을유문화사, 1992)

□한상칠 「들쥐」

　턱이 빨라 세모난 얼굴에 눈이 좁고, 뒤통수만 뾰족한 게 아니라 이
마빼기도 툭 불그러진 바람에 그 별명이 붙었다. 한데 그 별명이 더욱
안성맞춤인 것은 그애의 잔혹성 때문이었다. 참나무 장작도 팩팩 쪼개
지고 대못도 딱딱 박아놓는 도끼처럼 그앤 매섭게 굴었다. 바짝 마른
몸매였지만 전교생 누구 하나 그앨 두려워하지 않는 애가 없었다. 그
애 앞에선 뚝심 따위가 힘을 못썼다. 쇠꼬챙이나 깨진 유리병 쪽을 들
고 달려드는 데는 누구도 도망질을 치기 마련이었다. 한번은 힘센 상
급생 애가 맞서 버티다가 그대로 당해버렸다. 썰매 송곳으로 지체없이
한쪽 눈을 콱 쑤셔놓은 것이다. 다친 애가 핏물이 마구 터져 나오는
눈을 두 손으로 싸 막은 채 얼음판 위에 쓰러져 뒹구는데도 그는 손
톱만치도 겁내는 기색이 없었다. 겁을 내기커녕 데굴데굴 구르며 숨이
꺾이게 우는 애를 발로 몇 번 걷어차면서, 또 까불면 그땐 모가질 찍
어, 하더란 것이다.

＊ ＊ ＊

　그는 제 자리에 가서 앉자 팔짱을 끼며 교실 안을 쓰윽 둘러보았다.
그 눈길의 서슬에 그 애에게 가 있던 아이들의 눈들이 재빨리 돌려졌
다. 그런데 천천히 돌아가던 도끼대가리의 눈이 한곳에서 따악 멈췄
다. 한 아이가 정신없이 그 애 얼굴을 쳐다보고 있었던 것이다. 뭘 봐,
임마! 하는 소리와 함께 컴퍼스가 홱 날았다. 놀란 아이가 얼른 머리
를 돌리자 아슬아슬하게 귀를 스친 컴퍼스가 뒷벽을 갈기곤 마룻바닥
에 떨어졌다. 네 눈깔두 쑤셔줄 테야. 도끼대가리는 삑 소리쳤다.

* * *

풀죽은 남편의 말이 끝나자마자 경리과장은 홱 남편의 멱살을 움켜잡았다.

"뭐라구, 이 모사꾼새꺄? 네놈이 속농간은 다 부려놓구선 뭐 어쩌구 저쩌구? 너 죽고 나 죽자."

이거 놔 이거, 하고 소리친 남편은 주먹으로 경리과장의 뺨을 쳤다. 그래도 경리과장의 손이 멱살을 죄기만 하자 남편은 또 한번 그의 얼굴을 퍽 내갈겼다. 그녀가, 왜들 이러세요, 하고 소리치며 그들 사이에 들러붙었을 때 경리과장은 주르륵 코피를 흘렸다. 그러나 그는 잇날을 하얗게 드러내고 웃으며 얼결에 놓쳤던 멱살을 다시 잡으려 했다. 남편이 틈을 주지 않고 그의 어깨를 벌컥 떼밀었다. 뒤로 한 발짝 물러서며 비틀한 몸을 잡은 경리과장은 꼼짝 않고 그 자리에 굳어버렸다. 그런 그는 여전히 입가에 웃음을 흘리면서 남편의 얼굴을 쏘아보았다. 온몸에 소름이 돋은 그녀는 현관 앞에 나와 있는 애들에게 고개를 돌렸다. 솜, 솜을 가져와라. 큰애가 잽싸게 찾아 가져온 솜을 받아들곤 경리과장 앞으로 다가갔다. 그러자 경리과장이 그녀를 홱 옆으로 밀어버렸다. 그와 함께 남편이, 이 새끼 얼른 꺼지지 못해, 하고 소리쳤다. 순간 경리과장은 이를 한번 부드득 갈았다.

(금성, 1987)

□한상칠 「말라깽이」

그 날도 광태놈은 애들과 오징어 발을 나눠먹으면서 이거부를 노래하듯 놀리다 못해 자꾸만 지분거리기까지 했다. 그런데 이거부의 태도가 전과 달랐다. 눈빛이 싸늘하게 바뀐 얼굴로 책상 앞에 가만히 앉아 있다가 별안간 자리에서 일어섰다. 그리고 그것은 참으로 눈 깜짝할 사이였다. 광태놈에게 홱 달려든 이거부는 녀석의 발목을 잡아채고 말았다. 광태놈이 벌렁 뒤로 나가떨어졌다. 그와 함께 이거부는 광태놈의 가슴 위에 올라탔다. 동시에 그는 그 두 주먹으로 광태놈의 얼굴을 마구 때렸다. 광태놈이 윗몸을 일으키려고 안간힘을 쓰자 이거부는 녀석의 살을 닥치는 대로 물어대기 시작했다. 마침내 광태놈이 아휴, 아휴, 앓는 소릴 내더니 기어코 그 창피스런 비명을 지르게 된 것이었다. 그 꼴에 모여 섰던 우리들이 웃음을 터뜨렸다. 광태놈은 이거부가 때리고 물고 하다가 잠깐 숨을 두르는 사이 몸을 빼내어 도망쳤다. 그 뒤로 광태놈의 태도는 돌변했다. 전처럼 이거부를 들볶지 않는 건 물론 다른 애들과도 들까불며 어울리질 않았다. …(중략)… 등에 네댓개의 라디오를 짊어진 이거부가 한 손엔 유행가가 들려나오는 라디오를 흔들며 가는데 광태놈이 따악 앞을 막아섰다. 뒤에는 두 놈의 깡패가 팔짱을 끼고 서선 노려보았다. 그들은 덮어놓고 이거부의 양어깨를 잡더니 으슥한 골목길로 들어섰다.

"쥐새끼만 했을 때 일이니깐 쬐끔만 침을 주마."

광태놈은 혼잣소리로 뇌까리더니 두 깡패놈에게 턱짓을 했다. 이거부는 발버둥쳤지만 곧 바지가 벗겨졌다. 그때 광태놈이 주머니에서 소주병을 꺼내더니 옆의 돌담을 탁 쳤다. 광태놈의 손엔 삐죽삐죽한 날이 선 소주병 주둥이만 남았다. 이거부가 얼굴이 하얗게 질려선 몸부림을 쳤지만 양쪽에서 팔과 어깨를 껴잡은 놈들 때문에 몸이 움직이질 않았다. 별수 없었다. 마침내 정신을 잃었다가 깨어보니 넓적다리는 피투성이였다.

* * *

이거부와 광태놈이 양쪽 담벼락에 등을 붙이곤 마주 서 있지 않은가. 그리고 그들의 몰골은 엉망진창이었다. 갈가리 찢겨진 옷, 피투성이가 되어 있는 팔과 얼굴, 골목길에 흩어진 벽돌조각, 깨진 유리병, 나는 온몸을 부르르 떨며 발을 떼었다. 그 순간 이거부가 꽥 소리를 질렀다.

"가까이 오면 너도 쥑여!"

그 소리와 함께 휙 몸을 날린 이거부는 광태놈의 허리에 달라붙었다. 그러나 뒤미처 광태놈은 이거부를 멀찌감치 던져버렸다. 이거부는 팔다리를 몇번 허우적거렸다. 이내 몸을 일으킨 그는 곧바로 광태놈에게 다시 달려들었다. 하지만 이거부는 또 한번 광태의 맞은편 벽 밑에 나가떨어졌다. 동네사람들이 혀를 차며 또다시 웅성댔다. 다시 일어나 앉는 이거부의 얼굴엔 새로운 핏물이 골을 타고 흘렀다. 순간 나는 광태놈 앞에 나섰다. 박살을 내고 말 것이었다. 그때 이거부의 아내가 경찰관을 앞세우고 나타났다. 광태놈이 휙 몸을 돌려 도망치기 시작했다. 경찰관이 그의 뒤를 쫓았다.

(금성, 1987)

□한수산 「모래 위의 집」

사내가 몸을 허공으로 날렸다. 고속 촬영으로 찍은 화면 속을 사내의 몸은 느리게 날아갔다. 깃털 같다. 깃털은 날아가 상대의 가슴에 꽂혔다. 상대가 또한 깃털처럼 쓰러졌다.

* * *

이번에는 2대 1의 싸움이다. 키 작은 사내가 먼저 쓰러졌다. 눈에서 피가 흘러나오고, 쓰러진 사내는 물고기처럼 펄떡펄떡 몸을 뒤챘다.

(동아, 1995)

□한수산 「부초」

넓은 손이 입을 막았다. 덫에 걸린 것처럼 이미 그녀의 몸은 사내의 몸무게에 꼼짝할 수 없이 눌려 있었다. 거친 숨결이 귓가에 훅훅거리며 다가오고, 속옷을 헤집으며 무자비하게 밀고 들어온 손이 아랫도리를 벗겨 내렸다. 지혜는 겨우 풀려난 한 손으로 사내의 얼굴을 후벼 파기라도 하듯 부여잡았다. 다리를 버둥거리면서 입술과 볼을 힘주어 잡는데 윽 하는 소리가 간발의 차이로 두 사람에게서 동시에 새어나왔다. 찢어져라 지혜가 그의 얼굴을 잡아 뜯는 순간 아랫도리로 파고 들던 사내의 손이 날아와 지혜의 턱밑을 쥐어박았던 것이다. 뒷골이 멍해진다. 귓속까지 더운 김이 훅훅 와 닿는 목소리가 낮고 음산하게 새어나왔다. "말 안 들으면 죽여 버려!" 그 순간 지혜의 몸에서 힘이 스르르 빠져나갔다. 귓속 깊이 뿜어대는 목소리는 그게 누구의 것인지 알 수 없었다. 언뜻 하명의 얼굴이 눈앞을 스칠 때, 지혜는 아랫도리 가 벗겨져 나가는 것을 알았다. 부끄러움이, 질펀거리는 본능적인 치욕이 몸을 휩싸 왔다. 힘을 다해 다리를 오므렸다. 사내의 발이 두 다리를 벌리며 버둥거리고 있었다. 그때였다. 다시 한번 턱밑에 강한 충격이 왔다. 거의 정신을 잃을 정도의 아픔이 머리를 어지럽혔다. 하늘의 엎어지는 것 같은 현기증이었다. 다리에 힘이 빠지고 사내의 몸이 무겁게 더 무겁게 얹혀 오고, 거친 숨결이 이마에 확확 와 닿을 때, 몸을 받쳐 주고 있는 땅 저 밑에서부터 올라오는 아픔이 지혜의 몸을 찢었다.

(동아, 1995)

□ 한수산 「진흙과 갈대」

그가, 최정태라는 사람이, 그렇게 죽을 수도 있었던가. 그럴 수도 있는 사람이었던가. 아니다. 스스로 몸을 던져 죽어갈 그런 사람이 아니다. 최정태, 그가 죽다니. 명주가 아랫입술을 깨물었다. 그랬다. 최정태라는 이름은 명주에게 있어 죽음의 반대편에 서 있는 상징이었다. 죽음이란 모든 것의 상실이 아닌가. 이 세상의 그 무엇도 가질 수 없는 것, 그것이 죽음이다. 이 땅 위의 그 무엇도 지배할 수 없어지는 그 지배의 포기가 죽음이다. 소유와 지배를 포기하는 죽음이 어떻게 최정태의 몫이 될 수가 있는가.

(중앙일보사, 1992)

□한승원 「검은 댕기 두루미」

그녀는 독 오른 암표범처럼 그에게 덤벼들었다. 그의 젖가슴과 어깨를 물어뜯었다. 그는 그녀를 피하려다가 땅바닥에 주저앉았다.

"아악! 왜 이래? 너 미쳤어?"

그는 데굴데굴 구르면서 몸부림치고 발버둥쳤다. 그녀는 그를 놓치지 않고 계속 물어뜯었다. 아주 죽일 참이었다.

(문학사상사, 1999)

□한승원 「사랑」

그는 그녀가 오르가즘의 황홀감을 이기지 못하여 그에게 사랑의 눈길을 보내고 있는 것으로 여겼다. 바야흐로 진땀이 흐르기 시작했고, 아랫도리와 남근이 기진하여 뻐드러지려 하고 있었다. 그녀가 한창 황홀해 하고 있는 이때 맥을 풀어버리면 안된다고 생각하며 그는 이를 악물고 아랫도리에다가 남아 있는 모든 힘을 쏟아 부었다. 그렇지만 그녀는 그가 이미 쇠진해진 것을 알아채고 있었다. 이미 그를 이용하여 즐길 만큼 즐겼고, 유전자도 받을 만큼 받은 터이었다. 윗몸을 모로 외틀자마자 두 개의 톱니 달린 포크레인 앞발을 펴 늘이기가 무섭게 사력을 다하고 있는 그의 가슴 한복판을 찍었다. 그의 몸은 압착기 속에 들어간 알루미늄캔처럼 찌그러졌고, 그는 당황한 채 그 의식을 타의에 의해서 끝낼 수밖에 없었다. 그녀는 그의 몸뚱이를 들어올렸고, 그는 저항할 엄두 한 번 내지 못한 채 허공으로 떠올랐다. 그녀는 그의 윗몸을 턱밑으로 끌어당긴 다음 머리통부터 씹어먹기 시작했다. 그는 참담하게 죽임을 당하고 있었지만, 몸부림 한 번 치지 않고 순응

하고 있었다. 정액을 모두 소진하고 시들어지려 하던 그의 유백색 성기는 그가 숨을 거두는 순간 아무런 물정도 모른 채 소갈머리 없이 곤두서고 있었다. 암컷 사마귀는 그의 그것까지도 달게 먹고 있었다.

* * *

어머니는 예전의 그 어머니가 아니었다. 손에 잡히는 것이면 무엇이든지 내던졌다. 바람벽을 향해 냅다 팽개치기도 하고, 담 너머로 돌팔매질하듯이 던지기도 하였다. 밥을 먹다가 숟가락이나 젓가락이나 장종지기나 밥그릇들을 내던졌고, 아들인 그의 방에 들어가서는 재떨이 잉크병 만년필 컴퓨터 프린터, 책상 위에 놓여 있는 국어사전 영한사전 옥편 볼펜 서가의 책들을 내던졌고, 목욕탕에 들어가서는 면도기 스킨로션병 밀크로션병 비누 치약 화장지 수건 바가지들을 내던져 박살을 냈다. 닥치는 대로 집어던지면서 어머니는 소리쳤다.

* * *

어머니에게서 냄새 난다는 그 말을 참을 수 없어 옥현이에게 덤벼들었다. 태권도 학원엘 다닌 옥현이를 이길 수 없었다. 옥현이의 주먹과 발은 피스톤처럼 들랑거리면서 그의 몸 여기저기를 짓이겼다. 내내 두들겨 맞던 그는 헛발질을 하는 옥현이의 허리를 보듬고 뒹굴었다. 옥현이의 가슴을 타고 '꼬부랑 할메'라는 말을 뱉곤 하던 그 얄따란 주둥아리를 찍었다.

"어디 또 꼬부랑 할메란 말 해봐라."

입을 찍는다고 찍었는데, 옥현이가 발버둥치며 두 팔을 휘두르는 바람에 그의 주먹이 옥현이의 코와 눈두덩을 거듭 찍었다. 옥현이는 그를 더 공격하려고 하지 않고 두 눈과 코를 싸쥔 채 모로 돌아누워버렸다. 코에서 피가 흘렀다.

* * *

푸른 어둠이 눈앞을 가렸다. 그 어둠 속에 그를 쳐죽이려 하는 적들
이 우글거렸다. 웃옷을 벗어 팽개치고 몽둥이를 들고 박상무 일행을
모두 쳐죽이겠다고 나섰다. 동네 사람들은 그의 광기 어린 기세에 질
려버렸다. 아무도 말리려 하지 않고 멀찍이 떨어진 채 굿만 보았다.
그는 박상무의 집으로 갔다. 박상무는 없고 늙은 어머니와 아내와 중
학교에 다니는 막내딸만 있었다. 그들을 향해 박상무를 내놓으라고 소
리쳤다. 늙은 어머니가 나와서, 아직 퇴근해 들어오지 않았다고, 왜 이
러느냐고 참으라고 달래려고 들었다. 늙은 어머니를 뿌리치고 이 방문
저 방문을 열어 젖혔다. 박상무가 보이지 않았다. 그는 헛간에서 도끼
를 찾아 들었다. 마당 가장자리의 장독대로 달려갔다. 몽둥이를 휘둘
렀다. 장독과 된장독이 와장창 와장창 깨지고, 새까만 장이 마당으로
번졌고, 대문간 옆의 개구멍을 통해 골목길로 흘러갔다.

* * *

누가 전했는지, 그의 어머니가 달려와 그를 말리려고 들었다. 그는
어머니마저도 알아보지 못했다. 어머니를 향해 몽둥이를 휘둘러댔다.
어머니는 그 몽둥이를 피하려 하지 않고, 개처럼 두들겨 맞으면서 그
의 목을 끌어안았다. 한 손으로 그의 얼굴 살갖을 쓰다듬고 어루만지
면서 입술과 턱과 코와 이마와 볼을 그의 목줄과 턱과 입술과 눈에다
가 비벼댔다. 그때 어머니의 냄새가 그의 콧속으로 파고들었다. 그 순
간부터 눈앞의 현실이 보이기 시작했고 그는 몽둥이를 내던지고 그
자리에 쓰러져버렸다. 이후의 일을 그는 알지 못했다.

* * *

질주해 오는 바람 부리를 향해 등허리를 내밀어주었다. 미친바람
자락 보듬고 몸부림치는 갈대숲이 한눈에 들어왔다. 바람은 그가 들이
밀어 준 뒤통수와 등허리를 손톱으로 할퀴었다. 그 여자는 바람에게

웃옷 앞섶과 짧은 치맛자락을 하늘로 젖혀 올리고 복사꽃빛 거들을
드러내놓았다.

그 여자가 황급히 그의 손을 놓고, 두 손으로 치켜올려진 치맛자락
끝을 끌어내리면서 드러난 거들을 가리고 비명을 질렀다.

* * *

열흘째 되던 날 어머니는 벌떡 몸을 일으키더니 네발짐승처럼 기어
다녔다. 모로 넘어져서 몸부림을 치고 발버둥치면서 엎치락뒤치락했
다. 어눌한 말씨로 '만득아, 만득아!'하고 불러대고, 머리카락들을 움
켜쥐어 뜯어내고, 불에 덴 굼벵이처럼 뒹굴었다. 용을 쓰는 고양이처
럼 허리와 등을 활등처럼 구부리기도 하고 이를 뿌드득 갈기도 하고,
아윽 아윽 하고 소리를 치기도 하고, 입 가장자리와 코로 우윳빛 거품
을 뿜어내기도 했다. 몸에 붙어 있는 옷들을 쥐어뜯었고, 갈기갈기 찢
어 던졌다. 알몸이 되어 뒹굴어댔다. 그리고는 질풍 같은 경련을 일으
켰다. 두 주먹을 그러쥐더니 무릎을 굽히고 떨었다. 이를 앙다물면서
두 주먹을 턱밑에 괸 채 윽 소리를 내고 숨을 거두었다. 이윽고 경련
으로 굳어졌던 몸이 풀어지기 시작했다.

* * *

백정들은 살생을 한다는 생각을 하지 않았다. 그것은 자기들의 업
무일 뿐이었다. 소 한 마리의 정수리를 도끼로 쳐죽이는 데는 두 사람
이 매달리지 않았다. 그 일을 혼자서 했다. 한 손으로 코뚜레는 잡은
채 다른 한 손으로 도끼를 들고 정수리를 치는 것이었다. 대개의 경우
한 번 쳤을 때 소는 눈을 허옇게 까뒤집으며 두 무릎을 꿇고 단말마
의 경련을 일으켰다. 가끔, 한 번 쳤을 때 무릎을 꿇지 않고 몸부림을
치고 펄쩍 뛰는 소가 있었다. 그렇지만 백정들은 그 빗맞은 황소가 발
악할 틈을 주지 않았다. 재빨리 한 번 더 쳐서 눈을 허옇게 뜬 채 무

릎을 꿇게 하였다.

* * *

마침내 늙은 백정이 버스정류소 주위의 불한당 셋을 사 가지고 왔다. 어깨가 넓게 벌어지고 팔뚝의 근육들이 뒤룩거리는 들소 같은 그들은 안동 젊은이를 개처럼 끌어냈다.

안동 젊은이가 그들에게 저항을 했다. 들소 같은 남자들은 그 젊은이를 발길로 차고 주먹으로 쳤다.

그 젊은이의 코에서 피가 터졌다. 그 피가 젊은이의 옷을 적셨다. 그 젊은이는 눈을 초롱초롱하게 뜬 채로 신음소리 한 번 내지 않고 두들겨 맞았다.

* * *

목욕을 시켜드리기 위해 방안에 들어선 그를 향해 어머니는 "이 나쁜놈, 네 놈이 내 멕다리에다가 이 돌덩어리들 넣아놨지? 이 나쁜 혼백아, 심술 사나운 악귀야. 훠세에 훠세에 훠세에……다 물러가거라" 하고 악귀들을 쫓는 무당처럼 소리치면서 요강을 내던지곤 하였다. 그는 반사적으로 그것을 피했고, 요강은 바람벽에 부딪쳤다. 오물이 방바닥에 쏟아졌다. 그것을 긁어 담으려고 윗몸을 숙이면, 어머니는 스티로폼 밥그릇과 국그릇과 숟가락과 베개 따위를 그의 정수리와 얼굴로 날려보냈다.

* * *

눈보라치던 어느 날 밤 작은아버지는 술에 취한 채 어머니를 찾아와서 방바닥에다가 등산용 칼 한 자루를 꺼내 놓았다. 작은아버지의 머리칼에 맺혀 있는 눈 녹은 물방울 여남은 개와 스테인리스 칼날이 천장의 불그레한 전등불빛을 되쏘았다. 작은아버지의 눈은 그 칼날보다 더 예리한 빛을 뿜었다.

* * *

작은아버지는 흥, 하고 코방귀를 뀌었다. 방바닥에 놓아 둔 칼을 집어 들었다. 그것의 끝이 오른손의 아래쪽으로 향하게 하고 자루를 움켜쥐더니 높이 치켜들었다가 방바닥을 향해 힘껏 내리찍었다.

칼끝이 방바닥에 박혔다. 잡고 있던 자루를 놓아두자 곤두선 그것이 천천히 고개를 양옆으로 흔들었다.

어머니가 몸을 웅크렸다. 얼굴이 하얗게 굳어졌다. 옆에 앉아 있던 그는 어머니의 뒤로 몸을 숨기며 몸을 떨었다. 어머니는 반사적으로 두 손을 엉덩이 뒤쪽으로 돌려 그의 두 무릎을 토닥여주었다. 늙은 암탉이 앞에 나타난 적으로부터 병아리를 보호하기 위해 날개를 넓게 벌려 가려주듯.

* * *

혼자인 사람들은 말없이 그 여자를 피하여 달아났지만 일행이 있는 사람들은 혹시 행패를 당할까 싶어 걸음을 빨리 하면서 쑥덕거렸다. 그 여자는 쑥덕거리는 사람들을 향해 "쑥덕거리지들 말어! 이 잡것들아!"하고 악을 썼다.

쑥덕거리던 여자들이 놀라 줄행랑을 쳤다.

그 여자는 멋모르고 지나가는 사람들을 향해, 상대를 물어뜯으려고 하는 개처럼 이들을 허옇게 드러내놓고 '으응!'하고 소리쳤다. 사람들이 소스라치게 놀라면서 달아났다. 그 여자는 사람들을 쫓아놓고 하늘을 향해 얼굴을 쳐든 채 실성한 사람처럼 웃어댔다.

(문이당, 2000)

□한승원 「새끼 무당」

"누가 그러디? 그 사람을 대봐라."

내가 대들자 김판봉은,

"이새끼 너 오늘 뜨거운 맛 한번 봐라."

하고 대번에 내 뺨을 주먹으로 쳤다. 이어 발길로 걷어찼다. 그것은 나를 혼내 주기 위하여 미리 준비한 것이었다. 나는 그의 일방적인 공격을 받고 뒤로 나가떨어졌다.

울분 때문에 눈앞이 캄캄해졌다. 그냥 맞고만 있을 수 없었다. 일어서자마자 그의 얼굴을 이마로 들이받았다. 그의 허리를 부둥켜안고 뒹굴었다. 그는 뒤로 넘어지면서 내 머리와 등과 옆구리를 두들겨 팼다. 내 멱살을 잡아 누르고 가슴을 타고 앉아 얼굴을 짓이겼다. 나는 그의 싸움 상대가 될 수 없었다.

* * *

그로부터 반년도 미처 다 지나가지 않아서부터 근동 사람들은 다시 큰무당 달순이와 작은무당 윤월이를 찾기 시작했다. 그것은 장치호가 비명횡사한 뒤부터였다. 상수도를 설치한다, 신작로를 낸다, 마을의 초가지붕을 모두 걷어 내고 슬레이트를 얹고 칠을 하게 한다, 돌담들을 허물어뜨리고 시멘트 블록담을 쌓는다, 다리를 놓는다, '새벽종이 울렸네 새 아침이 밝았네'를 확성기로 틀어 댄다 하고 한창 설쳐대던 장치호는 어느 날 밤에 자다가 갑자기 숨이 막혀 죽었던 것이다. 그 죽음에 대하여 말이 무척 많았다. 서낭신과 사신과 해낭신과 장보고 장군신의 저주를 받았다는 것이었다.

(『문예중앙』, 봄호, 1994)

□한승원 「포구의 달」

그때 그는 변소 청소당번이었다. 날마다 바람벽의 낙서를 지웠다. 물걸레로 문지르다가 안되면 유리 조각이나 날카로운 차돌 끝으로 긁고 팠다. 진한 연필로 그린 남녀의 생식기와 매질 잘 하는 코불이 선

생과 뱁새눈의 여선생이 어쩌고 저쩌고 했다는 비뚤비뚤한 글씨들을
아이들은 키득거리면서 긁고 뭉개고 문질렀다. 그 생식기 그림과 벌거
벗은 채 성합을 하는 그림과 미운 선생 욕하는 글씨들 사이에, '코불
이는 친일파 새끼다.' '반동 선생을 숙청하라.' 이런 것들이 있는가 하
면 담벽이나 사장나무 밑둥에 붙어 있는 삐라와 내용이 똑같은 것들
도 있었다.

＊ ＊ ＊

박창길에게 악을 쓰며 대들고, 뺨을 후려쳐 주면 무엇하랴. 그 쪽에
서 양식원을 나한테 넘겨준다고 하더라도 나는 밑천이 없어서 그걸
해낼 수 있는 형편도 못 되지 않으냐. 장경철의 넋이 씌워 욕심껏 살
아가고 있는 그들하고 함께 맞비벼댄다는 것은 또 무엇이냐. 생각은
그렇게 하면서도 그 조합으로 갔다.

＊ ＊ ＊

그는 몸을 일으켰다. 탁자를 집어들었다. 시멘트 바닥에 후려쳐서
깨뜨렸다. 종업원들이 으악 소리를 질렀다. 마담이 황급히 수동식 전
화기의 핸들을 돌렸다. 성진은 박살이 난 탁자의 다리를 집어들었다.
박창길과 이재필의 정수리를 겨누면서 소리쳤다.
"너 이 자식들, 거기 꿇어앉아."
박창길이 재빨리 출입구 쪽으로 몸을 피했다. 얼굴이 백지장처럼
희어졌다.
"이 버러지 같은 놈들아."
그는 이재필에게로 돌아섰다. 운용이가 그의 팔을 붙들면서, 이게
무슨 짓이냐고, 참으라고 말했다. 이재필은 눈썹 하나 까딱하지 않고
앉아 있었다. 그를 비웃으면서 담배 한 개비를 꺼내 물었다. 그는 손
에 들고 있던 탁자 하나를 팽개쳤다. 이재필의 멱살을 잡아 휘둘러 엎

었다. 이재필이 뒤로 나가 떨어졌다. 쫓아가서 머리통을 힘껏 밟아 버리려다가,

 "개 같은 놈들아, 잘 해 먹고 잘 살아라."

 하고 소리쳐 주고 밖으로 나갔다.

* * *

 그녀를 둘러싸고 있는 가게 안의 그늘의 그의 가슴을 답답하게 욱죄었다. 그는 미친 듯이 몸부림을 치며 악을 써 대고 싶은 충동을 느꼈다. 윗도리를 벗어 젖히고 날뛰면서 홀 안의 탁자와 수족관을 두드려 부수고 싶었다. 그리고 뛰쳐 도망가고 싶었다. 심호흡을 하며 미닫이의 문턱에 엉덩이를 붙이는데, 해숙이가 허리를 간신히 펴면서 그를 바라보았다.

(계몽사, 1995)

□허근욱 「내가 설 땅은 어디냐」

 광주 학생사건이 일어나자, 그 다음날 아버님은 김병로 변호사 등과 함께 현지로 달려가 진상조사와 법적 구조활동을 펴는 한편으로, 조병옥씨와 함께 활약한 '광주학생의거지지 민중대회' 사건과 '민중선언' 발표 준비 사건으로 검거되어 옥고를 치르면서 변호사 자격을 박탈당하였다. 한편 근우회사건으로 경찰의 추격을 받던 어머니는 출산한 몸으로 황해도에 있는 친가로 내려가 피신하면서 지냈다.

* * *

 장교가 재촉했다. 우리는 어쩔 수 없이 지프차에 올라탔다. 마을 길에는 부상병들이 줄지어 걸어오고 있었다. 우리를 쳐다보는 그들의 눈초리를 느끼며 나는 마음이 무거웠다.

 불타다 남은 마을과 동네들이 휙휙 지나갔다. 사람의 버림을 받은

논밭들은 고아처럼 사람이 없다는 사실을 저주하고 있는 것 같았다. 수수밭이며 논두렁에는 시체들이 여기저기 뒹굴고 있었다. 흙빛처럼 변해 버린 시체 위에 걸쳐진 누더기를 보고 나는 어제 저녁 일을 생각했다. 절망에 일그러진 많은 눈동자들이 머리에서 지워지지 않았다. 세상이 온통 피로 물들여져 울고 있는 것 같았다. 나는 입술을 깨물면서 먼 산을 바라보았다. 멀리서 초연하게 길손을 지켜보는 산, 그것은 나의 마음을 위로하고 이렇게 속삭이고 있는 것 같았다.

'힘을 잃지 마시오! 역사는 진리를 밝혀주는 법이오.'

* * *

산마루를 뉘엿뉘엿 넘어가는 저녁 햇빛에 화살같이 꼿꼿하게 수평으로 멀리 잇닿은 레일이 반짝거렸다. 나는 이름도 모르는 어느 조그만 정거장 플랫홈을 따라 걸어가고 있었다. 조용 조용 소리없이 발걸음을 옮기는 나의 가슴은 방망이질 치듯 팔딱거렸다. 누군지 낯선 사람이 뒤를 따르고 있었다. 나는 재빨리 신작로를 건너 수수밭 속에 은신했다.

한참 후 나는 수수밭에서 나와, 다시 신작로를 따라 마을로 향했다. 낯선 사람이 먼 발치로 여전히 따르고 있었다. 나는 발작적으로 뛰기 시작했다. 전신이 무거운 긴장 속에 파묻혀 가고 의식이 아득히 사라져 가는 것 같았다. 나는 재빨리 신작로를 건너 풀밭을 달려서 소나무 숲으로 갔다.

(인문당, 1992)

□홍성암 「가족」

방씨가 마침 바닥에 놓였던 지팡이를 들어서 대뜸 임씨의 가슴팍을 똑바로 찔렀다. 임씨가 비명을 지르며 뒤로 벌렁 나자빠졌다. 너무 돌발적인 행동이어서 미처 몸을 피할 사이가 없었던 것이다.

"이년. 내가 누군데…… 십억 재산을 그냥 날리고도 뒷조사를 안했
을 것 같애."

방씨가 벌렁 넘어진 임씨의 가슴에 못질하듯 다시 지팡이를 꽂았다.

"이년, 병든 남편 두고 화냥질하며 그만한 재산까지 날려 버렸으면
됐지 뭘 또 어떻게 해 달라는 게야."

지팡이 끝이 사정없이 임씨의 가슴팍을 짓찧어대었다. 방씨의 눈에
서는 불이 일었다. 옆방에서 비명 소리를 듣고 순자가 달려왔다.

"아저씨, 그만하세요. 사람 죽이겠어요?"

"비켜라. 비켜. 제 남편 죽이려든 년인데 저도 좀 죽어 봐야지."

순자가 간신히 방씨의 지팡이를 빼앗았다. 그러나, 이미 임씨는 가
슴팍이 막혀서 기절한 뒤였다.

* * *

작은방씨가 순자의 뺨을 후려쳤다. 동시에 순자가 작은방씨의 얼굴
을 손톱으로 할퀴며 달려들었다. 그러자 그들은 무엇엔가 발길이 걸리
면서 침대위로 벌렁 넘어졌다. 그 위로 작은방씨도 따라 넘어지게 되
었는데 뭉클한 여체가 손끝에 잡혔다. 그들이 뒤엉키는 바람에 허리를
둘렀던 허리끈이 풀리면서 그녀의 알몸이 그냥 드러났다.

"죽여라. 죽여. 나는 천한 년이니까 네 마음대로 죽이란 말이다."

순자가 악을 쓰면서 작은방씨의 옷자락을 사뭇 찢어발기는데, 작은
방씨는 그만 전라의 몸으로 비틀어 대는 여자의 모습에 얼이 빠져서
어쩔 줄을 몰라 했다.

* * *

이처럼 온 집안이 서로 불편한 관계에 있는 때에 뜻밖의 일이 발생
한 것이다. 아주 이상한 일이었다. 방현술씨가 목을 매고 자살을 시도
한 것이다. 그 자살은 거의 성공할 뻔하였다. 지하실에서 전세를 살던

젊은 부부의 새댁이 새벽녘에 화장실로 가다가 창가에 대롱대롱 매달린 남자의 발목을 보았던 것이다. 그녀는 처음에는 어떤 도둑이 주인집을 털려고 위층으로 기어오르는 거라고 생각했다. 그래서 도적의 낯짝이라도 보아 두어야겠다는 생각에서 몰래 숨죽여 쳐다보았는데, 뜻밖에도 매달린 발의 주인공이 낯선 도둑이 아니라 이 집의 주인인 방현술씨였다. 밧줄에 목을 맨 시체는 혀를 길게 빼문 채로 대롱대롱 매달려 있었다. 새댁은 기겁을 하여 남편을 찾았다.

"여보, 여봇!"

새댁의 남편이 놀라서 달려왔다. 그리고 부인이 가리키는 곳을 쳐다보다가 그 역시 기겁을 하고 말았다. 아직 잠에서 덜 깨어난 채로 그런 놀라운 모양을 보았을 때 누군들 놀라지 않을 것인가? 방씨는 현관의 난간에 밧줄을 걸고 그것으로 목을 맨 것이어서 그 다리가 지하실 창가에서 대롱거렸던 것이다.

* * *

새댁이 남편에게 그렇게 주의를 들은 며칠 후였다. 아직 초저녁일 뿐이었는데 새댁이 뒤꼍에 널어놓은 빨래를 걷고 있을 때 어떤 인기척이 등 뒤에 느껴졌다. 그녀가 흠칫 뒤를 돌아보려는데 사내의 묵직한 손이 먼저 그녀의 입을 틀어막았다. 번쩍 하고 칼날이 그녀의 목울대에 머물러 있었다. 새댁은 다리가 후들후들 떨려서 맥없이 그 자리에 주저앉고 말았다.

새댁은 사내가 하라는 대로 고분고분 끌려갈 밖에 없었다. 사내가 그녀를 끌고 간 곳은 집의 으슥한 구석지에 있는 보일러실이었다. 사내는 이 집의 구조를 익숙하게 알고 있는 듯했고 별로 서두는 기색도 없었다. 사내는 그녀를 땅바닥에 눕혔다. 보일러실 바닥은 모래알과 부스러진 연탄조각들이 흩어져 있었다. 깨어진 유리 조각들도 어지러이 널려있었다. 사내가 원피스자락을 치켜올려 그녀의 얼굴을 가렸다.

그러자 보일러실 바닥의 온갖 것들이 그녀의 맨살을 파고들었다.

* * *

사내의 손에 든 칼날이 브래지어의 끈을 끊었다. 사내는 검은 독수리가 되어 그녀의 몸뚱이로 기어올랐다. 그리고 무쇠갈고리 같은 발톱으로 그녀의 몸을 찍어눌렀다. 검은 독수리는 날카로운 부리로 그녀의 살점들을 뜯어내기 시작했다. 때로는 둔중한 날개로 젖가슴을 때리기도 하면서 서서히 살점을 뜯었다. 맨살 등허리며 엉덩이들이 박히기 시작했다. 여자는 고통을 견딜 수 없어 비명을 삼켜야 했다.

사내는 여자를 벌주는 효과적인 방법을 잘 알기라도 하듯 점점 체중을 배가시켰다. 그러자 등허리의 모래알들이 살갗을 찢고 살 속으로 들어왔다. 핏멍이 맺히더니 점차로 핏방울이 배어나기 시작했다. 지옥에서의 고문처럼 고통의 시간이 지속되었다. 사내는 의식적으로 시간을 끌면서 여자의 고통을 즐기는 듯했다.

* * *

작은방씨가 거실의 스위치를 올렸다. 순간 문이 펄쩍 열리며 작은방씨의 턱으로 주먹이 날아왔다. 미처 피할 사이가 없었다. 작은방씨가 마루바닥에 펄쩍 넘어지는데 순자가 들입다 고함을 질렀다.

"도둑이야! 도둑이야!"

그림자가 날렵하게 창턱을 뛰어넘고 다시 열린 대문 밖으로 빠져나갔다. 그 순간이었다. 번쩍 하는 불빛과 더불어 총소리가 요란했다. 그림자가 펄쩍 넘어졌다. 여기저기 외등이 켜지며 사람들이 얼굴을 내밀었다. 어지러운 발길이 대문 앞으로 몰려들었다. 외등의 불빛 속에 우뚝 서 있는 것은 사냥복 차림의 방현술씨였다.

* * *

까맣게 죽어가던 순자의 얼굴이 조금씩 되살아났다. 작은방씨가 손의 힘을 느꾸었기 때문이었다. 갑자기 순자가 몸을 뒤채였다. 다음 순간 작은방씨가 뒤로 벌렁 넘어갔다. 그러자 이번에는 작은방씨의 얼굴이 꺼멓게 변색되기 시작했다.

무엇인가 작은방씨의 목에 와 감겨 있었다. 숨이 칵 막혔다. 얼핏 분홍색 끈이 보였다. 잠옷의 허리끈이었다. 순자가 팔에 더욱 힘을 주었다. 식모였던 그녀라 팔 힘이 좋았다. 얼굴이 꺼멓게 죽어가기 시작했다. 작은방씨는 그대로 가만히 있었다. 이상하게 마음이 편해지는 기분이었다. 제발 이렇게 끝장이 왔으면 좋겠다……

* * *

필서는 경숙의 머리채를 잡더니 분풀이하듯 땅바닥에 패대기를 쳤다. 경숙은 필서의 무서운 힘에 휘둘리며 벌렁 넘어지고 말았다. 그러자 필서의 발길질이 시작되었다. 다리에서 엉덩이로, 허리에서 가슴께로, 조직적으로 빈틈을 두지 않고 으직 으직 짓밟아대기 시작했다.

* * *

그의 발길이 그녀의 턱을 내질렀다. 경숙은 뒤로 벌렁 넘어졌다. 정신이 아찔했다. 그런 그녀의 몸뚱이에 사내의 발길이 짓밟아 왔다. 닥치는 대로였다. 갈비뼈가 우두둑 부러지는 소리를 냈다. 이렇게 죽기도 하는구나. 경숙은 그렇게 생각했다. 이년. 죽일 년. 필서는 입에 거품을 물고 온갖 욕설과 더불어 그녀를 사정없이 짓밟았다. 뼈에 사무친 원한이 있어서 그렇게 짓밟아 죽이지 않고는 견딜 수 없다는 투였다. 마침내 경숙은 그대로 혼절하고 말았다.

* * *

그들은 다시 물 속에서 난투극을 벌이기 시작했다. 사내의 주먹이 취한의 얼굴을 두들겼다. 취한의 코에서 코피가 터졌다. 취한이 흘러내리는 피를 사내의 얼굴에 다 뿌렸다. 그래서 누구의 얼굴에서 피가 흐르는지 모를 정도로 둘의 얼굴 모두가 피칠갑이었다. 힘에 부친 취한이 사내의 사추리를 잡고 늘어진 모양이었다. 사내가 비명을 지르며 물 속으로 나뒹굴었다. 다시 솟구쳐 나온 사내가 취한의 머리칼을 움켜잡고 머리를 물 속으로 잡아 눌렀다. 물 속에 머리를 처박힌 취한이 간신히 머리를 쳐들 때마다 물을 토해 냈다.

* * *

그녀가 술병을 잡는 순간이었다. 갑자기 둔중한 주먹이 그녀의 면상을 갈겼다. 경숙은 너무나 갑작스런 일격에 뒤로 벌렁 넘어지고 말았다. 다음 순간 무엇인가 종이 부스러기들이 얼굴 위로 사정없이 쏟아져 내리는 느낌이었다.

"이년. 이 화냥년."

씨근덕거리는 숨소리와 더불어 그는 들고 있던 상자곽을 그녀의 얼굴 위로 뒤집어엎었다. 상자곽 속에 있던 편지들이 와르르 무너져 내렸다. 아! 경숙은 그제서야 그것이 춘식이 오빠가 보내온 무수한 양의 편지들이란 것을 깨달았다.

"개같은 년. 이러고도 나는 미쳤다고?"

그의 무지막지한 발길이 그녀를 짓밟았다.

* * *

의식이 돌아오자 제일 견딜 수 없는 것은 우선 코로 숨을 쉴 수 없다는 점이었다. 두 개의 콧구멍이 모두 솜뭉치로 단단히 막혀 있었다. 그래서 입으로만 숨을 쉬어야 했다. 코를 막은 솜뭉치에는 피가 흐를 수 있도록 가제 심지가 박혀 있는데 그리로 연신 핏방울이 맺혔다.

침대에 길게 누워서 잠들 수 없다는 것도 견디기 어려웠다. 코에서 계속 흐르는 피가 목구멍으로 넘어가지 않도록 머리를 들고 있어야 했고, 피를 계속 훔쳐야 했을 뿐 아니라 온 몸이 지진의 와중에 든 것처럼 부들부들 떨렸다. 몸에 중심이 잡히지 않고 허공에 매달려 있는 느낌이었다.

그렇게 하루가 지나가 이번에는 피가 두 눈으로 몰려서 눈두덩이 퍼렇게 멍들기 시작했다. 눈을 뜰 수 없었다. 화장실로 갔다가 거울에 비친 모습을 발견하고 소스라쳐 놀랐다. 그건 사람의 얼굴이 아니었다. 둥근 얼굴이 찐빵처럼 부풀어올랐는데 눈두덩을 중심으로 퍼렇게 퍼진 멍자국이 양쪽 볼까지 번져 있었다. 코에서는 연신 시뻘건 피가 뚝뚝 흐르고 있었다. 괴기영화에서나 보던 흡혈귀의 모습 그대로였다.

* * *

빨간색 양말에 옮겨 붙은 빨간 불꽃이 천장을 태우더니 곧바로 지붕을 뚫고 뱀의 혓바닥처럼 날름대며 허공으로 치솟았다. 어느 순간 그 불길은 물기둥같은 핏줄기로 변해서 분수처럼 솟구치더니 하늘을 가로질러 저 멀리 산등성이에 쌍무지개처럼 나란히 걸쳐졌다. 현실에서는 있을 수 없는 황당한 변화였다. 이런 건 꿈에서나 있는 일이야. 그녀는 꿈속에서도 그렇게 중얼거리면서도 그 핏줄기의 묘등지였는데, 쌍분처럼 보이는 그 봉분의 정수리에 두 줄기의 핏줄기가 걸쳐지고 있었다.

(새로운 사람들, 1997)

□홍성암 「어떤 귀향」

엄마는 어둠 속에서 우뚝 솟아 있었다. 머리는 산발한 채였고 옷은 하나도 걸치지 않은 모습이었다. 그리고 한 손에 칼을 들고 있었다. 식칼이었다. 엄마는 아버지가 죽고부터 머리맡에 식칼을 두고 잤다.

무를 깎아 먹고 그냥 두는 척했지만 일부러 그렇게 두는 거라고 준석은 알고 있었다. 문풍지를 울리는 바람 소리가 무서워서 그런 건지 모른다. 아무튼 어머니는 식칼을 든 채 부들부들 떨고 있었다. 유령 같았다. 준석은 저도 몰래 이불을 머리끝까지 뒤집어썼다. 그렇게 떨다가 잠들고 말았다. 그런지 며칠 후에 어머니는 짐 보따리를 쌌다. 그렇게 그들은 이곳을 떠났던 것이다.

* * *

규서가 그녀의 방으로 월방했다가 칼을 맞은 것이다. 식칼을 어떻게 휘둘렀던지 오른손 동맥이 여러 가닥으로 잘라졌다. 그래서 여러 차례의 수술에도 불구하고 끝내 병신손이 되고 말았다. 규서는 거구에다 힘꼴이나 있었는데 가장 중요한 오른손과 팔목을 전혀 쓰지 못하는 불구가 되자 어린아이들에게마저도 놀림감이 되었다. 아무도 그를 두려워하지 않았다. 원래 말술을 마시던 그였지만 그 이후에 더욱 술로만 살더니 근래에는 술 중독이 심해서 아예 폐인이 되고 만 것이다.

* * *

크레도스가 속력을 팍 줄였다. 그러자 르망과 캐피탈 사이에 끼여 있던 봉고차가 갑갑증을 견디지 못해 다시 추월을 시도했다. 르망을 추월하고 소나타를 추월하고 크레도스를 추월하던 봉고차가 갑자기 끼익 소리를 내고 멈추는가 싶더니 방향이 휙~틀리면서 반대편 차선을 가로질러 가드레일을 들이받았다. 그러고는 다시 튕겨 나와서는 반대편에서 느릿느릿 다가오던 트레일러 속으로 빨려 들어갔다. 거대한 파충류처럼 느릿느릿 기어오던 트레일러가 봉고차를 덥석 물어 버린 것이다.

* * *

여자가 숨을 켁켁대다가 마침내 꺼멓게 죽어가기 시작했다. 여자의 눈에 눈물이 그렁그렁했다. 살려 달라고 애원하는 표정이 역력했다. 그제서야 사내는 여자의 목에서 손을 풀었다. 여자의 사지가 축 늘어졌다. 사내가 바짓가랑이를 다시 잡아내려도 여자는 전혀 몸을 움직이지 못했다.

* * *

순식간에 두 사내가 땅바닥에 뒹굴었다. 주먹질과 발길질이 오갔다. 취한이 조금씩 뒤로 밀렸다. 사내가 택견 솜씨로 올려 차기를 시도했다. 발길에 턱을 맞은 취한이 뒤로 벌렁 넘어지면서 호수의 목책 너머로 나뒹굴었다. 사내가 목책을 뛰어넘었다. 취한이 엉겁결에 뒷걸음치다 호수에 풍덩 빠졌다. 물방울이 튀어 올랐다. 사내가 물 속으로 뛰어가 취한의 멱살을 잡았다. 물 밖으로 끌어내려는 것이었다.

* * *

노인의 쇠약해진 팔 힘으로는 뼈를 뚫는 작업이 쉽지 않은 모양이었다. 으직으직 뼛조각이 으깨지는 소리가 중추 신경을 거슬러 올라 뇌신경을 강타했다. 그렇게 하나의 침이 깊숙이 박히자 그 침을 그대로 꽂아 둔 채 이번에는 코의 다른 쪽에 다른 침이 꽂히기 시작했다. 견고하고 단단한 벽돌짱에 벽돌 못을 박을 때처럼, 못은 제대로 박히지도 못하고 조금씩 벽돌에 균열을 일으키며 때때로 못이 튀어나오기도 하는 것처럼, 쇠꼬챙이 같은 침은 뼈를 뚫지 못해 머뭇거리다가 비틀어대는 힘에 밀려 조금씩 더 들어가고 때로는 조금씩 튀어나오는 일을 거듭했다. 그리하여 그 지독한 고통에 못 이겨 그는 마침내 정신을 잃고 말았다.

* * *

여자는 막무가내로 소리치면서 발버둥질했지만 사내의 힘을 당할 수 없어 강제로 차에 태워지고 말았다. 사내가 운전석으로 오르는 순간 여자가 문짝을 발로 걷어차고 다시 비명을 질렀다.

그러나 구경꾼으로 둘러선 누구도 그녀를 도와주려는 사람은 없었다. 사내가 갑자기 차를 몰았으므로 여자의 다리 한 쪽이 열린 창문

밖에까지 나와서 버둥거렸다. 그러거나 말거나 자가용은 백주 대낮에 여자를 납치한 채 그냥 내달렸고 곧 그들의 시야에서도 사라지고 말았다. 모두들 말없이 그 모양을 지켜보고 말았다.

말없이 그 모양을 지켜보던 사람들도 모두 흩어지기 시작했다. 자전거는 그냥 내달렸고, 자가용도 한낮의 햇살만이 그 자리에 그냥 퍼부어지고 있었다.

* * *

사내는 차체가 휘청 흔들리는 기회를 포착하여 힘껏 여자의 몸에 몸을 부딪쳤다. 상념에 잠겼다가 깜짝 놀란 여자는 넘어지려던 몸을 간신히 바로잡고는 돈지갑을 얼른 다시 잡아서 더욱 힘껏 끌어안았다.

그러나 그녀는 그녀의 돈지갑이 이미 사내의 손에 들려졌음을 알지 못한다. 그녀가 안고 있는 돈지갑은 순간적으로 바꿔치기 한 것으로서 그 속에는 겨우 동전 몇 닢이 딸랑거리고 있을 뿐이다.

차가 정류장에 멈추어 서자 그는 여유 있게 차를 내렸다. 그리고 휘파람을 불면서 천천히 걸음을 옮겼다.

(새로운 사람들, 1997)

□홍성암 「퇴근길」

4·19때 순걸은 경수와 더불어 세종로 넓은 거리를 달렸다. 일학년 풋내기답게 용감했다. 총탄이 날아왔다. 순경이 곤봉을 휘두르며 쫓아왔다. 무엇인가 머리통을 후려갈겼다. 순걸은 깜물 정신을 잃었다. 의식이 돌아왔을 때는 밤이었고 여기저기서 호루라기 소리가 들렸다. 그는 절름거리며 골목길을 달아났다. 그리고 어떤 집의 담을 뛰어 넘고는 쓰러지고 말았다.

(새로운 사람들, 1997)

□ 홍성원 「먼동」

봉둑이 달려들어 총각의 머리를 주먹으로 내지른다. 총각은 그러나 피하는 자세 없이 꼿꼿하게 서서 봉득의 주먹을 맞고 있다. 잠시 두 사람의 승강이를 보다가 태환이 그제야 비로소 봉득에게 입을 연다.

"그 아이 그대로 두어라. 그래 너는 또 어디 사는 누구냐?"

총각이 여전히 고개를 쳐든 채 태환을 향해 퉁명스레 입을 연다.

"사는 데는 마산포구 이름은 송필배라구 허우."

"네 성이 송가인 걸 보니 너두 송근술이 자식인 게로구나?"

"그눔이 송근술이의 셋째자식이 되는 놈입지요."

총각이 입을 열기 전에 봉득이 먼저 대답한다.

"바루 초별당 쌍순이 년과 쌍태루 태어난 아이랍니다."

"쌍순이와 쌍태루 태어났어? 헌데 어째 이 아이는 계집아이가 아니구 사내아이냐?"

"쌍태라구 남녀 각각으로 태어나는 수두 있답니다. 얼굴 모습두 쌍순이허구는 생판 다르지 않습니까?"

태환이 어느 틈에 노여움을 풀고 머리를 꼿꼿이 쳐든 필배를 가만히 바라본다. 쌍순은 이목구비가 큼직큼직하게 생긴 데 반해, 필배라는 아이는 뻣뻣한 몸에 얼굴이 갸름하고 눈빛이 살아서 초롱초롱하다. 궁기에 찌든 여윈 몸에도 불구하고 그의 눈빛이 살아 있다는 것은, 이 아이가 세상에 대해 온순치 않은 생각을 지닌 탓일 것이다. 상전인 자기에게도 머리를 꼿꼿이 쳐든 이 아이에게 태환은 괘씸하다는 생각보다 어딘가 뒤염성스러운 친근감이 느껴지는 것이다.

(문학과지성사, 1993)

□황석영 「야근」

　사람들이 일시에 달려들었다. 주먹과 발길이 그의 조그맣게 웅크린
몸위에 떨어졌다. 그는 어이쿠, 사람 치네…… 소리치면서 벽 쪽으로
엉금엉금 기어갔다. 소란한 소리에 문가에 섰던 동료들도 우 몰려왔고
상자 너머에서 자고 있던 두 여자들도 질겁을 해서 뛰쳐나왔다. 최종
반 사람이 젊은 축들의 혈기를 제지하고 그를 벽 쪽에 몰아세운 채
등을 돌리도록 했다. 그는 상처에서 흐르는 피를 셔츠자락으로 닦아내
고 있었다. 모여든 사람들이 한마디씩 떠들었다.

(동아, 1995)

□황순원 「곡예사」

　코피도 수 없이 흘려보았고 남의 코피도 적잖이 내주었다. 남의 이
빨을 두 개나 꺾어놓고 내 머리 꼭대기에 뜯뜯 자리같은 흉터도 받아
보았다. 사실 말이지 한창때에는 하나 대 하나에는 누구한테 지지 않
았다. 그게 서른이 지나면서부터 싸움이라면 극력 피해만 왔다. 그게
또 사십 가까운 오늘에는 싸움이라면 겁부터 앞서는 것이다.

(일신, 1993)

□황순원 「나무들 비탈에 서다」

　앞쪽에서 다가오는 비행기 폭음과 함께 기계적인 짧은 간격을 두고
총알이 콩 튀듯 땅을 파며 주름잡아와서는 지나쳐 버리기도 하고 나
무줄기에 퍽퍽 박히기고 했다.

* * *

　적과 이쪽이 혼전을 이루고 있을 때 이쪽 비행기의 오폭을 받은 일
이 있었다. 급작스런 일에 미처 피할 데를 몰라 허둥대는 동호를 현태

가 이끌고 큰 나무 밑으로 갔다. 거기서 현태는 동호를 앞에 안 듯이 하고 비행기가 오는 방향을 정면으로 겨냥하여 나무 뒤에 몸을 붙이는 것이었다. 앞쪽에서 다가오는 비행기 폭음과 함께 기계적인 짧은 간격을 두고 총알이 콩 튀듯 땅을 파며 주름잡아와서는 지나쳐버리기도 하고 나무줄기에 퍽퍽 박히기도 했다. 그 진동이 그대로 동호의 가슴에 총탄이 와 박히는 느낌이었다. 여기저기서 고통에 못 이겨 지르는 비명소리가 들렸다. 거기 그냥 나무 뒤에 서 있을 수 없는 무서운 심정에서 동호가 몸을 비틀면 현태가 뒤에서 꽉 붙들고 꼼짝 못하게 했다. 이렇게 한 차례 기총소사를 하고 지나간 비행기들이 다시 햇빛에 은빛 날개를 반사시키며 선회하여 오는 방향을 대중하여 다시금 정면이 되게끔 자리를 옮기는 것이었다. 그러면서 현태는 여유있게 동호에게 주의까지 주는 것이다. 나무를 안으면 위험하니 팔을 내리라고. 동호는 문득 무엇에 억눌린 부자유스러움을 느꼈다.

* * *

한 보름 전, 전선이 소강상태로 들어간 어느 날 점심때였다. 현태가 동호의 배낭을 끌어다 속을 뒤지기 시작했다. 이것을 본 동호가 가만있을 리 없었다. 덤벼들어 배낭을 빼앗으려 했다. 이러리라는 것쯤 예상했던 현태는 미리 짜뒀던 대로 배낭을 윤구한테 집어던지고는 동호를 붙들었다. 그렇게 하여 윤구를 시켜 동호의 연인한테서 온 편지를 큰 소리로 낭독케 할 참이었다. 그러나 현태가 동호의 허리를 끌어오려다 말고 후딱 뒤로 물러나고 말았다. 어느새 동호가 현태의 잔등에다 피가 어리는 이빨자국을 내었던 것이다. 그리고 다음 순간 그야말로 비호같이 윤구에게로 날아갔는가 하는데 어쿠! 하는 소리와 함께 윤구가 뒤로 나가 넘어졌다. 한쪽 관자놀이께를 머리에 받힌 것이다. 동호가 어느 정도 항거하리라고는 예측했었지만 이렇게 강렬히 나오리라고는 미처 생각지 못했던 일이었다. 배낭을 부둥켜안고 씨근거리는 동호의 눈이 술취한 사람처럼 벌겋게 충혈이 돼있었다.

* * *

이날은 아침부터 흰 여름 구름이 꽤 센 동남풍에 불려 높이 움직이고 있었으나, 전례없는 적의 격심한 포격으로 인해 일어나는 포연과 합쳐지면서 차차 하늘이 낮아졌다. 유엔군 전폭격기가 느닷없이 구름과 포연 사이를 누비면서 적의 돌출부에 폭탄을 퍼부었다. 작렬하는 포탄과 폭탄이 지심을 뒤흔들어 귀를 먹먹하게 했다. 쉴새없이 세찬 폭풍이 모래먼지와 초연을 싣고 전쟁마당을 휘몰아 쳤다. 그 속을 적은 인해전술로써 완강히 진격해 왔다.

* * *

그 속을 조명탄과 신호탄이 끊일 새 없이 켜지건만 포연과 포진에 가려서 그 빛을 잃을 정도였다. 드디어 곳곳에서 처절한 백병전이 벌어졌다. 동호네 부대도 적과 육박전을 전개했다. "이렇게 되면 소총이구 수류탄이구 다 소용없어." 짙은 어둠 속에서 현태가 단검을 빼들며 중얼거렸다. 그리고는 싸움 속에 휩쓸려 현태와 동호는 서로 헤어졌다. 현태에게서 떨어져 난 동호는 잠시 어찌해야 할지를 몰랐다. 그저 무어든 행동을 시작해야 한다는 생각만이 그를 억누르고 있었다. 그러는 그의 머리를 누군가 쥐었는가 하자 목으로 손이 들어왔다. 동호는 자기도 모르게 단검을 빼들었다. 그리고는 어디를 어떻게 찔렀는지도 몰랐다. 단지 얼마를 엎치락뒤치락 하다가 상대방이 다시 감겨들지 않는 걸로 죽은 줄 알았을 뿐이었다.

* * *

격전 중에는 미처 귀에 들어오지 않던 쓰러진 병사들의 비명과 신음소리가 여기저기서 들려왔다. 어떤 병사는 누구에겐지 욕설을 퍼부으면서 어서 고통을 잊게끔 아주 죽여달라고 소리를 쳤다. 어떤 병사는 어머니를 부르면서 기도문 같은 것을 웅얼웅얼 외우고 있었다. 어떤 병사는 훌쩍훌쩍 울고만 있었다. 모두가 치열한 전투 끝에 따르는 광경이었다.

* * *

적은 이 호우를 이용하여 다시 공격해 왔다. 유엔군 B29폭격기대가 악천후를 무릅쓰고 적의 보급지점에 폭탄을 투여하는 가운데 다시금 피아의 사투가 곳곳에서 벌어졌다. 병사들은 곧 핏물과 황토물로 범벅이 되었다.

* * *

김하사가 앉았던 자리에서 그대로 둥그런 보퉁이처럼 되어 비탈을 굴러 내려가는 것이 눈에 들어오자 윤구도 안고 있던 무릎을 꼭 가슴에 붙인 채 몸을 굴렸다. 감시병들도 처음에는 누가 자기네를 놀래주려고 큰 돌멩이라도 굴려 내려보내는 줄 알았던지, 장난 말어! 하고 소리를 지르고 나서야 사태를 알아차린 모양이었다. 요란한 따발총소리가 낮게 내리 깔린 하늘과 산골짜기 사이의 잠잠한 공기를 날카롭게 찢어낸다.

* * *

현태는 번뜩 취기가 깨는 느낌이었다. 도로 술집으로 뛰어들어가 외투를 벗어 던지고는 손에 잡히는 대로 빈 됫병 하나를 집어들고 밖으로 달려나왔다. 그리고 닥치는 대로 한 놈의 골통을 향하여 내리쳤다. 유리병 깨지는 소리에 이어, 어쿠, 소리를 지르며 풀썩 주저앉아버린다. 현태는 손에 들쑥날쑥 날이 선 병주둥이를 감색오버 청년의 목을 향해 냅다 찔렀다. 그러나 미처 목표물에 가 닿기 전에 어떤 자의 발길에 허리 중동을 세 개 채여 나가쓰러졌다. 몸을 가누어 일어서려는데 다시 발길이 턱을 지르는 것이었다. 눈앞이 핑 돎을 느끼면서 의식을 잃고 말았다.

* * *

조금씩 걸음을 옮기던 단도 든 사내가 남은 몇 발자국을 날쌔게 들어가며 석기의 옆구리를 찔렀다. 석기의 주먹이 움직였으나 허공을 때렸을 뿐이었다. 석기의 한 손이 자기 옆구리를 눌렀다. 단도 든 사내가 남은 몇 발자국을 날쌔게 들어가며 석기의 옆구리를 몇 번 곱박아 찔렀다. 석기의 주먹이 또 허공을 몇 번 때리고는, 으음, 하는 뱃속으로부터 솟는 신음소리와 함께 그 자리에 고꾸라졌다.

* * *

어둠 속에 계향이가 흰 얼굴을 윤곽지으면서 괴로운 신음소리를 내고 있었다. 거기 요와 이불이 핏물로 검게 얼룩져있었다. 현태는 그대로 내버려두면 그만이라고 생각했다. 그러는데 신음소리에 섞여 그네가 무슨 말인가 웅얼거리고 있었다. 그 말소리가 현태 자기에게 하는 것만 같았다. 가까이 가 그네 입에다 귀를 대었다. 그러자 그네가 고개를 한옆으로 비켜버렸다. 불현듯 현태는 다시금 자기는 이 세상에 완전히 혼자라는 느낌에 짓눌렸다. 정신이 맑아왔다. 지금 자기는 막다른데 이르렀다는 의식이 또다시 뚜렷이 되살아왔다. 무어든 내 손으로 한가지 해야 하는데. 그는 계향이 오른손 곁에 떨어져 있는 단도를 집어들었다.

(문학사상사, 1999)

□황순원 「내 고향 사람들」

그런 어느날 동네에 놀라운 사건이 하나 일어났다. 대낮에 김구장이 행랑방에 사는 사람의 아내와 누워 있다가 남편에게 발각된 것이었다. 얼마 전부터 남편을 자기 아내와 김구장의 관계를 눈치채고 있었다는 것이다. 그랬다가 그날 들에 나가는 체하고 숨어있다 현장을 잡은 것이었다. 김구장은 빠져 나와 그 길로 어디론가 달아나고 말았다. 행랑방 사내가 안방으로 들어가 엽총을 거머쥐고는, 이 집은 내 집이다, 누구든지 함부로 들어오면 쏜다고 소리쳤다. 총은 곧 주재소에서 빼앗아갔다. 그날로 김구장 부인은 자기 맏딸네집으로 가고 말았다. 저녁때 행랑방 사내는 동네사람들을 불러다 사냥개 포인터를 잡았다.

(일신, 1993)

□ 황순원 「닭제」

삽시간에 소년의 사는 몸에는 복숭아나뭇가지 매자국이 푸르게 늘어나갔다. 소년의 부모는 밖에서 매 때리는 소리가 날 때마다 흠칫흠칫 놀라며 가슴을 떨었다.

(일신, 1993)

□ 황순원 「인간접목」

그날 저는 동무애하고 탱크 구경을 하러 행길로 나갔어요. 전쟁이 일어나니까 부모님은 저를 통 밖에 나가 놀지 못하게 하는 걸 몰래 뒷간에 가는 척하고 바깥으로 빠져 나온 거예요. 전찻길에 나가 봐도 탱크는 뵈지 않길래 우리는 서울역 쪽으로 가 보기로 했어요. 서울역까지 채 못 갔는데 별안간 벼락치는 소리가 들렸어요. 폭격이 시작된 거예요. 우리는 다른 사람들이 하는 대로 길가 어떤 집 처마 밑으로 들어갔어요. 그렇게 한참 벼락치는 소리가 계속 들렸어요.

폭격이 끝나서 우리는 다시 서울역 쪽으로 걸어가는데 지나가는 사람들이 용산에 폭탄이 떨어졌다고 야단들이었어요. 그렇지만 우리는 탱크 생각에만 팔려서 그냥 걸어갔어요. 서울역까지 가 봐도 탱크는 뵈지 않았어요. 암만 기다려도 지나가지 않길래 할 수 없이 집으로 돌아왔지요. 처음에 저는 집을 잘못 찾아온 줄 알았어요. 아무리 둘러봐도 우리집이 당최 안 보이는 거예요. 여기저기서 목놓고 우는 사람들이 있었어요. 피투성이 애를 안고 우는 사람도 있고, 죽은 사람을 붙들고 땅을 치면서 우는 사람들도 있었어요. 한쪽에서는 쓰러진 집에 깔린 사람을 꺼내고 있구요.

* * *

"이봐, 쌍팔이!"
청년은 불을 켠 시선을 종호에게 부으며,
"그 성한 팔을 분질러놔야 말귀를 알아듣겠어?"
종호는 잠자코 있었다.
"이 자식아, 잘두 주둥아릴 짓까불더니 왜 암말두 없어?"
종호는 그냥 잠자코 있었다. 정말이지 말로는 해결될 문제가 아닌 것이었다. 그저 이제 청년이 손찌검질을 시작하면 어디든 닥치는 대로 물고 늘어지리라는 생각뿐이었다.

* * *

홍 집사가 달려가 어깨를 홱 잡아 젖히고는 연거푸 따귀를 몇 대 후려갈겼다. 애는 비틀거리며 두 손으로 얼굴을 감싸고는 윗이빨로 아랫입술을 자그시 깨무는 것이었다.
테이블에 부딪힌 자리가 어느새 검푸르게 멍이져 있었다.

* * *

종호가 사무실로 돌아와 있느라니까, 홍 집사가 한 애의 목덜미를 잡아 가지고 들어왔다. 그렇게 사무실 한가운데까지 오더니 목덜미 잡은 손을 냅다 밀어 팽개치는 것이었다. 애가 앞으로 고꾸라지면서 테이블 귀퉁이에 이마를 부딪혔다.

* * *

종호에게 잡힌 철수 소년의 손이 바르르 떨더니 그만 와아 하고 울음을 터뜨리고 마는 것이었다.

이쪽으로 고개를 돌린 여인은 한순간 무슨 영문인지 몰라하는 빛이다가 갑자기 입을 반쯤 벌리며, 아이구 아이구 하고 목안의 소리를 질렀다. 그러면서 벌떡 일어나려고 무릎을 들었으나 다리의 맥이 빠진 듯 도로 주저앉아서 아무렇게나 가는 걸음을 쳐 나오기 시작했다. 울음이 미처 나오지 않는 모양이었다. 아들을 와 얼싸안고도 부들부들 떨며 아이구 아이구 하고 목안의 소리만 연거푸 질렀다. 종호는 이 여인의 놀람과 흥분이 좀 가라앉기를 기다려 그 동안의 경위를 이야기해 주었다. 그러나 수복 후 철수가 한 번 왔었다는 애기까지 하지는 못했다.

여인은 종호가 이야기하는 도중에도, 에그 이 녀석아 난 네가 꼭 죽은 줄만 알았다. 아니 어디에 꼭 살아 있다가 반드시 돌아올 줄 알고 있었다, 바로 그저께 밤 꿈에도 네가 돌아오는 꿈을 꿨지, 그런데 이게 꿈은 아니고 생시지? 하고 이번에는 쫙쫙 눈물을 흘리는 것이다.

* * *

청년은 본시 서울 어떤 중학교 선생으로, 6·25때는 남하하지 못하고 서울에 남아 있었다는 것이다. 식구는 아내와 일곱 달 된 어린것뿐이었다.

9월 27일 새벽이었다. 별안간 집이 떠나가는 듯한 폭격소리에 놀라 허둥지둥 문을 박차고 밖으로 내달렸다. 미리 급한 경우를 생각해서 옷을 입고 잤던 것이다.

한참 달려가다 돌아다보니 그 동안 폭격은 멎었는데 이번에는 집 쪽에서 불길이 오르고 있는 것이었다. 퍼뜩 아내와 어린것의 생각이 났다. 아무리 엉겁결에 뛰어나왔다 해도 일곱 달밖에 안된 어린 것을 그냥 두고 왔다는 것은 안 될 일이었다. 그러나 집으로 돌아갈 수는 없었다. 그 일대에 한창 시가전이 벌어져 느닷없이 총알이 날아오고 있는 것이었다. 하는 수 없이 어느 담 밑에 엎드려 있었다. 그러면서 아내 편에서나마 어린 것을 간수해 가지고 몸을 피해주었기만 바랐다.

총소리가 좀 뜨음해지기를 기다려 집으로 돌아왔다. 폭탄에 맞은 것은 자기네 집은 아니었다. 뒷골목을 격해 있는 집들이었다. 그리고 지금 거기서 불길이 오르고 있는 것이었다. 장독대 쪽에서였다. 기기 시작한 지 얼마 안 되는 자기네 어린 것이 지금 장독대 앞 어떤 개의 곁을 기어 헤매며 울고 있는 것이었다. 쉴 대로 쉰 울음소리였다.

* * *

그러나 이날 소년원 내에 소동이 하나 일어났다.

애들 사이에 싸움이 벌어진 것이다. 배선집이가 학교에 가려고 나서는 장태운이를 때린 것이다. 때려도 이만저만 때린 것이 아니었다. 종호가 달려갔을 때는 이미 태운이의 얼굴이 피투성이가 돼있었다. 코와 입이 터지고 으깨어져서 두 손을 가리운 손가락 사이로 선지피가 뚝뚝 떨어지고 있었다. 그런데도 배 소년은 그냥 권투하는 식의 자세로 장 소년을 겨냥하고 있는 것이었다.

(신원, 1995)

□황순원 「일월」

박해연이 반쯤 남은 자기 잔을 흔들거리는 손으로 들어 캡 청년에게 내밀다가 그냥 그를 향해 끼얹어 버렸다. 그것을 인철이 한 손으로 막는다는 것이 자기 앞으로 술을 쫙 뿌려놓고 말았다. 심부름하는 애더러 걸레는 좀 가져오래려고 하는데 난데없이 뒤에 앉았던 청년 하나가 앞으로 오더니 다짜고짜 인철의 멱살을 잡아 일으키는 것이었다. 첫눈에 머리를 바특이 깎고 원색의 화려한 머플러를 하고 있는 게 확 들어왔다.

"왜 기어오르는 거야? 어디가 근질어? 얌전히 술이나 처먹지 못하구."

그리고 이쪽이 무어라 채 말을 할 새도 없이 주먹이 와 턱을 쳤다. 인철은 걸상과 걸상 사이에 나가 쓰러졌다. 머리가 찡한 속에서 주위가 갑자기 조용해졌다는 걸 느꼈다. 마치 자기를 중심한 먼 둘레 안에 사람이란 하나도 없는 것 같은, 눈을 떴다. 좀전의 청년이 앞에 버티고 서 있었다. 몸을 일으키다가 다시 턱밑을 맞고 그 자리에 쓰러졌다.

* * *

상진영감은 약을 입에 넣고 남은 술을 한꺼번에 들이 마셨다. 누군가가 자기의 다리를 걸어 넘어뜨렸다. 무거운, 말할 수 없이 무거운 짐을 진 채 앞으로 꺼꾸러졌다. 앞에 있는 큰돌을 움켜쥐었다. 꽉 움켜쥐었다. 이걸로 때려눕혀야지 아무도 말리는 사람은 없었다. 본돌 형님도 없었다. 그리고 큰아들도 작은아들도…… 그는 움켜쥔 돌을 힘껏 던졌다. 그의 눈앞에 맞아 쓰러진 것은 상진영감 자신이었다…….

(학원, 1992)

□황순원 「카인의 후예」

왁자한 소리는 오작녀 아버지 도섭영감네 안뜰에서 들려왔다. 말소리는 분명치 않으나 대단히 노한 도섭영감의 언성이었다. 훈은 거기 아무 데나 주저앉았다. 도섭영감은 오작녀의 머리채를 감아쥐고 밀었다가는 나꿔채고 밀었다가는 나꿔채고 하면서, 이년, 칵 뒈져라! 소리를 연발했다.

* * *

옆에서 어쩔 줄을 모르고 부들부들 떨고만 있던 어머니가 간신히,
"이건 놓구 말씀하시소고레."하며 어릿어릿 가까이 와 남편의 손을 붙
들려 했으나, "님잔 가만있어!" 영감의 팔꿈치에 밀리어 그만 나가 뒹
굴어버렸다. "이년이 아바질 기갈하러들거든! 백번 쥑에고 시원티 않
을 년 같으니라구……"

* * *

노랑수염 사내가 조용히 낡은 무명 조끼주머니에서 담뱃대를 꺼냈
다. 부싯돌도 꺼냈다. 그러면서 조용조용 도섭영감에게 말을 건네었다.
도리깨질 소리에 먹히어 무슨 말인지는 알아들을 수 없었다. 안된다니
까! 소리와 함께 도섭영감이 도리깨채로 냅다 사내의 어깨를 밀쳐버
렸다. 사내의 몸뚱이가 모로 내동댕이쳐졌다. 사내는 저도 모를 쓴웃
음을 입가에 떠올리며, 우선 담뱃대 떨어진 곳부터 찾아 웃몸을 일으
키려 했다. 그러자 도섭영감의 도리깨가 내려와 사내를 갈겼다. 다시
나가 넘어졌다. 또 사내가 일어나려 했다. 도리깨가 또 내려왔다. 어느
새 사내의 귀언저리와 코와 입술에서는 피가 흐르고 있었다. 훈이 달
려가 도섭영감의 도리깨채를 붙잡았다. 그러나 훈의 힘같은 건 문제가
아니었다. 그냥 도섭영감의 도리깨는 적당한 간격을 두고 사내를 향해
내렸다.

* * *

저걸 어쩌나, 할 새도 없이 이번에는 오작녀의 등허리를 향해 도리
깨가 떨어졌다. 오작녀가 비틀거리며 앞으로 나가쓰러지려 했다. 한번
만 더 도리깨가 내리면 그냥 쓰러지고야 말 것이었다. 훈이 저도 모르
게 오작녀에게로 달려갔다. 그리고는 두 팔을 벌려 오작녀를 가렸다.
오작녀가 훈 쪽으로 고개를 돌렸다. 그 언제나 눈꼬리가 없어 보이는

큰 눈, 훈은 이 눈과 부딪치자 이제 자기 등에 내릴 도리깨같은 건 잊고 있었다. 도리깨가 다시 내려오지 않았다. 도섭영감도 차마 훈이에게까지 도리깨를 내릴 수는 없었던 것이리라. 오작녀가 사내를 부축해 일으켰다.

* * *

삼득이가 아버지의 팔을 가 붙들었다. 도섭영감이 홱 뿌리쳤다. 그러나 삼득이의 손은 물러나지 않았다. 이번에는 머리채 감아쥔 아버지의 손을 잡았다. 잡고는 손아귀를 펴기 시작했다.

"이 새끼가……"

도섭영감이 머리채 감아쥔 손에 부드득 힘을 주었다. 그 손을 삼득이가 벌려 펴놓았다. 도섭영감이 힐끗 아들편을 쳐다보았다. 놀라는 눈치였다. 이새끼가 언제 이렇게 힘을 쓰게 되었냐는 듯. 그러나 다음 순간.

"데리 물러나지 못하간?"

버럭 소리를 지르며 다시 머리채를 잡으려 했다. 삼득이가 얼른 새에 들어 아버지를 안았다.

"누이는 집으로 가소. 내일 바주 엮으로 갈께니." "이 백당넘의 새끼가……"

도섭영감이 주먹을 들어 아들을 내리쳤다. 그러나 주먹이 채 내려가지 않았다. 삼득이가 양 겨드랑 밑을 떠받친 것이었다. 도섭영감은 안간힘을 써 아들을 떠밀어버리려 했다. 그러나 도리어 제편에서 한 걸음 한 걸음 물러나고 말았다.

이번에는 그 자리에 버티고 서 있으려 했다. 그래도 자꾸 한 걸음 한 걸음 뒤로 떠밀리어 나갔다.

"이 백당넘의 새끼가 아바지도 몰라보구……" 사립문 앞까지 가서야 삼득이는 발걸음을 멈추었다. 후다닥 도섭영감이 지겟작대기를 집어들었다. 그러나 이미 그 한끝은 삼득이에게 단단히 붙잡혀있었다. 도섭영감의 노한 눈이 아들을 노려보았다. 검은 눈썹꼬리가 피끗거렸다. 작대기 잡은 손을 부르르 떨었다. 작대기를 놓고 말았다.

* * *

도섭영감은 비석 앞에서 발걸음을 멈추었다. 그리고 비석과 정면으로 마주쳤다. 일찍이 이훈의 할아버지의 송덕비는 도섭영감 자신이 감독하여 지대를 닦는다. 콘크리트를 한다, 하여 세운 비였다. 그때도 그는 이렇게 정면에서 비가 면바로 섰는가 어쨌는가를 몇 번이나 겨냥해 본 것이었다. 지금 그가 이 비석과 정면으로 마주 섬은 그때와는 다른 것이었다.

지금은 어떻게 하면 대번에 이 빗돌을 넘어뜨릴까 하는 노인의 노림인 것이었다. 도섭영감의 숨결이 거칠어졌다. 눈썹꼬리가 몇 번이고 피끗거렸다. 마침내, 에잉! 하는 소리와 함께 도끼가 후려쳐졌다. 비석 한중동이 헤짝하게 금이 가더니 뒤로 나가떨어졌다. 그 메아리 소리가 들려왔다. 또 한 대 후려쳤다. 또 한 대 후려쳤다. 모주리 떼레 쥑에라! 모주리 떼레 쥑에라! 도끼가 내릴 적마다 비석은 돌가루를 뿌리면서 부서져갔다. 이 소리에 칠성이 어머니가 밖을 내다보고는 깜짝 놀라,

"여보, 오작네아반이 비석을……"

아까부터 웃목에 무릎을 안고 앉아 담배만 빨고 있던 칠성이 아버지가 아내의 등 너머로 밖을 내다보았다. 그러나 심상한 빛이었다. 그는 오늘 이보다 더 놀랍고 무서운 사실을 몸소 보고 듣고 한 것이었다.

"제발 당신 오늘은 밖에 나댕기디 마소."

도섭영감은 비석 밑동까지 다 때려부수자 이번에는 맨 처음에 넘어뜨린 빗돌 웃동강을 또 몇 조각이고 내리쳐 부수는 것이었다. 꼭 무엇

에 취한 사람같았다.

그 일도 다 끝나자 도섭영감은 붉어진 눈으로 자기 둘레는 한 번 훑어보고는 휙 훈네 집쪽을 향해,

"독사를 죽길래믄 깨깨 쥑에야 한다야!"

그 소리가 메아리가 돼 돌아왔다. 그리고는 조용해졌다.

* * *

저도 모르게 사내에게 지껄여댔다. 오작녀와 나 사이를 오해하지 마시오. 지금이라구 나있는 집을 내줄 터이니 와서 같이 사시오. 오작녀는 아직 전대로 깨끗한 몸이오. 지껄이면서 훈은 자기 자신의 옹졸됨이 자꾸만 뉘우쳐졌다. 그러나 때는 늦었다. 오작녀 남편의 눈망울에 확 불이 켜지더니, 이건 사람을 어뜨케 보구 하는 쉬작이야? 아직두 고 꼬딱하고 야시꺼운 심보를 못 버렛어? 오작네가 불쌍하다, 오작네가 불쌍해! 하면서 냅다 훈의 뺨을 후려갈기는 것이었다. 눈앞이 아찔하고 코허리가 시큰했다. 오작녀 남편은 그대로 벌떡 일어나 술집아주머니에게 붉은 군표 얼마를 던져주고는 다시 이쪽을 노려보며, 앞으론 네깟놈 하고 상종 안하갔다! 하면서 홀 밖으로 나가버리고 마는 것이었다.

* * *

혁이 열두 살인가 났을 때 일이었다. 그해 여름 몇 십년 만에 큰 장마가 졌다. 농머리 개울이 넘쳐 무연한 물바다를 이루었다. 우대에서 닭이며 돼지가 연방 떠내려왔다. 그러나 누구하나 이런 것을 붙잡는 사람은 없었다. 이렇게 물에 떠내려오는 것은 그것을 붙잡는 사람의 것이 되는 것이다. 웬만큼 큰 장마에도 곧잘 우대에서 등발목이며 나뭇단같은 것이 떠내려오는 것이었는데, 그때마다 헤엄깨나 친다는 젊은 축들은 자랑삼아 그것들을 끌어올리곤 했다. 그러나 이때만은 누구

하나 그럴 엄두를 못 내는 것이었다.

＊＊＊

여기에 훈이 찾아왔다. 훈이 미처 부르기도 전에, 도섭영감 편에서 인기척 소리에 고개를 돌렸는가 하자 그대로 벌떡 일어났다.

"아즈반과 잠깐 할말이 있는데요."

훈의 목소리가 적잖이 떨려나왔다. 도섭영감의 굵은 눈썹이 피끗하고 움직였다. 네놈 잘 왔다! 오늘 내가 이 모양이 된 건 결국은 네놈 때문이다. 나한테 할말이 무슨 말인지 몰라두 이참에 결판을 내구 말자! 낫자루를 단단히 잡고 훈에게로 가까이 갔다.

"잠깐 조용히 할말이 있습니다."

훈이 앞장서 뒷산으로 올라갔다. 도섭영감은 몇 번이고 헛가레를 돋구어냈다. 훈은 그때마다 도섭영감의 낫이 등덜미를 와 찍는 것 같음을 느꼈다. 머리끝이 쭈뼛거렸다. 그러면서도 어쩐지 가슴속은 냉정해있을 수 있었다.

잡목숲으로 들어섰다. 밤나무 곁까지 왔다. 섰다. 이제는 구새통에 들어있는 단도를 꺼내어 도섭영감을 찌르기만 하면 될 것이었다. 그러자 가슴속이 막 뒤범벅이 됐다. 자기가 이 순간까지 생각한 것은 그저 도섭영감을 이리로 데리고 와 단도로 찌르리라는 것뿐이었다. 어떤 위치에서 어디를 어떻게 찌르리라는 것은 통 생각해보지 못한 것이었다. 게다가 지금 도섭영감은 낫을 들고 있는 것이었다. 훈은 정말 도섭영감의 낫이 자기의 등덜미를 먼저 내리찍어주었으면 하는 생각이 들었다. 그러면서 그는 저도 모르게 한 손을 주머니에 넣어 담배를 꺼냈다. 전날 평양 들어갔을 때 한 담배였다. 성냥을 그었다. 그러나 담배에 불이 댕겨지기 전에 꺼지고 말았다. 손이 떨리고 숨결이 거칠어진 때문이었다. 다시 성냥을 그었다. 이번에도 꺼졌다.

(삼중당, 1990)

직업 묘사 ^편

□강용준 「가랑비」

심히 공교로운 일이지만, 봉희가 임세빈씨를 알게 된 것이 또한 그즈음의 일이다. 임세빈씨는 중앙병원의 레지던트다. 중앙병원은 동방섬유공업주식회사의 지정병원이기도 하다. 그러니까 임세빈씨는 동방섬유 지정병원의 레지던트라는 말도 된다.

레지던트란 상주의사라는 뜻이라고 한다. 전문의와 비교하는 의미에서 일반의로 호칭되기도 한다는 얘기다. 흔히 수료의로들 알고 있지만, 이것은 그렇지가 않다고 한다. 전문의가 되기 위하여 개업을 단념하고 일정기간 동안 종합병원에서 근무하는 의사라는 뜻에서는 물론 수련의라는 호칭도 틀렸다고는 말할 수 없겠으나, 얼핏 수련의라는 말이 의사가 아닌 학생 신분의 뉘앙스를 풍기기가 쉬워서 이미 정규대학을 나와 인턴의 과정도 거쳐서 의사 면허까지 있는 레지던트를 단순한 수련의로 알아서는 안된다는 것이다.

상주의사란 또한 입원환자의 주치의사이기도 하다고 한다. 따라서 환자의 모든 것을 책임지고 치료에 임해야 한다. 처방을 내고 각종 검사를 하고, 또한 수술에도 임해야 한다. 틈틈이 맡겨진 연구와 전문서적도 읽어야 하며, 견습 의대생들도 가르쳐야 한다. 주치의사이기 때문에 퇴근을 하여도 연락처는 항상 알려 놓고 있어야 된다는 얘기다. 따라서 하루 24시간 근무에 1년 3백 65일을 하루같이 복무해야 하는 직업은 군인과 레지던트 말고는 아마 없을 게라고 그들을 노상 말한다. 물론 사계 전문가들의 전언에 의하면 그렇다.

* * *

의사, 하면 대개는 괜찮은 직업으로들 여기지. 심하면 의사란 허가 난 도둑놈으로 몰아붙이는 경우도 없지 않고. 아 물론 수입이라는 면에서 의사라는 직업이 다른 직업의 그것에 비하여 상당한 수준에서 안정되어 있는 건 사실이에요. 그러나 어느 경제학자가 나만큼 그 놈의 '돈'과 '경제'라는 용어로 머릿속이 가득차 있을는지

닥터 임이 이번엔 소리를 내어 하하하 웃었다.

"물론 병원 측에서도 이유와 고충은 충분히 있어요. 그 엄청난 치료비는 고사하고 당장 입원수속조차 밟을 능력이 없는 환자인 줄 뻔히 알면서 그놈의 인도주의라는 허깨비 때문에 무한정하고 환자를 받아들이다가는 우선 병원 자체가 남아나지 못할 테니까. 의사도 마찬가지에요. 가령 어느 의사 하나가 그 놈의 도덕적 타락만을 외워대며 병원의 규칙을 무시하고 독단으로 어느 폐종양 환자 하나를 입원 치료했다고 가정해 봐요. 봉급은 고사하고 병원에 붙어 있을 수도 없게 되지요."

"그러나"

하고 임세빈씨가 이번엔 다소 상기된 어조로 말을 계속하였다.

"이유야 어디 있건 또 사정이야 어떻게 돌아가건 검진결과 항암제 치료와 수술을 거치면 충분히 5, 6년은 더 살 수 있을 게 뻔한데도 그놈의 돈 때문에 환자를 외면해야 하는 경우, 아 그러니 어찌 내 머리가 돈으로 꽉 차지 않겠습니까. 의사가 허가 난 도둑놈이라는 그 가치 없는 매도도 물론 일단을 받아들이고 나서 하는 얘깁니다만."

닥터 임이 다시 소리를 내어 하하하 웃었다.

(홍성사, 1979)

□강용준 「광인일기(狂人日記)」

흔히 하는 얘기지만, 아마 이런 것을 두고 샐러리맨의 소심증이라고 하는 것인지 모른다. 규격화된 시간 속에 규격화된 에티켓과 규격화된 직무에 알맞게만 재단된 샐러리맨, 그 샐러리맨의 영역에 안주해 버린 소심한 직업인만이 당해야 하는 묘한 피해의식 말이다.

(창작과비평사, 1970)

□계용묵 「장벽」

옛날부터 백정이라는 천업을 대대손손이 이어 내려오는 그들은 인생의 저 뒷골목에서 밖에 존재의 인정을 받지 못하고 살아왔다. 그리하여 뭇 사람들과는 자리를 같이할 수가 없었다. 그저 인생의 뒷골목 길을 고독하게 눈물로 걸어오며 언제나 어디를 가나 인가와는 적이 떨어져 박힌 산턱 밑 도살장 근처가 그들의 상주처이었다. 그러니 사람으로서의 같이 타고난 뜨거운 피는 언제나 그러기에 아니 끓어오르지 못했다. 인간의 정에 주린 그들 - 더욱이 뛰놀지 않고는 만족을 얻을 수 없는 아이들은 어느 때나 남과 같이 같은 자리에 섞여서 마음대로 뛰며 놀아 볼꼬? 처지를 한탄하는 천진한 그들의 말없는 한숨은 끊일 날이 없었다. 그리하여 그 아버지도 다시는 칼은 아니 잡으려고 몇 번이나 맹세를 하여 보았으나 달리 직업은 얻어지는 것이 아니요, 소나 돼지의 목을 땀으로써 받는 보수로 생계를 삼아 오던 그들이라 놀고 먹을 여유인들 있으랴! 아니아니, 하면서도 이미 배운 기술이 그것이다. 배고프니 그 칼을 던졌다가도 다시 아니 잡을 수가 없었다.

(학원, 1994)

□공선옥 「씨앗불」

사장이야 있건 말건 위준은 일을 시작했다. 사장이 올 때까지 죽치고 있기도 심심하고 일거리를 앞에 두고 에헴하고 앉아 있을 그의 성미도 아니었다.

작업은 사나흘 전 중단된 사태 그대로였다. 대패는 위준이 아무렇게나 던져 둔 그대로 톱밥 더미 위에 꽂혀 있었다.

팔걸이 대패질은 무척 신경이 쓰이는 부분이었다. 곱게 각을 세우고 모난 곳을 다듬어 한옆에 세워 놓고 마대포를 재단해서 재봉틀에다 누볐다. 다듬어 둔 목재를 끼워 맞추고 마대포를 붙이고 속에다 짚더미와 솜뭉치를 채워 넣는다. 대충의 의자 형태가 갖추어지면 속엣것이 새어나오지 않도록 꼼꼼히 태패질을 해준다.

(동아, 1995)

□김문수 「가지 않은 길」

'철새'란 철을 따라 먹이를 찾아서 옮겨 다니는 철새처럼 이 출판사에서 저 출판사로 이동하며 벌이를 해야만 하는 임시직 교정사원들을 일컫는 출판계의 은어였다. 대부분의 출판사들은 자기네가 기획한 출판물들이 본격적으로 제작에 들어가게 되면 그 기간을 단축시킬 대로 단축시키기 위해 한꺼번에 그 '철새떼'를 끌어들여 교정이라는 먹이를 뿌려 주었고, 제작이 완료되어 교정거리가 없어지면 '철새떼'를 풀어 날리곤 했다. 필요에 따라 언제든지 그리고 얼마든지 그런 '철새떼'를 끌어 모을 수가 있으므로 경영자들은 교정원을 고정직으로 채용하는 것을 어리석기 짝이 없는 짓으로 여기는 것이었다. 고정 사원에게는 도서 제작의 공백기에도 급료는 물론이려니와 수당, 퇴직금까지도 계산해야만 하기 때문이었다.

(좋은날, 1999)

□김병총 「사라지는 것은 아름답다」

"모난 돌이 정 맞는다더라……."

입사 첫날 아침 출근길에 내 감색 넥타이를 매만져주시며 문득 중얼거리던 말씀이었다. 학생시절처럼 직장에서는 눈에 띄게 날뛰지 말라는 경고처럼 들렸었다.

"걱정 마세요. 엄니, 조심스럽게, 얌전히, 또 항상 남의 뒷전에 서서 천천히 따라 갈게요……."

모친을 안심시키기 위해 대꾸는 그렇게 했지만 글쎄, 신문사란 데가 남의 뒤꽁무니만 따라 붙다가 댕강 모가지 날아가는 데가 아닌가?

(한경, 1995)

□김원우 「산비탈에서 사랑을」

인테리어업이란 크게 설계와 공사로 나눠지고, 견적서에 따라 고객과의 계약을 도출해내서 합의한 대로 돈을 받아내는 일은 또 다른 업무다. 처음에는 우리 셋이 맡은 업무가 각각 달랐으나, 현장이 동시에 세 개 이상으로 늘어가자 그런 업무 범위도 없어지고 이른 바 건별로 각자가 알아서 이리저리 뛰어다녔다.

(강, 1997)

□김유정 「금」

대거리를 꺾으러 광부들은 하루에 세 때로 몰려든다. 그들은 늘 하는 버릇으로 굴문 앞까지 와서는 발을 멈춘다. 잠자코 옷을 훌훌 벗는다.

그러면 굴문을 지키는 감독은 그 앞에서 이윽히 노려보다가 이 광

산 전용의 굴복을 한 벌 던져 준다. 그것을 받아 쥐고는 비로소 굴 안
으로 들어간다. 이렇게 탈을 바꿔 쓰고야 저 땅 속 백여 척이 넘는 굴
속으로 기어드는 것이다.

(문학사상사, 1987)

□김인숙 「꽃의 기억」

전시회를 기획하는 일은 수도 없이 많은 말을 만들어내야 하는 일
이었다. 팔리지 않을 작품들을 기획 전시하게 될 때에는, 작품을 고르
는 일보다 말을 고르는 일이 훨씬 더 중요하게 생각되었다. 사장에게
는 이 전시회가 얼마나 의미있는 전시회이며 화랑의 이름을 빛내게
될 전시회인지를 실제보다 열 배 스무 배쯤 부풀려 사기를 쳐야하고,
기자들을 만나서 역시 마찬가지였고, 작가들을 만나서는 내가 최고의
전시 기획자인 것처럼 수없이 많은 말들을 만들어내야만 했다.

(문학동네, 1999)

□김인숙 「문」

나는 아내가 도대체 무얼 가지고 먹고 사는지 대해서 관심을 갖지
않았다. 아니, 차라리 관심을 가질 수가 없었다고 말하는 편이 더 옳았
으리라. 그 즈음, 내가 아내에게 해줄 수 있는 일이라고는 장장 5년 이
상을 준비해왔던 자료들이 곧 소설로 만들어질 거라는 큰소리뿐이었다.
그러나 사실 내가 비장의 마지막 카드라고 믿고 있는 그 '큰소리'는 이
미 헛소리의 가치만큼도 효력을 갖지 못하는 것이었다. 아내는 내가 결
코 그 소설을 쓰지 못할 거라고 믿고 있었고, 가급적이면 그렇게 되기
를 바라는 것 같은 눈치이기도 했다. 아내와 나, 그리고 우리 두 아이가
겪고 있는 궁핍을 벗어나기 위해 할 수 있는 가장 확실한 일은 내가
'잘 팔리는 소설'을 쓰는 것뿐이었다. 그러나 이미 5년의 세월이 묶어버

린 역사물 따위의 소설은 더 이상 '잘 팔릴 수'있는 소재가 아닌 것이
분명했다.

그런데도 나는 왜 그 소재에 매달려 있는 것인가. 5년이란 세월을
바쳐온 작업에 대한 버릴 수 없는 애착 때문인 건가. 아마 아닐 것이
다. 사실을 말하자면 벌써 3년도 전에 나는 그 작업을 때려치우고 싶
었었다. 소설보다 더 충격적이고 더 드라마틱한 세상이 그 사이 얼마
나 많이 변해왔는지. 물론 사람들도 마찬가지였다.

(유원, 1995)

□김인숙 「풍경」

사소한 일에 걱정을 일삼는 건, 병입니다. 무언가를 결정해야 하면,
하염없이 그 일에 매달리지요. 그리곤 포기…… 결정의 수준이 아니라
포기의 수준입니다. 천백 매까지 썼던 원고를 디스켓까지 지워버렸다
는 얘기를 했었지요? 그것도 실은, 결정이 아니라 포기였던 겁니다.
그래서 지워버렸겠지요. 다시 돌아볼까봐, 다시 돌아보곤 살리고 싶어
질까봐, 살릴까 말까를 끊임없이 걱정해야 할까봐…… 내 질긴 걱정이
지긋지긋해서.

(삼문, 1997)

□김주영 「아들의 겨울」

해는 중천에 와 있었다.

이글이글 타고 있는 해를 향해 까마귀가 다시 짖었다. 칠성이 아버
지가 밖으로 나와서 추녀 끝에 앉은 까마귀에게 돌을 던졌다. 까마귀
가 날아가는 저편 산모퉁이 위에 솔개 한 마리가 한가로이 하늘을 휘
젓고 있었다.

넘어진 소의 목줄기에 칠성이 아버지는 식칼로 일자로 죽 선을 그

었다. 가죽이 삐진 사이로 소의 하얀 속살이 일자로 드러났다. 그 사이에 칼끝을 집어넣어 살과 가죽을 분리시켰다. 얼마간의 가죽이 확보되자, 그는 드디어 암소의 모가지에다 칼을 깊숙이 꽂았다.

시퍼런 칼을 목줄기에다 꽂아선, 날이 선 쪽과 뒤쪽을 엇바꾸어 휘저었다. 그곳에서 선지피가 쏟아져서 벗겨놓은 가죽살 위에 괴어오르기 시작했다.

"사발 줘"

칠성이 아버지가 인부 한 사람에게 꾸짖듯 말했다. 인부가 가마때기 위에 놓인 더러운 사발을 건네자, 그 선지피를 한 그릇 푹 떠서는 칠성이 아버지가 꿀꺽꿀꺽 마셨다. 그러나 그가 선지피를 마시는 모습을 바라보는 사람은 아마 우리 둘뿐인가 보았다. 나머지 사람들은 달려들어 소의 가죽을 벗기는 일에 금방 열중들 하고 있었기 때문이었다.

한 그릇,

두 그릇,

세 그릇,

비워낸 핏사발을 다시 가마때기 위로 툭 던지는 칠성이 아버지 입가에 묻어 있는 선지피를 판자틈으로 엿보면서 우리들은 몰래 치를 떨었다.

누구의 칼질에 의해선가 소의 내장이 일시에 밖으로 쏟아져 나왔다. 김이 무럭무럭 솟아오르고 있었다.

칠성이 아버지가 다시 그 엄청난 부피의 내장 속에 두 손을 깊숙이 집어넣어 한참이나 헤집더니 새까만 쓸개 한 개를 끄집어냈다.

그는 조심스럽게 쓸개주머니를 뚝 떼어내더니 입을 쩍 벌리고 누런 이빨 사이로 쓸개를 집어넣었다. 그리고 우물우물 그것을 씹었다.

…(중략)… 줄곧 농담을 주고받으면서도 사람들은 일손을 게을리 하진 않았다. 죽어 자빠진 소는 어느새 뼈와 살이 분리되고 각기 떠져서

그들이 지고 온 빈 바소쿠리 위에 실렸다.

시뻘건 고기들을 바소쿠리 위에다 실을 적마다 사람들은 낑낑거렸다. 조금 전까지도 먼 하늘을 바라보며 목쉰 소리로 울어대던 암소의 그 처절했던 모습을 이젠 찾을 길이 없었다.

(민음사, 1996)

□박경리 「토지 I」

월선의 모친이 살아 있을 때 서로 허물없이 지내던 황 노인은 지난날 다소 이름이 알려진 장고 잡이였다. 열 살 때부터 북채를 잡은 그, 이 길을 터득하여 명창들의 소리를 빛내준 장년시절은 그에게 있어서 황금기였다. "수(雖) 고수(鼓手) 암 명창"이라는 말이 있듯이 장고 잡이가 시원찮거나 혹은 심통이라도 부리면 아무리 명창일지라도 소리는 죽게 마련이다. 광대 장단으로는 평타령, 중머리, 진양조, 엇머리, 휘모리는 물론 춤 장단에도 능했던 그는 매우 자부심이 강하여, 그 자부심 때문에 한번 비위 장이 틀어지면 명창 광대의 소리를 망쳐놓거나 북채를 집어던지는 행패를 부려 이 길에서 내리막을 걷게 되었던 것이다.

* * *

강포수는 역시 사냥꾼이었다. 골수에서부터 사냥꾼이었다. 귀녀로 인하여 미망에 빠져 헤어날 것 같지 않았던 그가 마치 건드리면 흩어지는 수은이 다음 순간 다시 모여들어 본시대로 한 덩어리가 되고 마는 것과 마찬가지로 어지러운 사념은 사냥꾼의 목적의식에 집중되었으며 감미롭고 쓰라린 귀녀의 환상은 어느덧 무산되고 말았다. 그의 온갖 지각은 짐승의 발자국, 짐승의 냄새, 짐승이 비비적거려놓고 떠난 낙엽더미의 흔적에 쏠리었다. 사냥꾼 강포수는 여느 때와 달리 다소 흥분된 상태였다. 방아쇠를 당길 때마다 심하게 튕기면서 어깨에

통증을 느끼곤 했던 화승총으로도 선불 맞힌 일이 없는 명 포수인 그
가, 하기는 사정거리가 짧고 발사속도가 형편없이 느렸으므로 맹수인
경우 한 방에 급소를 뚫지 않는다면 포수 자신의 목숨을 내 놓아야
할 경우가 있는 만큼 사격 솜씨의 정확함이 포수의 첫째 자격이기는
했었다. 하여튼 화승총으로 숱한 맹수를 사냥했던 강포수가 지금 마을
에 맡겨둔 짐짝 속에 화승총은 처박아두고 신식 총을 들고 있었으니
흥분할 만도 했다.

* * *

월선네는 팔이 길었다. 삼지창은 오른손에 들고 부채, 방울을 왼손
에 들고 두 팔을 쳐들면은, 쳐들고 굿마당을 빙글빙글 돌면은 그 위풍
에 사람들은 한때 숨을 죽였다. 이때만은 누구나 월선네에게 승복하며
그의 위력을 믿었다. 근동의 많은 무격들 중에서 월선네는 참다운 주
술사였으며 대부분 큰굿을 관장할 수 없는 선무당들 속에서 흔치 않
은 숙무였다. 그럼에도 그는 노상 가난하여 의식이 어려울 때가 있었
으나 제물만 차려주면 어느 곳이든 굿하기를 사양치 않았고 남이 업
신여기는 무당의 신분은 그 자신을 위해 한탄하는 일이 없었다. 다만
그는 딸 월선이를 위해 미안하게 측은하게 여겼던 것뿐이다.

(지식산업사, 1979)

□박경리 「토지 Ⅱ」

삼막 가까운 물가에 모여 앉은 아낙들 속에서 임이네도 삼을 가르
고 있었다. 다른 아낙들은 제가끔 제 몫의 삼이 들어 있는 일이었으나
임이네는 품팔이였다. 그 모습도 옛날 같지 않거니와 행동거지도 옛날
과는 다르게 겸허하였고 일손에서 눈을 떼는 일이 없었다. 일손도 빠
르고 입도 빠른 아낙들 속에서 홀로 그만은 입을 다물고 말이 없었다.
남들이 웃을 적에도 그는 웃지 않았다.

(지식산업사, 1979)

□박계주 「순애보」

세상에는 남의 허물과 죄를 용서해 주고 덮어 주면서 그의 장점만을 살려 그를 선도해 나가는 직업이 있다. 목사나 신부 등의 성직자가 그 것이다. 그러나 남의 장점은 하나도 오불관언으로 몰라주고 남의 약점과 죄만 뒤지며 핏대를 올리며 고문하며 세상에 공포하며 구형하며 판결을 내려 형벌하는 직업이 그것이다. 경찰과 검사와 판사의 직업이 그것인 것이다. 기자 역시 남의 죄를 뒤져내어 폭로하는 것에서 스릴을 느끼고 쾌재를 부르는 직업이 아니냐. 하나님 앞에 있어서 인간은 같은 불완전한 죄인인데, 죄인이 죄인의 죄를 뒤져내고 폭로하고 구형하고 판결을 내리고…… 이런 우습고 비참하고 몰염치한 직업이 또 어디 있는가.

(일신문화사, 1979)

□박양호 「슬픈 새들의 사회」

보직이란 교수가 대학의 행정직을 맡는 것을 말한다. 박물관장 하면, 국사과 교수, 그도 아니면 민속 또는 문화인류학을 하는 교수가 맡아서 할 만한데 그 사람들은 이미 다 거쳐 지나갔단다. 그러나 꼭 그렇지만도 않다. 가정교육과 교수가 학교 방송국 주간도 하고 국사과 교수가 신문 주간도 한다.

(동아, 1991)

□배수아 「바람인형」

갤러리 환타에서 열흘을 보내고 나면 나에게 남는 것은 또다시 일 년 동안의 세탁소 일이 기다리고 있었다. 뜨거운 곳에서 하루 종일 다

림질을 하고 있으면 기분이 이상해지는 법이다. 아마 누구나가 다 그럴 것이다. 내가 일하는 세탁소는 큰 빌딩의 지하에 있었고 빌딩에 사는 사람들이 여름 셔츠나 속옷이나 보풀이 일어난 스웨터를 세탁소에 맡겼다.

(문학과지성사, 1996)

□ 배수아 「심야통신」

여자를 만나기 전의 유리는 잘 팔리지 않는 권투 선수였다. 우리는 한 번도 권투를 스포츠라고 생각해 본 일이 없었다. 그건 그냥 생계를 위한 수단이었을 뿐이고 도로 공사장의 인부나 도축장의 직원처럼 그냥 노동의 일종이었다.

* * *

남자의 아내의 직장은 그다지 멀리 떨어져 있지 않은 변호사 사무실이다. 남자의 아내는 그곳에서 비서로 일하고 있었다. 몹시 바쁜 곳이어서 7시까지 일하고, 그리고 일요일이 따로 없을 정도라고 했다. 남자의 아내는 직장 일에 매달려 남자에게 신경 쓰지 않은 지가 오래 되었다.

(해냄, 1998)

□ 배수아 「철수」

1988년 나는 경기도에 있는 한 대학의 임시직원으로 일하고 있었다. 외부강사들에게 강의 의뢰서를 보내고 그들의 강의 스케줄을 조정해 주고 학생들의 불만을 들어주거나 강사들에게 급여 명세표를 발송해주거나 하는 일이 내가 주로 하고 있던 일이었다. 일에 대해서 말하자면 그다지 큰 불만은 없었다. 내가 하는 일은 일종의 행정사무 보조로서 특별히 전문적인 지식이나 자격 없이도 누구나가 할 수 있는 수준의 일이었다. 약간의 기억력과 초보적인 정도의 성실함만 있다면 겁낼 것이 없었다. 말하자면 그 일을 하기 위해서 수년 동안 어려운 분량의 논문을 써야 하고 학위를 따야 하고 영문으로 된 이력서가 통과되어야 하는 그런 종류의 일과는 결단코 비슷하지도 않았다. 그래서 직원들은 껌을 씹거나 심지어 손톱을 손질하면서 전화를 받고 아주 짧다못해 빈약해 보이기까지 하는 강의 계획서를 타이핑하는데 두 시간이나 걸리기도 했다. 드나드는 사람들이 많아서 하루에 커피를 스무 잔 이상 탈 때가 많았다. 물론 진흙맛이 나는 인스턴트 커피다. 직원들이 특별히 나태하거나 일에 대해서 심드렁해서가 아니다. 요는 그 일의 특성이다.

(작가정신, 1998)

□서기원 「이 성숙한 밤의 포옹」

그의 직장은 피난 내려온 무슨 협회의 지부라고 들었는데 원체 일거리가 없어서인지 어수룩하기 짝이 없는 것이었다. 아침 출근은 열 시가 넘어야 하고, 대낮부터 벌건 얼굴로 돌아오기도 한 두번이 아니었다. 협회의 예산이 있으니까, 월급을 거르는 일은 없다는 것이며, 할 일이라곤 간판을 지키는 것뿐이라고 했다. 월급을 십 배 더 준대도 지금 직장을 놓치고 싶지 않다는 것이었다. 그의 직장을 장래성이 어쨌든 간에 전쟁이 끝나기까지 임시방편으로 삼을만하기도 하거니와, 나로 말하면 그가 그와 같이 안이한 자리에 있는 덕택으로 하여 하필 돈보다도 기식자로서의 마음의 부담이 한결 가벼운 것만큼은 여간 다행한 일이 아니었다.

(삼중당, 1979)

□서기원 「혁명」

  아버지 김진사는 젊어서 진사에 합격한 다음, 연달아 두 번이나 대과(大科)를 보았으나 번번이 떨어진 뒤부터는 아예 초사(初仕)부터 잔념하고, 시골 토반들과 상종할 것도 없이 전해 내려오는 서한, 고서, 서화를 뒤적이는 일로 소일했다.

  정읍 사람들도 택호(宅號)를 김진사댁이라고 하지 않고 김승지(承旨)댁이라고 불렀는데 그도 그것을 싫어하지 않았다. 마음에 흡족했을 것이었다.

(삼중당, 1979)

□서정인 「후송」

  우선 얽매여야 할 책임이 없어졌다. 참모의 턱이 움직이는 데 따라 종종걸음을 쳐야 할 필요가 없어졌다. 브리핑 시간의 임박도 없었고 우발적으로 불시에 들이닥치는 호출도 없었다. 아침밥을 먹고 나면 삐걱거리는 퀀셋 속으로 기어드는 대신에 거기서 빠져 나와 천천히 늦가을의 다사로운 햇볕을 온몸에 받으며 중대 주변을 거닐었다.

(문학과지성사, 1987)

□손장순 「불타는 빙벽」

  닥터란 환부만 잘 치료해서도 안 된다. 모든 환자가 그러하듯이 육체적 환부에 따르는 정신적인 아픔에 대해서 카운셀링을 잘 해야 효과적이다. 닥터 한은 다른 날보다 말이 많은 자신을 깨닫는다. 부인 환자가 다소 안심하는 얼굴로 처방을 들고 나가자, 그는 스스로 사기꾼이라는 생각이 든다. 의사와 변호사는 자고로 속칭 도둑놈이다. 하지만 의사란 가장 지능적인 거짓말을 하는 최고의 사기꾼이다.

(서음, 1977)

□손장순 「어떤 회기」

　사표를 내기로 결정하자 의외로 마음속이 평온해진다. 십여 년간을 봉직해 온 직장을 하루 아침에 그만두는 일이 말처럼 쉬운 것은 아니다. 소속되어 있는 데서 오는 의무를 부담스러워하면서도 소속감이 없어지면 아쉽고 허전해지는 것은 흔히 있는 일이다. 동료 여교사가 줄줄이 태어나는 애 때문에 사표를 내었는데도 미련 때문에 한 달 동안이나 잠을 못 자고 우울해 했다는 말을 들은 적이 있다.

(문화공간, 1997)

□양귀자 「모순」

　휴학 후 돈을 벌기 위해서 거친 직업을 다 열거하려면 적지 않은 시간이 소모될 것이다. 불과 두어 전만 해도 직업을 밝혀야 할 이런 기회가 있었다면, 나는 조금 망설이다가 '서비스업'이라고 대답했어야 했다. 게으른 주인이 운영하는 커피 전문점에서 카운터를 보고 있었으므로. 그러다가 종종 이 나이에 어린애들에게 찻잔을 날라야 하는 일도 많았으므로 서비스업, 이라는 대답은 아주 적절한 것일 수 있었다.

＊　＊　＊

　이모부는 꽤 유명한 건축사 사무소를 열고 있는 건축가다. 주로 업무용 빌딩들을 설계하고 있는데, 경제적이고 실리적인 공간을 추구하고 형상화시키는데 탁월한 솜씨를 발휘해서 설계 주문이 끊이지 않는다고 했다. 일감이 밀린다 해도 이모부가 가족을 등한시하면서까지 일을 해야 할 이유는 없었다. 이모 말에 의하면 이모부는 고객과 상담하고 설계의 윤곽만 잡아주면 나머지는 열 명이나 되는 직원들이 다 알아서 한다고 했다. 말끔한 양복차림으로 출근해서 오후가 되면 정확한

시각에 퇴근하는 하얀 얼굴의 이모부를 생각하면 명함에 찍힌 '건축
가'라는 호칭은 아무래도 낯설었다. 이모부한테서 나는 한 번도 먼지
와 고함과 철근과 콘크리트의 흔적을 찾지 못했다. 그래도 이모부는
틀림없는 건축가다. 다소 심심한.

(살림, 1998)

□양귀자「숨은 꽃」

나 또한 그녀가 보기에는 계절에 구애없이 놀러 다니는 사람일 것
이고, 스스로도 소설 쓰기의 연장으로 여기에 왔으니 이것도 노동의
하나라는 생각은 전혀 들지 않은 탓이었다.

소설이 창작 노동이라는 개념을 마음의 저항없이 받아들이는데 아
직까지 서투른 사람이 나였다. 어깨가 뻐근하거나, 약국에 달려가 파
스 따위를 사다 등에 붙이고 뒤척이는 날이나 되어야 정작 노동의 고
단함을 얼굴의 화끈거림 없이 받아들일 수 있을까.

문학의 절대화나 신비화를 편들고 있지는 않으면서도 이 노동이 목
숨 걸고 살아가는 우리 모두에게 제대로 '일용할 양식'이 되어 본 적
이 있었던가 하는 경계심 때문에 나는 이 뼛골이 빠지는 노동을 감히
노동이라고 부를 수 없는 것이다.

소설 쓰기가 노동의 한 양상으로 분류되는 것의 미덕은 문학의 폐
쇄화를 막아준다는 데 있을 것이다. 기꺼이 열어 놓으며 기꺼이 받아
들인다는 것, 이 말은 곧 문학이 어떻게 하면 한 시대의 진정한 동반
자가 될 수 있는지를 일러주고 있는 것처럼 들리기도 한다. 또한 이
말은 기꺼이 열고자 하면서도 전부를 열어 보이려고 하지 않는 작가
의 속성에 대한 질타처럼 내게 들린다.

내 마음의 저항은 이 열림과 닫힘의 반동에서 야기된다. 닫혀 있었기
에 글쓰기의 품성을 배웠고, 열어야만 했기에 끝없이 회의했었다. 그런
데 어떻게 얼굴을 화끈거리지 않고 나의 일을 노동이라고 말할 수 있을

까.

* * *

그는 의사면서 부자도 아니다. 의사라고 다 부자라는 법은 없지만 적어도 마음만 먹으면 부자일 수 있는 것이 이 땅의 현실이다. 부자이기를 한사코 피한다는 인상을 줄 수 있는 것이 가난한 의사의 모습인 것이다.

그는 산에 대해 이야기한다. 산이 그에게 준 위안들, 산으로 갈 수밖에 없는 허기진 정신, 이런 것들을 나는 그의 말로, 그의 소설로 끊임없이 듣고 읽는다.

그에겐 산만이 대답해 줄 수 있는 해묵은 숙제가 있다. 대답해 줄 수 있는 무엇을 하나 꽉 붙들고 있는 그가 때로는 행복하게 보이기도 한다. 내 해답지는 아직 인쇄되지 않고 있으니까.

그가 한 말 중에서 내게 가장 오래, 가장 깊게 남아 있는 것은 그러나 산에 대한 이야기가 아니다. 그것은 의사였기 때문에 경험한 이야기다. 아직 산 어귀의 사람 사는 마을에서 발을 빼내지 못하고 있는 나로서는 그럴 수밖에 없기도 하다.

이야기는 수술에 관한 여러 불가사의를 주제로 한다. 흰 가운을 입고 수술실에 들어가 환부를 열면 의사로서 오는 직감이 있다. 이 수술은 성공이다. 혹은 무의미하다. 직감에 관계없이 어떤 수술이든 최선을 다하고 운명에 맡기는 것이 의사의 진심이지만 살릴 수 있다는 믿음이 있으면 수술 환부 봉합에 이르기까지 말로 표현할 수 없는 정성이 들어간다. 회복 후의 삶을 생각해서 촘촘히, 가능한 자국이 작게 남도록, 치밀하게 바늘을 움직이는 것이다. 그리고 그 환자를 영안실에서 만날 때 그는 절망한다고 했다. 반대로, 도저히 살아날 것 같지 않은, 사망 진단 직전의 형식상의 수술을 받은 환자가 며칠 후 눈부시게 회복해서 침상에 앉아 웃고 있을 때도 그는 말을 잃는다고 했다.

거의 시체나 다름없는 환자를 무슨 흥으로 봉합 바느질에 세심했겠는
가.

(문학사상사, 1992)

□양귀자 「한계령」

이십 오 년을 지내 오면서 우리 형제중 한 사람은 땅 위에서 사라
졌다. 목숨을 버린 일로 큰오빠를 배신했던 셋째 말고는 모두들 큰오
빠의 신화를 가꾸며 살고 있었다. 여태도 큰형을 어려워하는 둘째 오
빠는 큰오빠의 사업을 돕는 오른팔의 역할을 묵묵히 수행하면서 한편
으로는 화훼의 일가견을 이루고 있었다. 내과 전문의로 개업하고 있는
넷째 오빠도, 행정고시에 합격하여 고급 공무원이 된 공부벌레 다섯째
오빠도 큰오빠의 신화를 저버리지 않았다. 고향의 어머니나 큰오빠가
보기에는 거짓말을 능수능란하게 지어낼 뿐, 책만 끼고 살더니 가끔
글줄이나 짓는가 보다는 나 또한 궤도 이탈자는 결코 아닌 셈이다. 아
버지가 세상을 뜨던 해에 고작 한 살이었던 내 여동생은 벌써 두 아
이의 엄마가 되어 음악 선생으로 일하고 있는 중이다.

(문학사상사, 1992)

□원재길 「모닥불을 밟아라」

축전지로 불을 켠 등을 막대기 두개에 매달아 조명을 밝히는 가운
데, 약장수는 한바탕 약 선전에 열을 올린 뒤에 차력술을 보여 주었
다. 손바닥으로 쳐서 각목에 대못을 박았고 이빨로 그 못을 도로 뺏으
며 당수로 바윗돌을 가루로 만들었다. 입에 톱밥을 가득 물고 불을 뿜
어내는 묘기도 선보였는데 어둠 속이라 그런지 장관이 따로 없었다.

* * *

어느날 그는 빈 보자기에서 달걀을 꺼내는 마술을 보여줘서 내 입

을 쩍 벌어지게 만들었다. 좀 전까지 분명히 병아리가 있었는데 병아리는 온데 간데 없고 갑자기 꼬꼬댁 소리를 내며 암탉이 보자기에서 튀어나와 깃털을 날리며 방을 질러 날아가는 마술도 보여주었다.

첫눈이 내리던 날 그는 어항에 든 물고기를 사라지게 했다가 다시 나타나게 하고 물이 가득 든 어항을 그대로 뒤집어서 붕어빵을 방바닥에 가득 쏟아냈다. 다시 며칠 뒤에는 벽시계를 녹두 빈대떡으로 바꾸어서 한낮의 공복을 달래주었다.

* * *

기법에 대한 끊임없는 탐구열과 실험정신도 볼 만했다. 형은 줄기차게 평면 회화의 차원을 넘어서는 새로운 회화기법을 시도하고 실험했다. 몽타주나 콜라주 기법은 이미 오래 전에 끝냈고, 촛불의 그을음을 캠퍼스에 옮기는 퓨마주 작업을 걸쳐 벽이나 나무판자의 무늬를 종이에 대고 긁어 옮기는 작업을 지나 갈수록 흥미가 더해 갔다. 먹고 남은 음식 찌꺼기를 햇빛에 말리는걸 통해 각각의 음식물에 가해진 변형을 활용했으며 틈만 나면 밖에 나가서 폐물을 들고 들어와 거기에 새로운 의미, 새로운 질서를 부여했다.

(문학동네, 1997)

□유재용 「비상을 위하여」

이사를 하고 얼마 동안 퍽 미안해하며, 어린아이를 남겨두고 외출하는 어미처럼 마음 놓이지 않아 하며 술집에 출근하곤 했다. 밤중에 집에 돌아올 때면 먹을 것을 한아름씩 사들고 와 석에게 정성스럽게 권하곤 했다. 술집에서 연기를 하면서도 홀로 쓸쓸히 집에 남아 있을 석의 모습이 머릿속을, 눈앞을 떠나지 않더라도 했다. 어리고 약해, 가엾은 모습으로 떠오르더라고 했다. 어느 때는 그 모습이 너무도 애절해 보여 손님들 앞에서 눈물을 쏟아 놓을 뻔했다고 말했다. 그럴 때면 다

팽개쳐 버리고 집으로 달려오고 싶어 못 견딜 지경이라고 했다. 그래
서 멍청하니 딴청을 부린다고 손님들한테 욕을 먹기도 한다고 말했다.
　영은 인기가 좋은 모양이었다. 하룻밤 몸값으로 깜짝 놀랄 만큼 많
은 돈을 주겠다며 추근대는 남자도 있다고 한다. 그럴 때면 자신의 자
질과 연기가 상당한 수준인가 싶어 자랑스러워지면서 유혹을 느끼지
않는 바도 아니지만, 석의 그 애처롭고 가련한 모습이 유혹을 이겨내
는 방패가 되어 준다고 했다.

(한겨레, 1990)

□유재용 「아버지」

　문방구점을 삼년 가량 경영해 보고 느낀 일이지만, 장사꾼에게
있어 손님과 싸움을 하게 되는 일처럼 재수 없는 일은 없을 것이다.
이유여하를 막론하고 장사꾼이 손님을 상대로 싸움을 벌린다는 것
은 어리석기 짝이 없는 노릇이다. 손님과 싸움을 벌린다는 것은 곧
손님을 쫓아버리는 행위이기 때문이다. ‘손님은 왕이다’ 왕을 모시
듯 손님을 접대해야 한다. 하지만 대인관계란 참으로 복잡 미묘한
것이어서 자칫 헝클어지고 꼬여들기가 쉬었고, 따라서 뜻밖에 손님
과의 싸움에 휩쓸려 들어가는 때가 있었다. 그것도 대단한 일로 해
서가 아니고 사소한, 지극히 사소한 일이 단서가 되어 싸움이 벌어
지곤 하는 것이다.

(작은책, 1990)

□유현종 「달은 지다」

　차용희는 도원을 잡아두는 것만 생각하고 있는데 사장은 또다른 미
련을 버리지 못하고 있었다. 차용희 사건으로 인해 영업부장을 하던
이치환이 그만두었기 때문이었다. 차용희가 몸담고 있는 이 나이트 클

럽은 성인 상대의 유흥업소였다.

차용희가 해 온 일은 바로 상무 겸 총지배인이었다.

(샘터, 1996)

□유현종 「유리성의 포로」

미영이네 화실에서는 마치 전지를 누비고 돌아온 용사라도 맞이한 듯 장우를 반겼다. 술을 사러 간다. 안주를 시킨다 하여 조촐한 환영연이 베풀어졌다. 지 석규는 아직 군대에 가지 않았기 때문에 조금은 위축돼 창피감을 느끼고 있었지만 여자들은 자기들의 세계와는 전혀 다른 미지의 세계에 대한 흥미거리 얘기를 듣고 싶어했다.

일등병인 장우는 마치 야전 장교처럼 거들먹거리며 그 동안의 체험담을 재미있게 늘어놓았다.

* * *

영준은 자옥에게 그렇게 말했다. 석차 일 위를 해야 한다는 자기 결심을 나타낸 말이었다. 그 말 속에는 여러 가지 의미가 함축되어 있었다. 나유문을 의식하고 있었던 것이다. 반 발짝 앞서서 과장이 됐다고 하지만 그의 성적은 그렇게 좋지 않았었다. 근무성적도 영준이 편이 훨씬 알차고 내용이 있었다. 이번 시험에서 톱만 한다면 보기 좋게 지금까지의 열세를 반전시킬 수 있다고 본 모양이었다.

(신원문화사, 1987)

□윤대녕 「지나가는 자의 초상」

사서직은 격주로 일요일에도 출근을 해야 했지만, 아침 아홉 시에 출근해 오후 다섯 시만 되면 어김없이 퇴근을 했기 때문에 일반기업체보다 근무조건을 물론이고 부대낌도 한결 덜 한 편이었다. 출근한지 일주일만에 나는 내가 하는 일에 곧 익숙해졌다. 아직 전산화작업이 마무리되지 않은 상태여서 일이 적은 건 아니었지만, 나는 도서를 분야별로 정리해 카드를 만들고 프로그램을 짜서 전산화시키는 데 금방 솜씨를 발휘했다. 또한 열람자들이 신청한 카드나 신문을 보고 새로 구입할 책의 목록을 작성한다거나 신경이 많이 소모되게 마련인 자료 조사표를 만들다 거나 심지어는 낡은 책의 장정을 새롭게 하는 일에 조금도 싫증을 느끼지 않았다.

(중앙일보, 1996)

□은희경 「그것은 꿈이었을까」

인턴 생활이란 것은 정신없이 바빠 하루가 저무는 것 말고는 아무 것도 느낄 필요가 없었다. 결혼한 친구들은 더했다. 그들은 두어 주일에 한 번씩 오직 곯아떨어지기 위해 아내의 집에 들어갔다. 한 친구는 자신이 잠든 동안 아내가 발에 비닐 봉지를 씌어놓고 한다고 불평했다. 살갗 속까지 배어 들어가 어엿한 발의 일부로 자리잡은 발 냄새를 아내들은 잘 참지 못했다. 어느 날 친구는 발을 씻으며 개업한 선배들의 얘기를 아내에게 들려주었다. 산부인과 전문의를 딴 뒤 공장이 많은 지방 도시에서 개업한 선배가 있거든. 근데 말야, 언제부턴가 거리에서 여공들을 보면 중절 수술비 단위로 머릿수를 세는 버릇이 생겼대. 한 명, 두 명, 세는 게 아니라 이십만 원, 삼십만 원, 그렇게 세는 거야. 그러면 아내들은 깔깔 웃으며 인턴 과정 동안의 발 냄새와 외로움 따위를 참기로 마음먹는 모양이었다.

(현대문학, 1999)

□이규희 「천단」

경찰이 되고 난 후 준철은 상해에서 같이 활동을 하던 애국지사들과 소식을 끊고 오로지 친일파 잔당을 몰아내는 데 전력투구를 했다.

그러나 그에게는 친일파보다도 공산당의 침투를 막는 일이 급선무였
다. 해방된 직후 공산당들은 우익 단체들보다도 먼저 전남 일대 장악
을 시도했고 그들의 사상적 공세를 사전에 봉쇄하는 것이 준철의 맡
은 임무였다.

(대서, 1989)

□이상 「날개」

아내에게 직업이 있었던가? 나는 아내의 직업이 무엇인지 알 수 없
다. 만일 아내에게 직업이 없었다면 같이 직업이 없는 나처럼 외출할
필요가 생기지 않을 것인데 ─ 아내는 외출한다. 외출할 뿐만 아니라 내
객이 많다. 아내에게 내객이 많은 날은 나는 온종일 내 방에서 이불을
쓰고 누워 있어야만 한다.

(삼중당, 1979)

□이순원 「어떤 봄날의 헌화가」

아까 김대리님이 그랬잖습니까. 밖에서 만났을 때 얼굴을 못 알아
보면서 구두는 한 번도 헷갈리지 않고 갖다놓더라고. 그런 식으로 어
느 산부인과 의사가 그랬답니다. 몇 번 병원을 찾아온 손님이 먼저 인
사를 하는 데도 누군지 못 알아보고 올라가 누우세요, 하고 나선 직업
적으로 여자의 몸을 살피다가 그제서야 그 여자가 누군지 알아보고
안녕하세요, 난 또 누구시라고 했다지 않습니까? 그러니 구두닦이나
산부인과 의사나 손님 얼굴은 못 알아봐도 따로 직업적으로 알아보
든…… 그게 바로 그 사람들 직업의식인 거구요.

(하늘연못, 1997)

□이윤기 「나비 넥타이」

우리 영어 선생은 당시의 교사들에게서는 보기 드물게 입말의 경험

을 통하여 영어에 대한 껄끄러움과 쭈글스러움을 없애주려고 애를 많이 쓰던 분이었다. 그는 영어와의 스스럼없는 사귐을 '아이스 블래이킹 – 얼음깨기'이라고 불렀다.

(민음사, 1998)

□이제하 「강설」

자료들을 훑고 서점을 뒤지고 하면서 며칠이나 걸려서 짠 2세트, 3세트까지의 만화가 인선을 대충 정리해 참고 삼으라고 김선생에게 넘긴 뒤, 나는 사를 나섰다. 넉 달 남짓 되는 동안에 거기서 내가 맡은 역은 무엇이었을까. 나의 그것이 단순히 빈자리를 메운다는 역에서 만약에 조금이라도 벗어난 것이었다면, 사장이 전부를 거기 걸었다고 큰소리치던 그 '양심'에 잠깐 보증을 섰던 셈이었을까.

(동아, 1995)

□이제하 「나그네는 길에서도 쉬지 않는다」

이래봬도 우린 공무원이오, 하던 말이 뒤통수에서 떨어지지 않고 있다. 륙색의 사내가 그 말을 한 것은, 자기들은 공무원들이니까 모든 책임을 지겠다는 뜻인지, 그런 신분이니까 뒤처리가 쉽다는 뜻인지 알 수가 없었다.

* * *

그새 계산을 끝내고 나온 모양으로 여자는 가방을 챙겨 들고 서 있었다. 흰 모자를 뒤통수에 붙이고 간호원 복장 위론 검은 외투를 깍듯이 받쳐입고 있었으나 희끄무레한 어둠 속에서도 무엇에 흠씬 두들겨 맞은 듯한 피로의 기색이 역력했다.

(동아, 1995)

□ 이제하 「용」

  형사는 저녁답이 가까워서야 혼자 파출소로 돌아왔다. 그는 코가
다 빠져 있었는데, 이를 악문 듯한 모습이었다. 헛탕을 쳤던 모양이다.
지서장과 과장이라고 불러서 처음엔 나이를 쳐주느라 그러는가 싶었
으나, 실제로 그는 무슨 과장인 것 같았다. 수사과장이란 말인가, 정보
과장이란 말인가. 저렇게 나이든 과장이 직접 범인 호송에 나섰을 바
에야, 일이 심상치 않게 돌아간다는 것을 나는 깨달았다.

(문학과지성사, 1985)

□ 이효석 「노령 근해」

  얼굴을 익혀가며 아궁 앞에서 불 때는 화부들, 마치 지옥에서 불장
난치는 악마들 같이도 보이고 어둠 속에 웅크린 반나체의 그들은 마
치 원시림 속에 웅크린 고릴라와도 흡사하다.
  교체한 지 몇 분이 못 되어 살은 이그러지고 땀은 멋대로 쏟아진다.
폭이 두 칸에 남지 않은 좁은 데서 두 칸에 남는 긴 화저로 아궁을 쑤
시면 화기와 석탄재가 보얗게 화실을 덮는다.
  다 탄 끄르터기를 바께쓰에 그뜩그뜩 담아내고 그 뒤에 삽으로 석
탄을 퍼 던지면 널름거리는 독사의 혀끝같은 불꽃이 확확 붙어 오른
다.
  둘째 아궁과 셋째 아궁마저 이렇게 조절하여 놓으면 기관실은 온전
히 불붙는 지옥이다.
  아궁 위의 여섯 개의 보일러는 백 파운드가 넘는 증기를 올리면서
용솟음친다.
  불을 쑤시고 또 석탄을 넣고……
  땀은 쏟아지고 전신은 글자대로 발갛게 익는다.
  양동이에 떠온 물이 세 사람의 화부 사이에서 볼 동안에 사라지고

만다. 사실 물이라도 안 마시면 잠시라도 견뎌 나갈 수가 없다.

북국의 바다 오히려 이러하니 적도 직하의 인도양을 넘을 때에야
오죽하랴.

－이렇게 하여 배는 움직이는 것이다. 살롱은 취홍을 돋우리만치
경쾌하게 흔들리는 것이다.

교체한 지 반시간만 넘으면 화부의 체력은 낙지다리같이 느른해진
다. 부삽 하나 쳐들 기맥조차 없어진다.

(동아, 1995)

□이효석 「도시와 유령」

동대문 밖에 상업학교가 개설될 무렵이었다. 나는 날마다 학교 집
터에 미장이로 다니면서 일을 하였다. 남과 같이 버젓하게 일정한 노
동을 못하고 밤낮 뜨내기 벌이꾼으로 밖에는 돌아다니지 못하는 나에
게는 그래도 몇 달 동안은 입에 풀칠을 할 수 있었다. 마는 과격한 노
동이었다. 그러므로 하루라도 쉬어 본 일은커녕 한 번이라도 늦게 가
본 적도 없었다. 원수같이 지글지글 타 내리는 여름 태양아래에서 이
른 아침부터 저녁때까지 감독의 말 한마디 거스르는 법 없이 고분고
분히 일을 하였다. 체로 모래를 쳐라, 불같은 태양 아래에 새까맣게
타는 석탄으로 '노리'를 끓여라, 시멘트에다 모래를 섞어라, 그것을 노
리로 반죽하여라 하여 쉴새 없는 기계같이 휘 몰아쳤다. 그 열매인지
선물인지는 알 수 없으나 우리들이 다지는 시멘트가 몇백 간의 벌집
같은 방으로 변하고 친구들의 쨍쨍 울리는 끌소리가 여러 층의 웅장
한 건축으로 변함을 볼 때에 미상불 우리의 위대한 힘을 또 한번 자
랑하지 않을 수 없었다. －어리석은 미련둥이들이라 …(중략)… 어떻
든 콧구멍이 다 턱턱 막히는 시멘트 가루를 전신에 보얗게 뒤집어쓰
고 매캐한 노린 냄새와 더구나 전신을 한바탕 쪽 씻어 내리는 땀 냄
새를 맡으면서 온종일 들볶아 치고 나면 저녁물에는 정말이지 전신이

나른하였다. 그래도 집안 식구들을 생각하고 끼닛거리를 생각하면 마지막 힘이 났다. 일을 마치고 정신을 가다듬어 가지고 일인 감독의 집으로 간다. 삯전을 얻어 가지고 그 길로 바로 술집에 가서 한잔 빨고 나면 그제야 겨우 제정신인 듯싶었던 것이다.

(동아, 1995)

□ 임철우 「개도둑」

그러나 불과 삼 년이 지난 지금의 나는 그때의 들뜬 기분을 상상하기도 어렵도록 변해 있었다. 성능 좋은 기계의 톱니바퀴 마냥 째깍째각 되풀이되는 일과는 날마다 숨통을 걸레 짜듯 콱콱 쥐어 눌렀다. 눈만 뜨면 뺑한 시선으로 마주봐야 하는 사무실 동료 직원들의 그저 그런 얼굴들이며, 하는 일이라곤 고작 지성으로 콧구멍을 후벼파는 짓 말고는 따로 없을 듯한 과장이며, 심심하면 어정어정 돌아다니며 이것저것 간섭하기 일쑤인 뚱뚱한 역장은 쳐다보기도 아예 진저리가 났다. 게다가 일년 열두달 변치 않는 칙칙한 유니폼은 마치 수의를 걸친 기분이었다. 가장 참기 어려운 건 온종일 매표구를 지키고 앉아 있어야 하는 일이었다. 하루 십여 차례만 때맞추어 정해진 액수만큼 돈을 받고 표를 내주는 일쯤이 뭐 그리 힘들겠는가고 남들은 되레 내가 부럽다는 시늉을 짓기도 했지만 정작 내겐 그렇지가 않았다.

(동아, 1995)

□ 전광용 「꺼삐딴 리」

수술실에서 나온 이인국 박사는 응접실 소파에 파묻히듯이 깊숙이 기대어 앉았다.

그는 백금 무테안경을 벗어 들고 이마의 땀을 닦았다. 등골에 축축이 밴 땀이 잦아들어 감에 따라 피로가 스며 왔다. 두 시간 이십 분의

집도. 위장 속의 균종 적출. 환자는 아직 혼수상태에서 깨지 못하고
있다.

수술을 끝낸 찰나 스쳐 가는 육감, 그것은 성공 여부의 적중률을 암
시하는 계시 같은 것이다. 그러나 오늘은 웬일인지 뒷맛이 꺼림칙하
다.

그는 항생질 의약품이 그다지 발달되지 않았던 일제시대부터 개복
수술에 최단시간의 기록을 세웠던 것을 회상해 본다.

맹장염이나 포경수술, 그 정도의 것은 약과다. 젊은 의사들에게 맡
겨 버리면 그만이다. 대수술의 경우에는 그렇게 방임할 수만은 없다.
환자 측에서도 대개 원장이 직접 집도를 조건부로 입원시킨다. 그는
그것을 자랑으로 삼아 왔고 스스로 집도하는 쾌감마저 느꼈었다.

그의 병원 부근은 거의 한 집 건너 병원이랄 수 있을 정도로 밀집
한 지대다. 이름 없는 신설병원 같은 것은 숫제 비 장날 시골 전방처
럼 한산한 속에 찾아오는 손님을 기다리고 있는 형편이다.

그러나 이인국 박사는 일류 대학병원에서까지 손을 쓰지 못하며 밀
려오는 급환자들 틈에 끼여 환자의 감별에는 각별한 신경을 쓰고 있
다.

그것은 마치 여관 보이가 현관으로 들어서는 손님의 옷차림을 훑어
보고 그 등급에 맞는 방을 순간적으로 결정하거나 즉석에서 서슴지
않고 거절하는 경우와 흡사한 것이라고나 할까.

이인국 박사의 병원은 두 가지의 전통적인 특징을 가지고 있다.

병원 안이 먼지 하나도 없이 정결하다는 것과 치료비가 여느 병원
의 갑절이나 비싸다는 점이다.

그는 새로 온 환자의 초진에서는 병에 앞서 우선 그 부담 능력을
감정하는 데서부터 시작한다. 신통치 않다고 느껴지는 경우에는 무슨
핑계를 대든 그것도 자기가 직접 나서는 것이 아니라 간호원더러 따
돌리게 하는 것이다.

그렇게 중환자가 아닌 한 대부분의 경우 예진은 젊은 의사들이 했다. 원장은 다만 기록된 진찰 카드에 따라 환자의 증세에 아울러 경제 정도를 판정하는 최종 진단을 내리면 된다.

상대가 지기나 거물급이 아닌 한 외상이라는 명목은 붙을 수 없었다. 설령 있다 해도 이 양면 진단은 한 푼의 미수나 결손도 없게 한 그의 반생을 통한 의술생활의 신조요 비결이었다.

그러기에 그의 고객은 왜정시대는 주로 일본인이었고 현재는 권력층이 아니면 재벌의 셈속에 드는 측들이어야만 했다.

그의 일과는 아침에 진찰실에 나오자 손가락 끝으로 창틀이나 탁자 위를 훑어 무테안경 속 움푹한 눈으로 응시하는 일에서 출발한다.

이때 손가락 끝에 먼지만 묻으면 불호령이 터지고, 간호원은 하루 종일 원장의 신경질에 부대껴야만 한다.

아무튼 단골 고객들은 그의 정결한 결백성에 감탄과 경의를 표해 마지않는다.

(동아, 1995)

□정연희 「우리가 사람일세」

군청 내무과 노무국이나 노무계에서 하는 일은 일본의 전쟁을 위해서 인력을 동원하는 일이었다. 이를테면 무안에서 비행장을 닦는 데 쓰일 인력을 보국대라 하여 보국대를 동원하고, 징병, 징용자를 뽑아 불러내는 일이 노무계에게 주어진 일이다.

(지혜네, 1999)

□조세희 「은강 노동 가족의 생계비」

나는 승용차로 시트 뒤에 달려있는 트렁크에 구멍을 뚫었다. 드릴로 구멍을 뚫은 다음 십자나못을 틀어 넣는 것이 나의 일이었다. 나는 권총 모양의 두 가지 공구를 사용했다. 하나로는 구멍을 뚫고 다른 하나로는 나사못과 고무 바킹을 넣었다. 선참 공원들은 나를 (쌍권총의 사나이)라고 불렀다. 일을 하면서 처음으로 기계에 의한 속박을 받았다. 난쟁이의 아들에게 이것은 아주 놀라운 체험이었다. 콘베어를 이용한 연속작업이 나를 몰아 붙였다. 기계가 작업 속도를 결정했다. 나는 트렁크 안에 상체를 밀어 넣고 두 가지 작업을 동시에 해야했다. 트렁크의 철판에 드릴을 대면, 나의 작은 공구는 팡팡 소리를 내며 튀었다. 구멍을 하나 뚫을 때마다 나의 상체가 파르르 떨었다. 나는 나사못과 고무 바킹을 한 입 가득 물고 일했다. 구멍을 뚫기가 무섭게 입에 문 부품을 꺼내 박았다.

(청아, 1994)

□최명희 「혼불 7」

본디 그네는 굿을 하는 당골네 세습 무당이지 신 내려서 점치는 점쟁이는 아니었지만, 그 구분을 굳이 하지 않는 사람들은 이렇게 당사주를 보아달라고 찾아오곤 하였다.

그래서 생년월일 생시를 대고 뽑은 점괘의 길, 흉, 화, 복을 알록달록 울긋불긋 그림으로 그려 풀어놓은 당사주책은, 콩기름 먹인 장지 뚜껑을 젖히면 넘기는 부분에 손때를 깊이 머금은 채, 이 본 저 본 여러권, 백단이네 방 윗목 소반 위에 늘 포개어 얹혀져 있었다.

(한길사, 1996)

□최인호 「저 혼자 깊어 가는 강」

사실 흥신소의 일이란 대부분 그런 종류인 것이다. 며느리 감의 고등학교, 대학교 때의 품행과 성적 따위를 조사해 달라는 부탁, 남편의 바람기, 혹은 아내의 바람기를 확인해 달라는 부탁이 고작이었다. 말하자면 흥신소의 일이란 남의 부부싸움을 부채질하는 일이거나 비위 사실을 확인시켜 주는 일들 뿐 이었다.

흥신소의 일은 대부분 의뢰하는 사람들의 부탁대로 대상자의 뒤를 추적하는데 있다. 대상자를 그림자처럼 뒤쫓으며 그의 일거수 일투족을 감시해야 하는 것이었다. 인간의 일 중에 자신의 목적, 자신의 명예, 자신의 부와 같은 희망과 이상을 쫓지 못하고 인가의 뒤를 밟는다는 것은 슬픈 일이었다. 그것은 하루를 즐기기 위해 여학생의 뒤를 쫓아다니는 조무라기 건달과 다름없는 행위였다. 대상자가 영화관에 들어가면 나도 들어갔으며 변소에 들어가면 나도 변의도 없이 변기 위에 엉덩이를 까고 주저앉아 있어야 했다.

(청맥, 1987)

□최일남 「노새 두 마리」

영길이네 아버지는 조그마한 기계와 연탄불을 피워 가지고 다니면서 뻥 소리와 함께 생쌀을 납작하게 눌러 튀겨 내는 장사를 하고 있었고, 종달이네 형님은 번데기 장수였다. 순철이네 아버지는 시장 경비원이었고, 귀달네 아버지는 포장마차에서 장사를 하고 있었다.

(나남, 1993)

□하성란 「곰팡이꽃」

계단으로 올라서다가 남자는 신문 배달을 하고 계단을 급하게 뛰어 내려오는 아이와 어깨가 부딪힌다. 아이가 남자에게서 멀어지면서 코를 감싸쥔다. 흐릿한 백열등 아래에서 아이의 앳된 눈동자가 고무장갑을 낀 남자를 힐끗거린다. 아이도 신문 꾸러미를 들지 않은 한 손에 고무장갑을 끼고 있다. 신문 투입구에 손을 넣다 보면 팔 안쪽의 여린 살갗에는 쇠독 때문에 붉은 반점들이 생겨났다. 쇠독을 방지하기 위해 신문과 우유 배달부들은 고무장갑을 끼기 시작했다. 아이는 긴 다리로 껑충거리면서 다음 통로로 뛰어간다.

(동인문학상 수상 작품집, 1999)

□하성란 「풀」

아버지가 출판사를 그만두자 어머니는 부업거리라며 커다란 보따리를 들고 왔다. 보따리 안에서 헝겊으로 만든 꽃 이파리들이 방안 가득 쏟아졌다. 숙제를 마치고 나면 여자는 동생들과 둘러앉아 헝겊으로 꽃을 만든다. 철사에 꼬인 꽃봉오리가 서로 잘 붙도록 손끝으로 여러 번 만져준다. 손가락에는 본드가 자꾸 달라붙는다. 말라붙은 본드는 잘 떨어지지 않는다. 섣불리 떼어 내다가는 속살까지 같이 묻어 나왔다. 막내는 엉덩이에 꽃잎을 붙인 채 뛰어다녀 꽃잎은 마루까지 묻어 나와 달린다. 마당 한구석, 수챗구멍 위에 만들어 올린 선반 위에는 원색 물감이 든 작은 병들이 나란히 놓여 있다. 수책구멍과 함께 어머니와 여자의 손톱 새에는 항상 불그레한 염료가 배었다. 희석가 배합에 따라 여러 가지의 꽃 색깔이 되었다. 물들인 천 위에 꽃 모양의 틀을 놓고 꽃잎을 찍어내고 그 꽃잎에 한 장 한 장 열을 가하면 입체감있는 꽃잎으로 살아났다. 잠자리에 들기 전에 본드가 잔뜩 말라붙은 손을 뜨거운 물이 든 대야에 담그고 본드가 불기를 기다린다. Y시에 내려와 여자는 아버지를 도와 꽃을 만들거나 청소를 하거나 꽃을 납품한 곳에서 수금을 하기도 한다.

(문학동네, 1997)

□하재봉 「영화」

그런데 일거리는 참으로 우연히 왔다. 나는 자주 나가던 압구정 옷가게에서 신상품 옷을 입고 거울을 보고 있었다. 일주일에 한 번 정도

나 코빼기를 내비친다는 여사장이 지나가는 말로 중얼거렸다.

"어머, 어쩌면 똑같은 옷인데도 이렇게 달라 보일까? 지영씨가 입으니까 진짜 그 옷이 주인 만난 것 같네."

그런 말은 옷가게 주인들이 아무 손님에게나 상투적으로 하는 말이지만, 여사장이 진심으로 내 몸매에 혹해서 그렇게 말하고 있다는 것을 나는 알고 있었다. 입에 발린 말과 진심에서 우러나오는 말을 구분할 나이는 되었으니까. 내가 보아도 그 옷은 정말 나에게 잘 어울렸다. 사실 고급 기성품들은 몸매 좋은 여자라면 어떤 것을 입어도 잘 어울리게 만들어져 나온다. 36-24-38의 몸매로는 어느 옷이나 입어도 가슴이 터질 듯 히프가 팽팽하게 튀어나올 듯 보이며 섹시함을 돋보이게 한다.

"그 좋은 옷걸이로 우리 가게에 그냥 서 있어만 줘도 좋겠어."

만약 그 옷을 입고 있는 나의 모습에 자극을 받아 고객들이 옷을 사게 되면, 한 벌에 백만 원 넘는 옷이 하루에 세 벌, 네 벌만 나가도 장사는 되는 것이다.

나는 여사장의 제의를 받아들였다. 정식 직원은 아니었고 손님이 붐비는 오후 5시부터 7시까지 두 시간만 일하기로 했다. 보수는 괜찮은 편이었다. 처음에 간단하게 생각했던 그 일은 그러나 쉬운 일이 아니었다. 우선 매일 두 시간 동안 서 있는다는 것은 중노동이었다. 물론 손님이 없을 때는 매장 내의 등 없는 소파에 잠깐씩 엉덩이를 붙이고 앉아 있기도 했지만 손님이 문가에 나타나면 일어나야 했다.

(이레, 1999)

□하재봉 「황금동굴」

나는, 일요일을 제외하고 매일 2시간 동안 방송국 지하 1층 스튜디오에서 생방송 프로그램을 진행한다. 방송 시간은 저녁 6시부터 8시까지다.

그러나 대부분의 케이블 TV프로그램들은 순환 편성에 의해 하루에 두 번 혹은 세 번 방송된다. 내가 진행하는 프로그램은 다음날 새벽 2시에서 4시까지 재방송된다. 하루 24시간 중 1/6인 4시간을 내가 먹여 살리는 것이다. 그러나 저녁 6시에 TV를 켠 사람이 새벽 4시까지 계속 TV를 보지는 않기 때문에, 내 프로그램을 하루에 두 번 보는 경우는 거의 없다. 직장인도 있지만 주시청자는 대부분 대학생과 중·고등학생 등 학생층이어서, 밤늦은 시간엔 집안에서 TV를 시청할 수 없는 위치에 있다. 혼자 사는 학생이라면 몰라도.

내가 맡은 프로그램은, 생방송으로 전화를 연결해서 사연을 소개하고 신청자들이 신청한 뮤직비디오를 틀어주는 것이다. 미국, 홍콩, 유럽의 팝 차트도 소개하고 초대손님도 나오지만, 라디오 FM프로그램처럼 비교적 단순한 포맷으로 진행된다. 그러나 생방송으로 전화 연결되기 때문에 방송이 끝나는 시간까지 극도로 긴장하지 않으면 안 된다. 언제 어느 때 돌출 발언이 나와서 방송사고를 낼지 모른다.

(이레, 1999)

□한승원 「새끼무당」

한데 윤월이 무당은 큰무당 달순이가 날아가 버린 뒤 어느 날부터인가 갑자기 굿을 하러 다니지 않아 버렸다. 굿판에 서면 신명이 오르지 않았던 것이다. 신명이 오르지 않는데 어떻게 억지로 굿을 한단 말인가. 신명 오르지 않은 굿 하기는 고역 중의 고역이었다. 지옥살이나 한가지였다. 신명을 잃어버린 자기가 굿판에 섬으로써 남의 굿을 망치는 것보다는 차라리 한창 젊은 신딸들한테 그것을 맡기는 것이 좋겠다고 생각했다.

* * *

술기운이 질퍽해지자 그는 소리를 시작했다. 그의 소리는 끝도 갓도 없었다. 소리는 내놓고 한다 하는 소리꾼들의 그것처럼 익어 있고

곰삭아 있었다. 무릎장단을 먹이면서 춘향가 한 대목을 하고, 무당들
의 무가를 부르고, 그러다가 일어나서 시나위 가락을 노래하면서 살풀
이춤을 추었다. 그는 어찌할 수 없는 무당 아들이었다.

* * *

들어오는 점을 쳐주었다. 세 끼에 밥을 먹는 일과 들어온 점을 꼭
하루 한 차례 쳐주는 때 말고는 입을 열지 않았다. 이제는 점을 쳐주
기도 힘이 들었다. 기가 쇠한 것이었다. 쇠한 기 때문인지 점상을 앞
에 놓아도 신명이 오르지 않았다. 점상을 앞에 놓고 손님을 받아다가
고개를 회회저어 버리고 손님을 내 쫓지 않을 수 없는 경우도 있었다.
머릿속에 백지장같이 하얗게 비어 버리곤 하는 것이었다. 이제는 죽을
때가 되었는가 보다 싶었다. 온몸에 맥이 풀렸다. 손님을 내 쫓고는
그 자리에 누워 버렸다.

(문예중앙, 1994)

□한승원 「새터말 사람들⑵」

모내기가 끝난 때부터 이른 가을까지 김창근이는 새사람이 되어 나
락밭의 김을 매기도 하고, 멸구를 잡기도 하고, 거름을 주기도 했다.
고구마 덩굴을 묻기도 하고, 모종을 하기도 했다. 참깨밭이나 콩밭에
약을 치기도 했다. 소를 부지런히 먹이고, 풀을 베어다 퇴비를 만들기
도 하였다. 그런가 하면 나무를 베어 날라 월동준비를 하기도 했다.
또한 늦은 가을부터 시작되는 김 양식 준비를 하기도 했다.

(문학사상사, 1993)

□한승원 「포구의 달」

헌 리어카 하나를 구해서 강냉이 장사부터 시작했다. 거리를 누비
어 다니면서, 엿장수 가위로 찬찬한 햇살을 끊어치고, 순대 토막에다

소주를 마시거나 막걸리를 마시고, 잠은 싸구려 하숙집에서 잤다. 그
짓도 오래 하지 못했다. 집어치우고, 공사판을 전전하다가 목포로 갔
다. 부두 노동판에서 얼마쯤 박혀 지내다가, 예전에 재미를 많이 보았
던 리어카 과일 장사 생각이 나서 서울로 뛰었다. 예전처럼 사당동 시
장 입구로 붙었다. 얼굴이 익은 동료들은 하나도 없었다. 장사를 다시
차리고 싸구려를 불렀다. 전처럼 장사가 잘 되지 않았다. 동료 장수가
너무 많았다. 이듬해 봄까지 귤과 사과를 팔다가 그걸 걷어치우고, 지
하철 공사장으로 기어들었다. 일이 고되어서 그렇지 시키는 대로만 해
주면 뱃속 편한 곳이었다

(계몽사, 1995)

집회 묘사^편

□공선옥 「목마른 계절」

쌀을 타려는 노인들이 부대자루 하나씩을 들고 엄숙하게 줄을 서 있었다. 그것은 언젠가 한국전쟁 당시를 찍은 기록사진첩에서 본 것과도 같은 광경이었다. 그러나 그 사진에서의 초조하고 수척한 사람들보다는 영구 아파트의 노인들은 좀 더 건강하고, 경건한 모습이다. 한순간 나는 내가 태어나지도 않은 50년대로 되돌아간 기분이었다.

(풀빛, 1995)

□김문수 「가지 않은 길」

결국 동인은 두 패로 나뉘고 말았다. 되지도 않을 일에 목숨을 거는 행위는 용기가 아니라 만용이라는 파와, 신념과 사상을 행동으로 발전시키지 못하는 기형아나 사기꾼이 될 수는 없다는 파로 나뉜 것이다. 그는 기형아나 사기꾼이 될 수 없다는 쪽에 서게 되었다. 그리고 그 "풀잎" 모임이 있은 지 나흘 뒤, 그는 사무실에서 관할 경찰서 정보과의 형사에 의해 연행되었던 것이다. 그가 풀려난 것은 연행된지 닷새째 되는 아침이었다. 취조실에서 정보과로 끌려나와 보니 주간이 그의 신병을 인도하기 위해 기다리고 있었다.

* * *

강정길의 전세방에서 망년회가 시작되었다. 그의 처제 내외가 느닷없이 찾아와 술판이 벌어지기 시작한 것인데, 그 술판에서 그가 '금년도 다 저물었으니 망년회로 생각하고 다같이 건배하자'고 제의했던 것이다. 그 제의가 나오기 바쁘게 모두 소줏잔을 높이 들었다 내리며 짤강짤강 잔들을 서로 부딪뜨렸다. 그리고는 일제히 입에 붙였다. 그와 동서 김진철은 첫잔을 깨끗이 비웠으나 그의 아내와 처제만은 그대로 상에다 내려놓았다.

(좋은날, 1999)

□김성종 「나는 살고 싶다」

그들은 강당에 죄수들을 모아 놓고 예배를 보았는데, 예배 방법이 유난히 요란스러웠다. 손뼉을 치기도 하고, 탁자를 두드리기도 하면서 그야말로 광란하듯 예배를 보았다. 격정에 못 이겨 흐느끼는 신자들이 대부분이었다. 죄수들은 시종 어리둥절한 얼굴로 앉아 있었다. 기도 내용은 하나같이 "주님께옵서 이 버림받은 불쌍한 양들을 보살펴 달라"는 것이었다. 태오는 뱃살이 뒤틀리면서 구역질을 느꼈다. 하나의 모순이 법의 보호를 받으며 암처럼 퍼지고 있다고 생각했다.

(추리 문학사, 1996)

□김유정 「이런 음악회」

새로 건축한 넓은 대강당에는 벌써 사람들 머리로 까맣게 깔리었다. 시간을 기다리다 지루했는지 고개들을 길게 뽑고 수선스레 들어가는 우리를 돌아본다.

(문학사상사, 1987)

□김이태 「궤도를 이탈한 별」

온 지 일 주일쯤 지났을 때 회사에서 신혼부부 환영 파티를 한다며 지사장 집으로 갔다. 수영장이 있고 바비큐에 갈비를 굽고 한국 아이들이 뛰어다니며 소리를 지르고 부부 쌍쌍으로 어색하게 칵테일 잔을 들고 있었다. 남편은 내게 자유스러워 보이더라도 절대 그들 앞에서 담배는 피우지 말라고 했다. 한국에 있는 사람들보다 사실은 더 보수적인 그들에게 처음부터 흉잡힐 필요가 없다면서 말이다. 나는 특별히 머리를 올려 손으로 수를 놓은 연분홍색 한복을 입었고 말로만 듣던 한인 사회에 호기심을 가지고 그들을 살폈다.

(민음사, 1997)

□김인숙 「강」

민주, 독재, 민중, 군사정치, 생존권, 부정부패, 착취와 수탈, 원천적 부정선거, 타도, 투쟁, 광주…… 단상 위의 연설자 입으로부터 거침없이 단어들이 쏟아져 나왔다. 그리고 그러한 단어가 팍팍 튀어나올 때마다 사람들은 미친듯이 열광했다. 인산, 인해, 산이 울고 바다가 용솟음친다더니 그 말이 꼭 사실이었다. 희영은 정신이 나간 듯 그들을 바라보았다. 희영의 눈에 그들은 전적이다시피 비이성적이었다. 희영이 바로 앞에서 한 남자가 눈물이 그렁그렁해서 팔이 뽑아져라 깃발을 흔들어대고 있었다. 도대체 무엇이 이들을 이토록 미치게 만드는 것일까. 그러나 희영의 의문도 잠시, 그 인산인해가 불덩이로 내솟는 열기는 희영의 가슴에까지도 튕겨왔다. 희영은 어지러웠다.

(솔, 1996)

□김지연 「봄바람」

그곳에는 홍과부 또래의 중년여자 10여명이 입을 한껏 벌리고 웃고 있었는데, 놀라운 사실은 모두가 한결같이 큰 접시만한 선글라스를 끼고 있다는 점이었다. 색안경을 쓰고 있다기보다 코에 걸고 있다고 함이 어울릴 정도로 자기 얼굴에 걸맞지 않은 그런 것들을 다투어 끼고 있었다. 탁여인은 살그머니 냉소를 흘렸다. 멋있어 보이라고 쓴 색안경이 실내에서 모두가 하나같이 착안하고 있음으로 하여 흡사 맹인촌 안마사들이 떼지어 몰려 있는 인상을 주었기 때문이다.

(청림각, 1978)

□김지연 「인사파동」

10시쯤 되어서 사무실엔 키가 후리후리한 남자와 낯익은 이사 두 사람이 나타났다. 직원들은 즉각적으로 키큰 남자가 신임 공보이사임을 주변의 낯익은 이사들의 출동으로 알아챘다. 새로 부임한 강진우 이사가 자기 소개를 끝내고 아울러 부임인사를 계속할 때까지 기자들은 앉은자리에서 꼼짝하지 않았다. 총무부나 광고부 직원처럼 기립자세는 취하지 않았지만 속으로는 은근히 새 이사에 대한 적절한 예의가 아님은 느끼고들 있었다. 강진우씨는 기자들의 기질을 잘 안다는 듯한 아량의 표정을 보였고, 20여명의 기자들은 시종 그런 앉음 세를 고치지 않은 채 인사는 끝났다.

(청림각, 1978)

□김지연 「죽을 권리」

회장의 분위기가 여느 때와는 다르게 슬라이드나 각종 자료가 강단에 버티고 있지 않아서인지 참석자들의 표정이 한결 풀려 있는 듯 했다. 그들은 뭔가 약간 싱거워하는 표정이기도 하면서 주제발표를 경청하고 나름대로 생각에 잠기기도 한다.

* * *

장내가 잠깐 술렁거렸다. 최삼두 원장의 발표가 또 그런대로 일리가 있다는 듯 옆엣 사람과 수근대며 고개들을 끄덕였다. 학회 사무실의 경리직원인 미스 홍과 급사아이가 참석 회원들에게 콜라 한 병씩을 돌렸다. 마치 정해진 휴식시간처럼 빠는 소리 병 부딪는 소리로 회장 안은 잠시동안 소란했다.

* * *

말을 끝낸 민교수가 뭔가 미진한 표정으로 앉았다. 앞자석에 자리한 비교적 연로한 닥터들이 고개를 주억거리고 일부에서는 약간 뜨아한 표정이 되기도 했다. 장내는 조금씩 술렁대기 시작할 뿐, 다음 발표자가 얼른 나타나지 않았다. 사회자가 벙글벙글 웃는 낯으로 장내를 둘러보고 있을 때 K대학 조교수인 강혁씨가 일어났다.

(청림각, 1978)

□문순태 「그들의 새벽」

1만 명 가까운 전남대학교 시위대가 금남로를 가득 메웠다. 이렇듯 많은 시위대가 금남로에 쏟아져 나온 것은 4·19 이후 처음이라고들 했다. 그들은 금남로가 떠나갈듯이 애국가를 합창하거나 구호를 외치면서 질서있게 도청을 향해 행진했다. 아무도 그들을 저지하지 못했다. 그들은 호텔 앞을 지나 분수대를 에워쌌다. 그리고 다시 애국가를 불렀다. 그들의 함성과 노랫소리를 듣고 시민들이 금남로로 몰려나왔다. 수협 쪽과 무덕관 쪽에 벌써 많은 시민들이 인도를 가득 메웠다. 기동이도 수협 앞 인도의 은행나무 밑에 서서 분수대를 둘러싼 시위대를 바라보았다. 그 때 50이 넘어 보이는 키가 큰 교수가 분수대 위로 올라가서 카랑카랑한 목소리로 시국선언문을 읽었다. 대학생들이 함성을 지르며 손뼉을 쳤다. 인도 쪽에서 구경하고 있던 시민들도 박수를 보냈다.

* * *

20일 밤 금남로는 온통 거대한 차량의 성난 파도로 넘쳤다. 이날 오후 2시부터 이미 무등경기장 앞으로 택시들이 모여들기 시작했다. 6시쯤 되었을 때는 200대가 넘었다. 그들 중에는 공수대에 머리를 얻어맞아 붕대를 친친 감고 나온 기사들도 여러 명 있었다. 공수대의 곤봉에 앞 유리가 박살난 택시들도 가끔 눈에 띄었다. 그들은 6시가 되자 도청을 목표로 삼고 무등경기장을 출발하였다. 외곽도로로 접어들었을 때 화물을 가득 실은 대한통운 소속 12톤 트럭과 버스 등 11대가 합류하였다.

트럭 위에서는 20여명의 젊은이들이 태극기를 흔들며 공수부대를 몰아내자고 소리쳤다. 버스 속에도 각목이며 몽둥이를 든 젊은이들이 타고 있었다. 트럭과 버스를 앞세운 차량 행렬이 헤드라이트를 켜고 움직이면서 일제히 기세 좋게 클랙슨을 울릴라치면 온통 거리가 하늘로 붕 떠오르는 듯하였다.

7시쯤 차량 행렬이 금남로에 이르자 온종일 공수대와 공방전을 계속해 오고 있던 수많은 시민들이 일제히 만세를 부르며 환호했다. 시민들은 차량 행렬과 함께 도청을 향해 돌진했다. 선두를 지키고 있던 버스 속의 젊은이들은 모두 차창 문을 열어 젖히고 손으로 차를 두들기며 목청껏 구호를 외쳤다. 금남로와 충정로 주변의 골목과 건물 속에 박혀 있던 시민들이 모두 한꺼번에 몰려나와 함성과 박수를 보내며 차량 행렬의 좌우 인도를 가득 메웠다.

(한길사, 2000)

□서기원 「혁명」

갑오 1월 9일. 첫닭이 운 지 얼마 되지 않은 말목장터에는 전봉준의 지령을 받은 장정들이 모여들기 시작했다.

검은 토막 구름이 동진강변으로부터 불어오는 바람에 쫓겨 쏜살처럼 흘러갔다.

주막집 굴뚝에서 흰 연기가 피어오르자 간밤에 등을 맞대어 새우잠을 잔 장돌뱅이들이 부시시 일어나 봇짐을 챙기기도 했다.

동녘 하늘이 부옇게 밝아 오면서 장군 행색이 동학도와 장정들은 장 한복판에 우뚝 솟은 해묵은 감나무 밑으로 모여들었다. 장터 어귀엔 쌀장수들이 멍석을 펼쳐 놓고 가마니를 쏠고 있었고, 포목 장수들은 나무 기둥을 박아 차양을 치고 있었다.

전봉준과 막하 수모자들은 한 마장쯤 떨어진 어느 농가에 일찍부터 진을 치고 있었다. 엔간히 장이 섰을 무렵, 감나무 주변에서 요란스런 꽹과리 소리를 선두로 난데없는 농악이 울리기 시작했다.

* * *

전봉준은 손화중, 최대봉등 전주에 모인 두령들과 대책을 의논했다. 모두가 김개남의 독선적인 행동에 분개했지만 그렇다고 동학군끼리 싸울 수도 없어 신통한 수가 나지 않았다.

결국 사자를 뽑아 전장군의 친서를 보내기로 하고, 회답을 기다릴 것 없이 우선 삼례로 나가 흩어진 군사를 집결시키기로 했다.

* * *

아침부터 계속되고 있는 참모회의는 정오가 넘도록 결판이 나지 않았다. 늑장을 부릴수록 공주 방어에 집중되는 적의 병력은 불어날 것이고 이쪽의 보급상태는 악화될 것이므로 당장 공격을 개시해야 한다는 주장이 의당 용병의 이치에 맞을 성싶었다.

그러나 목천에선 목천과 옥천 방면에 근거를 둔 우군의 군세가 녹녹치 않아 기대를 걸어볼 수 있을 뿐더러 공주의 배면을 노리고 있는 옥천포와도 합동 작전의 보조을 맞추어야 하는 만큼, 전기를 신중히

택해야 한다는 것이다. 말하자면 속공파와 신중론이 맞서고 있는 셈이었다. 대체로 북접의 두령들이 신중론에 찬성하는 듯했다.

(삼중당, 1979)

□서영은 「뿔 그리고 방패」

마루에는 열댓 남짓한 사람들이 둘러앉아 있었다. 농성장 치고는 비교적 여유만만하고 자유로운 분위기였다. 종하가 동호를 그들에게 돌아가며 인사시켰다. 신문이나 잡지를 통해 익히 알고 있던 이름들이었다. 밝은 데서 갑자기 어두운 데로 들어온 양 그는 잠시 뭐가 뭔지 얼떨떨하기만 했다. 그러다 차츰 그의 안정된 의식 위에 그곳의 사물들이 하나하나 투명하게 비치기 시작했다. 세간을 모두 어디로 치운 건지, 아니면 처음부터 없는 건지 마루에는 의자 하나, 그림 한 점 없었고, 커다란 달력만이 덩그렇게 빈 벽에 걸려 있었다. 마룻바닥에는 군용담요 몇 장이 방석 대신 깔려 있었다. 농성하는 사람들의 몸가짐은 아직 여유로워 보였으나, 옷차림과 머리카락이 헝클어지고 눈빛이 움푹 꺼져 피로한 기색이 짙었다.

(둥지, 1997)

□서정인 「나주댁」

교장의 비분강개에 감동하는 사람은 아무도 없다. 아무도 얼굴 표정을 바꾸지 않는다. 그들은 교장이 가령 청소년 축구대회가 국민 체위에 미치는 영향에 대해서 얘기했더라도 역시 같은 행동들을 했을 것이다. 교감은 교장의 연설이 자기의 영향력에 끼칠 득실을 따져 보면서 탁상용 달력의 지난날 치 이면에다가 이따금씩 비망록을 적어 놓는 척했고, 서울사대를 나온 영어 선생은 창문으로 들어오는 광선에다가 안경알을 하얗게 번득이면서 논리의 일방통행이 갖는 횡포성에 관해서 생각했고, J대학을 나온 국어 선생을 혹시 거기서 어떤 시적 영감이 나오지 않을까 해서 책상 위에 묻은 잉크 얼룩을 열심히 바라 보았다. 눈을 깜박이는 사람, 코를 후비는 사람, 천장을 쳐다보면서 바 지 호주머지에 들어 있어야 할 십 원 짜리 행방을 찾는 사람, 모두가 직원회의 때마다의 습관 그대로였다. 교장은 그것이 원망스럽다.

(문학과지성사, 1987)

□선우휘 「불꽃」

기도가 끝나자, 노인은 옆에 놓인 보따리를 풀어 차곡차곡 접어놓 은 헝겊을 들어 한 장씩 나눠주었다. 교인들은 말없이 그것을 펴보았 다. 그것은 삼색으로 물들여진 태극의 기폭이었다. 한 젊은이가 싸리 로 깎은 한 묶음의 대가지를 가져왔다. 모두 말없이 그 댓가지에 기폭 을 달았다. 어떤 교인은 그것을 좌우로 가만히 흔들어보고, 어느 젊은 여인은 기폭을 손으로 꼭 쥐어보았다.

(신구문화사, 1966)

□손장순 「속물학을 배웁니다」

그녀가 보기에 자질과 지성에 의문이 가는 박사학위 면허증 소유자 들의 사이비성과, 권위의식을 내세우면서 척하는 것을 볼 때마다 이 모임의 속물성이 차라리 애교가 있다고 생각할 때가 있기는 하다. 그 박사학위가 가짜요, 내용이 형편없는 논문이건만 맹렬한 로비로 학위 를 받아내어 행세를 하는 교수들이 그 속에 섞여있기 때문이다. 허나 이 모임에 나오는 인물들은 하나같이 메마르고 계산에 밝은 인상들이 었다.

(문화공간, 1997)

　이야기판이 벌어졌는데도, 영신은 이 집의 식모와 함께 시중을 드느라고 부엌으로 들락날락하고, 농민수양소 여자부에서 초대를 받아온 시골 학생들은 처음으로 양식을 잘 못 먹다가 흉이나 잡힐까 보아 포오크를 들고 남의 눈치만 보는데, 백씨 혼자서 떠들어댄다. 동혁과 영신을 번갈아 보면서 그동안 몇십 번이나 곱삶았듯한 덴마아크의 시찰담으로부터 구미 각국의 여성들의 활동하는 상황 같은 것을 풍을 쳐가며 청산유수로 늘어놓았다. 청년회의 농촌지도부 간사로 있는 얼굴이 노란 김씨라는 사람이 늦게야 참석을 해서 인사를 하였을 뿐이요, 남자는 단 두 사람이라, 동혁은 잠자코 제 차례에 오는 음식만 퍼넣듯 하고 앉았다.

＊ ＊ ＊

　그러나 그리로는 장정들만 한 십여 쯤 갔을까, 그 밖에는 청석골의 남녀 노소가 모두 예배당으로 모여들었다. 몇 십리 밖에서 단체를 지어 온 사람도 수십 명이나 된다. 말똥구리 굴러가는 것도 구경이라고, 구경이라면 악을 쓰고 덤벼드는 여편네들은, 정각 전부터 예배당이 빽빽하도록 모여들었다. 그 중에는 시집을 올 때 입었던 단거리 비단 저고리 치마를 개켰던 자국도 펴지 않은 채 뻗질러 입고, 두 눈구멍만 남기고는 탈바가지처럼 분을 하얗게 뒤집어 쓴 새댁네도 섞였다.

＊ ＊ ＊

　시간이 되려면 멀었건만 아이들은 거의 다 모여들었다. 그 중에도 계집애들은 명절 때처럼 울긋불긋하게 입고 어깨동무를 하고는 학원 마당으로 모여들었다. 어떤 계집애는 추석놀이를 하던 날 밤에 꽂았던 풀이 죽은 리본을 꽂고 자랑스러이 고개를 갸우뚱거리며 다닌다.

(청목사, 1992)

□안수길 「북간도」

선언서를 읽는 사람의 목소리가 울먹거렸다. 군중들의 흥분이, 더욱 더 높아지고 있었다. 흑흑 흐느끼는 사람들, 가슴 뻐개지는 듯 가쁜 숨을 몰아쉬는 사람들, 태극기를 마냥 흔들고 있는 사람들. 장내가 흥분의 도가니로 변했다. 흐리터분한 황토 풍이 부는 날씨임에도 지금은 그 바람이 뜨거운 것처럼 느껴졌다. 당장 무슨 일이 터질 것도 같았다. 경비병들도 긴장하고 있었다. 총을 꼬나 쥐고 군중들의 주변을 에워싸듯이 몇 명씩 뭉쳐 돌고 있었다.

(동아, 1995)

□윤정모 「딴나라 여인」

그날 집회는 대성공이었다. 각 지방대학에서까지 학생들이 몰려와 운동장은 발 딛을 틈이 없었고 문선대들의 춤과 노래, 학생들의 쩌렁쩌렁한 구호, 그리고 그의 연설이 넓은 캠퍼스를 휩쓴 뒤 집회는 끝났고 교문에서 사수대와 전경들의 접전이 있긴 했어도 큰 부상자는 없었으며 그 사이 타지 학생들은 다른 문을 통해 모두 무사히 학교를 빠져나갔다.

(열림원, 1999)

□이광수 「무정」

어느 날 직원회의에 교원일동을 소집하고 친히 신규칙의 각 조목을 낭독하며 일일이 그 규칙의 정신을 설명하였다. 오후 한시에 시작한 것이 넉점이 지나도록 끝이 나지 못하였다. 배학감은 이마와 코에 땀이 흐르고 목이 쉬었다. 교원 일동은 엉덩이가 아프고 허리가 아파 연방 엉덩이를 들먹들먹하였다. 어떤 교원은 고개를 푹 숙이고 코를 골다가 학감의 대갈일성에 깊이 든 꿈을 놀라기도 하고, 어떤 교원은 문을 홱 닫치고 뒷간에 한번 간 후에 다시 돌아오지 아니하였다.

(동아, 1995)

□ 이광수 「흙」

지금도 사랑에는 갓 쓰고 때묻은 두루마기 입은 무슨 진사, 무슨 사과하는 한방의가 이삼 인이나 모여 앉아서, 서로 금목수화토 오행을 토론하고 갑을병정의 육갑을 주장하여 병인 머리 둘 방향을 날을 따라 고치고, 약 달이는 물을 , 혹은 동쪽에서, 혹은 서쪽에서 바위를 가리어 길어 오게 하고, 혹은 약물을 붓는 시간을 묘시니 진시니 하여 큰 문제나 되는 듯이 논쟁을 하였다.

약을 달일 때에도 제가 처방한 것은 제가 지키고 앉아서 달이고, 그 곁에는 심부름하는 계집애 종이 시중들고 섰었다. 갓 쓴 의원은 그 계집애더러 담배를 붙여 들이라고 연해 명령하였다.

(학원, 1993)

□ 이문구 「그때는 옛날」

장마들고 모처럼 선장이라선지 장터는 오정도 안돼서부터 사람에 치어 못 다니게 북새를 이루고 있었다. 무슨 명절이라도 맞는 대목장이나 다름없을 정도로 잘 정리된 장이었다.

(삼중당, 1995)

□ 이문열 「들소」

식이 시작됐다. 그들이 가장 먼저 해야 하는 일은 유년의 껍질을 벗는 일이었다. 그들은 장하게 성장한 남성을 자랑하며 지금껏 그것들을 둘러싸 온 조잡한 토끼털 가리개를 벗어 던지고, 그들을 위해 마련된

새 입성을 걸쳤다. 길고 두터운 곰가죽 가리개, 성년임을 상징하는 사슴 가죽 조끼. 두터운 들소 가죽으로 만든 허리띠를 두르고 질긴 나무 껍질을 꼬아만든 머리띠로 머리칼을 싸맸다. 그리고 다시 염소 힘줄로 된 목걸이끈—이제 그들은 자기의 힘과 용기로 그 끈을 채워가야 할 것이었다. 맹수의 이빨이나 발톱으로 가득 찬 목걸이는 용사의 유일한 장식이었다.

* * *

우리는 그를 장작더미에서 끌어내렸지만 아무도 그에게 창을 겨누지 못했다. 흰 양털로 짠 예복과 새 깃으로 장식된 모자, 그리고 무엇보다도 그의 엄숙한 표정과 형형한 눈길에 압도당한 것이었다. 거기다가 우리의 전사들이 둘러싸고 있는 동안에 돌연히 하늘이 캄캄해지고 굵은 빗방울이 떨어지기 시작했다. 아마도 우리 혈족이 그를 우리의 사제자로 맞아들일 생각이 난 것은 바로 그 순간이었을 것이다. 원래 전문적인 사제자를 두는 것은 소출이 많고 보관이 용이한 낟알을 재배하는 평원 지방의 관습이었다. 그들은 한 사람의 노력만으로도 몇 사람 분의 식량을 얻을 수 있었으므로 직접 생산에 참여하지 않고 풍요와 다산만을 기원하는 사제자를 기를 수 있었던 것이다. 그리고 그런 관습은 자연상태보다 훨씬 잘하고 젖과 고기도 많이 내는 가축을 가지게 된 초원의 유목민에게도 번졌다.

(나남, 1995)

□ 이문열 「아가」

그래서 회의가 끝난 뒤 따로 간부회의 비슷한 것이 열렸다. 중앙당에서 내려온 젊은 지도원은 먼저 군 여맹위원장이 지적한 지역 여맹 간부 두엇을 상대로 당편이의 신상에 대해 이거저것 캐물었다. 이어 당편이에게도 몇 가지를 물었다. 그리고 다시 무언가 한동안 깊은 생각에 잠겼다가 군 여맹위원장에게 결론처럼 말했다.

"이 지역 여맹의 간부 인선은 지금 이대로 아무런 문제가 없소. 여기 이 동무는 올 곳에 왔고 앉을 자리에 앉았고 앞으로 이곳 선동부장은 닭실댁인가 뭔가 하는 부르주아 반동지주의 안방마님이 아니라 바로 이 당편이 동무요."

* * *

하여튼 그해 팔월 초순 낙동강을 사이에 둔 공방전이 한참 치열할 때 고향 초등학교 운동장에서 열린 전쟁 발발 후 가장 큰 규모의 대중 집회에서 무엇보다도 힘주어 강조된 것은 (민족의 성전)을 관수하기 위해 (위대한 인민해방군)의 병력을 지원하는 일이었다. 중앙당에서 내려왔다는 남녀 선전선동원들이 차례로 지언을 호소하고 호응을 구했으나 이번에도 청중의 반응은 시원치 않았다. 아무리 산골 사람이라고는 하지만 그 동의가 바로 자신이나 형제자매의 인민군 지원으로 이어진다는 것쯤은 짐작할 수 있었기 때문이었다. 그때 다시 당편이가 나섰다.

* * *

그렇게 당편이가 이해되자 처음 노여워하는 집안 아저씨를 달래기 위해 벌인 그 술자리는 뒤늦은 이별의 의식으로 바뀌었다. 해장술과 낮술이 어우러져 빚어내는 독특한 취기에다 십년이나 무의식 속에서 숙성된 추억의 취기가 상승 작용을 일으켜 꼭지가 돈 우리는 틀림없이 우리의 그런 어처구니없는 일탈을 벼르며 기다리고 있을 서울을 까맣게 잊고 대낮부터 삼거리 방석집으로 옮겨 앉았다. 그리고 밤늦어 제자리에 꼬꾸라질 때까지 마시며 저마다 당편이에게 때늦은 별사를 바쳤는데, 그중에서도 가장 일품은 아무래도 시인 지망생이 부른 노래일 듯싶다.

(민음사, 2000)

□이범선 「피해자」

　나는 우리의 객차로 올라가다 말고 한번 구름다리 쪽을 바라보았다. 막았던 둑을 터놓았을 때의 물처럼 사람들이 와르르 밀려 내려오고들 있었다. 가지각색의 복장의 남녀노소들. 어떤 청년의 파나마 모자가 뛰어 내려오는 바람에 뒤로 날아갔다. 그는 그 모자를 잡느라고 밀려 내려오는 사람들 짬에서 애를 썼다. 나는 피시시 웃고 말았다. 그러나 내가 웃는 것은 반드시 그 모자를 집느라고 허둥대는 청년 때문만은 아니었다. 승강대에 서서, 그 많은 사람들 틈에서 은근히 명숙의 모습을 찾고 있는 나 자신이 우스웠던 것이다.

(책세상, 1989)

□이순원 「낙타는 무릎이 약하다」

　그리고 이어진 구호와 노래 제창…… 그런 가운데 제법 분위기가 살아 오르는 듯도 했다. 쟁의 부장의 선창으로 조합원들은 '노동자의 노래'를 불렀고, '아침이슬'을 불렀고, '님을 위한 행진곡'을 불렀다. 집행부도 조합원도 자신들이 연출해 내는 열기에 스스로 투사라도 된 듯 기꺼워들 했다. 실수라면 이제 완전히 자기 쪽으로 어떤 분위기를 잡았다는 듯한 위원장의 지나친 자신감이었다. 악조건 아래에서도 집행부는 노력하고 있다. 그리고 조합원들도 이제 충분히 그걸 인정하고 있다. 중요한 것은 바로 그것이다. 위원장은 잠시 노래를 중단시키고, 앞으로의 투쟁방향에 대한 조합원들의 '기탄없는' 의견을 물었다.

(동아, 1995)

□이제하 「강설」

　다음날 저녁 때 그 20명이 하나도 빠짐없이 모였다. 마감 원고 때문에 안 된다. 양해해 달라고 버티던 몇몇 작가들까지 결국 왔다. 시

킨 요리와 시중드는 여자들이 들어오기 한 시간쯤 전에 사장은 그
동안의 경과와 차질을 간단히 요약했다. 출판부 전직원의 회식이어서
더 넓은 방이 빼곡 찬 느낌이었으나 잡담 한마디 들리지 않는 분위
기였다.

(동아, 1995)

□이호철 「네겹 두른 족속들」

그러나 어느 때 나가도 물 만난 고기마냥 썩 기분이 좋은 회합은
체육회관계 모임이라거나, 시장확장위원회 같은 모임이다. 그런 모임
일수록 사람들도 하나같이 시원시원하고 활달하고 그리고 무엇보다
도 술이건 음식이건 푸짐하게 나오고, 하나같이 잘들 떠들고 잘들 처
먹는다.

* * *

먼 빛으로 그런 사람이 고, 얼음 서말을 입에 넣기라도 한 듯이 직
속 부하들은 설설매고, 여는 사람들도 괜스리 뒷등이 싸늘해진다. 당
자들 경우에도 이런 멋이라도 없다면 무슨 맛의 장관일 것인가.

* * *

자리는 더욱 무거워졌다. 회의는 주최측이 처음에 예상했던 것
보다 훨씬 무겁게 진행되고 있었다. 물론 이것은 첫 실마리를 뗀
장형진씨에게도 책임이 있지만, 주최측에도 책임의 일단이 있었다.
주최측이 염두에 두었던 것은 일종의 국민운동 같은 것이었는데,
지금 이야기가 진행되는 것은 지나치게 전문적으로, 마치 정책심
의회의처럼 되어가고 있었던 것이다. 이런 때는 이러나 저러나 욕
먹는 것은 당국쪽이다. 누가 더 멋있게 정부의 아픈 구석을 꼬집
어내는가, 누가 더 날카로운 칼을 들이대는가, 흡사 경주하듯 하는

것이다.

(미래사, 1989)

□이호철 「소시민」

자갈치 거리에도 벌써 사람들이 모여서 웅성거리고, 한떼거리는 자유시장 쪽으로들 몰려갔다. 충무동 다리 건너 왼쪽의 합동헌병대 앞으로 휘돌아 간 큰길에는 전차들이 예닐곱 대나 밀려 서있고, 헌병대의 흰 지프차가 앵앵 호들갑스럽게 사이렌을 울리며 전차들 사이를 누비고 지나갔다. 경찰들이 호각을 불며 이따금씩 소리 지르고, 길가 집 이층 삼층의 창마다 사람들이 삼삼오오 머리들을 내밀고 내다보았다. 붉은 글씨로 쓴 광목을 휘감은 지프차 하나가 서서히 지나가는데, 차 지붕에 달아맨 마이크에서는 금방 짜개지는 소리가 울렸다.

(동아, 1995)

□정비석 「소설 홍길동」

일배일배부일배로, 술잔이 한동안 빈번하게 돌았다. 그러나 모두들 술타령 이외에는 아무 말도 하지 않았다. 술이 그만큼 들어갔으면 제법 취기가 돌았을 법하건만, 조금도 취한 기색이 없었다. 모두 마음에 걱정이 있는 증거였다.

'무엇 때문에들 왔을까?'

임사홍은 술을 권하면서도 내심으로는 그 점이 크게 궁금하였다. 그리고, 다른 한 편으로는 홍길동의 경고문에 대한 공포심이 아직도 사라지지 않았다. 그리하여 한참 술을 먹다가, 문득 무심중에,

"천하대적 홍길동이란 놈이 한동안 행패가 없는 모양인데, 대감들은 그놈의 소식을 더러 들으시오?"하고 물었다.

그것은 무심히 물어보는 듯한 질문에 지나지 않았다. 그러나 임

사홍의 입에서 (홍길동)이라는 말이 나오자, 유자광과 한치형은 마치 무슨 약속이라도 했던 것처럼 똑같이 얼굴에 긴장을 띠었다. 들었던 술잔을 다시 술상 위에 놓으며 똑같이 주인의 얼굴을 쳐다보았다.

(고려원, 1995)

□정연희 「날이 기울고 그림자가 갈 때에」

그곳 양로원을 후원해주는 후원회원 만남의 날은 1년 중에 가장 큰 행사다. 고속버스로 댓 시간을 실하게 달려와야만 하는 이곳까지 달려오는 후원회원들은 하룻밤을 지내며 서로 낯을 익히고, 하루뿐이기는 하지만 그곳의 분위기를 흠씬 몸으로 익힌 뒤에 돌아간다. 대체로 연휴를 이용해서 모이는 백여 명쯤의 회원 중 반 남짓은 인근에서 온 회원들로 당일 돌아가는 사람들이고 40여 명은 다음날 점심까지 치른 뒤에 돌아간다.

(지혜네, 1999)

□조해일 「아메리카」

그날 저녁 나는 정말 장씨의 말대로 장지에서 돌아오는 여자들의 진흙투성이 옷과 만취와 눈물로 얼룩진 얼굴들을 볼 수 있었다. 클럽 문을 마악 열고 문짝을 버팀돌로 고정시켜 놓으며 허리를 펴는 시야에, 골목 위쪽으로부터 삼삼오오 짝을 지어 비틀거리며 내려오는 만취한 여자들의 모습이 보였다. 아침의 그 희던 옷들은 하나 같이 온통 진흙투성이가 되어 있었고, 얼굴들은 먼지와 눈물, 그리고 취기로 더러워져 있었다. 그녀들은 난생 처음으로 먼길을 걷고 돌아오는 국민학교 1학년 생도들의 소풍 대열처럼 지치고 힘없어 보였으며, 말없이 다만 비틀거리며 골목을 내려왔다. 그 중 한 여자가 역시 비틀거리는 걸음으로 내 쪽을 향해 다가왔다. 옥화였다.

(동아, 1995)

□천승세 「낙월도」

외팔잡이 최부자는 시꺼먼 구레나룻 아래로 옴폭옴폭 밭두덕이 지도록 어금니만 잴근거리고 선 채 말이 없다. 바람이 몰아 갈 때마다 최부자의 빈 오른쪽 팔 소매가 너풀대는 폼이 중선 돛대마다 층층이 달려 너풀대는 제장처럼 을씨년스럽다.

사람들은 누구 하나 입을 열 기미가 없다. 그도 그럴 것이 제주인 최부자가 입을 열기 전에는 한마디도 할 수 없는 것이 용바위 젯날의 풍습이었다.

최부자는 흡사 바다를 향해 선 망부석처럼 한 치도 움직일 줄을 모르고 그 뒤로 억센 주먹들을 얌전하게 모아 사타구니 앞에다 받쳐선 장정들도 그저 껌껌한 바다를 향해 장승들처럼 못박혔다.

횃불들은 아낙들이 들고 섰다.

용바위 수신은 계집 불을 즐겨 나들이를 한다는 전설 때문이었다.

둥 둥 둥-

징을 쳐대는 남정네들의 손들이 한결 활기를 띠는 품이 최부자의 말문만 떨어지면 한시바삐 배들이 떠야 할 것이라고 재촉하는 꼴이다. 누구 하나 한 치도 움직이지 않고 선 채 가끔 긴 한숨들만 뱉어대는 아낙들 틈에 끼여 귀덕이는 흘끔흘끔 남정네들을 훑어본다.

(예술문화사, 1993)

□최명희 「혼불 5」

이들은 매년 삼월 삼일과 구월 구일이면 한 사람도 빠짐없이 향약을 실시하고 주관하는 장소인 약소에 모여 강회를 열었다.

강회를 열 때는, 공자와 주자의 위패를 단정하게 모셔놓고, 그 앞에 약원들이 나이 차례대로 늘어선 다음, 마을에서 가장 덕망이 높은 연장자로 이 모임의 책임을 맡은 도약정이 대청으로 올라가 향을 사르었다. 그리고 사람들은 모두 함께 위패에 사배를 하였다.

숨소리조차 나지 않는 대청마루에 절하느라 서걱이는 옷자락 소리들만 정중히 스치고, 그 소리 갈피 속으로 낮은 향내가 자욱히 파고들 때, 이 소리와 향내는 사람된 자 모름지기 어떻게 살아가야 하는가를 다시 한번 돌아보게 했는데.

이윽고 좌정하면 도약정은 큰 소리로 규약을 낭독하고 해설하였다. 그러고 나면 부약정은 직월이 바치는 문서를 찬찬히 살피었다. 그 문서는 향약단체의 간사인 직월이, 그 동안 마을 안에 있었던 선행과 비행을 일일 낱낱이 기록하여 둔 것이었다. 부약정은 이 중에서 착한 행실을 한 사람은 공개하여 칭찬하고, 못된 일을 한 사람의 행실에 관한 것은 좌중이 묵묵히 돌려보게 하였다.

(한길사, 1996)

□하성란 「치약」

아파트가 날림공세로 급조되었다는 것을 알게 된 것은 2년 후 텔레비전 뉴스보도를 통해서였다. 건설회사 광장에서 시위를 하고 있는 입주자들이 비쳐지고 있었다. 오합지졸처럼 대열은 흐트러져 있었고 앞에 서서 구호를 선창하던 사람은 카메라를 들이대자 자꾸 말을 더듬었다. 시위를 하다 기진해서 바닥에 쓰러진 노파를 카메라에 잡기도 했다. 거북이 등처럼 검게 그을리고 두터운 피부의 노파는 서울에 집 한 칸 갖는 것이 평생 소원이었노라고, 모든 것이 물거품이 되었다면서 울음을 터뜨렸다. 입주자들은 엉성하게 만든 피켓을 들고 있었다. 종이집을 만든 세호건설은 각성하라. 입주금 반환 때까지 우리는 투장

하겠다. 카메라가 피켓을 훑어나갔다.

(이수, 1999)

□한승원 「포구의 달」

말을 내지 않음만 같지 못했다. 보름 후에 그를 찾아온 운용이는 전날 열린 어촌계 회의에서 동네 사람들이 옹암 연안에서의 새우 양식 문제를 간단히 일축해 버렸다고 했다. 물 드나드는 입구를 그물 두세 가닥으로 막아 놓으면 물길이 막히기 때문에 김발에 김 포자는 붙지 않고 잡태들만 붙을 것이라는 게 반대 이유였다는 것이었다.

(계몽사, 1995)

□황순원 「카인의 후예」

이날 밤, 비석거리 탄실네 집 앞마당에는 화톳불을 둘러싸고 마을꾼이 모여있었다. "강계 땅에서는 벌써 토디개혁이란 게 됐다믄서?" 칠성이 아버지가 강목수를 건너다보며 하는 말이었다. "넝변 따에서두 했다드군."

(삼중당, 1990)

•작가명•

ㅇ

● 편저자 약력

문학평론가·시인. 호:평리(平里)

동국대학교 국어국문학과 졸업, ≪현대문학≫지 문학평론으로 데뷔, 「백치」「신년대」, 「공백지대」 동인, 제24회 현대문학상, 제10회 시문학상, 제13회 윤동주 문학상 본상, 제10회 동국문학상 수상. 제21회 조연현문학상 수상. 저서 『꿈사설』 『떠나가는 시간』 『머문자리 그대로』(시집), 『가설의 옹호』 『새로운 명제』 『시짜기와 시쓰기』 『시를 어떻게 쓸 것이가』 『존재와 소유의 문학』(문학평론집), 『니그로오다 황금사슴 이야기』 『꽃바람 불던 날』 『기호가 말을 한다』(수필집), 『한국소설묘사 사전』(전6권), 국제펜클럽 한국본부 이사, 96문학의 해 기획팀장 및 기획분과 회장, 한국문인협회 이사, 한국문학평론가협회 부회장, 서울문인 클럽 감사, 한국현대시인협회 명예회장, 동덕여자대학교 문예창작과 교수.

한국소설묘사사전 5
행위 동작 직업 · 집회

2002년 12월 10일 1판 1쇄 인쇄
2002년 12월 25일 1판 1쇄 발행

엮은이 • 조 병 무
펴낸이 • 한 봉 숙
펴낸곳 • 푸른사상사

등록 제2-2876호
서울시 중구 을지로3가 296-10 장양B/D 202호
대표전화 02) 2268-8706(7) 팩시밀리 02) 2268-8708
메일 prun21c@yahoo.co.kr / prun21c@hanmail.net
홈페이지 //www.prun21c.com
편집/ 김현정, 박영원, 박현임
기획 · 영업/ 김두천, 김태훈, 곽세라

ⓒ 2002, 조병무

값 30,000원